Ralf Bernhardt & Hans Georg Würsching

Wasser
Gerste
Leiche

Ein Whisky Krimi

Deutsche Erstausgabe

Cluaran

Deutsche Originalausgabe

Cluaran OHG
Publishers & Distributors
Schillerstraße 9
D-64683 Einhausen
Germany
info@cluaran.de
www.cluaran.de

7. Auflage

Erstauflage von 2006

Umschlaggestaltung: Cluaran OHG
Druck und Bindung: Seraprint
Made in Germany

ISBN 978-3-9809344-6-6

Kennst du das Land im hohen Norden,
Wo hausen kiltberockte Horden,
Die sackpfeifend das Ohr ermorden –
Oh, dort wag´ dich gewiss nie her!

Das grause Moorhuhn hörst du tuten,
Und Nessie lauert in den Fluten,
Kalt ist´s, dass dir die Zehen bluten –
Sei´s drum – sie stell´n dort WHISKY her!

Unbekannter Dichter

Inspiring bold John Barleycorn!
What dangers thou canst make us scorn!
Wi tipenny we fear nae evil!
Wi´ usquebae we´ll face the devil!

Robert Burns

Inhalt

Dienstag

-1-

Alles begann an einem Dienstag!

Es war einer dieser Dienstage, die sich anfühlten wie ein nicht enden wollender Montagmorgen. So, als wäre die Woche immer noch ganz am Anfang und das nächste Wochenende noch unendlich weit entfernt.

Seine morgendliche Stimmung entsprach ungefähr dem Niveau des Wetters, trüb und dunstig. Es war der 11. Oktober und ein kühler, feuchter und vor allem grauer Dienstag in Schottland. Der Sommer schien endgültig vorbei zu sein und dem Herbst Platz gemacht zu haben. Einige der Bäume weigerten sich zwar immer noch beharrlich, ihr Blätterkleid zu verfärben, die meisten aber hatten bereits resigniert und sich bunt gewandet. Einige gaben sich sogar der perfiden Freude hin, ihre Blätter abzuwerfen und Passanten mit ihrer rutschigen gelb-roten Pracht ins Straucheln zu bringen. Die Feuchtigkeit der Luft pendelte permanent um ein Maß, welches von eingefleischten Schotten als erhöhte Luftfeuchtigkeit, von Touristen als Dauerregen bezeichnet wurde. Für ihn war es – trotz seiner schottischen Herkunft – einfach nur ein Sauwetter. Einer dieser Tage halt, an denen man sich am liebsten gar nicht viel nach draußen bewegen möchte, schon gar nicht zum Arbeiten. Am liebsten wäre er heute im Bett geblieben. Nicht, dass er etwa ein geborener Langschläfer wäre oder gar ein typischer Morgenmuffel. Er befand sich einfach nur in dieser immer wiederkehrenden teils melancholischen, teils traurigen Grundstimmung, die von den Erfindern moderner Krankheiten wohl als Herbst-Winter-Depression bezeichnet wurde. Eine Stimmung, in der er sich jedes Jahr aufs neue Gedanken über sein Leben, seine Interessen und seinen Beruf machte. Er fragte sich, was in aller Welt ihn eigentlich geritten hatte, genau diese Tätigkeit zu erlernen, der er momentan sein regelmäßiges Einkommen verdankte, und wie der verdammte Berufsberater eigentlich damals hieß, der ihm nach der Schule diesen Job eingeredet hatte.

Graham Morrice, von fast allen nur Graeme genannt und seines Zeichens frischgebackener Manager der ortsansässigen Whisky-Distillery, bereitete sich wie immer mental darauf vor, den Tag zu erobern, während er sich die Bartstoppeln mit seinem Nassrasierer aus dem Gesicht schabte. Den Rasierer hatte ihm sein Vater geschenkt, als Graham noch ein Jugendlicher war und sich sein Vater eines von diesen neumodischen Plastikteilen mit zwei- bis dreifach eingelegten Klingenstückchen zulegen wollte. Graham benutzte das alte, schwere Metallteil, in das eine ganze Rasierklinge eingelegt wurde, noch heute. Damit musste man zwar höllisch aufpassen, um sich nicht zu schneiden, aber die Haut war hinterher wirklich glatt und ohne Reststoppel. Er verzichtete grundsätzlich auf Rasierschaum und nahm als Gleitmittel für die Klinge lediglich Wasser aus dem heißen Wasserhahn des Waschbeckens.

Nach der Rasur betrachtete er sein Spiegelbild im Badezimmer und nickte sich zufrieden zu, während er mit beiden Händen seinem Gesicht durch klopfende und reibende Bewegungen verzweifelt etwas Farbe und Frische entlocken wollte. Er erzeugte damit aber nur etwas, was an hektische Flecken erinnerte, die aber zum Glück gleich wieder einem neutralen blässlichkäsiggrau wichen. Er war sicherlich kein Adonis und hatte auch nicht den gestählten Körperbau eines Athleten, aber seine 84 Kilogramm Körpergewicht verteilten sich gleichmäßig auf seine 185 cm Körpergröße, so dass er einen durchaus schlanken Eindruck erweckte. Na ja, ein bisschen dünn war er schon, gestand er sich ein. Sein einst so schönes volles und welliges weizenblondes Haar hatte sich schon deutlich gelichtet und seine Stirnglatze hatte den Weg für das Sonnenlicht bereits bis zur Mitte seines Kopfes freigelegt. Mit etwas Wehmut dachte er kurz an die Zeiten zurück, als seine Haarpracht noch eine Pracht und voll war und ihm bis auf die Schultern fiel. Aber früher war eh alles besser! Heute trug er sein Resthaar raspelkurz, so dass er schon seit Jahren keinen Haarfön mehr brauchte. Kaum hatte er sein Haar gewaschen und mit dem Handtuch abgerubbelt, schon war es getrocknet.

Etwas fiel ihm im Spiegel allerdings nicht auf, und das nicht nur, weil er seine Brille noch nicht aufhatte und mit seinen stark kurzsichtigen Augen den Kerl im Spiegel nur verschwommen erkennen konnte, sondern vor allem, weil er sich ja jeden Tag sah und dieses etwas als nichts Besonderes erkannte. Dieses etwas, war das, was sein Gesichtsausdruck allen anderen vermittelte. Die Lachfältchen um seine Augen, der immer noch leicht spitzbübische Blick und vor allem das verschmitzte Lächeln machten ihn einfach sympathisch.

Nachdem er noch seine Zähne geputzt und seine Haare gekämmt hatte, öffnete er die Badezimmertür. Die Katze hatte ihn, wie jeden Morgen, schon sehnsüchtig vor der Badezimmertür erwartet und folgte ihm unter lautem anklagendem Miauen zurück ins Schlafzimmer. Wie immer verschwendete er nur einen kurzen Gedanken an seine Kleidung, blickte kurz zum Fenster hinaus und entschied, dass er die gestern Abend bereit gelegten Sachen tatsächlich anziehen würde. Anschließend ging er unter dem Begleitschutz seines immer hartnäckiger miauenden Stubentigers in die Küche. Er nahm die Dose mit dem Katzenfutter vom Küchentisch, wo er sie gestern stehen gelassen hatte, und füllte zwei Löffel voll Futter in den Katzentrog. Während die Katze sofort zu fressen anfing, streichelte er ihr ein paar Mal über den Kopf, stellte das Katzenfutter in den Kühlschrank, nahm die Aktentasche seines Großvaters und ging zur Haustür.

Wie immer verließ er ohne Frühstück das Haus, bei dem es sich um sein Elternhaus handelte. Er war nach dem Tod seiner Eltern, die vor zwei Jahren bei einem tragischen Verkehrsunfall ums Leben gekommen waren, wieder in dieses Haus zurückgekehrt und wohnte jetzt alleine hier.

Na ja, abgesehen von der mittlerweile 14-jährigen Katze, die er mit dem Haus zusammen geerbt hatte. Seine Eltern hatten sich damals nicht auf einen Namen für sie einigen können. Sein Vater hatte "Killer", "Tarzan" und "Tiger" als Namensfavoriten gewählt, während seine Mutter eher zu "Miss Daisy", "Kitty" oder "Laura" tendierte. Als auch seine eigenen Kompromissvorschläge "Whisky" und "Sherry" nicht auf Gegenliebe stießen, hatten sie die grau getigerte Katze sinnigerweise auf den Namen "Katze" getauft. Immerhin hatte sie das seinen Eltern nicht übel genommen und hörte auf diesen Namen, zumindest gelegentlich. Sie konnte durch eine eigens an der Hintertür angebrachte Katzenklappe in den angrenzenden Garten gelangen, so dass er sie ohne Probleme den ganzen Tag alleine lassen konnte. Bei dem herrlichen Wetter, das heute herrschte, würde sie aber wohl wieder den ganzen Tag in der warmen Stube verbringen und nichts anderes tun, als schlafen. Beneidenswert.

Es hatte nämlich inzwischen wieder angefangen leicht zu regnen und deshalb beeilte er sich, die kurze Distanz zu seinem Auto zurückzulegen. Dort angekommen, kämpfte er wie üblich mit dem Türschloss seines 18 Jahre alten hellblauen Ford. Nicht dass er sich kein moderneres Auto hätte leisten können; die Gehaltsaufbesserung zu seiner Beförderung war nicht ganz so schlecht ausgefallen. Aber seine Schwäche für alle nostalgischen Dinge, die schon sehr lange Zeit sein Leben begleiteten, zwang ihn dazu, mit einem Neuerwerb vielleicht doch noch ein Jahr oder zwei zu warten.

Leider bezog sich seine Schwäche auch auf die Erledigung wichtiger Reparaturen, die seiner Meinung nach keinen Schaden, sondern eher den natürlichen Abnutzungsprozess des Lebens widerspiegelten. So kämpfte er nun schon beinahe sechs Monate mit einem defekten Türschloss, was, wie jeden Morgen, dazu führte, dass er seinen Wagen durch die Beifahrertür besteigen musste. Natürlich nicht, ohne den Beifahrersitz mit seinen regenfeuchten Schuhen zu beschmutzen und sich zum x-ten Mal den Saum seiner Hose am Schalthebel aufzureißen. Er wusste aber ganz genau, wenn er die Tür reparieren würde, würde etwas anderes passieren. Irgendetwas anderes würde in die Brüche gehen. So war sein Auto nun mal, ganz einfach. Es erinnerte ihn irgendwie ein wenig an das Leben selbst.

Da er sich als einen nicht besonders modebewussten Menschen bezeichnete, besaß er hauptsächlich Anzüge in den Standardfarben Schwarz (für besondere Anlässe) und Grau (für den täglichen Gebrauch) von der Stange. Aus rein ökonomischen Gründen hatte er sich erst diesen Sommer je fünf Exemplare der gleichen Anzüge auf einmal gekauft. Bei insgesamt dreien der grauen Variante und einem der schwarzen Sorte hatte er sich allerdings schon den Saum aufgerissen und konnte sie nicht mehr verwenden. Dennoch schockierte ihn die kaputte Hose momentan nicht sonderlich, irgendwie war er mittlerweile ja schon daran gewöhnt. Heute war ein weiterer schwarzer Anzug dran, denn er erwartete noch hohen Besuch in der Brennerei. Das Management hatte sich angesagt. Zudem wollte ihn, bei seiner Körpergröße und seiner, na ja, gertenschlanken Figur, eh kein Anzug so richtig aufnehmen. Irgendwie sah er immer so aus, als hätte er den Kleiderbügel gleich mit angezogen oder aber dem Nachbarsjungen seine Schuluniform geklaut. Würde man sein leicht krauses, blondes und schon stark zur Abwesenheit neigendes Haupthaar mit ins Kalkül werfen, könnte er bei allen Highland Games eine gute Figur machen. Als Baumstamm.

So vom Leben gezeichnet fuhr er aus der gekiesten, knapp 10 Meter langen Einfahrt seines Hauses in der steil zur Hauptstraße hin abfallenden George Street, um die knapp zwei Meilen bis zu seinem Arbeitsplatz zurückzulegen. Natürlich hätte er auch laufen können, was ihm insbesondere der Beifahrersitz und seine Hose gedankt hätten, dann hätte er aber die ganzen Unterlagen zu dem neuen Marketingkonzept seiner Brennerei schleppen müssen. Bei dem Zustand seiner Aktentasche – er hatte sie zur Einschulung von seinem Großvater bekommen, der sie wahrscheinlich schon als Meldetasche in den Burenkriegen benutzt hatte – und dem einsetzenden Nieselregen hätte das wohl unweigerlich dazu geführt, dass alle Unterlagen in eine kompakte Masse aus Papierschlamm verwandelt worden wären.

Der kleine Ort Charlestown, inmitten der schottischen Speyside gelegen, ließ es wie immer morgens um kurz vor acht noch etwas ruhiger angehen. Die einzige Hauptstraße, wohl deshalb auch etwas hochtrabend High Street getauft, von graubeigen zweistöckigen, aber gepflegten Häusern gesäumt, wurde nach einer kühlen, regnerischen Nacht erst ganz langsam von ihren Bewohnern wieder mit Leben erfüllt.

In dem einzigen Supermarkt im Ort ging gerade die Beleuchtung an und auch in dem einen oder anderen Wohnhaus wurden die Übergardinen zurückgezogen, um das Tageslicht hereinzulassen. Irgendwie langweilig, dachte Graham, aber nichtsdestotrotz durchströmte ihn eine undefinierbare Wärme, die nach Heimat und Geborgenheit roch. Charlestown hatte den aufkommenden Touristenboom der letzten Jahre ohne große bauliche Veränderungen verkraftet und sein ursprüngliches Flair beibehalten können. Da die Entfernung zu den

Cairngorm Mountains für die Skitouristen zu groß war, wurden auch keine stillosen Hotelklötze oder riesige Areale mit Appartements wie in Aviemore aus dem Boden gestampft. Andererseits lag Charlestown genau auf dem Speysideway und dem Whiskytrail, berühmte überregionale Wanderwege, die einen kontinuierlichen Zustrom von landschaftlich und whiskytechnisch interessierten Menschen garantierte. Somit war den lokal ansässigen B&B-, Bar- und Restaurantbesitzern ein bescheidener Wohlstand garantiert, der sich in den ordentlich renovierten Fassaden der meisten Gebäude widerspiegelte.

Graham liebte diesen kleinen Ort, in dem er geboren und aufgewachsen war, und den er nie verlassen wollte. Charlestown hatte seinen Namen 1812 von seinem Gründer Charles Grant of Wester Elchies erhalten. Davor war es unter seinem gälischen Namen Skirdustan bekannt. Diesen Namen hatte es seinem Schutzpatron, St. Drostan, zu verdanken, der hier im siebten Jahrhundert in einer nahen Quelle die Bevölkerung zu Christen taufte. Für Graham war der Ort immer noch der Juwel in der Speyside.

Nach fast zehn Minuten Fahrt erreichte er die Zufahrt zur Ben Rhinnes Distillery und hielt gewohnheitsgemäß neben der alten Bruchsteinmauer, die nun schon seit über 120 Jahren das Gelände der Brennerei umschloss. Die Mauer zog sich fast 50 Meter an der High Street, kurz vor dem Ortsausgang entlang, nur einmal durch ein großes schmiedeeisernes Tor unterbrochen. Deshalb hielt er immer neben der Mauer an, um den frühmorgendlichen Verkehr nicht noch mehr zu behindern, wie er das normalerweise sowieso schon tat. Er stieg aus, um besagtes Tor zu öffnen, als ihm einfiel, dass er mal wieder seinen Schlüssel vergessen hatte und außerdem das Tor ja seit gestern Nachmittag offen stand, weil es einen neuen Anstrich erhielt und die Maler es dafür ausgehängt hatten. Der uralte Baumbestand auf dem Brennereigelände, der den direkten Blick auf die weiter hinten stehenden Produktionsgebäude verhinderte, gab der ganzen Anlage etwas Schlossartiges. Nicht umsonst wurde Ben Rhinnes zum wiederholten Male in den Kreis der schönsten Destillerien Schottlands aufgenommen - leider immer wieder getoppt durch die Strathisla Distillery in Keith, wahrlich einem echten Schmuckstück, mit ihren zwei Pagodentürmen und dem Wasserrad.

Er hätte dieses Tor auch schon nach gut fünf Minuten erreichen können, nur hätte er dazu seinen Wagen nicht an der einzigen Ampel des Dorfes fast ein Dutzend Mal abwürgen sollen. Wahrscheinlich war die ständige Feuchtigkeit daran schuld. Das hatte ihm aber, wie immer, die äußerst mitleidigen Blicke der wenigen Passanten eingebracht und etliche nicht ganz so mitleidige von dem Fahrer des Autos, das hinter ihm stand.

Als er wieder in sein Auto einstieg, um durchs offene Tor zu fahren, kam eine dieser Passanten an seinem Auto vorbei. Ishbel Taggert, 40 Jahre alt und gefühlsmäßig genauso lange schon Inventargewordene Mitarbeiterin der Brennerei. Sie war seit etwa vier Jahren geschieden und vertrat seit dieser Zeit den Standpunkt "Männer sind wie Wolken, wenn sie sich morgens verziehen, kann der Tag noch richtig schön werden."

Zurzeit übte sie die Funktion der Managerin des Visitor Centers aus, welches im letzten Jahr zur Steigerung der Besucherzahlen eröffnet worden war. Da sie die einzige Mitarbeiterin war, die neben dem lokalen Dialekt auch ein sehr gut verständliches Englisch und sogar Deutsch mehr oder weniger leidlich sprechen konnte und nebenher sowieso die einzige weibliche Angestellte war, stand die Wahl für Grahams Vorgänger, Iain McKenzie, von vornherein fest. Zudem glaubte er, Ishbel mit der Beförderung ein schönes Geschenk zu seinem Abschied zu machen.

Dass Ishbel nichts so sehr hasste, wie mit wildfremden Menschen ihrer Meinung nach völlig überflüssige Diskussionen über den Phenolgehalt des verwendeten Gerstenmalzes oder der nicht ganz so eleganten Vollmundigkeit der diesjährigen Sonderabfüllung zu führen, spielte für Iain McKenzie eine eher untergeordnete Rolle. "*Der Umgang mit jungen Menschen, insbesondere mit Ausländern, hält den Geist jung und den Körper frisch*", so war seine Devise und dementsprechend hatte es auch ihre zu sein. Punkt, aus, Ende der Diskussion!

So ganz Unrecht hatte er damit allerdings nicht gehabt, wie sich Graham in letzter Zeit ein paar Mal eingestehen musste. Seit sie im täglichen Kundenkontakt stand, hatte sich die bis dahin unscheinbare graue Maus verwandelt. Das neutralfarblose Haar war über Nacht einem erfrischenden Rot-Ton gewichen. Auch die Kleidung, die wahrscheinlich Queen Elisabeth I. schon als antiquiert bezeichnet hätte, hatte sich verwandelt. Bei der Auswahl ihrer neuen Kostüme schien sie offensichtlich doch einen Blick in den letzten Modekatalog geworfen zu haben.

Früher hatte er sie oft mit einer Gouvernante oder altmodischen Grundschullehrerin verglichen, die schon zur Geburt im Rentenalter war. Ob man sie hätte als weiblich bezeichnen können, war ihm nie in den Sinn gekommen, aber mittlerweile musste er sich eingestehen, dass sie immerhin schon wie eine sehr attraktive Gouvernante aussah.

Auch ihre Einstellung der Männerwelt gegenüber hatte sich in den letzten Monaten wieder eher einer neutralen Zurückhaltung genähert.

All das ging Graham durch den Kopf, als Ishbel an seinem Wagen vorbei ging, den großen alten Schlüssel wie eine Lanze vor sich haltend.

»Na, mal wieder den Schlüssel im Büro liegen lassen, Graham?!«. Wobei sie das "Graham" so aussprach und betonte, dass ein "Mister Morrice" nicht förmlicher hätte klingen können. Und sie war natürlich die Einzige in der ganzen Brennerei, die noch nie seinen Spitznamen benutzt hatte.

Rein satzbautechnisch könnte man nun auf die Idee kommen, dass es sich hierbei um eine Frage handeln könnte. Da Graham Morrice sein Exemplar dieses verdammten rostigen Riesenschlüssels aber mindestens dreimal die Woche irgendwo in seinem Büro liegen ließ, ging er mittlerweile bei Ishbel davon aus, dass es sich wohl um eine kuriose Form eines Guten-Morgen-Grußes handeln musste. Aber wer kann schon in die Köpfe von Frauen schauen? Er jedenfalls nicht!

»Auch Ihnen einen wunderschönen guten Morgen, meine Liebe.« Und dann setzte er aus einem inneren Bedürfnis noch einen obendrauf. »Sie sehen wirklich reizend aus in Ihrem neuen Kostüm«, rief er ihr durch die geöffnete Seitenscheibe zu. Die Fahrertür ließ sich ja bekanntlich nicht öffnen.

An diesem Punkt konnte man nun deutlich spüren, dass sie ihr neues Leben noch nicht vollends verinnerlicht hatte. Komplimente waren ihr noch ebenso suspekt wie die unergründlichen Tiefen der Kosmetik. Zwar passte der rote Lippenstift, den sie heute Morgen wohl im Try-and-Error-Verfahren ihrem Badezimmerschrank entnommen hatte, einigermaßen gut zu ihrem Hellbeigen Outfit. Das Rosarot welches sich seit Grahams Bemerkung jedoch auf ihren Wangen breit machte, hätte Andy Warhol wahre Entzückensschreie entlockt.

»Außerdem«, fügte er noch hinzu, »müssen Sie mir heute das Tor nicht öffnen, weil es schon die ganze Nacht offen stand.«

Er erinnerte sich mehr als nur gut daran, wie sie bei solchen Gelegenheiten stets zielstrebig auf das schwarz lackierte Tor mit dem eingelassenen goldfarbenen BR-Emblem der Brennerei zugegangen war, routiniert den großen Schlüssel ins Schloss steckte, es zweimal melodiös klicken ließ und der linken Torhälfte einen gezielten Tritt gab. Erstaunlicherweise legte sie jedes Mal genau soviel Energie in diesen Tritt, dass das Tor seinen Weg ins Innere des Geländes leise quietschend zurücklegte und am Ende fast geräuschlos in dem Bodenanker einrastete.

Graham verbrachte bereits etliche Jahre mit dem Versuch, in stillen, unbeobachteten Stunden, dieses Kunststück nachzumachen. Meistens jedoch endete dieser Kampf, Mensch gegen Metall, mit einer blauen Zehe oder einer handfesten Beule, also gab er es wieder auf. Schließlich war er ja Manager und nicht Pförtner. Basta!

Auch sein mehrfacher Versuch, dafür zu sorgen, dass das Tor immer geöffnet blieb, wurde regelmäßig mit dem Hinweis auf Sicherheitsgründe von Ishbel abgeschmettert. Bei der Ben Rhinnes Distillery war nachts nur gelegentlich ein Mitarbeiter in der Schicht und das Firmengelände war nicht Kameraüberwacht, trotz eines entsprechenden Hinweisschildes am Eingang. Wenn also das Tor die ganze Nacht offen gestanden hätte, hätte durchaus jemand unbemerkt auf das Gelände eindringen können, sogar mit einem Auto. Und weil er ihr da natürlich Recht geben musste, hatte er auch diese Versuche inzwischen eingestellt und einfach resigniert. Der Klügere gibt ja schließlich nach und dabei konnte es sich ja wohl nicht um das Tor handeln.

An diesem Morgen schaffte er es, seinen Wagen vor dem Tor nicht abzuwürgen. So konnte er ohne weitere peinliche Momente die letzten 50 Meter zu dem kleinen Natursteinhaus, welches die Büros der Brennerei beherbergte, in Angriff nehmen.

Jetzt war er beinahe elf Jahre auf diesem Gelände beschäftigt, hatte nahezu alle Jobs, die eine Whisky-Brennerei bot, durchgemacht und war trotzdem immer noch von der ganz besonderen Atmosphäre dieser scheinbar wahllos angehäuften und unterschiedlich großen Gebäude fasziniert. Gleich rechts hinter dem großen schmiedeeisernen Eingangstor konnte man den ehemaligen Verwaltungsbau sehen, ein kapellenartiges Bruchsteingebäude mit zahlreichen Türmchen und Erkern. Da es das einzige Gebäude war, das man auch von der Straße aus gut sehen konnte, wurde es zum Visitor Center und Shop umgebaut. Zudem strahlte dieses Haus etwas Morbides und Gruseliges aus und das war genau das, was viele Touristen in einer schottischen Kleinstadt erwarteten. Das fallende Laub und der leichte Nieselregen nahmen heute die Gelegenheit wahr, diesen Eindruck noch zu verstärken.

Im Anschluss an den Shop hatte ein pfiffiger Architekt ein paar geteerte Parkplätze entstehen lassen, inklusive zweier riesiger Busparkplätze. Dass die Parkfläche viel zu klein für das Wendemanöver eines Busses war, schien eher eine unbedeutende Nebensächlichkeit zu sein. Wenigstens hatte man so genug Freifläche, um im Herbst das alljährliche Brennerei-Festival abzuhalten und sogar eine kleine Bühne für die Tanzvorführungen aufzubauen.

Die letzten zwanzig Meter bis zu seinem Büro wurden rechts von den Stirnseiten der beiden ältesten Warehouses gesäumt, in denen im klassischen Dunnage Verfahren die Whiskies in ihren Eichenfässern ihrer endgültigen Reife entgegen schliefen. Ihre dunkle, teilweise schwarze Färbung wurde nicht durch Schmutz, sondern durch die in Brennereien häufig anzutreffenden Pilze hervorgerufen, die mit Vorliebe in dieser Alkoholgeschwängerten Luft gediehen. Weiter hinten konnte der geübte Beobachter die eigentlichen Produktionsgebäude erkennen.

Selbst nach so vielen Jahren im Geschäft lief es Graham immer noch eiskalt den Rücken runter, wenn ihm bewusst wurde, das Gedeih und Verderb der ganzen Firma von der Qualität des Destillats abhing, das in den Lagerhäusern heranreifte, und das in 10 oder 15 Jahren erst auf den Markt kommen würde. Und ob diese heute angestrebte Qualität zu diesem Zeitpunkt noch den Geschmack der Kunden treffen würde. Und ob dann überhaupt noch einer echten schottischen Malt Whisky zu schätzen wüsste oder alle nur noch Alcopops saufen würden. Oder ob einer dieser Megakonzerne meinte, sich neben einer Filmgesellschaft und ein paar Öltankern noch schnell eine Brennerei einverleiben zu müssen, weil es gerade so chic war. Oder, oder, oder … Wie hieß dieser verdammte Berufsberater doch gleich noch? Irgendwann musste er mal die alten Unterlagen durchforsten, um ihm einen gewaschenen Brief zu schreiben!

Als Graham sein Büro gleich links hinter dem Eingang mit der frisch lackierten, knallroten Tür betrat, legte er seine Aktentasche auf ihren Stammplatz auf dem dunkelbraunen Sideboard neben seinem Schreibtisch. Früher einmal war dies der Pausenraum der zahlreichen Brennerei Mitarbeiter gewesen, die hier noch das Gefühl von Familie lebten. Ja, so war es ihm damals als junger Kerl vorgekommen, als er schlaksig und unbeholfen von den älteren Kollegen in die Kunst des Gerstewendens auf den Darrböden eingewiesen wurde. Immer streng und äußerst korrekt, als hinge der Erfolg der Brennerei von der Qualität seiner Arbeit ab, und immer herzlich, wie in einer großen Familie halt. Seit die meisten Arbeitsschritte von Computern erledigt wurden und die gemälzte Gerste extern beschafft wurde, sank der Bedarf an Mitarbeitern und die Belegschaft schrumpfte auf eine Handvoll. Damit wurden auch der Pausenraum, die sich anschließende Küche und die anderen Sozialräume überflüssig und konnten den aufkommenden Bedarf nach Büros, Serverräumen und Besprechungszimmern decken.

Trotz aller Modernisierung war sein heutiges Büro für ihn immer noch der gemütliche Pausenraum von damals, voll gestopft mit Erinnerungsstücken und angelaufenen Schwarzweißbildern ehemaliger Mitarbeiter. Den Schreibtisch, ein viktorianisches Monstrum aus irgendeinem schwarz gebeizten Holz mit eingelassener grüner Lederfläche, welche von einer Unzahl kleiner messingfarbener Nägel gesäumt wurde, hatte er zu seiner Beförderung aus den Altbeständen des Dorfpfarrers gekauft. Die Nägel rissen ihm ungefähr einmal im Monat die Manschetten auf, aber das störte ihn wenig, in dem Tisch steckte echte Geschichte drin – auch wenn es vielleicht nur Kirchengeschichte war.

Wie immer begann er mit dem traditionell ersten Arbeitsschritt des Tages: Er kochte sich seinen ersten Kaffee für diesen Morgen, um sich dann anschließend der bereitgelegten Tageszeitung und einem Sandwich zu widmen. Da die ehemalige Küche jetzt als Serverraum diente und nun von einem ProLiant XXL Server mit doppelter, gespiegelter Festplatte und eigener USV – zumindest hatte er das so verstanden – vereinnahmt wurde, brauchte er für diese Tätigkeit auch nicht sein Büro zu verlassen und konnte sich ohne dämliche Bemerkungen der Kollegen seinem fast schon meditativen Ritual widmen. Beim Kaffeekochen hielt er natürlich ebenfalls an alten Traditionen fest und benutzte nicht einen von diesen neumodischen Kaffeeautomaten. Kaffeepads einlegen, Wasser einfüllen und dann irgendeinen Knopf drücken, das war nun wirklich nicht seine Welt!

Sein kleiner Kaffeealtar befand sich auf einem hüfthohen Aktenschrank, der die gesamte Rückseite des Büros einnahm. Die zahlreichen Flecken, Brandspuren und Wasserränder auf dem Schrank konnte man sozusagen als die ruhmvollen Narben aus den vielen Schlachten um den perfekten Kaffeegenuss betrachten.

Wie gesagt, er bereitete seinen Kaffee noch von Hand zu. Dazu benutzte er eine Kaffeemühle der Marke Zassenhaus aus bernsteinfarbenem Holz, die er von seiner aus Deutschland eingewanderten Ur-Großmutter geerbt hatte. Auf dem 11x8 cm großen und ebenfalls 11 cm hohen Holzgehäuse, saß oben ein metallener Aufsatz, der mit den Jahren schon leichte Rostspuren angesetzt hatte und unter dem sich das Mahlwerk für die Kaffeebohnen versteckte. Mit dem kleinen aufgeschraubten Griff bewegte er liebevoll die Drehscheibe über der Einfüllöffnung nach rechts und füllte zunächst seine Kaffeebohnen in den Mahltrichter, genau drei Löffel voll. Nachdem er die Drehscheibe wieder nach links geschoben hatte, packte er den Holzgriff der ebenfalls angelaufenen Kurbel und mahlte sich sein Kaffeepulver, während auf der einzigen noch funktionierenden Heizplatte das Wasser in seinem prähistorischen Aluminiumtopf kochte. Das fertige Kaffeepulver entnahm er der kleinen Holzschublade der Kaffeemühle und schüttete es in seine angestoßene Porzellankanne mit dem verblichenen Rosenknospenmuster. Jetzt noch das heiße Wasser darüber und endlich erfüllte der köstliche Duft sein Büro. Schon beim Geruch des puren, flüssigen Koffeins spürte er, wie ihm förmlich Haare auf der Brust wuchsen und sich sein Blut in Adrenalin verwandelte. Zumindest sollte er so oder so ähnlich empfinden, wenn es nach Meinung seines früheren Schulkameraden Stuart ging, der, als Berufssoldat auf die Falklands verschlagen, ihn nun laufend mit den exotischsten südamerikanischen Kaffeebohnenspezialitäten versorgte. Jetzt noch das Sieb über seine ramponierte Kaffeetasse legen, der "Born to be Boss" Becher, den ihm die Brennerei Mitarbeiter zu seiner Beförderung geschenkt hatten, stand immer noch unbenutzt im Schrank. Dann den Kaffee darüber schütten und der Tag konnte kommen.

Und wie er kam!

Kaffee

-2-

Kaum hatte er, zurückgelehnt in seinem geliebten alten mit grünem Leder bespanntem Kippsessel, die ersten vorsichtigen Schlucke seines heißen Lebenselixiers genossen und die entsprechenden Geister geweckt, als das Telefon klingelte. Eigentlich war es gar kein richtiges Klingeln, sondern die elektronische Pieps-Variante des aktuellen Robby Williams Songs. Seit man vor knapp sechs Monaten die alten Wählscheibenapparate gegen eine multifunktionale Intercom-Anlage ausgetauscht hatte, die neben den Telefonaten auch das Öffnen diverser Türen versprach, entdeckte Jimmy, der 17jährige Praktikant der Brennerei, seine Liebe für die Elektronik. Da er sich mittlerweile als der ausgewiesene Fachmann für den störungsfreien Betrieb dieses, nach Graemes Meinung, modernen Schnickschnacks mauserte, musste man täglich damit rechnen, die neuesten Hits in polyphoner Qualität vorgedudelt zu bekommen.

Da Graham dieser Klingelton ausnahmsweise gefiel, griff er nicht sofort zum Hörer, sondern lauschte ihm noch ein paar Sekunden. Als er endlich den bordeauxroten Hörer abnahm, war Percy, der Still Man der Brennerei, dran, aber Graham erkannte ihn nicht gleich, so schnell und hektisch sprach er.

»Graeme! … Oh Gott! … Schnell! … Schrecklich! … Los schnell! … Komm! Beeil dich!«

Bevor Graham noch die Chance hatte, Luft für eine Frage zu holen, hatte Percy schon wieder aufgelegt. So aufgeregt hatte Graham den sonst eher besonnen und sehr ruhigen Brennmeister noch nie erlebt. Deshalb ließ er seinen geliebten Kaffee eher unwillig stehen und eilte die 20 Meter über den Hof hinüber zu den Produktionsgebäuden ins Kesselhaus, in dem er Percy vermutete.

Bereits von außen konnte man durch die etwas erhöht ansetzenden, knapp vier Meter hohen Fenster, die eine ganze Längsseite des Gebäudes von über 15 Metern Länge einnahmen, die vier glänzenden Kupferkessel sehen, der Stolz einer jeden Brennerei. Majestätische Geschöpfe voller Grazie und Schönheit mit ihren bauchigen, knapp drei Metern Durchmesser, sich nach oben verjüngend zu einem grazilen Schwanenhals, bis sie knapp unter der Hallendecke durch die Seitenwand in den angrenzenden Raum zu den Kühlern verschwanden. Ja, er liebte diesen Anblick, wie sie das Licht der Hallenbeleuchtung spiegelten und eine sonderbare innere Wärme abstrahlten.

Das untere Drittel der Halle war den Befeuerungsanlagen der Brennblasen vorbehalten. Ehemals direkt mit Kohle gespeist, mittlerweile durch Dampf ersetzt, wird in diesen gemauerten, fast drei Meter hohen Sockeln die notwendige Hitze für die Destillation an die darauf stehenden Brennblasen übergeben. Diese Ebene trennte sich von der darüber befindlichen Produktionsebene durch einen durchgängigen Stahlgitterrost, der an vereinzelten Stellen von schmalen Stiegen unterbrochen wurde.

Als Graham das Gebäude durch die Glastür betrat und die Produktionsebene des Still House, in dem in den beiden Wash Stills der erste Brand und anschließend in den beiden Spirit Stills der zweite Brand des neuen Destillats hergestellt wurde, über die gusseiserne Treppe erreichte, blieb ihm keine weitere Zeit, sich an der kupfernen Augenweide zu erfreuen. Sofort kam ihm Greg Henderson, von allen nur Percy genannt – ohne dass allerdings jemand sagen konnte, woher er diesen Namen hatte – aufgeregt entgegen. Das erste, was Graham an ihm auffiel, war seine ungewöhnliche Blässe. Selbst seine Sommersprossen sahen so blass aus, als wäre er zuletzt irgendwann im 19. Jahrhundert ans Tageslicht gekommen.

»Was ist denn los verdammt, Percy?«, fragte Graham. »Du weißt doch, dass ich es hasse, vor meinem ersten Kaffee mit deinen Ideen gelöchert zu werden.« Percy galt anerkanntermaßen als das Maschinenbaugenie und litt nebenbei auch noch unter fürchterlichem Mitteilungsbedürfnis. Insbesondere beim abendlichen Pubbesuch schaffte er es regelmäßig, dass alle anwesenden Gäste sich aus lauter Verzweiflung bis zur Besinnungslosigkeit betranken, nur um seinen detaillierten Ausführungen über seine neuste Erfindung, einer dampftauglichen Dichtung für Edelstahlflansche aus Gerstenabfällen, nicht lauschen zu müssen.

»Da, dort oben, schau doch nur, schrecklich!«, stammelte Percy und musste erst ein paar Mal tief nach Luft schnappen.

Graham verstand immer noch nicht, was los war, zumal Percy mit seinen Wettergegerbten Händen so herumfuchtelte, dass "*Da*" und "*Dort oben*" knapp 90% des Still Room umfasste.

»Jetzt mal langsam, beruhige dich doch und sprich in ganzen Sätzen«, sagte Graham und hielt seinen Still Man mit beiden Händen an den Schultern fest.

»Da oben, Mensch, die Wash Still, schau nur, unfassbar!«, brachte der jetzt immerhin unter wildem Schnaufen heraus.

Graham, jetzt selbst durch den Anblick von Percys Angstgeweiteten Augen schon um einiges unruhiger als noch vor wenigen Minuten, hatte nun zumindest einen Anhaltspunkt. Er lies Percy wieder los und schaute auf die Wash Still No 2, in der gerade die erste Destillation der neuen Charge des Getränkes durchgeführt wurde, dass sich, nach dreijähriger Lagerung in Eichenfässern, dann endlich Whisky nennen durfte. 12.000 Liter der "Sour Beer" oder auch "Wash" genannten Flüssigkeit waren heute morgen, nach dem Ende des Fermentationsprozesses in den Wash Backs, über den Sammelbehälter, dem Wash Charger, in diese Brennblase gepumpt worden.

Hier wird das "Bier" mit ca. 9% Alkohol dann so lange erhitzt, bis die Flüssigkeit zu kochen beginnt und die leicht flüchtigen Bestandteile im langen Hals der Brennblase aufsteigen und als Kondensat an der Wand niederschlagen. Das geschieht so lange, bis die Brennblase so heiß wird, dass die Dämpfe über den Kopf der Brennblase steigen und sich im abgewinkelten Schwanenhals, dem so genannten Lyne-Arm, niederschlagen. Immer weiter wird das "Bier" dabei erhitzt, bis es richtig sprudelt und kocht und fast aller Alkohol der Wash verdampft und in dem Low Wines Receiver genannten Sammeltank aufgefangen worden ist.

Da dieser Vorgang mehrere Stunden dauert, blickte Graham also auf eine gut geheizte Brennblase, die außer ein paar Schmutzflecken – das musste er gleich anschließend Jimmy sagen, da hatte der Bengel doch wieder nur halbherzig gearbeitet – nichts besonderes aufwies. Selbst eine alle Jahre mal auftretende Undichtigkeit im Rohrleitungssystem konnte offensichtlich nicht Ursache für Percys außergewöhnliche Stimmung sein.

»Also, was denn nun?«, fragte Graham mittlerweile etwas ungehalten. »Was soll denn damit sein? Ich seh´ nichts!«

»Da, am Glas, sieh doch hin!«, jammerte Percy schon fast Mitleid erregend.

Ungefähr auf halber Höhe der Wash Still oder auch Low Wines Still genannt, war ein ovales Schauglas eingelassen. Es dient dazu, den Status des Brennvorgangs zu überwachen. Durch dieses Fenster kann der Still Man sehen, ob das Destillat zu heiß wird und eventuell die Gefahr besteht, dass es überkocht. Kann er die Blasen des schäumenden "Bieres" sehen, muss er die Heizung drosseln, um ein Verschmutzen oder gar Verstopfen des Kondensators durch feste Bestandteile der Gerstenkörner zu verhindern. Deshalb ist es für ihn extrem wichtig, neben den Temperaturanzeigen auch dieses Fenster im Auge zu behalten.

Graham starrte also auf dieses Fenster, sah aber zunächst, außer ein paar Schaumflocken, nichts Ungewöhnliches und sagte das auch zu Percy. Aber der zeigte nur weiter auf das Fenster und stammelte: »Da oben schwimmt er!«

Als sich Graham von Percy wieder weg drehte und zur Wash Still sah, konnte er auch weiterhin nichts sehen, doch dann, nach einem kurzen Augenblick, war plötzlich ein Gesicht hinter dem Schauglas zu erkennen.

Graham fuhr der Schock in alle Glieder, während sich Percy neben ihm über seine Schuhe erbrach.

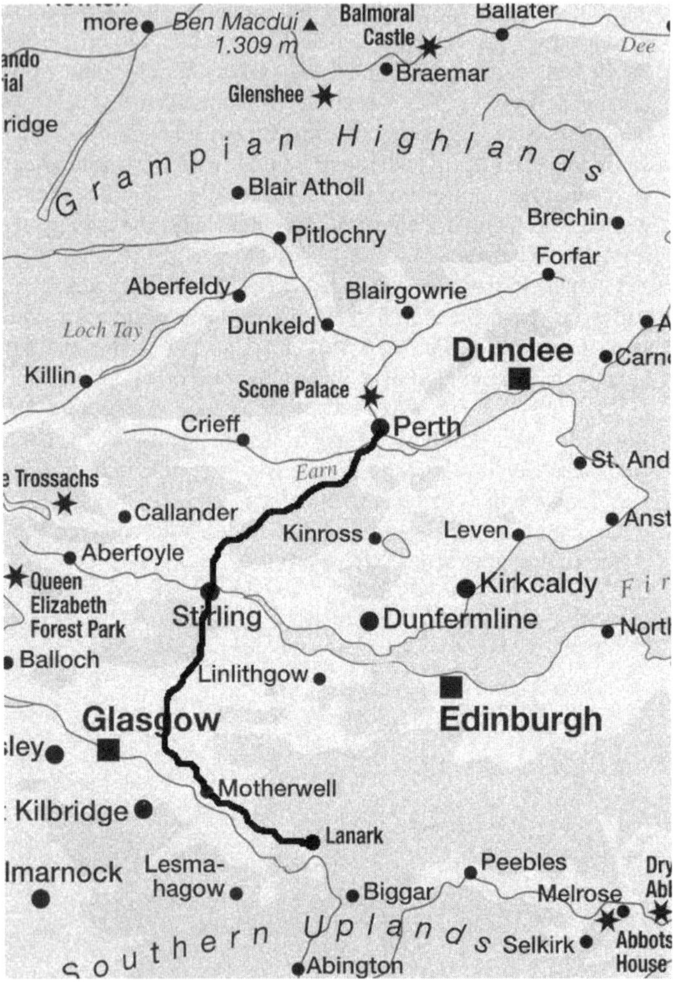
more
Ben Macdui
1.309 m
Balmoral Castle
Ballater
Dee
Braemar
Glenshee
Grampian Highlands
Blair Atholl
Brechin
Pitlochry
Forfar
Aberfeldy
Blairgowrie
Loch Tay
Dunkeld
Dundee
Killin
Scone Palace
Perth
Crieff
Earn
Trossachs
Callander
Kinross
Leven
Aberfoyle
Queen Elizabeth Forest Park
Kirkcaldy
Stirling
Dunfermline
Balloch
Linlithgow
Glasgow
Edinburgh
Kilbridge
Motherwell
Lanark
Lesmahagow
Peebles
Biggar
Melrose
Southern Uplands
Selkirk
Abingtón

Zeitung

-3-

Freitag, der 23. September, also vor etwas mehr als zwei Wochen. Graham saß an seinem Schreibtisch und genoss seinen Morgenkaffee. Und natürlich hatte ihm Ishbel vorher wieder das Tor aufgeschlossen. Er wollte gerade mit dem zweiten Arbeitsschritt des Tages beginnen, dem ausführlichen Studium des "The Northern Scot", der lokalen Tageszeitung, als sein Blick auf die Schlagzeile fiel

"Schon wieder ein Mann in einer Whisky Distillery abgeschlachtet!

Das Whisky Monster schlägt wieder zu!!"

Er las den reißerischen Artikel, aus dem er erfuhr, dass in der Clydesdale Distillery, einer Brennerei weiter unten im Süden, bereits schon am 13. September eine Leiche gefunden worden war. Das war dann schon die dritte Leiche, erfuhr er aus der Zeitung weiter, die innerhalb der letzten vier Monate gefunden wurde. Und das immer in Brennereien, und auch die Abstände zwischen den Morden wurden immer kürzer. Die Polizei ging inzwischen von einem Serientäter aus und hatte nach einigem hin und her eine Sonderkommission "Whisky" gegründet, die die einzelnen Fälle bearbeitete. Da die Toten in verschiedenen Regionen Schottlands gefunden worden waren, war eine Spezialeinheit in Inverness zusammengeführt worden. Gestern hatte es dazu eine erste Pressekonferenz gegeben. Die Sonderkommission „Whisky" würde ihre Arbeit umgehend aufnehmen und man hätte auch schon die eine oder andere heiße Spur, hieß es in dem Bericht. Das bedeutete natürlich, dass sie noch völlig im Dunkeln tappte und nicht die geringste Ahnung hatte, wer als Täter in Frage kommen könnte, dachte er. Bei den Toten handelte es sich durchweg um Personen, die nicht in der jeweiligen Brennerei arbeiteten und auch sonst offensichtlich nichts mit ihr zu tun hatten. Auch konnte die Polizei bislang keinen Zusammenhang zwischen den Toten herstellen.

Eine Gänsehaut kroch Graham beim Lesen den Rücken hinunter, als er sich die grausigen Details der einzelnen Morde bildlich vorstellte, über die die Zeitung natürlich aufs Ausführlichste und genüsslich berichtete. Die Überreste des letzten Opfers waren, in einem Fass ertränkt, in einer Brennerei gefunden worden, die schon seit Jahren für ihre Finishs, also das Nachlagern des Whiskies in einem weiteren Fass anderer Qualität, berühmt bzw. berüchtigt war, je nach Standpunkt. Jetzt haben die auch noch einen Kadaver-Finish dachte Graham in einem Anflug von Sarkasmus, der aber gleich wieder verschwand, als er die grausigen Umstände der Tat bedachte.

"*Whisky Monster*", grübelte er kurz, warum hatten alle diese Serientäter immer so einen Namen? "Jack the Ripper", "Der Killer-Mönch", "Die Todes-Spinne", "Engel des Todes" usw. usw. War das nur ein Zeitungsgag, damit sich den Lesern der Name besser einprägte oder legten es die Täter vielleicht sogar darauf an, solch einen Spitznamen zu erlangen?

Auf Seite 6 der Zeitung wurde der reißerische Aufmacher durch ein paar detaillierte Informationen ergänzt.

Iain MacDermont hob die Klappe in der Edelstahlwand der Mash Tun an und atmete das berauschende Aroma der in heißem Wasser eingeweichten Gerste tief ein. Sofort kamen in ihm wieder die Kindheitserinnerungen hoch, als sein Vater ihn immer hochheben musste, damit er in die schaumigen Tiefen des Bottichs blicken konnte. Schon damals hatte ihn dieser charakteristische Duft fasziniert und das hatte sich bis heute nicht gelegt. Noch heute fand er es irgendwie verblüffend, wie aus diesem Gemisch aus heißem Wasser, gemälzter Gerste und letztlich Hefe ein so edles Getränk wie Malt Whisky entstehen konnte. Aber das war ja auch der Grund, warum er immer noch mit so viel Liebe und Leidenschaft in der Brennerei arbeitete.

Er verschloss die Mash Tun wieder und ging über den Stahlgitterboden zur Treppe und diese hinunter. Er trat ins Freie, schloss die Tür des Gebäudes hinter sich ab und ließ den Blick kurz über das Gelände der Clydesdale Distillery schweifen. Für Anfang Mai war es hier in den Lowlands schon angenehm mild, und auch heute Morgen hatte die Luft schon etwas Sommerliches in sich. Mit einem Blick hoch zum wolkenlosen Himmel überzeugte er sich, dass es wohl ein vorsommerlich schöner und warmer Tag hier in Lanark werden würde.

Dann machte er sich auf den Weg zu den Warehouses, um schon einmal die Fässer auszusuchen, die seine Mitarbeiter später für die geplante Sonderabfüllung für einen großen Kunden auf dem Festland einsetzen sollten.

Er ging persönlich an Hand seiner ausgedruckten Lagerliste von Warehouse zu Warehouse, um die entsprechenden Fässer zu begutachten und dabei eine kleine Probe zu ziehen. Beim Betreten des Warehouse No 4 bemerkte er sofort, dass hier etwas nicht stimmen konnte. Erstens lag ein extrem starker Geruch nach Whisky in der Luft, der nicht durch das normale Verdunsten verursacht sein konnte. Außerdem erblickte er sodann ein Fass, mit dem etwas ganz und gar nicht in Ordnung sein konnte, zitierte ihn die Zeitung. Normalerweise wurden die Fässer auch hier im klassischen Dunnage Verfahren, also liegend und drei Reihen übereinander, gelagert.

Dieses Fass aber stand aufrecht auf dem Boden an der hinteren Wand des Lagerhauses. Beim näher kommen sah der Manager, dass der Deckel des Fasses eingeschlagen und scheinbar mutwillig entfernt worden war. Die Reste des Cask Head lagen noch neben dem Fass. Dabei war auch offensichtlich etliches des 17 Jahre alten Whiskies verschüttet worden, wie die dunklen Flecke rund um das Fass zeigten. Das erklärte auch den ausgeprägten Geruch nach Whisky. Als er das Fass erreichte, stellte er jedoch fest, dass es immer noch voll war, sogar eigentlich voller, als es nach 17 Jahren zu erwarten war. Während er sich noch darüber wunderte, beugte er sich über das Fass, um es näher in Augenschein zu nehmen. Voller Entsetzen prallte er zurück, als er in dem Whisky die Umrisse eines menschlichen Körpers erkannte. Die Leiche war scheinbar so fest in das Fass hineingestopft worden, dass sich der Körper richtiggehend am Fassboden verklemmt hatte.

Kupfer

-4-

Nach Augenblicken völliger geistiger Leere, nur angefüllt mit dem Schreck über das, was er da gerade gesehen hatte und den Erinnerungen an den Zeitungsbericht, kam wieder Leben in Graham und er fuhr Percy an.

»Schnell, Percy, schalte die Anlage ab, du kochst ihn ja!«

Als Percy nicht reagierte, sondern weiterhin seinen Mageninhalt auf dem Gitterrost unter seinen Füßen verteilte, rannte Graham selbst zum Schaltpult der Anlage und drückte den signalroten Not-Aus-Knopf.

»Die Polizei, wir müssen die Polizei verständigen und einen Krankenwagen rufen!«, rief er zu Percy hinüber, der aber weiterhin nicht reagierte. Graham rannte zum Schreibtisch des Still Man hinter den Brennblasen und wählte vom dortigen Telefon die allgemeine Notfallnummer 999. Als er der Dame von der Zentrale den Fall geschildert hatte, diese dann zusagte, dass sie die örtliche Polizei und den Rettungsdienst darüber informieren würde, wo die Leiche zu finden sei, legte er wieder auf und wunderte sich dann selbst darüber, dass er bei all dem Schrecklichen weitestgehend ruhig geblieben war. Zudem wurde ihm jetzt im Nachhinein klar, dass es wohl eher unsinnig gewesen war, auch einen Krankenwagen anzufordern, in der irrigen Annahme, dass jemand die 78 Grad Celsius in der Wash Still lebend überstanden hätte. Als er sich dann fragte, wie wohl ein abgekochter Mensch aussehen könnte, wenn sie ihn aus der Brennblase herausholten, ging er zu Percy und schloss sich dessen momentaner Lieblingsbeschäftigung an.

Als wenige Minuten später das Ambulance Fahrzeug mit der Aufschrift "Medical Care" eintraf, bog fast zeitgleich der Wagen mit dem unverwechselbaren gelben Streifen der Northern Constabulary, der lokalen Polizei, in die Einfahrt ein. Percy und er hatten sich soweit wieder im Griff, dass sie zwar immer noch leichenblass waren, aber ihre Mägen, bzw. das, was davon noch übrig war, wieder unter Kontrolle hatten.

Dem Streifenwagen entstiegen ein Polizist und eine noch recht junge, attraktive Polizistin, die auch gleich auf Graham zuging. Mit einer routinierten Bewegung zog sie einen kleinen Notizblock aus dem Gürtel.

»Haben Sie hier einen Todesfall gemeldet, Sir?"

»Ja«, antwortete Graham. »In unserer Wash Still schwimmt eine Leiche!«

Die Polizistin murmelte etwas Unverständliches in ihr Funkgerät, dass sie an der Schulter befestigt trug.

»Wir werden hier jetzt erst einmal alles absperren und warten, bis unser Chef da ist«, sagte sie zu Graham, nachdem sie sich seinen und Percys Namen notiert hatte, und ging zurück zum Wagen.

Dem Ambulanzfahrzeug waren inzwischen die Notärztin, in ihrer grünen Jacke, und der Technician, der auch das Fahrzeug gefahren hatte und ansonsten für die Geräte im Fahrzeug zuständig war, in seiner leuchtend orangefarbenen Jacke entstiegen. Sie kamen gerade von einem Einsatz aus Dufftown und die beiden hatten offensichtlich gleich erkannt, dass es hier nichts mehr zu retten gab und hielten sich, nach einer ersten Inspektion der Örtlichkeiten, lieber dezent im Hintergrund und an ihre Anweisungen, in solchen Fällen auf das Eintreffen der Kriminalpolizei zu warten und nichts anzufassen. Ihrer Anwesenheit konnten sie trotzdem etwas Glanz verleihen, indem sie mit einer Beruhigungsspritze auf ein neues Anzeichen von Schwäche bei Percy oder Graham lauerten.

Die beiden Streifenbeamten hatten inzwischen ein blauweißes Absperrband rund um die Wash Still gezogen und verhielten sich danach ebenfalls abwartend.

Graham, der den Polizisten kannte, ging zu ihnen hinüber und hörte noch, wie Sergeant Thompson gerade zu Police Constable Tuesday sagte: »Wo bleibt denn unser Cheffe nur so lange, der wird sich doch nicht schon wieder verfahren haben?«

Detective Police Inspector William Shortbread, seines Zeichens lokaler Polizeichef, benötigte für die 8 Kilometer von Rothes bis Charlestown über 10 Minuten.

»Sorry, da war so ein blöder Laster vor mir, der hat mich nicht vorbeigelassen, trotz Blaulicht und Sirene. Das war bestimmt ein Engländer!«, gab er zu seiner Entschuldigung an, als er dann doch noch eintraf.

Danach versuchte er ebenfalls einen ersten Überblick über die Sachlage zu erhalten. Er war aber ganz offensichtlich mit der Gesamtsituation überfordert.

Billy-Boy, wie er heute allgemein nur genannt wurde, hatte schon immer seinem Familiennamen alle Ehre gemacht und war in der Schule ständig damit aufgezogen worden. Die anderen Kinder riefen ihn ständig "Shorty" und hänselten ihn permanent, da er im Vergleich zu ihnen immer schon etwas kleiner war. Unglücklicherweise passte sich seine körperliche Entwicklung auch später mehr und mehr seinem Namen an, so dass er mit seinen 169 cm Körpergröße und 124 kg Abtropfgewicht tatsächlich einem runden Shortbread Plätzchen ähnelte. Die kurzen Stampferbeinchen und der runde Kopf, der ohne erkennbaren Hals auf dem runden Körper saß, verstärkten diesen Eindruck noch mehr. Mit seinen 43 Jahren, war er nur unwesentlich älter als Graham, wohnte aber immer noch bei seiner Mutter und hatte auch sonst bislang ein eher Strunzlangweiliges Leben geführt. Auch seine berufliche Karriere verlief so aufregend wie ein Schinkenbrot, denn außer ein paar vermissten Katzen und einem nie geklärten Handtaschenraub, hatte sich nichts Besonderes ereignet. Und jetzt das!

Warum musste ausgerechnet ihm so etwas passieren?!, dachte er gerade voller Selbstmitleid.

So stand er nun in seinem dunkelgrauen Zweireiher und dem fadenscheinigen Trenchcoat, der ihm zumindest den Hauch von Humphrey Bogart verleihen sollte, inmitten von Leuten, die allem Anschein nach irgendetwas Pfiffiges von ihm erwarteten. Er war der Chef. Er hatte die entsprechende Ausbildung und Erfahrung. Er hatte die Ahnung zu haben, wie es jetzt weitergeht. Pustekuchen! Am liebsten wäre er jetzt hinausgelaufen, hätte laut geschrieen, Gott und die Welt verflucht und einen Vorgesetzten gehabt, der ihm beruhigend auf die Schulter klopfte.

Aber ja, genau, das ist die Lösung meiner Probleme, dachte er. Mord in einer Brennerei, da gab es doch bereits eine Sonderkommission von lauter Sesselfurzenden Chief Inspectors und Superintendents in schwarzen Anzügen und CIA-Brillen, sollten die sich doch um die ganze Sauerei kümmern. Wenn er Glück hatte, war er sogar noch rechtzeitig zum Mittagessen wieder daheim bei seiner Mutter. Die liebte es nämlich gar nicht, wenn er zum Essen zu spät kam!

Ohne auf das weitere Geschehen am Tatort einzugehen, rannte er zu seinem Dienstwagen zurück, riss die Fahrertür auf und rief Nancy in der Zentrale über sein Funkgerät an. Er ließ sich die Nummer des Superintendent geben, der die Sonderkommission in Inverness leitete. Zum Glück war ihm wieder eingefallen, dass diese Nummer an alle Polizeistationen geschickt worden war, in deren Zuständigkeitsbereich eine oder mehrere Whisky Brennereien lagen. Bis zum Eintreffen der Sonderkommission würde er hier nichts anfassen oder von irgendjemandem anfassen lassen. Fertig. Aus.

Glücklich über seinen scharfen Verstand, schlenderte William nach seinem beendeten Telefonat und der Zusage, sofort das Team aus so genannten Scene Examiners und der Sonderkommission "Whisky" loszuschicken, zurück zum Still Room. In der Hoffnung, dass die zwei anwesenden Polizisten, gemeinsam mit den beiden Sanitätern, bereits alles Nötige veranlasst hatten, was man halt im Falle eines Mordes – denn davon ging er zunächst mal aus – halt so veranlasst.

Zum ersten Mal in seinem Leben fragte er sich, warum er damals nicht widersprochen hatte, als seine Mutter in aufforderte mit 17 Jahren als Police Cadet den Spuren seines Vaters, seiner drei Onkel, einer Tante und weiterer Verwandter zu folgen, die alle irgendwo in Schottland im Polizeidienst waren. Das ganze Dilemma fing eigentlich schon mit seiner Geburt an, stand doch schon in seiner Geburtsurkunde als Geburtsort "Police Station Grantown". Seine hochschwangere Mutter war damals, als die Wehen einsetzten, zu Fuß zur Polizeistation geeilt, in der sein Vater Dienst tat, damit dieser sie ins Krankenhaus fahren solle. Aber als sie dort eintraf war schon alles zu spät und die Geburt nahm im Büro seines Vaters ihren Lauf.

Was hätte er also anderes machen sollen, als diesem Wink des Schicksals zu folgen. Er hatte sich aber seit der Zeit der Polizeischule nie wieder die Mühe gemacht, irgendwelche Handbücher zu lesen, geschweige denn Fortbildungen und Seminare zu besuchen. Deswegen war er mit seinen 43 Jahren auch immer noch Inspector, obwohl er, bei entsprechender Weiterbildung, eigentlich schon Superintendent oder gar Chief Superintendent hätte sein können. Aber dazu hätte er im fernen Glasgow studieren müssen und seinen Masters Degree with Distinction in Police Management und vielleicht sogar noch das Post-Graduate Diploma in Applied Criminology erreichen müssen. Das hätte ihn aber viel zu viel Zeit und Energie gekostet und außerdem hätte er seine Mutter nicht so lange alleine lassen können, was hätte die denn ohne ihn machen sollen. Nur den Verdiensten seines Vaters, der 30 Jahre die Polizeistation in Grantown leitete, hatte er es zu verdanken, dass er überhaupt in den Rang eines Inspectors aufrückte.

Bislang hatte er eher ein geruhsames Leben geführt und die knapp 38.000 Pfund, die er jährlich verdiente, reichten locker aus, um seinen Lebensunterhalt zu bestreiten. Außer seine Leute in Ruhe ihre Arbeit verrichten zu lassen und nur gelegentlich, allerdings fast immer nur recht halbherzig, mal zu zeigen, wer eigentlich der Boss war, hatte bis heute stets gereicht, seinen Arbeitsplatz nicht zu gefährden. Somit konnte er auch jetzt nur hoffen, dass alle Beteiligten erstens seine Kompetenz nicht in Frage stellen und, zweitens, seine Erfahrungen aus den zahlreichen Fernsehkrimis auch nur annähernd der Realität entsprechen würden.

»Wie sieht's aus, schon mit den Befragungen angefangen?«, fragte William in sehr großmännischem Ton den Police Sergeant, der gleich neben der Eingangstür in seinem Notizbuch schrieb. »Ist die Spurensicherung schon informiert?« Er hoffte inständig, dass es so etwas tatsächlich gab. »Und wieso schwimmt der arme Kerl immer noch in der Brühe? Muss man denn alles selber machen?!«

»Police Constable Tuesday knöpft sich gerade Mister Henderson vor«, antwortete der Sergeant und zeigte mit seinem Kugelschreiber nach oben auf die Produktionsebene. »Er hat die Leiche als erster entdeckt. Ich dachte, mit Mister Morrice wollen Sie lieber persönlich reden, Sir. Sie kennen ihn ja wohl. Er wartet da oben an der Tür auf Sie. Und die Vampire in Weiß wissen immer noch nicht, wie sie das Kochfleisch am besten servieren sollen.«

William Shortbread musste sich nach dieser flapsigen Antwort erst mal ein wenig sammeln und sich einen passenden

Kommentar zurechtlegen. Die Polizisten, die täglich mit Unfällen und anderem schrecklichen Zeugs zu tun hatten, demonstrierten einen schwarzen Humor und eine Abgebrühtheit, die er an seinem gemütlichen Büroschreibtisch leider nie hatte entwickeln können. Aber das musste wohl so sein, um mit den Dingen fertig zu werden, die ihnen täglich zu schaffen machten. Und warum die Sanitäter Vampire genannt wurden, wollte er eigentlich auch gar nicht wissen. Wenn man aber über den Tod seine Späße machte, verlor er vermutlich seinen Schrecken, zumindest vorübergehend, oder?

»Ein bisschen mehr Respekt vor dem Toten, Sergeant Thompson, bitte! Es könnte schließlich auch ein Freund von Ihnen sein.«

»Wohl kaum, mit Verlaub, Sir. Ich kenne genug Leute, die sich freiwillig in einem guten Fass Whisky ersäufen würden, aber in diese lauwarme Plörre zu springen, dazu muss man's schon ziemlich nötig haben.«

»Wie kommen Sie darauf, dass der Mann freiwillig in die Brennblase gestiegen ist, Thompson?«, fragte William erstaunt.

»Na ja, schauen Sie mal, die Öffnung an dem Ding hat keine 60 cm Durchmesser. Da muss man schon freiwillig reinkrabbeln. Mit Gewalt und ein wenig Gegenwehr kriegt man da keinen ohne massive Verletzungen rein. Da müssten Gewalt- oder Blutspuren am Verschluss zu sehen sein. Und nachträglich gewischt hat da auch keiner; dazu ist es da überall zu schmutzig.«

William war völlig überwältigt von der raschen Auffassungs- und Beobachtungsgabe dieses einfachen Polizisten. So etwas wie Neid keimte in ihm auf und schien kurzfristig seinen Geist zu beflügeln.

»Außer, mein Lieber, der Mann war bereits tot, als man ihn dort hineinstopfte. Besser Sie denken mal in alle Richtungen, bevor Sie sich ein zu schnelles Urteil über einen Tathergang machen. Alles klar, Thompson?!«

Von einer Welle des Stolzes beflügelt ließ er den etwas verdattert dreinblickenden Polizisten stehen und schwebte die Treppe hoch und zum anderen Ende der Halle, wo sich Graham Morrice mit seiner sichtlich erschütterten Mitarbeiterin unterhielt.
Während Dorfpolizeichef William Shortbread noch mit seinem Untergebenen diskutierte, war Ishbel inzwischen auch in den Still Room gekommen. Selbst wenn das Tor nicht ausgehängt worden wäre, hätte sie für die Polizei und den Notarztwagen das schmiedeeiserne Tor nicht extra öffnen müssen, denn wenn sie es morgens aufgesperrt hatte, blieb es für den Rest des Tages offen, damit die Besucher auf den Parkplatz der Brennerei fahren konnten. Aber natürlich war ihr, die auch sonst jeden kommen und gehen sah, nicht verborgen geblieben, dass deren Fahrzeuge mit kreischenden Sirenen und Blaulicht aufs Gelände gefahren waren und sich heute etwas Außergewöhnliches ereignet haben musste. Glücklicherweise war es für die Touristen noch etwas zu früh und so konnte sie teils besorgt, teils neugierig ihren Platz im Visitor Center guten Gewissens verlassen, obwohl ihre Assistentin Jenny heute frei hatte. Zuerst kam ihr natürlich der Gedanke an einen Unfall in den Sinn. Einem ihrer Kollegen könnte etwas zugestoßen sein. Diesen Gedanken verwarf sie aber sofort wieder, da außer Graham und Percy noch niemand auf dem Gelände war. Und die beiden hatten gerade vor kurzem erst miteinander telefoniert. Das konnte sie an ihrem Hightech-Telefonapparat auf ihrem Schreibtisch an Hand der roten Signallämpchen für die einzelnen Verbindungen sehen. Zudem war es sehr ungewöhnlich, dass bei einem normalen Arbeitsunfall der gesamte Polizeiapparat des Dorfes auftauchte, denn sie hatte nicht nur den Volvo der beiden Streifenpolizisten, sondern auch den Rover des Polizeichefs persönlich aufs Gelände fahren sehen.

So in Gedanken betrat sie das Produktionsgebäude durch den Seiteneingang, stieg die Treppe hoch bis zur Betriebsebene, durchquerte den Raum mit den Wash Backs und erreichte das Still House sozusagen durch die Hintertür. Auf den ersten

Blick konnte sie allerdings nichts Ungewöhnliches erkennen, da alle nur wie paralysiert herumstanden. Percy wurde offensichtlich von einer Polizistin in Uniform befragt und dabei etwas mitleidig von einem Sanitäter beobachtet. Der doofe Billy-Boy, den sie in der Schule schon nicht leiden konnte, weil er sie immer mit einem Grinsen bedachte, das auf horizontale Wünsche hindeutete, war auch da. Er redete am gegenüberliegenden Eingang mit einem Sergeanten und dem zweiten Sanitäter, einer Frau und nach ihrer Kleidung zu urteilen auch der Notarzt. Er schien sich mehr für den Produktionsprozess in den Stills zu interessieren, als für etwas anderes. Resolut wandte sie sich dem gleich neben ihr stehenden Graham zu, er war ja schließlich der Chef hier.

»Was ist denn los hier, Graham? Was machen die Polizei und der Krankenwagen hier, was ist passiert? Du machst ja ein Gesicht, als hätten wir eine tote Ratte im Tank gefunden.« Sie hatte ihn unbewusst zum ersten Mal geduzt.

»Ob er eine Ratte war, wird sich noch herausstellen müssen«, erwiderte Graham geheimnisvoll. »Nein, im Ernst, jetzt hat's uns auch erwischt. Ab morgen können wir uns in die Riege der vier berühmtesten Distilleries der Welt einreihen. Ich sehe schon die Schlagzeile: "Mord in der Maische", oder so. Da kriegt das Wort Bierleiche eine ganz neue Bedeutung, ha!«

Ishbel wurde leichenblass und passte jetzt in ihrer Gesichtsfarbe wesentlich besser zu Percy und Graham, die immer noch so aussahen, als hätten sie die letzten Monate im Kühlschrank verbracht.

»Das finde ich gar nicht lustig. Über so etwas macht man keine Scherze!«, antwortete sie ihm schnippisch.

Graham tat es sofort leid, zumindest ein bisschen, dass er so heftig reagiert hatte. Sie konnte schließlich nichts dafür, dass er heute den Schock seines Lebens erfahren hatte. Aber so weit käme es noch, dass er sich bei ihr dafür entschuldigen würde. In versöhnlicherem Ton fuhr er aber fort: »Percy hat beim destillieren einen Toten durch das Schauglas der Wash

Still entdeckt. Jetzt hat es uns auch erwischt! Was sollen wir nur machen, das ist eine ausgesprochene Katastrophe für die Zukunft unserer Brennerei! Wir können uns eine neue Brennblase zulegen. Kein Mensch will einen Whisky trinken, der in einem Sarg destilliert wurde. Am besten machen wir gleich den ganzen Laden dicht!«

Auch Ishbel spürte, dass Graham sie vorhin nicht bewusst angeblafft hatte und antwortete mit etwas mehr Mitgefühl in der Stimme: »Sicherlich ist es eine Katastrophe und ein Ermordeter, denn darum handelt es sich ja wohl, ist nie ein schönes Ereignis. Aber um die Brennerei mache ich mir keine Sorgen. Bei den anderen Brennereien, in denen die Toten gefunden wurden, stieg die Zahl der Besucher sogar drastisch. Es gibt immer noch genügend Menschen, die sich so etwas nicht entgehen lassen wollen. Wir werden also vermutlich eher mit mehr als mit weniger Besuchern rechnen können. Was hat Billy dazu zu sagen?«

»Keine Ahnung. Ich habe noch nicht mit ihm gesprochen. So weit ich mitbekommen habe, hat er nur sofort ein paar Mal telefoniert. Wenn er so clever ist, wie er sein möchte, setzt er sich unverzüglich mit dieser Sonderkommission in Verbindung, die für die Whisky-Morde eingerichtet wurde. Es wäre wohl besser, wenn die die Ermittlungen übernehmen. Billy-Boy ist doch hoffnungslos überfordert.«

»Das glaube ich gerne. Billy ist ja schon überfordert, wenn er morgens entscheiden muss, ob er die braunen oder die schwarzen Schuhe anziehen soll. Zum Glück hat er seine Mutter, sonst wäre er absolut nicht lebensfähig«, antwortete sie in einem für Graham unbekannten Anflug von Sarkasmus. »Da kommt er. Bin gespannt, was sein Expertengehirn zustande gebracht hat.«

»Hallo Graeme, hallo Ishbel«, eröffnete William das Gespräch. »Ist ja ne' ganz scheußliche Sache, die uns da erwischt hat. Kennt ihr den Toten?«

Völlig überrascht von dieser Frage, die entweder einer diabolischen Raffinesse entsprang oder einer grenzenlosen Blödheit, schauten ihn die beiden nur fassungslos an. Als erster fand Graham wieder Fuß. »Wie in aller Welt soll ich denn jemanden erkennen, der hinter zehn Millimeter Kupfer in einer Dampfwolke schwimmt?«

Stimmt, dachte sich William, die Frage wäre zu einem späteren Zeitpunkt vielleicht besser angesiedelt. »Also gut, kannst du wenigstens vermuten, wer das sein könnte oder wie er da hineingekommen ist?«

»Nein«, antwortete Graham. »Keine Ahnung wer das ist, und wenn Scotty ihn nicht reingebeamt hat, wird er wohl durch die Revisionsluke da hinein gekommen sein.«

»O.K., Graeme, ich merke schon, wir sollten uns erst mal beruhigen, auf die Jungs von der Spurensicherung warten und uns später die Leiche anschauen.«

Speziell vor diesem Punkt graute es William am allermeisten. Er schickte ein kurzes Stoßgebet zum Himmel, dass bis dahin die Profis aus Inverness den Fall an sich gerissen hätten. Mit ein paar protestierenden Worten könnte er sich dann beleidigt zurückziehen und sein geruhsames Leben weiterleben.

»Und du, verehrte Ishbel, hast du von deinem Aussichtsposten am Tor irgendwen beobachtet, der nicht hierher gehört?!«

»Du meinst außer dir, mein lieber Billy-Boy?« – Ishbel genoss es, wie William bei der Nennung seines verhassten Spitznamens die Gesichtszüge entglitten – »Du weißt genau, dass ich erst um acht Uhr die Brennerei betrete, gemeinsam mit Graham. Da der Brennvorgang aber schon seit sieben Uhr läuft und es kaum möglich ist, die Brennblase während der viereinhalbstündigen Destillation ohne größere Schweinereien zu öffnen, muss der besagte Herr schon vor mir auf dem Gelände gewesen sein. Frag Percy, der ist morgens immer der Erste hier. Was nicht heißen will, dass ich ihn irgendwie mit der Sache in Verbindung bringen will.«

William Shortbread wandte sich sichtlich irritiert Percy und der Polizistin zu, die ihr Gespräch mittlerweile sitzend am Schreibtisch des Still Man fortsetzten, da sich der Geruch von halbverdautem Frühstück auf dem Boden als eher hinderlich für ein Verhör herausgestellt hatte.

»Und, schon ´was rausgefunden, Constable Tuesday? War's der Gärtner?«

Ruby Tuesday, seit über sechs Jahren im Dienst, wollte schon immer Polizistin werden. Sie hatte als Police Cadet angefangen und als eine der besten ihres Ausbildungsjahrganges die Prüfung bestanden. Papa und Mama Tuesday hatten ihrer Tochter den Vornamen gegeben, als sie diese, quasi noch als Vollzeitpubertierende, nach einem Stones Konzert gezeugt hatten. Ruby mochte die Musik der Stones dennoch und hatte ihren Eltern diesen Fauxpas längst verziehen. Mit ihrem Kollegen Police Sergeant Eddie Thompson kam sie bestens aus, aber diesen Trottel, der ihr Chef war, sah sie am liebsten von hinten. Sie blickte ihren Vorgesetzten deshalb an, als hätte sie jenen scharfen Geruch noch immer in der Nase, vor dem sie eben geflohen war.

»Wer? Die Leiche, Sir oder meinen Sie den Täter oder beziehen Sie sich auf Mister Henderson? Der ist nämlich Still Man hier und nicht der Gärtner.«

»Ha, ha, komisch Tuesday, wirklich komisch! Also, was wissen wir bis jetzt?«

»Wir«, Tuesday dehnte dieses Wort mit sichtlichem Genuss. »Wir, Sir, wissen bis jetzt nur, das Mister Henderson pünktlich wie jede Woche die Brennblase um sieben Uhr und zehn Minuten befüllt hat.«

»Und, war da die Leiche schon drin?« Noch so eine dämliche Frage, dachte William im selben Moment. »Nein, schon gut, ich meine, haben Sie die Brennblase vor dem Befüllen nicht von innen kontrolliert?«

Er hatte das ganz deutliche Gefühl, dass ihm für solch eine Situation das Training fehlte. Zudem machte ihm das süffisante Grinsen des Constable langsam aber sicher nervös.

»Natürlich hab´ ich das. Das tu´ ich immer. Leuchte mit `ner Taschenlampe da rein. Hätt' sich ja auch mal `ne Katze da drin verirren können. Aber da war rein gar nix. Die Wash Still war leer wie `ne frische Windel, als ich sie verriegelt habe, ehrlich!«

Percy zitterte immer noch am ganzen Leib während er mit seinen schwieligen Händen seine blaue Overallhose knetete.

»Ich hab´ wirklich alles kontrolliert, wie immer, und bin dann rüber zu den Tanks, dem Wash Charger da drüben, um die Ventile zu öffnen und dann zum Steuerpult, um die Anzeigen zu kontrollieren und … und …«. Percy wurde sichtlich immer nervöser.

»Schon gut, schon gut, Percy. Ich darf Sie doch Percy nennen, oder?« William versuchte es mal auf die joviale Tour. »Sie sagen, Sie haben die Ventile geöffnet. Wenn ich mich nicht täusche, sind die doch nebenan, direkt bei dem Wash Charger, oder? Wie lange dauert so was normalerweise?«

»Na ja, vielleicht `ne Minute, oder so. War dann aber noch kurz draußen, `ne Kippe rauchen. Aber nur ganz kurz, und dann bin ich direkt wieder hier rein.«

»Vielleicht hat ja die Minute ausgereicht, um die Leiche da rein zu werfen, wer weiß?« William hatte im Moment keine rechte Idee in welche Richtung er weiterfragen sollte. In dem Moment drang das Geräusch von mehreren herannahenden Wagen herein.

»Ah, gut, das wird die Spurensicherung sein. Dann kann's ja endlich weitergehen.«

William, froh über diese Unterbrechung, drehte sich um und strebte der riesigen Fensterfläche entgegen. In dem Moment kam Graham immer noch kreidebleich auf ihn zu.

»Billy, das sind meine Bosse, die Chefs der Company, mit denen habe ich um zehn Uhr ein Meeting. So ein Mist, die hatte ich natürlich völlig vergessen. Tu mir bitte den Gefallen und krieg dieses ganze Elend hier in den Griff. Ich werde die großen Helden sofort in den Besprechungsraum lotsen und sie von hier fernhalten, in Ordnung?«

Sichtlich darüber enttäuscht, dass dies nicht die erhoffte Spurensicherung oder, noch besser, vielleicht die Sonderkommission war, nickte er Graham nur zu und murmelte etwas von "*Kein Problem, hab' alles im Griff*", während sich Graham eilends zum Hinterausgang des Still House begab. Ishbel schien bereits ihre Pflicht als Mädchen für Alles wahrzunehmen, denn William konnte sie nirgends mehr entdecken. Wäre ja auch zu schön gewesen, den ganzen Mist hier schon wieder loszuwerden, aber dann verinnerlichte er sich, dass die Fahrt von Inverness bis hierher selbst mit Sirenen und Blaulicht locker eine dreiviertel Stunde dauerte. Also konnten Derringer und seine Leute frühestens in einer knappen halben Stunde hier sein.

Einer der Sanitäter, offensichtlich eine Frau, zog ihn in diesem Moment am Ärmel und schreckte ihn aus seinen Gedanken auf. Er sah sie sich etwas näher an und musste zugeben, dass sie in ihrer grünen Notarzt-Jacke ziemlich fesch aussah. Dunkelblondes Haar, mit einem violetten Gummiband zurückgebunden, kleine randlose Brille und strahlend blaue Augen. Den Mund spöttisch verkniffen, blaffte sie ihn an: »Sie sind doch der Oberchef hier, oder? Wie lange sollen wir denn noch hier rumlungern? Und wann können wir den armen Kerl endlich aus dem Kochtopf holen oder warten wir, bis er gar ist?«

Wieder einmal von so viel Angriffslust, aber auch der geballten weiblichen Dominanz, die in der Stimme lag, völlig überwältigt, fing William prompt wieder an zu stammeln. »Also, also, nun mal langsam, meine Liebe, wir haben es hier mit einem Kriminalfall zu tun und nicht mit einem Verkehrsunfall. Wir werden zunächst auf die Spurensicherung warten und dann sehen wir weiter. Außerdem haben wir uns wohl noch nicht bekannt gemacht. Ich bin Detective Police Inspector William Shortbread und Chef der hiesigen Polizeistation.« Natürlich war ihm dieses kleine Zucken in ihren Mundwinkeln bei der Nennung seines Namens aufgefallen. »Sind Sie neu hier?«

»Ja, stimmt. Mein Name ist Doktor Susan Edkins. Ich bin die neue Notärztin im St. James Infirmary. Vorige Woche aus Newcastle gekommen. Wollte es mal ein bisschen ruhiger haben. Drei Jahre lang meschugge Mopedfahrer aus den Gräben ziehen, haben mir gelangt. Sie können mich übrigens Sue nennen«. Sie streckte ihm ihre Hand entgegen, die er fast roboterhaft schüttelte und sich über ihren kräftigen Händedruck freute. Er mochte starke Frauen. So wie seine Mutter eine ist.

»Nun gut, Bill, dann werden Donny«, sie wies mit ihrem Daumen über die Schulter auf den anderen Sanitäter »mein Kollege und ich mal zum Wagen zurückgehen und da warten, bis es weitergeht.«

Sie ließ seine Hand wieder los, die er gedankenverloren zu reiben begann. »Wenn zwischendurch was passiert und wir abgerufen werden sollten, können Sie uns ja später anrufen.«

Mit einem undefinierbaren Lächeln ging sie zu dem abgestellten Notfallkoffer, klappte ihn zu und ging gemeinsam mit ihrem Partner die Eisentreppe hinunter zu der Glastür. Während sie das Gebäude verließen, schaute William ihnen hinterher und bewunderte den leichten Hüftschwung, den Sue bei jedem Schritt in ihrer schneeweißen Hose vollführte. *Verdammt, er lebte schon viel zu lange bei seiner Mutter. Langsam sollte er sich auch mal auf die anderen Seiten des Lebens konzentrieren.* In dem Moment wurde er sich seines Spiegelbilds in den großen Glasscheiben gewahr: *klein, pummelig, genau das Gegenteil eines Frauenschwarms*, dachte er sich. *Vergiss es einfach.* Derart frustriert drehte er sich um und ging auf den Hintereingang zu. Vielleicht konnte er ja die Wartezeit bis zum Eintreffen der Jungs aus Inverness bei einer schönen Tasse Kaffee verbringen, die er sich von Ishbel zu schnorren gedachte.

Währenddessen war Graham kurz hinter Ishbel durch die hinteren Produktionsräume aus dem Gebäude geeilt, gerade rechtzeitig um zu sehen wie auf dem Parkplatz die Türen der zwei dunkelgrünen Jaguar-Limousinen aufflogen und insgesamt fünf Männer den beigefarbenen Ledersitzen entstiegen. Der erste, der sofort zielstrebig auf Graham zueilte, war Sean

McCartney, weder verwandt noch verschwägert mit dem Beatles-Idol, geschweige denn musikalisch. In seinem Armani-Outfit mit Seidenkrawatte und seinen unnatürlich schwarzen Haaren glich er eher einem Mafiosi mit Hang zum Dressman, galt aber anerkanntermaßen als die Koryphäe auf dem Gebiet der Firmenführung. Mit seinen lediglich 37 Jahren war er der jüngste Firmenchef in der aktuellen Geschichte der schottischen Whiskyindustrie. Als unangefochtener Herr der Scottish Whisky Society, kurz SWS genannt, entschied er über Gedeih und Verderb von mittlerweile 14 Brennereien und einigen weiteren Unternehmen. Eitelkeit war eindeutig eine seiner Lieblingssünden! Ekel erregend smart, so kam es Graham vor, grinste er ihn mit blendend weißen Zähnen an. Als er Graham die Hand reichte, bemerkte dieser die Manschettenknöpfe, die vermutlich aus massivem Silber waren und das SWS Symbol trugen. *Und seine Uhr, war das nicht eine Breitling? Natürlich war sie das, was sonst.*

»Hi Graeme, na dann mach's mal kurz. Hast du deinen Laden in die Luft gejagt oder eine Meute an Testtrinkern mit deiner neusten Kreation in den Himmel geschickt oder, was machen die Polizei und der Notarzt hier? Eine neue Hose würde dir übrigens auch ganz gut zu Gesicht stehen. Deine hat einen Riss am Saum.«

Arschloch, dachte Graeme, *ein echtes Arschloch.* »Hallo Sean, schön dass du dich mal wieder in deiner Lieblings-Distillery sehen lässt. Ist ja fast schon sechs Monate her. Meine Hose, ja, kleines Problem mit dem Wagen. Danke, dass du obendrein ein bisschen besseres Wetter mitgebracht hast. Ich dachte schon, es würde gar nicht mehr aufhören zu regnen.«

»Ach Graeme, du weißt doch, da wo ich bin, scheint immer die Sonne.«

Der Typ war ein totales Ekel. Graham wusste, dass er sich im Büro wie ein Tyrann benahm und einen Verschleiß an Sekretärinnen hatte, wie andere Leute an Heftklammern. Wenn er sagte „Spring!“ war das einzige, was man noch fragen durfte „Hoch oder weit?“. Und selbst das war meist schon zuviel. Gott, wie hasste er dieses Zahnpastalächeln, das ihn eher an ein Haifischgrinsen erinnerte. Und dieses bewusst feste und immer eine Spur zu lange Händeschütteln. »Lasst uns bitte reingehen, da erklär ich euch alles.«

Mit einer ausladenden Armbewegung lud er die illustre Truppe ein, sich in Richtung Bürogebäude in Bewegung zu setzen. Einer nach dem anderen gingen sie an ihm vorbei auf die rot lackierte Eingangstür des Verwaltungstraktes zu.

»Hallo Mister Duncan, Mister Latimer, schön Sie zu sehen. Sven, herzlich willkommen, auch Sie Mister Sutherland, gehen Sie ruhig vor, Sie kennen ja den Weg.«

»Danke, Wallace, immer wieder nett bei Ihnen«, erwiderte Adam Garry Sutherland, der letzte der Männer und mit über 60 Jahren auch der älteste im Vorstand.

"*Wallace*!" Er konnte es nicht fassen. Hirnlos kam er sich vor. Absolut hirnlos. *Für die bist du doch nur einer von all den Hanseln, die dafür sorgen, dass deren Vermögen wächst und wächst,* dachte er sich. *Am besten ich steck mir ein paar Pfauenfedern in den Hintern und fang an Rad zu schlagen. Vielleicht können die sich so mal meinen Namen merken.* Etwas beschämt über seine Gedanken trottete Graham missmutig hinter den anderen her.

Im Besprechungsraum angekommen, nahmen alle ihre Plätze um den ovalen Konferenztisch ein, den Graham im Frühjahr bei einem schwedischen Möbelhaus entdeckt hatte. Zwölf Plätze für unter 300 Pfund. Das gefiel ihm, und keiner hat's gemerkt. Es war zwar nichts Originales und auch nichts Nostalgisches, aber da das Budget für die Möblierung nicht mehr hergab, war er stolz darauf, so gut gehaushaltet zu haben.

Ishbel hatte in der Zwischenzeit die Getränke vorbereitet und betrat den Raum als letzte, schwer bewaffnet mit zwei neumodischen Thermoskannen gefüllt mit schlechtem Kaffee und noch schlechterem Tee. Zumindest nach Grahams Meinung.

»Also, Graeme«, ergriff Sean McCartney wieder das Wort. »Dann erzähl mal, was das Aufgebot da draußen soll. Und dann lass uns deine Präsentation sehen, wir haben nur 45 Minuten Zeit, dann geht's weiter nach Perth. Haben noch ein volles Programm heute.« Jovial grinste er in die Runde.

»Also gut, meine Herren«, begann Graham und atmete tief ein. »Leider muss ich Ihnen mitteilen, dass sich heute Morgen oder heute Nacht, keine Ahnung, in unserer Brennerei ein Mord ereignet hat. Zumindest sieht's nach einem Mord aus.«

Eisiges Schweigen prallte ihm entgegen. Selbst Seans Lächeln gefror zu einer Grimasse.

»Wir haben eine Leiche in der Wash Still.«

Sven Sorenson, der erklärte Finanzprofi der SWS, überwand in seiner für ihn typischen nüchternen Art als erster den Schock, den alle Anwesenden anscheinend erlitten hatten. »Graham, falls das kein Willkommensscherz sein soll, heißt das, dass wir es jetzt auch mit dem Whiskymörder zu tun haben? Wer weiß davon und wie viel ist schon nach draußen gedrungen?«

»Gar nichts ist nach draußen gedrungen, Sven. Die Leiche wurde erst vor einer Stunde entdeckt. Die Sonderkommission ist auf dem Weg von Inverness hierher. Nicht mal die Spurenprofis sind da. Bisher ist nur unsere Ortspolizei informiert, und die Sanitäter halt. Aber die sind alle noch hier.«

»Heißt das, dass die Leiche noch irgendwo hier herum liegt?«, fragte Sutherland sichtlich angewidert. »Das ist ja Ekel erregend.«

»Nun mal halblang, alle«, versuchte Sean zu beruhigen. »Kann nicht einfach irgendeine durchgeknallte Alte ihren besoffenen Mann ausgeknipst haben, weil er ihr einmal zu oft aufs Maul gehauen hat? Muss doch nicht gleich Jack the Ripper sein, oder?«

»Sean«, erwiderte Graham. »Wir haben eine Leiche in der Brennblase schwimmen, und zwar in der geschlossenen, in Betrieb befindlichen Brennblase.«

»Wenn das an die große Glocke kommt, können wir uns auf was gefasst machen«, äußerte sich Alexander Bruce Duncan erstmalig. Er war erst 26 Jahre alt, aber der persönliche Assistent von Sean McCartney. Er wurde von vielen auch als dessen externe Festplatte bezeichnet, denn in den meisten Besprechungen trumpfte er mit seinen Zahlen der SWS auf. Die meisten hatte er im Kopf parat, den Rest entnahm er seinem dicken Aktenstapel, den er vermutlich nur morgens zum rasieren aus der Hand legte.

»Stimmt«, erwiderte Sean. »Bei den anderen, drei waren es bis jetzt, richtig, gab es einen ganz schönen Kuddelmuddel. Erst die Polizei, dann das Gesundheitsamt, von wegen Lebensmittel und Leichen und so. Fast vier Wochen wurde die letzte Brennerei geschlossen. Und dann der Sensationstourismus. Tausende zahlender Touristen und eine geschlossene Brennerei. Arme Schweine. Zum Glück bisher keine von unseren. Ich brauche jetzt was zu trinken. Ishbel, pack uns doch ein Stärkungsmittel aus, ja?«

Ishbel eilte zu dem Wandschrank – ebenfalls ein schwedisches Designer-Möbelstück – öffnete die Glastür und entnahm zwei der dort präsentierten zehn Flaschen Single Malt Whisky, dem derzeitigen Sortiment der Ben Rhinnes Distillery. Da die Nosinggläser wie immer bereits auf dem Konferenztisch für die später am Nachmittag stattfindenden Tastings standen, bediente sich jeder der Männer und wies jeweils stillschweigend auf die Flasche Whisky, die Ishbel ihm einschenken sollte.

Nachdem alle Gläser mit der goldbraunen beziehungsweise rötlichbraunen Flüssigkeit gefüllt waren und sich ganz langsam ein Duft von Vanille, Sherry und Rumrosinen im Raum ausbreitete, konnte man wieder dieses altbekannte Phänomen beobachten, wenn ein oder mehrere Menschen sich dem Genuss dieser Spirituose widmeten. Die Zeit schien für einen winzigen Augenblick still zu stehen, die Gespräche verstummten und alle Probleme versanken in diesem verträumten Blick auf diesen sich langsam im Glas drehenden, leuchtenden Genuss. Alle rochen ausgiebig an dem edlen Getränk in ihrem Glas, bevor sie daraus tranken. Jetzt wusste Graham wieder, warum er diesen Job machte. Für ihn war es nicht einfach nur ein Produkt, was er zu produzieren und zu vermarkten hatte. Es war eine Lebenseinstellung.

Nachdem alle noch ein paar Sekunden dem Nachklang des Whiskies in ihren Kehlen gelauscht hatten, konnte man sich nicht des Gefühls erwehren, das sich ganz leise die Tür öffnete und die Realität zurück in den Raum strömte.

»O.K., meine Herren, was tun wir jetzt?« Sean fiel wie immer in seinen berühmten Aktionismus zurück. »Ich schlage vor, Ishbel macht das Tor zu, hängt ein Schild von wegen "Heute wegen Reparatur geschlossen" daran und dann verstecken wir die Polizeiwagen hinter dem Haus. Danach denken wir uns eine saubere Pressemitteilung aus und spielen den ganzen Mist herunter, alles klar?«

»Sean, ganz ehrlich, ich glaube wir sollten zunächst auf die Jungs von der Sonderkommission warten und denen die Entscheidungen überlassen«, entgegnete Graham. »Aber mit einem hast du Recht. Wir sollten wirklich die Touristen fern halten. Ishbel, bist du so nett und sagst den Malern, sie sollen das Tor wieder einhängen, und schließt es dann ab? Danke! Und warte bitte vorne bis die Sondereinheit kommt.« Auch er duzte seine Mitarbeiterin jetzt nur noch, allerdings wissentlich und nicht aus Versehen. Irgendwie fand er das ganz nett und konnte dem schrecklichen Ereignis damit doch noch etwas Gutes abgewinnen.

Ishbel ging mit einem angedeuteten Nicken aus dem Raum und stieß dabei fast mit William Shortbread zusammen, der auf der Suche nach einer Tasse Kaffee war. »Äh, Ishbel, ich hab´ mich gefragt, ob hier nicht ein Tässchen Kaffee für mich übrig ist. Hier riecht es so gut danach.«

Ishbel zerrte den neugierig ins Konferenzzimmer blickenden und allen freundlich zunickenden William mit sich und schloss die Tür. »Komm einfach mit, Billy.«

»Was war das denn für eine Witzfigur?«, wollte Sean wissen, der William verblüfft betrachtet hatte.

»Das ist der örtliche Polizeichef, William Shortbread. Ja, so heißt er wirklich, aber er ist eigentlich ein netter Kerl. Und keine Angst, er rührt keinen Finger, wenn seine Vorgesetzten ihm das nicht befehlen. Ich kenne ihn gut, er war bei mir in der Schule.«

»Der war in der Schule? Vielleicht in der Tanzschule oder in der Fahrschule, aber doch wohl nicht in einer richtigen Schule! Mein Gott, bei so einem Polizisten wünscht man sich ja fast, hier Verbrecher zu sein.«

Profis

-5-

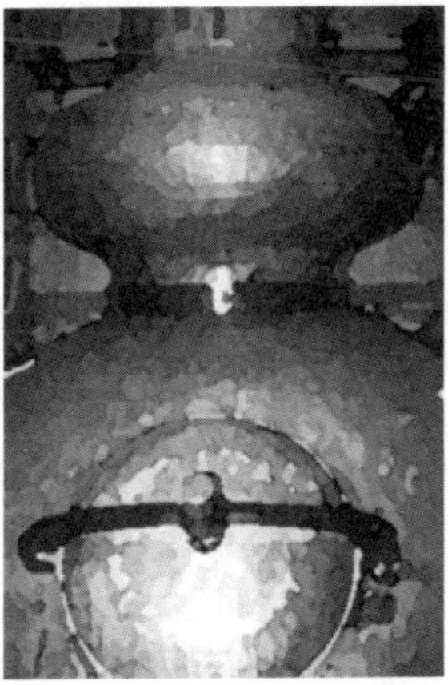

Keine zehn Minuten, nachdem die Maler unter Protest ihre Arbeit eingestellt und das schwere Eisentor wieder eingehängt hatten und Ishbel das Tor abgeschlossen, zwei deutsche Touristen auf den nächsten Tag vertröstet und William seinen Kaffee im Visitor Center spendiert hatte, erschienen ein pechschwarzer großer Rover und ein cremefarbener Ford Kastenwagen vor dem Tor. Wie bereits aus den einschlägigen amerikanischen Filmen bekannt ist, gibt es nichts Auffälligeres als Fahrzeuge, die besonders bemüht sind, sehr unauffällig auszusehen. Deshalb war es Ishbel auch ohne das aufgesetzte Blaulicht beim Rover sofort klar, dass dies nur die angeforderten Sonderbeamten sein konnten, und sie rannte zum Tor, um es zu öffnen. Die beiden Wagen setzten ihre Fahrt bis zu den abgestellten Streifenwagen und dem Notarztwagen fort und kamen dort mit einem Filmreifen Quietschen zum Stehen.

Während Ishbel das Tor wieder schloss, lief William schnaufend zu den Neuankömmlingen.

Kaum waren die Reifen des Rovers zum Stillstand gekommen, sprangen auch schon die Türen auf. Detective Superintendent Alan Derringer, 38jähriger James Bond Verschnitt, mit, für die heutige Mode, etwas zu langen schwarzen Haaren und sein Fahrer und Assistent, Detective Chief Inspector Brian Strachan, genannt "der Bär", strahlten diese Selbstsicherheit aus, die selbst bei einem Bombenangriff jedem im Umkreis von 200 Metern signalisierte "Alles in Ordnung, bleiben Sie ruhig und genießen Sie Ihre Cocktails. Wir haben alles im Griff".

»Sie müssen Shortbread sein«, intonierte Derringer und ohne auf eine Antwort zu warten, wandte er sich den drei, mittlerweile aus ihrem Van ausgestiegenen, Spurensicherungsbeamten zu. »Geht schon mal ins Still House da drüben und seht zu, dass der hiesige Landadel nicht noch mehr Spuren versaut.«

Der unscheinbar wirkende Transporter der Spurensicherung war das Neueste, was man sich auf dem Gebiet der mobilen Datenanalyse leisten konnte. Ein rollendes Labor, ausgestattet mit allen technischen Spielereien, die auf den vier Quadratmetern Ladefläche unterzubringen waren. Von der Blutuntersuchung bis zur Sprengstoffanalyse konnte alles durchgeführt und per Hochgeschwindigkeitsdatenverbindungen mit den Großrechnern in der Zentrale ausgetauscht werden. Fingerabdrücke scannen und online vergleichen oder Spektralanalysen durchführen war nun direkt vor Ort möglich, während ein weiteres Team von Experten in den Laboren und Büros der landesweit verteilten Institute und Abteilungen simultan die Background-Arbeiten erledigen konnten. Deshalb hatten die drei CSI Profis immer alles zur Hand, was sie zur Untersuchung und Sicherung eines Tatortes benötigten. Das Dreiergespann entfernte sich mit einem wissenden Grinsen und einem Haufen Metallkoffern in den Händen.

»Wo sind die Zeugen und wer hat hier das Sagen, Shortbread?«, fragte Alan.

»Ich«, ertönten drei Stimmen gleichzeitig im Chor, und zwar von William Shortbread sowie von Graham Morrice und Sean McCartney, die beide in der Tür zum Bürogebäude erschienen waren, nachdem sie die ankommenden Wagen gehört hatten.

»Toll, so hab´ ich's gern. Echt kommunistische Verhältnisse und fast so schön, wie der Donkosaken Chor. Alle haben was zu sagen! Wir sind aber hier in Schottland, meine Herren. Also, wer ist der Chef hier?«, fragte Derringer nochmals, ohne dabei mit der Wimper zu zucken.

Diesmal waren nur noch zwei "Ich" zu hören, von Graham und Sean, die sich mittlerweile gegenseitig erbost ansahen. »Gut, wenn die Herren sich über die örtlichen Machtverhältnisse einig geworden sind, können Sie mir ja Bescheid geben. Aber Sie wissen ja, Duelle sind schon seit einiger Zeit verboten. Shortbread, bringen Sie mich zu den Zeugen.«

Sichtlich von der Situation überfordert, ging William Shortbread zügig zum Still House. Derringer und Strachan folgten ihm, mit wehenden Regenmänteln.

»Na, das kann ja lustig werden, Chef. Landpomeranzen und Konzernbosse. Hast du den Schönling erkannt? Das war McCartney von der SWS. Jetzt hat's ihn wohl auch erwischt«, grübelte Strachan laut, während er sich durch seinen angegrauten Bart strich.

Vor dem Still House angekommen, zwängten sich die drei Spurensicherer zunächst in ihre weißen Schutzanzüge mit Kapuzen, zogen die Überschuhe an, die mit weißen Bändern um die Waden und Knöchel befestigt waren, und streiften sich ein Paar blaue Latexhandschuhe über. In diesem Outfit, ergänzt um weiße Mund- und Bartschutzmasken, wirkten sie wunderschön passend und farblich abgestimmt mit den weiß-blauen Absperrbändern, die in gleichmäßigem Abstand, auf weißem Grund, abwechselnd die hellblaue Aufschrift POLICE und eine etwas dunklere blaue Raute zeigten und die den Eingang zum Still House zierten. Ein Modedesigner hätte dieses Outfit nicht besser in Szene setzen können. So gerüstet wartete das CSI Team auf Anweisungen von Alan und stand dabei am äußeren Rand der blauweißen Absperrung. Als die leitenden Beamten mussten Alan und Brian einen systematischen Plan formulieren, nach dem die Spurensicherung erfolgen sollte. Als Alan mit den Worten "Das volle Programm" das Signal gegeben hatte, betraten sie gemeinsam das Still House, wo sie von allen Anwesenden mit neugierigen Blicken gemustert wurden. *Jetzt kommt wohl erst der lustige Teil* dachte Ewen Gillies bei sich. *Bestimmt rastet Charly mal wieder als erstes aus.*

Und tatsächlich, auf Charly war einfach Verlass, die übliche böse Ansprache an alle Anwesenden blieb auch in diesem Fall nicht aus. Charles Pollock wunderte sich selbst nach so vielen Jahren immer noch über die Unbekümmertheit erfahrener Polizisten und Sanitäter.

»Himmelherrgottnochmal«, begann seine Standardpredigt. »Wie jedem noch so blinden Trottel klar sein sollte, ist dies hier ein Tatort und kein Rummelplatz. Was macht ihr hier eigentlich alle? Spuren verwischen, oder was? Also, alle Anwesenden zu mir. Da Sie ihre Finger wohl offensichtlich nicht von der Einrichtung hier lassen konnten, brauche ich von Ihnen allen die Fingerabdrücke. Das macht mein Kollege Ewen hier. Danach verlassen bitte alle, die hier nichts zu tun haben, den Raum. Und damit meine ich wirklich alle.«

Mit einem kurzen geübten Blick auf die Personen im Still House erkannte er anhand der Kleidung sofort, wer die Notärztin und der Brennerei Mitarbeiter war.

»Sie und Sie«, zeigte er auf die beiden. »Ziehen Sie sich die Schutzklamotten an, dann können Sie wieder reinkommen. Aber schön im Hintergrund halten, ist das klar!« Dabei wies er mit einer saloppen Handbewegung auf mehrere Plastiktüten in einem der geöffneten Koffer.

Nachdem alle mit mehr oder weniger betroffenem Gesichtsausdruck an ihm vorbeigegangen waren, ignorierte Charly die Laiendarsteller und ließ seinen Blick von der Schwelle zum Still Room über den ganzen Raum schweifen. Das war seine Angewohnheit, fast schon eine Marotte. Er ließ erst einmal den Raum auf sich wirken und versuchte sich einen Überblick über den ganzen Raum zu verschaffen, einen ersten allgemeinen Eindruck von ihm und den Menschen, die hier normalerweise arbeiteten. Dabei sah er sich den Tatort aus verschiedenen Blickwinkeln an.

Nachdem von allen mehr oder weniger murrend die Fingerabdrücke genommen waren, machte die Spurensicherung ihrem Namen alle Ehre, indem sie, na ja, Spuren sicherte. Sie gingen dabei in ihren weißen Overalls, die Alan mit ihren Hauben immer an Ganzkörperkondome erinnerten, im Still Room herum und untersuchten dabei sämtliche Oberflächen auf Fingerabdrücke: Fenster, Türen, die Stills, Stühle, Tische, alle Griffe und selbst die Tassen, die herumstanden. Nichts wurde von ihnen ausgelassen. Sie hatten bereits diverse Fingerabdrücke gesichert. Die brav im Hintergrund Wartenden beobachteten dieses Treiben teils fasziniert, teils, wie die beiden Polizeibeamten, gelangweilt durch die hohen Glasfenster des Still House, während sie mit den verteilten Papiertüchern die Stempelfarbe von ihren Fingerkuppen rieben. Diese Zeit des Wartens nutzend, befragten Alan Derringer und Brian Strachan nun nochmals alle Anwesenden zu den Einzelheiten des heutigen Tages.

Graham und der Vorstand der Gesellschaft hatten sich zwischenzeitlich wieder ins Konferenzzimmer zurückgezogen, einerseits, um nicht unnötig aufzufallen, und andererseits, um die internen Streitigkeiten zu bereinigen.

»O.K., o.k., Sean, in Ordnung, du bist der Oberboss. Das ist völlig klar. Ich weiß, wo ich hingehöre. Du kannst also aufhören, mir eine Predigt zu halten. Der Kommissar wollte aber wissen, wer hier vor Ort Bescheid weiß, und das bin nun mal ich, zumindest noch. Also, lass bitte mich mit ihm reden. Du vergraulst ihn noch mit deiner Tour, o.k.?«

»Gut Graeme, mach es. Aber wehe, du kriegst die Bullen nicht in den Griff«, blaffte Sean zurück. »Ich verbitte mir jede Einmischung in unsere firmeninternen Angelegenheiten. Ist das klar? Ishbel, noch einen Kaffee!«

Nach einer weiteren Stunde gaben die Spurensicherer das Signal, dass sie alle Fingerabdrücke genommen, alle Partikel im Umkreis des Tatortes mit ihrem Ministaubsauger aufgesaugt und in kleinen Tütchen abgefüllt hatten, die sie natürlich alle sorgfältig beschriftet hatten, den Fundort vermessen und skizziert und alle Fotos gemacht und notiert hätten. Es gab immer furchtbar viel zu notieren, denn jede kleinste Kleinigkeit konnte eventuell später noch von großer Bedeutung sein, ja vielleicht sogar zur Klärung des Falles führen. Die intensive Beschäftigung mit den nicht immer appetitlichen Spuren von Gewalttaten aller Art ging ihnen leicht von der Hand, denn sie waren hervorragend ausgebildet und konnten auf viele Jahre Erfahrung zurückblicken.

Die Gruppe der Wartenden konnte nun endlich den Tatort wieder betreten, wobei Brian zuerst mit seiner handlichen Digitalkamera als Fotograf fungierte, da Alan der Meinung war, dass die Fotos der Spurenprofis grundsätzlich das falsche Motiv oder zumindest die falsche Perspektive zeigten. Brian und Alan waren nicht zum ersten Mal ein Team, so dass beide genau wussten, was der andere erwartete. So war Alan ein Polizist, der immer versuchte, genau wie der Täter zu denken. Also wollte er auch den Tatort wie der Täter sehen und deshalb ging Brian alle Wege von den jeweiligen Türen bis zum Tatort ab und knipste die Umgebung, so wie er sie dabei sah. Charles Pollock, der mit seiner Hochleistungs-Digitalkamera und den aufwendigen Blitzgeräten natürlich genau wusste, worauf es beim Fotografieren eines Tatortes ankam, beobachtete ihn. Er schüttelte nur belustigt den Kopf, als Brian, ganz in der Tradition eines amerikanischen Sportreporters der fünfziger Jahre, in den unmöglichsten Stellungen durch die Halle kroch und knipste.

»Die Leiche kann jetzt aus der Brennblase geholt werden«, verkündete Charles Pollock, als auch Brian mit seinen Bildern fertig war und Alan ihm ein entsprechendes Zeichen gegeben hatte.

Hierzu wurde Percy gebeten, erst einmal die Luke zu öffnen. Da die Temperatur innerhalb der Brennblase mittlerweile den kritischen Punkt unterschritten hatte, konnte dies nun problemlos geschehen. Sichtlich widerwillig drehte dieser daraufhin die Konterschraube los und klappte die Luke vollständig auf. Anschließend sprang er hastig ein paar Schritte zurück, als würde sich ihm eine tote Hand entgegenstrecken, um sich für die unerwartete frische Luft zu bedanken.

Die Brennblase war bis kurz unterhalb des Lukenrands gefüllt, so dass man den obenauf tanzenden Körper trotz der noch austretenden Dampfschwaden sofort entdecken konnte. Der Raum füllte sich sofort mit diesem eigenartigen Geruch nach heißem Bier, gepaart mit einem säuerlichen Unterton.

Charles Pollock trat als erster an die offene Luke, denn als Rechtsmediziner war er natürlich bei der Bergung der Leiche in vorderster Front dabei und bestimmte die Art und Weise des weiteren Vorgehens, damit möglichst nichts an wichtigen Spuren beschädigt oder gar vernichtet wurde. Es war seine Aufgabe, die Besichtigung des Toten am möglichst noch unveränderten Fundort vorzunehmen. Wie oft hatten übereifrige Polizisten und natürlich auch die unausgebildeten Zivilisten schon wichtige Spuren am Tatort zerstört, so dass der mögliche Tatablauf nicht mehr rekonstruiert werden konnte. Deshalb ließ er auch erst einmal niemand anderen heran, bis er alles inspiziert, fotografiert und nach jedem Bild kurz notiert hatte, was von ihm gerade fotografiert worden war. Die eigene Inaugenscheinnahme des Fundortes der Leiche und auch der Leiche selbst war für ihn extrem wichtig, war doch der erste eigene Eindruck, zusammen mit seinen Aufzeichnungen, für die Einschätzung der Tat eine wesentlich bessere Basis als der oft unbeholfene Bericht eines normalen Polizisten. Speziell wenn er an den hiesigen Polizeichef dachte und sich vorstellte, welche Art von schriftlichem Bericht er von ihm wohl zu erwarten hätte, war ihm sein persönlicher Eindruck doch wesentlich lieber. Erst als er mit der Fundortbesichtigung fertig war, gab er den anderen ein Zeichen.

Susan Edkins, die Notärztin, und ihr Assistent Donald Walker, mittlerweile von einem der Uniformierten auch wieder ins Still House gerufen, versuchten mit Hilfe von Ewen Gillies und eines zufällig gefundenen Besenstils, die Leiche soweit zur Luke zu bugsieren, dass man sie mit den Händen greifen konnte. Kaum ertönte ein unschönes "Gong", als der Kopf des Opfers durch etwas zuviel Schwung gegen die Innenseite des Kupferbehälters stieß, als Susan auch schon beherzt mit ihren Latexhandschuhen in den Kragen der bäuchlings schwimmenden Leiche griff.

»Gott, ist das glitschig«, sagte sie. »Und verdammt heiß! So funktioniert das nicht. Wir müssen ihn umdrehen und mit den Füßen zuerst rausziehen. Also, Donny, noch mal mit dem Stock, aber diesmal vorsichtiger!«

Alan und Andy MacPhee, der Leichenbeschauer, standen beide mit verschränken Armen ein paar Meter entfernt und beobachteten die von Susan Edkins geleiteten Bergungsversuche. Mit hochgezogenen Augenbrauen und anerkennendem Kopfnicken schauten sie sich wissend an.

»Das ist mal ein nettes Kontrastprogramm, was?«, raunte Alan. »So was Hübsches würde ich glatt gegen dich tauschen.«

»Da gebe ich dir voll und ganz recht«, gab Andy grinsend zurück. »Ich bin mir ganz sicher, dass unser Team dringend durch so eine aufgestockt werden müsste. Lass sie doch mal machen, was?«

Nach weiteren fünf Minuten und einem notdürftig um die Hände gewickelten Teil eines Schutzanzugs, konnte man mit vereinten Kräften die dampfende Leiche aus der Luke ziehen und sie auf den Gitterrostboden legen. Charles Pollock hatte dabei immer wieder Fotos vom Fortgang der Bergung geschossen.

»Nur keine Scheu«, meinte Andy zu Susan, nachdem er sich neben sie gekniet hatte. »Das scheint Ihnen ja mächtig Spaß zu machen.«

Susan fühlte sich ertappt und blickte die gespannt wartende Meute entschuldigend an. »Hei, ich hatte immer schon ein kleines Faible für die Detektivarbeit, nur der Juristenkram drum herum ist nie so mein Fall gewesen.«

»Keine Sorge, ich passe gut auf Sie auf«, beruhigte er sie. »Inspizieren Sie die Leiche einfach, ich helfe Ihnen bei Bedarf.«

Susan begann damit, ihr ganzes Standard-Lehrbuch-Prozedere für äußere Obduktionen hervorzukramen, um gegenüber den beiden Leichenprofis nicht allzu dumm auszusehen. Unfallopfer versorgen, klar, das konnte sie im Schlaf. Aber Leichen, die offensichtlich nicht durch irgendwelche Windschutzscheiben geflogen waren oder zu euphorisch den defekten Stecker des Bügeleisens hatten reparieren wollten, waren ihr bislang doch eher selten begegnet.

Also wie war das noch mal. Die Obduktion oder Leichenöffnung, besteht immer aus äußerer und innerer Besichtigung. Letzteres werden die Profis dann in der Rechtsmedizin vornehmen. Sie würde jetzt lediglich die äußere Besichtigung des Opfers durchführen. Die schon feststehende Tatsache, dass dem armen Kerl nicht mehr zu helfen war, wurde jetzt im Licht des Still Room bestätigt. Sichere Todeszeichen, wie Totenflecke und Totenstarre konnte sie eindeutig feststellen. Fäulnis oder "mit dem Leben nicht vereinbare äußere Verletzungen" lagen allerdings nicht vor, zumindest nicht, soweit sich das bei der bekleideten Leiche erkennen ließ. Der Tote lag mit Hemd und Hose bekleidet, aber ohne Schuhe vor ihr.

Zunächst stülpte Susan dem Toten bereitgelegte kleinere Plastikbeutel über die Hände, damit diese später beim Transport der Leiche extra geschützt waren, um eine genauere rechtsmedizinische Untersuchung zu gewährleisten. Dann überprüfte sie vorsichtig die Totenstarre, indem sie die kleinen und großen Gelenke von Knie, Ellenbogen und Fingern bewegte. Aus der Stärke des Widerstandes und unter Berücksichtigung der Zubereitungszeit in heißem Bier konnte sie zumindest unfachmännisch sagen, dass die Person bereits tot war, als der Destillationsprozess gestartet wurde. Bei der hier vorliegenden ausgeprägten Rigor Mortis müsste trotz der Hitzeeinwirkung der Eintritt des Todes bereits vor etlichen Stunden erfolgt sein. Genaues musste die Obduktion ergeben.

Eine äußere Untersuchung von Kopf, Augen, Nase und Ohren lieferte ihr keinerlei Hinweise auf eine Todesursache. Nach dem Herunterdrücken des Kiefers allerdings konnte sie Reste von Erbrochenem entdecken. Durch das Ausleuchten der Mundhöhle mit einer Schwarzlichtlampe, die ihr der Coroner reichte, wurden zudem Stofffasern sichtbar, die Rückschlüsse auf einen Knebel zuließen. Als nächstes kam die Haut, der wichtigste Merkmalsträger äußerer Gewalteinwirkung, dran. Am Hals fand sie deutliche Gewebeverletzungen, eventuell gefesselt oder sogar stranguliert. Die gleichen Symptome an den Handgelenken. Obendrein fand sie auf dem linken Handgelenk des Toten eine relativ frisch aussehende Einstichstelle. Bezeichnend war ebenfalls, dass der linke Hemdsärmel wesentlich weiter hochgekrempelt war als der rechte. Die beiden Profis nickten sich anerkennend zu, ließen sie gewähren und mischten sich nicht ein. Es war ihnen Unterhaltung genug, einen völligen Laien bei der Ausübung der sonst ihnen vorbehaltenen Tätigkeiten zu beobachten. Charly Pollock konzentrierte sich anscheinend vollkommen auf seine Digitalkamera, wobei nicht ganz sicher war, ob er nun die Leiche durch den Sucher betrachtete oder Susans Ausschnitt.

Susan durchsuchte lieber als nächstes die Bekleidung des immer noch über 60 Grad warmen Körpers. Zur äußeren Besichtigung gehörte stets auch die Beschreibung der Kleidung und allem anderen, was der Tote trug, wie Uhr und Schmuck und anderer Gegenstände, die bei dem Verstorbenen gefunden wurden. Das ist gerade bei unbekannten Toten besonders wichtig für eine spätere Identifikation. Die Körpergröße mit 173 cm entsprach einem durchschnittlich großen Mann seines Alters. Dem leicht verquollenen, krebsroten Gesicht konnte man ein Alter von 45 bis 55 Jahren entnehmen. Auffällig war lediglich, dass der Tote nicht nur eine Glatze hatte, sondern auch keinerlei andere Behaarung am Kopf, also weder Augenbrauen noch Wimpern. Braune Cordhose mit schwarzem Kunststoffgürtel, ein hellblau-rosa gestreiftes langärmeliges Hemd, keine Schuhe, dafür aber weiße Tennissocken. Das typische Outfit eines Menschen, der sich nie auch nur einen Deut um die Wirkung von Kleidung gekümmert hatte. Ein Ehering am Finger wies ihn als Kenner der Damenwelt aus. Ansonsten hätte aber wohl keiner verstanden, wie eine durchschnittliche Frau einen derart schlecht gekleideten Mann zu Hause ertragen konnte. Zumindest dachte Susan so, als sie die Leiche betrachtete. Der Mund zeigte zumindest gepflegte Zähne. Wenigstens etwas. Auch der Zahnstatus war für eine spätere Identifikation von großer Bedeutung.

Routiniert öffnete sie das Oberhemd des Mannes. Feinripp-Unterhemd. Na, sauber. Bestimmt ein Staatsdiener. Also, weiter: Taschen durchsuchen, auf den Bauch drehen, abtasten, weiter entkleiden. Dabei reichte sie die bereits ausgezogenen Kleidungsstücke an Pollock weiter, der sie einzeln in bereitgehaltene Plastiktüten steckte. Die Livores, also Totenflecke, die Susan auf dem Rücken der Leiche rund um die typischen blassen Auflageflächen an Schulterblatt, Gesäß und Waden entdeckte, ließen ebenfalls darauf schließen, dass die Leiche ein paar Stunden irgendwo gelegen haben musste, als sie schon tot war. Im Gegenzug waren der Nacken, das Kreuz, die Schenkelhinterseiten von dem Blut, das dem Gesetz der Schwerkraft folgte und dorthin geflossen war, lila gefleckt wie ein Bluterguss.

William Shortbread tauchte kurz im Still Room auf, da ihn die Neugierde darüber umtrieb, wie weit denn wohl die Untersuchung sei und ob er bald nach Hause zum Essen gehen könne. Als er den Toten da so auf dem Bauch liegen sah, konnte er sich die Frage nicht verkneifen: »Wieso liegt der denn auf dem Bauch?«

Mit einem Blick auf den beträchtlichen Bauchumfang von ihm antwortete Alan gehässig: »Weil er schlank genug dafür ist!« Worauf William beleidigt wieder abzog.

MacPhee reichte inzwischen Susan wortlos ein Thermometer, das sie ebenso wortlos entgegennahm und dem entkleideten Toten in den Anus schob. Alan wusste, dass die Körpertemperatur bei Leichen üblicherweise anal gemessen wurde, dennoch kam ihm die Prozedur wie eine Verletzung der Intimsphäre vor. Außerdem würde der gefundene Wert sicherlich keine eindeutigen Hinweise auf den Todeszeitpunkt liefern, schließlich war die Körpertemperatur ja künstlich erhöht worden. Ein Messen der Körpertemperatur, selbst durch eine tiefe Rektaltemperaturmessung machte doch wohl hier wirklich keinen Sinn. Als Ergebnis wäre nur `gut durch´ oder `hohes Fieber´ herausgekommen. Oh Mann, es gab schon komische Jobs!

Susan war inzwischen fertig mit dem Ergebnis der ersten, oberflächlichen Untersuchung. »Keine sichtbaren Verletzungen, außer der Einstichstelle im linken Handgelenk. Todesursache dennoch unklar, vielleicht am Erbrochenen erstickt, wer weiß? Keine Papiere. Identität unbekannt.«

»O.K., den Rest machen wir in der Forensik des Krankenhauses«, mischte sich jetzt Alan ein. »Kein Bestattungsunternehmen, bringen Sie ihn mit Ihrem Spielmobil dahin. Aber unauffällig. Ich will nicht, dass jetzt schon irgend so ein Pressefuzzi davon Wind kriegt. Wir ziehen sowieso im Moment blank, was Ergebnisse angeht. Und, das gilt für euch alle hier: staatlich verordnete Schweigepflicht. Wer quatscht, den buchte ich wegen vorsätzlicher Behinderung der Ermittlungen ein, klar? Also los!«

Donny hatte inzwischen die Krankenbahre mit einer Folie abgedeckt. Die Spurensicherer standen mit dem Plastikleichensack parat. Gemeinsam legten sie die Leiche hinein und schlossen den Reißverschluss. Die beiden äußerst schweigsamen Profis der Spurensicherung halfen Donny, den Sack auf die Bahre zu wuchten. Dann trugen sie die Bahre erst die Treppe hinunter und schoben sie dann in den Ambulanzwagen hinein. Anschließend schloss Donny die Hecktüren und setzte sich ans Steuer.

»O.K., Teuerste, bringen Sie das Päckchen heim. Frankenstein und sein Gehilfe«, er zeigte auf die beiden Ermittler, »leisten Ihnen heute Gesellschaft.«

»Du bist ein Idiot, Alan«, erwiderte Ewen Gillies der Forensiker und grinste breit.

»Stimmt, Gilly, sonst wäre ich wahrscheinlich schon längst auf deinem Horrortisch gelandet. Also, gebt Gas. Ich will bis heute Nachmittag alles wissen, was den Kerl betrifft. Und zwar schneller und genauer als bei den letzten drei.«

Ewen und sein Partner Andy griffen sich ihre Utensilienkoffer und strebten dem Ausgang entgegen. Charles Pollock trottete mit seiner Ausrüstung hinterher.

»Sind Sie immer so ein arrogantes Ekelpaket?«, wollte Susan von Alan wissen. »Und das "Teuerste" können Sie sich auch sparen. Sie scheinen wohl der unangefochtene Gewinner des Polizeipreises für den unausstehlichsten Detective aller Zeiten zu sein«. Sie zitterte immer noch leicht, nach der hochkonzentrierten Untersuchung der Leiche. Anscheinend hatte sie sich gar nicht so dumm angestellt. Es war kein abwertender Kommentar zu ihrer Arbeit gekommen. Das wertete sie als gutes Zeichen.

»Susan, richtig? Habe ich eben aufgeschnappt. Also, hören Sie: Ich habe es seit zehn Monaten mit einem, Scheiße, ja, ich kann's nicht mehr verleugnen, mit einem Serienkiller zu tun. Das ist jetzt die vierte Leiche und die Abstände zwischen den Morden nehmen ab. Dieses Dreckschwein scheint sich einzuarbeiten. Und er trifft eine ganz empfindliche Stelle. Er nimmt als Schauplatz immer Brennereien. Die größte Touristenattraktion, die Schottland zurzeit zu bieten hat. Und ja, verdammt, da kommt die Politik ins Spiel. Nach der dritten Leiche hat selbst das Parlament was gecheckt und bildet Sonderausschüsse und die wiederum eine Sonderkommission. Und wer soll den Karren aus dem Dreck ziehen? Genau, ich! Scheiße, ich bin gut und mit Brian und dem Team an meiner Seite sind wir dreifach gut, aber im Moment haben wir keine blasse Ahnung, was das eigentlich soll. Will dieser Sack die Whiskyindustrie schädigen oder hatten die Leichen irgendetwas gemeinsam, oder was?! Entschuldigung, Susan, ich wollte Sie nicht anschreien, aber manchmal krieg ich einfach das Kotzen. Behalten Sie das alles für sich, o.k.?« Alan streckte ihr seine Hand entgegen.

»Na gut, Alan. Habe ich auch aufgeschnappt.« Ein leichtes Grinsen zeigte sich auf ihrem Gesicht und sie drückte die dargebotene Hand, nachdem sie die Latexhandschuhe abgestreift hatte. Susan hatte schon immer sehr auf die Art geachtet, wie jemand ihr die Hand gab. Das und die Stimme waren für sie stets wichtige Kennzeichen gewesen. Nichts war ihr so zuwider wie jemand, der ihr beim Händedruck das Gefühl vermittelte, er hätte ihr einen toten Fisch oder etwas anderes ohne Leben in die Hand geschoben. Aber bei Alan passte beides, da harmonierten diese beiden Eigenschaften außergewöhnlich gut! Er hatte eine ruhige, tiefe Stimme, durch die seine Worte die richtige Bedeutung bekamen und der man gerne zuhörte. Und einen Händedruck, der warm und zupackend war, ohne dass er dabei aber zu fest zudrückte und dem anderen damit das Gefühl vermittelte, in einen Schraubstock geraten zu sein. Sie war sicher, dass er das ohne Probleme auch gekonnt hätte, es aber nicht für nötig hielt. Er drückte ihre Hand nicht flüchtig, wie es die meisten Menschen taten, sondern hielt sie fast 2 Sekunden lang und schaute ihr dabei fest in die Augen. Sie glaubte in seinen Augen ein Funkeln zu sehen, das auf einen unnachgiebigen Willen schließen ließ. Es war fast ein Vergnügen, ihm die Hand zu geben.

Sie schmunzelte innerlich über ihre Gedanken und wandte sich dann Brian zu. Sie hielt auch ihm die Hand entgegen … und beging damit einen kapitalen Fehler.

Auch Brian drückte ihr mehr als die üblichen Millisekunden die Hand, aber als er seinen eisernen Griff lockerte und ihre Hand wieder frei gab, wusste sie schlagartig wie sich jemand mit einem Trümmerbruch in der Hand fühlen musste. Und der Kerl erweckte dabei auch noch den Anschein, als hätte er sich mit seinem Händedruck bewusst zurückgehalten. Sie indes glaubte, unter ihrer Haut befänden sich nur noch Knochenfragmente. »Freut mich, Sie kennen zu lernen«, brachte sie deshalb auch etwas gequält hervor.

»Bullen können allesamt abgestumpfte, seelenlose Penner sein, wofür sie meistens nichts können«, fuhr sie fort. »Das habe ich in den letzten Jahren mehrfach erfahren. Bei Ihnen mach ich mal eine Ausnahme. Sie sind einfach nur ein chauvinistischer Penner und gucken Sie mich nicht so verliebt an. Das zieht erst nach dem fünften Glas Bitter bei mir. Ich rausch dann mal ab und schau Ihren beiden Profis mal über die Schulter, wie man fachgerecht seziert. Sie sollten übrigens ganz schnell im Krankenhaus Bescheid geben. Die mögen es dort gar nicht gerne, wenn man ihre heiligen Hallen zweckentfremdet. Der Chef heißt James Milne.«

»Danke, Susan, gute Idee. Bär, gehst du bitte telefonieren und kündigst uns an? Aber bitte höflich, o.k.? Wir repräsentieren schließlich den Staatsapparat! Du kannst dann bei Charly und den Jungs mitfahren, ich brauche den Wagen. Muss noch ein paar Takte mit den Großkopferten hier reden.«

Brian zog ohne ein weiteres Wort ab und kaute dabei immer noch grinsend auf einem Zahnstocher, den er Gott-weiß-woher aufgetrieben hatte.

»Bitte zeigen Sie den Beamten im Krankenhaus die Räumlichkeiten«, sagte Alan zu Sue. »Ich werde mich noch mit den Brennerei-Leuten auseinandersetzen müssen und komme dann später nach.«

Susan packte zum zweiten Mal ihren Notfallkoffer zusammen, während Alan durch den Ausgang verschwand und auf das Bürogebäude zulief. *Mist, Mist, Mist*, dachte sie. *Endlich mal ein knackiger Kerl. Genau die Sorte Macho, die sie anmachte. Genau im richtigen Alter. Und, was ist? Ein Scheißbulle, ohne Ambitionen für eine Beziehung. Oder doch?* Sie wusste nicht mal, ob er verheiratet war. Zumindest war sie sich jetzt ihrer Gesprächsstrategie im Klaren, wenn er später im Krankenhaus auftauchen sollte.

Alan wandte sich noch kurz an Sergeant Thompson und Greg Henderson. »Also gut«, sagte Alan zu letzterem. »Wir werden Ihre Aussage überprüfen. Der Sergeant hier wird Sie jetzt nach Hause bringen, Mr Henderson. Wir brauchen Ihre Kleidung für die Untersuchung durch die Gerichtsmedizin.«

Unter Alans Blick fühlte sich Percy, als würden ihm Ameisen unter die Haut krabbeln.

Im Weggehen fügte Alan noch hinzu. »Wir sprechen uns noch, Mister Henderson!«

Percy sackte bei diesen Worten förmlich in sich zusammen.

Alan schlenderte auf die feuerrote Eingangstür zum Bürotrakt zu, während er sich langsam und genüsslich seiner Mentholzigarette widmete. *Bescheuerte Angewohnheit*, dachte er wie immer. Aber es half ihm, einfach mal seine Umgebung auszublenden und die nächsten Schritte zu planen. Leicht in sich gekehrt blieb er so ein oder zwei Minuten vor dem Eingang stehen und ließ die Ausstrahlung des Brennereikomplexes auf sich wirken. Still war es, so ganz anders als in seinem Büro in Inverness. Nur der Bach, der die Anlage mit dem nötigen Wasser versorgte, rauschte keine 15 Meter von ihm entfernt. Und das leise Rauschen des Waldes, der sich gleich hinter der Brennerei anschloss. Durch die letzten drei Morde hatte er zwangsweise in die Welt der Destillerien Einblick gewonnen und dies garantiert nicht bereut. Trotz seiner schottischen Herkunft waren ihm die Schönheit und der Zauber dieser Industriekomplexe immer schnurzpiepegal gewesen. Halt irgendeine Fabrik, die allerdings ein sehr passables Getränk produzierte. Mittlerweile bildeten diese Anlagen für ihn eine Art Insel der Ruhe, etwas Nostalgisches, ein Ort an dem die Zeit langsamer floss.

Ein schöner Platz zum Sterben, kam ihm in den Sinn. *Besser als von irgendeinem Junkie in einem Hinterhof erschossen zu werden. Oder auch besser als mit 70 in einem staatlichen Altenheim zu verrecken, nachdem man sich bereits wegen Alzheimer schon seit Jahren nicht mehr an die Namen seiner Freunde erinnern kann.*

Leise hörte er im Hintergrund Brian am Autotelefon sprechen. Susan und der Sanitäter stiegen in den Krankenwagen und der Motor startete. Die Polizisten fuhren mit Greg Henderson nach Hause. Der Van der Spurensicherung wartete noch auf Brian und fuhr dann hinter dem Krankenwagen her, nachdem Brian eingestiegen war.

Von drinnen fing er die Gesprächsfetzen einer Diskussion zwischen mehreren Männern auf. Ja, die Zigarette half mal wieder seine Sinne zu schärfen. In Ermangelung eines Aschenbechers schnippte er die Kippe in die Rabatte vor dem Haus, unter dem Schild "Rauchen streng verboten", und betrat den Flur.

Ishbel McTaggert stand, sichtlich nervös, an die Wand gelehnt und schien den Gesprächen hinter der Weißlackierten Tür am Ende des Flurs zu lauschen. Als Alan Derringer das Gebäude betrat, schreckte sie kurz hoch und sah ihn etwas verlegen an.

»Oh, guten Morgen, Sir. Sicherlich möchten Sie jetzt mit den Managern sprechen. Ich melde Sie an.« Sie öffnete die Tür und die Gespräche verstummten. »Meine Herren, der Herr von der Polizei aus Inverness ist hier.«

Wie Alan dieses Getue hasste. Er war kein Bittsteller, der um einen Dram Whisky bettelte. Diese hohen Herren hatten eine Leiche im Keller – oder besser gesagt in der Brennblase – nicht er. Er war der Profi, der sie an den Galgen brachte oder ihnen eine weiße Weste verschaffte. Aber gut, so war das Leben. Das Kapital bestimmt die Politik und die Politik bezahlte ihn, irgendwie zumindest. Er hatte sich nie wirklich gegen dieses Prinzip gesträubt und dementsprechend konnte er mit seinen 38 Jahren zum jüngsten und erfolgreichsten Superintendent Schottlands aufsteigen. Nie war er jemandem in den Hintern gekrochen oder hatte seine Ehre verkauft. Er hatte nur ein Gespür für unsichtbare Regeln und konnte Beziehungen auf zwei Meilen riechen und diese für sich nutzen. Dieselbe Gabe hatte ihn auch so erfolgreich bei der Jagd nach Verbrechern gemacht. Irgendwie konnte er mit den verquerten Gedanken, insbesondere von Serientätern, immer mithalten und war ihnen schlussendlich sogar einen Schritt voraus. Also, Schnauze halten und durch. Die Jungs hinter dieser Tür hatten Verbindungen, die einem das Genick brechen konnten.

Mit einer ernsten Miene betrat er den Konferenzraum und erkannte im selben Augenblick, dass die geradezu fassbare Uneinigkeit dieser Männer jeden Moment in offene Aggression umzuschlagen drohte.

»Einen guten Tag, die Herren. Obwohl momentan nichts Gutes daran zu sein scheint, das ist mir klar. Ich bin Detective Superintendent Alan Derringer, Leiter der Sonderkommission, die sich mit den Vorfällen in den Brennereien befasst.«

Graham Morrice, sichtlich erhitzt, stand auf und gab Derringer die Hand. »Guten Tag, Superintendent. Danke für Ihr rasches Erscheinen. Darf ich Ihnen kurz die anwesenden Herren vorstellen? Mister McCartney, Vorstandsvorsitzender der SWS, die Eigentümerin der Ben Rhinnes Distillery ist, und seine Vorstandskollegen …«.

Nacheinander machte sich die Runde nach allen Regeln der Höflichkeit bekannt. Alan fiel sofort die bewusste Schweigsamkeit der Vorstandsmitglieder auf. *Allesamt Profis*, dachte er. *Die Reden nicht, die lassen reden. Für diese hochgradig geschulten Kommunikationsprofis ist passive Gesprächsführung Tagesgeschäft. Na, dann halt auf die harte Tour.*

»Meine Herren, zunächst habe ich die offensichtliche Frage, wieso Sie alle heute hier zusammen gekommen sind. Wegen des Vorfalls?«

»Nein, Alan«, ergriff Sean McCartney das Wort. *Aha, dachte Alan, er ist der Wortführer und macht's auf die kumpelhafte Tour.*

»Wir hatten vor, heute unser halbjährliches Strategiemeeting abzuhalten. Der unschöne Zwischenfall überraschte uns, als wir heute Morgen hier eintrafen. Graham informierte uns direkt; und ich bin außerordentlich zufrieden, dass unsere Steuergelder so gut angelegt sind. Schnelle Eingreiftruppe, kein Staub aufwirbeln und die Sache professionell und diskret erledigen. Ich werde meinen Freunden im Parlament wohl eine Flasche von unserem besten Whisky spendieren müssen.«

Na, dachte Alan, *der könnte sich auch gleich auf die Stirn schreiben "Vorsicht, ich imponiere hauptberuflich!" Bei mir kommt er da aber genau an den Richtigen.*

»Danke für die netten Worte, Mister McCartney, und Ihr Vertrauen in die lokale Polizeiarbeit. Das hört man heute nur noch selten. Dank der breiten Unterstützung aus der Industrie – und auch von Ihnen, wie ich Ihren Worten entnehmen kann – ist es das höchste Anliegen der Politik, keinen "unschönen" Schatten auf unser Land fallen zu lassen, welcher der boomenden Tourismusindustrie Schaden zufügen könnte. Und daher haben mich *meine* Freunde im Parlament mit allen nötigen Kompetenzen ausgestattet, die für die schnelle und lückenlose Aufklärung notwendig sind.«

Graham verschluckte sich fast an seinem Kaffee. *Na, klasse! Pierce Brosnan meets Al Pacino. James Bond gegen den Paten! Zwei Rassekatzen in einem Raum, der eigentlich nur Platz für eine bietet. Ob Sean ihm jetzt wohl ein Angebot unterbreitet, das er nicht ablehnen kann? Jetzt fehlen eigentlich nur noch eine Walther PPK und eine handliche Uzi und Steven Spielberg würde weinen vor Freude. Und Sutherland bekommt eine weiße Angorakatze auf den Schoß und spielt Blofeld.* Graham musste sich abwenden, damit die anderen sein Lächeln nicht sehen konnten. *Vielleicht hatte McCartney endlich mal seinen Meister gefunden.*

Gleich versucht er die Tour von oben herab, vermutete Derringer.

»Also gut, Sheriff. Was gedenken Sie zu tun?«

Wusst' ich's doch. »Superintendent bitte, Mister McCartney. Zunächst werden wir versuchen, die Todesursache zu klären. Dann die Identität des Opfers. Da er keine Papiere bei sich trug, werden wir, wie in den letzten Fällen, die Vermisstenmeldungen durchkämmen und, wenn das nichts bringt, sein Bild in den Medien veröffentlichen. Danach werden wir sehen, wie er in das Raster der anderen drei Morde passt. Parallel werden wir auch überprüfen, wie jemand unbemerkt eine Leiche in Ihre Wash Still stopfen konnte.«

»Heißt das, Sie werden den Vorfall an die große Glocke hängen? Sind Sie sich eigentlich auch nur im Mindesten darüber im Klaren, was Sie da tun? Wir werden Horden von Reportern und Fernsehteams abwimmeln müssen und unsere Aktien werden absacken wegen diesem Mist. Diese ganzen bescheuerten Kommentare wie bei den anderen leidgeprüften Brennereien werden jetzt wieder auftauchen. "Ben Rhinnes Whisky, gut zum einlegen". "Wird Ben Rhinnes bald Formalin ablösen?"« McCartney fuchtelte wild mit den Armen um sich. »Sie sind sich der wirtschaftlichen Folgen Ihrer Handlungsweise anscheinend überhaupt nicht bewusst, Mann! Und wenn Sie heute noch länger hier herumschnüffeln, geht uns eine halbe Wochenproduktion verloren. Ich werde mich beschweren, Derringer, das können Sie nicht machen!«

McCartney ließ sich auf seinen Sessel fallen und warf dem schweigenden Superintendent einen Blick zu, bei dem selbst Pitbulls winselnd den Bauch entblößt hätten. Danach schüttete er sich den letzten Rest seines Whiskies in den Mund.

»Es tut mir sehr leid, Sir, dass Ihnen unsere Ermittlungsmethoden momentan nicht passen«, ließ Derringer in einem außerordentlich ruhigen Tonfall von sich hören. »Leider ist es nicht möglich, es immer allen recht zu machen. Da Sie ja bereits in den letzten Wochen von unserer Sonderkommission informiert wurden, ist Ihnen unser Anliegen ja keinesfalls unbekannt. Über die Art und den Umfang Ihrer Kooperationsbereitschaft habe ich allerdings nicht zu befinden. Das können Sie dann mit Ihren Freunden bereden. Und noch was: Sie werden wohl nicht nur auf eine halbe Wochenproduktion verzichten müssen, sondern auf mehrere. Ich stelle hiermit die Produktion dieser Brennerei ein, bis die Ermittlungen am Tatort abgeschlossen sind. Anschließend wird sich das örtliche Gesundheitsamt mit Ihnen in Verbindung setzen, wie und wie lange die betroffenen Anlagen zu desinfizieren, gegebenenfalls auszutauschen sind. Ich werde jetzt den Ermittlungen im Krankenhaus beiwohnen und wünsche noch einen guten Tag.«

Mit einer leichten Verbeugung verließ Derringer den Konferenzraum ohne noch einen Kommentar abzuwarten. Darauf hätte er auch mindestens eine halbe Minute warten müssen, denn solange brauchten die versammelten Manager, um ihre offen stehenden Münder zu schließen. Es herrschte eine geradezu destillierte Stille. Graham konnte sogar einen Moment seinen Herzschlag hören.

Dann brach die Hölle los. Das Geschrei, begleitet von wüsten Beschimpfungen, konnte bis auf den Hof verfolgt werden, wohin Ishbel mit eiligen Schritten flüchtete. Nach einer weiteren Minute folgte ein merkwürdig entspannter Graham. Bewundernd blickte er dem sich entfernenden schwarzen Rover hinterher, in dem ein lächelnder Superintendent genüsslich an einer Zigarette zog.

Milltown, ein paar Autominuten von Charlestown entfernt. Eddie Thompson, der Percy schon seit einiger Zeit kannte, sagte zu ihm: »Wir wollen alle Kleidungsstücke haben, alles, was du anhast, auch die Unterwäsche.«

Irgendwie war ihm das peinlich, Percy so zu behandeln, aber Dienst war Dienst und schließlich war das hier sogar ein Mordfall. Auch wenn er nicht unbedingt an die Schuld von Percy glaubte, war er, auch aus seiner Sicht, momentan der

Hauptverdächtige. Und man hatte ja bekanntlich schon die berühmten Pferde ... und so. Nicht immer waren Mörder grundböse Leute, und man sah den wenigsten an, zu welchen Taten sie fähig waren. Also kehrte er Percy gegenüber den Polizisten heraus.

Während Sergeant Thompson in der Tür zum Badezimmer stehen blieb, drehte ihm Percy seinen Rücken zu, zog alle seine Kleidungsstücke aus und schnappte sich dann seinen Bademantel, um seine Blöße zu bedecken. Der Sergeant hielt ihm einen mitgebrachten Plastiksack auf, in den er dann alle seine Kleider und auch die Schuhe stopfte. Aber erst, nachdem Thompson jeden Schuh einzeln in eine kleinere Plastiktüte gesteckt hatte.

»Außerdem hätten wir auch gerne noch Ihre Notizbücher, Terminkalender und Adressbücher«, sagte Thompson und war unbemerkt ins dienstliche "Sie" gewechselt.

Percy ging mit dem Polizisten in sein Arbeitszimmer und gab ihm die gewünschten Gegenstände, die auf seinem Schreibtisch lagen.

Mallaig
Loch Lochy
Kommando Memorial
1.309 m
Arisaig
Glenfinnan Monument
Spean Bridge
Glenshee
Fort William
Grampian H
Blair Athol
Salen
Strontian
Ben Nevis 1.344 m
Pitloch
Loch Leven
Aberfeldy
Loch Tay
Dunkeld
Craignure
Killin
Tyndrum
Scone Palace
Mull
Oban
Crieff
Earn
The Trossachs
Inveraray
Callander
Tarbet
Kinross
Argyll Forest Park
Aberfoyle
Queen Elizabeth Forest Park
Stirling
Lochgilphead
Balloch
Linlithgow
Jura
Greenock
Glasgow
Tarbert
Rothesay
Paisley
Kennacraig
Largs
Motherwell
East Kilbridge
Ardrossan
Kilmarnock
Lesmahagow
Brodick
Kintyre
Troon
Arran
Clyde
Southern Up
Campbeltown
Ayr
Alloway
Cumnock
Culzean Castle
Kirkoswald
Dalmellington
Girvan
Firth of
Thornhi

Gerste

-6-

Am Sonntag, dem 8. Mai, hatte das "Whisky-Monster", wie man ihn heute in den meisten Boulevardzeitungen titulierte, seine erste "Zielperson" kontaktiert.

Als Malcolm Murray erwachte, stellte er fest, dass er an Händen und Füßen auf eine Art Pritsche gefesselt war. Die Fesseln waren zwar nicht gerade von einem Bondage-Künstler ausgeführt worden, aber doch fest genug, dass er sich nicht bewegen und nur hilflos daliegen konnte. Außerdem hatte er einen Knebel im Mund, der ihn am Reden und natürlich auch am rufen hinderte und zusätzlich noch einen eklig faden Geschmack hinterließ. Um seinen Hals befand sich ebenfalls etwas, was ihn daran hinderte seinen Kopf zu heben. Allerdings konnte er nicht erkennen, um was es sich dabei handelte. Und kotzübel war ihm obendrein. Auch um seinen linken Arm war etwas gebunden, das sehr eng anlag, so dass er quasi keinen Finger der Hand rühren konnte.

Er schaute sich in dem Raum um, was nicht gerade einfach war, denn erstens hinderten ihn die Fesseln daran, in alle Richtungen zu sehen, und zweitens war der fensterlose Raum nur durch ein schummriges Licht erhellt, dessen Quelle irgendwo hinter ihm lag. Es hatte zumindest den Anschein, dass er momentan hier drin alleine war. Das war kein Raum, wie er nach einigen Sekunden der Benommenheit feststellte. Dies war der Laderaum eines Lieferwagens. Er konnte jetzt deutlich die Blechverstrebungen sehen. Und wenn er seinen Blick nach unten zu seinen Füßen richtete, konnte er auch die Hecktüren erspähen. Das Licht musste also vermutlich durch ein kleines Fenster zwischen Fahrerhaus und Laderaum einfallen. Der Lieferwagen war offensichtlich irgendwo abseits geparkt, denn er konnte kein anderes Fahrzeug hören. Eine erste leise Hoffnung, dies könnte vielleicht ein Krankenwagen sein, er hätte einen Unfall gehabt und würde nun auf der Bahre liegen, starb aber sofort wieder, als sein noch leicht getrübter Blick auf die Farbe und die schlichte Ausstattung des Fahrzeugs fiel.

Da lag er nun völlig hilflos und überlegte, wie er in diese Situation gekommen war und, was das alles zu bedeuten hatte. Mit seinem vernebelten Verstand versuchte er die letzten – wachen – Stunden zu rekonstruieren. Er erinnerte sich daran, dass er gestern Abend, – war es wirklich erst gestern oder wie lange lag er schon hier? - wie jeden zweiten Sonntag zum Stammtisch in seinen Lieblingspub mit dem sinnigen Namen "Strawberry Duck" in Blackburn gegangen war. Und natürlich hatte er nicht auf seine Frau gehört, die ihn mit der Bemerkung "aber trink nicht soviel wie letztes Mal" verabschiedet hatte. Es schmeckte ihm einfach zu gut und deshalb war es nicht bei einem oder zwei Pints geblieben. Zumal sie an diesem Abend die Übertragung eines Fußballspieles im Fernsehen noch mitverfolgt hatten, bei dem die Lokalmatadore sich wacker geschlagen hatten. Das hatte die gute Stimmung natürlich noch zusätzlich angeheizt. Am Ende des Abends hatte er sieben

Bier auf seinem Deckel stehen. Die Stimmung war gut gewesen und die anderen hatten sogar noch mehr getrunken. Als sie sich lautstark nach der Sperrstunde vor dem Pub verabschiedet hatten, machte er sich torkelnd, alleine und zu Fuß auf den Heimweg. Normalerweise, also in nüchternem Zustand, hätte er gut 10 Minuten für den 800 Meter langen Weg nach Hause gebraucht. In seinem Zustand wäre er wohl mindestens 5 Minuten länger unterwegs gewesen. Aber er kam nie zu Hause an!
Schon unterwegs hatte er das Gefühl, dass da noch jemand war. Trotz seines alkoholisierten Verstandes fühlte er sich beobachtet und spürte richtiggehend, wie ihn Blicke von hinten durchbohrten. Aber jedes Mal, wenn er sich umdrehte, konnte er niemanden sehen. Da er auch nichts hörte, was auf ein anderes Lebewesen hingedeutet hätte, sagte er sich schließlich, dass das alles nur eine Ausgeburt seiner benebelten Phantasie sei. Aber gerade, als er diese Entscheidung für sich akzeptiert hatte, drang ihm plötzlich ein starker Äthergeruch in die Nase und ein kräftiger Arm legte sich um seinen Oberkörper, während ihm eine behandschuhte Hand einen übel riechenden nassen Lappen über Mund und Nase presste. Er hatte noch versucht sich zu wehren, aber es blieb bei einem Versuch.

Chloroform, fiel es ihm jetzt spontan ein. Das musste ein mit Chloroform getränkter Lappen gewesen sein, denn von da an hatte er einen Filmriss und konnte sich erst wieder an sein Aufwachen vorhin erinnern.

Aber, was hatte das alles zu bedeuten? Warum war er betäubt und hierher gebracht worden? Wenn der Täter sein Geld haben wollte, warum hatte man ihn überhaupt verschleppt und ihm nicht einfach eins über die Rübe gegeben und den Geldbeutel geklaut? Fragen über Fragen, auf die ihm keine Antwort einfiel. Das Wort Kidnapping kam ihm in den Sinn. Aber wer sollte ausgerechnet ihn kidnappen und warum? Er war nicht reich und auch sonst war so gut wie nichts bei ihm zu holen! Es musste eine Verwechslung sein! Genau! Seine aufkeimende Panikattacke verkroch sich wieder in ihre dunkle Ecke. Wenn der Kidnapper nachher kam und er mit ihm reden konnte, würde sich alles aufklären und er könnte wieder nach Hause gehen. Seine Frau machte sich sicherlich schon Sorgen, denn er war noch nie über Nacht weggeblieben, ohne dass seine Frau vorher darüber informiert war. So lag er da und wartete, hatte inzwischen völlig das Zeitgefühl verloren, spürte das mechanische Ticken der Sekundenzeiger an seiner Armbanduhr, die er aber nicht sehen konnte.

Irgendwann öffnete sich, außerhalb seines Blickfelds, die Hecktür des Wagens und er hörte jemanden herein kommen. Die Tür wurde von innen wieder zugezogen. Er versuchte zu reden, alles aufzuklären, aber außer einem gedämpften "hmmmh, hmmmh" brachte er keinen Laut hervor. Die andere Person achtete nicht auf seine Kontaktversuche, sondern hantierte irgendwo im Raum herum. Er konnte hören, wie irgendetwas aus Glas mit irgendetwas aus Metall in Kontakt kam. Vielleicht eine Flasche, die auf einem Metalltisch abgesetzt wurde. Danach hörte er nur leise Geräusche, die er nicht zuordnen konnte. Aber plötzlich erfüllte ein Geruch den Raum, den er nur zu gut kannte und mit dem er bis jetzt immer nur Angenehmes in Verbindung gebracht hatte – Whisky. Jetzt war er völlig perplex. Sollte das etwa einer dieser beschissenen Scherze seiner Kumpels sein? Wut stieg in ihm hoch und er begann wild in seinen Fesseln zu zappeln.

Wenig später trat der fremde Mann an seine Seite und er konnte erkennen, dass dieser eine Flasche Whisky in der linken Hand hielt, die mit einem Infusionsschlauch verbunden war. Er war mit einer Jeans und einer Art Militärparka bekleidet. Nichts Auffälliges. Nichts, was ihm bekannt vorkam. Sein Gesicht blieb aufgrund der ungünstigen Beleuchtung allerdings im Halbschatten, so dass Malcolm nicht genau sagen konnte, wer sein Gegenüber war. Der Mann schob ein fahrbares Gestänge neben die Bahre, wie er es aus dem Krankenhaus kannte. Dort wurden immer die Infusionsflaschen für die künstliche Ernährung oder so was Ähnliches drangehängt, dachte er noch. Dann sah er aber, wie der Mann die Whiskyflasche daran befestigte. Während er noch mit sich haderte, was dieser Unsinn wohl zu bedeuten habe, stach ihm der Mann fachmännisch eine Nadel in den Handrücken und verband das Ende des Infusionsschlauches mit dem Zugang. Er wollte noch seine Hand wegziehen, aber da bemerkte er, dass sein ganzer Arm und seine Hand so fest fixiert waren, dass er selbst mit größter Kraftanstrengung seine Hand keinen Millimeter bewegen konnte.

Der Mann war nicht maskiert und obwohl ihn das Gesicht, das er jetzt besser sehen konnte, an irgendjemanden erinnerte, war er sich sicher, diesen Mann noch nie zuvor gesehen zu haben. Ohne irgendeinen Ton zu ihm zu sagen oder auf sein hektisches Kopfschütteln und weitere "hmmmmmh, hmmmhs" Rücksicht zu nehmen, stellte der Mann den drehbaren Tropfenzähler am Infusionsschlauch auf höchste Stufe und die bernsteinfarbene Flüssigkeit machte sich durch den Schlauch auf den Weg in seinen Körper. Mit einer Durchflussgeschwindigkeit von 22 ml pro Minute drang der Whisky kurz darauf in seine Vene ein. Verdammt, das tat schweineweh! In Todesangst bäumte er sich weiter in seinen Fesseln auf, doch es war bereits zu spät. Viel zu spät!

Die ersten Sekunden spürte er nur diesen furchtbaren, stark brennenden Schmerz, heiß und stechend, wie von einem glühenden Messer. Er kroch von der Stelle, wo die Braunüle seine Haut verletzt hatte langsam seinen Arm nach oben und füllte dabei seinen Körper mehr und mehr wie mit glühender Lava. Der Schmerz kennzeichnete den Weg, den der Whisky schon in seinem Körper zurückgelegt hatte. Langsam vermischte sich der hochprozentige Whisky in seiner Vene mit dem Blut und wurde mit dem laminaren Blutstrom zum rechten Vorhof seines Herzen geführt. Bald würde er an seinem Herzen angelangt sein, um über den Körperkreislauf im gesamten Organismus verteilt zu werden. Soweit kam es allerdings nicht, denn nach wenigen Sekunden setzte bereits die volle Wirkung des Alkohols ein. Ohne Resorptionsverlust! Mit seinem letzten halbwegs klaren Blick erkannte er noch auf dem Flaschenetikett, dass es sich bei dem Whisky um einen Dalruan handelte, seinen Lieblingswhisky. Sein zentrales Nervensystem wurde gelähmt, da der hochprozentige Whisky seinen Körper wie ein starkes Nervengift angriff. Die beginnende Arrhythmie, die zentrale Atemlähmung, verursachte ihm eine weitere Panikattacke, sein Körper verkrampfte sich und seine Augen quollen hervor. Er bekam Kammerflimmern und sein Nervensystem löste einen Brechreiz aus. Da er inzwischen keine Kontrolle mehr über seine Atmung hatte und zudem auch noch geknebelt war, drang ihm sein eigener Mageninhalt in die Lunge ein und er erstickte jämmerlich. Es wurde völlig schwarz um ihn, sein Blick brach und sein Lebenslicht erlosch, aber das merkte er zum Glück für ihn schon gar nicht mehr.

Zum ersten Mal sagte der Mann etwas, aber niemand außer ihm konnte es hören: »So, du Schwein, das hast du jetzt davon!«

Er schloss den Tropfenzähler, zog dem Toten die Nadel aus der Hand legte den Arm auf die Brust der Leiche, damit kein Blut aus der Einstichstelle auf den Boden tropfen konnte. Nachdem er seine Utensilien weggeräumt hatte, setzte er sich hinters Steuer des Lieferwagens und fuhr los, dorthin, wo sich die Dalruan Distillery befand. Leicht schaukelte die verkrampfte und blau angelaufene Leiche in ihren Fesseln auf der Bahre, im Rhythmus des Straßenverlaufs.

Er hatte sein erstes Opfer schon seit ein paar Wochen ausspioniert und wusste von den regelmäßigen Pubbesuchen. Wie man einen Pub allerdings auf den Namen "Erdbeer-Ente" taufen konnte, blieb ihm schleierhaft. Seinen Lieferwagen hatte er gestern Abend ein paar Stunden vorher schon auf dem üblichen Nachhauseweg dieses Schweins geparkt und sich dafür eine besonders ruhige und dunkle Ecke ausgesucht. Nachdem er Malcolm Murray dann vom Pub aus gefolgt war, hatte er gewartet, bis er in der Nähe des Lieferwagens angelangt war, dann den in Chloroform getränkten Lappen aus der luftdichten Plastiktüte gezogen, ihn dann betäubt und die wenigen Meter zu seinem Auto geschleift. Die dunklen einsamen Straßen um diese Uhrzeit hatten ihm das Glück beschert, gleich beim ersten Mal zuschlagen zu können. Nichts, nicht einmal eine Katze hatte ihn dabei beobachtet. Als er ihn im Auto auf der Bahre festgebunden hatte, war er noch von Blackburn aus, das ungefähr in der Mitte zwischen Edinburgh und Glasgow lag, auf die M8 aufgefahren und weiter bis Glasgow und dann auf der A82 noch bis zum Loch Lomond weitergefahren. In der Nähe von Luss hatte er seinen Lieferwagen auf einem einsamen Parkplatz abgestellt und dort die Nacht schlafend auf dem Fahrersitz verbracht.

Nachdem das verdammte Schwein jetzt endlich tot war, machte er sich auf den knapp 90 Meilen langen Weg zur Halbinsel Kintyre. Zunächst fuhr er weiter bis Tarbet, bog dort auf die A83 nach Westen ab, hielt kurz an dem schönen Aussichtspunkt "Rest and be Thankful", genoss den Blick über Glen Croe und aß dabei ein Sandwich, das er gestern Abend in einem Tesco gekauft hatte. Eine schon lange nicht mehr empfundene Ruhe und Zufriedenheit erfüllte ihn beim Anblick dieser friedlichen Landschaft. Die ganze Anspannung der letzten Wochen war wie weggeblasen und das Gefühl etwas Wichtiges und Großes geleistet zu haben nahm dafür dessen Platz ein. Die große Hürde, das erste dieser Schweine von dieser Welt zu tilgen, lag hinter ihm. Der nächste Schritt, ein würdiges Grab zu finden war dagegen lediglich noch die Kür nach der Pflicht. Er hatte die nächste Runde fast schon erreicht.

Nach dieser kleinen Erholungspause fuhr er weiter bis Inveraray, vorbei am Inveraray Castle[1] ging es in den Ort und die

---

1 Das neugotische Inveraray Castle, Stammsitz des Dukes und der Duchess of Argyll, dem Oberhaupt des Clans Campbell, ist ein Schloss wie aus dem Bilderbuch (mit 4 runden Spitztürmen an jeder Ecke) und

Main Street hinauf in Richtung Kirche. Kurz vorher sah er rechts den Loch Fyne Whisky Shop liegen und er warf einen hasserfüllten Blick hinüber. Die würden besser alle im Inveraray Jail sitzen und zwar für immer dachte er. Selten nahm er die Sehenswürdigkeiten dieser von ihm oft befahrenen Strecke so überdeutlich wahr wie jetzt. An der Kirche vorbei ging es weiter auf der A83 nach Südwesten bis Lochgilphead und dann nach Süden in Richtung Campbeltown. Auf der Halbinsel Kintyre angekommen nahm er in einem Pub in Clachan ein kleines Mittagessen zu sich. Nach unendlichen Tagen der Abwesenheit aus seinem Körper – so kam es ihm jedenfalls vor – konnte er wieder Geschmack wahrnehmen. Sogar noch viel deutlicher als bisher fühlte er die Pfefferigkeit des bestellten Haggis auf seiner Zunge, nahm den feinen Unterschied zwischen dem Rübengemüse und dem sonst so gern von billigen Kneipen verwendeten Karottenmus wahr. Er konnte wieder leben und das Leben um ihn herum spüren. Mit diesem Hochgefühl fuhr er dann noch ein paar Meilen weiter bis zum Ronachan Point und wartete dort mehrere Stunden, damit er nicht zu früh in Campbeltown ankommen würde. Er beobachtete die Robbenkolonie, die sich auf einem vorgelagerten Felsen tummelte und dem Platz den Namen gegeben hatte. Dann schaute er verträumt über Gigha hinweg nach Islay. Auch dort würde ihn demnächst sein Rachefeldzug hinführen. Eine wirklich angenehme Reise, dachte er noch bei sich. Was muss nicht alles getan werden, um einmal die schönen Seiten seines Heimatlandes so unbeschwert genießen zu können. Und das

---

stammt aus dem 18. Jahrhundert. Archibald, der dritte Duke of Argyll, ließ seine mittelalterliche Burg abreißen, weil sie ihm nicht mehr gefiel und baute 1745-85 Inveraray Castle in seiner heutigen Form. Um genügend Platz für sein Schloss zu haben, ließ er auch das Fischerdorf Inveraray gleich mit abreißen und 1 Kilometer weiter südwärts, in gebührendem Abstand, an der heutigen Stelle, neu aufbauen. Das Schloss wurde 1975 durch einen verheerenden Großbrand stark beschädigt, aber schon bald wieder im alten Glanz errichtet. Sehenswert sind die berühmte Waffensammlung, französische Tapisserien sowie eine Stammbaumausstellung im Clan Room.

Wetter schien seine Mission auch noch unterstützen zu wollen. Mit einem tausendfachen Glitzern in den Meereswogen verabschiedete sich die Sonne auf ihrem Weg nach Westen.

Gegen Abend traf er dann in Campbeltown ein und fuhr weiter bis zur Dalruan Distillery. Der salzige Geruch von Meer und Tang drang in seine Nase. Einzelne Möwen schrieen ihre Verachtung in den Himmel. Ein heimisches Gefühl regte sich in ihm. Vorsichtig fuhr er durch die ruhige Innenstadt, bis er zur Einfahrt der Brennerei in einer Nebenstraße gelangte. Er schaltete die Scheinwerfer seines Vans aus und fuhr auf den Parkplatz, der um diese Zeit völlig leer war. Die Mitarbeiter waren schon nach Hause gegangen und nur noch die zwei Männer der Nachtschicht waren da und überwachten die Anlage. Da die Brennerei nicht auf Publikumsverkehr eingestellt war, hatte man auch keinen großen Wert auf eine ausreichende Beleuchtung oder Beschilderung gelegt.

Angst vor einer zufälligen Entdeckung hatte er nicht. Der Wagen war ein Standardmodell, wie es sie zu Tausenden in Schottland gab, und obendrein war der Wagen nicht auf seinen Namen zugelassen. Der Fuhrpark seines ehemaligen Arbeitgebers, einem landesweit operierenden Transportservice für Behinderte und Kranke, bestand fast ausschließlich aus diesen Fahrzeugen. Ausgestattet mit einer Krankenliege oder alternativ mit einer Rollstuhlhalterung, waren sie für seine Zwecke einfach ideal. Da er zu den firmeneigenen Kfz-Mechanikern gehört hatte, besaß er ein fast unbeschränktes Wissen über die Anzahl, den Standort und den Zustand der Firmenfahrzeuge. Später hatte er sich sogar zum Rettungssanitäter weitergebildet und auch etliche Fahrten übernommen. Dieses Wissen und einige alte Kontakte ermöglichten ihm heute noch, einen zurzeit nicht benutzten Wagen für wenige Tage "auszuleihen", ohne dass irgendjemand davon Wind bekam.

Das Fabrikareal der Brennerei mit den Ziegelsteinbauten machte den Eindruck, als wäre die Zeit vor vielen Jahrzehnten stehen geblieben. Unkraut wuchs aus den zahlreichen Ritzen der schwarz gefärbten Begrenzungsmauer mit ihrer Abdeckung aus Dachziegeln.

Er wartete noch eine Viertelstunde, nur um ganz sicher zu gehen, dass ihn wirklich niemand bemerkt hatte. Durch die zahlreichen Fotos und Geschichten seines Vaters war ihm das Gelände fast so vertraut, als wäre er selbst schon einige Male hier gewesen. Leise öffnete er die Fahrertür und nahm den großen Bolzenschneider hinter dem Sitz hervor. Noch leiser schloss er die Tür wieder und schlich durch die Schatten bis zur Haupteinfahrt, die lediglich durch eine Schranke gesichert wurde. Direkt gegenüber, keine 30 Meter entfernt, konnte er, hinter den einzigen beiden beleuchteten Fenstern eines niedrigen Verwaltungsgebäudes, die Bewegungen von zwei Personen wahrnehmen. Gut so! Jetzt nach links um das hohe fabrikartige Haus herum bis zur großen Doppelflügeltür, dem Eingang zur Mälzerei. Dies war eine der letzten noch aktiven brennereieigenen Mälzereien Schottlands. Geradezu ein Relikt aus vergangenen Tagen, da das Mälzen der Gerste heutzutage deutlich günstiger von Großbetrieben, die zahlreiche Abnehmer belieferten, durchgeführt werden konnte. Gerade das aber machte für ihn den zentralen Reiz aus, hier die Leiche zu deponieren.

Vorsichtig setzte er den Bolzenschneider an das Vorhängeschloss und drückte zu. Nahezu lautlos schnitten die Backen durch den Stahl. Bevor er das Schloss von den Türösen nahm, zog er seine Handschuhe aus weichem atmungsaktiven Textil an, die er sonst bei seinen Bergwanderungen benutzte. Er legte das Schloss auf den Boden und zog vorsichtig den Riegel zur Seite und öffnete einen Türflügel. Ein Kontrollblick über die Schulter gab ihm die Gewissheit, weiterhin ungestört zu sein. Er betrat den Vorraum mit dem Treppenhaus und schaltete kurz seine LED-Taschenlampe an, die ein blendend-weißes Licht verbreitete. Alles sah genau so aus, wie auf den Fotos seines Vaters, der hier schon häufig mit den jeweiligen Managern und Angestellten über Herstellungsverfahren und Whisky im Allgemeinen philosophiert hatte. Nie hatte er allerdings welchen getrunken. Das Riechen, also das so genannte Nosing, reichte seinem Vater vollkommen. Er konnte annähernd hundert verschiedene Whiskies nur über die Nase unterscheiden. Das war seine Welt. Bis diese Verführer kamen. Bis sie ihn zwangen, dieses Teufelszeug auch zu trinken …

Mit großer Anstrengung riss er sich von diesen Gedanken los und konzentrierte sich wieder auf seine Umgebung. Hier, im Erdgeschoss, hinter der schmutzig weißen Wand, befand sich der Ofen, in dem das Torffeuer für die Trocknung und Räucherung der bereits gemälzten Gerste entfacht wurde. Der Geruch von erkaltetem Feuer hing in der Luft. Im Obergeschoss fand man dann die Darrböden, perforierte Flächen, mehrere Tennisplätze groß, auf denen das feuchte Gerstenmalz ausgebreitet wurde, um durch den durch die Löcher im Boden strömenden Rauch des Torffeuers langsam getrocknet zu werden.

Nachdem er zum Auto zurück geschlichen war, machte er sich mit dem Toten über der Schulter in der Dunkelheit auf den Weg zurück zum Darrboden. Nachdem er es bis zum Treppenhaus und schon die halbe Treppe hoch geschafft hatte, musste er erkennen, dass seine Kräfte wohl doch nicht dem erwarteten Standard entsprachen. Mit knapp 80 Kilo Gewicht auf den Schultern konnte er keine einzige Stufe mehr nehmen. Er geriet ins Taumeln und entweder stürzten sie jetzt beide die Treppe hinunter oder er ließ sein Paket los.

Also ließ er los. Die Leiche knallte wie ein nasser Sack die über zwanzig Stufen hinunter und schlug dabei heftig mit dem Kopf auf den Beton, so dass ein scheußliches Knacken zu hören war. Mit rasendem Herzen lauschte er auf seine Umgebung, konnte jedoch auch nach über einer Minute nichts Unangenehmes hören. Er gönnte sich eine Ruhepause, bis das Kribbeln in seinen Beinen signalisierte, dass es weitergehen könnte. Er ging die Stufen hinunter und lud sich die Leiche wieder über die Schulter. Dabei bemerkte er, dass der Kopf seltsam hin und her pendelte. Der Kerl musste sich beim Sturz das Genick gebrochen haben! Das tat ihm schon etwas Leid, denn das hatte er nicht gewollt.

Nach fast einer Viertelstunde, angefüllt mit unzähligen Schweißausbrüchen, Ächzern und unausgesprochenen Flüchen, erreichte er das Obergeschoss. Das schwache Mondlicht, welches durch die vier Flurfenster schien, erlaubte es ihm gerade noch, die Umrisse seiner Umgebung wahrzunehmen.

Er tastete sich schwer atmend bis zur nächsten Tür und betrat die große niedrige Halle der Floor Maltings.

Mit den weiß gekalkten Natursteinwänden und den im Abstand von knapp drei Metern integrierten kleinen Fenstern, einer Deckenhöhe von nur zwei Metern und den orange lackierten, gleichmäßig im Raum verteilten Gussstahlstützen, erinnerte dieser Raum eher an einen großzügigen Keller aus dem 19. Jahrhundert. An einem kleinen Podest direkt hinter der Tür schloss sich die mit Gerstenmalz ausgelegte Fläche an, die in dem eindringenden Mondlicht fast wie Altgold glänzte. Das andere Ende der Halle war in der Dunkelheit nicht zu erkennen. Er stieg vorsichtig mit der geschulterten Leiche in die 10 bis 20 Zentimeter dicke Gerstenschicht und bahnte sich so seinen Weg bis in den hinteren Bereich des Gebäudes. Das Gefühl beim Laufen erinnerte ihn an seine häufigen Strandwanderungen durch trockenen Sand. Wäre das immense Gewicht auf seinen Schultern nicht gewesen, hätte er eine fast kindliche Freude bei seinem Gang empfunden.

Dann platzierte er die Leiche so, dass sie spätestens am nächsten Tag, einem Dienstag, gefunden werden würde. Er lies den kalten und starren Körper einfach über seine Schulter gleiten und häufte mit bloßen Händen eine dünne Schicht Malz darüber. Dieser Hügel würde die Mitarbeiter garantiert stutzig machen.

Auf dem Weg nach unten fand er zufälligerweise ein paar alte Stofffetzen und einen Kanister mit Reinigungsflüssigkeit. Glück muss der Mensch haben! Er tränkte die Lappen mit der Chemikalie, die wohl dem sporadischen Anspruch an Reinlichkeit dieser Brennerei genüge tun sollte und wischte die beim Sturz der Leiche entstandenen Blutflecken einigermaßen gründlich auf. Er wollte das Überraschungsmoment schließlich nicht verderben.

Unbemerkt verließ er auf dem gleichen Weg wieder das Brennereigelände und fuhr mit seinem Lieferwagen wieder zurück nach Hause. Jetzt konnte er sich auf sein nächstes Opfer vorbereiten!

Edelstahl

-7-

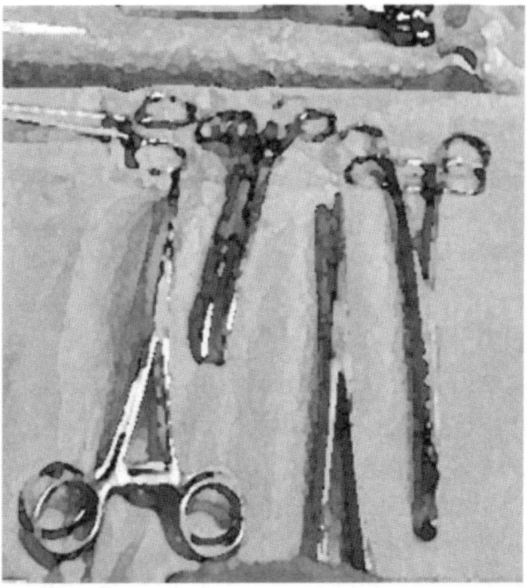

Das St. James Infirmary gehörte zur National Health Security und war eines dieser typischen Regionalkrankenhäuser: ohne Sinn für die Ästhetik, geschweige denn für die vorherrschende Architektur des Ortes einfach an eine freie Stelle neben die A95 geklatscht. Getreu dem damals in den Siebzigern vorherrschenden Trend "Form follows function", also ein rein zweckgebundenes Gebäude aus Sichtbeton, mit ein paar Farbtupfern aus gefliesten Fassadenteilen in Kotzgelb. Der Operationstrakt, als Vorbau direkt über dem Eingang errichtet, schien nach einem Preis für die misslungenste designerische Arbeit der letzten 40 Jahre zu schreien. Die riesige, sich über zwei Etagen ziehende, Fensterfront, wurde von ehemals drehbaren vertikalen Sonnenblenden aus Stahl verziert. Die jeweils knapp 40 cm breiten Streifen hatten den Kampf gegen das schottische Klima allerdings schon vor Ewigkeiten aufgegeben, da sie erstens ihre Funktion schon kurz nach der Einweihung eingestellt hatten und, zweitens, mittlerweile zu einem hohen Anteil aus Rost bestanden. Durch den häufigen Regen färbte dieser Rost bereits die gesamte Fläche vor dem Haupteingang, so dass der unbedarfte Besucher bei Nässe das Gefühl bekam, er würde auf einem riesigen kupfernen Teller stehen.

Von diesen beglückenden Eindrücken völlig unbeeinflusst, betrat Alan Derringer nach kurzer Fahrt die Eingangshalle, um zielstrebig auf den Empfangsschalter zuzueilen. Ohne die üblichen 30 Sekunden abzuwarten, die jede Empfangsdame und jeder Pförtner der Welt benötigt, um das Vorhandensein eines menschlichen Wesens vor ihrem oder seinem Tresen zu registrieren, zog er sofort seinen Ausweis. »Wo geht's zur Forensik, Gnädigste?«

Durch diese Forschheit ein wenig verunsichert, blickte die noch recht junge Dame mit ihrer altmodischen, spitzen Brille auf, blinzelte in Richtung des Polizeiausweises und antwortete schnippisch »Hier gibt es keine Gerichtsmedizin! Da müssen Sie schon nach Aberdeen.«

»Aha«, antwortete Alan verdrießlich. »Und wo sind dann mein Kollege, die drei Herren von der Spurensicherung, Dr. Edkins und vor allem die Leiche geblieben, die vor kurzem mit dem Krankenwagen kamen, der dort draußen steht? Sitzen die etwa alle zusammen gemütlich in Ihrer Kantine oder wo finde ich die?«

Jetzt vollends aus dem Konzept gebracht, deutete sie mit einem Kugelschreiber in Richtung Treppenhaus. »Gehen Sie dort drüben eine Etage runter, halten sich links, durch die Milchglastür und dann sehen Sie schon die Schilder zur Pathologie, Sir.«

Im Gehen warf er ihr noch ein "Danke" zu und schob sich an zwei älteren Damen vorbei, die ausgiebig über die Vorteile der neuen gefederten Gehhilfen diskutierten. Warum in aller Welt, fragte Derringer sich, stehen Menschen, die gerade nichts zu tun haben, eigentlich immer genau da, wo sie den größtmöglichen Schaden anrichten, beziehungsweise das größtmögliche Hindernis darstellen konnten? Das muss eines von Murphys Gesetzen sein. Ohne auf weitere Probleme zu stoßen, eilte er dann die Treppe zum Untergeschoss hinunter und folgte dem beschriebenen Weg.

Der Gang, mit geschmacklosen, uringelben Fliesen verziert, konnte sich nur positiv auf den Heilungsprozess der Patienten auswirken. Jeder der hier eingeliefert wurde, hatte nur ein Ziel: so schnell wie möglich wieder weg von dieser Netzhaut verätzenden Atmosphäre!

Als er die weißlackierte Tür zur Pathologie öffnete und in den hell erleuchteten Saal blickte, hatte er das Gefühl, einen anderen Planeten oder zumindest ein Raumschiff zu betreten. Der gesamte Raum war angefüllt mit Edelstahlmobiliar, hygienisch einwandfreien Oberflächen, die das Licht der zahllosen in die abgehängte Decke eingelassenen Leuchtstoffröhrenkästen reflektierten. So geblendet, nahm er die anwesenden Personen, die alle im hinteren Bereich, in der Nähe eines ausladenden Seziertisches standen, zunächst gar nicht wahr.

»Hey, Kittel über und Mundschutz auf!«, blaffte ihn eine vertraute Stimme an. Nachdem seine Augen sich an die Lichtverhältnisse gewöhnt hatten, konnte er auch Dr. Susan Edkins, die Blafferin, sowie einen weißbekittelten Mann und natürlich Brian Strachan in einem etwas zu engen hellblauen Kittel sehen. »Hängt alles da neben der Tür.«

Nachdem er sich etwas widerwillig die Schutzkleidung über sein sonst so gepflegtes Äußeres gestülpt hatte, näherte er sich der Gruppe und wurde von Sue dem Mann vorgestellt.

»Alan, das ist Doktor Nakowitsch, unser Oberarzt. Mirko, das ist Superintendent Alan Derringer, berühmter Jäger des Whisky-Killers.«

Alan beließ es als Begrüßung bei einem Nicken und einem "Angenehm", während er den gelblich-weißen Latexhandschuh des Doktors betrachtete, als der ihm seine Hand entgegenstreckte.

»Ist mir gar nicht so recht, wenn so viele Leute hier rumstehen und mich beobachten«, bemerkte der Arzt mit leicht osteuropäischem Dialekt und schaute ihn über seine Halbmondbrille hinweg an. Die ausgeprägte Halbglatze, die enorme Hakennase und der magere Körperbau prädestinierten ihn geradezu für den bevorstehenden Job, hatte er doch viel Ähnlichkeit mit der Vogelart, die im positiven Sinne als Gesundheitspolizei, meist aber einfach nur Aasgeier genannt wurde.

»Außerdem mache ich hier nur sehr ungern die Arbeit der Rechtsmediziner. Ich bin schließlich Pathologe. Nachher muss ich mir noch anhören, dass wir Normalsterblichen alles falsch machen. Sie kennen hoffentlich den Unterschied zwischen Pathologe und Rechtsmediziner und glauben nicht den Unfug in den Fernsehsendungen, wo jeder Hilfspfleger Leichen begutachtet?«

Alan wusste sofort, worauf der Arzt anspielte. Da die Untersuchungsergebnisse vor Gericht verwendet werden, gelten in der forensischen Analytik nur beweisende Verfahren. Meist werden deshalb sogar zwei unterschiedliche Analysenmethoden parallel eingesetzt, um so Kreuzempfindlichkeiten auszuschließen. Zur Messung des Blutalkoholgehaltes zum Beispiel wird mittels Gaschromatographie die Dampfkonzentration einer Probe bestimmt. Gleichzeitig wird die Konzentration enzymatisch mit einem Verfahren gemessen, das dem Abbau des Alkohols in der Leber nachempfunden ist. Die Ergebnisse beider Verfahren müssen übereinstimmen. In der Rechtsmedizin arbeiten deshalb oft Chemiker, Mediziner und auch Toxikologen zusammen. Der Arzt wollte sich einfach nur absichern, damit er hinterher keinen Ärger bekam.

»Keine Sorge, Doc, ich weiß Ihre Bescheidenheit zu schätzen. Dass ein Pathologe wie Sie auch mal einen akzeptiert, der nicht ganz so natürlich die Welt verlassen hat wie Ihre Hausgäste, wird Sie doch nicht in Ihrem Schaffensdrang behindern, oder? Machen Sie es einfach zu wissenschaftlichen Zwecken. Den nachträglichen Auftrag vom Staatsanwalt können Sie schon fast in Ihrer Tasche fühlen«, antwortete Alan. »Meine beiden Kollegen von der forensischen Abteilung sind Profis bei der Obduktion. Die werden Ihnen zur Hand gehen, wenn sie Ihre vorläufigen Arbeiten in Ihrem rollenden Labor abgeschlossen und die Ergebnisse ins Hauptquartier übermittelt haben. Die Hauptobduktion werden wir sowieso in Elgin machen, sobald der Leichenwagen eintrifft. Obwohl, die Arbeit können wir uns eigentlich sparen, ich bin eh sicher, wir finden nichts Neues.«

»Was soll das denn heißen?«, fragte Susan.

»Was schon!«, entgegnete er. »Das ist jetzt die vierte Leiche in fünf Monaten. Alle dieselbe Machart, da wette ich. Aber ich will nicht vorgreifen, Doktor. Machen Sie Ihren Standardkram, dann sehen wir weiter.«

Erst jetzt konnte Alan einen Blick auf den Tisch mit den Überresten des Mannes werfen. Ein Stück Fleisch auf einem Edelstahltisch, mehr war im Prinzip nicht mehr übrig. Ein Tisch, höhenverstellbar mittels Pedalen, ausgestattet mit einer kuchenblechartig geformten Wanne, mit Wulstrand und Ablauf. Und darauf ein Mensch. Alan konnte sich in diesem Moment kaum einen größeren Widerspruch vorstellen. Er hasste diesen Teil der Arbeit. Der Mensch als Objekt der Begierde. Ein Konglomerat aus Eiweißverbindungen und Wasser. Chemisch analysierbar. Sezierbar. Zerlegbar. Aber wo war das Menschliche? Wo war die Geschichte, die er so dringend brauchte? Die Haut der Leiche hatte dieses wächserne aufgedunsene Aussehen, wie es Wasserleichen manchmal hatten. Durch das Dünsten in der Wash Still war die Haut aufgequollen und sah irgendwie unwirklich aus. Fast wie diese tollen Nachbildungen der Stars und Sternchen bei Madame Tussaud. Nur von innen etwas feuchter und weicher. Armes Schwein! Jetzt kam der Teil seines Jobs, mit dem er sich nie hatte anfreunden können. Die Rechtsmediziner konnten noch so geschwollen von Obduktion, innerer Besichtigung und Untersuchung der Organe sprechen, für ihn blieb es dabei, dass sie einen ehemals lebenden Menschen skalpierten, enthäuteten und aufbrachen, um ihn auszunehmen wie ein Stück Wild. Da wollte er nicht dabei sein, das war nicht seine Welt, ihm reichte es, die oftmals auch schon unappetitlich aussehenden Leichen an den Fundorten in Augenschein zu nehmen. Aber es war ein Teil des Jobs und ein sehr wichtiger sogar, denn in vielen Fällen musste das ganze Register forensischer und kriminalistischer Untersuchungstechniken gezogen werden, um die Grundfragen des Kriminalisten bei der Klärung des Falles zu beantworten. Wer? Wo? Wann? Wen? Wie? Womit? Warum? Die bekannten „Sieben goldenen W“ für Täter, Tatort, Tatzeit, Opfer, Modus Operandi, Tatmittel und Motiv.

Der Pathologe aktivierte sein von der Decke hängendes Diktiergerät, das auf Sprache reagierte und sich automatisch ein- und ausschaltete, je nachdem, ob er sprach oder nicht.

»Entschuldigen Sie, aber wir sind hier noch nicht so modern eingerichtet, bei uns werden Autopsien noch nicht per Videokamera aufgezeichnet.«

Alle Anwesenden unterzogen sich zunächst der üblichen Routine, in dem jeder seinen Namen und seine berufliche Position so nannte, dass die Daten vom Gerät aufgenommen wurden. Dann beugte sich Nakowitsch vorsichtig über den Toten auf dem Rollwagen.

»Also, was haben wir? Der Körper ist vollständig und hat keine größeren Wunden, der Täter scheint also keine Trophäen mitgenommen zu haben, zumindest keine Körperbestandteile. Es wurde weder etwas abgeschnitten noch herausgeschnitten«, begann er zunächst mit seiner pingeligen äußeren Leichenschau. »Da er auch angekleidet gefunden wurde und auf den ersten Blick nichts darauf hinweist, scheinen auch keine sexuellen Motive vorzuliegen. Die Kleidung wird noch auf Spuren von Haaren, Sperma, Blut, Schleim, Fasern, Pflanzenreste oder Erde, Lack- oder Glassplitter sowie mechanische Einwirkungen untersucht, der erste Eindruck brachte aber kein Ergebnis. Die gesamte Hautoberfläche weist aber eindeutig die Kennzeichen von Verbrühungen auf. Sehen Sie hier«, sagte er zu Susan gewandt. »Ab 45°C führt der thermische Stress zur

Denaturierung zellulärer Eiweiße, zum endgültigen Struktur- und Funktionsverlust der Bau- und Funktionseiweiße. Hier können Sie die typischen Koagulationsnekrosen sehen.« Susan begutachtete interessiert die beschriebenen Hautpartien.

»Wenn ein Körper 1-2 Stunden in heißem Wasser „gesotten" wird, gibt es zwangsläufig Auflösungsprozesse. Das Fleisch löst sich von den Knochen. Am deutlichsten sind diese rund um das Gesicht zu erkennen.« Mit diesen Worten öffnete der Pathologe den Mund des Toten, schob einen behandschuhten Finger hinein und deutete dann auf Ober- und Unterkiefer. Hier an Mandibula und Maxilla sind die Ablösungen am besten zu sehen. Außerdem sind sie auch an den Händen und Füßen zu erkennen. Nase und Lippen scheinen zu schmelzen, die Ohren fallen ab.« Als er dies sagte, griff er ans rechte Ohr des Toten und hatte es plötzlich in der Hand.

»Die Auflösungen sind auch an Hüfte und Schulter erkennbar, das Fleisch hat sich schon etwas vom darunter liegenden Fettgewebe gelöst. Die Absonderung einer talgartigen Schmiere ist hier am besten zu beobachten, sie ist auch schon in dünnen Rinnsalen auf den Rollwagen getropft und dort während des Abkühlungsprozesses zu weißen Flecken erstarrt. Völliger Verlust der gesamten Köperbehaarung. Falls er noch Haare auf dem Kopf hatte, schwimmen die jetzt in der Brennblase und noch einiges andere vermutlich auch. Zwei Fingernägel fehlen bereits. Die Fußnägel sitzen noch an Ort und Stelle, die waren durch die Strümpfe geschützt. Mit anderen Worten, der Kerl ist wirklich eine Weile in heißer Brühe abgekocht worden. Zum Glück für ihn war er da allerdings schon tot.

Die Einstichstelle am Handgelenk scheint mir interessant zu sein. Die ersten Tests laufen schon: Blut, Speichel und all das. Zahlreiche punktförmige, teils auch grobfleckige, Unterblutungen der Augenbindehäute beiderseits sind typische Stauungsblutungen bei gewaltsamer Erstickung. Es wurden keine Abwehrverletzungen gefunden, weder aktive noch passive, es scheint sich also um einen Überraschungsangriff ohne Möglichkeit größerer Gegenwehr gehandelt zu haben. Vermutlich kam der Täter von hinten.«

In diesem Stil ging es weiter, als erkennbare Hautunterblutungen gesucht wurden, gedeckte oder offene Knochenbrüche, abnorme Beweglichkeit in den Gelenken, Strommarken, Spuren von chemischen oder weiteren thermischen Einwirkungen, abnorme Auflagerungen, Missbildungen, Strangfurchen, Zeichen körperlicher Auszehrung, Hautabschürfungen, Narben usw.

Inzwischen hatten auch Andy und Ewen, die beiden Männer der Forensik, den Weg in die Pathologie gefunden und nickten den Anwesenden vom Eingang aus schweigend zu, während sie ihre Schutzkleidung überstreiften.

»Jetzt, wo Ihre Kollegen da sind, schauen wir uns mal seine Lunge und seinen Magen an«, dozierte der Pathologe weiter und ergriff aus seinem Operationsbesteck aus Edelstahl, sauber drapiert auf einem Beistelltisch, ebenfalls aus Edelstahl, das erste Instrument. Mit dem Instrument, mit dem die auch oft als Kaltchirurgen bezeichneten Rechtmediziner sich am besten verstehen, nämlich mit dem Skalpell, in der Hand wandte er sich der Leiche zu. Er begann mit der eigentlichen Obduktion, der inneren Leichenschau, in dem er mit einem Kragenschnitt und dem großen Medianschnitt den Brustkorb und den Bauchraum eröffnete. Bevor er aber die eigentlichen Körperöffnungen freilegte, um zu den inneren Organen zu gelangen, wandte er sich nochmals an seine Zuschauer.

»Sie müssen nicht alle dabeistehen und zusehen. Das ist wirklich nicht nötig. Außer Sie genießen das volle Programm. Lustig ist das hier nicht. Das ist nichts, worüber meine Frau und ich uns abends beim Essen unterhalten oder ich den Kindern erzähle, wenn sie mich fragen, was ich denn so den ganzen Tag mache.

Ach übrigens, kennen Sie den: Kommt ein Mann zum Arzt, der untersucht ihn und sagt "Sie wurden vergiftet!" "Oh Gott, womit denn?", fragt dieser. "Keine Sorge, das finden wir bei der Obduktion schon raus!", antwortet der Arzt.«

Alan und Brian sahen sich an und konnten beide nicht sagen, ob dieser Pathologe nun besonders witzig sein wollte oder ob er einfach nur abgebrüht war. Seine Mimik war zudem verdeckt von dem Plexiglasschutz der an einem Stirnband vor seinem Gesicht baumelte. Alan konnte ihn quasi nur lachen hören. *Ist Sarkasmus eigentlich Pflichtfach auf der Universität, wenn man Rechtsmediziner werden will,* dachte er. *Na ja, vermutlich nicht, aber es hilft sicherlich diesen Job psychisch besser zu überstehen.*

»O.K., Alan, lassen wir den Doktor alleine und wenden uns ein paar erfreulicheren Dingen zu«, schlug Susan vor. »Sie natürlich auch, Brian. Gehen wir in die Personalkantine, da wird gerade das Mittagessen serviert. Ich lade Sie ein und Sie erzählen mir ein paar Gruselgeschichten. Ganz im Vertrauen natürlich. Außerdem könnt Ihr beide in den Kitteln George Clooney in Emergency Room keine Konkurrenz machen. Also, lassen Sie uns gehen, bevor ich an diesem traurigen Ort noch lachen muss.«

»O.K., jetzt wo die Kavallerie da ist, können wir durchaus gehen. Ihr macht euch selber bekannt?«, sagte Brian Strachan schnell und offensichtlich erleichtert, dass er das Weite suchen konnte zu den inzwischen näher getretenen Kollegen. »Wir gehen jetzt essen.«

Auch Alan ersparte sich gerne die Zuschauerrolle bei der ganzen Metzelei, er wusste eh schon, was als Ergebnis herauskommen würde. Und dem Doktor dabei zuzusehen, wie er fröhlich an dem Leichnam herumschnippelte und in ihm herumstocherte, musste nun wirklich nicht sein.

Als die drei den Raum verlassen hatten, schüttelte der zurückbleibende Arzt ein paar Mal den Kopf und machte sich mit den beiden Männern der Forensik daran, den Körper der Leiche zu öffnen, um die inneren Organe zu inspizieren und zu präparieren. Dabei mussten alle drei Körperhöhlen, Kopf-, Brust- und Bauchhöhle, geöffnet werden, um die einzelnen Organe zu untersuchen. Eine Tätigkeit, so abseits vom Alltag der allermeisten Menschen, dass die wenigsten überhaupt von ihrer Existenz wissen. Aber auch hier, in dieser sterilen und für manche Menschen kalten Atmosphäre wird eine Kunst gelebt. Wenn man diese drei anwesenden Männer beobachtet hätte, wäre der Vergleich zu einem Bildhauer oder einem Schneider nicht zu weit hergeholt gewesen. In ihrem Element versunken, die tausendfach einstudierten Handgriffe ausübend, schweigend, widmeten sie sich ihrer Kunst.

Assistiert von seinen beiden neuen Helfern, bestimmte Mirko Nakowitsch den Zwerchfellstand, durchschnitt den Rippenknorpel, löste das Sternoclaviculargelenk und nahm das Sternum ab. Er kontrollierte den Situs der Brustorgane, präparierte den Thymus frei und eröffnete den Herzbeutel.

Zur Herausnahme des Herzens durchtrennte er routiniert die ein- und austretenden Gefäße in Perikardnähe und übergab das Organ an Ewen.

Dieser vervollständigte die Sektion am herausgenommenen Herzen, indem er zunächst den rechten Vorhof und dann das rechte Herzohr öffnete. Nachdem er das gleiche auf der linken Seite wiederholt hatte und dabei speziell die Klappen inspiziert hatte, spülte er es vorsichtig, fast liebevoll im Wasserbad ab.

Die beiden anderen hatten inzwischen die Lungen abgetrennt, aus dem Körper geholt und auf den Präpariertisch gelegt. Mit einem kurzen, aber tiefen Schnitt von der höchsten Erhebung bis zur Basis tranchierten sie das Organ, so dass die Lunge wie ein Buch aufgeklappt werden konnte. Zahlreiche punktförmige bis feinfleckige Blutungen unter Lungenfell und Herzaußenwand, so genannte Erstickungsblutungen, bestätigten den Anfangsverdacht eines gewaltsamen Erstickungstodes. Die Reste von Erbrochenem, die noch von dem Opfer eingeatmet worden waren, taten ihr übriges.

Anschließend ging es an Dünndarm, Milz, Galle und schließlich Magen und Niere. In der Magenschleimhaut fanden sie flohstichartige Blutungen, die ihnen ebenfalls als Hinweis für einen Schockzustand dienten und zu den Schockzeichen der Lunge passten.

Als sie mit diesen Organen fertig waren, kamen noch die Beckenorgane, Prostata, Hoden und danach die Halsorgane dran.

Das Skelett sowie die Gelenke wurden ebenfalls mit kritischem Auge begutachtet.

Alle sezierten Organe lagerten sie in speziell dafür bereitstehenden Organbehältern. Die Körperflüssigkeiten wie Mageninhalt, Blut, Urin und Gewebeproben wurden ebenfalls aufgefangen und sichergestellt. Auch Haare und Haut gelten als verlässlicher Indikator für zeitabhängige toxische Einwirkungen von Stoffen, auch wenn diese in Schüben oder geringer Konzentration verabreicht wurden. Deshalb wurden auch hiervon Proben genommen, um später noch eingehend untersucht zu werden. Haare hatten sie allerdings nur sehr wenige finden können, aber zumindest an den Beinen waren sie fündig geworden und einige wenige Schamhaare hatten sich auch in der Kleidung gefunden.

Im nächsten Schritt mussten die drei zu etwas schwererem Gerät greifen, denn nun stand der Schädel des Opfers auf dem Programm. Nachdem Andy MacPhee den Hautschnitt über das Hinterhaupt durchgeführt und die Kopfschwarte nach vorne abgezogen hatte, umsägte er virtuos mit einer Mini-Flex den Schädeldeckel und hob die Kalotte ab.

Nach Eröffnung des Längsblutleiters, dem zirkulären Umschneiden der Dura und dem Durchtrennen der Falx über der Crista galli, zog er die Dura nach hinten ab. Jetzt nur noch die Hirnnerven und die Hirngefäße nahe an der Schädelbasis durchtrennt und er konnte das Gehirn herausnehmen und seinem Partner Ewen Gillies zum Wiegen übergeben.

1.360 Gramm. Das entsprach dem Normalgewicht eines männlichen Hirns. Er registrierte die Daten über Größe, Gewicht und Aussehen des Gehirnes, indem er auch diese Informationen in das Diktiergerät sprach. Es wies keine Verletzungen oder krankhafte Veränderungen auf.

Wie immer bei Opfern von Tötungsdelikten wurden während der Obduktion auch Fotos gemacht, um wesentliche Befunde auch fotografisch zu dokumentieren. Auch waren Körperproben genommen worden, um sie chemisch-toxikologischen Analysen auf Giftstoffe zu unterziehen. Weitere Proben wurden asserviert, um sie später bei eventuell erforderlichen Vergleichsuntersuchungen heranziehen zu können.

Zu jeder Obduktion gehört auch die Nachsorge durch das Zurücklegen der Organe in die Körperhöhlen. Als dies geschehen war, vernähten sie den geschundenen Körper so, dass eine eventuell erneute Untersuchung durch den Rechtsmediziner problemlos möglich war, und füllten ihn mit einer Mischung aus Formaldehyd, Zinkchlorid und Trichloressigsäure. Nach Säuberung der Leiche und der Wiederherstellung der äußeren Ordnung war ihre Arbeit beendet.

Die gewonnenen Proben würden an die Mitarbeiter im Labor in Aberdeen geschickt werden, damit diese sie mikroskopisch und mikrobiologisch untersuchen konnten. Sie sollten dabei auch speziell Drogen und eventuelle Giftstoffe und den Medikamentenspiegel toxikologisch bestimmen.

Jetzt noch ab mit dem Kerl ins Kühlhaus, damit er auch für die Kollegen von der Rechtsmedizin noch einen frischen Eindruck machte und das Hauptformular ausfüllen. Sie hatten sich ihr verspätetes Mittagessen redlich verdient. Künstlerisches Arbeiten machte Hunger. Danach war dann immer noch Zeit für den ausführlichen Befundbericht.

Mahlzeit

-8-

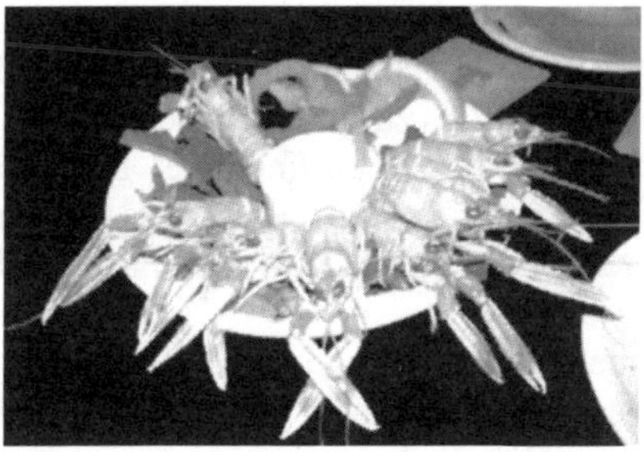

Nachdem sie schweigend die Edelstahlathmosphäre der Pathologie verlassen hatten, betraten sie kurz darauf die erheiternde Umgebung der mit braunen und orangefarbenen Fliesen ausgekleideten Kantine. Susan wies ihnen einen kleinen Tisch abseits der anwesenden Masse von Schwestern, Pflegern und Ärzten zu.

Geregelte Mahlzeiten, Kollegen, die man täglich trifft, überschaubare Leben in überschaubarer Umgebung. Und alle haben eine Motivation: Leben retten. Alan beneidete diese Menschen in diesem Moment. Er wurde immer erst dann benötigt, wenn alles zu spät war. Wenn die Körper schon kalt und das Blut schon geronnen war. Wie der Pathologe, der in diesem Moment im Keller seiner Profession nachging.

»Nein«, schien Brian seine Gedanken zu erraten. »Jetzt nicht wieder diesen Herzschmerz, Alan. Wir kriegen die Sau und wir retten den Rest der Menschheit vor diesem abartigen Schwein. Du willst nicht Schafzüchter in Durness werden. Und dein Whale Watching Boot auf Skye ist doch auch nur ´ne Ausrede. Du bist ein Jäger. Genau wie ich, bloß schlauer. Also, lass uns wieder wahre Helden spielen. Zum Beispiel indem wir dieses köstliche Mittagsmahl verzehren.«

Mit leicht angewidertem Blick inspizierte er die von Susan in diesem Moment dargebotenen drei Tabletts. Hackbraten, eine Spur zu braun. Viel zu grüne Erbsen, fast wie angemalt, und merkwürdig gelbes Kartoffelpüree. Das würde gut zu unserem Freund auf dem Seziertisch passen, dachte Brian, aber immer noch besser als wieder mal Fish ´n Chips auf die Schnelle.

»Lasst es euch schmecken. Gute Kantinenkost. Sieht scheiße aus, schmeckt auch so, macht aber satt und bleibt garantiert im Magen. Unser Pharmakologe hat lange an der Zusammensetzung gearbeitet.« Susan verzog keine Miene und setzte sich zu den beiden an den Tisch.

»Sie sind ganz schön cool, Susan. Sie könnten glatt in unserem Verein mitarbeiten«, lobte Brian.

Das wär's, dachte sie, den ganzen Tag im Team mit ihrem Traumbullen. Verstohlen blickte sie Alan an und verkniff sich jeden weiteren erotischen Gedanken. Völlig uninteressiert und fast schon abwesend stocherte dieser in seinem Essen herum. Welche Gefühle ihn wirklich bewegten, konnte sie nicht erahnen. Vielleicht auf die berufliche Tour, überlegte sie. Vielleicht ist er da ja lockerer.

»Und, Sherlock, berichten Sie doch mal. Was erwartet uns bei der Leiche?« Sie schreckte kurz auf. Mein Gott, ich rede schon so, als wäre ich eine Ermittlerin, dachte sie.

»Müssen Sie nicht Ihren Krankenwagen bewachen?«, entgegnete Alan. »Für die Story würde ich schon ein paar Minuten länger brauchen.«

Na klasse, jetzt will er dich auch noch loswerden. Seit Jahren der erste Mann, der sie aus der Reserve locken konnte und der ist schwul. Oder impotent. Oder noch schlimmer: glück-

lich verheiratet! Das kann doch nicht wahr sein. Nein, jetzt würde sie zum ersten Mal nicht die Desinteressierte spielen. Das Match ist noch in der ersten Halbzeit. Weitermachen!

»Tut mir leid, Alan, so leicht werden Sie mich nicht los. Ich hatte Nachtschicht und habe eigentlich seit neun Uhr Feierabend. Und den möchte ich gemütlich bei einem leckeren Dinner in fröhlicher Runde bei spannenden Gute-Nacht-Geschichten verbringen.« Sie probierte ihr unwiderstehliches Zahnpastalächeln mit leicht naivem Augenaufschlag.

Er blickte sie lange an. Sogar eine Spur zu lange. Ihr Lächeln gefror zu einer Maske. Das war Polizeischule. Verhören und analysieren. Die Psyche eines Menschen offen legen. Wie auf dem Seziertisch. Immer genau den Bruchteil einer Sekunde zu lange anschauen. Oder Fragen stellen, ohne auf Antworten zu warten. Oder Aussagen bestätigen, die nie geäußert wurden. Oder… Er hasste sich manchmal dafür. Seine psychologisch-kriminalistischen Fähigkeiten verfolgten ihn in jeder Minute seines Lebens. Keine Frau hielt es länger als zwei Wochen bei ihm aus. Er wusste immer im Voraus, was sie sagen wollten, wo sie lügen würden, wo ihre Ängste lagen. Das kann man nicht einfach abschalten. Und jetzt wieder. Dr. Susan Edkins. Eine hochintelligente, aber einsame Frau. Selbstbewusst, selbstsicher, aber nur da draußen. Im Inneren Sehnsucht, das Verlangen sich anzulehnen, das ganze Elend ihres Berufs irgendwo loswerden zu können. Dass sie sich eindeutig in ihn verknallt hatte, wusste er schon in der Brennerei. Er konnte es riechen. Er brauchte bloß ihre Körpersprache deuten. Es war so einfach für ihn. Und dafür hasste er sich am meisten.

Er mochte sie. Die Haarfarbe, den Körperbau, ihr Alter, ihre Stimme, ihren hellen Geist. Ihre große Schnauze. Eigentlich durfte er gar nicht mit ihr reden. Er wusste das und Brian wusste das auch. Aber er wollte sie nicht gehen lassen. Er musste jetzt, wo sein Frust ihn wieder packen wollte, einfach mit ihr reden. Diese Wärme genießen, die Männern einfach fehlte. Kein Sex, keine nackte Haut. Vielleicht später, vielleicht viel später, vielleicht auch nie. Vielleicht sollte er sie doch irgendwie ins Team holen?

Er hatte sie bereits verunsichert. Ihr Blick flackerte. Ihre Hände fingen an, nach irgendetwas zu greifen. Ihre Schultern zogen sich ein wenig zurück. Er hasste sich.

»O.K., Sue. Aber: kein Wort zu irgendjemandem. Das darf nicht an die Presse!«

Sie zum Mit-Verschwörer machen. Sich ganz leicht zu ihr beugen. Auf seine eigenen Hände blicken. Ein klein wenig Unsicherheit demonstrieren. Ihre Schultern kamen wieder nach vorne. Sie atmete hörbar aus. Jetzt wieder in ihre Augen blicken. Bei Blickkontakt kurz nach unten sehen. Jetzt den leicht flehenden Blick wieder in ihre Augen. Ja, jetzt blickte sie wieder zurück. Erwartend. Nickend. Sie beugte sich leicht vor, ihm entgegen. Jetzt hatte er sie. Und er hasste sich, während Brian dem bekannten Spiel gelangweilt zuschaute.

»Alle drei Morde haben Gemeinsamkeiten. Und bei unserem Mister vier wird es nicht anders sein. Da bin ich mir sicher. Die Bluttests werden ergeben, dass die Leiche vollgepumpt ist mit Alkohol. Und ich meine vollgepumpt. Wir werden eine Einstichstelle finden am Handgelenk. Intravenös gespritzter Edeltod. Es werden Spuren von Chloroform gefunden. An den Handgelenken und am Hals werden Abriebspuren gefunden werden. Schlussendlich Tod durch Ersticken, Kreislaufversagen und noch ein paar appetitliche Nebenwirkungen. Mehrfacher Overkill sozusagen. Er war schon ein paar Stunden tot, als er zur Brennerei gebracht wurde. Er wird keinerlei Beziehung zu der Brennerei, diesem Ort, den Angestellten oder sonst was haben. Nicht vorbestraft, nicht registriert.«

Er machte eine kurze Pause. Nicht weil er es musste, sondern weil er wusste, dass das wirkte. Wieder ein Blick auf seine Hände, die ordentlich gefaltet auf dem Tisch vor seinem Tablett lagen. Jetzt könnte er ihre Hände greifen und etwas Bewegendes sagen. Dann hätte er sie für die nächsten zwei Wochen in der Tasche. Er tat es nicht.

»Vier verschiedene Brennereien von verschiedenen Konzernen über das ganze Land verstreut. Vier unterschiedliche Fundorte. Vier Männer, die anscheinend nichts miteinander zu tun hatten. Eine Todesart. Kein erkennbares Motiv.«

Susan musste im Geiste ihre Finger an die Tischplatte nageln. Der Abstand zwischen ihren Händen und seinen war genau so groß – oder klein –, dass man genau diesen Magnetismus spüren konnte. Eine nahezu übermenschliche Anstrengung war erforderlich, um ihre Finger nicht zu ihm rüberrutschen zu lassen. Wegziehen konnte sie sie aber genauso wenig. Das wäre das ganz falsche Signal gewesen. Sie kam sich vor wie 14 und bei ihrem ersten Date. Einfach jämmerlich. Ihr war noch nie ein Mann begegnet, der sie derart verunsichert hatte. Scheiße! Und es war ihr auch noch egal!

»Was ist mit Erpressung, oder so? Kein Bekennerschreiben?«

Kopfschütteln. »Nichts dergleichen«, antwortete er.

»Keine mit Blut geschmierten Hinweise hinter Bildern? Keine in der Leiche versteckten Army-Abzeichen? Irgendein Käfer unter der Zunge? Die Psychopathen in den Filmen machen das doch immer so, weil sie in ihrem Innersten gefunden werden wollen.«

»Sorry, Susan. Wir sind im richtigen Leben. Hier helfen uns weder Brad Pitt noch Jodie Foster weiter. Anscheinend will hier einfach jemand töten. Nichts weiter. Und so wie es im Moment aussieht, ist ihm oder ihr völlig egal, wer es ist. Lauter unbescholtene Bürger aus unterschiedlichen Regionen Schottlands. Keine Verbindungen. Nur die Beziehung zum Whisky. Und wir wissen nicht mal, ob aus Liebe oder Hass.«

Susan wusste im Moment nicht mehr, was sie noch fragen sollte. Ihre Arbeit war immer einfach. Zu schnell gefahren, raus aus der Kurve, Schädel kaputt. Oder: das falsche Fußballemblem auf der Jacke. Ein paar Pints zu viel. Nasenbein gebrochen. Tathergang klar, Motiv klar, Opfer bekannt, Täter bekannt. Aber das hier erschien ihr irgendwie mehr als surreal. Tod als Inszenierung. Mord als Kunstwerk. Sie schauderte bei dem Gedanken, wie viele Menschen in ihrer Umgebung existieren könnten, die derartige Gedanken in sich tragen. Und dass einer dieser Menschen anfängt, sich als Künstler zu fühlen, und dann auch noch anfängt, kreativ zu werden. Sie schauderte.

»Beim ersten Mord, die Leiche war auf dem Darreboden einer Brennerei im Gerstenmalz verscharrt, dachten die Beamten noch, dass der Mörder einfach nur die Leiche verstecken wollte. Zugegebenermaßen auf ´ne blöde Art und Weise, aber so sind die meisten Mörder. Zudem hatte die Leiche eine üble Kopfverletzung und deshalb hatte man aus Schludrigkeit keine Bluttests gemacht. Die Todesursache erschien mehr als eindeutig. Dass der Kerl wohl auch gekotzt hatte, nahm man nicht so ernst. Man vermutete einen Schlag in den Magen oder so was. Drei Monate später, beim zweiten Mord, klingelte es dann beim Pathologen. Die Leiche war in eine Wash Back einer anderen Brennerei geworfen worden. Die Untersuchungen zeigten die Alkoholvergiftung und so hatte man alle Todesfälle in Brennereien recherchiert und auch die erste Leiche exhumiert. Selbes Ergebnis. Zack! Zwei Tote mit dem gleichen ungewöhnlichen Muster. Der Gedanke an einen Serienkiller war geboren. Nur einen Monat später dann der dritte Tote. Diesmal in einem Fass versenkt. Selbes Schema. Ab da ging's dann in der Presse richtig rund und uns wird seitdem die Hölle heiß gemacht. Das war vor drei Wochen.«

»Was?«, fragte Susan entsetzt. »Das heißt, der Irre gibt richtig Gas. Rein rechnerisch kann ich also schon mal den Krankenwagen warmlaufen lassen.«

»Keine blöden Witze«, mische sich Brian nun endlich ein. »Das kann die Presse besser als Sie. Mittlerweile sind alle Brennereien informiert und werden überwacht. Größtenteils zumindest. Heute hatten wir Pech. Gut, der Mann da unten im Keller hatte noch mehr Pech. Aber bei über neunzig Brennereien in den Händen von über 15 Konzernen können die Wege ganz schön lang sein. Da werfen die großen Bosse einem manchmal ganz schöne Steine in den Weg. "Polizisten auf meinem Gelände"«, äffte er jemanden nach, »"das vergrault mir die Touristen!" Manche Firmen sind so groß, dass eine ganze Hundertschaft nicht zur Überwachung ausreichen würde. Warum allerdings hier bei Ben Rhinnes keine Detectives abgestellt waren, weiß ich nicht. Die SWS stand auf unserer Liste ziemlich weit oben und die waren informiert.«

»Du hast Recht, Brian. Die waren informiert. Dieser McCartney hat bezüglich unserer Bitte, ein paar Beamte zum Schutz in seinen Unternehmen einsetzen zu dürfen, ziemlich pampig reagiert. Hat es rundheraus abgelehnt, sich beschnüffeln zu lassen. Hat seine ganze Politikerbruderschaft aufgehetzt , um das zu verhindern. Jetzt hat er den Salat und wenn das bekannt wird, könnte ihn das den Vorstandsposten kosten.« Ein feines Lächeln umspielte Alans Lippen, bevor er sich wieder Doktor Edkins zuwandte.

Hochdruck

-9-

Graham saß an dem großen Konferenztisch und blickte in Gedanken versunken auf halbvolle Kaffee- und Teetassen und leere Whiskygläser, in denen sich noch die braungoldene Farbe des ehemaligen Inhalts gefangen hielt. Die ersten zarten Sonnenstrahlen, die es an diesem Tag erst gegen Mittag schafften, den vorherrschenden Nebel aufzulösen, spielten mit der Neige in den Gläsern und zauberten unstete Lichtpunkte auf die weißen, mit Raufaser tapezierten Wände. McCartney und seine Vorstandskollegen waren vor etwas über einer Stunde wutentbrannt abgereist und Graham hatte es seitdem nicht geschafft, sich von seinem Platz zu lösen und den Tagesgeschäften weiter nachzugehen.

Nachdem seine Freude über den Sieg Pierce Brosnans verflogen war, hatte er versucht, Robert de Niro, also Sean, zur Rede zu stellen. Wieso hatte er die Informationen und Anordnungen der Polizei nicht an ihn weitergegeben? Selbst einige der Vorstandsmitglieder schienen erstaunt zu sein, obwohl man nie wissen konnte, ob dies nicht zu dem großen Spiel gehörte. »Ich hatte meine Gründe, Graham«, hatte er zur Antwort bekommen. »Ich werde mich doch von so ein paar uniformierten Vollidioten, die Detektiv spielen wollen, nicht rumkommandieren lassen. Wenn ich nur an diesen dicken Inspektor denke, mit seinem schlichten Gesicht, der hier den lokalen Polizeichef spielt, dann ist doch klar, dass man die ganze Bande getrost vergessen kann. Das ist doch wirklich ein talentfreier, fauler Sack, das erkenne ich doch auf den ersten Blick! Irgendjemand sollte ihm mal eine Flasche gutes Aftershave schenken. Was auch immer er zurzeit nimmt, er stinkt wie ein räudiger Dachs. Und außerdem kann ja wohl keiner riechen, dass dieser Psychopath tatsächlich hier auftaucht. Und schlussendlich, mein lieber Graham, geht es dich einen feuchten Dreck an, was ich tue. Du wusstest von der Geschichte genauso viel oder wenig wie wir alle. Du hast die Aufforderungen in der Presse genauso gelesen wie der Rest der Bevölkerung. Wo war denn dein waches Auge in deiner Brennerei? Welche Vorkehrungen hast du denn getroffen, heh? Hast du einen Nachtwächter beauftragt?«

Graham wollte ihn unterbrechen, ihm fielen jedoch einfach keine bissigen Bemerkungen ein. Höchstens welche, die ihn seinen Job gekostet hätten. Er hätte ihn am liebsten versehentlich erschossen.

»Wofür bezahlen wir dich denn, wenn du nicht mal in so einer Krise ein bisschen Eigeninitiative bringst? Dein Posten heißt "Manager", mein Freund, also manage den ganzen Scheiß hier auch gefälligst. So, meine Herren, lassen Sie uns die andern Läden noch aufsuchen und dafür Sorge tragen, dass das hier unser einziger Saustall bleibt.«

Er hatte sich so richtig in Rage geredet und verstand es vortrefflich, die Schuld stets bei anderen zu suchen und zu finden. McCartney stand mit diesen Worten auf und klemmte sich sein echtledernes Time System unter den Arm, während er gleichzeitig seine Krawatte zurechtrückte.

Es begann das übliche Stühle rücken, mit dem die anderen Herren ihren Aufbruch einläuteten. Keiner sagte ein Wort und keiner blickte Graham direkt an. Armes unterwürfiges Schlachtvieh, dachte Graham in diesem Moment. Gott bin ich froh, nicht da oben mitmischen zu müssen.

»Also«, begann McCartney aufs Neue. »Du weißt, was wir von dir erwarten. Halte ja unseren Namen sauber und«, seine Augen wurden für einen kurzen Moment zu Schlitzen, »pass auf, was du zur Presse sagst. Am besten, sag gar nichts. Krieg `ne Stimmbandentzündung, oder so. Warte, bis wir spätestens morgen eine Presseerklärung formuliert haben. Und lass auf jeden Fall das Besucherzentrum offen, damit die Besucher weiterhin kommen und wenigstens Flaschen aus den Regalen kaufen können.«

Mit einem Klaps auf Grahams Oberarm verließ Sean McCartney als erster den Raum. Eine innige Verbundenheit mit dem unbekannten Mörder keimte in Graham auf. Sean, in der Wash Still gekocht und anschließend zur Reifung zehn Jahre in ein Fass gesteckt. Das wäre jetzt genau das Richtige. Der Mörder musste wahrscheinlich ein Distillery Manager sein, der langsam, einen nach dem anderen, seinen Vorstand ausradierte.

Die anderen Männer gaben Graham zwar noch die Hand, sagten aber alle kein Wort mehr. Lediglich Ishbel, die wieder im Flur wartete, bekam noch ein paar gemurmelte Abschiedsfloskeln zugeworfen. Sie eilte hinter der Truppe hinaus, um ihnen das Tor zu öffnen.

So saß er also da, mit einem Whiskyglas spielend und für die nächsten Wochen zu Untätigkeit verdammt. Er musste dringend mit Percy und dem Superintendent reden, was mit der Brennerei im Detail passieren sollte. Die Wash war angesetzt und fertig. Der Produktionsprozess musste zumindest für diese Charge weitergehen und schließlich war ja nur ein Brennblasenpaar in Mitleidenschaft gezogen worden. Das andere Paar sollte er doch weiter betreiben können. Er hoffte, dass die Polizei sich heute nochmals hier blicken ließ und auch das Gesundheitsamt mitspielen würde.

Den Hass auf seine Vorgesetzten noch im Nacken, ließ ihn der Gedanke an die schreckliche Tat einfach nicht los. Ja, wenn man genug Wut aufgestaut hatte, dann erschien so ein absurdes Szenario durchaus vernünftig. Aber, warum ausgerechnet hier? War der Mörder vielleicht schon mal hier gewesen, als Besucher? Hat ihm diese Brennerei so gut gefallen, dass er dachte "Hey, toll hier, hier sollte ich meine nächste Leichte drapieren. Netter Ort!" oder hatte ihm Ishbel irgendwann mal zuwenig Geld im Shop heraus gegeben und er hat uns im Gegenzug eine Leiche an den Hals gewünscht?

Eine brennende Neugier keimte in ihm auf. Seine momentane gefrustete Stimmung und das irrationale Verständnis für einen Mord bildeten die Humusschicht für einen dichten Rasen aus Gedanken und Fragen. War der Täter genauso frustriert wie er? Nie richtig ernst genommen und häufig gedemütigt worden? Auch von den Frauen nie richtig wahrgenommen? Kein Freund, der intelligent genug gewesen wäre, seine brillanten Ideen zu begreifen? Und dann die alles entscheidende Szene: Du willst um eine Minute vor zwölf im Little Chef ein Frühstück bestellen und so eine arrogante Zicke mit einem Papphäubchen eröffnet dir gelangweilt, dass es Frühstück nur bis zwölf Uhr gibt. Du willst sie auf die verbleibende Minute hinweisen und sie hört dir nicht mal zu. Und dann: klack! Der Quecksilberschalter im Hirn gerät in Schräglage und der Zeitzünder beginnt zu ticken. Du greifst in deine schwarze Sporttasche und holst die Ingram M11 heraus. Mit einem glücklichen Lächeln im Gesicht (Großaufnahme!) legst du den Sicherungshebel mit dem Daumen um auf "Auto" (wieder Großaufnahme, aber Zeitlupe!) und dann mähst du alle Angestellten hinter ihrem Tresen nieder. War das nicht bei Michael Douglas so? Oder war das Quentin Tarantino? Oh, Mann, mit einem kurzen Blinzeln wachte Graham aus seinen Wachträumen auf. Ich verbringe eindeutig zuviel Zeit vor der Glotze, ging ihm auf. Oder es gab eindeutig zuviel Psychopathen auf dieser Welt, über die man Filme drehen konnte.

Langsam und mit einem leichten Ächzen erhob er sich. Er musste Ishbel sprechen. Sie musste mit den andern Kollegen telefonieren und mitteilen, was geschehen war. Und sie sollte den Superintendent ausfindig machen. Er musste einfach mehr über die bisherigen Morde erfahren. Bevor er jedoch zum Visitor Center ging, machte er einen Abstecher in sein Büro. Unterwegs bemerkte er, dass nur noch die junge Polizistin am Eingang zum Still House Wache stand und der Streifenwagen, wohl mit dem anderen Polizisten, und auch das Auto von Billy Boy vom Hof verschwunden waren.

In seinem Büro angekommen, setzte er sich in seinen Schreibtischsessel und schaltete seinen Laptop ein. Zum ersten Mal, seit er dieses Ding besaß, war er geradezu glücklich darüber, dass er nun einen schnellen Internetzugang hatte. Während des Hochfahrens nahm er sich die Zeit, noch eine Tasse Kaffee zuzubereiten. Das half ihm immer beim Denken.

Ausgerüstet mit seinem völlig unschottischen, heißen Getränk, setzte er sich in seinen Stuhl, öffnete mit seinem Computer die Suchmaschine und tippte "Whiskymörder" ein.

Eine Stunde, eine Druckerpatrone, fünf Tassen wirklich schwarzen Kaffee und ungefähr 100 bedruckte Seiten Papier später, konnte man einen völlig aufgekratzten Graham über das Brennereigelände laufen sehen. Mit fliegender Krawatte betrat er den Empfangsraum des Visitor Centers und warf den Stapel Papier auf Ishbels sauber polierten Tresen neben die Computerkasse. Ishbel schrecke bei dem lauten Knall von ihrem bequemen Sessel hoch und ließ den Telefonhörer fallen, den sie gerade offensichtlich benutzt hatte.

»Himmelherrgott, Graham, bist du jetzt von allen guten Geistern verlassen? Willst du noch eine zweite Leiche haben? Ich hätte fast einen Herzschlag bekommen!«

Während sie Graham einen vernichtenden Blick zuwarf, hob sie den Telefonhörer wieder auf. »Bist du noch da,

Schätzchen? – Ja, das war Graham, wer sonst?! – Ja, ich frag' ihn. Graham, das ist Jennifer am Apparat. Soll sie heute noch kommen oder wie sieht's aus?«

Graham, noch völlig im Gespinst seiner neuen Informationen über die vier Morde gefangen, brauchte einen Moment, bis er auf dem Teppich der Realität ankam. »Was? Jennifer? Oh, äh, ja, sag ihr, sie kann zu Hause bleiben. Bis wir uns wieder melden. Sonderurlaub sozusagen.« Flüsternd fuhr er fort: »Hast du was erzählt? Weiß sie, was passiert ist?«

»Jenny? Hörst du? – Ja, genau, mach´ dir einen schönen Tag. Ich ruf dich an. Ach, und wenn du John siehst, sag ihm, er braucht morgen auch nicht zu kommen, o.k.? – Ja, wird wohl ein paar Tage brauchen. Ich halte die Stellung. – Gut, alles Liebe!«

Den Hörer auf den Apparat legend, sah sie Graham fragend an. »Also gut, keine Mätzchen. Ich habe allen was von einem Unfall erzählt, sonst nichts! Denk nicht, dass auch nur einer mir geglaubt hat, aber sie halten alle ihren Schnabel. Vorläufig. Und jetzt sag mir, was hier passiert. Ich habe den Vortrag des Polizisten gehört und ich habe auch mitbekommen, was McCartney gesagt hat. Wo stehen wir?«

Graham schaute mit einer zitronensauren Mine zurück. »Ishbel, ich weiß es ehrlich gesagt nicht. Sean spielt ein undurchsichtiges Spiel mit uns allen und macht mich zum Sündenbock. Sven, Sutherland und die anderen lassen nichts raus und Derringer will uns den Laden schließen. Wenn alles schief läuft, lassen die mich demnächst wieder Fässer reparieren.«

Nach einem nachdenklichen Blick auf seine Schuhe fuhr er fort. »Ich muss den Superintendent sprechen. Ich muss ihn davon überzeugen, dass wir weiterarbeiten müssen und dass sein Streit mit McCartney nichts mit dieser Brennerei zu tun hat. Seinen kleinen Machtkampf kann er mit ihm in den Vorstandsetagen austragen, aber hier knüpft er mit seiner Haltung gerade meinen Strick. Hast du eine Nummer von ihm, oder so was?«

Sie reichte ihm mit einem warmen Glanz in den Augen eine Visitenkarte. »Mach dir keine Sorgen. Das wird schon wieder. McCartney ist zwar ein Widerling, aber er weiß, was er an dir hat. Hier ist die Karte von dem anderen Polizisten, diesem Strachan. Da ist die Nummer von seinem Mobiltelefon drauf. Und, was ist das für ein Haufen Papier da auf meinem Tisch?«

Zufrieden über die Karte und soviel unerwartete Zuneigung sprudelte es aus Graham heraus: »Das sind alle Informationen, die ich über die anderen Morde im Internet finden konnte. Alle Zeitungsmeldungen und alles, was ich sonst noch so in Chatrooms und generell finden konnte. Wird ´ne Menge spekuliert. Natürlich auch ein Haufen echter Mist, aber einiges ist schon interessant. Das wollte ich alles heute mal durchgehen und gucken, wie die anderen Distilleries damit umgegangen sind. Und vielleicht find ich ja was, was uns weiterhilft …«

»Willst du etwa Detektiv spielen?« Mit einem leichten Stirnrunzeln blickte sie ihn lange an. Durch seine plötzliche Sprachlosigkeit bestätigt, ließ sie nun nicht mehr locker. »Was glaubst du zu wissen, was die Polizei nicht schon längst rausgefunden hat? Nur weil du dir als 12-Jähriger gewünscht hast, dass Miss Marple deine Großmutter wäre – was deine richtige Oma übrigens sehr gekränkt hat – gibt dir das alleine doch nicht die geringste Befähigung, dich mit geisteskranken Mördern zu beschäftigen. Also, kümmere dich bitte um deinen Job und sieh zu, dass wir hier alle noch lange einen Arbeitsplatz haben, ja?« Demonstrativ schob sie ihm das Telefon herüber.

Sichtlich ertappt griff Graham zum Hörer und wählte die Nummer des Chief Inspectors.

Kerben

-10-

Alan Derringer, Brian Strachan und Susan Edkins hatten das Mittagessen zur Freude ihres Darmtraktes beendet und machten sich auf den Weg zurück in die Pathologie, als Brians Mobiltelefon klingelte.

Susan und Alan hatten mittlerweile ein Stadium erreicht, welches beide als einen Heimsieg verbuchten. Susan glaubte, das Vertrauen Alans gewonnen und demnach ein leidliches Interesse in ihm geweckt zu haben. Durch seine Ankündigung, noch eine Nacht in Charlestown zu bleiben, standen ihr also alle Möglichkeiten offen, den Pokal nach Hause zu holen. Alan wiederum glaubte, diesmal keinen Fehler gemacht zu haben und diese Frau nicht wie einen potentiellen Kindermörder behandelt zu haben. Für ihn schon ein echter Erfolg. Um die Straße der Sieger auch weiter beschreiten zu können, hatte er die fabelhafte Idee, seine Anwesenheit vor Ort noch um 24

Stunden auszudehnen. Die ersten 48 Stunden sind bei einer Morduntersuchung entscheidend, schon alleine deshalb sollten er und Brian lieber hier vor Ort bleiben und nicht erst am nächsten Morgen wiederkommen. Wenn der Täter innerhalb dieser Zeit nicht ermittelt werden konnte, würde die Chance auf eine Aufklärung rapide sinken. Brian war es völlig egal, in welchem Kaff Schottlands er eine weitere Nacht seines Lebens in einem Bed & Breakfast zubrachte. Hauptsache, das Frühstück war gut.

»Hey, Alan, das ist der Manager von eben. Der Lokalmatador eben, der Morrice. Der will uns unbedingt noch mal sprechen. Ich hab ihm gesagt, dass wir noch ´ne Nacht bleiben und dass wir im Mash Tun wohnen. Er will uns dort treffen, heute Abend. Wann ist dir recht?«

Überhaupt nicht, dachte Alan, weil er den Abend ohne lästige Zuhörer ausschließlich mit Susan verbringen wollte. »Sag ihm, heute Abend müssen wir noch arbeiten. Aber er kann uns beim Abendessen treffen. Susan, wo kann man denn hier einigermaßen gut essen?«

»In der Mash Tun, wo ihr wohnt, gibt's eine ganz gute Küche. Wenn's etwas feudaler sein soll, würde ich sagen im Speyview Hotel. Das kennt hier jeder«, antwortete Susan leicht angesäuert. Auch ihre Vorstellung von einem Abend zu zweit ging gerade den Bach runter.

„Na, für den ersten Abend können auch mal die Geschmacksnerven auf ihre Kosten kommen. Sag ihm, wir treffen uns im Speyview.«

»Hören Sie, Morrice? -- Speyview Hotel, um sieben. -- Gut, bis dann.« Brian klappte sein Mobiltelefon zusammen, verstaute es wieder in seiner Brusttasche und trottete den beiden anderen hinterher.

»Darf ich Sie zu unserem Arbeitsessen einladen, Susan?«, fragte Alan mit vorsichtigem Seitenblick. Jetzt bloß nicht zu forsch. »Vielleicht kann unser Gespräch heute Abend Ihre Neugier noch ein bisschen mehr befriedigen?«

Ich will ganz was anderes befriedigt haben, du Hornochse, wollte Susan laut heraus schreien, verkniff es sich aber dann doch. »Eigentlich habe ich wieder Nachtschicht. Aber die Geschichten interessieren mich jetzt doch zu sehr. Ich werde mal mit meinen Kollegen reden, ob ich tauschen kann. Ich treffe Sie dann beim Russen. Dr. Nakowitsch, mein ich.«

Sie drehte sich auf dem Absatz herum und ging den Gang in die entgegengesetzte Richtung davon, während Alan ihr mit einem undurchsichtigen Blick nachschaute.

»Willst du wieder ´ne blutende Kerbe auf deinem Herz?«, fragte Brian unverblümt. »Was soll das denn jetzt werden? Die ist doch kein One-Night-Stand. Die ist mal was anderes. Heb dir solche Sachen für später auf, wenn du endlich reif genug bist. Nach der Pensionierung, oder so, o.k.? Dir tut's weh und ihr tut's weh und ich muss mir danach wieder wochenlang dein Geheule anhören.«

»Nein, nein, mach dir deshalb bloß keine Sorgen, Mama. Bei der ist es kein Spielchen«, versuchte ihm Alan glaubhaft zu versichern. »Ich hab da ein ganz merkwürdiges Gefühl. Ich weiß auch nicht so recht ...«

»Deine merkwürdigen Gefühle kenn ich. Es gibt ein Leben oberhalb der Gürtellinie und es gibt auch Liebe oberhalb der Gürtellinie. Auch wenn du das immer wieder bestreitest. Also reiß dich bitte zusammen, auch dir zuliebe.«

Alan wusste, dass Brian Recht hatte, aber bisher hatte er auch nie ernsthafte Absichten gehabt, sich an jemanden zu binden. Bis heute waren alle Frauen, die er hatte, gerade gut genug gewesen, um ihm die Zeit zu vertreiben, sein Bett zu wärmen und von der Arbeit etwas abzulenken. So lange, bis er etwas Besseres gefunden hatte. Aber dieses Mal schien es wirklich anders zu sein.

»Lass gut sein, Bärchen. Danke für deine Fürsorge. Die ist tatsächlich nicht so wie alle anderen vorher. Wenn ich bei der nicht den richtigen Ton treffe, lässt die mich schneller fallen, als du `n Hot Dog essen kannst. Ich will nur ausprobieren, wie viel Herz ich überhaupt noch zeigen kann. Ich hab diese ganze Psychokacke so dermaßen satt. Komm, lass uns Andy und Gilly mal auf die Finger schauen. Die haben dem armen Pathologen wahrscheinlich schon seinen ganzen Werkzeugkasten geklaut.«

Als sie die Pathologische Abteilung im Keller des Krankenhauses betraten, lag dieser eigentümliche Geruch nach Eisen in der Luft, der eigentlich nur von Blut verbreitet wurde. Zusammen mit dem Duft von scharf riechenden Chemikalien und dem unverwechselbaren Verwesungsgeruch hatte sich all das zu einem Kopfschmerz verursachenden Dunst vermischt. Alan konnte absolut nicht verstehen, wie es jemand hier drin freiwillig aushalten konnte. Der penetrante Geruch drang ihm inzwischen derart in die Nase, dass er dankbar etwas von dem bereitgestellten Mentholbalsam nahm und es sich unter die Nase rieb.

»Schau Sie dir an«, frotzelte Alan. »In Liebe vereint. Welch Segen, wenn man ein gemeinsames Spielzeug hat.«

Die beiden Spezialisten der Forensik und der Pathologe hoben gleichzeitig die Köpfe. Sie standen zusammen an einem Pult in der Nähe des Seziertisches und schrieben etwas auf ein Formular mit zahlreichen bunten Durchschlägen. Auf dem geriffelten Stahltisch daneben lag die inzwischen fachgerecht filetierte Leiche, die durchaus den Eindruck erweckte, als sei sie mit größter Sorgfalt in allen Winkeln und Falten erkundet worden. Der auf Edelstahl gebettete Körper erinnerte Alan dennoch eher an ein aufgeschnittenes Schlachttier.

»Habt ihr schon was oder muss ich wieder bis morgen warten?«

Andy MacPhee und sein etwas jüngerer Kollege Ewen Gillies waren seit Jahren ein eingeschworenes Team und schon seit über zwei Jahren mit Alan befreundet. Brian Strachan hatte die drei in einem Pub bei einer Partie Dart auch privat zusammen gebracht. Da die drei im Zentrum von Inverness lebten, ledig waren und einen ähnlichen Lebensrhythmus aufwiesen, sah man sich, auch abseits der gemeinsam inspizierten Tatorte, öfter als ihnen vielleicht lieb war. Zumal die Anzahl der verfügbaren Damen durchaus an den Fingern von maximal zwei Händen abzuzählen war. Auch der verheiratete Brian leistete ihnen immer wieder Gesellschaft, speziell wenn damit ein gemeinsames Abendessen verbunden war.

»Was meinst du, Andy? Handelt es sich um den gleichen Mörder?«

»Nichts Neues, du Sklaventreiber. Er ist zumindest auf die gleiche Art und Weise umgebracht worden. Die übliche Einstichstelle im Handgelenk für eine Infusion, Erbrochenes in der Lunge, wie bei den letzten. Gigantische Mengen Alkohol im Blut. Rückstände von Chloroform konnten wir bis dato keine finden, das muss die Analyse noch beweisen. Die Biersuppe hat ihr Werk getan. Abriebspuren an Handgelenken und Hals. Da sind wir noch dran. Es war wieder kein genetischer Fingerabdruck möglich, keine Spur, nichts gefunden, deshalb war auch dieses Mal keine DNA Analyse möglich. Wir haben einige Partikel da gefunden, die sich die Burschen im Labor ansehen müssen. Scheint wieder Leder zu sein, wie von `nem Gürtel. Gegessen hat er nicht viel, aber einen Haufen gesoffen.«

»Könnt ihr schon was über den Todeszeitpunkt sagen?«

»Er wurde vor sechsunddreißig Stunden und« - Andy schaute demonstrativ auf seine Armbanduhr - »zwölf Minuten vierzig Sekunden ermordet. Natürlich nur zirka.«

»Ha, ha, verarschen kann ich mich alleine«, erwiderte Alan missmutig.

»Du weißt genau, dass ich nicht viel von Schätzungen des Todeszeitpunktes halte. Aus meiner Sicht hat das nichts mit Wissenschaft zu tun, sondern eher mit einem Ratespiel oder Weissagungen und ich habe meine Glaskugel heute leider nicht dabei. Aber wenn du mich, so wie immer, zu einer Aussage überreden willst: muss vorgestern Abend gewesen sein, vielleicht so gegen Mitternacht. Das ist also die frischeste Leiche, die wir bisher haben. War, wie gesagt, schon tot, als er in die Brennblase geschmissen wurde. Glück für ihn. Die Beschaffenheit von Lunge, Luftröhre und Kehlkopf zeigte, dass er erstickt war. Massive Einatmung von Mageninhalt, mit Ausfüllung der Atemwege. In der Luftröhre befanden sich Reste des erbrochenen Mageninhalts.«

»Ich hab's mir schon gedacht«, antwortete Alan. »Wieder nichts Brauchbares. Wie hat sich eigentlich unser Doktor Narkose geschlagen, war es ihm nicht zu viel?«, fragte Alan mit gesenkter Stimme, als sich Doktor Nakowitsch zu seinem Schreibtisch im rückwärtigen Teil des Raumes begab.

»Mirko? Den hättest du erleben müssen. Der zuckt bei der Untersuchung mit keiner Wimper. Der ist so kalt wie `ne Hundeschnauze und sarkastisch hoch drei. Aber ein Spitzenarzt! Der obduziert, als würde er täglich nichts anderes machen. Wie geht´s jetzt weiter?«

»Wir haben uns Zimmer in der Mash Tun besorgt. Das ist hier ein Stück die Hauptstraße hoch.« Bevor einer der beiden eine besonders blöde Bemerkung fallen lassen konnte, kam ihnen Alan zuvor. »Nein, ihr Komiker, wir wollen nicht Leiche spielen. Das Hotel heißt so und grinst nicht so dämlich. Bevor ihr geht, macht mir noch ein akzeptables Foto für die Suchmeldung, o.k.? Wir treffen uns dann morgen gegen Mittag im Büro in Inverness. Hast du einen Wagen für morgen bestellt, der ihn mitnimmt, Andy?«

»Klar doch. Die wollten eigentlich heute schon kommen. Ich hab ihnen aber gesagt, dass du ganz komisch wirst und ab jetzt immer eine Nacht mit der Leiche allein im Wald verbringen willst. Um dich mit dem Geist zu vereinen und so …«

Andy blickt starr auf einen imaginären Punkt an der Decke während Ewen seltsame Schüttelanfälle durchzumachen schien.

»Danke, MacPhee. Das Formalin scheint sich über die Jahre bei dir bewusstseinserweiternd auszuwirken. So feingeistig hab ich dich noch nie erlebt. Und du, Bärchen, du brauchst dich gar nicht wegzudrehen.«

Brian wandte sich wieder mit einem breiten Grinsen Alan zu. »O.K., lass uns verschwinden und noch ein bisschen nachdenken. Wir sehen uns morgen Jungs.«

Mirko Nakowitsch, der inzwischen wieder zu ihnen getreten war, verabschiedete sich sehr freundlich von seinen beiden Obduktionspartnern und wandte sich noch kurz an Alan. »Es scheint dem Mörder zumindest keine sexuelle Befriedigung zu verschaffen. Wir haben keinerlei Spermaspuren auf dem Körper des Toten und an der Kleidung gefunden.«

»Danke, Doktor«, antwortete Alan. »Sie haben uns wirklich sehr geholfen. Das war doch mal was anderes, als nur natürliche Todesursachen zu ermitteln, oder?«

»Wenn auf jedem Grab eines Ermordeten, der angeblich eines natürlichen Todes gestorben sein sollte, eine Kerze brennen würde, wären die meisten Friedhöfe wohl hell erleuchtet. Ich schaue deshalb bei jedem Toten genau nach, was wirklich die Todesursache war«, entgegnete der Arzt.

»Danke nochmals, Doktor.« Alan vor sich herschiebend, ging Brian wieder auf den Flur hinaus und schloss die Tür.

Als sie vom Gang ins Treppenhaus einschwenken wollten, stießen sie mit einer sichtlich abgehetzten Susan Edkins zusammen. »Oh, hei. Ihr seid ja schon fertig«, bemerkte sie sichtlich überrascht. »Ich dachte, ich kriege noch ein bisschen von dem Leichenschmaus mit. Wo soll's denn hingehen?«

»Wir wollten mal ins B&B, bisschen Frischmachen, hundertzwölfundsiebzig Berichte schreiben und unsere allerwertesten Vorgesetzten informieren. Den Scheiß-Schreibkram eben.«

»Oh, na gut. Ich wollte nur sagen, dass ich meine Schicht mit einem lieben Kollegen tauschen konnte. Also, wenn die Einladung für heute Abend noch steht …?«

»Sicher, Susan, sicher. Ich freu mich auf ein bisschen entspannten Smalltalk. Nach den ganzen Monaten kann ich keine Polizisten mehr sehen. Schon gut, Bär, dich natürlich ausgenommen.«

Gemeinsam gingen sie das Treppenhaus bis zur Empfangshalle hinauf.

»Ich lege mich jetzt ein bisschen hin. Also, bis um sieben im Speyview.« Sie winkte kurz mit der Hand und ging zum Ausgang. Plötzlich drehte sie sich aber um und fragte: »Eins muss ich aber noch wissen, ihr zwei. Warum habt ihr die Leiche hierhin bringen lassen? Normalerweise machen doch eure vom Gesundheitsamt bezahlten Coroner in Inverness die Untersuchung, oder?«

»Ist schon richtig, Susan, gut bemerkt«, lobte Alan. »Nur, was glauben Sie, wie viele Reporter dort herumlungern und warten bis wir kommen, nur um die ersten zu sein, die heute Abend einen Mörder-Leitartikel rausbringen können, mit Foto der Leiche? Das Schauspiel verschiebe ich lieber auf morgen und lass die Leiche in Ruhe untersuchen. Und vielleicht, wer weiß, gefällt es unserem metzelnden Getränkeprofi gar nicht, wenn er morgen nicht eine Silbe über seine Aktion vorfindet. Wir sollten langsam die bekannten Psychospielchen starten.«

Mit einem nachdenklichen "Aha, danke!" verließ Susan das Krankenhaus.

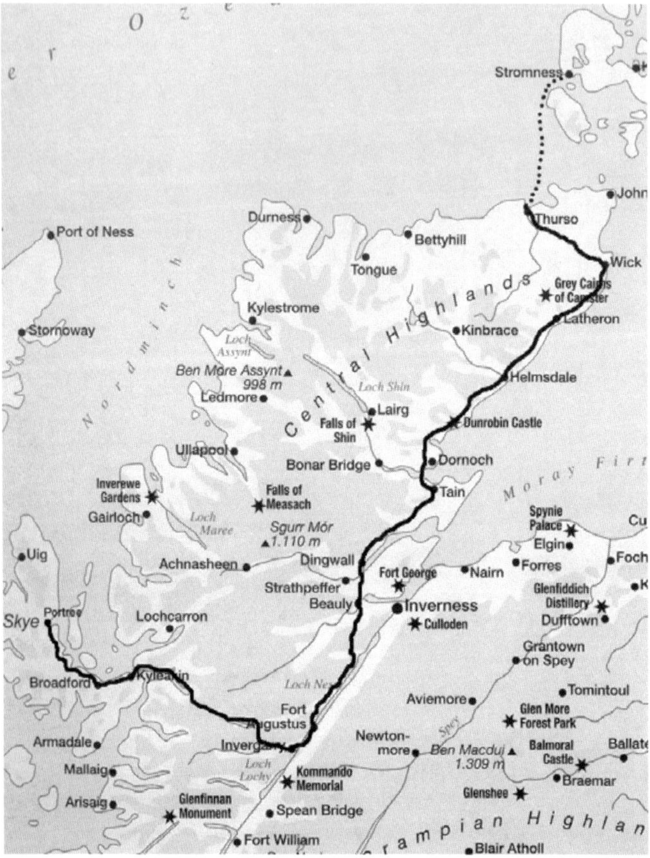
Stromness
John
Thurso
Wick
Durness
Port of Ness
Bettyhill
Tongue
Central Highlands
Grey Cairns of Camster
Kylestrome
Stornoway
Kinbrace
Latheron
Loch Assynt
Ben More Assynt
998 m
Helmsdale
Loch Shin
Ledmore
Lairg
Falls of Shin
Dunrobin Castle
Ullapool
Bonar Bridge
Dornoch
Moray Firth
Inverewe Gardens
Falls of Measach
Tain
Gairloch
Loch Maree
Sgurr Mór
1.110 m
Spynie Palace
Elgin
Uig
Achnasheen
Dingwall
Forres
Fort George
Nairn
Strathpeffer
Glenfiddich Distillery
Beauly
Inverness
Skye
Portree
Lochcarron
Culloden
Dufftown
Grantown on Spey
Broadford
Kyleakin
Loch Ness
Tomintoul
Aviemore
Fort Augustus
Glen More Forest Park
Armadale
Invergarry
Newton-more
Ben Macdui
1.309 m
Balmoral Castle
Mallaig
Loch Lochy
Kommando Memorial
Braemar
Arisaig
Glenfinnan Monument
Spean Bridge
Glenshee
Grampian Highlands
Fort William
Blair Atholl

Wasser

-11-

Adrian Mullin aus Portree erwachte an einem Samstagmorgen Mitte August im Heck des Lieferwagens. Auch er war an Händen und Füßen gefesselt und hatte ebenfalls ein Lederband um den Hals, das seinen Kopf fest auf der Pritsche hielt. Auf seinem Mund befand sich ein Streifen Klebeband, das ihn am Sprechen hinderte. Da er sich zunächst nicht orientieren konnte, geriet er leicht in Panik. Der erhöhte Sauerstoffbedarf seiner Zellen konnte allein durch die ihm verbliebene Nasenatmung nicht gedeckt werden. Zumal er einen leichten Schnupfen hatte und deswegen sowieso nur schlecht Luft durch die Nase bekam. Er spürte den Anflug eines Erstickungsgefühls und geriet dadurch mehr und mehr in Panik. Er hatte das zwanghafte Gefühl, unbedingt aufstehen zu müssen, sich den Knebel aus dem Mund zu reißen, weil er wohl sonst ersticken müsste. Wild kämpfte er gegen die Fesseln an, aber die hielten ihn unbarmherzig auf der Pritsche fest. Die Panik wurde nahezu übermächtig, seine Augen quollen hervor und als er überzeugt war, dass jetzt sein letztes Stündlein geschlagen habe, umfing ihn, wohl durch den Sauerstoffmangel bedingt, eine gnädige Ohnmacht, in der er wieder zur Ruhe kam und sein Körper auch wieder stärker mit Sauerstoff versorgt wurde.

Als er dieses Mal zu sich kam, fielen ihm die qualvollen Sekunden vor seiner Ohnmacht nur zu deutlich wieder ein. Nur mühsam konnte er ein erneutes Panikgefühl unterdrücken und sich nach und nach beruhigen. Langsam konnte er sich dann auch auf seine Umgebung und den Rest seines Körpers konzentrieren.

In seinem linken Handrücken spürte er einen leichten Schmerz und als er in diese Richtung schielte, entdeckte er eine fachmännisch angelegte Braunüle und daran einen Schlauch, der offensichtlich zu einem Gestänge im Halbdunkel führte, an dem eine Infusionsflasche hing. Ich bin in einem Krankenhaus, war sein erster Gedanke. Seine Panik legte sich etwas. Aber warum war es dann hier so dunkel und warum war er gefesselt?

Inzwischen hatten sich seine Augen ans Schielen gewöhnt und er erkannte, dass es sich nicht um eine normale Infusionsflasche handelte, sondern um eine auf dem Kopf stehende Flasche Whisky, die an dem Gestänge befestigt war. Auf ihrer Öffnung befand sich ein Korken, in den das andere Ende des Schlauchs führte. Das Stück Schlauch bis zur Rollklemme war mit der strohgelben Flüssigkeit des Whiskies gefüllt. Die Klemme war aber offensichtlich geschlossen, denn er konnte nichts tropfen sehen und der Schlauch unterhalb der Klemme war leer.

Was sollte dieser Blödsinn? Was hatte das zu bedeuten? Seit wann bekam man in einem Krankenhaus Whisky intravenös verabreicht? Da stimmte doch was nicht!

Beim näheren Betrachten der Whiskyflasche erkannte er das Etikett. Es handelte sich um einen 14jährigen Cask Strength Whisky der Stromness Distillery. Nicht auf die sonst übliche Trinkstärke von ca. 40 % verdünnt, sondern als Fassstärke, unverdünnt in die Flasche gebracht. In diesem Fall 59,9%, wie er noch genau wusste, denn es handelte sich um seinen Lieblingswhisky aus seiner Lieblingsbrennerei! Was hatte das jetzt alles nur zu bedeuten?

Er sollte noch früh genug Antwort auf seine Frage erhalten. Und sie würde ihm gar nicht gefallen!

Vor fünf Jahren hatte er bei seiner Weiterbildung gelernt, wie man Injektionen verabreichte, wie man eine Kanüle in die Vene stach und an einen Tropf anschloss und sogar wie man Frauen oder Männer katheterisierte. Sein Beruf brachte dies so mit sich. In der Zwischenzeit hatte er diese Fertigkeiten bereits des Öfteren anwenden können, ja sogar müssen, so dass er die Instrumente und Geräte nun mit so großem Geschick bedienen konnte, dass ihn jede Krankenschwester dafür bewundert hätte. Als er jetzt neben die Pritsche trat, stellte er fest, dass der Kerl einfach da lag und schlief. Unverschämtheit!

»Wach auf, du Schwein!«, bellte ihn plötzlich eine Stimme an. Er musste eingeschlafen sein, denn er hatte den Mann, der jetzt neben ihm an der Pritsche stand, nicht kommen gehört. Inzwischen war es auch etwas heller geworden und er erkannte, dass er sich in einem Auto, vermutlich einem Lieferwagen befinden musste. Verzweifelt versuchte er, sich dem Mann mitzuteilen, aber der ignorierte seine gutturalen Grunzlaute geflissentlich und wandte sich stattdessen dem Tropfengeber der Infusionsvorrichtung zu.

»So, mein Freund! Jetzt gibt's die Quittung! Du liebst doch Whisky so, dass du sogar unschuldige Männer damit in den Tod treibst. Jetzt wird er dein Tod sein. Lehn dich zurück und genieß es!«, hörte Adrian seinen unbekannten Peiniger voller Sarkasmus sagen.

Mit diesen Worten drehte er das Rädchen auf, allerdings nicht auf volle Durchflussgeschwindigkeit. Nur mit geringer Kraft und Geschwindigkeit bewegte sich der Whisky aus der

Flasche über den Infusionsschlauch auf den Körper seines Opfers zu. Da er diesmal allerdings keine Lust hatte, sich am Todeskampf des Mannes zu weiden, der dieses Mal wesentlich länger dauern würde, verließ er den Laderaum und begab sich in die Fahrerkabine.

Die Befriedigung über den ersten Toten und auch jetzt über den so gut wie zweiten Toten, war größer als er vermutet hatte. Sie ging sogar viel tiefer als er es sich je vorgestellt hatte. Zum ersten Mal nach langer Zeit fühlte er sich wieder ausgeglichen, war er wieder mit der Welt im Reinen – bildete er sich zumindest ein. Er war wie in einem Rausch, fast high, und Glücksmoleküle durchströmten seinen Körper. Er war voller Kraft und entschlossen zu töten und wieder zu töten. Diese Menschen zu töten. Einen nach dem anderen, bis sie von der Erde verschwunden waren und er seine Aufgabe erfüllt hatte. Als er während der Nacht ein paar Stunden geschlafen hatte, war ihm im Traum sein Vater erschienen und er konnte jetzt noch die Stimme seines Vaters hören, die ihm bestätigte, dass er das Richtige tat.

Er hatte inzwischen dazugelernt. Bei dem ersten Kerl hatte er einen mit Chloroform stark getränkten Lappen benutzt. Damit dieser auch bei der direkten Anwendung noch voller Chloroform war, hatte er ihn in einem Plastikbeutel mit Zipp-Verschluss transportiert, so dass der Lappen förmlich in Chloroform schwamm. Erst kurz vorm Angriff hatte er den Plastikbeutel geöffnet und den nassen Lappen zum Einsatz gebracht. Der Kerl war aber nicht sofort betäubt gewesen und einen kurzen Moment hatte er sogar befürchtet, das Schwein könnte sich befreien und ihm entkommen. Aber dann hatte das Chloroform gewirkt und er fiel in seinen Armen zusammen.

Inzwischen hatte er sich eine andere Taktik für den Einsatz des Chloroforms ausgedacht und bei seinem zweiten Opfer erprobt. Mit vollem Erfolg. Etwas das sicherer wirkte und nicht mit so einer Sauerei verbunden war wie letztes Mal. Das ganze Auto hatte hinterher gestunken, weil er sich ebenfalls von dem Chloroform übergeschüttet hatte. Beinahe wäre er während der Fahrt selbst ohnmächtig geworden. Zum Glück war schönes Wetter gewesen, so dass er mit offenem Fenster fahren konnte.

Nachdem er in der Nacht zuvor Adrian Mullin wieder heimlich zu Fuß gefolgt war, um sich zu vergewissern, dass er auch an diesem Abend in seinen Lieblingspub, dem leuchtendblau angestrichenen Pier Hotel in der Hafenzeile von Portree, gehen würde, drehte er wieder um und brachte sein Fahrzeug in Position. Er stellte sich den Wecker in seiner Armbanduhr so ein, dass er ihn ungefähr eine halbe Stunde vor Mitternacht wecken würde. Er hatte bei seiner Überwachung festgestellt, dass Mullin ein sehr pünktlicher Mensch war und sich normalerweise durch nichts von seinen Prinzipien abbringen ließ. Und eines seiner Prinzipien war, sich pünktlich um Mitternacht auf den Nachhauseweg zu machen. Da in Schottland die Puböffnungszeiten nicht so strikt eingehalten wurden wie bei den Engländern und hier auf Skye schon gar nicht, konnte Mullin seinem Bedarf nach geselligem Beisammensein in trauter Männerrunde bei alkoholischen Getränken und leichten Snacks so lange ohne Probleme widmen, wie es ihm passte. Das bedeutete, er trank immer fünf Pints, nicht mehr, aber auch nicht weniger.

Er hatte bei seinem zweiten Opfer das Betäubungsmittel in eine kleine Getränkeflasche gefüllt, die er problemlos in der Jackentasche mit sich tragen konnte. Diesmal wartete er im Wagen, bis er sein Opfer näher kommen sah. Dann stieg er aus und ging ihm die wenigen Schritte entgegen und nahm die mitgebrachte Flasche aus der Tasche, als er direkt vor seinem überraschten Opfer war. Er drückte die Plastikflasche mit dem Chloroform zusammen und sprühte ihm eine ordentliche Portion ins Gesicht. Er hatte vermutet, dass diese Technik weitaus schneller und effektiver wirkte, als der mit Chloroform getränkte Lappen. Und tatsächlich, die Flüssigkeit drang in seine Nase und den vor Überraschung geöffneten Mund ein und benetzte die Zunge. Während er würgte und keuchend nach

Luft schnappte, inhalierte er zwangsweise das Chloroform. Die Wirkung setzte auch umgehend ein und er ging abrupt zu Boden, als sei er erschossen worden.

Der Mörder konnte ihn gerade noch auffangen, um zu verhindern, dass er zu unsanft auf dem Boden aufschlug. Schließlich wollte er sein Opfer ja nicht unnötig verletzen. Er kniete sich neben den bewusstlosen Mann und hob ihn sich auf die Schultern, dann trug er ihn die wenigen Meter zurück zum Wagen.

Nachdem er ihn im Van angeschnallt hatte, war er noch aus Portree herausgefahren. Er fuhr auf der A87 an Sligachan vorbei und über Broadford nach Kyleakin und dort über die Brücke zum Festland. Als er über die Brücke fuhr, dachte er, dass er wohl einer der wenigen Schotten sei, der sich über die Existenz dieser Brücke freute. Denn ohne das umstrittene Bauwerk hätte er bis zum Morgen warten müssen, um mit der Fähre überzusetzen. Das hätte ihn etliche Stunden seiner kostbaren Zeit beraubt, denn er hatte einen straffen Zeitplan und einen weiten Weg vor sich. Kopfschüttelnd machte er sich Gedanken darüber, wie dieser Idiot wohl auf die Schnapsidee gekommen sein möge, sich ausgerechnet einen Whisky der Orkney Brennerei als Lieblingswhisky auszuwählen. Viel weiter weg ging es ja nun wirklich nicht. Und im Vergleich zu dem Gift, das hier in der einzigen Brennerei auf Skye hergestellt wurde, konnte der doch wohl auch nicht viel besser oder anders schmecken. Zumindest seiner Meinung nach. Er war nur froh, dass sein Opfer, das er hier auf Skye etwas später im Jahr noch platzieren würde, nicht auf den Orkneys wohnte und er die ganze Tour dann nochmals zurücklegen musste. Obwohl, fiel ihm spontan ein, wäre dies der Fall gewesen, hätte er den ja gleich auf der Rückfahrt mitnehmen können. Dann hätte er sich sogar einen Weg und auch Zeit gespart. Eigentlich schade, dachte er jetzt etwas wehmütig.

Auf der A87 kam er bald am Eilean Donan Castle[2] vorbei, passierte die Five Sisters of Kintail, die er in der Dunkelheit aber nur erahnen konnte. Das war aber nicht schlimm, denn er kannte diese Berge recht gut, da er dort oben schon öfter Bergtouren unternommen hatte. Hinter dem Loch Cluanie bog er auf die A887 ab, in Richtung Loch Ness. Bei Invermoriston erreichte er dann den legendären See und fuhr auf der A82 in Richtung Norden, nach Inverness.

Vor Drumnadrochit sah er rechter Hand die Ruinen des Urquhart Castle liegen, einem der größten in Schottland errichteten Schlösser. Es liegt auf einer seit der Eisenzeit bewohnten Sandsteinklippe und stammt aus dem 13. Jahrhundert. Das Schloss wurde 1692 durch ein Feuer zerstört. Er hatte es vor Jahren einmal besucht und konnte sich noch gut an den herrlichen Blick auf Loch Ness, in beide Richtungen, erinnern. Er hatte sich damals aber auch sehr geärgert, dass er mindestens dreimal Anlauf nehmen musste, um auf dem viel zu kleinen Parkplatz sein Auto abstellen zu können. Nessie hatte er damals allerdings nicht gesehen.

---

2 Dieses im Jahre 1220 von Alexander II begonnene Märchenschloss hält am Zufluss von Loch Duich, Loch Alsh und Loch Long, vor der Kulisse des Beinn a Chuirn, Wache. Nur durch eine Steinbrücke mit dem Festland verbunden, war die Burg der MacKenzies (und ab 1509 der MacRaes) einst so stark, dass 2 Männer und 1 Junge sie 1539 gegen eine Galeerenflotte halten konnten. Als die Engländer 1719 erfuhren, dass die Schotten hier spanische Söldner einquartiert hatten, schickten sie drei Fregatten in die Bucht am Loch Duich, die die Burg unter Feuer nahmen und zerstörten. Endgültig zerstört wurde sie dann während der Jakobitenaufstände. Erst zwischen 1912 und 1932 wurde sie originalgetreu wieder aufgebaut. Sie war Filmkulisse für „Highlander“ (USA 1986 mit Sean Connery und Christopher Lambert), „Prinz Eisenherz“, „James Bond – Die Welt ist nicht genug“ und „Loch Ness“ (USA 1995 mit Ted Danson und Joely Richardson) und ist sicherlich eine der bekanntesten und fotogensten Burgen Schottlands. Besucher erfahren heute, wie herzlich der Earl of Moray dort im Jahre 1331 empfangen wurde. Als Freund strenger Disziplin hieß man ihn mit dem Anblick 50 abgeschlagener Köpfe von Feinden willkommen. So muss wahre Folklore sein.

Bei Drumnadrochit kam er dann an dem Museum vorbei, in dem die Suche nach Nessie dokumentiert ist. Er erinnerte sich noch daran, dass die Ausstellung sehr offen und ehrlich mit dem Monsterthema und seiner Existenz umging. Dennoch blieb am Ende ein kleiner Restzweifel darüber, ob nicht doch etwas im See versteckt lebt. Nessie wurde angeblich zum ersten Mal am 22.08.565 vom irischen Missionar St. Columban gesichtet. Bis heute ist Nessie angeblich fast viertausendmal gesehen worden. Aber alle diese Sichtungen und Fotos stellten sich als Illusion und Täuschungen heraus.

Mein Gott, dachte er, bald könnte er einen Touristenführer schreiben. *Mit einer Leiche durch Schottland: Geschichte auf die stille Tour*, sinnierte er noch, als er in der Nähe der Abrachan Gardens auf einen kleinen Parkplatz fuhr und es sich dort für die Nacht bequem machte. Er wusste, dass dieser ganzjährig geöffnet und nicht bewacht war. Dort verbrachte er die Nacht im Fahrerhaus, mit seinem nichts ahnenden Opfer hinter ihm auf der Ladefläche.

Bei einem kleinen Frühstück am nächsten Morgen, bestehend aus einem Roasted Chicken Sandwich und einer Dose Orangensaft, die er sich am Tag zuvor beim Safeway in Portree besorgt hatte, genoss er die aufgehende Sonne. Während Adrian Mullin hinter ihm im Laderaum noch immer gegen seine Fesseln kämpfte und sich der Tod ihm unaufhaltsam näherte, fuhr er schließlich weiter bis Inverness und dort auf die A9 in Richtung Norden.

Von dort verlief die Straße über den Moray Firth und wenig später kam die Brücke über den Cromarty Firth. Dann ging es weiter in Richtung Tain. Hier konnte er rechts den Hinweis zur Glenmorangie Distillery sehen, die direkt neben der A9 lag. Auch die würden ihre Ruhe vor ihm haben, dachte er, als er hinüberschaute.

Über den Dornoch Firth fuhr er dann zur Ostküste und immer noch weiter auf der A9 an der Küste entlang nach Norden. Kurze Zeit später kam hinter Golspie rechts der Abzweig zum

Dunrobin Castle[3], dem nördlichsten Great House und dem größten Gebäude der Highlands.

Hinter Brora kam dann links der Abzweig zur Clynelish Brennerei, die ihn aber ebenfalls nicht interessierte. Oder doch? Einen kurzen Moment dachte er daran, dass er ja, wenn er seinen Auftrag erst einmal erledigt hatte, doch auch in den restlichen Distilleries in Schottland ein Zeichen setzen könnte. Aber mit wem? Mit den Brennerei Managern etwa? Warum eigentlich nicht. Die waren ja schließlich an allem Schuld. Die produzierten doch das Teufelsgetränk. Aber, als er an die vielen Brennereien dachte, die er dann noch besuchen müsste, verwarf er diesen Gedanken wieder. Zumindest vorerst. Das würde schließlich eine Heidenarbeit werden. Na ja, mal sehen.

Nördlich von Helmsdale wand sich die A9 dann durch eine herrliche Bergwelt mit tiefen Schluchten. Da er gehört hatte, dass sich die Aussicht vom Ord Point lohnt, hielt er dort an und machte eine kurze Pause. Die Aussicht war wirklich schön. Er nutzte die Gelegenheit, seine Sandwiches zu essen, die er sich beim letzten Stopp gekauft hatte. Curry-Hühnchen und Roastbeef. Dazu eine Dose Cola. Wie bei den Picknicks, die er mit Carol immer am Sonntagnachmittag am Strand gemacht hatte.

Auf der Weiterfahrt kam er dann nach Dunbeath. Dort lag das Dunbeath Castle malerisch auf einer Klippe über dem Meer.

Bei Latheron bog die A9 dann ins Landesinnere ab und er kam schließlich nach Thurso, Schottlands nordöstlichste Stadt, und dann nach Scrabster. Von dort fuhr die Fähre hinüber nach Stromness auf den Orkney Islands.

Er kam noch rechtzeitig genug, um ein Ticket für die Abendfähre zu buchen, die um 19:00 Uhr ablegte. Geduldig

---

3 Dunrobin Castle ist eines von Großbritanniens ältesten, ständig bewohnten Häusern und der Stammsitz der Earls and Dukes of Sutherland. Ein wirklich sehr schönes, prächtiges Schloss, dessen 189 Räume, mit den nicht minder sehenswerten 150 Jahre alten Gärten, in schöner Lage, unbedingt einen Besuch lohnen.

stellte er sich mit seinem Van in die sich bildende Schlange von wartenden Autos. Das Wetter bot ihm einen weitgehend ruhigen Blick aufs Meer und er beobachtete die Wellen und die Möwen, die es immer wieder schafften, bis fast auf den Meeresspiegel herabzusinken, um sich dann kurz vor einem Wellenkamm wieder in die Lüfte zu erheben.

Knapp 45 Minuten bevor die Fähre ablegen sollte öffneten sich dann die riesigen Bugtore des Schiffes wie das Maul eines riesigen Wals und er verschwand mit all den anderen im riesigen Bauch der Fähre. Die Geschichte von Jonas und dem Wal kam ihm in den Sinn und für einen Moment fühlte er sich in glücklichere Kindertage zurückversetzt.

Zügig durchquerte er anschließend die zahlreichen Decks, bis er auf dem Oberdeck ankam. Die anderen Passagiere machten es sich umgehend in den zahlreichen Ruhesesseln oder an den Bars und Spielautomaten bequem. Er jedoch ging nach draußen. Im Abendlicht fuhr die Fähre am Old Man of Hoy vorbei und er bewunderte die Aussicht auf die im Abendrot liegenden Sandsteinfelsen der vorgelagerten Insel Hoy. Die ganze Zeit über verließ er nicht das Außendeck. Trotz des mittlerweile schneidend kalten Nordseewindes konnte er sich am Anblick der Wellen und der Küste nicht satt sehen. Die untergehende Sonne ließ die Felsen von Minute zu Minute mehr glühen. Ein atemberaubender Anblick. Langsam fand er Gefallen an seinem Auftrag. Arbeit konnte doch auch ihre angenehmen Seiten haben.

Nach knapp 90 Minuten Fahrt über eine erstaunlich ruhige See legte die Fähre in Stromness auf der Hauptinsel mit dem treffenden Namen Mainland an. Die letzten 15 Meilen bis zur Hauptstadt Kirkwall legte er gemeinsam mit den wenigen anderen Autos, die die gleiche Fähre benutzt hatten, im Zwielicht der Abendsonne zurück. Hier, so weit oben im Norden und obendrein im August konnte man die Nächte ohne zusätzliche Beleuchtung verbringen. Die Sonne blickte bei klarem Wetter immer noch ein winziges Stück über den Horizont. Die

St. Magnus Cathedral aus dem 15. Jahrhundert bildete genau vor diesem Hintergrund eine schauerlich schöne Silhouette

Stromness Distillery , Ramsay Street, Ziel seiner heutigen Reise. Er hatte sich im Vorfeld den Werksplan und auch den Produktionsplan der Brennerei besorgt. Er wusste nun, wo das Gebäude mit den Wash Backs zu finden war - denn die Wash Backs hatte er dieses Mal auserwählt, um die Überreste von dem aufzunehmen, was einmal Adrian Mullin war. Ebenfalls wusste er, dass am Vormittag der Fermentationsprozess gestartet worden war.

Die Stromness Distillery hatte 6 Fermentationskessel, Wash Backs genannt, jeder mit einer Kapazität von 40.000 Litern. Traditionell wurden diese aus Eiche, Pinie oder Lärche gefertigt. Die Wash Backs bei Stromness waren aus Oregon Pinie. Diese boten einen geradezu pittoresken Anblick, sorgfältig gepflegt und immer wieder nachlackiert und ausgebessert. Obwohl jeder weiß, dass auch diese Unternehmen den Gesetzen der modernen Marktwirtschaft gehorchen mussten, bildeten sowohl die Produktionsgeräte wie auch die Gebäude selbst einen liebevollen Anachronismus dazu. Man fühlte sich geradezu genötigt, einen Moment innezuhalten und an die "gute alte Zeit" zu denken.

Der auf knapp 23 Grad Celsius abgekühlten Würze wird die Brennereihefe zugesetzt und bei Stromness in zwei Wash Backs gepumpt. Sind diese zu 2/3 voll, werden die hölzernen Deckel geschlossen und die Fermentation kann beginnen. Die Hefe wandelt dabei den Zucker in Alkohol, Kohlendioxid und Wärme um. Durch das Kohlendioxid entsteht Schaum, der langsam nach oben steigt. Wenn die Fermentation auf ihrem Höhepunkt ist erreicht der Schaum das obere Ende der Wash Back und würde normalerweise überlaufen. Um dies zu verhindern befindet sich aber im Deckel jeder Wash Back ein so genanntes Rotormesser, das sich dann automatisch zuschaltet und zu drehen beginnt. Dadurch werden die Blasen zerschlagen und am Aufsteigen gehindert. Dieser Prozess wird "Switching" genannt.

Nach 48 Stunden ist der Prozess zu Ende, der Schaum hat sich gelegt und eine braune, alkoholische Flüssigkeit namens Wash ist entstanden. Die Wash hat einen Alkoholgehalt von ca. 7% und wird gelegentlich auch Sour Beer genannt, denn es handelt sich bei ihr auch um eine bierähnliche Substanz, die mit einem dunklen Hefeweizen vergleichbar ist. Im Gegensatz zur Bierherstellung ist die Hefe in der Wash allerdings tot, da ihre Aktivität vollständig für die Zuckerumwandlung aufgebraucht wurde. Das ist übrigens auch der Grund, warum man von zu viel Whisky am nächsten Tag keinen "dicken Kopf" bekommen konnte. Höchstens eine leichte "Sauerstoffallergie".

Wie oft hatte er schon den Geschichten seines Vaters gelauscht, der ihm schon in jungen Jahren die Geheimnisse seiner Leidenschaft nahe bringen wollte. Er meinte zu wissen, dass dessen nie ausgesprochener Traum war, dass sein Sohn einmal in einer Brennerei arbeiten würde. Diesen Traum konnte er seinem Vater jedoch nie erfüllen, denn seine Mutter hatte dieselbe Inbrunst darauf verwendet, ihm die teuflischen Gefahren des Alkohols immer und immer wieder einzutrichtern. Und da er mehr Zeit mit ihr als mit seinem Vater verbrachte, behielt sie bei diesem ungleichen Kampf letztendlich die Oberhand. Ihrer Meinung nach wäre der einzig richtige Platz für ihn entweder in einem Krankenhaus oder auf der Kanzel in einer Kirche. Zumindest konnte er vermeiden, sie völlig zu enttäuschen, indem er in einem Unternehmen unterkam, das dem Gesundheitswesen recht nahe stand.

Dieses Mal musste er noch nicht einmal gewaltsam ein Tor öffnen oder mit dem Auto auf das Brennereigelände fahren. Das Gebäude mit den Wash Backs war problemlos von der Straße aus zu erreichen. Nur einige Meter von seinem Ziel entfernt befand sich eine Art Parkplatz, wo er, alleine und unbemerkt vom Rest der hiesigen Anwohner, seine Fracht entladen konnte. Mit der Leiche huckepack, im so genannten

"Gamstragegriff", den er während seiner Militärzeit erlernt hatte und der eigentlich dazu diente verletzte Kameraden aus einer Gefahrenzone herauszutragen, machte er sich im Halbdunkel auf den Weg durch das niedrige Gebüsch vor dem Brennereigelände.

Seine sportlichen Übungen, die er seit dem Malheur mit seinem ersten Kandidaten täglich durchzog, ließen ihn das Gewicht diesmal leichter erscheinen. Wenig später erreichte er die Stirnseite des ersten Gebäudes und betrat den Raum mit den Wash Backs. Die Tür war nicht einmal abgeschlossen gewesen. Hier auf den Inseln glaubte man halt noch an das Gute im Menschen. Das Licht von den wenigen Straßenlaternen und dem in violettblau getauchten Nachthimmel schien bis in das Gebäude und gab der Einrichtung einen warmen Glanz, so dass er auf seine Taschenlampe verzichten konnte. Da Adrian Mullin leichter war als sein erstes Opfer, kam er trotz der eingesetzten Leichenstarre nicht ins Straucheln und konnte ihn ohne abzusetzen bis an sein Ziel bringen.

Vier von den sechs Deckeln der Wash Backs standen noch offen. So konnte er ohne Probleme erkennen, welche beiden die von ihm gesuchten waren. Er legte den starren Körper des Toten neben dem Deckel der einen Wash Back ab, öffnete diesen und schaute kurz hinein. Er hatte schon von dem Scherz gehört, den sich einige Brennereimitarbeiter mit ahnungslosen Touristen gönnen, indem sie diesen bei einem Brennereirundgang großzügig den Deckel einer Wash Back öffnen und einen tiefen Zug nehmen lassen. Das eingeatmete Kohlendioxid ließ sie locker ein bis zwei Meter zurückprallen und nach Luft schnappen. Die Luft anhaltend vergewisserte er sich kurz, dass die Hefe ihre Tätigkeit schon aufgenommen hatte. Die Wash Back war schon fast bis oben mit Schaum gefüllt.

Er schob die Leiche zur Öffnung und ließ sie in die Wash hineinplumpsen. Durch den Schaum wurden eventuell verdächtige Spritzer beim Eintauchen aufgefangen. Sorgfältig verschloss er den Deckel wieder und schlich sich aus dem

Gebäude. Genauso vorsichtig verließ er auch wieder das Brennereigelände und machte sich mit seinem Van auf den Weg zu dem kleinen B&B, in dem er sich tags zuvor telefonisch für eine Nacht als normaler Tourist eingebucht hatte.

Am Morgen gönnte er sich seit langem mal wieder ein umfangreiches Full Scottish Breakfast, das ihm die ältere Dame des Hauses liebevoll zubereitet hatte. Er fühlte, dass er sich diesen Moment der Ruhe wirklich verdient hatte und da er momentan noch der einzige Gast im Frühstücksraum war, konnte er sich ganz seinen Gedanken und dem Ausblick auf die Nordsee hingeben. Bei einer letzten Tasse Kaffee versorgte ihn seine Wirtin dann noch mit etlichen Tipps und Werbezetteln zu den lokalen Sehenswürdigkeiten. Zum Abschied versprach er, irgendwann einmal wiederzukommen und dann ein paar Tage länger zu bleiben.

Für die Rückfahrt hatte er sich auf der Nachmittagsfähre eingebucht. Da ihm bis zum Auslaufen noch ein paar Stunden Zeit blieben, besuchte er noch Skara Brae an der Bay of Skaillsind. Vom Parkplatz aus ging er die etwa 1 Kilometer lange Strecke zu Fuß bis zur Ausgrabungsstätte. Im Jahre 1850 wurde die prähistorische Stätte durch einen Hurrikan freigelegt und gilt heute noch als das am besten erhaltene Steinzeitdorf Westeuropas. Die Grundmauern von zehn Häusern und Teile ihrer Inneneinrichtung - Steinmöbel, Feuerstellen, Schränke und Abflüsse - konnte er erkennen. Die Menschen, die ca. 3.000 Jahre vor Christus hier, in bis zu 26 qm großen, mit Steinpassagen verbundenen Gebäuden, lebten, mussten ihr Dorf anscheinend fluchtartig verlassen haben. Es wurde vermutet, dass Skara Brae, ähnlich wie Pompeji, durch eine Naturkatastrophe, eventuell einen Wirbelsturm, verschüttet worden war.

Die Rückfahrt trat er dann um 16:45 Uhr an. Gerne wäre er trotz des frühherbstlichen Wetters noch ein paar Tage auf den

Orkneys geblieben. Es war zwar relativ kühl und immer ein wenig windig hier oben, aber heute war tatsächlich ein schöner, sonniger Tag. Er liebte das Meer, seinen Geruch und die permanente Anwesenheit des Geräuschs der brandenden Wellen. Das hätte auch seinem Vater gefallen. Aber leider, so sagte er sich, musste das alles warten, bis er seinen Job vollends erledigt hatte.

Um 18:15 Uhr kam er wieder in Scrabster an. Entspannt fuhr er aber nicht direkt nach Hause, sondern nahm die A836 nach John O´Groats. In John O´Groats fand er ein kleines weißes Gebäude mit der Aufschrift "The last House". In der Nähe stand ein fotogener Wegweiser, der für Touristenfotos extra zusammengestellt wurde. Er verzichtete aber auf ein solches Erinnerungsfoto und fuhr lieber zum nordöstlichsten Zipfel, dem eindrucksvollen Duncansby Head. Etwas südlich von hier besichtigte er die Stacks of Duncansby, zwei aus dem Meer aufragende kegelförmige Felsspitzen aus rotem Sandstein, die er vom Leuchtturm am Duncansby Head aus zu Fuß erreichte. Er genoss die schöne Landschaft und fühlte sich zum ersten Mal seit langer Zeit wieder glücklich und zufrieden.

Später, auf der Weiterfahrt, kam er nach Wick und übernachtete dort in einem B&B.

Am nächsten Morgen, am Dienstag, dem 16. August, als die Überreste von Adrian Mullin gefunden wurden, befand er sich schon längst auf der A9 in Richtung Süden und auf dem Weg nach Hause.

Dienstag. Stromness Distillery. Kirkwall. Orkney Inseln. Vor der Brennerei standen ein Streifenwagen der Polizei sowie ein dunkler Rover und ein Krankenwagen. Das war kein gutes Zeichen. Das konnte nur bedeuten, dass ein Toter gefunden worden war. Hätte es einen Unfall gegeben und der Betroffene wäre noch am Leben, wäre der Krankenwagen längst weg und mit Blaulicht und Sirene zum nächsten Krankenhaus gefahren. Voller unguter Gefühle ging er auf den Eingang des Gebäudes zu, in dem die Mash Tuns untergebracht waren. Ein kräftiger Constable in Uniform und mit einer neongelben, fluoreszierenden Jacke stellte sich ihm an der Tür in den Weg. »Kann ich Ihnen helfen, Sir?«, fragte er in neutralem, aber dennoch bestimmten Ton.

»Ich bin der Distillery Manager«, sagte der Mann und versuchte sich an ihm vorbeizudrängen. Aber der Beamte packte ihn mit festem Griff am Arm und hielt ihn zurück.

»Tut mir Leid, Sir, hier darf niemand rein. Das hier ist jetzt ein Tatort und nicht mehr nur Ihre Brennerei. Sir!« Das letzte "Sir" sprach er mit solch einem Nachdruck aus, dass David Burgess, denn um ihn handelte es sich, nicht daran zweifelte, dass ihn der Beamte mit allen Mitteln daran hindern würde sein eigenes Brennereigebäude zu betreten. Mit allen!

»Wenn Sie bitte im Besucherzentrum warten würden, Sir«, fügte der Beamte hinzu, als er bemerkte, wie sich Burgess wieder entspannte. »Der ermittelnde Kriminalbeamte wird sicherlich ein paar Fragen an Sie haben. Vielen Dank, Sir.«

Missmutig machte sich David Burgess auf den Weg ins kleine Besucherzentrum seiner Brennerei. Dort erwartete ihn schon Tom Simmons, der ihm aufgeregt entgegenkam, sobald er seinen Chef durchs Fenster erblickte. Tom war Chef des Besucherzentrums, Verkaufsleiter des Souvenirshops der Brennerei und Chef Guide in einer Person, was nicht weiter verwunderlich war, denn er war die einzige Person für diese Aufgaben.

»Dave, gut, dass du kommst, ich hatte schon versucht dich anzurufen. Habe dich aber nicht erreicht. Auch nicht auf dem Handy«, fügte er noch schnell etwas vorwurfsvoll hinzu.

»Der blöde Akku ist leer, ich muss das Ding erst aufladen. Aber, was zum Teufel ist passiert, was macht die Polizei hier?«

Wenig später betrat Hugh McBride, der ermittelnde Kriminalbeamte, das Besucherzentrum. Er war einer von diesen verschrobenen Highlandern, der für alle Nicht-Schotten und sogar für die Fast-Engländer aus den Lowlands nur Verachtung übrig hatte. Wer nicht schon als Kind mit auf der Hirschjagd gewesen war und Lachse im Fluss gefangen hatte und Whisky quasi schon mit der Muttermilch bekommen hatte, wurde von ihm nicht wirklich ernst genommen. Das bekam auch Dave zu spüren, der eigentlich Engländer und nur der Liebe wegen nach Schottland gezogen war. Obwohl er seine zweite Frau schon vor über zehn Jahren kennen gelernt hatte und seit dieser Zeit in Schottland lebte, hatte McBride ihn schon nach wenigen Sätzen an seinem Dialekt als Engländer identifiziert und damit zu seinem natürlichen Feind. Entsprechend frostig lief dann auch der Rest der Unterhaltung, die diese Bezeichnung eigentlich nicht mehr verdiente.

Eine Stunde später standen sie dann alle zusammen im Raum mit der großen Mash Tun, aber inzwischen hatte sich der Raum in das geschäftige Szenario eines Tatorts verwandelt. Leute von der Spurensicherung krochen über den Boden und pickten hier und da eventuelle Beweisstücke auf. Der Polizeifotograf schoss Fotos am laufenden Band und blendete mit seinem grellen Blitzlicht alle anderen. Am Tatort herrschte allmählich ein schlimmeres Gedränge als bei einer Promi-Hochzeit.

»Habt ihr nicht aufgepasst, wie dieser Tourist bei seiner Besichtigungstour in den Bottich gefallen ist. Ihr solltet mal das Sicherheitssystem überprüfen. Schade nur, dass es ein Schotte und kein Engländer war«, fasste McBride das vorläufige Untersuchungsergebnis in seinen Worten zusammen.

Routinemäßig wurde die Tat dann auch im Polizeicomputer und der nationalen Datenbank dokumentiert. Da sie aber als Unfall eingestuft wurde und tödliche Unfälle in Brennereien zwar nicht alltäglich vorkamen, aber doch wesentlich öfter als allgemein hin angenommen, ergab sich noch kein Anfangsverdacht darauf, dass hier eventuell ein Mörder am Werk war, dessen Taten gerade in Serie gingen.

SoKo

-12-

Die Polizei in Schottland ist in acht verschiedene Police Forces, so genannte Constabularies, aufgeteilt. Jede Police Force wird von einem Chief Constable geleitet und, ähnlich wie in den USA, hört die Zuständigkeit einer Police Force auf, wenn ein Straftäter über die “Grenze“ ins nächste Constabulary flieht oder dort sein Unwesen treibt. Wenn Straftaten von ein und demselben Täter in mehreren Regionen Schottlands begangen werden, übernimmt die jeweils lokale Einheit den Fall und ermittelt in ihrem Gebiet. Es erfolgt zwar ein Austausch an Informationen und Ermittlungsergebnissen, aber keine direkte oder gar echte Zusammenarbeit. In der Praxis kam es deshalb immer wieder zu gewissen Revierstreitigkeiten und, auch wenn niemand so recht zufrieden war mit der Aufteilung in so viele Lokalfürstentümer, unternahm auch niemand einen ernst gemeinten Vorstoß, daran etwas ändern zu wollen.

Die Chief Constables aller acht Regionen trafen sich alle zwei Monate, indem sie ihre Besprechung abwechselnd in einem der acht Constabularies organisierten. Aber auch, wenn diese Treffen dem Erfahrungsaustausch und zur Abstimmung von überregionalen Themen dienen sollten, hatten die meisten nur ein Interesse: dafür zu sorgen, dass die anderen die eigene Region gefälligst mit ihrer Anwesenheit verschonten und ja nicht auf den Gedanken kamen, im *Fürstentum* des anderen zu wildern. Immerhin wurde aber schon vor einiger Zeit eine landesweite Datenbank mit dem Namen "SHERLOCK" aufgebaut, damit die schottische Polizei wenigstens einen einheitlichen Pool an Daten verwalten und nutzen konnte.

Es gab und gibt in Schottland immer wieder Todesfälle in Brennereien, sogar weitaus mehr als die allgemeine Öffentlichkeit oder gar die Touristen vermuten würden. In fast allen Fällen handelt es sich dabei jedoch um unfallbedingte Todesfolgen, weil Sicherheitsvorschriften nicht optimal beachtet wurden oder Mitarbeiter einfach zu leichtsinnig waren. Einmal kam es sogar zu einem Selbstmord, indem sich ein Mitarbeiter in eine Wash Back stürzte, in der bereits die Fermentation in vollem Gange war. Der obduzierende Arzt konnte nur noch feststellen, dass er erstickt war, bevor er ertrinken konnte. Generell werden auch in Schottland alle Todesfälle daraufhin untersucht, ob ein natürlicher Tod vorliegt oder die Ursache in einem Unfall oder gar schlimmerem zu suchen ist.

Da die ersten drei Toten in unterschiedlichen Constabularies gefunden wurden, war es nur dem übergreifenden Informationsaustausch und der hervorragenden Zusammenarbeit der schottischen Polizei zu verdanken, dass der Verdacht aufkam, dass es sich bei den Morden um den gleichen Täter handeln könnte. So wurde es zumindest in offiziellen Pressemitteilungen verkündet. In Wirklichkeit, na ja, Kommissar Zufall und sein Assistent Glück hatten einen maßgeblichen Anteil daran. Beim Toten in der Stromness Distillery wurden während der Obduktion zum ersten Mal der hohe Alkoholgehalt im Blut und die Einstichstelle im Handgelenk entdeckt. Als beim Toten in der Clydesdale Distillery ebenfalls eine derart ungewöhnliche Todesursache ermittelt worden war, war es tatsächlich dem dort ermittelnden Beamten zu verdanken, dass er über SHERLOCK herausfand, dass "sein" Toter nicht der erste war, der einer solchen Alkoholvergiftung erlag. Der Beamte war zu dem Zeitpunkt zwar noch der Auffassung, dass es sich erst um das zweite Opfer handelte, aber da er nun einmal besonders gründlich war, recherchierte er weiter nach ungewöhnlichen Todesfällen in Brennereien, bei denen Fremdeinwirkung vorlag. Und so fand er ziemlich schnell den Todesfall in der Dalruan Distillery, der ihm mehr als ungewöhnlich vorkam. Er rief seinen Kollegen in der zuständigen Polizeistation an und konnte ihn davon überzeugen, der Sache noch mal genauer nachzugehen. Als man den Toten exhumiert hatte und nach der nachträglichen Obduktion des Opfers erkannte, dass es tatsächlich eine gemeinsame Todesart bei allen drei Toten gab, wurde die Sonderkommission "Whisky" ins Leben gerufen. Das alles geschah innerhalb einer Woche nach dem Auffinden des, jetzt als dritte Leiche eingestuften, Opfers. Wenn die Mühlen der schottischen Polizei erst anfingen zu mahlen, dann ging es schnell und gründlich zur Sache.

Chief Constable Willie Timmins, der Polizeichef des Northern Constabulary, stimmte sich mit seinen Kollegen in den anderen Zuständigkeitsbereichen ab und, zum ersten Mal in der Geschichte Schottlands, sollte eine einzige Sondereinheit mit der Klärung der Fälle beauftragt werden, die über ganz Schottland verteilt lagen. Er sollte die Gründung veranlassen und der Hauptansprechpartner für seine CC Kollegen sein.

Na ja, eigentlich wurde die Sondereinheit in erster Linie deswegen gegründet, weil der Druck seitens der Regierung die acht CCs dazu zwang und keine weiteren Ausflüchte mehr gelten ließ. Denn natürlich hatte die Presse davon erfahren, dass der Tote aus der Dalruan Distillery wieder ausgegraben und nochmals untersucht wurde. Und natürlich hatten sie auch Wind davon bekommen, dass es sich bei den Morden um die gleiche Tötungsweise handelte. Offensichtlich gab es auch bei der schottischen Polizei genügend Informanten für die Presse. Der von den Zeitungen sofort geprägte Ruf des "Whisky-Mörders" und die schon als Gewissheit geäußerte Behauptung, dass hier ein Serienmörder am Werk war, sorgten für einen enormen Druck auf alle verantwortlichen Behörden in Schottland. Die Bevölkerung war ebenfalls sehr beunruhigt und vor allem die Tourismusbranche fürchtete, dass die Besucher ausbleiben würden. Auch die Whiskyindustrie machte sich Sorgen um ihre Umsätze.

Um 17:00 Uhr fand am Donnerstag, dem 22. September, die gemeinsame Pressekonferenz statt, an der die Polizeichefs aller acht Constabularies teilnahmen. Sie präsentierten eine geschlossene und Einigkeit ausströmende Front, wie sie die Vertreter der Presse so noch nie zuvor erlebt hatten. Sie nickten feierlich, als Chief Constable Willie Timmins die Gründung einer Sonderkommission ankündigte, die erstmals in der Geschichte der schottischen Polizei für gesamt Schottland zuständig war und in jedem Constabulary ohne Wenn und Aber aktiv werden konnte. Lokale Polizeikräfte würden auf Abruf zur Unterstützung bereit stehen. Die Sonderkommission "Whisky" würde ihr Basislager in Inverness einrichten, in strategisch günstiger Lage zu den meisten Brennereien Schottlands.

10 Minuten nach Ende der Pressekonferenz klingelte Alan Derringers Telefon. Er war einer der Besten innerhalb der Polizei, hatte schon "SoKo"-Erfahrung und war bei der Aufklärung seiner letzten Fälle sehr erfolgreich gewesen. Außerdem stammte er aus Inverness und kannte sich in der Gegend aus. Er genoss zwar nicht den Respekt der gesamten Polizeibehörden, da er sich durch seine oft recht unkonventionelle Art und vor allem seine Missachtung von diversen Regeln nicht gerade nur Freunde, speziell in den oberen Führungsebe-

nen, gemacht hatte. Aber der Erfolg gab ihm stets Recht und Erfolg war jetzt das Wichtigste für alle Beteiligten.

Als den Leiter der Sonderkommission konnte sich CC Timmins keinen Besseren vorstellen, da er nicht nur von Alan Derringers Leistungen als Ermittler persönlich sehr beeindruckt war, sondern ihn sich durchaus auch einmal als seinen Nachfolger vorstellen konnte. Derringer war einer der jüngsten Superintendents in Schottland und trotz seiner jungen Jahre schon Area Commander von Inverness. Timmins bewunderte dessen jugendlichen Elan und die teils unpopulären Ideen, mit denen er an die Lösung selbst schwierigster Fälle heranging. Er war zwar nicht immer einfach zu führen, na ja, eigentlich ließ er sich gar nicht führen, und Dienstvorschriften beachtete er auch nur, wenn sie ihm persönlich wichtig waren oder gerade nutzten. Aber seine Aufklärungsquote war beispielhaft! Ein bisschen Neid spürte er schon, wenn er sich überlegte, wie leicht es dem Jüngeren doch fiel, sich immer wieder in neue Situationen hineinzufinden. Da er wusste, dass Alan für diese Aufgabe kein Team akzeptieren würde, dass er nicht selbst zusammengestellt hatte, überließ er ihm weitestgehend freie Hand bei der Zusammenstellung der Sonderkommission. Natürlich war dadurch auch dieser Brian Strachan wieder dabei, den alle nur respektvoll "Bär" nannten.

Bei dem letzten Ermittlungsverfahren, in dem die beiden zusammengearbeitet hatten, hatten sie sich so weit an die Vorschriften gehalten, wie das bei Vorschriften, die größtenteils von völlig praxisfremden Beamten erstellt worden waren, überhaupt möglich war. Also, eigentlich gar nicht. Dennoch hatten sie ihren letzten gemeinsamen Fall in Rekordzeit gelöst. Deshalb sah Timmins großzügig über die erneute Einbindung von Strachan hinweg.

Am Montag, dem 26. September, ließ Alan Derringer für die Spezialisten seiner Sondereinheit in Inverness, der Hauptstadt der Highlands, und damit im Herzen der Whiskyindustrie, die Zentrale einrichten, um von hier aus alle weiteren

Einsätze zu koordinieren. Dass er aus Inverness stammte und dadurch quasi ein Heimspiel hatte, war zwar ein positiver Nebeneffekt, hatte aber bei der Entscheidung keine Rolle gespielt. Sie richteten sich im Polizeirevier in Inverness[4] ein, da die Lage vor allem zur Speyside, aber auch zu den nördlichen Brennereien optimal erschien.

Die Sonderkommission bestand aus insgesamt acht Personen, die alle noch am Freitag oder im Laufe des Wochenendes angerufen worden waren und sich heute zum ersten Mal trafen. Alan standen weitere 20 Mitarbeiter der Polizei in Inverness auf Abruf zur Verfügung, denn er musste rasch zu einem Erfolg kommen. Außerdem wurden ihm weitreichende Entscheidungsbefugnisse und Zugriff auf lokale Polizeieinheiten in allen Constabularies gewährt. Das Sonderteam setzte sich zusammen aus den Profis der jeweiligen Disziplinen des Forensic Support Departments, die für die schnelle Vor-Ort-Analyse eines Tatortes unabdingbar waren. Alan Derringer hatte darauf bestanden, dass er so viele Informationen wie

---

4 Inverness ist nicht nur die Hauptstadt des schottischen Verwaltungsbezirks Highlands, sondern auch die einzige Stadt des Hochlands. Sie liegt an der Mündung des Flusses Ness in den Moray Firth (gälisch: inver = „Mündung“). Mit ihren Hängebrücken über den Ness und alten Steingebäuden ist es eine schöne Stadt, die für ihren Blumenschmuck bekannt ist. Inverness Cathedral, an den Ufern des Ness', wurde zwischen 1866 und 1869 gebaut. Es war die erste neue Kathedrale, die nach der Reformation (im gotischen Stil) gebaut wurde. Das Taufbecken modellierte der berühmte dänische Bildhauer Bertel Thorvaldsen und der Zar von Russland stiftete fünf Goldikonen. Inverness erhielt den Stadtstatus erst im Dezember 2000 von der englischen Königin. Der Ort und seine Umgebung sind geschichtsträchtig. Auf der Burg von Inverness regierte im 11. Jahrhundert Macbeth, allerdings nicht so grausam, wie von William Shakespeare geschildert. Anstelle seiner Burg steht seit dem 19. Jahrhundert ein repräsentatives Burgschloss auf dem Hügel. Der durch das Great Glen und damit durch Loch Ness führende Kaledonische Kanal (Caledonian Canal) verläuft diagonal durch Inverness-shire und hat in der Stadt seinen östlichen Zugang. Wenige Kilometer östlich liegt das Schlachtfeld von Culloden, wo 1746 die letzte schottisch-englische Schlacht mit einer verheerenden Niederlage für die Schotten endete.

möglich in den ersten Minuten oder zumindest Stunden nach Erreichen einer Meldung erhielt. Er wollte Einzelheiten, die eventuell erst erkennbar waren, nachdem ein Opfer in die Rechtsmedizinische Abteilung transportiert worden war, sofort bekommen. Daher hatte er erwirkt, dass ihm nicht nur zwei Profis auf dem Gebiet der Biologie, Chemie und Forensik, einer davon langjähriger Coroner, also Leichenbeschauer, direkt zur Verfügung gestellt wurden, sondern auch Charles Pollock aus Nairn, die momentan unangefochtene Koryphäe der Scene Examination Branch.

Diesen begrüßte er auch als ersten, als er die Räume betrat, in denen vorher die Kollegen von der Drogenabteilung residiert hatten und die jetzt zum Hauptquartier der Sonderkommission geworden waren.

»Hallo Charly, schön dich zu sehen. Wie geht es Brenda und den Kindern?«

»Hi Alan, danke, Brenda geht es gut und die Kinder wachsen und gedeihen. An denen seh ich immer wieder, wie alt ich selbst werde.«

Alan kannte Charles Pollock bereits seit ein paar Jahren. Er hatte ihn auf mehreren CSI Fortbildungskursen getroffen, den letzten hatte Charly sogar geleitet. Abends hatten sie bei dem einen oder anderen Pint ihre Erfahrungen und Ideen ausgetauscht. Dabei hatte sich quasi so nebenbei eine Freundschaft entwickelt.

»Hi Andy, Gilly«, begrüßte er die beiden Forensiker, die sich gerade mit Charly unterhalten hatten. Andy MacPhee und Ewen Gillies waren seit über zwei Jahren mit Alan befreundet und galten in Polizeikreisen als unzertrennlich und trugen den Spitznamen "die siamesischen Zwillinge". Sie traten immer als Doppelpack auf und ließen sich auch immer nur zusammen zu Einsätzen verpflichten oder in andere Einheiten versetzen. Da beide anerkannte Experten auf ihrem Fachgebiet waren, konnten sie derlei organisatorische Änderungen maßgeblich beeinflussen. Diese enge Zusammenarbeit beruhte aber lediglich auf der Tatsache, dass sich einer absolut auf den anderen verlassen konnte und sie als Team zu Höchstleistungen fähig waren. Auch wenn sie privat ebenfalls sehr gut befreundet waren, gingen sie außerhalb der Arbeitszeit meist eigene Wege. Aber gelegentlich trafen sie sich auch auf eine Runde Dart und dabei hatten auch beide Brian und durch ihn dann auch Alan kennen gelernt.

»Wie kommt es eigentlich, dass ich immer nur dann gerufen werde, wenn irgendwo die Drecksarbeit zu machen ist?«, brummte eine vertraute dunkle Stimme hinter Alan. »Das habe ich doch garantiert dir zu verdanken«, polterte die Stimme weiter.

»Hallo Bärchen. Ja, ich freue mich auch dich zu sehen«, grinste Alan und drehte sich zu dem Brummbär um. Vor ihm ragte sein alter Freund Chief Inspector Brian Strachan auf, der ihn mit seinen eins siebenundneunzig fast um einen Kopf überragte. Alan musste den Kopf etwas in den Nacken legen, um ihm in die von Lachfältchen umzogenen Augen zu sehen. Brian war nicht nur einen Kopf größer als Alan, sondern auch um einiges breiter. Seine 115 kg konnte man wirklich nur als Kampfgewicht bezeichnen, denn sein Körper erweckte den Eindruck, dass ihm das Wort Körperfett nur aus der Literatur bekannt war. Trotz seiner 49 Jahre machte er durchaus den Eindruck, dass er es mit den meisten Jüngeren ohne Probleme aufnehmen konnte. Egal, um was es dabei ging.

»Schön, dass wir mal wieder zusammen die Welt retten gehen«, lachte nun auch Strachan und ließ seine haarige Pranke auf Alans Schulter fallen, dass dieser das Gefühl hatte ein Bus hätte ihn gerade gestreift.

Nachdem Brian auch die anderen drei Anwesenden begrüßt hatte, schaute er sich um und nickte anerkennend »Sieht ja richtig toll aus hier, viel besser als unsere letzte Bruchbude.«

Und in der Tat boten die Räume alles, was sich das ermittelnde Herz erträumen konnte. Alan, der die Kollegen der Drogenfahndung kannte und dadurch auch deren Räumlichkeiten, war selbst mehr als angenehm überrascht, was in den wenigen Tagen seit der Pressekonferenz hier entstanden war.

Er war am Freitagmorgen, nachdem er den zusammenfassenden Artikel in der Zeitung über die Morde in den Brennereien gelesen hatte, bereits in den Räumlichkeiten gewesen, als die Kollegen noch am Ausziehen waren, und musste nur einer bereitgestellten Sekretärin sagen, was er alles haben wollte. Es kam ihm vor, als hätte er irgendeine Doppelplatinkreditkarte und könnte aus dem Vollen schöpfen. Sie notierte alle seine Wünsche und bestätigte ihm immer wieder, dass es keine Auflagen bezüglich des Budgets gab. Wenn er für die Toilette goldene Wasserhähne haben wollte, hätte er vermutlich auch die bekommen. Der Druck auf die Chief Constables musste wirklich enorm sein.

Der erste Raum, in dem sie sich gerade befanden, war groß genug, um einem Dutzend Beamten und ihrem technischen Equipment an Computern, Faxgeräten, Druckern und Telefonen Platz zu bieten. Da dieser Raum in der Mitte des Gebäudes lag und kein Fenster besaß, hatte er alle Wände mit Magnettafeln und Korkplatten bestücken lassen, auf denen die einzelnen Mordfälle und alle zugehörigen Informationen dokumentiert werden konnten. Irgendwie hatte er so ein Gefühl, als würden sie recht viel Platz dafür benötigen. Die ersten Fotos und Infos waren auch bereits dort angebracht worden und würden ab jetzt ständig aktualisiert werden. So konnten sich alle einen permanenten Überblick über den aktuellen Stand der Ermittlungen verschaffen. Neben jedem Fall hing auch eine ausgedruckte Liste mit Maßnahmen, die von den einzelnen Ermittlern noch abzuarbeiten waren. Alan hatte sich übers Wochenende bereits die ersten Maßnahmen ausgedacht und die Listen per Mail von Zuhause aus ans Büro von Chief Timmins geschickt, dessen Büro sich ein Stockwerk über ihnen befand. Er war angenehm überrascht, dass die Ausdrucke bereits an der Tafel angebracht waren. Auch diese Listen würden täglich aktualisiert werden. An einer Wand konnte eine Leinwand heruntergefahren werden, um über einen Beamer entsprechende Computerdateien vorzuführen. An dieser Wand hing eine große Landkarte Schottlands, auf der mit bunten Nadeln die Wohnorte und Fundorte der bisherigen Opfer gekennzeichnet waren. Zwei große LCD-Flachbildschirme, die die restliche Wandfläche in Anspruch nahmen, dienten zur Visualisierung von Digitalfotos, Videos, der Übertragung von Fernsehsendungen oder sogar dem Aufbau einer Videokonferenz.

Nebenan war ein Vernehmungszimmer vorbereitet worden und Alan hoffte, dass sie es auch bald benutzen könnten. Das Zimmer hätte jemandem, der regelmäßig Krimis und Polizeiserien im Fernsehen sah, keinerlei Überraschung geboten. Ein großer Tisch, auf dem außer einem Aufzeichnungsgerät und einem Mikrofon nichts weiter stand, und zwei Stühle auf der einen Seite und einem einzelnen auf der gegenüberliegenden Seite. Auch die Spiegelwand fehlte natürlich nicht.

Daneben gab es ein kleineres Büro für Alan und Brian, sogar mit Fensterverbindung zur Außenwelt, und im benachbarten Besprechungszimmer würden künftig jeden Morgen kurze Meetings stattfinden, um alle Beteiligten auf den neuesten Stand der Ermittlungen zu bringen.

»Mann, hier sieht man unsere Steuergelder bei der Arbeit«, konnte sich Brian nicht zurückhalten.

Inzwischen war auch das letzte Mitglied der handverlesenen Sonderkommission eingetroffen. Nicolette McGovern war die einzige Frau im Team und noch dazu eine hübsche. Sie war aber in erster Linie die IT Spezialistin, die sich Alan gewünscht hatte. Denn ohne EDV-Unterstützung konnte heutzutage kein Team mehr effektiv arbeiten. Ständig waren irgendwelche Daten zu sammeln und vor allem auszuwerten. In ihrem modernen Kostüm, das ihr wie angegossen saß, hatte sie den Raum betreten und sofort alle Männeraugen auf sich gezogen. Alan hatte sich natürlich über sie erkundigt, bevor er sie angerufen hatte. Sie war nicht nur immer elegant gekleidet, sondern extrem clever und furchtbar nett; beim Arbeiten schien sie eine Abneigung gegen Papier zu haben, denn alle Notizen wurden von ihr direkt in Excel-Listen oder anderen Datenbanken erfasst. Insbesondere die polizeieigenen Vergleichsdatenbanken und Suchmaschinen mussten gefüttert werden, um ohne Zeitverlust etwaige Verbindungen zu anderen Verbrechen oder Personen auffinden zu können. Deshalb hatte sie bei ihrem Telefonat auch einen Haufen leistungsstarker Computer mit noch mehr Bildschirmen gefordert, damit sie mehrere Dateien und Programme gleichzeitig anzeigen und bearbeiten konnte. Zwei hausinterne Datenprofis standen ihr bei den Routinearbeiten rund um die Uhr zur Verfügung.

»Hallo, ich bin Nicky«, sagte sie, als sie zu der Gruppe herangetreten war und reichte jedem die Hand. Sie begrüßten sich nicht nur gegenseitig, sondern Alan stellte ihr auch jeden Einzelnen und dessen Spezialgebiet vor. Während die Männer in erster Linie als Außenteam gedacht waren, würde Nicky überwiegend in der Zentrale aktiv sein und dort die eingehenden Informationen sammeln und auswerten.

Lauter Spezialisten, dachte Alan, *aber vor allem Leute, auf die ich mich voll verlassen kann*. Mit Ausnahme von Nicky, hatte er mit den anderen bereits früher schon zusammengearbeitet oder kannte sie zumindest schon lange.

Viele der mit ihnen zusammenarbeitenden Beamten kannten Alan und Brian. Die meisten unter ihnen mochten sie, einige wenige beneideten aber auch speziell Alan, denn er war als jüngster Beamte aller Zeiten zum Superintendent befördert worden. Auch für seinen persönlichen Stil, weil er nicht gerade der herkömmliche und von allen erwartete war, erhielt er nicht von allen Kollegen ungeteilte Zustimmung. Von manchen Zynikern, die ihre Zeit bis zur Pensionierung in Ruhe und ohne Aufregung totschlagen wollten, wurde er sogar regelrecht angefeindet. Aber die arbeiteten garantiert nicht mit ihm, dafür hatte er im Vorfeld schon gesorgt. Es war halt nicht einfach, wenn man seine Arbeit so anging, als glaubte man tatsächlich daran, dass der Job wichtig war und dass Gerechtigkeit dabei eine große Rolle spielte. Und dafür mussten manchmal halt etwas unkonventionellere Methoden eingesetzt werden. Hauptsache, das Ergebnis stimmte.

Gegen die große Wandtafel gelehnt wartete Alan darauf, bis sich das Team der Sonderkommission am 27. September morgens rund um den Besprechungstisch zusammengefunden hatte. Nachdem sich alle mit dem bereitgestellten Kaffe versorgt hatten, außer Nicky, die hatte ihre Tasse Tee mitgebracht, trat er vor und setzte sich auf die Kante des großen Besprechungstisches.

»Also kein Zweifel, Charly?«, fragte Alan.

»Nein, wir sind uns absolut sicher«, entgegnete Pollock. »Bei allen drei Opfern die gleiche Art von Einstichstelle, die gleiche hohe Alkoholkonzentration im Blut, die gleiche Todesursache.«

»Verdammt, das sieht wirklich nach einem Serientäter aus. Schließlich wurden diese Details nicht an die Zeitungen weitergemeldet.«

»Was ist bislang bei der Befragung der Nachbarn der Familie Ross herausgekommen?«

»Eigentlich nichts«, antwortete Brian. »Keiner hat etwas gesehen oder gehört. Nichts Außergewöhnliches. Nichts, was uns weiterhelfen könnte.«

»Das machen wir alles noch mal, aber diesmal wesentlich gründlicher als die lokalen Kollegen. Ich möchte die persönlichen Hintergründe aller drei Toten detailliert wissen, inkl. Arbeit, Kollegen, Freunde, einfach alles. Es muss irgendeinen Zusammenhang zwischen den Toten geben. Kannten sie sich? Hatten sie ein gemeinsames Hobby, waren sie im selben Verein, hatten sie den gleichen Friseur, sind es Urlaubsbekannte. Irgendeine Verbindung muss es geben. Schaut heute noch einmal aufs gründlichste alle vorliegenden Unterlagen durch. Alle die glauben, etwas gesehen zu haben, oder die auch nur in der Nacht in der Nähe der Brennerei waren oder überhaupt draußen, sollen sich umgehend bei uns melden. Chief Timmins wird eine Pressemitteilung veranlassen und die Bevölkerung um Mithilfe bitten. Alles klar?« Alan schaute in die Runde und sah nur zustimmendes Nicken.

»Also gut, seht zu, dass ihr etwas herausbekommt. Brian und ich teilen noch die Teams ein, die heute und morgen früh noch mal bei allen drei Opfern die Befragung der Angehörigen und Nachbarn durchführen werden. Die sollen euch permanent von ihren Ergebnissen berichten und ihr koordiniert die Informationen dann und wertet sie aus. Wir müssen diesen Kerl schnappen. Die Jagd ist eröffnet!«

Als alle außer Brian den Raum verlassen hatten, meinte Alan »meinst du, es werden noch mehr?«

»Ja!«

»Ich auch!«

»Vielleicht auch gut so. Sonst fassen wir den Kerl eventuell nie. Wir haben einfach zu wenig konkrete Hinweise. Also, lass uns mal an die Arbeit gehen.«

Hunderten von Hinweisen und vermeintlichen Spuren musste erneut nachgegangen werden. Sie erwiesen sich aber dennoch alle als nutzlos. Angst, Panik und Fantasie hatten bei den ersten Befragungen schon zu Phantomtätern geführt, die angeblich überall gleichzeitig und dann doch nirgends gesehen wurden. Ein Polizist sagte einmal, der Täter sei ebenso schwer zu fassen wie das Ungeheuer von Loch Ness. Kommissar Jedermann war nach den ersten Fällen aktiv geworden und überschüttete die Polizei mit Anrufen. Auch wenn bei den erneuten Befragungen die meisten Personen die Ereignisse inzwischen mit mehr Abstand beurteilten, konnten doch nur unwesentliche neue Erkenntnisse gewonnen werden.

Schon bevor die Teams losgeschickt wurden, um die Nachbarn erneut zu befragen, wurden die noch vorhandenen Hinweise nach den von Alan vorgegebenen Kategorien "bescheuert", "total bescheuert" und "eventuell interessant" vorsortiert. Dabei wurde der Anruf eines Mannes, der seinen eigenen Vater bezichtigt hatte, der Mörder zu sein, endgültig aussortiert. Überprüfungen hatten damals schon ergeben, dass der Anrufer bereits 78 Jahre alt und sein Vater schon seit 29 Jahren tot war.

»Ich weiß nicht, was problematischer für die Ermittlungen ist: Zeugen, die sich auf gar nichts festlegen wollen, weil sie sich ja bei dem, was sie gesehen oder gehört haben, auch täuschen könnten, oder Zeugen, die sich an mehr zu erinnern glauben als sie wirklich gesehen oder gehört haben«, hatte Alan denn auch mehr als einmal zu Brian gesagt.

Insgesamt hatte es damals keinen Hinweis gegeben, der ihnen auch nur in irgendeiner Form bei der Klärung des Falles weitergeholfen hätte. Alle Mitglieder der Sonderkommission hatten die einzelnen Unterlagen von damals einzeln an ihren Schreibtischen durchgelesen und sich Notizen gemacht, dann die Unterlagen mit den Kollegen getauscht und wieder Notizen gemacht. Das ging so lange, bis jeder jeden Fall für sich durchgearbeitet hatte. Danach hatten sie zu jedem der drei Fälle alle Informationen und persönlichen Notizen zusammengetragen und an den Wandtafeln vermerkt. Aber auch als sie alle Mutmaßungen und Ideen gemeinsam diskutierten und in alle Richtungen durchleuchteten, kamen keine Erkenntnisse heraus, die sie in der Mordserie wirklich weitergebracht hätten. Es war zum Mäusemelken, wie einer der Kommission abschließend bemerkte.

Und so blieb es leider auch nach der erneuten Befragung. Auch auf die Zeitungsaufrufe hin kamen keine hilfreichen Informationen. Lediglich die Unruhe in der Bevölkerung hatte noch weiter zugenommen. Etliche Distillery Manager hatten bei der Polizei angerufen und um Überwachung ihrer Brennerei gebeten, na ja, eigentlich vehement einen entsprechenden Objektschutz gefordert.

»Mein Gott, wir können doch nicht alle Brennereien rund um die Uhr bewachen. Wie stellen die sich das nur vor?«, wies Brian auf die unmögliche Realisierung dieser Forderung hin.

»Wir sagen den Brennereimanagern einfach, wir würden sie unter einer gewissen Beobachtung halten«, sagte Alan darauf zu Brian.

»Aha, tun wir das denn?«

»Na klar. Wir halten doch alle Schotten unter einer gewissen Beobachtung. Das steht so in den Polizeivorschriften, wie du dich sicherlich erinnerst.«

Dennoch wurde in den nächsten Tagen auch ein Informations-Schreiben an alle Brennereien in Schottland und ein separates an die zuständigen Polizeistationen verschickt. Darin wurde auf die Möglichkeit hingewiesen, dass der Mörder eines seiner nächsten Opfer eventuell in einer der noch übrigen Brennereien ablegen könnte. Da diese Gefahr noch auf fast alle Brennereien zutraf, wurde hauptsächlich um besondere Aufmerksamkeit gebeten und darauf hingewiesen, dass sich die Brennereien mit den örtlichen Polizeistationen über weitere Schritte abstimmen sollten. Diese wiederum erhielten den zusätzlichen Hinweis, sich im Rahmen ihrer Möglichkeiten um den Schutz der Brennereien zu kümmern, was in erster Linie verstärkte Streifentätigkeiten bedeutete. Permanenter Objektschutz war bei der Vielzahl der Brennereien einfach nicht möglich.

Jacobsmuscheln

-13-

Die Erinnerung an die Gründung der Sondereinheit ging Alan durch den Kopf, als er in seinem Zimmer in der Mash Tun saß. Und natürlich auch Susan. Die sogar vor allem. Seit langem kam ihm wieder in den Sinn, dass er nicht nur aus Beruf bestand, sondern auch aus einer privaten Seite, die nun Bedürfnisse, Defizite und Wünsche äußerte. Nicht gerade der perfekte Zeitpunkt, dachte er, aber wann gibt es so was schon mal? Ohne sich wirklich auf seine Umgebung zu konzentrieren, machte er sich schließlich ausgehfertig und zusammen mit Brian auf den Weg ins Speyview Hotel.

19:30 Uhr. Die Sonne war um diese Jahreszeit gerade untergegangen. Der River Spey machte sich nur durch sein entferntes Plätschern bemerkbar. Die entfernten Cairngorm Mountains konnte man erahnen, wenn man diesen feinen Geruch von Schnee und Kälte spürte, die die Gipfel bereits fest in ihrem Griff hatten. Eine Zeit für wahre Naturliebhaber, für Menschen, die hinter den grellen Farben des Heidekrauts und den pittoresken Schafherden im Spätsommer den Geist der Landschaft fühlen konnten. Eine Zeit für Menschen, die sich zwischen den steilen Höhenzügen in den tiefen Glens geborgen fühlten.

Alan war keiner davon. Er saß, den Blick zum Fenster gewandt, auf dem mit roter und goldgestreifter Seide bespannten Stuhl und beobachtete die Reflexionen der kleinen Regentropfen, die sich in unregelmäßigen Abständen auf den Scheiben bildeten. Nachdem nachmittags die Sonne demonstriert hatte, dass immer noch mit ihr zu rechnen war und sie dann auch noch genügend Kraft hatte, war inzwischen wieder flüssiger Sonnenschein angesagt. Er war gottfroh, dass er bei diesem Mistwetter nicht irgendwo auf der Straße herumrennen musste, um an irgendeinem gottverdammten Tatort zu ermitteln. Es sollte ein Gesetz für Verbrecher erlassen werden: Wer eine Straftat bei schönem Wetter verübt oder, noch besser, ausschließlich zwischen Mai und September, bekommt 50 Prozent Strafnachlass. Wie oft hatte er, trotz seiner mustergültigen Karriere, nicht schon klatschnass und frierend in einem Hinterhof gestanden und den verdreckten Boden nach Spuren abgesucht.

Er ließ seinen Blick über den Tisch schweifen. Sauberes weißes Leinen, mit Bügelfalte und aufgesticktem Monogramm SVH, Speyview Hotel. Ein nicht allzu kitschiger fünfarmiger Kerzenhalter mit dezenten weißen Kerzen verbreitete ein angenehm warmes Licht. Eine kleine silberne Obstschale mit ausgesucht leuchtenden Orangen bildete einen schönen Kontrast.

Durch den Kerzenleuchter hindurch blieb sein Blick auf Dr. Susan Edkins ruhen. Mit ihren 36 Jahren eine wunderschöne Frau, dachte er spontan. Nicht so aufgetakelt oder modelmäßig. Einfach natürlich. Ihren bisher üblichen Pferdeschwanz hatte sie geöffnet - *untrügliches Zeichen* dachte er unwillkürlich - so dass ihr weizenblondes Haar über ihre Schultern fiel. Für das Dinner hatte sie sich kein knallrotes, bodenlanges Kleid mit einem Ausschnitt bis zu den Hüften ausgesucht, wie Alan bedauerlicherweise feststellen musste. Eine schlichte schwarze Hose und eine halbärmelige rosafarbene Bluse. Trotzdem hätte er sich nicht sattsehen können, wenn in diesem Augenblick nicht Brian, der mal kurz für kleine Königstiger war, wie er sich ausdrückte, zurückkehrte und den Manager der Ben Rhinnes Distillery zum Tisch geführt hätte.

»Und da bringe ich auch schon unseren ersten Verdächtigen«, bemerkte er mit einem Grinsen. Alan machte sich die Mühe und stand auf, um Graham Morrice zu begrüßen. Der war sichtlich irritiert von Brians Bemerkung. Es fand ein allgemeines Begrüßen statt, der übliche Smalltalk, in dem alle Anwesenden bewandert schienen, überbrückte die Pause, bis der Kellner die von Alan georderte Flasche Wein brachte. »Sind Sie schon lange hier am Krankenhaus?«, wollte Graham wissen. »Ich habe Sie leider noch nie gesehen.« »Aha« und »soso« und so weiter und so weiter.

Alan konnte sich einfach nicht auf die Gespräche konzentrieren, sondern blickte einfach nur von einem zum anderen, bis der Kellner ihm einen Schluck Wein zum Probieren in sein Glas schüttete. Er nippte kurz und gab ihm ein wohlwollendes Signal. »Ein 1994er Rioja. Ich hatte gar nicht vermutet, so einen noch zu finden. Und hier in diesem Restaurant haben die sogar noch einen beeindruckenden Vorrat von diesem exquisiten Tropfen aus dem Hochland des Rio Ebro im Norden des Rioja-Gebietes. Die Weine werden aus den Rebsorten Tempranillo, Mazuelo und Garnacho bereitet«, schwärmte er den anderen vor, während der Kellner den mit der Platinmedaille ausgezeichneten Wein ausschenkte.

Nachdem man sich zugeprostet hatte, rochen alle an dem fruchtigen Wein und lobten ihn auch mit anerkennenden Worten, denn er schmeckte wirklich hervorragend. Als die Blicke in den verteilten Speisekarten versanken, konnte Graham nicht mehr an sich halten. »Mr Derringer« – »Alan, nennen Sie mich Alan« – »Oh, danke, also Alan, bei allem Respekt für Ihre Arbeit und die grausigen Taten, können wir bitte ein paar äußerst wichtige Dinge, also, ich meine, wichtige Dinge für uns, die Brennerei, klären, bevor wir das Essen genießen?«

Alan gab ihm ein aufmunterndes Lächeln und klappte seine Speisekarte wieder zu.

»Also gut, ich habe schon gemerkt, dass Sie mit meinem Chef McCartney ein Problem haben. Das hat wohl jeder. Er kann ein echtes Ekel sein. Aber es kostet meinen Kopf, wenn Sie meinen Laden für so lange Zeit schließen, nur um ihn zu ärgern. Ich bin für das Image und die Umsätze und die Mitarbeiter verantwortlich, wissen Sie?«

»Der würde wohl nie ein Nein akzeptieren, oder?«, antwortete Alan.

»Na ja, eigentlich lässt er auch kein Ja als Antwort gelten. Er erwartet nämlich gar keine Antwort auf seine Anweisungen, sondern nur pflichtbewussten Gehorsam.«

»Ja, das habe ich mir schon so gedacht. Aber, Graham, ich kann Ihnen da trotzdem nicht helfen. Wir müssen erst einmal herausfinden, wie der Täter Ihre Anlage betreten und die Leiche dahin bekommen hat. Morgen kommt noch ein Team von meinen Jungs, die sich die Umgebung ansehen. Solange bleibt der Tatort tabu.«

»Gut, gut, aber dafür brauchen Sie doch nicht mehrere Wochen, oder? In den Berichten über die letzten drei Fälle stand, dass die Produktion schon nach einer Woche wieder aufgenommen werden konnte.«

Aha, ein ganz Schlauer, dachte Alan. »Sie sind ja sichtlich gut informiert, wie ich sehe. Sind Sie vielleicht doch in die anderen Fälle involviert, Graham?« Während dieser Frage beugte er sich langsam zu seinem Gesprächspartner herüber und blickte ihm starr in seine Augen. Jetzt machen wir ihn doch mal ein bisschen nervös. Selbst Susan verfolgte die Unterhaltung mittlerweile gebannt.

»Gottbewahre, nein, Alan! Ich habe lediglich den Nachmittag genutzt, um mich ein wenig zu informieren. Im Internet und so. Wirklich!«, betonte Graham und hielt abwehrend seine Hände nach oben.

Alan zog sein Weihnachtsmannlächeln auf und wippte wieder zurück in eine bequemere Sitzhaltung. »Tatsächlich? Und, was können Sie uns erkenntnisreiches über Ihre Ermittlungen sagen? Schon eine Idee?«

Brian räusperte sich eine Spur zu laut. »Lass doch jetzt gut sein, Junge. Du brauchst diesem McCartney nicht alle Ehre zu machen. Genieß den Abend. Susan, ich muss mich entschuldigen und bei Ihnen auch, Graham. Wir sind seit ein paar Wochen ziemlich angespannt.«

»Hab ich schon mitgekriegt«, bemerkte Susan, während sie an ihrem Wein nippte. »Trotzdem würde es mich auch interessieren, was ein Insider zu den Fällen sagt. Ich meine einen Tatortinsider sozusagen.« Sie blickte Graham Morrice gespannt an. »Kennt ihr den alten Schinken, wo alle in einem Schloss sitzen und jeden Tag einer gekillt wird? 13 kleine Negerlein oder so hieß der. Alle wissen genau, dass wieder ein Mord passieren wird, aber keiner weiß, wer der nächste ist, und vor allem nicht, wer es tut und warum. Genauso komme ich mir gerade vor. Spannend, nicht?«

»Ja, sehr«, maulte Alan. »Aber im Ernst, Graham, wenn Sie so belesen sind, sagen Sie uns, was Ihnen aufgefallen ist. Da es heute wohl offensichtlich kein gemütliches und entspanntes Dinner unter alten Freunden wird, können wir auch gleich mit der Arbeit weitermachen.

Aber vorher sollten wir bestellen. Damit uns bei den tollsten Szenen auch der Bissen im Hals stecken bleiben kann.«

Brian, Graham und Susan warfen sich bedeutungsschwangere Blicke zu, sagten aber kein Wort.

»Apropos lesen«, warf Susan nochmals ein. »Könnte es nicht sein, dass der Täter durch die vielen blutrünstigen Filme und Bücher, die es heute überall zu kaufen und zu sehen gibt, zu seinen Taten inspiriert worden ist?«

»Nein«, sagte Alan. »Das glaube ich nicht. Ich habe schon viele schlimme Taten gesehen, aber keiner der Täter, der sich diese grausamen Morde ausdachte, brauchte dafür einen Krimi oder einen Film als Anregung. Die hatten selbst Phantasie genug, um sich alles alleine auszudenken!«

»Wenn ich etwas empfehlen dürfte?«, wechselte Graham geschickt das Thema. »Dieses Restaurant hat einen fantastischen Koch aus Italien, Giuseppe, und er ist ein Meister bei der Zubereitung von Meeresfrüchten. Im Moment sind die Jacobsmuscheln ein Gedicht. Pfirsichgroß und zart wie Kalbfleisch. Und dazu eine Sauce mit leichtem Zitronen- und Fenchelaroma. …Mmmmh!« Graham schien das Wasser bereits im Mund zusammen zu laufen. »Oder aber die Rebhuhnbrust, in Rotwein. Auch nicht zu verachten!«

Nachdem alle Grahams sehr geschicktem Themenwechsel gefolgt, seiner kulinarischen Spürnase vertraut und dies auch dem Kellner kundgetan hatten – außer Brian Strachan, er bestellte Angus, weil er immer Angus bestellte – entspannte sich die Atmosphäre und selbst Alan empfand so etwas wie Zufriedenheit.

»Was mir bei den Beschreibungen der Fälle aufgefallen ist«, griff Graham das Thema wieder auf, »ist, dass der Mörder anscheinend keinen Tatort zweimal benutzte. Ich meine nicht die Distilleries, sondern die Produktionsschritte, stimmt´s? Da waren der Darreboden und die Wash Backs, ein Fass und jetzt die Wash Still.« Graham zählte die Fundorte an seinen Fingern ab. »Wenn er jetzt noch die Mash Tun und die Spirit Still heimsucht, hat er alle wichtigen Produktionsschritte durch. Gegebenenfalls könnte er noch jemanden in die Malzmühle werfen, aber das wäre ne echte Sauerei.«

Alle blickten ihn groß an. »Sie haben ja richtig gut aufgepasst, Graham. Kompliment. Was ist Ihnen sonst noch aufgefallen? Oder wollen Sie sich zuerst zu einer Schlussfolgerung hinreißen lassen?«

Trotz seiner provozierenden Worte konnte Alan in seiner Frage ein erwachendes Interesse nicht verbergen.

Graham ließ sich von Alans angriffslustigen Worten nicht aus der Ruhe bringen. Nicht bei diesem Thema. Hier schwamm er sozusagen in Muttermilch. Mit der Whiskybranche war er aufgewachsen und hier steckte sein Leben drin. »Mir ist aufgefallen, dass die Distilleries aber auch gar nichts miteinander zu tun haben. Keine wirtschaftliche Verknüpfung, keine thematische. Auch keine geschmackliche. Nichts! Ich habe mir die Fundorte mal auf der Landkarte angesehen und mit Strichen verbunden. Ich dachte, vielleicht kommt da ein Pentagramm raus oder so, war's aber nicht. Klingt dumm, was?«

»Ganz und gar nicht«, platzte Susan dazwischen. »Die Idee kam mir auch schon. Irgendein Hinweis auf einen geheimen Ort. Wär´ doch möglich, oder?«

Brian ergriff das Wort, weil Alan sich gerade demonstrativ die Schläfen rieb. »Ob ihr's glaubt oder nicht: solche Kinderspielchen machen ganze Horden von Profilern und andere Kollegen bei jedem Fall. Leider sind die allermeisten Täter jedoch nicht annähernd so clever oder intelligent. Die richtig Guten, die mit den tollen Ideen, gab's leider nur bei Edgar Wallace oder Agatha Christie. Alle anderen sind häufig nur kreuzbescheuerte Vollidioten, die mit scharfen Gegenständen spielen. Unsere Leute haben die Wohnorte der Opfer und die Fundorte der Leichen versucht, in einen Zusammenhang zu bringen, um daraus auf den möglichen Wohnort des Täters zu schließen, aber es kam nichts dabei heraus. Menschen kaufen meist in der Nähe ihrer Wohnung ein und die meisten Täter morden auch nicht allzu weit von ihrem Wohnort entfernt, allerdings auch nicht zu nahe, denn sie wollen ja nicht erwischt werden. Ansonsten scheinen auch sie fast alle irgendwie faul zu sein. Selten macht sich ein Verbrecher die Mühe, alle möglichen Verbindungen zu seinem "normalen" Leben zu verschleiern. Irgendeine nostalgische Ader hat jeder. Viele wohnen im Umkreis von ca. fünf Kilometern zum Tatort. Oder sie tanken immer dieselbe Marke oder hinterlassen am Tatort Zigaretten der gleichen Marke. Manche benutzen immer nur ein Aftershave und werden durch den hinterlassenen Geruch identifiziert. In unserem Fall haben wir ebenfalls versucht, alles in Einklang zu bringen, doch es ergab keinerlei Muster. Die Orte waren kreuz und quer über fast ganz Schottland verteilt. Die Schlussfolgerung für den Computer als Wohnort war dann auch zwangsläufig "*Schottland*". Tut mir Leid, Leute. Aber erzählen Sie ruhig weiter, Graham. Es schadet nie, mal etwas nicht Betriebsblindes zu hören.«

»Gut, also ich hab mich gefragt, ob die Toten irgendeine Beziehung zu den Distilleries hatten, ehemalige Angestellte, oder so. Oder gab's irgendwas anderes, vielleicht Autoren oder Kritiker, die mal was Negatives geschrieben haben? Leider war in den Berichten und Artikeln dazu recht wenig zu finden.«

Alan nahm die Hände von seinen Schläfen und faltete sie vor seinem Bauch. »Graham, nett von Ihnen, dass Sie mithelfen wollen, aber die Fragen sind wir schon zehntausend Mal durchgegangen. Haben Sie eigentlich jemals zuvor mit der Polizei zusammengearbeitet?«

Graham schüttelte verneinend den Kopf. »Nein, noch nie.«

»Kein Problem. Aber ich muss betonen, dass alles, was wir hier besprechen oder Sie zu sehen bekommen, absolut vertraulich ist. Selbst die Tatsache, dass Sie eventuell mit uns zusammenarbeiten. Die Ermittlungen sind noch in vollem Gang und wir wollen dem Täter keinen Hinweis darauf geben, wie weit unsere Untersuchungen sind oder in welche Richtung wir ermitteln. Alles, was Sie hören oder sehen, bleibt unter uns. Wirklich alles! Das gilt natürlich auch für Sie, Susan. Einverstanden?«

»Klar«, sagten Graham und Susan wie aus einem Mund.

»Gut. Es gibt scheinbar nicht das geringste Bindeglied zwischen den Opfern und den Brennereien. Rein gar nichts. Wir haben den Lebenslauf jedes Opfers bis zur Grundschule durchleuchtet. Keinerlei Beziehung zu Ihrem Lieblingsgetränk, Graham. Nichts, nada, rien, nothing. Und daher auch keine Informationen darüber in der Presse. Außer diesem üblichen Quatsch. Ich will Ihnen mal was sagen«, und jetzt schien Alan plötzlich in Fahrt zu kommen. »Ich bin mir mittlerweile fast sicher, dass die Fundorte der Leichen bloß makaberes Beiwerk sind. Irgendeine völlig idiotische Idee, die wohl nur dem Killer eingeht. Leute mit Whisky totspritzen und dann in Brennereien verstecken! Wir haben selbst die Angestellten von allen Entzugskliniken überprüft, wir dachten, dass einer von denen durch den permanenten Kontakt mit Alkoholabhängigen durchgedreht sei. Hat auch nichts gebracht.«

Graham schaute Alan völlig perplex an. »Wie meinen Sie das, totspritzen?«

»Ja, ich hab ja die Einstichstelle am Handgelenk gesehen«, warf Susan ein. »Hat da wirklich einer…?« Susan konnte es immer noch nicht glauben.

»Genau das hat einer. Wie ich Ihnen schon heute Vormittag prophezeit habe. Mit hochprozentigem Alkohol. Whisky vermutlich. Das beweist doch Stil, oder?«

»Davon stand aber nichts in der Zeitung, Alan«, meinte Graham.

»Natürlich nicht. Wir geben doch nicht alles preis. Wissen Sie, wie hoch die Rate der Trittbrettfahrer ist? Wenn wir einen genauen Tathergang veröffentlichen, dauert es in der Regel keine 48 Stunden, bis irgendein geistig degenerierter Egomane beweisen muss, dass er es noch besser kann. Nee, nee, solche Infos behalten wir normalerweise zurück. Und Sie gefälligst auch, ja!«

Als Graham nickte, fuhr Alan nach einer kleinen Pause fort. »Zudem haben die ermittelnden Beamten beim ersten Leichenfund gar keine Blutuntersuchung machen lassen. Das Opfer wurde auf einem Darrboden der Dalruan Distillery in Campbeltown mit eingeschlagenem Schädel und gebrochenem Genick gefunden. Man dachte, das wäre tot genug. Schludrige Arbeit, ich weiß. Die große Frage damals war nur, wie ein Mann aus Blackburn nach Kintyre kommt.«

»Und, wie kam er?«, wollte Susan ungeduldig wissen.

»Wir haben bis heute nicht den leisesten Schimmer, meine Liebe. Zwei Tage zuvor hat er noch abends mit seinen Kumpels in der Kneipe in Blackburn ein Fußballspiel gesehen.

Danach: weg! Verschwunden! Auf dem Heimweg entführt oder so. Seine blöde Alte hatte glatt drei Tage mit der Vermisstenanzeige gewartet. Erst als das Bild veröffentlicht wurde, ist sie zur Polizei gerannt und hat denen erzählt, dass ihr Mann, der so ähnlich aussehen würde, wie der in der Zeitung, auch verschwunden sei. Mann, wie dämlich!«

»Manchmal kommt es vor, dass die Vermissten nicht gefunden werden wollen«, ergänzte Brian. »Einige freuen sich sogar darüber, wenn ihre Angehörigen vor Kummer nicht mehr ein noch aus wissen. Manchmal sind auch die Angehörigen ganz froh, wenn der Partner einfach verschwindet, bei dieser Frau war das aber nicht so. Die war einfach zu schlicht, um sich am nächsten Tag bei der Polizei zu melden. Dachte einfach, er hätte wohl was Wichtiges zu erledigen gehabt und ihr nicht Bescheid geben können. Ich fasse es immer noch nicht.«

»Und wann haben Sie das mit dem Spritzen herausgefunden?«

»Die zweite Leiche schwamm in einer der Wash Backs in der Stromness Distillery auf den Orkneys. Am anderen Ende von Schottland. Da hat zunächst niemand eine Beziehung zum ersten Fall konstruiert«, meinte er schon fast entschuldigend zu Susan. »Ah, unser Essen!«

Geradezu ehrfürchtig beobachteten sie, wie zwei Kellner die verschiedenen Teller mit den liebevoll drapierten Speisen vorsichtig vor ihnen auf den Tisch stellten.

»Graham, wenn das Essen genauso schmeckt, wie es aussieht, war Ihre Empfehlung Gold wert. Dann lasse ich den Steuerzahler mal was Sinnvolles mit seinem Geld machen und lade Sie alle auf Staatskosten ein. Guten Appetit!«

Selbst Brian musste vor soviel ungewohnter Großherzigkeit Alans erst zweimal schlucken, bevor er sich seinem Lieblingsgericht widmen konnte. Das Essen wurde bis auf zahlreiche "Ah's" und "Oh's" und "Wirklich köstlich" schweigend eingenommen. Jeder schien seinen Gedanken nachzuhängen, um spätestens zum Dessert die komplette Auflösung des Falls präsentieren zu können. Selbst Alan konnte sich des Gedankens nicht erwehren, dass es mit einer Horde fanatischer Laiendetektive ganz kurzweilig sein kann. Mal keinen Erwartungsdruck spüren und die ganze Sache etwas spielerischer betrachten. Jetzt fehlte nur noch eins ... Verstohlen blickte er zu Susan, um zu sehen, wie sie die Gabel mit dem zarten Muschelfleisch zum Mund führte. Erregend!

Nach einem ausgiebigen Hauptgang, zwei weiteren Flaschen Wein und der obligatorischen Nachspeise, einer fantastischen Crème Brulée, wurden sie von der Restaurantchefin ins Kaminzimmer geführt, um dort ihren Kaffee einzunehmen. Bis auf ein Pärchen direkt am Kamin, war der mit dunkelbraunen Bücherregalen ausstaffierte Raum noch menschenleer. Zwei lederne Sitzgruppen um kleine gläserne Tische luden zum Verdauen ein. Man entschied sich für die von dem Pärchen entfernteren Sitzgelegenheiten und Alan zog erfreut sein Päckchen Zigaretten aus der Jacketttasche. Während er genüsslich den ersten Zug in die Lungen inhalierte, servierte die gleiche Bedienung wie eben den Kaffee und die Espressi. Eine kleine Schale mit Schokoladen-Konfekt stellte sie zwischen die Tassen.

»So kann ich's Jahre aushalten«, schwelgte Brian mit Blick auf die stuckbesetzte Decke. Der Kellner reichte ihm und den anderen den bestellten Whisky und offerierte ihm den Humidor. Mit zielsicherem Blick griff er zu einer Brazil Longfiller und ließ sich die Schachtel mit den Streichhölzern reichen. »Was sage ich, Jahre? Jahrzehnte! Und dann tot umfallen. Batsch! Aus! Klasse!«

Neugierige Blicke ruhten auf Alan Derringer, doch keiner wagte den Anfang zu machen. Natürlich bekam er diese Unruhe augenblicklich mit, sie störte ihn aber merkwürdigerweise gar nicht. »Ihr braucht nicht weiter zu starren wie ein Hund vorm leeren Napf. Ich hab's kapiert. Der schöne Teil des Abends ist wieder beendet. Onkel Alan soll seine Geschichte weiter erzählen. Wenn's denn sein muss.«

Er genehmigte sich noch einen Schluck seines Kaffees und zog ein letztes Mal an der Zigarette, bevor er sie im Aschenbecher zerdrückte. »Wo waren wir? Auf den Orkneys, genau! Adrian Mullin, also das Opfer Nummer zwei, wurde Mitte August gefunden, weil dem zuständigen Mitarbeiter der Computer eine Störung in der betreffenden Wash Back meldete.«

»Wash Backs, was ist denn das«, fragte Susan. »Sind das Wäschezuber oder so etwas?«

»Nein, nein!«, antwortete Graham sofort. »In den Wash Backs wird die Würze, also die zuckerige Lösung mit der Hefe versetzt, damit diese den Zucker in Alkohol und Kohlendioxid umwandelt. Das geschieht sehr heftig und schäumt gewaltig. Früher hat man die Dorfjungen mit Holzpaddeln ausgestattet; die haben dann stundenlang auf den Schaum eingeprügelt, damit der nicht überläuft. Da die heutigen Dorfjungen lieber stundenlang auf Rangers- oder Celtic-Fans einprügeln - je nach Neigung - mussten sich die schlauen Ingenieure was ausdenken. Also gibt's heute Motoren auf den Wash Backs, mit denen ein Gestänge wie ein Propeller in Rotation versetzt wird. An diesem Propeller sitzen die so genannten Messer, die den Schaum zerschlagen. Mal für Laien ausgedrückt.«

»Danke für die wissenschaftliche Lehrstunde, Graham.« Alan konnte ein feines Schmunzeln nicht unterdrücken, als er Susans Gesicht betrachtete. Dank ihres umfangreichen Erfahrungsschatzes hatte sie sich anscheinend recht genau ausgemalt, was das bedeuten konnte.

»Rotormesser?«, fragte Susan auch gleich überrascht. »Ich dachte wir reden von einer Brennerei und nicht von einer Rübenfabrik? Die haben den armen Kerl wohl ganz schön zugerichtet, oder?«

»Nein, zum Glück für uns nicht. Diese Messer hätten den armen Mullin sicherlich ziemlich bearbeitet, bis er ausgesehen hätte, als wäre Freddy Krueger durch seine Träume und sein Gesicht marschiert. Dann hätte ihn wahrscheinlich seine eigene Mutter nicht mehr identifizieren können. Aber die *Wash* genannte Brühe füllt die Wash Backs nur zu etwa zwei Drittel aus, so dass er immer unterhalb des Rotormessers schwamm. Sie haben ihn erst entdeckt, als der Fermentationsprozess zu Ende war.«

»Mein Gott, das ist ja grausam,« sagte Susan.

»Susan, wie ich hörte, sind Sie keine große Whiskytrinkerin. Das müssen wir jetzt unbedingt ändern. Mrs MacLean«, rief Graham in Richtung Flur. »Patricia!« Die Hausdame blickte freundlich um die Ecke. »Patricia, bitte eine Runde von unserem Besten. Ach, bringen Sie gleich die ganze Flasche, danke. Ich denke, jetzt ist die Zeit reif, nicht nur schlechtes über unser *Aqua Vitae* zu sagen, sondern unseren Kehlen eine positive Erinnerung zu verschaffen. – Danke, Patricia. Ich schenke schon ein.« Graham füllte die bereitstehenden Gläser mit einem Lächeln und einem ordentlichen Schluck.

»Slaintè, Susan, meine Herren.«

»Slaintè mhath«, ertönte die mehrstimmige Antwort.

Nach einem kurzen Nosing ließen alle Anwesenden die dunkel-goldene Flüssigkeit vorsichtig über ihre Zungen gleiten.

Susan fing mit hochrotem Kopf plötzlich an zu husten, so dass Graham ihr heftig auf den Rücken klopfen musste.

»Meine Herren«, brachte sie heiser und keuchend hervor. »Das ist ja vielleicht ein Stöffchen. Wie viel hat der denn?«

»Sechzig-zwo«, konnte Graham stolz berichten. »Wir nennen ihn "Origin". Wir stellen ihn nach dem Verfahren her, wie man vor knapp hundert Jahren schon Whisky produzierte. Ist ein bisschen gewöhnungsbedürftig. Beim zweiten Schluck geht der dann aber schon wesentlich besser runter, dann hat sich der Mund daran gewöhnt und Sie können ihn richtig genießen.«

»Sechzig Komma zwei Prozent Alkohol?«, fragte Susan etwas ungläubig. »Jesses Maria. Das zieht einem ja die Schuhe aus.«

Ich hoffe, nicht nur die Schuhe, dachte Alan in diesem Moment. Er verkniff sich aber den Spruch und setzte sich wieder, nachdem Susan gut verarztet schien.

»Kann ich bitte einen Schluck Wasser haben, der ist mir doch etwas zu stark«, fragte sie Graham und hielt ihm ihr Glas hin.

Der schob ihr aber nur den Krug mit dem Tafelwasser hin und antwortete »Schenken Sie sich bitte selber ein, ich halte mich an den Spruch: Nimm nie einem anderen Mann die Frau weg und gieße nie Wasser in den Whisky eines anderen Mannes! Oder einer Frau.«

»Wenn ich dieses Zeug in die Vene pumpe, das knallt!«, stellte Susan fest, während sie sich etwas Wasser in ihr Whiskyglas füllte.

»Das haben unsere Forensiker dann *auch* festgestellt. Da die Brühe in den Wash Backs kaum Alkohol enthält, musste es irgendwie vorher in den Blutkreislauf gekommen sein. Bei der Obduktion haben sie dann herausgefunden, dass er eine Atemlähmung erlitten hatte und dadurch an seinem eigenen Erbrochenen erstickt ist. Außerdem fanden sie bei der quantitativen Alkoholbestimmung in seinem Blut einen Wert von 7,9 Promille, das war ein Wert, der selbst bei noch so Trinkfesten und Alkoholtoleranten deutlich über dem liegt, was ein Mensch verkraften kann. Selbst für einen Schotten war das eine beachtliche Menge und recht wenig Blut im Alkohol. Aber in seinem Urin fand man dann lediglich 1,1 Promille! Damit hatte er eine hochgradige alkoholische Beeinflussung zum Todeszeitpunkt, die nicht durch Trinken von Alkohol alleine, sondern nur durch die intravenöse Verabreichung kommen konnte. Damit war der Zusammenhang zwischen Alkoholkonzentration und Einstichstelle am Handgelenk hergestellt. Wenn man sich jetzt noch die Leidensfähigkeit des menschlichen Körpers, seiner Reaktionen, wenn das eigene Leben bedroht ist, und die Auswirkungen von Entsetzen, Todesangst und psychischer Traumatisierung vorstellt, muss der arme Kerl einen schrecklichen Tod gestorben sein.

Auch er war plötzlich ganz weit von zu Hause weg. Kam aus Portree. Ist ein verdammt weiter Weg bis zu den Orkneys. Laut Obduktion muss er allerdings schon ein paar Tage tot gewesen sein. Die Frau von dem Kerl hatte bereits zwei Abende zuvor ′ne Vermisstenmeldung aufgegeben. Der arme Kerl war, wie die anderen, freizeitmäßig unterwegs und kam einfach nicht mehr nach Hause. Die Frau konnten wir glatt einliefern. Die ist voll zusammengeklappt.«

Graham schenkte eine weitere Runde seines Lieblings-Whiskies aus und es sollte nicht die letzte an diesem Abend sein, streng nach der guten alten schottischen Redensart: Die zweite Runde Whisky ist obligatorisch, man sieht es nicht gerne, wenn die dritte abgelehnt wird, und es gilt eindeutig als unhöflich, wenn man ein viertes Glas zurückweist.

Nach einem weiteren Schluck Whisky, bei dem Susan keinen erneuten Hustenanfall bekam, fuhr Alan fort. »Jedenfalls hatten die Jungs die zündende Idee, das erste Opfer wieder auszubuddeln. Und als sie ihn dann exhumiert hatten, kamen die Verbindungen ans Tageslicht. Alkohol im Blut. Einstichstelle. Fesselspuren. Rückstände von Chloroform im Körper.«

»Chloroform?«, fragte Susan. »Das gibt es doch nur im Fernsehen, dass man damit jemanden betäuben kann«, konnte sie jetzt auch mal etwas Fachwissen beisteuern.

»Stimmt genau«, sagte Alan anerkennend. »Das haben mir unsere Spezialisten auch bestätigt. In Filmen wird oft ein Taschentuch mit einigen Tropfen Chloroform beträufelt, welches dann dem Opfer vor den Mund gehalten wird, wodurch dieses in wenigen Sekunden bewusstlos wird. In der Realität hingegen würden die Dämpfe von ein paar Tropfen und die kurze Inhalation nicht ausreichen, um einen Menschen außer Gefecht zu setzen. Den Opfern wurden aber einige Milliliter verabreicht und das wirkt dann schon. Keine Ahnung, wie er das gemacht hat. Unser Mann muss sich also recht gut auskennen mit dieser Art von Betäubung. Aber zurück zu unserem ersten Opfer. Die Kopfverletzungen passten nicht ins Bild und auch die herausquellenden Augäpfel erschienen jetzt in einem neuen Licht. Der Schädeldach- und -basisbruch zieht sich, unter Aufspaltung in zwei Bruchlinien, in die Schädelbasis und weiter an beiden Seiten des linken Felsenbeines entlang bis hin zum Türkensattel«, zitierte Alan auswendig und etwas leiernd aus dem nachträglich erstellten Obduktionsbericht. »Da muss jemand ganz schön heftig zugeschlagen haben! Und auch sein Genick war zwischen erstem und zweitem Halswirbelkörper brutal gebrochen worden. Seltsam war allerdings, dass der Rechtsmediziner feststellte, dass diese Verletzungen erst nach dem Tod des Mannes erfolgten. Der Mörder muss also eine ganz schöne Wut gehabt haben, um den armen Kerl nachträglich noch so zuzurichten. Als Todesursache wurde Erstickung festgestellt und zwar Erstickung im Brechakt. Drei Monate später wurde das zweite Opfer gefunden und gut vier Wochen nach dem Orkney-Toten dann der Leichenfund in der Clydesdale-Distillery. Etwas lieblos, muss ich sagen, aber sonst hat alles gepasst. Richard Ross, so hieß der Tote, wurde in ein Fass mit Whisky gestopft. Dabei hat ihm der Killer mehrmals das Rückgrat und andere Knochen gebrochen. Das war vor drei Wochen.

»Ha! Das ist es! Jetzt habe ich den Zusammenhang! Der Mörder ist Ringer oder Wrestler und bringt seine Sparringpartner um, weil … weil, na, weil die unfair gegen ihn gekämpft haben.« Sichtlich stolz auf ihre Kombinationsgabe, blickte Susan die beiden abwechselnd mit leicht glasigem Blick an.

»Sorry, Schätzchen.« Brian verzog etwas die Nase. »Die Idee wäre gut für 'nen Herzblatt-Roman. Ansonsten leider viel zu weit hergeholt.«

»Na ja«, fuhr Alan fort, als wäre er durch Susans Bemerkung nicht unterbrochen worden und half ihr damit über die sonst etwas peinliche Pause hinweg. »Das dritte Opfer wurde nicht vermisst, denn er lebte alleine. Seine Ex-Frau hatte ihn sitzen lassen und lungert seitdem mit ihrem Neuen und ihrem Sohn auf Gran Canaria rum. Wir sind immer noch dabei, sein Leben zu durchleuchten. Scheint aber so zu sein, als würden wir genauso wenig finden wie bei den anderen. Und auch sonst keine verwertbaren Spuren. Der Täter trägt offensichtlich Handschuhe. Es wurde kein einziger genetischer Fingerabdruck gefunden, keine Spur, nichts. Deshalb ist auch keine DNA Analyse möglich. Sonst könnte man mit einer speziellen Untersuchungsmethode, der Polymerasekettenreaktion, PCR abgekürzt, eine Merkmalskombination der so genannten VNTR-Systeme nachweisen, welche in der Bevölkerung mit einer statistischen Häufigkeit von 0,0000004%, also einer Person unter 250 Millionen Menschen, vorkommt. Das würde vollkommen ausreichen, um ihn unter allen Schotten eindeutig herauszufinden. Und jetzt das heute. Mann, Mann.«

Alle schauten Brian mit einer Mischung aus grenzenloser Verblüffung und unverhohlener Bewunderung an. »Ich glaub´s einfach nicht«, brach schließlich Alan als erster das Schweigen. »Jetzt sag bloß, du hast diese Berichte mit dem ganzen wissenschaftlichen Mist wirklich gelesen oder gar verstanden?«

Brian paffte wild an seiner Zigarre, um die Glut wieder zu entfachen. »Ich wollt´s dir ja schon länger sagen, aber du hast ja nie Zeit. Ich bilde mich halt nebenberuflich noch ein bisschen fort. Und wissenschaftlich-kriminінologische Untersuchungsmethoden sind ein echt spannendes Thema, sag ich dir!«

»Angeber«, sagte Alan grinsend und fuhr fort. »Jedenfalls, als wir drei Tote auf die gleiche Machart hatten, da rollte dann die ganze Maschinerie an. Politik, Sonderkommission, meine Wenigkeit und so weiter. Kaum hatten wir uns dann eingerichtet, bekamen wir auch schon Nachwuchs.« Damit schaute er Graham an, der tatsächlich errötete.

»Ach ja, und falls ihr noch ein schönes Rätsel wollt: eine Gemeinsamkeit haben alle vier Morde tatsächlich«, meldete sich Brian zu Wort. Alle schauten ihn daraufhin verblüfft an. Brian genoss diesen Moment der Spannung und der ungeteilten Aufmerksamkeit unendlich.

»Nun machen Sie es nicht noch spannender, Brian«, flehte Graham. »Was ist es?«

»Nun, wahrscheinlich ist es Zufall. Obwohl, Zufälle gibt's ja eigentlich gar nicht. Alle Leichen wurden an einem Dienstag gefunden.«

»Oh, toll«, maulte Susan. »Der Dienstags-Mörder! Klasse. Bleiben Sie alle dienstags zu Hause. Der Kalender-Psychopath geht um. Jetzt mal im Ernst, Brian, gehört das jetzt auch zu Ihrer Fortbildung?«

»Nein, ehrlich, Sue. Ist kein Witz. Fiel mir heute Morgen auf, weil meine Tochter immer dienstags ihre Reitstunde hat. Sie pumpt mich dann spätestens am Montag um Geld an. Für den Hufschmied. Für neue Stiefel. Neuerdings auch ohne Begründung, stelle ich gerade fest. Der Sache muss ich mal nachgehen. Na egal, also, da kam es mir dann in den Sinn. Merkwürdig, gell?«

»Die Frage ist natürlich jetzt«, warf Alan ein. »Ist es bloß unsere Schuld, dass wir sie erst am Dienstag finden – schließlich sind sie ja schon länger tot – oder will der Penner, dass wir sie am Dienstag finden. Wenn ja, dann will er uns wahrscheinlich wirklich was sagen. Susan, dann wären Sie mit Ihrer Jodie Foster-Nummer oder so gar nicht so schlecht.«

Er musste sie einfach so glücklich anlächeln. So wohl gefühlt hatte er sich schon lange nicht mehr. Sein Profilergehabe konnte er nicht länger aufrechterhalten.

Gott im Himmel, dachte Susan. *Er lächelt mich an. Entweder ist er schon stockbesoffen oder taut endlich mal auf.* »Danke, Alan, nett von Ihnen«, sagte sie und spürte, wie ihre Knie weich wurden.

»Ich will das irgendwie nicht kapieren«, meldete sich Graham wieder zu Wort, ohne die amourösen Blicke zwischen Alan und Susan wahrzunehmen. »Wieso schleppt jemand vier tote Leute, und ich gehe mal davon aus, dass es heute genauso passiert ist, quer durch ganz Schottland, um sie dann unter größtem Risiko in Brennereien zu verstecken? Und zwar an recht spektakulären Orten. Und spritzt ihnen vorher auch noch das gute Zeug in den Leib. Das muss doch was mit den Distilleries zu tun haben. Es gibt nahe der Wohnorte der Opfer doch genug davon. Da muss man doch nicht runter bis Kintyre oder rauf zu den Orkneys fahren.«

»Tja, Graham, und genau da stecken wir im Moment auch. Willkommen im Club. Aber nur als passives Mitglied«, grinste Alan.

»Und wie stehen die ganzen Morde in einem Zusammenhang mit Whisky? Ist das einer von den Teetotallers, der hier zuschlägt?«, fragte Graham noch.

»Teetotallers, wer oder was ist denn das?«, fragte Susan.

»Teetotallers sind Alkohol-Abstinenzler, also bedauernswerte Typen, die sich dazu entschlossen haben, aus ihrem Durst ein Leiden anstelle eines Vergnügens zu machen.«

»Wäre auch eine Möglichkeit, aber wohl doch eher unwahrscheinlich«, antwortete Alan. »Morgen wird die Spurensicherung Ihre Bude noch mal auf den Kopf stellen. Vielleicht finden wir ja doch irgendwo Fingerabdrücke oder Reifenspuren oder sonst was. Man wird Ihnen und allen Angestellten, auch denen, die heute nicht da waren, die Fingerabdrücke als Vergleich abnehmen, sofern noch nicht geschehen. Halten Sie also schon mal 'ne Personalliste bereit. Oder noch besser: bestellen Sie doch bitte alle für morgen, sagen wir zehn Uhr, zur Polizeiwache. Und keiner betritt den Tatort, klar?«

»Klingt ganz nach Aufbruch. Aber Sie haben Recht, Alan. Es ist ja schon halb zwölf. Mein Gott, wie man bei so einem Thema die Zeit verlieren kann.«

Graham stand auf und blickte in die Runde. »Kann ich noch jemanden irgendwo absetzen?« Offensichtlich war die Frage an Susan gerichtet, die sich aber merkwürdig verschlossen gab.

Dafür stand Brian Strachan auf. »Gerne, Graham. Ich bin echt müde. Wenn's Ihnen nichts ausmacht, könnten Sie mich am Mash Tun Hotel rauswerfen.« Mit leicht hochgezogenen Augenbrauen warf er Alan einen verstohlenen Blick zu.

»Ich werde noch schnell mein Gläschen austrinken und dann nach Hause laufen«, meinte Susan.

»Gut, dann werde ich Sie als korrekter Polizist beschützend begleiten«, meinte Alan daraufhin mit erhobenem Zeigefinger und etwas schief grinsend.

Eigentlich wollte Susan sofort zu einer schnippischen Bemerkung ansetzen. Irgendwas über ihren Selbstverteidigungskurs und chauvinistische Männer oder so. Glücklicherweise hatte der Whisky ihr aber den Geist noch nicht derart vernebelt, dass ihr die einzige Ausrede, die Alan bringen konnte, entgangen wäre. Ob er nun besoffen war oder nicht. »Na gut, in diesen miesen Downtowns ist man echt froh, wenn ein harter Junge mit 'ner großen Wumme einen begleitet«, frotzelte sie stattdessen und leerte ihr Glas. »Kommen Sie.«

So verließ das ungleiche Quartett das gemütliche Restaurant, jeder auf seine Weise erregt.

Profiler

-14-

Als Alan Derringer sein Team aus Spezialisten zusammengestellt hatte, hatten sie sich in der ersten Woche noch mit dem Chef-Profiler der City of Glasgow Police zusammengesetzt und versucht, ein Täterprofil zu erstellen. Jonathan Craigbank, einer der kompetentesten britischen Profiler, hatte sich durch die Aufklärung einer Reihe Aufsehen erregender Fälle einen Namen gemacht. Alan hatte ihm im Vorfeld zu ihrer ersten gemeinsamen Besprechung in Inverness die Polizeiunterlagen über die beiden Opfer und vor allem die Bilder vom Tatort und der Toten zugeschickt.

Aber im Gegensatz zu den zahlreichen Profilersendungen, die sich im Fernsehen auf allen Kanälen permanent gegenseitig einen Konkurrenzkampf um die Gunst der Zuschauer lieferten, lief es im wahren Leben nicht so einfach. Da konnte keiner alleine durch intensives Betrachten eines Bonbonpapiers auf die Schuhgröße des Täters und dessen sexuelle Vorlieben schließen. Da gehörten doch schon ein paar mehr Indizien und Anhaltspunkte dazu.

Am Mittwoch, dem 28. September, trafen sich alle im Besprechungszimmer der Sonderkommission. Der Profiler stellte sich vor die weiße Zeichenwand in dem Besprechungsraum, an die bereits mit Magnethaltern die Bilder der drei Toten und der Fundorte befestigt waren. Er begann Infos aus seinen Unterlagen dazuzuschreiben und versuchte, Verbindungen zwischen den Toten herzustellen. »Auch dem perversesten Verbrechen liegt ein Motiv zugrunde. Aber in unserem Fall gibt es noch kein Warum und kein Wer, keinen Sinn und kein Motiv und auch keinen Täter. Es gibt keine Verfeinerungen bei den Taten, es wird nichts hinzugefügt und auch nichts weggelassen. Es ist immer genau die gleiche Vorgehensweise. Der Täter hat nichts dazugelernt oder aber, er will bewusst an seiner Handlungsweise nichts verändern. Das ist mehr als ungewöhnlich.«

»Na ja«, warf Alan ein. »Von wegen immer gleiche Vorgehensweise. Den ersten Toten hat er nicht nur umgebracht, sondern anschließend ganz schön zugerichtet. Da muss er wohl ganz schön wütend gewesen sein..«

»Stimmt, das war mir auch aufgefallen«, antwortete Craigbank. »Aber, ich bin mir inzwischen sicher, dass es sich dabei um einen Unfall handelte und der Täter diese Verletzungen seinem Opfer nicht absichtlich zugefügt hat. Es würde mich daher nicht wundern, wenn Sie auf der Treppe in der Brennerei entsprechende Spuren finden, die das bestätigen. Allerdings nur, falls die örtliche Raumpflegerin nicht inzwischen alles sauber gewischt hat.«

Nach einer kurzen Pause, ließ sich Jonathan Craigbank zu einer ersten Tätereinschätzung bewegen.

»Männlich, kräftig, sportlich, 25 - 35 Jahre alt, Einzelgänger, intelligent.« Als er die fragenden Blicke der Anwesenden sah, erklärte er sein Täterprofil. »Auch wenn wir bislang erst wenige Informationen haben, lässt die Durchführung der Taten schon erste Schlussfolgerungen zu. Da der erste Tote auf dem Darreboden im Obergeschoß gefunden wurde und dieser nur über eine Treppe erreichbar ist, muss der Täter den Toten getragen haben. Und bei einem Körpergewicht von 84 kg ist das wohl nur einem kräftigen, durchtrainierten Mann möglich. Der müsste deswegen auch sportlich sein und eher jung. Und die meisten Serientäter, und meine Herren, ich bin überzeugt davon, das waren noch nicht die letzten Toten, sind Einzelgänger und durchaus intelligent. Deshalb passt auch Ihr Täter in dieses allgemeingültige Schema.

Die Frage bleibt aber, meine Herren: Warum hat er diese Distilleries ausgesucht? Er scheint Brennereien zu bevorzugen, bei denen er ungestört eindringen kann. Also halten Sie nach Distilleries Ausschau, die etwas abseits oder versteckt liegen oder einfach leicht zugänglich sind, dort könnte er als nächstes wieder auftauchen. Warum aber überhaupt Whisky-Distilleries? Haben die Opfer etwas miteinander zu tun? Was hat das alles zu bedeuten?«

»Keine Ahnung«, antwortete Brian Strachan spontan und wahrheitsgemäß.

»Nun, auch ich muss gestehen, so einen Fall hatte ich während meiner gesamten Amtszeit noch nie und habe auch in der einschlägigen Fachliteratur nichts Vergleichbares gefunden. Jemanden mit Whisky zu Tode spritzen, darauf muss man erst einmal kommen. Das hat fast schon einen gewissen Stil.« Er klang dabei fast ein wenig bewundernd.

»Fangen wir mit dem möglichen Motiv an. Es gibt immer ein Motiv, auch wenn es oft auf den ersten Blick nicht zu erkennen ist. Es gibt immer einen Grund, der den Täter zum Handeln zwingt. Wenn wir den erst einmal kennen, sind wir schon sehr viel weiter. Angefangen von Raubmord, religiösem Fanatismus, purem Wahnsinn oder Hass, gibt es eine breite Palette an Motiven. Meiner Meinung nach sind die Opfer gezielt getötet worden. Die Tat muss geplant gewesen sein und auch der Fundort ist vermutlich bewusst gewählt worden. Aber warum, meine Herren, warum?«

»Genau diese Fragen wollten wir eigentlich von Ihnen beantwortet haben«, antwortete Alan schnippisch.

Craigbank ging nicht direkt auf diesen Einwand ein, sondern reagierte damit, dass er anfing zu dozieren. »Die unterschiedlichen Motive die einen Serienmörder antreiben, haben dazu geführt, dass wir fünf Typologien unterscheiden: den Missionar, den Machtkontrollmenschen, den Visionär, den Hedonisten und den Lustmörder.

Der Missionar glaubt, eine bestimmte Mission erfüllen zu müssen. Oft geht es ihm dabei darum, die Erde von bestimmten Personen zu befreien, die für ihn Abschaum darstellen, wie zum Beispiel Homosexuelle, Schwarze, Drogenabhängige, Obdachlose oder Prostituierte. Dieser Typus neigt zum Massenmörder, denn meist gibt es Hunderte von potenziellen Opfern für ihn, die er dann von ihrem irdischen Leiden erlösen will.

Der Machtkontrollmensch sucht die totale Kontrolle über einen anderen Menschen. Dieser obsessive Wunsch, Herr zu sein über Leben und Tod, hält ihn vom sofortigen Töten seines Opfers ab. Dieses soll erst leiden und voll in seiner Macht stehen, bevor er es endlich von seinen Qualen erlöst. In diesem Fall sind Vergewaltigungen, Folter und Verstümmelungen Teil seiner Machtausübung und vor allem Kontrolle.

Der Visionär handelt aufgrund eines höheren Befehls, der ihm von inneren Stimmen oder durch Visionen erteilt wird. Oft ist die befehlende Stimme die von Gott oder die des Teufels und sie gibt ihm meist auch klare Anweisungen, wie er den Mord durchführen soll.

Den Hedonisten kennzeichnet vor allem das Vergnügen, das er bei seiner Tat empfindet. Der Akt des Mordes gibt ihm oft lustvolle und intensive Gefühle bis hin zum Orgasmus.

Der Lustmörder ist ein ähnlicher Typus wie der Machtkontrollmensch. Für ihn steht allerdings nicht die Kontrolle, sondern die rein sexuelle Befriedigung im Vordergrund. Seine Opfer werden eventuell genauso leiden müssen wie die des Machtkontrollmenschen, aber aus anderen Beweggründen.

Lustmörder finden ihre sexuelle Befriedigung, indem sie ihr Opfer, meist auf sehr blutige Weise, töten. Der Mord ist meist ein Ersatz für den Geschlechtsverkehr, deshalb kommt es bei dem Lustmord selten zum Koitus, aber fast immer zum Orgasmus des Täters.«

Mit diesen Ausführungen beendete John Craigbank seinen Vortrag und schaute sich in der Runde um.

»Ich glaube nicht, dass wir es mit einem Serienmörder zu tun haben, der in eine von Ihren Kategorien passt«, sagte Alan.

»Wie meinen Sie das denn?«, fragte Craigbank leicht irritiert.

»Meiner Meinung nach geht dieser Mörder nach einem ganz bestimmten und genau ausgearbeiteten Plan vor, mit einem Anfang und einem Ende. Er hat ein klar umrissenes Ziel, nach dem er vorgeht, und wenn seine Liste abgearbeitet ist, hört er auf und wir hören nie mehr etwas von ihm. Er wird verschwinden, beziehungsweise sein bisheriges unauffälliges Leben weiterführen.«

»Damit würde er aber zumindest in die Typologie Missionar passen«, antwortete Craigbank schon wesentlich genervter. »Nur dass er eventuell nur einen sehr kleinen Personenkreis erledigen will. Aber vielleicht will er ja auch alle Whiskytrinker in Schottland umbringen, dann haben Sie Ihren typischen Missionar!«.

»Na, das wäre was, dann gäbe es ja bald keine Schotten mehr«, warf Brian ein und versuchte die Stimmung etwas zu entspannen, indem er Alan vielsagende Blicke zuwarf.

Als Alan darauf nichts erwiderte, sich aber sichtlich bemühte, Craigbank doch etwas freundlicher anzusehen, entspannte dieser sich ebenfalls etwas und fuhr versöhnlicher fort: »Wir unterscheiden darüber hinaus weitere zwei Typen von Serienmördern: den organisierten und den desorganisierten Killer. Beim organisierten Typ folgt die Wahl der Opfer stets bestimmten Regeln, wie Alter, Aussehen, Lebensstil, Beruf, Rasse, Religion etc. Sie werden also gezielt ausgewählt. Beim desorganisierten Typ erfolgt die Wahl eher zufällig und impulsiv, also nach dem Motto zur falschen Zeit am falschen Ort und peng. Das charakteristische Profil des organisierten Serienmörders ergibt fast immer eine eher unauffällige, allem Anschein nach normale Person, mit durchschnittlicher oder auch überdurchschnittlicher Intelligenz. Er oder sie gehört meist der Mittelschicht an und ist oft ein Einzelkind mit emotionalen Störungen. Also im Prinzip der am schwersten auszumachende und zu fassende Typus. Das ist Ihr Mann.«

»Na, toll, das hilft uns jetzt aber entscheidend weiter«, maulte Alan nun doch wieder los.

John Craigbank hatte sich jetzt aber offensichtlich entschlossen, sich von Alans destruktivem Verhalten nicht weiter beeinflussen zu lassen, und antwortete in ruhigem Ton: »Für einen Schriftsteller oder Drehbuchautor ist es leicht, den Täter zu fassen, weil er ihn und die Handlung selbst erfunden hat, aber wir von der Polizei verfügen nicht über diesen Vorteil. Wir müssen ihn finden und dazu dienen uns die Erfahrungen eines Profilers, um den Täter besser verstehen und erkennen zu können. Wenn Sie aber glauben, dass Sie das auch alleine schaffen, dann werde ich Ihnen meine Hilfe nicht aufzwingen. Wenn Sie den Täter auf Grund der vorliegenden Informationen noch nicht klassifizieren können, so sollten Sie dies zunächst mit den Opfern versuchen. Die kennen Sie namentlich und alle Informationen über sie sind Ihnen zugänglich«, damit packte er seine Sachen zusammen und verließ ohne weitere Worte den Raum.

»Toll, Alan, ich bin richtig stolz auf dich«, sagte Brian. »Hoffentlich hat er dein Benehmen wieder vergessen, wenn wir in unserem Fall nicht weiterkommen und ihn dringend brauchen. Sonst kannst du bei ihm zu Kreuze kriechen.«

Alan schaute sich in der Runde um, die an dem Konferenztisch Platz genommen hatte. »Mein Gott, dieses Täterprofil hätte meine Oma auch noch hinbekommen. Das war doch reine Zeitvergeudung!«

»Jetzt sei doch nicht gleich so«, schaltete sich auch Charles Pollock ein. »Wir sind halt wirklich noch am Anfang und haben nicht mehr Material zur Verfügung. Da konnte er uns doch nur Allgemeinplätze liefern. Du weißt sehr wohl, dass er einen hervorragenden Ruf genießt und seine Täterprofile fast immer zutreffen.«

Alan ließ sich aber nicht so schnell beruhigen und schon gar nicht von seinen Vorurteilen gegenüber Profilern, und seien sie auch noch so unbegründet, abbringen. »Was nützt mir ein Profiler, wenn der erst 100 Tote braucht, um endlich eine Verbindung zwischen Ihnen und dem Täter herstellen zu können!«

»Jetzt tust du ihm aber wirklich Unrecht, Alan. Du weißt genauso gut wie ich, dass er den Serienkiller, der in den Borders neun junge Mädchen vergewaltigt, gefoltert und umgebracht hatte, schon nach dem dritten Opfer so gut beschrieben hatte, dass er da eigentlich schon hätte gefunden werden müssen. Aber die Kollegen hatten nicht auf ihn gehört und deshalb mussten weitere junge Mädchen unnötigerweise sterben. Wenn ich dabei an meine Tochter denke, macht mich das ganz verrückt. Jetzt sei also so gut und mache nicht den gleichen Fehler wie die Kollegen. Gib ihm eine Chance, verdammt!«

Tief beeindruckt von der Vehemenz, mit der Brian ihm diese Worte entgegenhielt und vor allem von der Tatsache, dass der eher schweigsame und ruhige Bär mehr als vier vollständige Sätze hintereinander sprach, ohne Pause dazwischen, beruhigte sich Alan lieber schnell wieder. Er wusste, dass sein Freund gerade einen Zustand erreicht hatte, bei dem man lieber nachgeben sollte. Schon im eigenen Interesse.

»Schon gut, Bär, reg' dich nicht auf. Vermutlich hast du Recht. Mich nervt halt nur, dass wir nach drei Toten immer noch nichts in der Hand haben, sondern nach wie vor im Dunkeln tappen, was Tatmotiv etc. anbelangt.«

Was Alan den anderen und selbst Brian nicht sagte, war, dass er sich einfach irgendwie unwohl fühlte mit dem Profiler in einem Raum zu sein. Er achtete dann zwangsläufig sehr auf seine Worte und selbst seine Gesten, um ihm möglichst wenige Informationen über sich selbst zu liefern, aus denen Craigbank Rückschlüsse auf ihn hätte ziehen können. Schließlich wollte er ja nicht analysiert werden, sondern ein Profil über den Täter haben.

Adrenalin

-15-

Alan Derringer war aufgeregt und sein Körper produzierte literweise Adrenalin, weil er es nicht fassen konnte, dass Susan Edkins, Ziel seiner Träume, Objekt seiner Begierde und Stütze für sein momentan umnebeltes Gleichgewicht, ihn nicht nach Hause geschickt hatte. Ganz im Gegenteil, sie hatte sogar auf seine saublöde Anmache positiv reagiert und nahm ihn mit auf den Weg zu ihren Privatgemächern. Ha! Er konnte es einfach nicht glauben. So einfach war's noch nie gewesen.

Susan Edkins war aufgeregt, weil auch ihre kühnsten Träume wahr wurden. Der Kerl, für den sie sich interessierte, begleitete sie auf dem Weg nach Hause. Das hatte es in ihrem Leben so noch nie gegeben. Bisher musste sie immer irgendwelche zudringlichen Penner abwehren oder schmachtend den Supermännern hinterhersehen. Und dieser war sogar noch angeheitert! Leichter ging's kaum noch!

Graham Morrice reihte sich in die Riege der Adrenalinproduzenten ein, weil er plötzlich eine Lust am Unbekannten, am Dunklen entwickelte, die ihn schaudern ließ. Geisteskranke Massenmörder jagen, in ihre Psyche einsteigen, ihnen einen Schritt voraus sein. Bisher hatte er diese Geschichten immer nur für Fiktion gehalten. Für die niedergeschriebenen Geistesströme beneidenswerter Autoren, die solche hanebüchenen Gedanken zu Ende denken konnten, so dass sie Substanz annahmen, sich zur Geschichte formten.

Und jetzt? Jetzt stand er mitten drin in so einer Geschichte. Und diese Gelegenheit wollte sich Graham definitiv nicht entgehen lassen. Jetzt wollte er die Rolle spielen, die ihm, seiner Meinung nach, das Schicksal zugewiesen hatte. Wenn er jetzt der kleine Distillery Manager bleiben und diese Geschichte an sich vorübergleiten lassen würde, könnte er sich das für den Rest seines Lebens nicht mehr verzeihen.

Und Brian Strachan? Auch seine Drüsen waren in Wallung. Er wollte ums Verrecken wissen, wofür denn nun seine Tochter neuerdings sein Geld ausgab. Und außerdem wollte er wissen, warum dieser kauzige Morrice seine alte Klapperkiste durch die Beifahrertür bestieg.

Nachdem Susan und Alan die Park Road mehr oder weniger aufrecht hinter sich gebracht hatten und nach links in die Woodside Street eingebogen waren, erwischte Alan die geballte Kraft frischer kühler Nachtluft. Die in der warmen und heimeligen Atmosphäre der Bibliothek zu sich genommenen sechs oder acht Whiskies begannen zu frieren und zogen sich nun vollends zu einer weiteren Party in sein Blut zurück. Sein Kopf wurde etwas schwerer und seine Zunge schien irgendjemand anderem zu gehören. Er musste sich an die Hauswand lehnen.

»In fünfzig Metern sind wir bei mir, Alan. Da kann ich Ihnen einen kleinen Muntermacher anbieten.« *Jetzt kipp mir bloß nicht um*, dachte sie noch schnell. *Der Abend ist noch nicht zu Ende!*

»Zwei bis drei Aspirin würden mir schon über das momentane Tief hinweg helfen«, brachte er etwas lallend hervor. »Danke. Gerne. Gehen wir!«

Nach einer kurzen Ruhepause im Wohnzimmer ihres gemieteten kleinen Reihenhauses und ein wenig Chemie im Glas, glaubte Alan wieder auf der Höhe seiner Schaffenskraft zu sein. Die letzten Wochen waren einfach zuviel für ihn gewesen.

Nach weiteren zehn Minuten saß er, von seinem Jackett befreit, in einem gemütlichen dunkel-orangefarbenen, modernen Sessel und streckte die Füße neben einen zu einem Couchtisch umfunktionierten alten Schrankkoffer. Sehr originell, dachte er. Mit seinen Händen hielt er einen großen violettfarbenen Plastikbecher in der Balance, aus dem die drei Aspirintabletten fröhlich sprudelnd kleine Wassertröpfchen warfen. Die linke Wand wurde von einem Regalgestell dominiert, in dem ein Sekretär und einzelne Vitrinen integriert waren. Das Regal war allerdings noch fast völlig leer. Dafür standen mehrere kleinere Umzugskartons davor, wovon zwei auch geöffnet waren. In dem einen konnte Alan einen Stapel Bilder in Holzrahmen sehen. Auf dem obersten erkannte er Susan, die mit einem Border Collie an einem Sandstrand lief.

Jetzt bemerkte er auch die kahlen Wände des Wohnzimmers. Sie hatte anscheinend kaum Zeit gehabt, sich in ihr neues Reich einzuleben. Trotzdem strahlte diese Wohnung – zumindest der Teil, den er bisher gesehen hatte – eine wohlige Wärme aus, was er bei sich zu Hause niemals erreicht hatte. Sie betrat das Wohnzimmer mit einem Glas Cola in der Hand und einer Schüssel voll Crackern. »Trinken Sie Ihren Drink, Alan, bevor Sie mir noch einschlafen!«

»Niemals, Sue, ich bin zwar etwas angeheitert, aber deswegen noch lange kein Masochist. Jetzt haben Sie mich bis zu Ihrem Wohnzimmer ertragen, da werde ich mich wohl kaum von meiner schlechten Seite zeigen können.«

»Also, erstens sind Sie sturzbetrunken, mein Lieber, zweitens sind Sie bei Ihrem Job definitiv ein Masochist und drittens haben Sie mir heute schon einige schlechte Seiten gezeigt. Also können Sie mich kaum noch überraschen.«

Sie setzte sich direkt neben ihn auf ihren Koffertisch, stellte die Schale ab und stützte ihre Ellenbogen auf ihre Oberschenkel ab.

Er trank die mittlerweile aufgelöste Acetylsalicylsäure in einem Zug aus. »Ich will dich in meinem Team haben!«, eröffnete er ihr und blickte sie dabei ungewöhnlich klar an.

»Jetzt haben Sie ... hast du mich aber überrascht.« Sie erwiderte seinen Blick mit großen Augen. »Warum? Und wieso mich? Ist das ein Scherz?«

Er beugte sich fast ruckartig vor, was ihm erneute Schwindelgefühle bescherte. »Nein, das ist kein Scherz! Ich hab ein verdammt gutes Gespür für Menschen, Susan. Du bist hungrig auf eine neue Aufgabe. Und du bist gut, das sehe ich. Und Andy MacPhee hat's auch gesagt. Und jemand mit Straßenerfahrung – sorry, ist nicht abwertend gemeint – der fehlt mir noch. Ich habe einige wirklich gute Leute, aber alles Schulabsolventen, keine Praktiker. Du wärst die richtige!«

Ihr wurde auch ohne den Alkohol schwindelig. Sie kannte die Regel: Frage niemals ein Wunder, warum es geschieht, denn dann ist es weg! Also, überlegte sie, tu so, als wäre das hier eine ganz normale Situation, bleib cool und fall ihm nicht um den Hals. Dafür ist später noch Zeit.

»Kannst du das überhaupt entscheiden? Mir fehlen zudem noch ein paar Prüfungen. Oder willst du mich mit der Masche zu irgendetwas ′rumkriegen und morgen jammerst du mir was vor, von wegen dein Chef will mich doch nicht, oder so?«

Sein Gesicht hatte einen Abstand von nur noch maximal 30 Zentimetern zu ihrem skeptisch verkniffenen Mund. Gott, würde er sie jetzt einfach nur gerne küssen. Er konnte nicht umhin, ihr auf die Lippen zu schauen.

»Ja, liebe Sue, ich kann das entscheiden. Ich habe Sondervollmachten, ich habe Rückendeckung durch einige sehr wichtige Persönlichkeiten und es gibt wirklich ein paar offene Stellen. Die notwendigen Formalitäten werden wir schon hinbekommen und in der Zwischenzeit rekrutiere ich dich halt einfach. Und rumkriegen? Ja, verdammt«, der Alkohol hatte eines seiner fatalsten Wirkungen entfaltet, er enthemmte die Zunge. »Ja, ich will dich rumkriegen. Aber nicht mit dem Job. Sondern einfach nur so. Nee, nicht einfach so. Ich meine, nur durch mich, ohne Beiwerk. Ach Scheiße, nee, ich meine …«

Susan begann fürchterlich zu lachen, nahm ihm seinen Becher aus der Hand und stellte ihn gemeinsam mit ihrem Colaglas auf den Tisch. Anschließend rutschte sie von dem Koffer herunter und kniete direkt neben ihm auf dem Boden. Sie vergrub ihre Hände in dem weißen gestärkten Kragen seines Hemdes und zog seinen Oberkörper zu sich hin. Sie blickte ihm mit ihren Lachfältchen um die Augen auf den Mund, während er ihr mit beiden Händen vorsichtig ihre blonden Haarsträhnen aus dem Gesicht strich. Ihre Lippen schienen sich schon zu berühren, als ihre Körper noch einige Zentimeter voneinander entfernt waren. Jeder der beiden spürte dieses Funkengewitter, diese kleinen elektrischen Schläge.

Wäre der menschliche Körper eine Art Raumschiff Enterprise, würde sich in diesem Moment folgende Szene abspielen. Captain Kirk würde sich betont leger in seinen Kommandosessel werfen, "Alarmstufe Rot" rufen und seinen Kommunikator einschalten: "Scotty, volle Energie auf die Schilde!" Anschließend Mister Zulu befehlen, auf Warpgeschwindigkeit zu gehen. "Wenn wir aus dem Hyperraum kommen, können wir allen zeigen, was das Schiff ´drauf hat, meine Herren!"

Das Schiff verließ den Hyperraum. Die Sterne, bislang zu weißen Streifen verzogen, standen wieder klar und ruhig im Universum. Das Handy klingelte.

Es gibt Klingeltöne, die können angenehm sein, sich in Situationen einfügen und Teil eines Ganzen werden. Ein paar Zen-Melodien gehören dazu oder auch manchmal Vogelgezwitscher. Es gibt auch einen schönen Ton von ein paar Glocken oder einem Windspiel.

Amazing Grace, in voller Lautstärke gespielt und zwar von einem billigen Synthesizer, der einen Dudelsack nur sehr entfernt nachäffen kann und mehr wie eine defekte Kinderplastiktröte klingt, gehört mit Sicherheit nicht zu den vorher erwähnten Klingeltönen.

Jedenfalls machte es innerhalb von Millisekunden die ganze Stimmung kaputt und ließ Alan förmlich aufschrecken. Er wäre beinahe vom Sessel gefallen und hätte dabei Susan ziemlich unerotisch unter sich begraben. Im letzten Moment konnte er sich aber noch am Koffer abstützen und weitere Peinlichkeiten verhindern. Ziemlich verlegen schaute er Susan an, die langsam seinen Kragen wieder losließ.

»Verdammt«, sagte er. »Warte, warte, ich mach's aus. Wer kann das denn jetzt sein? So ein Mist.«

Umständlich kramte er das Handy aus seiner Brusttasche und blickte verdutzt auf das Display. Seine Kollegen hatten sich den Scherz erlaubt, seinen Kontaktdaten jeweils Bilder hinzuzufügen, die beim jeweiligen Anruf nun auf dem Display erschienen. Jetzt blickte ihm eine Comicversion von Sherlock Holmes entgegen, dessen überdimensioniertes Auge durch eine Lupe schaute.

»Verdammt, das ist Pollock. Du weißt schon, der Spurensicherer. Was will der denn?«

Er drückte die grün leuchtende Gesprächstaste. »Hey, Charly. Sag mir ja, dass es wichtig ist! Nein, Scheiße, warte, sag mir, dass du dich verwählt hast!« Leicht panisch blickte er Susan an, während er zuhörte. »O.K., ich komme. Du wirst mir aber einen Wagen schicken müssen, ich habe ein Gläschen zuviel getrunken, um noch selbst fahren zu können.« Nach kurzer Pause des Zuhörens fügte er hinzu »Ja, Brian auch. Alles klar, wir warten im Hotel, bis er kommt. Ja, bis dann.«

Er beendete das Gespräch, legte das Handy in seinen Schoß und griff nach Susans Händen. »Sie haben die Identität von dem Opfer. Haben ihn unter den Vermisstenmeldungen gefunden. Ich muss los, muss heute noch zurück nach Inverness. Ein Fahrer ist von dort bereits unterwegs, um Brian und mich abzuholen. Der Rest vom Team ist bereits unterwegs. Ich muss zurück zu Brian ins Hotel. Tut mir wirklich Leid.«

»Ist schon klar«, erwiderte sie etwas resigniert. »So ist das halt mit Sonderermittlern. Du bist halt kein Automechaniker. Aufgeschoben ist ja nicht aufgehoben, oder?« Sie versuchte ein Lächeln zustande zu bringen.

»Genau!« Er war gottfroh, dass sie die ganze Sache mit etwas mehr Vernunft angehen konnte als er es wohl in ihrer Lage getan hätte. »Ich hatte eigentlich nicht gehofft, dass der Abend so enden würde. Ich melde mich morgen Vormittag. Versprochen!« Er nahm sie in den Arm und drückte sie lange. Dann drehte er sich wortlos um und verließ ihre Wohnung.

Sie blieb im Wohnzimmer sitzen und lauschte dem Geräusch der zuschlagenden Tür. *Wie war das mit dem Wunder*, dachte sie noch.

Spürhund

-16-

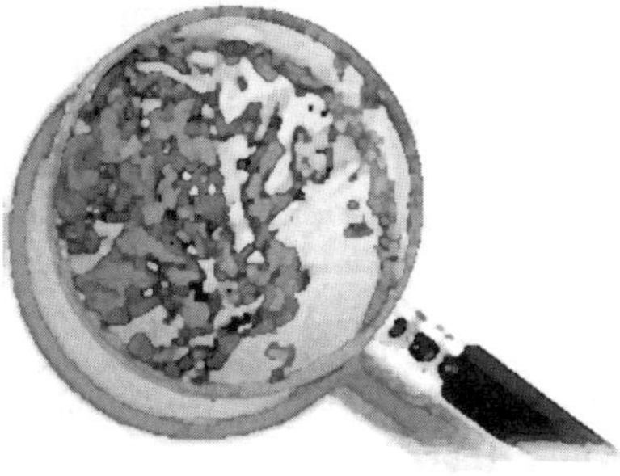

Nachdem sich Graham Morrice von Detective Chief Inspector Brian Strachan beim Mash Tun Hotel getrennt und es ohne weitere Störungen durch das Automobil bis nach Hause geschafft hatte, konnte er nicht einfach schlafen gehen. Seine Begeisterung fürs Detektivspielen hatte sich auch durch die zahlreichen Bemerkungen Strachans, wie langweilig und eintönig die kriminalistische Tätersuche, trotz dollster Analysemethoden doch hauptsächlich wäre, nicht gelegt.

Sorgfältig hängte er seinen Anzug – einer der wenigen ohne sichtbare Beschädigungen – auf den hölzernen Kleiderbügel samt integriertem Hosenspanner. Bereits seinem Vater hatten diese Utensilien das Leben erleichtert, warum nicht also auch ihm. Da er in seinen vier Wänden niemanden hatte, den er optisch beeindrucken wollte oder musste, zog er sich wie immer seinen alten Jogginganzug an. Dieses mittlerweile völlig verwaschene, dunkelgrüne Kleidungsstück erinnerte an die noch etwas sportlicheren Tage seines Lebens. Er hatte es mit Fußball, mit Leichtathletik, ja selbst mit Polo probiert, aber alles konnte ihn irgendwie nicht so fesseln als dass er dabei geblieben wäre. Wenn ihn jemals jemand so gesehen hätte, wäre diesem Beobachter wahrscheinlich Queen Mum in bayrischen Lederhosen adretter vorgekommen.

Das schwache Licht der nur mit einer Glühlampe bestückten Deckenleuchte betonte eigentlich mehr die Schatten des Schlafzimmers als dass es Helligkeit brachte. Da sich seit den Tagen seiner Jugend in diesem Haus so gut wie nichts verändert hatte, hätte er auch völlig auf die Beleuchtung verzichten können. Obwohl ihm seit dem Tod seiner Eltern nun das ganze Haus zur Verfügung stand, konnte er sich nicht dazu durchringen, das Schlafzimmer seiner Eltern in Beschlag zu nehmen. Irgendein obskurer Hang zum Übersinnlichen hinderte ihn daran. Als wären die Geister seiner Eltern dann böse auf ihn. Oder einfach, weil er sich wie immer nicht von den alten Möbelstücken, insbesondere von dem altmodischen Doppelbett mit den handgeschnitzten Intarsien, trennen konnte. Darin schlafen wollte er allerdings auch nicht.

Also bewohnte er, zumindest in der Nacht, noch immer sein "Kinderzimmer". Die Stones- und David-Bowie-Poster waren natürlich längst einigen antiken Pflanzenstichen gewichen, die er günstig in einem Antiquariat in Inverness aufgetrieben hatte. Eines seiner Lieblingsgeschäfte, wenn es ihn beruflich oder auch mal privat in die Stadt zog. Eine alte Kirche am Rande des Stadtzentrums, liebevoll zu einer wahren Fundgrube für alte Bücher und Kunstdrucke umgebaut. Mit einem monströsen Bollerofen mitten im Raum und einer zu einem Café umgebauten Empore, der ideale Platz, um für ein paar Stunden im letzten Jahrhundert zu versinken.

Ansonsten spiegelte der Raum immer noch eine von zahlreichen Hobbys angereicherte Kindheit wieder. Zwei an der Decke hängende staubige Spitfire-Modelle fochten mit einer deutschen ME 109 seit Jahrzehnten die Luftschlacht um England aus. Ein stark abgegriffenes Mikroskop, ein Geschenk seines Großvaters, und zahlreiche Käfer hinter Glas zeugten von einem kurzen, aber leidenschaftlichen Interesse für die örtliche Fauna. Den größten Raum aber in diesem von der Dachschräge dominierten Zimmer im Obergeschoss des Hauses nahm ein Bücherregal in Anspruch. Bis unter die Decke gefüllt mit teilweise stark zerlesenen Kriminalromanen. Natürlich fand man alle Agatha Christies und die gesamte Edgar Wallace Sammlung. Aber auch zig Exemplare der modernen Krimi-Literatur waren vertreten. Hier fand Graham seine wahre Passion. Hier konnte er die Abwesenheit einer ihn liebenden Ehefrau zumindest manchmal vergessen.

Ishbel hatte ihn hier mal eines Tages besucht, als er krank war und deshalb nicht zur Arbeit kommen konnte.

»Schön hast du es hier, richtig nett«, sagte sie, als sie sich umgesehen hatte. *Sollte einmal der Tag kommen, an dem Resopalmöbel mit Mahagonidekor und grünblau karierte Polyesterpolster von Sammlern oder gar Museen gesucht würden, wäre Graham ein gemachter Mann*, dachte sie noch.

»Findest du?«, sagte er geschmeichelt.

»Nein!«, erwiderte sie, »ich wollte nur höflich sein.«

In Wahrheit hatte sie das dringende Bedürfnis verspürt, die Design-Notrufnummer zu wählen, wenn es sie nur gegeben hätte.

Nachdem er sich diese Szene kurz in Erinnerung gerufen hatte, warf er einen nachdenklichen Blick auf die gesammelten Geschichten, musste sich aber eingestehen, dass es in der Weltliteratur noch keinen ähnlichen Fall gegeben hatte. Miss Marple konnte immer auf einen passenden Roman aus ihrem Fundus zurückgreifen, dachte er enttäuscht. Na ja, dann halt mit eigenem Hirnschmalz.

Gedanklich so in Anspruch genommen ging er in sein gemütliches Wohnzimmer, welches auch gleichzeitig Esszimmer, Kaminzimmer und Home Office war. Hier wartete schon Katze auf ihn und maunzte ihn anklagend an, weil er sie so lange sträflich vernachlässigt und alleine gelassen hatte. Er holte das Katzenfutter aus dem Kühlschrank und gab ihr eine ordentliche Ration in den völlig leergeschleckten Futternapf. Es war wohl wirklich höchste Zeit zum Füttern gewesen. Normalerweise fand er beim Heimkommen immer noch Reste vor, die sich Katze beharrlich weigerte zu fressen, so als würden sie schon seit Wochen vor sich hingammeln. In ihrer, wohl für Katzen einzigartigen, Art jammerte sie ihn beharrlich an und nervte solange, bis er frisches Futter nachgefüllt hatte. Nachdem er also seinen familiären Pflichten nachgekommen war, konnte er sich endlich um seine persönlichen Angelegenheiten kümmern.

Im Wohnzimmer lagen die am Mittag ausgedruckten Informationen über die ersten Morde verstreut auf dem kleinen Sekretär. Das mit grünblauem Chintz bespannte 3-sitzige Sofa mit dem Rücken zum Erkerfenster bildete die ideale Basis für eine belesene Nacht. Mit einer guten Tasse Kaffee, die er sich zwischenzeitlich in der Küche zubereitet hatte, einer Tafel Schokolade mit Chilistückchen und einem Glas Whisky ausgerüstet, begann er, die Seiten noch einmal zu lesen. Irgendetwas hatte die Polizei garantiert übersehen. Wenn er nur lange genug die vorliegenden Informationen gründlich überprüfte, würde er schon etwas finden, was ihm bei der Lösung dieses Falles weiterhelfen würde.

Er konnte und wollte der Sichtweise des Chief Superintendents nicht folgen. Natürlich war eine eventuelle Beziehung der Mordopfer untereinander ein wichtiger Faktor bei der Aufklärung. Nichtsdestotrotz glaubte Graham fest daran, dass die Distilleries und die speziellen Fundorte mehr über den Täter aussagen würden als die Polizei seiner Meinung nach glaubte.

Vielleicht denken Ermittler einfach zu sehr in eingefahrenen Bahnen. Wie haben denn schließlich die großen Detektive der Kriminalgeschichte die kniffeligsten Fälle gelöst? Einzig und allein durch das beharrliche Verfolgen von Spuren und die

Einbeziehung von Details, die der Polizei entweder nicht wichtig genug erschienen oder sogar völlig entgangen waren.

Es muss einfach eine innige Beziehung zwischen dem Opfer und dem jeweiligen Fundort gegeben haben. Ein Täter will jemanden töten. Aus welchem Grund auch immer. Schön und gut. Also, erste Frage: warum? Er will ihn auf eine bestimmte Art und Weise töten. Zweite Frage: warum so und nicht anders? Er tötet das Opfer an einem bestimmten Ort oder deponiert zumindest die Leiche genau dort. Dritte Frage: warum genau da?

Wie bei der Herstellung von Whisky, muss man im Vorfeld definieren, was am Ende herauskommen soll. Die Wahl der Gerstentrocknung. Getorfte oder ungetorfte Feuer? Die Art der Destillation. Leichte Whiskies oder eher schwere? Und ganz besonders wichtig: die Wahl der Fässer. Sherry- oder klassisches Bourbonfass? Oder eine Heirat von beiden? Egal, ob irgendwann der Endverbraucher das Produkt mag oder nicht, man muss sehr früh im Produktionsprozess Annahmen treffen. Und so wollte er auch an diese Mordfälle heran gehen.

Er glaubte zu bemerken, dass die übliche Ermittlungsarbeit die erste Frage in den Mittelpunkt stellt und die zwei anderen als Vehikel benutzt, um die erste zu vereinfachen. Natürlich war ihm klar, dass es ungezählte Profiler gibt, die wesentlich geschulter oder versierter sind, als er es je sein würde. Aber all diese psychologisch und analytisch denkenden Profis haben ein Manko. Ihnen fehlt in diesem Fall die Leidenschaft, ja die Liebe zur benutzen Waffe, zum Fundort: dem Whisky. Und da Liebe das gleiche wie Hass ist, nur mit umgekehrtem Vorzeichen, glaubte Graham in diesem Moment, dass er dem Täter in diesem Fall näher stand als alle angesetzten Ermittler.

Erste Prämisse:

Liebe oder Hass? Wollte er den Opfern etwas Gutes tun oder wollte er ihnen schaden, indem er Whisky als Mordwaffe benutzte? Graham entschied sich für zweiteres. Aber warum hasst jemand Whisky? Nicht einfach nur Alkoholika im Allgemeinen, sondern nur Whisky alleine? Alans Idee mit den

Mitarbeitern von Suchtkliniken war mit Sicherheit nicht schlecht, aber zu allgemein. Es musste ein spezieller Hass auf eben dieses Getränk sein. Der Mörder wollte mit der Wahl der Waffen etwas demonstrieren, vielleicht etwas wiederholen oder deutlich machen. Wenn jemand meine Frau vergewaltigen würde und sie anschließend erwürgt und geschändet irgendwo im Wald liegen lässt? Grausiger Gedanke. Graham musste sofort einen guten Schluck aus seinem Whiskyglas zu sich nehmen und dieses pfefferige Brennen auf der Zunge und den Wangen spüren, um sich nicht in einen Hass auf solch einen Täter zu verlieren. Für so einen Menschen, nein, für so ein Tier, ist ein sauberer Schuss zwischen die Augen zu harmlos als Strafe. Geschweige denn 25 Jahre Gefängnis mit drei Mahlzeiten am Tag und ausreichend Bewegung und Beschäftigung, Entlassung nach 15 Jahren bei guter Führung möglich.

So jemand muss leiden, dachte er mit ungewohnt hohem Blutdruck. So jemand muss die Schmerzen und die Angst, die er andern zugefügt hat, tausendfach selbst empfinden. Auge um Auge. Zahn um Zahn. Mein Gott, fiel es ihm in diesem Moment auf, wie schnell man doch bibeltreu werden kann.

Zweite Prämisse:

Hat der Fundort der Opfer etwas mit dem Täter oder den Opfern zu tun? Wollte er seine eigene Beziehung zu den jeweiligen Distilleries demonstrieren oder die Opfer symbolisch mit dem Fundort verbinden? Diese Frage war nicht so einfach festzulegen, wie er glaubte. Was erreichte man damit, wenn man die Opfer, ja genau, geradezu drapiert? Will er den Namen der jeweiligen Distillery mit einer Leiche "beschmutzen" und sagen "Hier, Leute, der gehört euch"? Oder will er dem Opfer einen letzten Denkzettel verpassen und sagen "So, mein Bursche, genau hier gehörst du hin"?

Möglichkeit Nummer eins konnte und wollte Graham nicht mit seinem persönlichen Weltbild vereinbaren. Dies hätte ja indirekt den Schluss aufgeworfen, dass die Brennereien eine Mitschuld an dem Tod der Männer tragen würden. Zumindest nach Meinung des Mörders. Unmöglich! Schottischer Single

Malt Whisky kann nicht am Tod eines Menschen beteiligt sein. Wie sagte doch schon das schöne schottische Sprichwort?

Wenn man nur wüsste,
wie viel Whisky
man täglich trinken müsste,
man würde ewig leben!

Ja, und selbst wenn? Das würde lediglich und eindeutig zeigen, dass der Mörder kein schottischer Landsmann ist. So etwas kann nur von einem Ausländer kommen! Engländer wahrscheinlich oder, nein, garantiert ein Amerikaner! Ein weiterer Schluck aus seinem Glas und ein zusätzliches Stück Schokolade beflügelten seine Gedanken.

Also gut, kam Graham zum Schluss, diese Möglichkeit lassen wir mal beiseite. Dann also Numero zwo. Die Opfer sollten demonstrativ zu einer ihnen nahe stehenden Brennerei gebracht werden. Als würde man einen getöteten Fuchs an ein Hühnerhaus nageln.

Waren es vielleicht irgendwelche Handelsvertreter der jeweiligen Marken, die jemanden betrogen hatten? Wohl kaum, dass hätte die Polizei sofort heraus bekommen. War es ein Bourbon-Fanatiker, der an eine Horde Malt Whisky Fans geraten ist? Nein, das hatte er ja gerade erst ausgeschlossen. Oder vielleicht doch etwas in dieser Art. Vielleicht waren ja die Fundorte eben genau die Lieblingswhiskies der Opfer? Ganz schön weit hergeholt, dachte er nun. Aber wenn die Polizei bei der Durchleuchtung der Lebensläufe keinerlei besondere Aktivitäten in Bezug zum Whisky entdecken konnte, wie sollte dann ein Mörder so eine Verbindung entdecken können? Und vor allem, was ist daran dann der Grund diese zu töten?

Graham merkte, wie die Stunden auf seiner Uhr langsam den kommenden Morgen ankündigten und entschied sich, seinen Kopf bei ein paar Stunden Schlaf zu leeren. Da er nicht wie üblich schon früh in seinem Büro sondern erst um zehn Uhr auf der Polizeiwache sein musste, hatte er die Gewissheit, dies auch zu schaffen. Er löschte alle Lichter, ging in sein "Kinderzimmer" und zog sich den altmodischen hellblau-altrosa längsgestreiften Pyjama an, den er so sehr mochte, legte sich ins Bett und schlief schnell und alleine ein. Was für ein Glück für jede modisch bewusste Frau …

Arbeit

-17-

Auch als am 11. Oktober die vierte Leiche gefunden wurde, war immer noch kein entscheidender Hinweis erfolgt. Die Sonderkommission trat auf der Stelle und kam kein Stück voran. Alan musste sich mehrfach entsprechende Kommentare von seinem Chief Constable anhören.

Der Polizist aus Inverness, der Alan und Brian gegen 01:30 Uhr in der Mash Tun abgeholt hatte, parkte sein Auto auf dem Parkplatz, der mit einem Schild mit dem Aufdruck "DSI Derringer" klar signalisierte, für wen er eigentlich reserviert war. Alan, nach der einstündigen Fahrt inzwischen schon fast wieder nüchtern, und Brian stiegen aus und gingen schnell auf die Eingangstür des Gebäudes zu, denn ein scharfer Ostwind blies ihnen kräftig ins Gesicht. Der wird sicherlich bald eiskalte Regenschauer von der Küste bringen, dachte Alan noch, als er die Eingangtür öffnete und den Vorraum betrat. Mit dem Aufzug fuhren sie in den dritten Stock, in dem sich die Räume der Sonderkommission befanden. Die restlichen Teammitglieder waren bei ihrem Eintreten gerade dabei, die Ergebnisse der Ermittlungen und bisherigen Erkenntnisse zu ordnen. Gemeinsam gingen alle ins Besprechungszimmer.

Alan hatte darauf bestanden, dass das Besprechungszimmer der Sonderkommission groß genug war, um bis zu 20 Personen Platz zu bieten. Im Gegensatz zu vielen anderen Kriminalbeamten in Zivil, vertrat er nämlich die Ansicht, die uniformierten Kollegen bei den wichtigen Besprechungen mit einzubeziehen. Brian wusste, dass Alan dies nicht aus rein kollegialen Gründen machte, aber das mussten sie beide ja niemandem sagen. Brian teilte voll und ganz die Ansicht von Alan, dass die Polizisten viel näher an der Praxis sind und so wahrscheinlich auch viel eher als die Ermittler Kleinigkeiten bemerken und auch melden würden, wenn sie sich als Bestandteil des Teams fühlen würden. Er hatte in der Vergangenheit schon oft festgestellt, dass sie dann auch Beobachtungen nachgingen, die sie sonst wohl eher ignoriert oder als unwichtig abgetan hätten.

So war es auch heute der Fall, als er, gefolgt von den fünf Mitgliedern seiner Sonderkommission, den Besprechungsraum betrat, um die anwesenden Polizisten über den aktuellen Stand der Ermittlungen zu informieren und die nächsten Schritte festzulegen.

»Ihr wisst, warum ihr hier seid! Gestern wurde am frühen Morgen in der Wash Still der Ben Rhinnes Distillery die Leiche eines Mannes gefunden. Inzwischen wissen wir auch, um wen es sich bei dem Toten handelt. Paul Thornton aus Aberdeen ist vor zwei Tagen spurlos verschwunden, nachdem er von seiner Stammkneipe aus den Heimweg antrat. Die Personalien ergaben nichts. Sein Name taucht in keiner der polizeilichen Datenbanken auf. Ein unbeschriebenes Blatt, keine Vorstrafen, einfach nichts. Inzwischen wissen wir auch, dass er auf die gleiche Weise getötet wurde wie die anderen drei Opfer.«

Ein Raunen ging durch den Raum, als allen Anwesenden die Bedeutung dieser Worte bewusst wurde.

»Wer also bislang noch irgendwelche Zweifel hatte, jetzt ist es wohl sicher, dass wir es hier mit einem Serientäter zu tun haben, der in ganz Schottland aktiv ist,« fuhr Alan fort. »Eine Gruppe von euch wird nachher die Nachbarn befragen, eine andere Gruppe die Kumpels, die mit ihm in der Kneipe waren, als er verschwunden ist. Vielleicht sind sie nur harmlose Unbeteiligte, aber schließlich sind sie momentan der einzige Anhaltspunkt, den wir haben. Fragt nach, wer alles am Abend des Verschwindens da war, ob vielleicht auch jemand gesehen wurde, der vorher noch nie da war, ob jemand etwas Auffälliges beobachtet hat. Hat sich irgendjemand besonders für Thornton interessiert oder nach ihm erkundigt. Das ganze Programm halt. Auch rund um die Brennerei müssen wir eine Befragung von Haus zu Haus durchführen. Wer immer es getan hat, hat vermutlich ein Fahrzeug benutzt, der Täter hat ihn sicherlich nicht den ganzen Weg getragen. Vielleicht haben wir Glück und jemand der Anwohner hatte eine schlaflose Nacht, musste wegen Problemen mit seiner Inkontinenz aufs Klo oder was auch immer und war zufälligerweise zur richtigen Zeit wach und hat etwas bemerkt. Brian wird die Gruppen entsprechend einteilen.«

Alan sah sich im Raum um, in dem alle ihm gespannt zuhörten. »Wir haben leider immer noch nicht den Zusammenhang zwischen den Morden gefunden. Wir müssen also auch in diesem Falle das Leben des Toten durchleuchten. Seiner Familie und seinen Freunden wird das sicherlich nicht gefallen, aber wir können auf deren Kummer und Ärger nur bedingt Rücksicht nehmen. Ich will diesen Schweinehund endlich haben, bevor er die Chance hat, so etwas noch einmal zu tun.«

Zustimmendes Gemurmel wurde im Besprechungszimmer laut. »Noch Fragen?«

Als keiner der Männer die Hand hob, beendete Alan die Besprechung mit den Worten »also los, fangen wir an.«

Während sich die Männer um Brian scharten, der damit begann, sie in ihre Gruppen einzuteilen und in die Aufgaben einwies, schlenderte Alan durch den Raum und wechselte hier und da ein paar aufmunternde Worte mit den Polizisten.

Danach ging er in sein Büro, das er sich mit Brian teilte und setzte sich an seinen Schreibtisch. Er schenkte sich einen Kaffee ein, der in einer Thermoskanne für ihn bereitgestellt worden war. Den konnte er jetzt wirklich dringend brauchen, um die restlichen Spuren von Alkohol aus seinem Körper zu vertreiben. Während er sein Laptop hochfuhr, griff er nach der Post in seinem Eingangskasten. Er überflog zwei Rundschreiben, zeichnete sie entsprechend ab und legte sie dann in den Ausgangskasten, wo sie demnächst von der Hauspost abgeholt würden. Im Computer überflog er dann seine Mails, leitete einige davon an seine Mitarbeiter weiter, legte ein paar andere in entsprechenden Ordnern ab und löschte alle, die ihm nicht wichtig waren.

Nach kurzer Zeit betrat Brian das Büro und fand Alan in einer für ihn untypischen Laune wieder. Die Füße auf den Tisch gelegt, die Hände hinter dem Kopf verschränkt, blickte er nahezu fröhlich auf den feinen Nieselregen, der momentan Inverness eindeckte.

»Und jetzt?«, fragte Brian herausfordernd. »Abwarten und Tee trinken?«

»Kaffee, mein Lieber, Kaffee. Ich kann diese Laberveranstaltungen einfach nicht mehr ertragen«, antwortete Alan, weiter aus dem Fenster starrend. »Ich brauche Frischluft. Komm, lass uns noch mal nach Charlestown fahren. Irgendetwas haben wir übersehen.«

»Hast du schon einmal auf die Uhr gesehen«, fragte Brian. »Es ist kurz nach 04:00 Uhr. Da schlafen dort alle, auch deine Susan.« Der kleine Seitenhieb musste sein, denn er wusste ganz genau, was die momentane Stimmungslage seines Freundes so beeinflusste und wo er eigentlich hinwollte.

Nach kurzem Zögern gab Alan sichtlich der Vernunft nach und stellte seine persönlichen Bedürfnisse zurück. Zumindest vorerst. »Also gut, du hast Recht. Dann lass uns nach Aberdeen aufbrechen und Frau Thornton informieren, dass sie Witwe ist.« Mit einer schwungvollen Geste ließ er seinen Ledersessel nach vorne wippen und sprang auf.

Brian kannte diese Form von Aktivismus bei Alan. Wenn sich erst einmal eine Idee in seinem Kopf festgebissen hatte, war jegliches weitere Wort zu viel. »Also gut, Herr Direktor, dann rauf auf die Pferde. Wir reiten aufs Land.«

Mit einem resignierten Blick an die Decke drehte sich Brian wieder um und verließ gemeinsam mit Alan das Büro in Richtung Parkplatz. Mit dem zweiten Rover, der normalerweise Brian zur Verfügung stand, fuhren sie nach Aberdeen.

Vor dem Anwesen in der Stonehaven Road 32 schlossen Alan und Brian zwei Stunden später leise die Türen des Rovers hinter sich, schließlich mussten sie die Nachbarn nicht unnötig auf sich aufmerksam machen. Die würden die Neuigkeit noch früh genug erfahren, wenn die Kollegen in Uniform im Laufe des Tages mit der Befragung beginnen würden.

»Also gut, bringen wir es hinter uns«, sagte Alan und öffnete das Tor zum Anwesen der Familie Thornton. Brian, der ihm folgte, wusste genau, dass Alan seine pietätlose Äußerung vorhin im Büro nicht ernst gemeint hatte, sondern dass ihn die Überbringung einer solchen Nachricht, auch nach vielen Jahren im Polizeidienst, immer noch persönlich traf. Beide sahen durchaus das persönliche Schicksal, das mit so einer Nachricht verbunden war, dass nämlich meist ein geliebter Mensch für immer aus dem gemeinsamen Leben herausgerissen worden war.

Während beide den kurzen Weg durch den schön angelegten und gepflegten Vorgarten in Richtung der seeblau lackierten Haustür gingen, musterte Brian das Anwesen. Das kleine Haus war typisch für diese Gegend. Es sah fast genauso aus wie das Haus zur linken Seite und ganz genauso wie das zur rechten und es brannte nirgends Licht. Sie gingen die Stufen zur Eingangstür hinauf und Alan betätigte die messingfarbene

Klingel neben dem offensichtlich selbst gebastelten Namensschild. Es erfolgte keine Reaktion und auch nach dem zweiten Klingeln blieb alles still im Haus. Erst als Brian energisch gegen die Tür klopfte, so dass Alan fast den Eindruck hatte, als wolle er sie einschlagen, ging irgendwo im Haus ein Licht an.

Wenig später wurde die Gardine im Fenster links von der Tür etwas zur Seite geschoben und eine Frau mit roten Haaren spähte heraus. Alan und Brian hielten ihre Dienstausweise in Richtung Fenster. Kurze Zeit später wurde ihnen die Haustür geöffnet.

»Mrs Thornton?«, fragte Alan.

»Was ist passiert?«, fragte die Frau, ohne auf die Frage einzugehen.

»Dürfen wir erst einmal hereinkommen, Madam«, fragte Alan zurück.

Die Frau trat bereitwillig zurück und öffnete die Tür ganz. Als beide an ihr vorbei ins Haus getreten waren, schloss sie die Tür und ging ihnen voran nach hinten ins Wohnzimmer. Dort bot sie ihnen einen Platz auf der Couch an.

»Möchten Sie einen Tee trinken«, fragte sie dann die Polizisten.

»Nein, danke«, lehnten beide unisono ab.

»Warum sind Sie hier«, fragte Angela Thornton sichtlich nervös, als sie sich den beiden Polizisten gegenüber in einen Sessel gesetzt hatte. »Ist was mit meinem vermissten Mann? Ist ihm etwas zugestoßen?«

»Ja, Ma´m«, antwortete Alan. »Wir müssen Ihnen leider mitteilen, dass wir Ihren Mann gefunden haben. Er ist tot. Tut mir wirklich leid.«

Angela Thornton reagierte so, wie wohl die meisten Menschen reagieren würden, wenn sie die Nachricht vom Tod eines geliebten Menschen erhalten. Sie brach in Tränen aus.

Sie war eigentlich eine hübsche Frau, aber Alan konnte den Begriff "um Jahre gealtert" in Sekunden an ihr erleben. Ihre Schultern waren nach vorne gesunken, als würden schwere

Gewichte sie zu Boden drücken. Auch ihr Gesicht hatte nahezu alle Farbe verloren.

»Was ist ihm passiert? Wo haben Sie ihn gefunden?«, stammelte sie unter Tränen. Eigentlich war es inzwischen sogar eher ein Weinkrampf geworden, der wieder etwas Farbe in ihr Gesicht zauberte.

»Das können wir Ihnen leider nicht genau sagen, nur soviel, dass er gestern Morgen in der Ben Rhinnes Distillery in Charlestown gefunden wurde.«

Auch Alan und Brian reagierten so, wie wohl die meisten erfahrenen Polizisten reagieren würden, sie beobachteten ganz genau und nahezu schon analytisch die Reaktionen der Frau. Prüften, ob das Ganze eventuell nur vorgespielt war, denn in den meisten Fällen war der Mörder im engsten Familienkreis zu suchen. Aber sie erkannten sofort, dass das, was sie hier sahen, echte Trauer und Schock über den Verlust des geliebten Mannes war.

»In einer Brennerei? Und dann auch noch in Charlestown? Wie kommt er denn da hin? Er war doch ohne Auto unterwegs«, fragte Angela.

»Tut uns wirklich außerordentlich leid, Ma´m. Das wissen wir alles noch nicht«, sah sich denn auch Brian veranlasst zu sagen. »Haben Sie jemanden, der sich in nächster Zeit um Sie kümmern kann?«

»Ja«, antwortete Angela Thornton nach kurzem Zögern. »Ich kann meine Mutter anrufen. Die kann zu mir kommen.«

»Gut, machen Sie das bitte nachher«, sagte Brian. »Überlegen Sie sich doch bitte ganz genau, wo Ihr Mann war, wann er normalerweise nach Hause kam, wie er nach Hause kam, mit wem er weg war. Es wäre nett, wenn Sie uns eine Liste dieser Personen erstellen würden.« Brian hatte bei diesen Worten einen Block und einen Stift aus seinen Taschen gezaubert und vor ihr hingelegt.

»Wir würden uns inzwischen auch gerne das Arbeitszimmer Ihres Mannes ansehen«, sagte Alan.

Nachdem Angela Thornton ihnen den Weg gezeigt hatte, ging sie wieder zurück ins Wohnzimmer und machte sich an die gewünschte Liste.

Wenig später kamen Alan und Brian wieder zu ihr zurück. Die erste Suche im Arbeitszimmer hatte keinerlei Hinweise ergeben. Weder zu Whisky im Allgemeinen, noch zur Ben Rhinnes Distillery im Besonderen. Sie hatten auch den Tischkalender von Paul Thornton genau angesehen, aber auch nichts gefunden, was ihnen weiterhalf.

»Erzählen Sie uns doch bitte etwas über Ihren Mann. Was arbeitete er, welche Hobbys hatte er, Freunde, Bekannte, hatte er Feinde? Und ganz speziell gibt es irgendeine Verbindung zu Whisky?«

Angela war sichtlich überfordert von diesen Fragen. »Er ist … war Architekt. Selbstständig. Hatte viele Bekannte, vor allem beruflich. Auch viele Freunde. Aber Feinde, nein, ganz sicher nicht.«

Ein weiterer, noch heftigerer Weinkrampf verhinderte alle weiteren Antworten, die sie noch hätte geben können. Deshalb stellten Alan und Brian alle weiteren Fragen ein.

»Alles kann nützlich sein. Scheuen Sie sich nicht, uns auch später noch anzurufen, wenn Ihnen irgendetwas einfällt. Jedes noch so kleine Detail kann uns helfen, auch wenn es aus Ihrer Sicht vielleicht nicht wichtig erscheint«, fügte Brian noch hinzu. »Wir werden sicherlich noch einmal wiederkommen müssen.«

Sie nahmen die Liste der Bekannten, mit denen Paul Thornton höchstwahrscheinlich seinen letzten Abend verbracht hatte, an sich. Dann warteten sie noch, bis Angela Thornton ihre Mutter angerufen hatte, die sich umgehend auf den Weg zu ihr machen wollte. Und auch noch ihren Hausarzt, der ebenfalls so schnell wie möglich kommen wollte. Sie verabschiedeten sich von der Frau, die erst langsam registrierte, dass sie jetzt Witwe war. Aber Alan und Brian hatten den Eindruck, dass sie inzwischen wieder stabil genug war, um sie alleine zu lassen, bis ihre Mutter oder der Arzt eingetroffen war.

»Du musst endlich mal etwas schlafen«, sagte Brian zu Alan, als sie im Auto wieder auf dem Weg zurück nach Charlestown waren. Natürlich hatte Alan inzwischen darauf bestanden, nicht zurück nach Inverness zu fahren, sondern nach Susan-City.

»Schlafen kann ich noch genug, wenn ich auf dem Friedhof liege«, antwortete Alan. »Das ist für mich das Zeichen dafür, dass eine höhere Macht der Auffassung ist, dass mein Körper wesentlich mehr Ruhe benötigt.«

»Selbst der Mörder schläft hin und wieder mal«, meinte Brian und ließ den Einwand von Alan nicht gelten.

»Im Gegensatz zu uns, kann der sich das auch leisten, Bär. Er hat die ganze Sache ja schließlich geplant, er führt Regie und weiß, wo die Reise hingeht. Wir hetzen jedes Mal nur hinterher! Und wenn wir schlafen, geht nur noch mehr Zeit verloren.«

Geier

-18-

Der Mittwoch begann mit einem ausgiebigen Regen. Jedes andere Wetter hätte Graham allerdings auch verwundert. Seine Stimmung war auf dem Nullpunkt. Zunächst wachte er wie üblich gegen sieben Uhr auf, stand auf, um ins Bad zu gehen, und bekam erst beim Anblick seines leicht zerknautschten Gesichtes im Spiegel mit, dass er heute sozusagen Zwangsurlaub hatte. Griesgrämig ging er zurück, um sich noch zwei weitere Stunden Bettruhe zu genehmigen, die seinem übernächtigten Gehirn sicherlich gut tun würden. Nach weiteren zehn Minuten unter seiner warmen Daunenbettdecke musste er jedoch feststellen, dass das gleiche Gehirn bereits wieder seine Arbeit aufgenommen hatte und von Schlaf nichts mehr wissen wollte. Zudem hatte die Katze seine Aktivitäten längst bemerkt und nutzte nun jede Gelegenheit, ihn darauf hinzuweisen, dass er derjenige war, der die Daumen hatte, um endlich die Futterdose zu öffnen. Also stand er noch griesgrämiger wieder auf, ging hinunter in die Küche, öffnete den Kühlschrank und holte eine halbvolle Dose mit Katzenfutter heraus. Dann begann das eingeübte Morgenzeremoniell.

»Na, Katze, wie war deine Nacht?«, fragte er sie routinemäßig. Und genauso routiniert antwortete die Katze mit »Mau«. »Ja, meine auch!«, antwortete er, während er ihr Futter aus der Dose in ihren Blechnapf löffelte.

Inspector William Shortbread warf seinen nassen Mantel auf den Besucherstuhl in seinem Büro. Es war um einiges kleiner als das, was die Tierschutzbehörde für die artgerechte Haltung einer Kuh als Minimalfläche in einem Stall vorschrieb. Deshalb hatte er auch eine Zeitlang ein Schild außen an der Tür angebracht, mit der Aufschrift "Bitte rückwärts eintreten, keine Wendemöglichkeit!". Auch wenn seine Mitarbeiter diesen Ausbruch an Humor tolerierten, fand sein Chef von der oberen Polizeibehörde das überhaupt nicht lustig, und er musste den Zettel wieder entfernen. Aber der hatte ja auch gut reden, mit seinem Büro im fernen Aberdeen, das in etwa so groß war wie ein Klassenzimmer.

Er hatte heute sein offizielles Inspektor-Outfit angezogen, sich quasi in Schale geworfen: weißes Hemd, mit schwarzem Schlips und schwarzen Schulterklappen mit den Abzeichen für seinen Dienstgrad. Vielleicht konnte er sich damit etwas mehr Respekt bei diesem ungehobelten Sonderermittler verschaffen, dachte er, während er sich hinter seinem Schreibtisch niederließ. So einen Tag wie gestern wollte er nicht noch einmal erleben. Erst kanzelte ihn dieser Derringer ab, dann der arrogante Chef der SWS ebenfalls und schlussendlich machte ihm auch seine Mutter noch Vorwürfe, weil er zu spät zum Essen kam. Und auch diese doofe Kuh von Ishbel, die er in der Schule schon nicht leiden konnte, weil sie immer nach den anderen Jungs schaute und nie nach ihm, behandelte ihn auch heute noch wie den letzten Dreck. Das hatte er einfach nicht verdient, das war einfach nur ungerecht. Er hatte sich daher gestern den Rest des Tages einfach freigenommen und war am River Spey spazieren gegangen. Na ja, anfangs war er wohl eher am Ufer entlanggestürmt, bis er sich wieder beruhigt hatte und auch außer Puste war. Solch hochleistungssportliche Aktivitäten waren halt auch nichts für ihn.

Aber heute war er wieder der Chef hier und das würde er allen anderen schon zeigen. Nachdem er sich eine Tasse Tee aus der Thermoskanne eingeschenkt hatte, die ihm seine Mutter jeden Morgen füllte und mitgab, zusammen mit seinem Pausenbrot, schnappte er sich seinen, noch immer feuchten, Mantel und verließ das Polizeirevier, um bei der Brennerei nach dem Rechten zu sehen. Nicht dass einer seiner Mitarbeiter dort einen Fehler machte und er selbst das wieder ausbaden musste.

Nach der dritten Tasse Kaffee und dem Blick auf eine zufrieden schnurrende, dickbäuchige Katze ging Graham mit einem Teller Butter beschmierter Toasts in sein Wohnzimmer und studierte die gleichen Informationen wie am Vorabend noch einmal. Auch diesmal brachte es ihn keinen Schritt weiter. Der zündende Gedanke wollte einfach nicht kommen. Auch eine letzte Tasse Kaffee und eine Schüssel Joghurt mit Dosenfrüchten halfen nicht weiter. Also begann er mit der Morgentoilette und hoffte auf ein erneutes Gespräch mit Alan Derringer.

Die knapp dreihundert Meter bis zum Polizeirevier auf der Kreuzung zur Main Street legte er zu Fuß zurück, dick eingehüllt in seinen dunkelblauen Regenmantel. Schon aus einiger Entfernung konnte er zwei weitere Angestellte der Brennerei erkennen, die offensichtlich das gleiche Ziel hatten wie er. Höflich wartend bezogen sie Stellung neben der alten, schwarz lackierten Eingangstür. »Hallo Graeme, ist ja wirklich ’ne scheußliche Sache, was? Ich kann´s noch gar nicht richtig glauben.«

»Stimmt aber leider, Kenneth. Hallo Marcel. Geht nur hinein.«

Kenneth Provan und Marcel Witherow waren, neben Jimmy Drummond, Ishbel Taggert, Percy Henderson und seiner Wenigkeit, die letzten beiden festangestellten Mitarbeiter der Ben Rhinnes Distillery. Kenneth war ursprünglich zur See gefahren, hatte dort aber in jungen Jahren aus nie bekannt gewordener Ursache ein Auge verloren und wurde dadurch für den riskanten Job auf einem Hochseetrawler untauglich. Da sein älterer Bruder bereits vor Jahrzehnten für Iain McKenzie, Grahams Vorgänger, tätig war, kam er also hierher, bekam einen Job und ging nicht mehr fort. Trotz seiner 57 Jahre und seiner schwarzen Augenklappe wirkte er immer noch sehr sportlich und muskulös, was ihn und die jeweils anwesenden Freunde bisher vor jeder Pubschlägerei bewahrt hatte. Marcel war genau das Gegenteil. 29 Jahre alt und sehr zart. Mit seiner nahezu leichenblassen Haut, den feuerroten Haaren und einer Unmenge Sommersprossen, hätte er in jedem irischen Kinderfilm die Hauptrolle als Kobold spielen können.

Kenneth drehte den messingfarbenen Griff und drückte die widerspenstige Tür nach innen auf. Gemeinsam betraten sie den Vorraum mit dem billigen Linoleumboden vor der abgegriffenen Sperrholztheke, die den öffentlichen vom dienstlichen Bereich des Raumes trennte. Die üblichen Plakate mit gesuchten Verbrechern, Topterroristen und allgemeinen Sicherheitshinweisen zierten die dunkelbeige lackierten Wände. Eine lange Sitzbank belegte die linke Wand des Raumes. Hinter dem Tresen unterhielten sich Sergeant Thomson und ein anderer Polizist bis zu ihrem Eintreffen angeregt miteinander.

»Ah, da sind Sie ja. Die anderen sind schon hinten. Kommen Sie durch.« Thomson hielt die im Tresen befindliche Klappe hoch, um sie hindurch zu lassen. »Gehen Sie schon mal links ins Büro. Ich komme dann nach.«

Im Büro angekommen, musste Graham enttäuscht feststellen, dass weder Alan Derringer noch Brian Strachan, wie erhofft anwesend waren. Lediglich Constable Tuesday saß am Schreibtisch und nahm gerade einem sichtlich nervösen Jimmy die Fingerabdrücke ab.

»Nun zittere doch nicht so, mein Gott. Du bist nicht auf der Streckbank oder in der Schule«, pflaumte sie ihn an.

Jim Drummond, von allen nur Jimmy genannt, entsprach dem typischen Bild eines jugendlichen arbeitsscheuen Computerfreaks. Einem Bild, das zwar auf die wenigsten Spezies dieser besonderen Gattung Mensch zutraf, das sich aber dennoch hartnäckig in den Köpfen mancher Leute hielt und auch durch Einzelfälle immer wieder bestätigt wurde. Mit einer Körpergröße von 179 cm hätte er 119 kg auf die Waage gebracht, brachte er aber nicht, denn er machte jedes Mal einen großen Bogen um sämtliche Waagen dieser Welt. Regelmäßige Fast Food Exzesse und auch die diversen Bierchen, die er zu trinken pflegte, hatten seinen 17-jährigen Körper schon arg in Mitleidenschaft gezogen. Er war sehr bleich und sah in der Tat so aus, als würde er die meiste Zeit seines Lebens in irgendeinem dunklen Keller vor dem Computer verbringen und Sonnenlicht nur vom Hörensagen kennen. Aber auf dem Computer kannte er sich aus wie kein zweiter, das war seine Welt, die beherrschte er perfekt.

Percy war ebenfalls anwesend und wartete noch darauf, dass er der gleichen Prozedur unterzogen wurde. Ishbel stand links neben einem Aktenschrank und versuchte sich die Stempelfarbe mit einem Papiertuch von den Fingern zu wischen.

»Oh, hallo ihr drei. Anscheinend sind wir alle verdächtig. Ich habe dem Constable versichert, dass ich definitiv nicht in den letzten Tagen im Still House war. Aber sie wollte trotzdem meine Fingerabdrücke. Jetzt stehe ich wie ein Verbrecher in einer Kartei. Das ist einfach fürchterlich.«

»Na, na, so ist es ja nun auch wieder nicht«, beruhigte Tuesday Ishbel, während sie routiniert Jimmys Zeigefinger mit einer rollenden Bewegung auf dem Karteikartenvordruck an der entsprechenden Stelle verewigte. »Die Spurensicherung will doch bloß eure Abdrücke von den Unbekannten aussondern.«

Sergeant Thompson betrat den Raum. »So, wie uns Mister Henderson gestern bestätigte, wird die Brennerei jeden Abend von den Klebefingern der Touristen gereinigt. Nach seinen Schilderungen fallen darunter zumindest die Geländer, Türen, Absperrgitter und sonstige Metallteile, an denen sich die Touristen festhalten. Falls unser Täter also in der Nacht oder am frühen Morgen das Gebäude betreten hat, wären eventuelle Abdrücke also höchstwahrscheinlich von ihm. Oder maximal von dir, Percy, nicht wahr?«

Percy bekam wieder seinen leicht panischen Gesichtsausdruck, als er bemerkte, wie ihn alle anstarrten. »Hey, ich war's nicht, verdammt«, rief er verzweifelt, während er seine Mütze mit beiden Händen knetete, als müsse er etwas aus ihr herauspressen.

»Schon gut, Percy«, griff Graham ein. »Kein Mensch verdächtigt dich, nicht wahr, Sergeant? Du sollst bloß Hilfestellung geben, o.k.?« Und zu Thompson gewand fragte er: »Ich dachte, Superintendent Derringer wäre heute auch hier. Kommt er denn nicht?«

»Keine Ahnung, Sir, er wurde heute Nacht noch verständigt, dass man unser Opfer, also das von gestern, identifiziert hätte. Superintendent Derringer ist zusammen mit Chief Inspector Strachan direkt nach Inverness gefahren, um dort die nächsten Schritte zu koordinieren. Shortbread ist übrigens heute Morgen wieder zur Brennerei gefahren und auch die Spurensicherung ist wieder vor Ort.«

Verdammt, dachte Graham, ich würde jetzt auch gerne Nachforschungen anstellen. Nicht, dass er Alan Derringer in irgendetwas voraus gewesen wäre. Er hatte nur den Verdacht, dass er ein paar Fragen stellen würde, auf die der Superintendent nicht kommen würde. »Wie geht's denn mit unserer Brennerei weiter? Wann können wir denn wieder rein?«

Thompson machte eine abwehrende Handbewegung. »Normalerweise erst, wenn das Verbrechen aufgeklärt ist und kein weiteres Interesse am Tatort besteht. Aber mit etwas Glück dauert es bei Ihnen nicht so lange.«

»Glück?«, sagte Graham. »Andere Leute haben Glück, ich habe nur Kopfschmerzen!«

»In Ihrem Fall, denke ich, wird der Oberstaatsanwalt eventuell – genau wie bei den anderen Distilleries – das ganze unter dem Druck der Öffentlichkeit etwas wohlwollender behandeln. Sobald wir mit der Spurensuche komplett fertig sind, können Sie sich um die Freigabe durch das Gesundheitsamt bemühen. Die Health & Safety Authority entscheidet dann auch, ob spezielle Reinigung und Desinfektion notwendig sind, bevor Sie den Betrieb wieder aufnehmen dürfen. Da Sie in Ihrer Anlage Lebensmittel produzieren, werden Sie wohl nicht um eine vollständige Desinfektion der betroffenen Anlagen herumkommen.«

Das hatte Graham natürlich längst vermutet. Wie er aus den Medien und durch einige, am Vormittag noch geführte, Telefonate in Erfahrung gebracht hatte, wurde der betroffene Darrboden in der Dalruan Distillery in Campbeltown nicht mehr benutzt. Einerseits aus hygienischen Gründen, aber andererseits natürlich auch, um die zahlreichen Besucher nicht vor den Kopf zu stoßen. Der Stromness Distillery war es nicht anders ergangen. Da die Wash Back, in der die Leiche gefunden wurde, allerdings nur eine von sechs insgesamt war, konnte man leicht darauf verzichten und den Produktionsprozess ein wenig anpassen. Die Brennerei blieb allerdings für Besucher weiterhin gesperrt. Zumal man um diese Jahreszeit kaum mehr mit größeren Touristenströmen zu rechnen hatte. Die Fassleiche der Clydesdale Distillery stellte für deren Tagesrhythmus eh kaum ein Hindernis da.

Für ihn, also für den Produktionsfortschritt der Ben Rhinnes Distillery, bauten sich in diesem Moment schon größere Hürden auf. Da sie nur zwei Wash Stills besaßen, stellte der Ausfall einer davon eine nicht zu unterschätzende Umsatzeinbuße dar, die ihm sein Boss garantiert in irgendeiner Art in Rechnung stellen würde. Zudem war noch nicht einmal gewährleistet, dass er die Produktion mit halber Kraft, an der betroffenen Brennblase vorbei, wieder aufnehmen durfte.

So in Gedanken versunken, nahm er die Aktivitäten und Gespräche um ihn herum kaum noch wahr. Selbst die Abnahme seiner Fingerabdrücke registrierte er nur wie durch einen Schleier. Erst als Ishbel ihm ihre Hand auf seine Schulter legte, wachte er auf.

»Hast du gehört, Graham?« Etwas irritiert blickte er sie an. »Ich sagte, ich fahre jetzt zum Office und passe auf, dass Billy-Boy keinen Mist verzapft und die Spurensicherung uns nicht allzu viele Whiskyproben austrinkt.«

»O.K., Ishbel, mach' das. Ihr könnt dann alle erst mal ein oder zwei Tage frei machen«, sagte er zu den anderen gewandt. »Nur du, Percy, begleitest bitte Ishbel und passt auf, dass an der Anlage kein Blödsinn passiert.«

Nachdem alle Formalitäten erledigt waren, verabschiedete Graham sich von den Anwesenden und schlenderte zurück nach Hause. Zuerst wollte er einfach nur ein bisschen seinen Gedanken nachhängen und seinen freien Tag genießen. Nach knapp fünfzehn Minuten sinnlosem Herumgetigere hielt er es allerdings nicht mehr aus und verließ sein Haus. Zuerst wollte er wieder zur Polizeistation zurück, um sich dort nach Alan Derringer zu erkundigen, entschied sich aber dagegen und schlug den Weg zur Brennerei ein. Vielleicht konnte er ja den Spurenprofis ein wenig über die Schulter sehen. Besser als zu Hause vor Ungeduld zu platzen.

Alles in allem war dies aber eine schlechte Idee. Zumindest kam er auf den Gedanken, als sein Arbeitsplatz in Sichtweite geriet. Vor dem geschlossenen Tor und auf der anderen Straßenseite, in der Zufahrt zum alten Friedhof, standen zahlreiche Vans, die dank ihrer monströsen ausgefahrenen Antennen und Satellitenschüsseln unzweifelhaft als Übertragungswagen der diversen Fernsehstationen zu erkennen waren. Er konnte auch den Kleinbus des lokalen Fernsehsenders Grampian Television erkennen. Die 19:30 Uhr-Nachrichten dieses Senders schaute er sich regelmäßig und gerne an, um sich über lokale Ereignisse zu informieren. Aber dass er selbst einmal dort einen Auftritt habe, hätte er sich nie träumen lassen.

Das hatte ihm gerade noch gefehlt. Inständig hoffte er, dass Sean McCartney ihm die zugesagte, vorbereitete Pressemitteilung bereits in sein Büro gefaxt hatte. Unglücklicherweise hatte er auch sein Handy nicht dabei, um Sean jetzt noch anzurufen.

Da er aus Richtung Osten auf die Brennerei zulief, der Regen nachgelassen hatte und die Sonne ihm momentan genau im Rücken stand, konnten die zahlreichen Reporter und Kameramänner, die sich direkt vor dem Tor tummelten, ihn wohl nicht sofort erkennen. Diesen Augenblick nutze Graham geschickt aus und wich von der Straße in die buschbewachsene Böschung aus. Dies hatte zwar zur Folge, dass sein Regenmantel, seine Hose und seine Schuhe unweigerlich in wenigen Sekunden triefnass wurden, doch allemal besser als mit verdattertem Gesicht vor laufenden Fernsehkameras zu stehen.

Da er schon seit seiner Kindheit diesen Wald als sein Revier betrachtet hatte, bereitete es Graham keinerlei Schwierigkeiten, durch die Ginsterbüsche und dann durch den kleinen Birkenwald bis an die Ostseite des Baches und damit zur Brennerei zu gelangen. Der Bach wurde in Höhe des Bürogebäudes von einer kleinen schwarz lackierten Eisenbrücke überquert, die in der Mitte des knapp 70 Zentimeter breiten Stegs von einem Eisengitter mit aufgesetzten Spitzen versperrt wurde. Die Brücke diente vor fast 80 Jahren den Mitarbeitern dazu, auf der anderen Bachseite bis zur Quelle zu gelangen, sie von Dreck und den Bach von Treibgut freizuhalten.

Obwohl das schon seit den späten Fünfzigern nicht mehr erforderlich war, da das notwendige Wasser seitdem durch eine Pipeline vom Fuße des Ben Rhinnes hierher gebracht wurde, nutzte Graham den Weg noch häufiger, um Touristen den geschichtsträchtigen Weg zur Quelle und den dort befindlichen Quellstein zu zeigen.

Glücklicherweise befand sich der Schlüssel für das große Bügelschloss an seinem Schlüsselbund und so konnte er zwar durchnässt, aber unbehelligt, bis auf das Brennereigelände kommen. An der Masse der gefallenen roten und gelben Blätter auf dem Fahrweg und dem Parkplatz konnte er den gerade hereinbrechenden Herbst, aber auch das Fehlen der sonst üblichen morgendlichen Pflege durch Marcel oder Kenneth erkennen. Leicht betrübt über diese Kollateralschäden des gestrigen Leichenfunds lief er die letzten Meter bis zum Verwaltungsgebäude, wobei er den abgestellten Wagen der Spurensicherung und William Shortbreads Dienstwagen vor dem Still House aus den Augenwinkeln wahrnahm.

In der molligen Wärme und Sicherheit seines Büros angekommen, entspannte sich Graham zunächst bei seinem Kaffeeritual, um sofort danach mit Ishbel zu telefonieren. »Hi, Ishbel, ich bin hintenrum über die Brücke gekommen«, erklärte er seiner sichtlich überraschten Mitarbeiterin. »Was macht die Meute da vorne?«

»Sie wird langsam ungeduldig, mein Lieber«, gab sie etwas spitz zurück. Offensichtlich war dieses Aufgebot lästiger und aufdringlicher Menschen deutlich zuviel für ihre Nerven. »Einige fangen schon an, ums Gelände zu schleichen. Ich wette, innerhalb der nächsten Stunde werden sie über die Mauer klettern. Was gedenkst du zu tun?«

»Zunächst werde ich McCartney anrufen und um die Pressemitteilung bitten. Er hat mir ja gestern einen deutlichen Maulkorb erteilt. Ich gehe mal davon aus, dass auf deinem Fax bis jetzt auch nichts angekommen ist, oder? Und ich gehe zu William, der soll die Situation bei dir mal in den Griff kriegen. Dazu ist er ja schließlich da.«

Graham wurde von einem hysterischen Lacher am anderen Ende der Leitung erschreckt. »Der? Der hat sich fein säuberlich nach hinten verdrückt, als er die ersten Ü-Wagen gesehen hatte, dieses feige Schwein!«

»Komm, Ishbel, reg dich nicht auf. Das stehen wir schon durch. Wir sind in ein paar Minuten bei dir.« Mit diesen Worten legte er auf, um unverzüglich die Verbindung zum Head Office aufzunehmen.

Nach weiteren zehn Minuten, einem wie zu erwartenden hitzigen Telefonat mit Latimer, dem Pressesprecher und Marketingchef der SWS, mehreren nicht ausgesprochenen Morddrohungen an den gesamten Vorstand und zwei Tassen besonders starken Kaffees, stampfte Graham, geladen wie ein Kugelblitz, Richtung Tatort. Dass er dabei seine eh schon verdreckte Hose in den Pfützen noch mehr versaute, interessierte ihn überhaupt nicht.

»William«, betrat er brüllend das Still House und rannte unvermittelt in ein Plastikabsperrband der Polizei. Etwas aus dem Konzept gebracht fuhr er ruhiger fort. »William, du musst da draußen unverzüglich für Ordnung sorgen! Die Pressefuzzis rennen mir gleich den Laden ein. Es ist dein Job und dein Tatort, also tu was!«

William blickte bei diesen deutlichen Worten etwas scheu über das Geländer der oberen Ebene herunter. Momentan wirkte er auf Graham wie ein kleiner Junge, der nach dem Stibitzen eines Tortenstücks von seiner Mutter im Baumhaus erwischt wurde. »Ist ja schon gut. Ich habe Thompson und Tuesday über Funk Bescheid gesagt. Die sind schon auf dem Weg. Außerdem hat Strachan heute Morgen noch ein paar Uniformierte aus Inverness angefordert. Die sollten jeden Moment eintreffen. Also, keine Panik, Graeme. Die Sache ist unter Kontrolle.«

Irgendwie wollte Grahams Ärger durch Williams Be schwichtigungsversuche nicht verschwinden. Allerdings fiel ihm auch nichts Schwerwiegendes als Erwiderung ein.

»Du bist ein feiges Schwein, soll ich dir von Ishbel ausrichten.« So! Das musste noch raus. Mit dieser Breitseite verließ er das Still House, knallte die Eisentür mit den Sicherheitsglasscheiben hinter sich zu und wäre beim Umdrehen fast mit Charles Pollock vom CSI zusammengestoßen. In seinem Tyvek-Anzug kam er Graham im ersten Moment wie einer dieser Seuchenspezialisten in Filmen wie "Outbreak" oder so etwas vor. Dies war nicht ganz richtig, da Pollocks Overall lediglich aus einem papierartigen Faservlies aus thermisch verschweißten Hochdruck-Polyethylen-Fasern bestand. »Himmelherrgott, haben Sie mich erschreckt!«

»Was treiben Sie sich denn hier herum, Mister Morrice? Wir hatten doch ausdrücklich darum gebeten, dass niemand mehr den Bereich hier betritt. Wir versuchen hier vielleicht, noch ein paar Spuren zu finden.«

»Äh, ja, ich wollte auch nicht stören. Ich habe nur den Inspector gesucht. Wir haben nämlich Besuch. Die Geier kreisen schon!«

»Hat die Presse also doch Wind gekriegt? Ist echt irre, woher die immer wieder ihre Informationen haben. Na, dann sehen Sie mal zu, dass die uns hier vom Hals bleiben. Und den Inspector da drin, den können Sie gleich mitnehmen.«

Mit einem zweideutigen Grinsen verschwand Pollock wieder in dem schmalen Gang zwischen dem Still House und dem dahinter befindlichen Lagergebäude.

Also gut, Graeme, dachte er bei sich, jetzt kommt der unangenehme Teil deines Jobs. Nicht immer nur auf Whiskymessen den Feinschmecker raushängen lassen. Jetzt mal ganz ernst ein echtes Scheißthema verkaufen. Er atmete dreimal tief durch und ging zum Visitor Center. Als er auf das Gebäude zulief, wurde er natürlich von den zahlreichen Reportern am Tor erkannt. Er ignorierte ihre gerufenen Fragen, winkte ihnen mit einem souveränen, aber nicht überheblich wirkenden Blick zu und verschwand im Center.

»Gott im Himmel, ich weiß gar nicht, wie ich jetzt reagieren soll, Ishbel. Soll ich einen auf traurig und bestürzt machen oder lieber ganz der Große, oder was?«

»Am Besten, du liest einfach hier die Pressemitteilung durch und lernst sie auswendig«, entgegnete Ishbel. »Die ist gerade hereingeflattert.«

Sichtlich erleichtert griff Graham sofort nach dem ihm dargebotenen Blatt Papier und überflog die Zeilen.

»So ein Scheiß! Das hätte ich mir auch selber aus den Fingern saugen können. Wir sind bestürzt. Wir wissen aber noch gar nichts. Bitte verständigen Sie sich mit den Sonderermittlern. Wir werden nicht in die laufenden Ermittlungen involviert. Das Geschehene hat absolut gar nichts mit der Ben Rhinnes Distillery zu tun. Besuchen Sie uns bald wieder. Bla, Bla, Bla. Was für ein Mist! Nicht ein Wort der Anteilnahme. Kein "*tut uns leid für den armen Kerl*", *oder* so. Völlig unpersönlich.«

Angewidert warf Graham das Fax auf den Tresen. Ishbel beobachtete ihn sorgenvoll.

»Ich melde mich krank! Genau! Ich habe psychosomatische Halsschmerzen und akuten Stimmverlust. Sagst du das bitte den Typen da draußen?«

»Geh' jetzt da raus und mach' deinen Job, du Kleinkind«, drängte ihn Ishbel nun. »Wenn du hier kneifst, zieht McCartney dich aus dem Verkehr, das weißt du. Und bürste dir vorher deine Hose.«

Sie reichte ihm eine Kleiderbürste. Warum Frauen solche Gegenstände, von denen ein Mann normalerweise nicht einmal weiß, wo sie im Haus versteckt sind, immer zum passenden Zeitpunkt parat haben, blieb ihm ein völliges Rätsel.

Gereinigt verließ er das Visitor Center und trat dem wissenshungrigen Mob entgegen. Sofort flammten zahlreiche Videoleuchten und Blitzlichter auf, als er sich dem Tor näherte. Keineswegs würde er dieses Tor öffnen. So viel war sicher! Die Gitterstäbe waren ausreichend weit auseinander, um ein halbwegs vernünftiges Gespräch zu führen, aber stark genug, um ihm Sicherheit vor der Meute zu geben.

Er hatte sich erst auf einen Meter den Reportern genähert, als ihm schon mindestens zehn verschiedene Fragen entgegen geschleudert wurden. Da er meinte, diese Szene schon oft im Fernsehen gesehen zu haben, machte er es genau so wie die und schaute dem direkt vor ihm stehenden Reporter in die Augen, ignorierte alle Rufe und Fragen, hob beschwichtigend die Hände und sagte »Bitte, meine Damen und Herren. Mit dem nötigen Ernst. Bitte!«

Der Reporter fühlte sich auch durch Grahams Blick angesprochen und reckte ihm sein Mikrofon entgegen. Scheiße, dachte Graham heute zum wiederholten Male. Auf dem Schaumstoffkopf des Mikrofons prangten die Buchstaben BBC. Auch noch landesweit. Von der Nordküste Britisch Kolumbiens bis zu den Falklands kann dich jetzt jeder hören.

»Stimmt es, Mister Morrice, dass das Whisky-Monster nun bei Ihnen zugeschlagen hat?«, plärrte der Mann sofort los, als eine gewisse Beruhigung unter der Meute eingetreten war.

»Das kann ich Ihnen nicht sagen«, entgegnete Graham ausweichend. »Ich kann nur bestätigen, dass wir bedauerlicherweise den Fund einer Leiche auf unserem Gelände zu beklagen haben.«

»Wieso sind dann die Sonderermittler hier?«, rief ein Reporter dazwischen. »Wo wurde die Leiche gefunden?«, fragte eine andere.

»Eins nach dem anderen, bitte! Welche Personen die Polizei zur Ermittlung schickt, kann ich Ihnen leider nicht sagen. Da müssen Sie die schon selber fragen. Die Leiche wurde in unserem Still House entdeckt.« Bloß jetzt keine Details ausplaudern, hatte ihm Derringer eingebläut.

»Nein, tut mir leid, ich weiß nicht, wo die Leiche jetzt ist.«

»Ja, es scheint sich um ein männliches Opfer zu handeln, soviel ich weiß.«

»Ja, wie Sie sehen, ist die Spurensicherung noch im Einsatz.«

»Ja … Nein … Ja … kann ich leider nicht sagen … Ja …«

So ging es in einem fort und Graham verlor langsam aber sicher das Zeitgefühl. Es kam ihm vor, als würde er schon Stunden von den Männern und Frauen ausgequetscht. So ungefähr stellte er sich die Verhöre in den Kellerräumen diverser Polizeisonderabteilungen vor.

Irgendwann verstummte die Meute vor ihm und wich ein Stück zur Seite. Die Front eines ihm bekannten schwarzen Rovers kam ruckartig vor dem Tor zum Stehen.

Sie schickt der Himmel, dachte er sofort. Hinter dem Rover hielt ein großer weißer Kastenwagen mitten auf der Straße. Die grell blinkende, rotblaue Lichtleiste auf dem Wagendach wies ihn als Einsatzfahrzeug aus. Die Hecktüren des Wagens klappten auf und rasteten geräuschvoll in den Halterungen ein. Äußerst diszipliniert sprangen acht Polizisten in voller "Ausgehuniform" aus dem Heck und begaben sich durch die sich teilende Menge in Richtung Tor. Kugelsichere Westen, Schlagstöcke und Handschuhe ließen selbst die abgebrühten Reporter ein Stück zurückweichen. Hier wurde Staatsmacht demonstriert und notfalls auch durchgesetzt. Einziges Friedensangebot waren die Helme mit dem Gesichtsschutz, die von der Einsatztruppe noch unter dem Arm getragen wurden. Aus dem Rover war kein Lebenszeichen zu erkennen. Die Polizisten stellten sich in gerader Formation vor dem Brennereitor auf. Einer von ihnen, anscheinend der Einsatzleiter, sprach zu den Reportern. »Bitte, entfernen Sie sich ein Stück von dem Tor. Vielen Dank!« Zu Graham gewandt sagte er: »Lassen Sie jetzt bitte das Tor öffnen, Sir.«

Graham griff in seine Jackentasche und holte seinen Schlüsselbund hervor. Wenigstens dieses eine Mal hatte er den riesigen Schlüssel tatsächlich parat.

Nachdem er das Tor geöffnet hatte und die schwarze Limousine auf das Gelände gefahren war, verschloss er es sofort wieder, ohne dass einer der Reporter durch die Phalanx der Ordnungshüter geschlüpft war.

Nach seinem Eintreffen war Derringer kurz bei Charles Pollock vorbeigegangen, hatte dort eine Mappe entgegengenommen und war sofort in das leere Konferenzzimmer gegangen, ohne auf die rufenden Reporter zu achten. »Ist das immer so ein Aufstand?«, wollte Graham etwas später sichtlich erschöpft von Alan Derringer wissen, als er mit Ishbel ebenfalls das Konferenzzimmer betrat und sich dort mit Alan traf, der in einer Mappe blätterte.

»Immer das Gleiche«, antwortete der. »Irgendein Idiot erzählt am Telefon einem anderen Idioten etwas und eine Stunde später steht die gesamte britische Presse vor der Tür. Danke«, sagte er zu Ishbel, die ihm aus einer mitgebrachten Thermoskanne eine Tasse Kaffee einschenkte.

»Ich hoffe, Sie haben dicht gehalten, wie besprochen?«, wandte er sich dann wieder an Graham.

»Natürlich! Obwohl ich zugeben muss, dass es selbst für jemanden, der in der Öffentlichkeitsarbeit bewandert ist, eine Herausforderung darstellt, sich diesen Leuten zu stellen. Meine Herren, ein paar Mal hätte ich fast zuviel gesagt.«

»Das ist gut! Ich werde die Jungs noch ein bisschen zappeln lassen und dann ein paar Infos rausgeben. Dann sind Sie aus der Schusslinie. Aber erst brauche ich ein paar Minuten.« Mit diesen Worten zerrte er die zerknautschte Packung Menthol-Zigaretten aus der Tasche seines Mantels, den er immer noch nicht abgelegt hatte. Genussvoll blies er ein paar Rauchwolken Richtung Zimmerdecke und ignorierte geflissentlich Grahams und Ishbels kritische Blicke. Erst jetzt, in der vermeintlichen Ruhe dieses abgeschiedenen Konferenzraums, fiel ihm seine ganze Müdigkeit auf. Nach dem leider viel zu früh beendeten Rendezvous mit Susan gestern Abend, war er direkt zum Hauptquartier gefahren, um alles zu koordinieren. Das erwartete man einfach von ihm. Danach war er direkt zur frischgebackenen Witwe gefahren und anschließend hierher. Na ja, eigentlich war ja Brian gefahren und er hatte auf der Fahrt zumindest doch etwas Schlaf finden können. Dennoch fühlte er sich völlig gerädert, während Brian, dieses Tier, immer noch recht frisch wirkte. Er war zumindest gottfroh wieder in diesem kleinen Nest hier seine Zigarette rauchen zu können.

»Sie haben die Identität des gestrigen Opfers herausgefunden, habe ich gehört?«, begann Graham das Gespräch erneut.

»Hat einer der Lokalmatadore wieder geplaudert? Na gut, kurz nachdem wir gestern Abend Schluss gemacht hatten, kam die Meldung rein. Paul Thornton, 49 Jahre alt, aus Aberdeen. Passte sofort auf die Vermisstenanzeige. Seine Frau hatte sofort bei der Polizei angerufen, als er am Sonntagabend nicht pünktlich nach Hause kam. Die Jungs aus Aberdeen haben auch sofort reagiert. Mittlerweile sind anscheinend alle etwas sensibilisiert, was verschwundene Männer angeht. Jedenfalls war er wie vom Erdboden verschluckt. Genau wie bei den letzten drei.«

»Warum haben Sie denn nicht sofort alle Brennereien informiert und die Gelände absperren lassen?«, wollte Ishbel wissen.

»Gute Frau«, antwortete Alan sichtlich genervt. »Was glauben Sie denn, was wir gemacht haben? Es gingen, wie in der Woche zuvor, Meldungen an alle Distilleries bzw. an die Konzerne raus. Wir haben außerdem Detectives zu allen gefährdeten Objekten geschickt. Leider haben wir uns zunächst nur auf die Brennereien konzentriert, die entweder vom Gelände her offen und zugänglich oder aber abseits der Orte, also relativ alleine lagen. Ihre Anlage passte nicht ins Raster. So ein verdammter Scheiß! Ich wusste, dass diese Profiler-Programme nichts taugen.«

Mit hastigen Bewegungen drückte er seinen Zigarettenstummel auf der Untertasse seines Kaffees aus und zündete sich sofort eine Neue an.

Ishbel verzog angewidert den Mund.

»Unser Chef-Profiler war der Meinung, dass der Killer nicht ganz bescheuert ist und sich Objekte aussucht, die ihm einen einfachen Zugang und leichte Fluchtmöglichkeiten bieten. Campbeltown: ein Hinterhof, keine Touristen, verwinkelte Gebäude. Orkneys: keine Zäune oder Mauern, kaum Menschen, alle vertrauen noch einander. Clydesdale Distillery: die Warehouses stehen unbewacht und abseits der Straße. Und so weiter und so weiter. Da steckte irgendwie ein Schema dahinter. Der Killer machte auf uns einen vorsichtigen Eindruck. Und jetzt hier. Mist! Eine Brennerei mitten im Ort. Direkt an der Hauptstraße. Mit `ner hohen Mauer drumherum und vorne einem großen, gut einsehbaren Tor. Beleuchteter Parkplatz, von der Straße her einsehbar. Wie hat der verdammte Kerl die

Leiche hier reinbekommen? Mit ’nem verdammten Fallschirm abgeworfen, oder was?«

Graham schüttelte langsam den Kopf. »Es tut mir Leid, Alan. Aber wie ich Ihnen gestern ja schon gesagt habe, da gibt es eine andere Verbindung zu den Distilleries. Eine, die Opfer und Brennerei verbinden. Auch wenn ich kein Polizist bin, aber bei einem bin ich mir sicher: Whisky ist keine allgemeine Spirituose. Hier zählt der individuelle Namen. Die Konsumenten bauen echte Beziehungen auf. Die identifizieren sich mit dem Produkt. Das ist wie beim Fußball. Da ist man Fan oder nicht. Egal ob die Mannschaft mal verliert. Das sollten Sie bei den Ermittlungen berücksichtigen.«

Nachdem Alan Derringer auch diese Zigarette auf dem Unterteller ausdrückte, wurde es Ishbel zu viel und sie ging los, um einen der Aschenbecher mit Brennerei-Emblem aus dem Shop zu holen.

»Mensch, Morrice«, entgegnete Alan, während er sich durch die eh schon zerzausten Haare fuhr. »Das hatten wir doch schon alles! Wir haben heute Morgen mit der Witwe gesprochen. Es gibt keine direkte Verbindung. Ja, ab und zu mal ein Gläschen, so wie jeder zweite Schotte halt. Ein paar angebrochene Flaschen in der Hausbar, unter anderem auch eine von Ihrer Brennerei, aber keine von den Brennereien, in denen eines der anderen Opfer gefunden wurde. Da der Whisky Ihrer Brennerei zu den am häufigsten getrunkenen Marken in Schottland zählt, war das aber auch nicht verwunderlich. Beruflich als selbstständiger Architekt in Aberdeen tätig, unbescholten, fleißig, keine Eskapaden, keine Besäufnisse. Hat mit seiner Frau vor Jahren auch mal ein paar Distilleries besucht. Aus. Fertig. Mitglied in einem Modellboot Club, keine Whisky liebenden Freunde. Seine Beziehung zu Ihrem Getränk ist so stinknormal, dass sie auf 98 von 100 Schotten passt. Ende.«

Brian Strachan betrat gemeinsam mit Constable Tuesday den Raum. »Und, wieder dasselbe?«, fragte er, während er sich einen der Stühle zurechtzog und sich setzte. Tuesday blieb im Türrahmen stehen. »Constable, gehen Sie bitte zu Ihrem Chef und fragen ihn, wie weit die Untersuchungen sind. Ich muss wissen, wie der Penner hier reingekommen ist.«

Constable Tuesday nickte leicht und verschwand in dem Flur hinter ihr.

»Manchmal können selbst kugelsichere Westen ganz attraktiv sein, was?«, murmelte Brian. Die dunkelblaue Weste über dem hellblauen, kurzärmeligen Hemd ließ zwar nicht allzu viele weibliche Reize durchblicken, dafür spannte die ebenfalls dunkelblaue Hose recht anziehend über ihrer durchtrainierten Rückseite. Der schwarze Gürtel mit Schlagstock, Handschellen, Elektroschocker und den anderen Ausrüstungsgegenständen baumelte lässig im Rhythmus ihres Hüftschwungs, genau wie ihr kurzer, blonder Pferdeschwanz.

»Reiß dich los, dafür bist du zu alt und außerdem zu verheiratet«, holte Alan seinen Partner recht deutlich aus dem Land der Träume. Er schob Brian eine blaue Aktenmappe über den Tisch, die während der ganzen Zeit vor ihm gelegen hatte. »Hier ist alles von dem Neuen, auch das von seiner Frau. Wieder nichts Dramatisches. Nicky war fleißig und hat alles zusammengestellt, was sie auf die Schnelle finden konnte, und Charly mitgegeben, als der wieder hierher fuhr.«

Unter dem Klarsichtdeckel konnte Graham ein paar Fotos sehen, die wohl das Opfer und seine Frau abbildeten.

Brian öffnete die Mappe und breitete die Fotos auf dem Konferenztisch aus, wobei er Alans Kippen gefüllte Untertasse ohne die Miene zu verziehen zur Seite schob. »Wieder mal ein Allerweltstyp, nichts Herausragendes. Aber seine Frau sieht doch auf den Bildern klasse aus, nicht?«

»Heute Morgen sah sie allerdings alles andere als klasse aus. Die hat sich die Augen aus dem Kopf geheult. Wäre uns fast genauso zusammengeklappt, wie die vom zweiten Opfer, diese Christine Mullin.«

»Was war da passiert?«, wollte Graham wissen.

»Die arme Witwe von unserem zweiten Opfer, diesem Adrian Mullin von Skye, hat einen Nervenzusammenbruch erlitten. Liegt immer noch in der Klinik und ist nicht vernehmungsfähig. Daher haben wir kaum Informationen über sein Privatleben bekommen. Das fehlt uns jetzt natürlich.«

„Darf ich mal sehen?«, fragte Graham und ließ sich das Bild mit dem Ehepaar von Brian geben. Es zeigte das letzte Opfer in ausgelassener Stimmung, breit lächelnd, mit dem Arm um eine attraktive Mittvierzigerin gelegt. Lange rote Haare, offen getragen, und ein anscheinend toller Körper, der leider nur bis zur Bauchhöhe sichtbar war, gekleidet in ein hellblaues Sommerkleid mit tiefem Ausschnitt.

»Wie kommen diese langweiligen Büromenschen nur an diese Klassefrauen?«, traute sich Graham im Schutze dieser Männerrunde zu fragen.

»Absolut keine Ahnung«, antwortete Brian. »Wahrscheinlich sind wir gutaussehenden Helden einfach zu aufregend.«

Während sich Brian seinen Heldenträumen hingab und Alan eine weitere Zigarette vernichtete, zog Graham die Mappe mit den weiteren Fotos an sich heran und konnte so unbeabsichtigt die Adresse des Opfers lesen.

In diesem Moment betraten Ishbel, William Shortbread und Charles Pollock nacheinander den Raum. Ishbel stellte demonstrativ einen Aschenbecher vor Alan, eine weitere Kanne Kaffee und eine Kanne Tee auf den Tisch, und begab sich wieder in den Nebenraum, während Shortbread und Pollock – letzterer mittlerweile wieder in Straßenkleidung – sich auf die freien Plätze setzten.

»Good Old Shortbread ist wieder da!«, raunte Alan Brian zu und wandte sich dann an Charles Pollock.

»Leg los«, forderte er ihn auf. »Was hast du?«

»Gar nichts«, entgegnete Pollock gereizt. »Keine Fußabdrücke hinter dem Gebäude, keine Schleifspuren auf der gesamten Mauer, keine Abdrücke im Wald hinter der Mauer. Der Kerl muss geradewegs durch das offene Haupttor marschiert sein und sich ausschließlich auf den öffentlichen Wegen bewegt haben.«

»Das gibt's doch nicht! Kein Mensch schleppt achtzig Kilo Fleisch durch die hell erleuchtete Gegend, ohne dabei gesehen zu werden oder Spuren zu hinterlassen, verdammt! So verrückt schätze ich unseren Täter nicht ein, dass er bereit ist, ein solches Risiko einzugehen.«

»Tut mir Leid, Alan, es war absolut nichts zu finden, kein Fußabdruck, kein abgeknickter Zweig, nichts, auf dem ganzen Weg zum Still House, nichts. Es sieht wirklich fast so aus, als hätte er ihn per Luftpost abgeworfen.«

»Danke, den Gag hatten wir schon«, maulte Alan resigniert. »Also, noch mal von vorne. Montagabend, 18:00 Uhr. Mrs McTaggert schließt das Besucherzentrum zu und geht nach Hause. Es ist keiner mehr auf dem Gelände. Alle Mitarbeiter haben kurz vor ihr die Gebäude wie üblich kontrolliert und einzeln verschlossen. Es gibt keine Nachtschicht. Der Parkplatz und die Zufahrtswege sind ausreichend beleuchtet. Zwei der Gebäude werden zusätzlich mit Scheinwerfern angestrahlt. Zwei Meter Fünfzig hohe Mauer mit spitzen Ziegeln obendrauf. Auf der linken Seite ein Bach. Knapp zwei Meter breit, mit matschiger Böschung und brennereiseitig eine durchgängige Hecke bzw. ein mannshoher Zaun. Eine schmale Eisenbrücke mit Tor und Stacheln, davor schlammiger Wald. Vorne die Zufahrt an der A95, offen, aber beleuchtet. Das Tor wurde am Nachmittag erst von den Malern ausgehängt. Das konnte der Täter unmöglich wissen und in seinen Plan einkalkulieren, und der wird doch nicht einfach rotzfrech auf das Gelände gefahren sein, als wollte er nur ein eiliges Paket zustellen.«

Eine weitere Zigarette wanderte fast selbständig zu seinem Mund.

»Logbuch der Distillery. Sternzeit Dienstag, sieben Uhr. Greg Henderson erreicht die Brennerei. Er fährt mit seinem Wagen durch das offene Tor und parkt auf den Angestelltenparkplätzen, hier hinter den Büros. Er betritt das Still House, das Schloss ist unversehrt und er beginnt mit seiner Arbeit.

Alle weiteren Türen zu den angrenzenden Räumen sind, seiner Aussage nach, ordnungsgemäß versperrt gewesen.

Um acht Uhr betreten Sie, Graham, gemeinsam mit Mrs McTaggert, das Gelände. Um acht Uhr fünfundvierzig ruft Henderson Sie an, weil er die Leiche gefunden hat.«

Alan kramte in seiner Tasche und holte einen Schreibblock hervor, in dem er hin und her blätterte. Die anderen Anwesenden schwiegen weiterhin.

»Laut Henderson – Graham, Sie unterbrechen mich, wenn was nicht stimmt – ging er als erstes zum Wash Charger und kontrollierte ihn, öffnete das Ventil, dann zur Wash Still und kontrollierte diese. Anschließend schaltete er am Kontrollstand die Pumpen ein, um die Brühe in die Brennblase zu pumpen.«

Graham zuckte sichtlich zusammen, als Alan so despektierlich über sein Lieblingsgetränk sprach.

»Dann ist er wieder in den Nebenraum, um das Abpumpen zu beobachten, danach ist er nach draußen, um eine zu rauchen. Nach knapp fünf Minuten dann wieder ins Still House ans Steuerpult und die Brenner eingeschaltet. Zur Brennblase, die Luke geschlossen und dann an seinen Schreibtisch, Kaffee trinken.« Geräuschvoll blätterte er die Seiten seines Blocks um.

»Dann hat er irgendwann Ihr Auto gehört, Graham. Zwischendurch hat er ein paar Mal die Temperatur kontrolliert und regelmäßig das Fenster an der Brennblase beobachtet. Das war's. Der Rest ist bekannt.«

Jetzt schaltete sich Brian Strachan ein. »Also, entweder ist Henderson der Täter oder es wird kompliziert.« Alle schauten ihn ungläubig an.

»Welche Möglichkeiten haben wir denn sonst? Der Killer war schon samt Leiche auf dem Gelände, bevor Henderson kam. Oder: Die Leiche war schon da, nur er ist erst am Morgen gekommen. Wenn Hendersons Aussage stimmt und er morgens tatsächlich die Brennblase kontrolliert hat, dann muss der Mörder gleichzeitig mit ihm ins Still House gekommen sein. Oder, er hatte Nachschlüssel für die Räumlichkeiten und kam schon in der Nacht. Aber, wie hat er die Leiche aufs Gelände bekommen? Ohne Auto. Mit 'ner Schubkarre vielleicht? Oder wie? Ziemlich viele "oder", was?«

»Hey, Graham, Sie sind doch der Chef hier«, bemerkte Brian sehr scharfsinnig. »Wie würden Sie einen achtzig Kilo Sack hier reinbringen?«

Graham schreckte von den Fotos hoch, die er immer noch betrachtete. Spontan antwortete er: »Ich? Ich würde Percy bitten, mir die Sachen mit seinem großen Land Rover herzubringen.«

Rotwild

-19-

Mit einer oberflächlichen Kurzversion der neuesten Ereignisse hatte Alan Derringer die Reporterschar abgespeist. Anschließend waren sie in seinem Wagen, gefolgt vom Van der Spurensicherung, zu Gregs Haus gefahren. Die Polizisten hatten dafür gesorgt, dass ihnen kein Reporter folgen konnte, indem sie kurzerhand die Straße abgesperrt hatten und nur die Fahrzeuge der Sonderkommission durchließen.

Eine gute halbe Stunde später umringte die gesamte Gruppe Hendersons alten, dunkelgrünen Land Rover mit dem ehemals weißen Dach, der neben seinem Haus in Milltown, knapp drei Kilometer außerhalb von Charlestown, stand. Deutliche Gebrauchsspuren an der gesamten Karosserie und die angerosteten Stahlfelgen zeugten von hohem Alter, intensiver Nutzung und nur sporadischer Pflege.

»Percy ist ehrenamtlicher Wildhüter hier im Umland. Er kontrolliert die Wildtierbestände und das ganze Zeugs. Deshalb fährt er so eine große Kiste«, erklärte Graham den Anwesenden.

Pollock untersuchte bereits die Hecktüre nach Fingerabdrücken. Alan bedeutete Graham, der ihm ins Haus folgen wollte, dass er draußen warten solle, denn er wollte schließlich ungestört ein paar Takte mit dem Tatverdächtigen reden. Im Haus traf er auf einen sichtlich erschütterten Greg Henderson.

»Schließen Sie Ihren Wagen immer ab, Mister Henderson?«

»Nein, Sir, eigentlich nie. Da ist doch nichts Wertvolles drin und klauen tut die alte Kiste doch bestimmt auch keiner.«

»Was transportieren Sie denn so mit Ihrem Wagen?«

»Na, alles Mögliche aus dem Wald und der Heide hier. Totes Wild. Im Winter Futter für die Rotwildkrippen und so. Auch mal ein überfahrenes Schaf.«

»Na dann Mahlzeit«, bemerkte Alan, als er an all die Spuren dachte, die Charly in dem Auto wohl finden würde und auseinander halten musste. »Wann hatten Sie zuletzt was aufgeladen?«

»Das ist wohl schon 'ne Woche her, Sir. War ein Schaf, hat die Straße am Ortseingang nicht geschafft. Der Tourist, der es überfahren hat, war völlig von den Socken. Dachte, er müsste jetzt ins Gefängnis, oder so. Kam dann in die Brennerei gelaufen und hat Ishbel ganz verrückt gemacht. Ich hab's dann auf den Wagen geschmissen und dem Tourist ´nen guten Appetit gewünscht, ha!«

»Wir werden herausfinden, was geschehen ist, das ist Ihnen doch wohl klar, oder? Gegenwärtig untersuchen unsere Experten jeden Zentimeter Ihres Land Rovers. Wenn wir einen Tropfen Blut, ein einziges Haar oder eine Faser der Kleidung des Toten finden, werden Sie lange Zeit nicht mehr in Ihrem eigenen Bett schlafen.«

Dann versuchte er einen alten Trick, der in der Praxis, gerade bei unter Stress stehenden Personen, viel öfter klappte, als den meisten Menschen bewusst war. »Wenn Sie schlau sind, sagen Sie also lieber gleich, was geschehen ist, dann haben Sie es hinter sich.«

»Hören Sie, ich wünschte, er wäre nicht tot. Ich wünschte ich hätte ihn nie gesehen, wie er da in der Wash Still schwamm. Aber eines müssen Sie mir glauben. Ich habe nichts mit seinem Tod zu tun!«

Charles Pollock hatte seine Untersuchungen an der Wagenaußenseite inzwischen abgeschlossen und den Griff der Hecktüre mit einem Schraubenzieher geöffnet, um nicht unabsichtlich eventuelle Spuren zu verändern. Das Innere des Wagens bot ein noch desolateres Bild als sein Äußeres. Die knapp 3 Quadratmeter große Ladefläche war übersät mit Schmutz aller Art. Von Lehmbrocken über Tierhaare bis hin zu Blut- und Ölflecken war alles vorhanden, was eine Untersuchung erschweren konnte. Zudem waren zahlreiche Gegenstände über die gesamte Fläche verteilt. Alte Decken lagen zusammengefaltet unter einem Pferdegeschirr. Ein Sack mit irgendeinem verklumpten Dünger rang um den Preis des stinkendsten Gegenstandes mit einer schwarzen, knapp 10 Zentimeter hohen, Kunststoffwanne, in der anscheinend tote Tiere transportiert worden waren. Verkrustetes Blut, vermutlich Wildschweiß, und ein paar tote Fliegen bedeckten den Boden.

Eins fiel Pollock beim Betrachten des Tohuwabohus jedoch sofort auf. Ein relativ großer Gegenstand musste vor kurzem aus dem Heck herausgezogen worden sein. Die Schleifspuren im Dreck wären selbst für einen Laien zu erkennen gewesen. Er wunderte sich zwar, dass sie an der Kleidung des Toten keinerlei Spuren davon gesehen hatten und die hätten bei dem Dreck wirklich offensichtlich sein müssen. Aber, dachte er, vielleicht hatte der Täter ja eine Plastikplane untergelegt und dadurch entsprechende Verschmutzung verhindert. Egal, sie würden die Klamotten eben nochmals untersuchen und genauestens auf Spuren überprüfen, die zu den Dingen im Auto passen könnten. Er sammelte sämtliche Wildhaare die er finden konnte und verstaute sie in den mitgebrachten Tütchen. Auch von den Schweißspuren kratzte er mehrere Proben zusammen, um später zu untersuchen, ob sie tierischen oder menschlichen Ursprungs waren. Durch den Nachweis artspezifischen Eiweißes im Blutserum und durch vergleichende Untersuchung mit spezifischem Antiserum konnte heutzutage sogar die Tierart bestimmt werden. Auch die morphologische Untersuchung der gefundenen Haare, ihre Bestimmung mittels Mikroskop und dem Vergleich mit bereits vorbestimmten Haartypen aus entsprechenden Atlanten, konnte genaue Kenntnisse über den ehemaligen Besitzer der Haare geben. Der Aufbau des Haares ist so typisch, dass man dabei sogar zwischen Hirsch und Reh zweifelsfrei unterscheiden kann. Mit spezieller Kenntnis kann man sogar zwischen Sommer- und Winterbehaarung unterscheiden. In einem gefundenen Haar kann man die darin enthaltenen Spurenelemente untersuchen. Dabei verwendet man die Neutronenaktivierungsanalyse, kurz NAA genannt, die mittels atomarer Strahlung durchgeführt wird. Bei der Messung von 3 Elementen beträgt die Wahrscheinlichkeit der Wiederholung 1:4.800, bei 5 Elementen schon 1:126.800 und werden 7 Elemente gemessen steigt sie auf 1:14.250.000. Bei 11 Elementen beträgt sie dann 1:1.140.000.000. Wenn man also 11 Spurenelemente in einem Haar quantitativ bestimmt, wird sich unter mehr als einer Milliarde Menschen kein gleiches Haar mehr finden, das die gleiche Kombination aufweist wie das Haar des eigentlichen Besitzers. Mit nur einem oder gar zwei Elementen mehr, lässt sich jedes beliebige Haar von den Haaren aller anderen Menschen auf der Welt unterscheiden. Es ist damit genau so individuell wie der persönliche Fingerabdruck. Charly geriet in Gedanken richtig ins Schwärmen, als er an all die Möglichkeiten dachte, die er auf seinem Fachgebiet hatte, um genaueste Untersuchungen anstellen zu können.

Wieder zurück in der Realität. »O.K., ich habe jetzt genug Proben von dem ganzen Mist hier und fahre zurück ins Krankenhaus. Die serologischen Spuren werden wir dort mit den DNA-Analysen der gefundenen Opfer vergleichen und auch mit den Fasern und anderen Sachen, die auf der Kleidung der Leiche sichergestellt werden konnten. Die Analyse ist vielleicht schon fertig. Vielleicht haben wir ja mal einen Volltreffer. Also, bis später, Leute.« Mit seinen Aluminiumkoffern bepackt, ging Charles Pollock zu seinem Van und fuhr los.

Brian versiegelte den Land Rover mit seinen Klebemarken und ging mit Graham ins Haus, um zu sehen, wie weit Alan mit der Befragung von Percy war. Als sie zu den beiden ins Zimmer traten, konnten sie gerade noch hören, wie Percy zu Alan sagte:

»O.K., ich kann nicht mehr, ich muss Ihnen was gestehen.«

Brian und Graham sahen sich verblüfft an und auch Alan erweckte einen leicht überraschten Eindruck. Damit hatte niemand wirklich gerechnet, dass Percy ein Geständnis ablegen würde. War doch keiner der drei wirklich hundertprozentig überzeugt gewesen, dass Percy der Täter war. Und jetzt das. Unglaublich!

»Ich geb´s zu«, fuhr Percy fort. »Ich kann nicht mehr länger lügen.«

»O.K., Percy«, antwortete Alan. »Erzählen Sie uns alles, Sie werden sehen, dass es Ihnen dann wirklich besser geht.«

»Also gut, ich geb´s zu, ich habe die Luke an der Wash Still schon am Abend vorher geschlossen und sie morgens nicht mehr geöffnet und die Still innen kontrolliert. Das mache ich eigentlich immer so. Ja, ich weiß, das ist gegen die Arbeitsanweisung«, dabei schaute er entschuldigend zu Graham hin. »Aber wenn ich die abends, bevor ich gehe, kontrolliere, dann schließe, warum soll ich das ganze am nächsten Morgen noch mal wiederholen. Da kann doch nix passieren, das ist doch nur unnötige Zeitverschwendung. Dachte ich bislang zumindest immer.«

Nach einer kurzen Pause fügte er noch hinzu: »Und da ist noch was. An dem Morgen, als ich den Toten fand, da war die Tür zum Still House nicht verschlossen. Zu, aber nicht abgeschlossen. Ich hätte zwar schwören können, dass ich sie abends abgeschlossen hatte, aber ich war mir dann doch nicht mehr so sicher.«

»Mensch, Henderson, warum haben Sie uns das denn nicht gleich gesagt?« fuhr ihn Alan an. »Das ist Behinderung der Ermittlungsarbeit. Alleine dafür könnte ich Sie schon belangen.«

Percy sackte förmlich in sich zusammen und fing an zu stammeln: »Ich, ich wollte ja, aber wie hätte das denn ausgesehen?«

»Na, auf jeden Fall besser, als jetzt. Mann oh Mann«, antwortete Alan. »Wir werden die Spurensicherung das Schloss nochmals genauer unter die Lupe nehmen lassen. Sie bleiben zu Hause, Percy, und halten sich zu unserer Verfügung!«

Gemeinsam fuhren Brian, Alan und Graham zurück zur Brennerei. Ein paar ganz hartnäckige Reporter wollten einfach nicht aufgeben und lungerten immer noch auf der anderen Straßenseite herum.

»Ich hoffe mal, dass Pollock so schlau war und außen herum gefahren ist. Sonst hat er jetzt die ganze Meute am Hals«, überlegte Alan beim Durchqueren des Eingangstors, das Ishbel wieder für sie öffnete und hinter ihnen schloss. Auch zwei der Polizisten standen noch Wache am Tor und passten auf, dass keiner der Reporter auf dumme Gedanken kam oder gar eigenmächtig aufs Brennereigelände eindrang.

»Ich habe den Sergeant vorhin ins Krankenhaus geschickt. Er sollte keinen Reporter ins Gebäude lassen. Wenn's dort Ärger geben würde, hätte er sich über Funk gemeldet. Die denken doch alle, dass wir die Leiche nach Inverness geschaukelt haben«, beruhigte ihn Brian.

Nachdem sich alle drei wieder im Konferenzraum auf ihren alten Plätzen niedergelassen hatten, begann diese altbekannte Zeit des Schweigens. Keiner hatte so richtig eine Idee, wie es jetzt weitergehen sollte, und hing deshalb seinen eigenen halbfertigen Gedanken nach.

»Ein Schluck Whisky soll ja manchmal Berge versetzen können, oder?«, versuchte Brian das Gespräch wieder in Gang zu bringen.

»Bloß nicht«, entgegnete Alan sofort. »Das hätte mich gestern Abend fast Kopf und Kragen gekostet. Ein oder zwei von den Gläschen am Abend, o.k., aber im Moment lege ich doch lieber erstmal 'ne Pause ein.«

Da Graham weder der Unterhaltung folgen konnte, noch so unhöflich sein wollte, nachzufragen, was genau er damit meinte, versuchte er kurzerhand das Thema zu wechseln. »Nun, meine Herren, wie sieht's denn jetzt aus? Nachdem der Transportweg des bedauerlichen Opfers ja nun so gut wie geklärt ist, könnte man ja von einer weiteren Sperrung unserer Anlage absehen. Oder, was meinen Sie?«

»Mein lieber Graham, Sie sind ein ganz schön hartnäckiger Kerl! Bevor die Ergebnisse aus den Labors vorliegen, ist zunächst einmal gar nichts geklärt. Und bis dahin haben Sie und Ihre Leute, so Leid es mir tut, noch Sendepause. Aber, ich gebe Ihnen mein Wort, sobald alle Informationen aus Ihrem Laden hier beisammen sind, können Sie anfangen, mit Ihrem zuständigen Hygieniker zu streiten.«

»Na gut, danke Alan.« Etwas resigniert fiel Graham nichts Besseres ein, als seine Hände zum hundertsten Mal zu betrachten. »Was machen Sie beide denn in nächster Zeit?«

»Keine Ahnung«, entgegnete Alan wahrheitsgemäß. »Ich bin mir einfach nicht sicher, in welche Richtung es momentan gehen soll. Am liebsten würde ich mir die Witwe von diesem Mullin auf Skye vornehmen. Ich hab das Gefühl, dass wir dort irgendetwas finden werden. Leider hat sie immer noch dichtgemacht. Ich hab einen Mann ins Krankenhaus abgestellt, der mir beim leisesten Wimpernklappern der Dame Bescheid sagt.«

»Und«, fragte Brian, nachdem er sich mit beiden Händen auf die Schenkel schlug. »Fahren wir jetzt heim? Ich hätte noch ein paar Aufgaben, mein Privatleben betreffend. Sofern du überhaupt weißt, was das ist. Außerdem bin ich langsam reif fürs Bett. Also, Abflug?«

Brian erhob sich mit einem unterdrückten Ächzen von seinem Stuhl und begann, die Unterlagen auf dem Tisch zusammenzuraffen. Alan dagegen machte keine Anstalten, sich zu erheben.

»Ich habe das Gefühl, dass ich hier besser denken kann, als im Büro in Inverness. Lass uns einfach noch eine Nacht oder zwei hier bleiben, Bärchen, o.k.?« Mit einem flehenden Blick schaute er Brian von unten an.

»Sieh mich nicht auf die Tour an, Mann. Das zieht nicht. Ich weiß genau, warum du in Inverness nicht denken kannst. Und hier übrigens auch nicht. Zumindest nicht an unseren Fall. Aber mach', was du willst, du bist der Boss. Ich fahre jetzt jedenfalls nach Hause, zum Glück sind wir mit meinem Wagen da. Du kannst ja dann dein Auto nehmen.« Er winkte zum Abschied in die Runde, verließ den Konferenzraum und ging zu seinem Auto. Wenig später trat er die Heimfahrt nach Inverness zu seiner geliebten Janet an.

»Kann ich Ihnen noch irgendwie behilflich sein, Alan?«, versuchte Graham die sichtlich niedergeschlagene Stimmung zu heben.

»Nein danke, Graham, sehr freundlich. Jetzt kommt der Zeitpunkt, der jedem Ermittler am meisten stinkt. Die Zeit des Wartens auf Ergebnisse. Ich werde mich jetzt ins Hotel zurück begeben und ein oder zwei Stündchen schlafen. Die Nacht war ziemlich kurz für mich. Heute Abend wissen wir wahrscheinlich mehr und dann sehen wir weiter. Also, halten Sie sich die Reporter vom Hals und ruhen sich ein paar Tage aus. Hier können Sie jetzt nichts mehr tun.«

Mit diesen Worten erhob sich Alan Derringer und streckte Graham seine Hand entgegen. »Ich werde Sie auf jeden Fall informieren, wenn wir Charlestown wieder verlassen.«

Geistesabwesend nahm Graham die dargebotene Hand und schüttelte sie. »Ja, ja, vielen Dank. Sie finden ja raus, nicht?«

»Sicher, Graham, und ich lasse Ihnen die Kavallerie vorm Tor hier. Die Männer machen hier in der Gegend einen guten Eindruck auf allzu neugierige Reporter, denk ich. Bis bald.« Damit verließ er den Raum.

Niedergeschmettert ließ Graham sich in einen der Stühle fallen. Mit dem Geräusch des sich entfernenden Wagens, schien sich auch seine Karriere als Meisterdetektiv zu verflüchtigen. Gerade noch hatte er gehofft, nach seinem Hinweis auf Percys Land Rover, in den illustren Kreis der Ermittler oder zumindest als deren externer Berater aufgenommen zu werden, als seine Hoffnungen durch Alans Art, ihn völlig links liegen zu lassen, vollkommen zerstört wurden.

Nicht recht wissend, was er eigentlich jetzt mit sich anfangen sollte, schlurfte er hinüber in sein Büro, griff sich seinen Trenchcoat, knipste im Flur noch alle Lichter aus und verließ mit einem leisen Seufzen das Gebäude.

Brian musste grinsen, als er auf der Heimfahrt an Alan dachte. Dieses Mal schien es ihn wirklich erwischt zu haben. Als er daran dachte, wie er seine Janet damals kennen gelernt hatte, konnte er etliche Parallelen zwischen sich und Alan, aber auch zwischen Susan und Janet erkennen.

Damals, als sie auch schon ein paar Mal gemeinsam aus waren, hatte er ihr schon von seinem Spitznamen erzählt, den seine Arbeitskollegen und gute Freunde benutzten. Bei ihrem vierten Date saßen sie nebeneinander auf einer Parkbank und genossen die laue Frühlingsnacht. Solche Nächte gab es durchaus auch in Schottland, viel öfter sogar, als die meisten Nichtschotten dachten. Und als sie so beide sinnierend in den sternenklaren Abendhimmel schauten, erkannte er ein ihm sehr bekanntes Sternbild.

»Soll ich dir mal den kleinen Bären zeigen?«, fragte er sie darauf spontan.

Erst ihr entsetztes Gesicht, gepaart mit einem diabolischen Funkeln in den Augen, machte ihm klar, was er da gerade wirklich gesagt hatte. Zunächst war es ihm peinlich und er wollte zu einer Entschuldigung ansetzen, aber dann dachte er bei sich *Mit der Frau kann man sich ganz toll unterhalten. Die scheint die gleichen Hobbys wie ich zu haben*. Und so kam es, dass Janet später am Abend doch noch einen Exkurs in die persönliche Astronomie von Brian machte.

So hing er weiter an seinen lieb gewonnenen Erinnerungen, bis er endlich in Inverness in die Straße einbog, in der er und Janet wohnten. Er stellte das Auto in die Garage, ging zur Haustüre und öffnete diese mit seinem Schlüssel und begrüßte seine Janet mit einem innigen Kuss. Sie kam ihm schon im Hausflur entgegen, da sie sein Auto gehört hatte.

»Hallo mein Schatz«, begrüßte sie ihn lächelnd, als er sie aus seiner Umarmung wieder freigegeben hatte. »Schön, dass du mal eher zu Hause bist als erwartet! Du weißt, ich liebe es, von dir überrascht zu werden. Aber du siehst ganz schön müde aus. Soll ich dir ein Bad einlassen?«

»Oh ja, gerne«, sagte er. »Aber nur, wenn du mir Gesellschaft leistest.«

»Hast du etwa Angst, so alleine in der großen Wanne«, fragte sie ihn schelmisch, denn sie kannte ihn gut genug, um seine Hintergedanken zu erraten.

»Nein, Angst habe ich keine, höchstens, dass ich aus Versehen zu weit raus schwimme und dann nicht mehr zurückfinde«, grinste er sie an.

Distel

-20-

Er konnte sich nicht daran erinnern, wie viele Jahre er sich schon nicht mehr so ausgeruht gefühlt hatte. Nach ein paar Stunden Schlaf in seinem Hotelzimmer in der Mash Tun, saß er auf der Bank vor dem Erkerfenster und blickte sinnierend auf den River Spey, der in nicht einmal 50 Metern Entfernung ruhig vorbeizog und nur durch vereinzelte Bäume leicht verdeckt wurde. Das Wetter zeigte sich von der gnädigsten Seite und eine über dem Horizont stehende Nachmittagssonne tauchte die friedliche Szenerie in violettblaues Licht.

Zum ersten Mal seit Wochen fühlte er sich befreit von der ganzen Last seines Berufs, seiner Fälle und ... ja, und auch von der nagenden Gewissheit, keine Freizeit, kein wirkliches Privatleben mehr zu besitzen.

So, wie langsam die ersten Nebelschwaden über dem Flusstal auftauchten, so tauchte in Alans Geist das Bild von Susan auf. Was hatte diese Frau nur an sich, dass seine ganze so mühsam und professionell aufgebaute Unnahbarkeit ins Wanken kam? Und das Schlimmste war, dass es ihn nicht einmal störte! War er wirklich nur nach Charlestown zurückgekehrt, um etwas Ruhe für die laufenden Ermittlungen zu finden? Um der Hektik und auch der wachsenden Kritik seiner Vorgesetzten in Inverness zu entgehen? Um dem aktuellen Tatort möglichst nahe zu sein? Oder hieß sein aktueller Tatort etwa Susan? Wenn ja, dann war er aber diesmal das Opfer, rücklings und ohne Vorwarnung überfallen und mit einer Wunde, die tiefer ging, durch alle Eingeweide und mitten durchs Herz. Scheiße! Und er fühlte sich auch noch gut dabei.

Langsam ließ er das nagende Gefühl zu, welches ihm schon die ganze Zeit am Rockzipfel seiner Gedanken zog. Er wollte Susan unbedingt wieder sehen. Am besten heute noch. Er konnte jetzt sogar ihren Geruch wahrnehmen und die Melodie ihrer Stimme, so wie er durch das leicht geöffnete Fenster das leise Rauschen des Flusses hörte.

Etwas neidisch dachte er an Brian und seine Janet. Die beiden waren so richtig glücklich miteinander. Seit Brian seine zweite Ehefrau kennen gelernt hatte, schien seine Welt absolut in Ordnung und völlig im Gleichgewicht zu sein. Obwohl er vorher schon einmal verheiratet war, Janet übrigens auch, hatte er erst bei ihr erfahren, wie schön Liebe sein kann. Seine erste Frau war einfach mit den beruflichen Abwesenheiten von Brian auf Dauer nicht klar gekommen und war offensichtlich auch nicht der Typ, der sich alleine beschäftigen konnte. Sie hatte permanent versucht Brian ein schlechtes Gewissen einzureden und bei dem gutmütigen Bär war ihr das auch nicht schwer gefallen. Na ja, sei´s drum, Alan hatte diese Tussi und ihre blöde Art nie leiden können und Brian war sie ja endlich los.

Obwohl Brian und Janet verschiedene Charaktere waren und auch teils unterschiedliche Interessen hatten, kam es Alan stets so vor, als wäre Janet das zweite Ich von Brian. In all den Jahren, die er beide jetzt schon kannte, hatte es nie Streit zwischen ihnen gegeben, und selbst wenn sie einmal unterschiedlicher Meinung waren, gab einer von ihnen schnell nach und versuchte nicht seinen Standpunkt durchzusetzen. Janet war für Brian wirklich mehr als nur seine bessere Hälfte, sie war sein ein und alles. Vielleicht, so dachte Alan, hatte er ja jetzt auch endlich die Chance, es Brian gleichzutun und auch so glücklich zu werden. Und wie von selbst gingen seine Gedanken zurück an Susan.

Genau so, wie die dunstige Luft an diesem Spätsommertag die Landschaft in diffuses Licht tauchte, so verblasste Susans Gesicht vor seinem Auge, als sein Laptop das Signal für eingehende Mails von sich gab. Mit einem Blinzeln und einem vehementen Kopfschütteln, versuchte Alan sich in die Wirklichkeit seiner Umgebung zurück zu holen. Sein Zimmer im zweiten Stock des kleinen Mash Tun Hotels war etwas ganz besonderes, so wie alle sechs Zimmer was Besonderes waren. Der Inhaber des traditionsreichen Pubs und Hotels war eingefleischter Whiskyliebhaber und hatte alle Zimmer im letzten Jahr in den typischen Farben einer Brennerei der Umgebung gestaltet. Alans Raum (Macallan) war in dem satten Gelb eines reifen Gerstenfelds gestrichen, welches man mit dieser Marke assoziierte. Der Teppichboden bildete mit seinem satten Dunkelrot einen angenehmen Kontrast dazu. Bilder und Lithografien der Brennerei schmückten dezent die Wände. Hier zeigte sich die wirkliche Liebe zu einer Kultur, einem Stück Heimat und Identität, welche Schottland in vielen Jahrhunderten schmerzlich vermisst hatte.

Diese Atmosphäre aufsaugend, stand Alan von seinem Fenstersitz auf und ging die zwei Schritte zu dem kleinen Sekretär hinüber, auf dem er seinen Laptop positioniert hatte. Er konnte beobachten, wie eine Datei nach der anderen sein Postfach füllte. Absender war das Hauptquartier in Inverness und an den Dateinamen konnte er sofort erkennen, dass es sich um die Laborbefunde des letzten Opfers handelte. Mit mäßigem Interesse nahm er noch wahr, dass der Absender sich nicht mal mehr die Mühe machte, die Befunde dem Namen des Opfers zuzuweisen. Sie hießen mittlerweile alle nur noch *Whisky04*. *Aha*, dachte er resignierend, *ab dem vierten Toten wird's dann unpersönlich. 1,2,3, ganz viele!*

Aber, was beschwerte er sich eigentlich, er war doch Teil dieser Maschinerie, sogar ein wichtiger Teil, ein Vorbild. Hatte er mit seiner zur Schau gestellten coolen Distanz nicht immer seinen Mitarbeitern gezeigt, wie man Abstand hält zu den ganzen beschissenen Ereignissen? Wie man sich nicht emotional involviert, weil man sonst an dem ganzen Elend einfach kaputt geht? Und vor allem: weil man dann den distanzierten, analytischen Blick des guten Ermittlers verliert? Mord, als eine aufregendere Variante eines Schachspiels?

Genug der Selbstzweifel! Hier lag doch die Lösung für sein immer noch im Hinterkopf nagendes Problem! Hatte er Susan nicht versprochen, sie über den Stand des Falls auf dem Laufenden zu halten? Jetzt hatte er einen Vorwand, sie nach der letzten verpatzten Nacht doch noch anzurufen und sie zu einem erneuten Treffen zu überreden. Hoffentlich war Susan nicht eine dieser schrecklich nachtragenden Frauen, die sich erst wochenlang schmollend zurückzogen oder tagelang umwerben ließen, bis sie wieder zugänglich wurden. Natürlich hatte er ihre Frustration in der letzten Nacht gespürt und ihren jämmerlichen Versuch, sie zu überspielen. Er konnte es voll nachempfinden; ihm ging es ja ganz genauso. Sie unter dem beruflichen Aspekt anzurufen, könnte die Situation vielleicht etwas entspannen, hoffte er. Zum ersten Mal seit Jahren half ihm sein psychologisch trainierter Verstand und seine intuitive Menschenkenntnis nicht mehr weiter. Hier musste er einfach hoffen und vertrauen. Neuland also!

Er schaute kurz auf die Uhr, 18:30 Uhr, also los. Zielsicher angelte er sein Handy aus der Innentasche seiner über dem Stuhl hängenden Jacke, setzte sich auf den Stuhl vor dem Sekretär und blätterte in seinem kleinen, in Leder gebundenen Notizbuch. Nach ein paar Seiten fand er auch die Aufzeichnungen zu den Personen, die ihm in den aktuellen Fällen begegnet waren. Susan Edkins Privatnummer hatte er sich glücklicherweise notiert und er begann, die Zahlenkombination auf dem grün beleuchteten Ziffernblock einzutippen.

Nach zweimaligem Klingeln schien ihn der Mut wieder zu verlassen und es beschlich ihn die Befürchtung, dass Susan vielleicht gar nicht zu Hause sei, sondern bereits ihre neue Schicht im Notdienst angetreten hätte. Als er schon bereit war, die Verbindung zu beenden, hörte er am anderen Ende der Leitung das typische Knacksen eines entgegengenommenen Gesprächs. Eine verschlafene und leicht belegte Stimme meldete sich mit »Hallo?«

»Susan? Hier ist Alan, Alan Derringer. Störe ich gerade?«

»Alan? Oh, hei. Wie geht's dir?« Man hörte ein unterdrücktes Räuspern und das typische Rascheln von Stoff im Hintergrund.

»Hab ich dich geweckt? Du klingst ein bisschen verschlafen«, bemerkte er vorsichtig.

Nach einer kurzen Pause antwortete sie: »Nein, nein. Ist schon o.k.. Ich bin heute früh ins Bett und war gerade erst eingeschlafen. Letzte Nacht war etwas kurz.«

Alan wusste nicht, ob er die Bemerkung nun als Vorwurf an ihn oder nur als einfache Feststellung werten sollte. Er entschied sich kurzentschlossen für Zweiteres. »Ja, geht mir genauso. Also, weswegen ich anrufe …«

»Wo bist du eigentlich?«, unterbrach sie ihn.

»Ich bin wieder zurück in Charlestown. Im Mash Tun. Ich wollte dich fragen, also die ganzen Ergebnisse unseres letzten Opfers sind mittlerweile da, ob's dich interessiert? Zudem hatten wir ja ein paar Gedanken zu deiner beruflichen Zukunft gewälzt. Da sind wir noch nicht weitergekommen.« Irgendwie ging ihm langsam der Gesprächsstoff aus.

»Alan?«

»Ja?«

»Was ist los?«

Pause.

»Ich würde dich gerne sehen.«

Kurze Pause und dann »O.K.«

»Was meinst du?«, fragte er überflüssigerweise nach, da er das Gefühl hatte, dass ihm die Gesprächsführung gänzlich entglitt.

»Ich sagte o.k.!«

»Aber nur, wenn du nicht mit deinem Job kollidierst. Klar! Wann hast du denn Dienst heute?«

»Keine Sorge. Meine Nachtschichtwoche ist beendet und ich hab jetzt 48 Stunden frei.«

»Toll. Darf ich dich zu einem kleinen Abendessen einladen. Hier in der Mash Tun? Sieht alles ganz lecker aus. Wann wäre es dir recht?« Am besten sofort und auf der Stelle, schoss es ihm durch den Kopf.

»Lass mich sehen«, entgegnete Susan. »Halb sieben ist es jetzt. Wie wär's um halb acht?«

»Das passt prima. Dann kann ich Brian noch über die Befunde informieren. Kommst du hierher oder soll ich dich abholen?«

»Brian ist auch da?«, entgegnete sie und schien seine Frage überhört zu haben.

»Oh, sorry, nein, Brian dürfte inzwischen daheim bei seiner Janet sein. Der hat auch etwas Schlaf nachzuholen. Ich rufe ihn nur an, mehr nicht.«

Das wäre jetzt fast ins Auge gegangen. Gut, dass Brian mit seinem Auto da gewesen war und lieber nach Hause fahren wollte. Auf einen Abend zu dritt konnte Alan heute trotz seiner engen Freundschaft zu Brian ganz gut verzichten. Susan schien der Sinn auch eher nach Zweisamkeit zu stehen. Und Brian war sicherlich auch froh, wenn er mal wieder bei seiner Janet war.

»Na dann … Da die Nächte in diesen Kleinstadtghettos mit ihren Gassen und Hinterhöfen ja mordsgefährlich sind, kannst du mich gerne abholen. Weißt du noch, wo?«, ergänzte sie nach einer kurzen Pause noch keck.

»Hey, ich bin Bulle! Adressen merken ist mein Job!«, antwortete er erleichtert. »Also, um halb acht bei dir. – Bis nachher!«

»Bis neulich!«

Nachdenklich drückte er die rote Taste und klappte das Handy zu. Einerseits erleichtert über den Gesprächsausgang, andererseits maßlos irritiert über seine neu entdeckte Gefühlswelt, betrachtete er abwesend das Handy in seinen Händen. Das war nicht wie üblich dieses langsam keimende Pflänzchen einer beginnenden Liebelei. Das erste zarte Grün, dass sich vorsichtig aus der Erde in Richtung Sonnenlicht erhob. Dies hier war eine Distel, die sich unter dem Straßenbelag ausdehnte und stachelig, aber doch schön, und mit aller Gewalt durch den Asphalt drückt, bis dieser aufplatzt und sich demütig vor dem unbändigen Lebenswillen dieser Pflanze zurückzieht. So wie jetzt sein so sorgsam gepflegter Panzer aufbrach und ihn mit einer noch nicht dagewesenen Form von Abhängigkeit konfrontierte. Das war kein Sex. Sicherlich, sie war eine der attraktivsten Frauen, die er sich vorstellen konnte und er hätte sich erst in Novocain baden müssen, um seinen Trieb verleugnen zu können. Aber das hier war mehr …

Schluss erst mal mit diesem Trip, verlangte er von sich selbst. Komm wieder zu dir, sonst fängst du gleich noch an, nackt auf der Wiese zu tanzen! Lass den Abend kommen und dann sehen wie's weitergeht! Ende! Mit einer entschlossenen Bewegung sprang er von seinem Stuhl auf, ging wieder zu seinem Laptop und wählte die Nummer von Brian.

Nachdem das Telefon auch dort mehrmals klingelte, hörte er schließlich die verschlafene Stimme Brian Strachans. »Ja?«

»Hi Bärchen, ich bin es, Alan«.«

»Ach du bist es, ich denke du bist beschäftigt, mit Nachdenken und so.«

»Habe ich dich etwa auch geweckt?«

»Mann, du hast Nerven. Als ich nach Hause kam, wollte Janet unbedingt mit mir baden. Das macht mich immer so müde. Ich habe das Gefühl, als könnte ich Tage pennen. Das muss an der Luft liegen, oder so. Was ist denn?«

»Die Ergebnisse sind da. Lass uns die Sachen zusammen durchforsten, ob wir diesmal was Neues finden«, forderte ihn Alan ungeduldig auf.

»O.K., du gibst vorher ja doch keine Ruhe. Also leg los und beeil dich. Janet schaut mich schon wieder so sehnsüchtig an, als wollte sie auch dringend mit mir … reden.«

Alan hatte heute wesentlich mehr Verständnis für das, was Brian nicht gesagt, sondern nur angedeutet hatte, deshalb überflog er den ersten Befund und gab Brian nur die wesentlichen Daten bekannt.

Blutanalyse
Toxikologischer Befund
Gewebeanalyse
Tatortanalyse
Ergebnisse der Fingerabdrücke vom Tatort.
Kinderkrankheiten. Erbliche Vorbelastung. Verheilte Narben.
Alkohol und Drogenmissbrauch
Letzte zu sich genommene Mahlzeit
Etc pp.

Auch der Land Rover hatte in eine forensische Sackgasse geführt. Sie hatten den Wagen praktisch komplett auseinander genommen, aber keinen Beweis, noch nicht einmal einen Hinweis darauf gefunden, dass der Tote jemals in dem Fahrzeug war. Sämtliche Blutspuren, die zwar reichlich vorhanden waren, waren allesamt tierischen Ursprungs. Aber dennoch, nur weil sich keine Spuren finden ließen, hieß das noch lange nicht, dass der Wagen nicht für die Tat benutzt worden war. Eine Decke oder eine dicke Plastikfolie hätte das Blut auffangen können und das Wageninnere wäre sauber geblieben. Es gab für Alan keinen Zweifel, dass der Mörder die Leiche mit einem Auto transportiert haben musste. Lediglich die nochmalige Überprüfung des Türschlosses zum Still House der Ben Rhinnes Distillery hatte ergeben, dass tatsächlich winzigste Spuren darauf hindeuteten, dass es mit einem Nachschlüssel oder Dietrich geöffnet worden war.

Nach einer guten halben Stunde hatten sie alle Dateien soweit überflogen. Brian, mittlerweile spürbar ungeduldig geworden, gähnte unverhohlen ins Telefon. »So, Junge, jetzt reicht es aber mit Lesestoff für heute. Ich muss wirklich wieder ins Bett. Schlaf nachholen. Komm, lass uns morgen weitermachen. Du hast doch bestimmt auch noch Termine, oder?«

»Stimmt Brian«, gab Alan fast entschuldigend zu. »Ich habe heute Abend noch einen Termin mit Susan. Ich muss die … ich wollte sie …«

Weiter kam Alan nicht mit seiner Ausrede, da Brian Strachans brüllende Lache jegliche weitere Unterhaltung unmöglich machte.

»Alles klar, mein Lieber! Onkel Brian hat schon verstanden«, prustete er zwischen zwei Lachsalven hervor. »Zum Glück bin ich nicht in Charlestown geblieben, sonst müsste ich mich heute Abend wohl möglichst unauffällig aus dem Staub machen und mir in einer dunklen Ecke 'ne Portion Fish 'n' Chips reindrücken. Und anschließend dann über die Hintertreppe ab ins Kämmerlein! – Wuhahahaa!«

»So komisch ist das nun auch nicht«, versuchte sich Alan zu verteidigen. »Ich hatte Susan lediglich versprochen, ihr unseren Stand der Ermittlungen zu zeigen …«

Wieder kam er nicht weiter. Brians halb erstickte Antwort »"Stand der Ermittlungen zeigen" nennt man das jetzt. Klasse! Ich weiß schon, was du ihr zeigen willst. Aber o.k., mach' nur mein Lieber und viel Erfolg dabei. Dann geh' ich jetzt mal wieder zu meiner Janet und zeig der meinen "Stand der Ermittlungen".«

Sein Gewieher konnte Alan noch hören, bevor Brian die Telefonverbindung unterbrach.

Brian musste, als er zu seiner Janet zurückging, immer noch grinsen, wenn er an Alan dachte und wie er sich verhalten hatte. *Wie ein verliebter Trottel*, dachte er. *Ich glaube jetzt hat es ihn endlich mal richtig erwischt. Diese Susan ist ja auch wirklich nicht nur hübsch, sondern auch ein prima Mensch. Die passt zu ihm. Hoffentlich macht er da nicht wieder alles kaputt. Das wäre echt schade mit den beiden.*

Alan hatte sich in den letzten Minuten, die ihm vor seinem Treffen mit Susan noch blieben, versucht, mit dem Thema Attraktivität zu beschäftigen. Bisher war er davon ausgegangen, dass er einfach ganz gut aussah und die Frauen, die dies genauso sahen, ihn schon ansprechen würden. Und wenn ihn eine mal nicht so toll fand – was soll's, dann halt die nächste.

Jetzt jedoch sah er sich in der vertrackten Lage, einem Menschen und dessen Ansprüchen gerecht werden zu wollen. *Sah er – für Susan – wirklich gut aus? Mochte sie seinen Geruch?* Er schnüffelte an sich herum und kam zu keinem Ergebnis. *Stinken tat er nicht, aber* Aprilfrisch *oder* Sommerwiese *war das auch nicht. Also, doch besser noch ein wenig von seinem Aftershave aufgelegt. Mochte sie lieber den leichten Anflug von Bart den er im Spiegel an sich entdecken konnte oder fand sie eine glatte Haut angenehmer? Sollte er sein noch recht volles Haar eher mit einem Seitenscheitel bändigen oder es einfach wie sonst mit den Fingern nach hinten streichen? Verdammt! So mussten sich wohl viele Frauen jeden Morgen vorkommen. Das waren echte Probleme.* Die Gedanken mit einer resoluten Geste aus dem Kopf schüttelnd, schnappte er sich seine Jacke von der Stuhllehne und verließ eiligen Schrittes sein Zimmer und das Hotel.

Nachdem Susan den Hörer aufgelegt hatte, war sie ins Bad geeilt, um sich "frisch zu machen". Dieser Vorgang, der bei Männern normalerweise auch genau so ausgeführt wird, wie es der Begriff erkennen lässt, also eine Schippe Wasser über den ganzen Körper verteilt, eine Dusche aus der After Shave

Flasche und nach drei Minuten fertig, dauert bei Frauen ja bekanntlich Lichtjahre länger. Auch Susan bildete da keine Ausnahme. Mit einem Blick auf die Uhr erkannte sie, dass ihr leider nicht so viel Zeit blieb, wie sie gerne gehabt hätte, denn sie wollte sich nicht für den heutigen Abend, sondern auch für das wohl darauf folgende "trinken wir noch einen Kaffee bei mir" entsprechend vorbereiten. Oben und unten kurz waschen genügte ihr da nicht. Da sie sich aber auch in der Wahl ihrer Kleidung für den heutigen Abend noch nicht wirklich schlüssig war, musste sie auch dafür entsprechende Zeit einplanen. Immer diese Hektik. Wie sollte sie das alles in nur einer Stunde schaffen? Die Männer allgemein, und offensichtlich auch Alan, machten sich einfach keine Gedanken, wie sehr sie eine Frau doch mit so kurzfristigen Terminen unter Druck setzten. Sie hatte aber nicht noch mehr Zeit rausschinden wollen, als Alan sie nach dem Zeitpunkt des Treffens fragte.

Während sie unter der Dusche stand und ihren Körper einseifte, hatte sie zumindest etwas Muße über den heutigen Abend, die Nacht? und auch die weitere gemeinsame Zukunft nachzudenken. *Oh Gott*, dachte sie, *gemeinsame Zukunft. Hat es mich wirklich so erwischt, dass ich schon so weit denke.* Als sie in sich hineinhörte, erkannte sie, dass die Antwort ein klares Ja war. *Ein Leben mit Alan, herrlich! Und dann auch noch zusammen mit ihm in einem Team, ihn also täglich sehen. Klasse!* Aber halt, meldete sich ihr rationaler Verstand zu Wort. Beides zusammen geht doch eigentlich nicht.

Wenn sie jetzt mit Alan ins Bett hüpfte und das nicht nur heute, sondern auch in nächster Zukunft – klasse Vorstellung – dann erforderten doch die Polizeivorschriften, dass Alan und sie nicht als Partner zusammenarbeiten konnten. Das wusste sie genau, denn da waren die Vorschriften bei der Polizei auch nicht anders als die bei ihr im Krankenhaus. Sie hatte das schon einige Male miterlebt, dass sich zwei Kollegen verliebten, zusammenzogen und dann beruflich getrennt wurden. Aber irgendwie erschienen Susan diese Vorschriften vernünftig, die es verboten, dass zwei Polizisten – und irgendwie wäre sie ja dann auch so was in der Art – miteinander schlafen und dann weiterhin gemeinsam an einem Fall arbeiteten. Nicht etwa, dass sie sich immer nach irgendwelchen Vorschriften richtete, da war sie Alan nicht unähnlich. Aber ihrem gesunden Menschenverstand vertraute sie schon und der sagte ihr, dass es besser war, nicht beides zu versuchen, sondern sich auf eines zu konzentrieren, aber auf was?

Mit Alan ins Bett oder zu Alan ins Team?

Mitten in diesem schrecklichen Fall konnte sie sich doch nicht einfach vor Alan hinknien, ihm den Reißverschluss aufziehen und sagen: *Ich weiß genau, was du dir am meisten wünschst*. Eine Romanze war ein zartes, zerbrechliches Geschöpf, das man liebevoll hegen und pflegen musste, bis es zu etwas wunderbarem herangewachsen war. Im Moment hatte sie keine Zeit für einen Orgasmus und Alan ebenfalls. Sie musste ihn mit allen ihren Möglichkeiten unterstützen, dass er den Fall löste. Danach erst konnten sie an ihre gemeinsame Zukunft denken. Falls sich zwischen ihnen beiden etwas Bedeutsames entwickeln konnte, dann wollte sie es nicht schon gleich am Anfang kaputtmachen, indem sie sich von ihm flachlegen ließ, und schon gar nicht zu diesem Zeitpunkt, wo der Erfolgsdruck so stark auf ihm lastete.

So, jetzt war es raus, also Team statt Bett.

Sie musste es unbedingt Alan nachher beim Essen sagen, bevor er sich falsche Hoffnungen machte. Er würde es doch bestimmt verstehen … oder?

Alan verstand erst einmal gar nichts und die Welt und die Frauen im Speziellen schon überhaupt nicht mehr. Aber welcher Mann verstand schon die Frauen!

Er hatte Susan pünktlich zum Abendessen abgeholt und da es unter der Woche war und außerdem das Restaurant in der Mash Tun zwar gut aber nicht piekfein war, hatte sich Susan für Jeans und ein leichtes Sweatshirt entschieden. Als sie vor ihm das Restaurant betrat, musste er einfach den Anblick der Rundungen ihres strammen Hinterns, die in den engen Jeans perfekt zur Geltung kamen, genießen. Auch die langen schlanken Beine waren eine echte Augenweide.

Als sie, nach dem ausgezeichneten Essen, beim Kaffee angelangt waren, ließ Susan dann endlich die Katze aus dem Sack.

»Hör mal, Alan, ich habe mir vorhin beim Duschen was überlegt.« Sie informierte ihn über ihre Überlegungen, die sie angestellt hatte und versuchte auch ihre Beweggründe so darzustellen, dass er sie nicht nur nachvollziehen, sondern auch akzeptieren konnte. Dann schaute sie ihn hoffnungsvoll an.

»Du hättest besser auf das Duschen verzichtet«, konnte sich der sichtlich enttäuschte Alan nicht verkneifen.

»Komm, jetzt werde nicht ungerecht. Ich hätte mich auch viel lieber für das Team UND für dich entschieden. Aber du weißt genau, dass das nicht erlaubt ist. Den Mitgliedern deines Teams würde das höchstwahrscheinlich nichts ausmachen, die stehen voll und ganz hinter dir, aber deinem Chef würde das ebenfalls auf Dauer nicht verborgen bleiben, und der müsste dann etwas unternehmen, ganz egal, ob er will oder nicht. Du hast bestimmt nicht nur Freunde bei der Polizei, das kann bei jemandem, der so eine Karriere hinter sich hat wie du, gar nicht anders sein. Und genau um deine Karriere geht es mir. Die wirst du doch nicht wirklich opfern wollen, das wäre die Sache nicht wert.«

Susan hatte Recht, das musste Alan schon zugeben. Seine Neider bei der Polizei würden sich diebisch freuen, wenn sie von seiner Liaison mit einem Teammitglied hören würden. Und dann würden sie Himmel und Hölle in Bewegung setzen, um ihn zu Fall zu bringen. Aber eigentlich hatte er Susan anfangs ja nur deshalb im Team dabeihaben wollen, um sie ständig in seiner Nähe zu haben und, ja, klar, natürlich auch im Bett. Eigentlich sogar in erster Linie im Bett. Und wenn er sich nicht täuschte, war es Susan doch ganz genauso gegangen.

»Ja Susan, du hast Recht, aber es ist nun wirklich nicht so, dass ich gerne darauf verzichte unsere privaten Kontakte zugunsten der Arbeit einzustellen.« Nach einer minikurzen Pause brach es förmlich aus ihm heraus: »Mensch, ich will dich. Ich begehre dich. Ich liebe dich.«

Liebe, das war eine völlig neue Erfahrung für ihn. Scheiße, war das kompliziert. Wie einfach war sein Leben doch ohne Liebe gewesen. Aber andererseits, Susan war diesen ganzen Aufwand wert. Oh Gott, es hatte ihn offensichtlich wirklich erwischt. Dieses Mal war es ernst. Ganz ernst!

»Ja«, hauchte Susan und ein ganz warmes Gefühl durchströmte ihren Körper. »Ich liebe dich auch. Und ich will dich auch.«

Jetzt kommt bestimmt gleich das berühmte "Aber", dachte Alan noch und da war es auch schon.

»Aber es wäre doch schade, wenn wir die Ermittlungen dadurch beeinträchtigen würden.«

Und auch das stimmte, er konnte wirklich noch jemanden im Team gebrauchen, der bei der Leichenbegutachtung mithalf. Charly war zwar ein klasse Scene Examiner und Andy ein sehr guter Coroner, aber sie benötigten, gerade in diesem speziellen Fall, noch weitere Unterstützung. Susan hatte bei der Untersuchung des vierten Opfers bewiesen, was sie drauf hatte. Es wäre ein Verlust, ja sogar eine Schande, wenn sie dem Team fehlen würde.

»Trotzdem«, beharrte er, immer noch nicht zufrieden mit der Entwicklung ihrer Beziehung. »Es muss doch eine Möglichkeit geben, das eine zu tun, ohne das andere zu lassen.«

»Ich hätte da eine Idee«, setzte Susan zögernd an. »Was hältst du davon, wenn wir erst einmal gemeinsam diesen Fall lösen. Und wenn wir uns dann immer noch so gut verstehen wie jetzt und immer noch das Gleiche füreinander empfinden, ja dann …«

So waren sie an diesem Abend miteinander verblieben. Alan empfand dies immer noch wie einen faulen Kompromiss. Fast so, als hätten sie irgendeinen Geschäftsablauf besprochen und verschiedene Liefertermine vereinbart. Erst liefern wir den Mörder und dann das Bett.

Sie unterhielten sich noch eine Weile über andere Dinge und tauschten Informationen über das Leben des jeweils anderen aus. Dabei fanden sie viele gemeinsame Interessen über Bücher, Musik, Fernsehfilme, eine gemeinsame Abneigung gegen Opern und so weiter. Es wurde doch noch ein schöner Abend, den beide genossen.

Danach brachte Alan Susan wieder nach Hause und verabschiedete sich artig, mit einem freundschaftlichen Kuss auf die Wange, und fuhr wieder zurück zur Mash Tun.

Er hätte sich sonst wohin beißen können.

Spuren

-21-

Als der vierte Tote in der Ben Rhinnes Distillery gefunden worden war, bestätigte sich damit nicht nur der Verdacht auf einen Serienmörder. Aufgrund der Laborergebnisse wurde inzwischen eindeutig klar, dass immer die gleiche Tötungsmethode eingesetzt wurde, nämlich die Infusion von Alkohol. Man war sich mittlerweile auch einig, dass es sich dabei wohl um Whisky handelte. Außerdem hatte der Mörder in jedem Falle Hand-, Fuß- und Halsfesseln sowie einen Knebel benutzt.

Von Nicky war in den letzten Tagen das geografische Profil aktualisiert worden, um damit die mögliche Beziehung zwischen den Fundorten und den Wohnorten aller vier Opfer zu überprüfen. Dafür wurden von ihr entsprechende Computerprogramme benutzt, die normalerweise den Aktionsradius des Täters auswerteten, um dadurch den wahrscheinlichsten Wohnort des Täters zu ermitteln. Im vorliegenden Fall wurde dies ebenfalls versucht, doch es ergab keinerlei Muster. Die Orte waren kreuz und quer über fast ganz Schottland verteilt. Die Schlussfolgerung für den Computer als möglichen Wohnort des Täters war, auch dieses Mal wieder, zwangsläufig "*Schottland*". Auch eine Ausweitung der Suche, unter Einbindung anderer Distilleries, die zum gleichen Konzern gehörten, ergab kein besseres Ergebnis.

Für Alan und Brian war dieses Ergebnis allerdings nicht überraschend, denn sie hatten nichts anderes erwartet. Ihr gesunder Menschenverstand hatte ihnen das gleiche Ergebnis schon längst vorher geliefert.

Dennoch wollten sie sich nochmals mit Jonathan Craigbank treffen, um mit ihm weitere Erkenntnisse zum Täterprofil zu besprechen. Allerdings hatte Brian vorher erst fast eine Stunde lang auf Alan einreden müssen, bis dieser sich zu dem Treffen bereit erklärt hatte. Craigbank hatte im Vorfeld zu der geplanten Besprechung wieder entsprechende Akteneinsicht erhalten.

»Suchen Sie in dem Umkreis der Opfer nach einer Person, einem Mann oder einer Frau, die alle Opfer kennen muss. Das ist entweder Ihr Täter oder jemand, der dem Täter sehr nahe steht.«

Craigbank überraschte die beiden Leiter der Sonderkommission mit dieser Aussage anstatt einer Begrüßung, als er am 14. Oktober zur Teambesprechung erschien.

»Soll das etwa heißen, dass unser Mörder seine Opfer nicht wahllos aussucht?«, fragte Alan, nachdem alle an dem Besprechungstisch Platz genommen und sich mit Kaffee bedient hatten. Jonathan hatte in der Zwischenzeit jedem ein Exemplar des von ihm erstellten und mitgebrachten Täterprofiles ausgehändigt.

»Genau das«, antwortete der Chef-Profiler. »Auch mit dem vierten Toten ist nach wie vor kein Zusammenhang zwischen Wohnort des Opfers und Fundort der Leiche zu erkennen. Wir können lediglich davon ausgehen, dass der Fundort nicht der Tatort ist, also nicht der Ort, an dem das Opfer getötet wurde.

Andererseits ist es total unwahrscheinlich, dass der Täter in fast ganz Schottland umherreist, um sich dann seine Opfer wahllos zu suchen. Das könnte er sicherlich einfacher haben. Da muss also ein System dahinter stecken. Außerdem, über achtzig Prozent aller Opfer kennen ihren Mörder.«

»Und fast zwanzig Prozent kennen ihn nicht«, stichelte Alan. Immerhin ein Argument, gegen das nichts einzuwenden war.

»O.K., das klingt einleuchtend«, beschwichtigte Brian. »Das haben wir aber auch schon vermutet. Trotzdem, wir haben keine einzige Verbindung im Leben der Toten gefunden. Wir haben deren Lebensläufe sogar bis zur Kindergartenzeit zurückverfolgt. Nichts! Keine Spur!«

»Dennoch«, behauptete Jonathan. »Es muss eine Verbindung geben. Da bin ich mir hundertprozentig sicher. Und ich bin mir auch ziemlich sicher, dass diese Verbindung irgendetwas mit Whisky zu tun hat.«

»Tja, aber was? Auch dazu gibt es keinerlei Hinweise. Warum fährt jemand durch ganz Schottland und bringt Leute um. Spritzt sie mit Whisky tot und versteckt sie in Brennereien?« Brian schüttelte verständnislos den Kopf. »Wir wissen Ihre Mitarbeit sehr zu schätzen«, sagte er dann und schielte dabei zu Alan hinüber. »Da wir nicht gerade in Hinweisen ertrinken und auch die Spurensicherung bislang nichts wirklich Verwertbares liefern konnte, sind wir für alle Hinweise dankbar, die Sie uns geben können.«

»Gerne, aber ich möchte nochmals betonen, dass es sich hierbei nur um erste Vermutungen handelt, nicht dass jemand denkt«, und dabei schielte auch er zu Alan hinüber, »dass es sich schon um unwiderlegbare Tatsachen handelt. Der Verlust des Arbeitsplatzes und damit die finanzielle Bedrohung der eigenen Existenz oder zumindest des bisherigen Lebenswandels ist, genauso wie der Verlust eines geliebten Menschen, dessen Tod durch jemand anderen verschuldet wurde, einer der Hauptauslöser, weswegen manche Menschen zum Mörder werden können. Hass auf einen oder mehrere andere, die für das eigene Elend verantwortlich gemacht werden, ist dabei die stärkste Triebkraft. Erst wenn diese anderen Personen bestraft sind, findet der Mörder seinen Seelenfrieden.«

»Schon klar, aber wir können deswegen doch nicht sämtliche arbeitslosen Halbwaisen in Schottland auf ihr Alibi hin überprüfen«, warf Alan ein.

»Das müssen Sie ja auch nicht«, erwiderte Jonathan wieder leicht genervt. »Finden Sie doch erst einmal heraus, welche Verbindung zwischen den Toten und der Brennerei besteht, in der sie gefunden wurden. Denn auch da muss es einen Zusammenhang geben. Die entscheidenden Fragen sind: warum Brennereien, warum ausgerechnet diese und warum gerade jetzt? Die ausgewählten Brennereien haben vermutlich eine symbolische Bedeutung für den Mörder. Aber welche?«

Jonathan schenkte sich eine weitere Tasse Kaffee ein und fuhr fort: »In vielen Fällen wird ein Serientäter auch durch die Art der Berichterstattung in den Revolverblättern erst zum eigentlichen Wiederholungstäter. Sie werden oft in ihrem Tun bestärkt, wenn die Medien Effekt heischend über ihre grausamen Taten berichten. Durch diese Art von Anerkennung fühlen sie sich dann geradezu aufgefordert, weiterzumachen. Und plötzlich wird aus irgendeinem armen Kerl, der vielleicht im Affekt seinen Nebenbuhler ermordet hat, eine Berühmtheit, die von den Zeitungen vielleicht sogar noch mit einem Kriegsnamen versehen wird, und schon muss er einfach weitertöten, um seiner neuen Rolle gerecht zu werden. Die meisten potentiellen Serientäter führen vorher ein eher bescheidenes, zurückgezogenes und unauffälliges Leben. Der Mord gibt ihnen Gelegenheit aus ihrem Schattendasein hervorzutreten und den anderen zu zeigen: *Hier bin ich, schaut was ich alles kann. Ich war's, erkennt ihr mich wieder?* Sie wollen mit ihren Taten der Welt beweisen, dass sie existieren. Sie wollen anerkannt werden. Deshalb wollen die meisten Täter auch irgendwann geschnappt werden, damit ihr wirklicher Name ebenfalls bekannt wird, auch wenn sie selbst das meist gar nicht glauben wollen.«

»Sie glauben also, unser Täter wird sich von uns schnappen lassen oder aber, wenn er seiner Meinung nach berühmt genug ist, vielleicht sogar freiwillig stellen?«

»Nein, das schließe ich allerdings bei unserem Täter aus, denn er geht sehr zielgerichtet vor und lässt sich durch die Berichterstattung nicht aus dem Konzept bringen. Er wird vielleicht mit der Zeit risikobereiter werden und dadurch Fehler machen, die Sie auf seine Spur führen werden. Aber er wird nicht so idiotisch sein und sich Ihnen stellen. Im Gegenteil, er wird es Ihnen bis zum Schluss so schwer wie möglich machen. Das Ende seiner Taten scheint mir noch nicht erreicht zu sein.«

»Soll das heißen, es wird weitere Morde geben, ohne dass wir das verhindern können?«

»Tja, meine Aufgabe besteht nicht darin, Ihnen Hoffnung zu machen oder gar Sie aufzumuntern.« Er zuckte mit den Schultern. »Ja, ich bin überzeugt, es wird weitere Morde geben!«

»Na prima, Sie verstehen es wirklich, uns Mut zu machen«, warf Pollock ein

»Alle vier Morde sind im Prinzip exakt nach dem gleichen Muster abgelaufen. Er scheint sowohl mit den jeweiligen Brennereien als auch mit deren Umgebung bestens vertraut zu sein. Er kennt sich aus und fürchtet offensichtlich nicht, entdeckt zu werden.«

»Scheint ein echter Einzelkämpfer zu sein, ein richtiger Marine-Soldat«, bemerkte Alan.

Jonathan hatte den Sarkasmus in Alans Stimme nicht erkannt oder wollte ihn nicht erkennen. »Ganz recht, Superintendent. So sieht er sich vermutlich auch selbst. Er kämpft für eine gerechte Sache, ganz wie ein Elitekämpfer. Jede Tat ist nahezu militärisch geplant und mit hoher Präzision durchgeführt. Er hat sowohl den jeweiligen Tatort als auch den Fundort genauestens ausgekundschaftet. Er kennt sie quasi wie die viel zitierte eigene Westentasche. Täter agieren gerne in der Gegend, die sie kennen. Da fühlen sie sich sicher und wohl.

Unser Mann aber lebt nicht in Tatortnähe und auch nicht in der Nähe der Fundorte, das macht alleine schon ein Blick auf die Landkarte sofort deutlich. Bei der Auswertung aller bekannten Serientaten in Großbritannien wurde festgestellt, dass 60 Prozent aller Morde in einem Radius von weniger als fünf Kilometer um den Wohnort des Täters begangen wurden. Die Vergleichs-Fallanalyse bezieht sich auf mehrere Einzelfälle, um Serientaten zu entdecken und darauf polizeilich reagieren zu können. Die Spezifische Profilanalyse beinhaltet das, was man im polizeilichen Jargon und auch in der Presse mit „Profiling" bezeichnet: Aus den vorhandenen Informationen, insbesondere aus der Tatort-, der Tathergangs- und der Opferanalyse, soll versucht werden, ein Einzelprofil des Täters zu zeichnen. Diese Analyseform steckt in Großbritannien, aber auch im Rest von Europa, noch in den Kinderschuhen, auch wenn manche anderes glauben machen wollen. Unser Täter passt nicht in dieses Profil. Aber er hat vermutlich einen Beruf, der ihn in ganz Schottland herumkommen lässt. Und er könnte tatsächlich eine militärische Ausbildung oder ähnliches genossen haben. Eines aber ist seltsam.«

Er machte eine kleine Pause, bevor er fortfuhr. »Bei Serientätern gibt es nahezu immer eine Steigerung ihrer Taten, eine Eskalation der Gewalt. Der Täter beginnt mit einem Grundmodell, das er mehr und mehr verfeinert und weiterentwickelt, weil nur das ihm Befriedigung verschafft. Ganz anders unser Täter hier. Er arbeitet immer nach dem gleichen Schema, keine Abweichung, keine Eskalation. Es scheint ihm nur um das Töten selbst zu gehen, so als würde er eine notwendige Arbeit erledigen, ohne dabei Vergnügen zu empfinden. Er wird nicht eher ruhen, bis er seine Arbeit erledigt hat.«

»Und wie sehen Sie Ihre Rolle, das zu verhindern?«, fragte Alan.

»Meine Aufgabe ist oft, die Beweggründe der Täter herauszufinden. Die meisten Taten werden aus sehr primitiven Gründen heraus begangen. Aus Wut, aus Hass, aus Lust, manchmal auch aus Liebe oder einfach wegen des Kicks, etwas Verbotenes zu tun. Oft gehen diese Beweggründe in den ganzen Ermittlungen unter und werden nicht berücksichtigt. Dabei kann und will ich helfen. Zum Beispiel erscheint mir wichtig, dass der Mörder seine Opfer nicht unnötig foltert oder quält. Die Fesseln, die er benutzte gingen nicht über das hinaus, was notwendig war, um das jeweilige Opfer festzuhalten. Auch gibt es keine Spuren von größerer Gewaltanwendung, weder vor dem Tod noch danach. Na ja, von dem ersten Toten mal abgesehen. Aber dazu habe ich Ihnen letztes Mal schon gesagt, dass er das nicht absichtlich gemacht hat. Auch wenn die Todesart alles andere als human ist, scheint unser Täter kein ausgesprochener Sadist zu sein. Jeder Mörder handelt nach seiner eigenen inneren Logik. Auch wenn kein Außenstehender sein Tun verstehen kann, für ihn ist es absolut logisch. Wenn man diese Logik findet und versteht, kann man den Mörder aufspüren. An Händen und Füßen gefesselt bedeutet Kontrolle, ohne Einwilligung des Opfers. Völlige Macht über sein Opfer, mit dem er machen kann, was er will.«

»Kann man eigentlich feststellen, ob die Toten wirklich mit Whisky totgespritzt wurden und, wenn ja, mit welcher Sorte?«, hatte Brian einen spontanen Einfall.

Jonathan nickte anerkennend. »Diese Idee kam mir auch schon, dass die Toten eventuell mit Whisky aus der Brennerei, in der sie später gefunden wurden, auch getötet wurden. Aber leider können wir das selbst mit den modernsten Methoden nicht nachweisen. Würde es sich um reinen Whisky handeln, könnte man sicherlich Unterschiede zwischen den Brennereien erkennen. Vielleicht sogar zwischen den verschiedenen Abfüllungen und Jahrgängen einer einzigen Brennerei. Gaschromatographische Untersuchungen sollten da durchaus zu unterschiedlichen Verteilungen führen. Aber erstens haben wir keinen reinen Whisky in den Toten gefunden, sondern nur mit Blut verdünnten, und zweitens liegen uns keine vergleichbaren Untersuchungen aus den Brennereien vor. Deshalb schlage ich einfach vor, meine Herren, Sie gehen zunächst einmal davon aus, dass es so ist, und versuchen die Gründe dafür zu ermitteln. Das ist kriminalpolizeiliche Tätigkeit.«

»Wenn der Täter so intelligent ist, wie Sie sagen, kann er sich da nicht so verhalten, dass er ihr Täterprofil so beeinflusst, dass es ihn eigentlich gar nicht korrekt beschreibt?«, fragte Alan.

»Theoretisch schon«, antwortete Jonathan. »Da aber fast alle Serientäter einem inneren Zwang folgen, den sie selbst kaum beeinflussen können, versuchen sie eher, ihre Taten zu ritualisieren, zu perfektionieren. Es ist absolut nicht ihr Wunsch, ihr Verhalten zu ändern. Damit könnten sie ja ihren inneren Drang nicht mehr befriedigen.«

»Aber unser Täter könnte uns was vorspielen, wenn er wollte«, insistierte Alan.

»Klar könnte er«, stimmte Jonathan zu. »Aber ich kann mir nicht vorstellen, dass er an solchen Spielchen Interesse hat. Er verfolgt sein eigenes, individuelles Ziel und verschwendet vermutlich keinen Gedanken daran, mit uns irgendwelche intellektuellen Spielchen zu spielen. Solange wir ihn in Ruhe seine Arbeit erledigen lassen, interessieren wir ihn nicht. Aber selbst wenn er das wollte, jede Tat hinterlässt eine Spur, aus der das Wesen des Täters erkennbar wird. Wir müssen diese Spuren nur finden und richtig zuordnen, dann werden sie uns zum Täter führen. Leider kann ich Ihnen da momentan nicht weiterhelfen. Als Profiler brauche ich Daten, die ich verwenden kann, um mir ein Bild über den Täter und sein Motiv zu machen. Ein einzelner Fall liefert normalerweise nicht genügend Fakten dafür, und auch jetzt haben wir immer noch viel zu wenige Informationen. Es ist einer der größten Nachteile meiner Arbeit, dass ich erst warten muss, bis der Täter wieder aktiv geworden ist. Je öfter er zuschlägt, umso besser kann ich seine Taten analysieren und ein Profil erstellen. Das macht mich zum absoluten Außenseiter in dieser Runde, denn ich bin der einzige, dem es zugute kommt, wenn der Täter wieder zuschlägt. Nicht, dass ich mir das wünschen würde, aber es erleichtert nun einmal meine Arbeit. Sie müssen also erst einmal die normale Polizeiarbeit durchführen und weitere Hintergrundinformationen über die Toten aufspüren. Vielleicht gibt es ja eine Verbindung zwischen ihnen.«

Alan zuckte noch immer skeptisch mit den Schultern.

»Wie kam der Täter an den Tatort? Konnte er zu Fuß gehen oder brauchte er ein Fahrzeug? Fuhr zur fraglichen Zeit ein Bus?«, das alles sind Fragen, die Sie ermitteln müssen. Was haben sie für den Täter nur gemeinsam, diese Brennereien? Sie gehören zu irgendeinem Netzwerk, das nur ihm bekannt ist. Arbeitet er eventuell in einer Brennerei? Liefert er vielleicht regelmäßig etwas aus? Ist er Kurier? LKW-Fahrer für Hefe oder den Whisky, der zum Abfüllen gefahren wird? Er will, dass die Opfer gefunden werden und zwar bevor allzu viel Zeit vergangen ist. Sie sollen alle an einem Dienstag gefunden werden. Warum ein Dienstag? Was ist an einem Dienstag passiert, dass ihn zum Mörder machte? Er bleibt bei den Opfern bis sie tot sind und bringt sie erst dann in die Brennerei. Warum? Will er Anerkennung von Ihnen für seine Taten oder Genugtuung? Mehr kann ich Ihnen leider nicht sagen, meine Herren.«

»Na, jedenfalls vielen Dank für Ihre Informationen«, beendete Brian das Gespräch fast schon abrupt, bevor Alan noch etwas Sarkastisches hätte antworten können.

Als Jonathan Craigbank den Besprechungsraum verlassen hatte, musste sich Alan endlich Luft machen, denn das Täterprofil war nicht ganz so ausgefallen, wie er sich das erhofft hatte »So ein dämliches Täterprofil hätte ich selbst auch zustande gebracht! Dafür hätte ich keinen Psychologen gebraucht!«

Er schaffte es dabei, das Wort Psychologe so auszusprechen, dass es klang wie Scharlatan. Und genau so nützlich für die Ermittlungen war das Psychogramm seiner Meinung nach auch.

Pollock konnte sich jetzt auch nicht zurückhalten und schnauzte Alan an: »Er ist Mitglied der neu gegründeten "Verhaltensanalyse-Einheit", die die schottische Polizei bei ihrer Arbeit unterstützt. Dieser *Behavioural Analysis Unit* oder kurz BAU Team genannten Gruppe gehören mehrere Profiler an, die alle Spezialisten in mindestens einer Disziplin sind, wie etwa sexuell motivierte Straftaten, zwanghafte Persönlichkeitsstörungen und viele andere. Sie alle stellen ihre ganz speziellen Fähigkeiten in den Dienst der Ermittlungen, um die Motivation, das Ziel und das Wesen des jeweiligen Serientäters herauszufinden. Und er ist der Beste von allen, also bitte, Alan, respektiere ihn endlich!«

»Na ja, egal«, sagte er dann schnell in die Runde, als er bemerkte, dass auch Brian zu einer Erwiderung ansetzte. »Er wird uns nicht helfen, unser Beweismaterial zu sichten. Wie sieht es aus, was liegt inzwischen alles an Indizien vor?«

Die Mitglieder hatten in den letzten Tagen mit der Metaplan-Technik gearbeitet und alle Informationen zu den einzelnen Fällen auf so genannten Moderationskarten erfasst und den einzelnen Opfern, deren Daten mittlerweile auf mehrere Pinwände verteilt waren, zugeordnet. Diese Technik bot den Vorteil, dass bei neuen Fakten alle Beteiligte diese Kärtchen hinzufügen, wegnehmen oder auch neu gruppieren konnten, was für die Sonderkommission ein ständig aktualisiertes Lagebild ergab.

Nun kam der deprimierende Teil der Teambesprechung, denn auch nach diesem Mord hatte weder die Befragung der Nachbarn des Opfers, der Menschen, die ihn zuletzt lebend gesehen hatten, und auch der Anwohner neben der Brennerei, bei denen die Beamten Tür für Tür abgeklappert hatten, nichts erbracht. Keinerlei Hinweise auf den Täter oder sonst irgendetwas Verdächtiges. Nichts, genau wie bei den anderen Morden vorher! Keiner hatte etwas gesehen oder gehört. Es war zum Verrücktwerden! Es war wie die berühmte Suche nach der Stecknadel. Allerdings suchten sie eine einzige kleine Nadel auf einem ganzen Feld voller Heuhaufen. Und, was hatten sie nach all ihren Mühen, der tagelangen Herumfragerei und den zahlreichen Meetings und Auswertungen vorzuweisen? Nichts! Ein paar Spuren, die Ihnen aber nicht weiterhalfen. Noch nicht einmal eine grandiose Idee, was sie als nächstes tun sollten. Die ganzen Befragungen der Nachbarn, der Arbeitskollegen und Freunde der Opfer waren umsonst gewesen. Sie hatten nichts erbracht. Außer Spesen nichts gewesen. Auch die Gerichtsmedizin hatte keine neuen Aspekte geliefert. Sie traten auf der Stelle. Es war fast so, als hätte ein Geist die Taten begangen, der keine Spuren hinterließ, sondern wie aus dem Nichts auftauchte und nach der Tat auch sofort wieder unsichtbar wurde.

Sie wussten, dass in einem solchen Fall nicht immer alle Daten offenkundig waren, im Gegenteil, die Analytiker mussten nach weiteren Daten suchen. So springen z. B. fehlende Gegenstände nicht ins Auge, das Fehlen von Gegenständen muss erkannt werden. Aber auch die Kontrolle aller Tatortbilder und der Vergleich der einzelnen Tatorte hatte nichts dergleichen ergeben. Es hätte ja sein können, dass der Täter keine Souvenirs von den Opfern, aber vielleicht von den Tatorten, mitnahm. Aber auch eine gezielte Frage der Brennereimitarbeiter, ob irgendetwas abhanden gekommen sei, führte zu nichts.

»Es gibt immer irgendwelche Psychopathen oder Schwachsinnige, die sich selbst bezichtigen, eine Tat begangen zu haben. Sie wollen damit aber meist nur auf sich aufmerksam machen und sind oft nur Trittbrettfahrer«, sagte Alan schließlich. »Aber auch von denen haben wir nichts gehört. Das ist mir langsam unheimlich. Wir haben absolut nichts, was uns auch nur einen Schritt weiterbringt. Irgendetwas muss es doch geben. Wir müssen alles noch einmal genauestens überprüfen, da hilft alles nichts.«

Hausbesuche

-22-

Nachdem Graham Morrice gestern Nachmittag wieder über seinen Schleichweg vom Destilleriegelände entkommen und so unentdeckt bis nach Hause gelangen konnte, fühlte er sich ein wenig besser. Ein leises Kribbeln im Nacken weckte in ihm die Erinnerungen an die Spiele in seiner Jugend. Verstecken, Räuber und Gendarm, Cowboy und Indianer. Spiele, die heutzutage nicht mehr politisch korrekt sind, wie er sich hat sagen lassen. Aber auch Erinnerungen an nicht so schöne Szenen kamen in ihm hoch. Wie Paul Simmons, einer der damaligen Klassenkameraden, mal wieder ein Auge oder besser eine Faust auf ihn geworfen hatte. Bis heute wusste er eigentlich nicht recht warum. Jedenfalls musste er sich täglich neue Routen von der Schule nach Hause ausdenken, um den Gemeinheiten dieses Pauls zu entgehen. Komisch, dachte er, plötzlich war dann irgendwann Schluss und wohin und wann ist dieser Paul eigentlich damals verschwunden?

Eine Tasse Kaffee, zwei selbst geschmierte Brote und ein wenig Zudringlichkeit der Katze konnten zwar die durch seine plötzliche Arbeitslosigkeit verspätete und deutlich längere Frühstückszeit sowie die nächste halbe Stunde füllen, wiesen ihm aber noch keinen rechten Weg für seine Zukunft. Fügen oder Rebellieren? Es wagen oder weichen? Geradezu shakespearesche Fragen tauchten vor seinem inneren Auge auf.

Mit dem Kopf voller alter britischer Weltliteratur schlenderte er durchs Haus, bis er sich im Wohnzimmer auf einmal dem Stapel Papiere gegenübersah, die er überall verstreut liegen gelassen hatte. O.K., das war's. Die Entscheidung war gefallen. Er wollte was tun, und er würde was tun, und zwar gleich. Selbst wenn der Superintendent und alle seine Mitstreiter ihm nachher die Hölle heiß machen würden. Wenn er noch eine Minute länger untätig in seinem Haus rumstehen würde, würde er platzen.

Hastig kramte er den alten Straßenatlas von Schottland aus dem noch älteren Vertiko im Flur und suchte die Seite mit dem Stadtplan von Aberdeen.

Natürlich verfiel er, wie immer in solchen Situationen, in eine planlose Hektik, ließ den Atlas ein Dutzend Mal fallen, fand die entsprechende Seite nicht und vergaß dann im entscheidenden Moment wieder die Adresse.

Hier half nur seine bewährte Art der Meditation, indem er dreimal tief durchatmete, zum Wohnzimmerfenster ging und die entfernten Hügel des Moray County betrachtete. Langsam senkte sich sein Blutdruck, er konnte wieder konstruktiv denken und die Adresse der besagten Witwe fiel ihm auch wieder ein.

Ein Blick auf die alte holländische Standuhr, die leise im Hintergrund tickte, sagte ihm, dass es noch früher Mittag war und eine Fahrt nach Aberdeen sich vor den Abendstunden bewerkstelligen lassen müsste. Bevor er sich seinen Regenmantel überwarf und die bereits gesammelten Unterlagen zu den Morden notdürftig in eine alte Pappkladde stopfte, versah er den Katzennapf noch mit einer ausreichenden Portion "*Mietzenmampf, extra lecker, jetzt mit noch mehr Huhn*" und ging zu seinem Wagen.

Der Blick auf die – hoffentlich noch intakte – Tankuhr versprach ihm eine unterbrechungsfreie Fahrt bis zum Zielort, dem Stadtteil Old Aberdeen. Also, wieder über den Beifahrersitz, diesmal vorsichtiger und deshalb ohne zerrissenen Saum, und auf große Fahrt. Derartige Strecken waren für Graham doch eher ungewöhnlich, da er alles, was er in seinem Leben normalerweise benötigte, in der näheren Umgebung finden konnte. Wenn seine Messe-, Präsentations- und Auslandstermine anstanden, fuhr ihn normalerweise Ishbel bis zum Flughafen Inverness oder Edinburgh. Nicht etwa, weil er sich derartige Strecken nicht zutraute, sondern weil die Parkgebühren für Dauerparkplätze an Flughäfen nicht auf sein Verständnis stießen.

Nachdem er Charlestown in östlicher Richtung verlassen und in Keith auf die A96 abgebogen war, der Wagen bis dahin keine Zicken gemacht hatte und sich das Wetter Scheibenwischer- und Gemütsschonend zeigte, konnte er seinen Gedanken wieder freien Lauf lassen. Mit einem Mal kamen ihm die ersten Zweifel an seinem Vorhaben, eine wildfremde Frau, dazu noch frische Witwe, einfach so zu besuchen. Mit welchem Recht sollte er sie eigentlich zu einem Gespräch überreden können? Deutlich stand ihm nun das Bild einer Tür, die ihm vor der Nase zugeschlagen wird, vor Augen. Was sollte er dieser Frau Thornton eigentlich sagen? "*Hallo gute Frau, ich bin der Chef der Brennerei, in der Ihr Mann gekocht wurde? Ich wollte Ihnen nur versichern, dass es ein geschmackvoller Tod war. Ich habe Ihnen auch eine Flasche von unserem Besten mitgebracht. Quasi als Andenken - Absolut lächerlich!*" In dem Moment kam ihm jedoch eine Idee. Etwas mitbringen und Beileid bekunden wäre gar nicht so verkehrt, und dass der Manager der Brennerei sich persönlich nach Aberdeen begibt, könnte doch auch recht positiv aufgefasst werden. Aber, was bringt man einer Witwe mit? Er hatte nicht die geringste Ahnung. Aber dann keimte eine noch bessere Idee in ihm auf.

Nach wenigen Stunden erreichte er die Außenbezirke von Aberdeen und erwischte prompt die beginnende Rushhour, so dass er nur mühsam und mit vielen Spurwechseln die Innenstadt erreichte. Glücklicherweise fand er immer wieder eine Bushaltestelle, auf der er, unter dem Protest der wartenden Personen, seinen Stadtplan konsultieren konnte. Irgendwo in der Nähe der Universität musste es sein. Sunnybank Road und dann irgendwo wieder rechts. Die einsetzende Dämmerung und die teilweise schlecht beleuchteten Straßenschilder verzögerten seine Fahrt nochmals erheblich, so dass er endlich gegen 17:00 Uhr am Ziel ankam. Hier schien ihm das Glück hold zu sein, denn in der Straße mit den ordentlichen aber gleichförmigen Reihenhäusern aus den dreißiger Jahren fand sich tatsächlich eine freie Parklücke, in der er, nach viermaligem Zurücksetzen und dem süffisanten Grinsen der Passanten, endlich zum Stehen kam.

Hausnummer 32 befand sich gleich gegenüber und es brannte auch in den unteren Fenstern Licht. Nach einem kurzen Blick auf sein Jackett und einem Griff an seine dezentsilberne Krawatte durchquerte er den kleinen Vorgarten, ging die drei Stufen zur seeblau lackierten Eingangstür hinauf und betätigte die messingfarbene Klingel neben dem anscheinend selbst gebastelten Namensschild "Hier wohnen die Thorntons".

Bereits nach wenigen Sekunden sah er durch das kleine Jugendstilfenster in der Tür jemanden kommen. Als die Tür vorsichtig eine Handbreit geöffnet wurde, blickte er in das blasse und ungeschminkte Gesicht einer Frau, die bis vor wenigen Minuten noch geweint hatte. Gerötete Augen und dazu eine leicht triefende Nase. Anhand der leuchtend roten Haare erkannte er jedoch sofort, dass es sich um Angela

Thornton, die hübsche Frau auf dem Foto aus Alans Akte handeln musste.

»Was wollen Sie?«, fragte sie zaghaft, nachdem sie Graham kurz von oben bis unten gemustert hatte. »Einen Bestatter habe ich schon und Versicherungen brauche ich auch keine! Bitte lassen Sie mich in Ruhe.«

»Sehr geehrte Mrs Thornton, bitte verzeihen Sie mir meine unangemeldete und auch späte Störung«, entgegnete er und hielt ihr eine seiner Visitenkarten entgegen. »Mein Name ist Graham Morrice und ich bin der Manager der Ben Rhinnes Distillery, in der bedauerlicherweise Ihr Mann gefunden wurde. Ich wollte Ihnen lediglich mein zutiefst empfundenes Beileid aussprechen und Ihnen von all unseren Angestellten ausrichten, was für ein Schock es für uns alle war.«

Angela blickte ihn weiter misstrauisch, aber etwas neugieriger an. »Das ist sehr freundlich von Ihnen, Mister Morrice, sich persönlich hierher zu begeben, aber ich weiß im Moment nicht, was ich für Sie tun kann.« In ihren Augen sammelten sich bereits wieder erste Tränen.

Langsam fing Graham an, seine Selbstsicherheit anhand von soviel entgegengebrachter Trauer zu verlieren. »Liebe Mrs Thornton, dürfte ich mich vielleicht einen kurzen Augenblick mit Ihnen unterhalten? Ich möchte Ihnen einen Vorschlag machen, wie ich … wir ... also unsere Brennerei das Gedenken an Ihren Mann ... ich meine, wie wir ihm einen würdigen Platz ... äh.« Langsam verließ ihn seine ganze Redekunst und er musste selbst mit einer erhöhten Feuchtigkeit in seinen Augen kämpfen.

Offensichtlich nahm Angela Thornton seine momentane Fassungslosigkeit wahr, öffnete die Haustür ein weiteres Stück und nahm ihm seine immer noch dargebotene Visitenkarte aus der Hand. »Kommen Sie einen Augenblick herein, Mister Morrice.«

Graham ging an ihr vorbei in den adretten und modisch eingerichteten Hausflur. »Gehen Sie bitte durch, hinten links ins

Wohnzimmer und nehmen Sie Platz. Ich komme gleich zu Ihnen. Nur einen Moment.«

Nachdem Graham im Wohnzimmer die vielen zerknüllten Papiertaschentücher, das halbvolle Glas Portwein und einen unordentlichen Stapel Fotos, die alle Paul Thornton und seine Frau zeigten, sah, wollte er sich nicht einfach irgendwo hinsetzen und blieb deshalb etwas unschlüssig in der Mitte des Raums stehen. Nach knapp einer halben Minute gesellte sich Angela wieder zu ihm, diesmal mit einem etwas rosigeren Gesicht. Sie hatte sich anscheinend im Bad etwas frisch gemacht. »Oh, ich sagte Ihnen doch, dass Sie Platz nehmen können. Hier, bitte!« Sie sammelte etwas fahrig die Taschentücher ein und wies ihm einen der Kirschbaumstühle am Esstisch zu. »Entschuldigen Sie die Unordnung, ich weiß gar nicht, womit ich anfangen soll. Möchten Sie einen Schluck Port?«, fragte sie ihn, während bereits wieder die ersten Tränen ihre Wangen herunter liefen.

Sichtlich ergriffen konnte Graham nur stumm sein kariertes Seidentaschentuch mit dem Monogramm seines Vaters anbieten, welches sie dankbar entgegennahm und sich die Tränen abtupfte. »Danke sehr. Ich werde es Ihnen waschen.«

»Ich bitte Sie, Mrs Thornton. Vergessen Sie das Tuch.«

Inzwischen hatte sie auch am Esstisch Platz genommen und versuchte, die Fotos zu einem Stapel zu ordnen. »Was möchten Sie mir sagen, Mister Morrice? Haben Sie meinen Mann … also, haben Sie ihn noch gesehen? ... Ich darf nicht zu ihm. Die Polizei will ihn erst obduzieren ... Oh Gott, sie werden ihn aufschneiden und ich weiß gar nicht, ob ich ihn dann noch ansehen kann.«

Mit bebenden Schultern schlug sie sich die Hände vors Gesicht und fing an zu schluchzen. Graham kam sich nun vollends hilflos vor. Auf so eine Situation wird man im Leben nicht vorbereitet, so etwas kann man auf keinem Kommunikationsseminar lernen. Trauer ist etwas, so ging es ihm in dem Moment durch den Kopf, was keiner wahrhaben will, was am besten nur anderen zustößt. *Gottverdammter Mist!* Seine Hände krampften sich zusammen, bis seine Fingerknöchel weiß hervortraten.

Schließlich beugte er sich ruckartig vor und berührte mit den Fingerkuppen seiner rechten Hand Angelas Unterarm. »Bitte, Mrs Thornton, wenn ich wieder gehen soll, sagen Sie es einfach. Wir können dann vielleicht irgendwann mal telefonieren ...«

Vorsichtig nahm sie seine Hand und drückte sie leicht. »Nein, schon gut, Mister Morrice, bitte bleiben Sie. Ich bin nur so fassungslos. Das war so plötzlich, ich ... ich kann das alles gar nicht glauben.« Sie ließ seine Hand wieder los, um sich mit seinem Taschentuch dezent die Nase zu putzen. »Was haben Sie auf dem Herzen?«

»Also gut«. Er musste sich räuspern. »Ihr Mann, Paul, ist in unserer Brennerei verstorben, also gefunden worden. Wir möchten den Vorfall, Entschuldigung, den Fund ... also wir möchten das nicht unter den Tisch kehren, wie das bei den anderen Opfern geschehen ist. Ich weiß, dass die anderen Brennereien sehr schnell wieder zum Tagesgeschäft übergegangen sind, um die Touristen nicht zu irritieren. Wir wollen das aber nicht so handhaben. Wir wollen das Andenken an Ihren Mann aufrecht halten und die Erinnerung an diese grausame Tat wach halten. Ich hatte die Idee, dass wir ein Foto von Ihrem Mann in der Brennerei aufhängen, gemeinsam mit einer Gedenktafel vielleicht, auf der wir an das Verbrechen erinnern. Dazu wollte ich Sie fragen, ob Sie uns ein Foto von Ihrem Mann überlassen könnten und mir ein wenig über seine Beziehung zum Whisky erzählen könnten?«

Was zunächst wie ein guter Türöffner zu seiner Witwe geklungen hatte, entwickelte sich in Grahams Gedanken immer mehr zu einer wahren Absicht. Der Gedanke an diesen völlig unnützen Mord dürfte wirklich nicht einfach verblassen. Eine Erinnerung, in Form eines Bildes oder so ähnlich, war das Mindeste, was er tun konnte. Sobald er wieder im Büro wäre, wollte er auch die anderen betroffenen Manager zu so einer

Geste überreden. Auch wenn er jetzt schon die Wutausbrüche der Vorstandsmitglieder hören konnte.

»Das ist sehr lieb von Ihnen«, entgegnete Angela nach einer kurzen Pause. »Das hätte Paul bestimmt gefallen, sein Bild mal in der Öffentlichkeit zu sehen.« Sichtlich in Gedanken kramte sie in dem Stapel Fotos vor ihr auf dem Tisch. »Nur, was Paul mit Ihrer Brennerei zu tun hatte, kann ich Ihnen im Moment überhaupt nicht sagen. Das haben mich gestern Morgen schon die beiden Polizisten gefragt.« Nach einem weiteren Naseputzen blickte sie melancholisch zu einem kleinen Schränkchen unter dem Fenster. Ihrem Blick folgend erkannte Graham hinter den Glastüren einige Spirituosenflaschen. »Sicher, er hat ab und zu mal einen Whisky getrunken, aber eigentlich nur wenn Besuch da war, und wir haben in unseren Urlauben auch schon mal die eine oder andere Brennerei besucht. Was man halt so macht als Tourist. Aber nichts Besonderes.«

»Darf ich mal einen Blick in Ihre Hausbar werfen, Mrs Thornton?«, fragte Graham zögerlich.

»Sicher, schauen Sie nur. Das hat die Polizei ja auch schon getan.«

Als er vor dem Schränkchen in die Knie gehend die Flügeltüren öffnete, konnte er tatsächlich nichts Besonderes entdecken. Zwischen verschiedenen Flaschen mit Grappa, Gin, Likör und Sherry fand er zwar auch fünf Malt Whiskies, aber alles nur Standardabfüllungen, die es in jedem Supermarkt zu kaufen gab. Das einzige Highlight war, dass es sich bei einer der Flaschen um eine Ben Rhinnes-Abfüllung handelte, 10 Jahre alt, auch Standard.

»Hat ihr Mann den Ben Rhinnes Whisky besonders gerne getrunken?«, musste er jetzt einfach fragen.

»Das kann ich Ihnen leider nicht sagen«, antwortete Angela mit belegter Stimme. Offensichtlich hatte sie gerade ein besonders erinnerungsträchtiges Foto ihres Mannes gefunden. »Er hat den Namen nie besonders erwähnt.«

Die angebrochene Flasche Islay-Whisky und der zur Neige gehende Lowland zeugten zumindest von der gleichmäßigen Leidenschaft zu den verschiedenen Typen des schottischen Whiskys. Leicht resigniert schloss Graham das Schränkchen wieder und begab sich zurück an seinen Platz am Esstisch. »Hatte Ihr Mann nicht vielleicht ein paar Freunde, mit denen er sich über Whisky unterhielt? Vielleicht könnten die ja etwas wissen?«

»Nein, Mister Morrice, auch die Frage habe ich schon der Polizei beantwortet. Sein Hobby war Modellbootfahren und diese Freunde haben nie etwas getrunken, außer vielleicht mal ein paar Bier. Ich kann Ihnen beim besten Willen nicht weiterhelfen. Mir ist schon bewusst, dass Sie auf dem Schild gerne ein paar nette Worte sehen würden: "*Paul war immer schon ein erklärter Freund der Brennerei*" und so ... Ach, verzeihen Sie mir meinen Zorn, aber ich habe im Moment einfach keinen Kopf für so nebensächliche Sachen.«

»Um Gottes Willen, Mrs Thornton, ich möchte Sie wirklich nicht verärgern! Verzeihen Sie bitte mir! Nur, wissen Sie, ich möchte nicht nur das Andenken an Ihren Mann wahren ... Diese scheußliche Tat, ich kann einfach nicht umhin mich zu fragen, wer so was tut und vor allem warum? Ich bin der festen Überzeugung, dass Ihr Mann nicht zufällig bei uns gefunden wurde. Da war eine Beziehung! Die Polizei ist mit Sicherheit bestrebt, alles Erdenkliche zu tun, aber ich glaube, sie vernachlässigt da etwas. Ich will, dass der Mörder Ihres Mannes gefasst wird.« Er blickte ihr nun mit festem Blick in ihre erstaunten grünblauen Augen. »Bitte halten Sie mich nicht für vermessen, aber ich glaube, dass wir einen entscheidenden Beitrag zur Klärung beitragen können!«

»Mister Morrice, Ihre Entschlossenheit in Ehren, auch ich will nichts sehnlicher, als diesen Mistkerl am Galgen sehen, glauben Sie mir, aber ich weiß Ihnen wirklich nicht zu helfen!«

»Natürlich, Mrs Thornton, verzeihen Sie mir meine Hartnäckigkeit. Sie haben mir schon mehr Zeit geschenkt, als ich erwarten durfte. Kann ich denn sonst irgendetwas für Sie tun? Haben Sie jemanden, der sich um Sie kümmert?« Langsam entwickelte Graham eine echt empfundene Sorge um diese Frau, und es fiel ihm von Minute zu Minute schwerer, sie hier in ihrer Trauer allein zu lassen.

»Danke, das ist sehr freundlich. Meine Mutter und eine gute Bekannte kümmern sich schon um alles. Wenn Sie vielleicht an der Beerdigung teilnehmen wollen ...?« Erneut füllten sich ihre Augen mit Tränen.

»Selbstverständlich, natürlich komme ich. Rufen Sie mich bitte einfach an. Sie können mich natürlich auch sonst jederzeit anrufen, wenn Sie was brauchen«, ergänzte er noch schnell, während er sich von seinem Stuhl erhob.

»Hier«, sie hielt ihm ein Foto entgegen. »Das können Sie nehmen. Ich glaube, das wäre eine schöne Erinnerung an ihn.« Dankend nahm er das Bild, welches Paul mit einem fröhlichen Lächeln am Pier von Oban zeigte.

»Das war vor ein paar Jahren auf einem Exkurs zur Westküste.«

»Warten Sie mal«, forderte sie ihn plötzlich auf, während sie aufstand und zu einem Sekretär im hinteren Teil des Wohnzimmers ging. »Oban! Da fällt mir gerade etwas ein, da war mal eine Urlaubsbekanntschaft meines Mannes. Mit dem hat er sich wohl immer über Whisky unterhalten, soviel ich weiß, auch später noch. Mit dem hat er sich auch ein- oder zweimal getroffen. Ich kenne aber nur dessen Frau. Mit ihr hatte ich vor Jahren ein paar Mal telefoniert, weil sie versucht hatten, Ihre Ehe wieder in den Griff zu kriegen. Ich bin beruflich in der Familienberatung tätig, wissen Sie, und deshalb wollte sie ein paar Auskünfte.«

Sie kramte in einer Visitenkartenbox einen Zettel hervor und reichte ihn Graham. »Stella Conolly, genau, das war sie. Die können Sie ja mal nach Ihrem Mann fragen. Aber mehr weiß ich wirklich nicht.«

Graham betrachtete nachdenklich den handgeschriebenen Zettel. Eine Adresse in Perth. Aber der Name Conolly sagte ihm rein gar nichts. In einer ersten aufkeimenden Hoffnung hatte er vielleicht den Namen eines der anderen Opfer oder so erwartet. Um nicht allzu enttäuscht zu wirken, bedankte er sich nochmals überschwänglich für die Mühe, die sie sich mit ihm gemacht hatte, und ließ sich zur Tür begleiten.

»Bitte, rufen Sie mich an, wenn Ihnen danach ist. Ich möchte wirklich gerne helfen.«

Mit einem traurigen Lächeln verabschiedete sie sich von ihm. »Danke, Mister Morrice, eine gute Heimfahrt.« Leise schloss sich die Tür hinter ihm.

Die Kälte des Herbstabends erfasste ihn sofort und gesellte sich zu der eisigen Kälte, die sein Herz gefangen hielt. Den abgrundtiefen Schmerz, den der Verlust eines lieben Menschen auslöst, können keine noch so schönen Worte lindern. Der Hass auf den Mörder wuchs in ihm erneut und mit ihm der unbändige Wille, diesen Menschen zur Strecke zu bringen. Mit einem Mal konnte er alle Gesetzeshüter, die für ein noch so schmales Monatseinkommen sogar ihre Freizeit an Tatorten und muffigen Büros verbrachten, besser verstehen.

Mit diesem Gefühl und der Resignation über die Ergebnislosigkeit seines Besuchs trat er die abendliche Rückfahrt nach Charlestown an.

Erde

-23-

Am 25. Oktober bereitete sich die Familie des letzten Opfers darauf vor, ihren Mann und Schwiegersohn zur letzten Ruhestätte zu geleiten. Die Polizei hatte den Leichnam nach ein paar Tagen freigegeben und die Beerdigung der sterblichen Überreste konnte endlich, zwei Wochen nach Pauls Tod, erfolgen. Angela Thornton rückte ihr schwarzes Kleid zurecht und fingerte dann nervös an ihrer Handtasche herum. Die Tabletten, die ihr der Arzt gegeben hatte, ließen den Schmerz nicht völlig verschwinden, sondern drängten ihn nur in etwas erträglichere Bahnen zurück.

Ihre Mutter Clarice stand am Fenster und wartete darauf, dass der Leichenwagen endlich kam. Da der Friedhof des alten Stadtteils von Aberdeen, der St. Peter's Cemetery, nicht weit von ihrem Haus entfernt lag und es auch schon seit Tagen nicht mehr geregnet hatte, hatten sie beschlossen, dass sie zu

Fuß hinter dem Leichenwagen her zum Friedhof gingen. Clarice gab ihrer Tochter ein Zeichen und sie gingen hinaus.

Der Wagen fuhr mit nahezu geräuschlosem Motor vor und sie nahmen ihren Platz hinter dem Wagen ein. Ein schwarzer Mercedes älterer Bauart, mit großen Glasfenstern an den Seiten und in der Heckklappe, die den Blick auf den mit Blumen geschmückten Eichensarg freigaben.

Mit gesenkten Köpfen begleiteten sie den Toten auf seinem letzten Weg, als sich das Fahrzeug langsam in Bewegung setzte. Hinter ihnen versammelten sich die Nachbarn, Freunde und Verwandte in trauernden Grüppchen und folgten dem Zug. Etliche Nachbarn und Anwohner standen an den Straßen, als der Trauerzug vorbeikam, und viele schlossen sich ihm an. Normalerweise dienen Beerdigungen als eine ganz hervorragende Ausrede, um etwas später zur Arbeit zu gehen. Insbesondere wenn sie, so wie jetzt, an einem Dienstagmorgen stattfanden. Hier jedoch ließ sich allein an den Gesichtern der Trauernden ablesen, dass die Teilnahme an Pauls letztem Gang mehr als eine Verpflichtung oder sogar nur eine willkommene Abwechslung war.

Als Angela während des Trauermarsches einen Blick auf den Sarg warf, musste sie sich zum x-ten Mal vorstellen, wie ihr Mann jetzt wohl aussehen würde. Die Zeitungen hatten in den letzten Tagen nicht enden wollende Abhandlungen über die Details des Mordes, die Untersuchungen und die Obduktionen veröffentlicht. Eigentlich hatte sie diesen ganzen Sensationsschund überhaupt nicht beachten wollen, ihre Neugier und die Hoffnung, etwas Nettes über Paul zu lesen, hatten ihr jedoch einen Strich durch die Rechnung gemacht. Glücklicherweise hatte sie an ihrer Entscheidung festgehalten, Pauls Leiche nicht persönlich zu identifizieren; das hatte zu ihrer Erleichterung sein Halbbruder aus Manchester übernommen, der jetzt nur ein paar Schritte hinter ihr lief. Sie wollte Paul so in Erinnerung behalten, wie er wirklich war: lebendig, lebenslustig, rücksichtsvoll, aber auch immer ein bisschen abwesend mit seinen Gedanken. Ihre Tränen lies sie ungehindert auf ihren schwarzen Wintermantel mit dem kleinen Pelzkragen tropfen. Ein Geschenk von Paul zum vorletzten Hochzeitstag.

Als sie endlich das graue Steingebäude der kleinen Kirche erreicht hatten und alle hineingegangen waren, war die Kirche so voll wie schon lange nicht mehr. Einige der Trauergemeinde fanden keinen Platz mehr in den Bänken und mussten sich in den Seitengängen und in den hinteren Teil der Kirche stellen. Natürlich waren dies nicht alles nur Freunde und Bekannte, die Paul die letzte Ehre erweisen wollten. Angela sah die verdeckt gehaltenen Kameras und einige verstohlen gehaltene Notizblöcke. Die gesamte schottische Presse sah in diesem Krimidauerbrenner ein gefundenes Fressen zur Auflagensteigerung. Ihr war es mittlerweile egal. Sie hatte nach den ersten einhundert Telefonanrufen in der letzen Woche aufgegeben und das Telefon abgeschaltet. Wenigstens hatte die Polizei ein Einsehen gehabt und ein paar Beamte vor ihrem Haus postiert, die allzu neugierige Reporter und Schaulustige verscheuchen konnten. Diese Beamten hatten nun auch den Trauerzug begleitet und den Friedhof während der Feierlichkeit abgeriegelt. Dass ein paar Reporter trotzdem hier in der Kapelle auftauchten, war wohl unvermeidlich.

Es waren aber nicht nur unliebsame Besucher zu sehen. Mit Freude konnte Angela auch Graham Morrice, den netten Distillery Manager, entdecken, der in einer der hinteren Reihen zwischen einer Frau und einem älteren Mann Platz gefunden hatte, mit denen er sich leise unterhielt und – nachdem er ihren Blick bemerkt hatte – ihr mit ernstem, aber warmem Gesichtsausdruck zunickte.

Angela konnte sich hinterher nicht mehr an die Worte erinnern, mit denen der Pfarrer das Leben und die Taten ihres Mannes Paul gewürdigt hatte. Die ganze Angelegenheit war wie in einem Nebel an ihr vorbeigezogen. Wenn Clarice sie nicht permanent gestützt hätte, wäre sie wohl sicherlich zusammengebrochen.

Alan und Brian waren natürlich auch zur Beerdigung gekommen. Auch ihr neues Teammitglied, Susan, war bei ihnen. Während Alan und Susan im Schatten einer der Ulmen darauf warteten, dass die eigentliche Beisetzung beginnen würde, war Brian in die Kirche gegangen. Irgendwie erinnerte Alan die Szenerie auf dem kleinen Friedhof an einen dieser alten Schwarzweiß-Krimis, die er als Kind so gerne gesehen hatte. Eigentlich sogar in erster Linie an die Eingangsszene vieler dieser Filme, in denen eine Gruppe meist schwarz gekleideter Menschen um einen Sarg herumstanden, der gerade langsam in die Erde gesenkt wurde. Meistens regnete es dabei und immer standen zwei Gestalten im Trenchcoat und mit hochgeschlagenem Kragen irgendwo in der Nähe und beobachteten alles genau. Und natürlich rätselten sie, welcher der Anwesenden der Mörder war, den es zwanghaft zur Beerdigung gezogen hatte. Welcher Kerl den armen Earl Haumichblau-Bottom so brutal ermordet hatte.

Zumindest war das Wetter heute besser. Auch wenn es ganz schön windig und kühl war, schien doch immer wieder mal die Sonne. Und Susan war auch dabei. Sie stand in seiner Nähe und beobachtete mit ihm die Menschen auf dem Friedhof. Er hätte gerne den Arm um sie gelegt, aber das war gegen ihre Abmachung. *Hoffentlich habe ich bald den Fall gelöst*, dachte er noch.

Alan hatte einen der Polizisten seiner Sonderkommission beauftragt, möglichst viele Bilder der Anwesenden zu machen. Natürlich hatte er dabei auch den Hintergedanken, dass sich auf einem dieser Bilder auch der Täter befinden würde, denn irgendwie waren die Mörder heutzutage auch nicht viel anders als die von früher und kamen gerne zur Beerdigung ihrer Opfer. Vielleicht wollten sie sich einfach nur davon überzeugen, dass ihr Opfer auch wirklich tot war.

Der junge Polizist, der sich mit seinem Fotoapparat völlig auffällig unter die Anwesenden mischte, als diese die Kirche verlassen hatten, um zum ausgehobenen Grab zu gehen, begann wild darauf loszuknipsen. Dabei huschte er zwischen den

Trauergästen hin und her und fast hatte es den Anschein, als wollte er alle Anwesenden absichtlich auf sich aufmerksam machen. Dank der großen Speicherkarte in seiner Digitalkamera musste er dabei nicht sehr darauf achten, wie viele Bilder er machte. Alan, der ihn beobachtete, schüttelte nur den Kopf, speziell als er bemerkte, wie der Polizist fast in einen Fotografierrausch kam und dabei Alans Ermahnung, möglichst unauffällig zu sein, völlig verdrängte. Er fotografierte alle, die ihm vor die Linse kamen. Dass er schließlich auch noch mindestens zehn Bilder vom Pfarrer schoss und auch noch drei von Alan und Brian, setzte dem ganzen dann doch die Krone auf. Er musste unbedingt ein ernstes Wörtchen mit ihm reden, wenn sie wieder in der Zentrale waren.

Der Sarg war von sechs ehemaligen Freunden Pauls, Mitgliedern des Modellboot-Clubs, zur Grabstätte getragen worden. Auch die Zeremonie am offenen Grab blieb Angela nicht im Gedächtnis. Erst als sich ein Großteil der Gäste bereits verabschiedet und entfernt hatte, kehrte ihr ganzer Verstand wieder in die Gegenwart zurück. Einige der letzten Trauergäste waren Graham Morrice und seine beiden Begleiter. Er hatte einen Kranz mit dem Namenszug der Destillerie und ein paar anerkennenden Worten auf der Schleife niedergelegt und stand etwas verloren unter einer der alten Ulmen, die hier so zahlreich auf dem Friedhof wuchsen.

In einem Anflug von Sympathie riss sich Angela vom Arm ihre Mutter los und ging auf die kleine Gruppe zu.

Spontan zeigte sich ein mitfühlendes Lächeln auf Grahams Gesicht. »Mrs Thornton, ich möchte Ihnen nochmals unser Mitgefühl aussprechen.« Vorsichtig ergriff er ihre dargebotene Hand.

»Danke, Mister Morrice. Es ist nett, dass Sie tatsächlich Zeit gefunden haben zu kommen.« Ihr Blick wanderte zu der Frau neben ihm.

»Oh, darf ich Ihnen meine Kollegin Mrs McTaggert und unseren Mitarbeiter Mister Henderson vorstellen?«

Angela schüttelte die Hand von Ishbel und Percy und bedankte sich auch bei ihnen für ihr Kommen.

Beileidsbekundungen machten die Runde und es war offensichtlich, dass niemand der Anwesenden sich besonders wohl fühlte. Percy fasste sich ständig an den Kragen seines weißen und gestärkten Hemdes, als würde es ihm die Luft abschnüren. Seine schwarze Krawatte hatte er bereits gelockert und der oberste Hemdknopf schien sein nächstes Ziel zu sein. Ishbel dagegen war nur noch still und blickte zu Boden. Dass sie während der Zeremonie auch zahlreiche Tränen vergossen hatte, war offensichtlich.

Um die Situation etwas zu entspannen, wechselte Angela das Thema, indem sie Graham fragte: »Und, Mister Morrice, wie gehen Ihre Ermittlungen voran? Können Sie mir vielleicht etwas Neues sagen? Die Polizei kann's nämlich nicht.«

»Tut mir Leid, Mrs Thornton …«

»Angela – nennen Sie mich bitte Angela.«

»Gerne … Angela, mein Name ist Graham. Leider kann ich Ihnen auch nicht mehr berichten. Mein Anspruch, hier etwas tun zu können, war wohl etwas zu hoch gegriffen. Ich weiß leider auch nicht weiter.«

»Was ist denn mit meiner Bekannten, deren Adresse ich Ihnen gegeben hatte? Hat das auch nichts gebracht?«

Für einen kurzen Augenblick wusste Graham die Frage nicht recht einzuordnen. Die von Angela sicherlich gut gemeinte Geste, ihm eine Freundin aus Perth zu nennen, war Graham völlig entfallen. Sicherlich, ein berufsmäßiger Ermittler wäre jeder, auch dieser Spur, nachgegangen. Ihm kam dieser Hinweis jedoch als zu weit hergeholt vor und er hatte den Zettel deshalb beim damaligen Besuch in seine Anzugtasche gesteckt und dort natürlich auch glatt vergessen. Um Angela nun aber nicht zu kränken, versuchte er es mit einer Notlüge. »Ich habe Ihren Hinweis natürlich an den zuständigen Beamten weitergereicht. Was daraus geworden ist, kann ich leider im Moment auch nicht sagen.« Um einerseits schnell das Thema wechseln zu können und andererseits die günstige

Gelegenheit nicht zu verpassen, griff Graham in seine mitgebrachte schwarze Aktenmappe und zog einen in Seidenpapier eingeschlagenen knapp DIN A4-großen Gegenstand heraus. Angela diesen Gegenstand etwas linkisch hinhaltend, sagte er »Dies wollte ich Ihnen gerne noch geben, Angela. Ich hoffe, dass Sie unsere Geste des Mitgefühls verstehen. Wir hatten ja kurz darüber gesprochen.«

Interessiert nahm Angela ihm das Ding ab und sackte postwendend ein wenig in die Knie. »Himmel, ist das schwer.« Sie wickelte das Papier ab und blickte auf eine massive, auf Hochglanz polierte, Messingplatte. In diese Platte war im unteren Drittel eine in Mahagoni eingefasste Glasplatte eingelassen, hinter der sie das fröhlich lächelnde Bild ihres Mannes erblickte; das Bild, welches sie Graham bei seinem Besuch zur Verfügung gestellt hatte. Sogleich schossen ihr wieder die Tränen in die Augen, so dass sie den gravierten Text oberhalb des Bildes nur verschwommen lesen konnte.

Paul Thornton
* 10. Dezember 1956
Am 11. Oktober 2005
dem Leben sinnlos entrissen
und niemals vergessen.
Ben Rhinnes war Teil seines
Lebens.
Er wird immer Teil unseres
Lebens sein.

»Ich hoffe, Sie sind damit einverstanden«, versuchte Graham, die Stille zu brechen. »Dies ist eine originalgetreue Kopie. Wir haben das Original in unseren Still Room gehängt.«

Bis auf das leise Plitsch, Platsch, mit dem Angelas Tränen auf das Schild tropften, war nichts zu hören. Schließlich ergriff Ishbel Angelas Arm und führte sie zu der nahe gelegenen, gusseisernen Bank. »Setzen Sie sich, meine Liebe. Hier, nehmen Sie.« Ishbel reichte ihr ein Papiertaschentuch.

Das Schild auf den Knien wischte Angela sich die Tränen aus dem Gesicht und begann anschließend mit fast meditativen Bewegungen, die Messingtafel zu polieren. »Ich finde keine Worte, Graham, Ich kann nur sagen ... danke! Und richten Sie den Polizisten aus, sie sollen das Schwein finden. Ich kann nicht glauben«, und dabei schweifte ihr Blick über die vielen Gräber, »dass Gott oder wer auch immer, so was ungesühnt lässt. Das kann nicht sein.«

»Komm Angie«, sagte nun ihre Mutter und strich ihr liebevoll über das Haar. »Es wird frisch und du solltest den anderen die Gelegenheit geben, ihre Wünsche loszuwerden.«

Still nickend stand Angela auf, warf der kleinen Gruppe noch ein wortloses Lächeln zu und ging, gemeinsam mit ihrer Mutter, zurück zu den wartenden Trauergästen, das Messingschild fest in den Armen.

Gleich außerhalb der Friedhofsmauer standen sie nun etwas unschlüssig mit Susan Edkins, Alan Derringer und Brian Strachan zusammen und beobachteten die Trauergemeinde auf ihrem Weg zum Pub, wo eine letzte Runde auf Paul Thornton getrunken werden sollte. Sie hatten sich dazu entschlossen, nicht daran teilzunehmen, da bereits einige Reporter auf Alan und Graham aufmerksam geworden waren. Um erneute, teils dümmliche, teils spekulative, Sensationsmeldungen zu vermeiden, hatten sie sich nahezu unbemerkt vom Friedhof entfernt. Lediglich der zurechtgewiesene Polizist mit der Kamera befand sich im Trauerzug. Bei den zahlreichen Reportern fiel er aber sowieso kaum auf, da er in Zivil war.

»Und, Alan«, versuchte Graham das Gespräch in Gang zu halten. »Hat Ihre Spürnase irgendetwas entdeckt? Unter den Anwesenden, meine ich?«

»Bis jetzt nichts«, entgegnete Alan mit leicht resignierter Stimme. »Wie bei den anderen Beerdigungen auch. An dieser Stelle scheint der Kerl vom typischen Verhalten abzuweichen. Bisher keine Übereinstimmungen unter den Trauergästen.

Auch die Reporter, ja selbst der Pfarrer ist durchleuchtet worden.«

»Wieso reden Sie eigentlich immer von einem Mann, wenn es um den Täter geht?«, mischte sich nun Ishbel ins Gespräch ein. »Könnte es nicht genau so gut eine Frau sein? Ich dachte immer, dass gerade Frauen die typischen Giftmörder wären.«

»Lassen Sie uns von hier verschwinden und irgendwo unterwegs in ein Café gehen. Ich kann's Ihnen ja dann ein wenig erklären.«

Die Bagels, die im *Country-Café* zum Cappuccino serviert wurden, repräsentierten beispielhaft die Zugeständnisse Schottlands an den erwachenden Tourismus. Alan genoss schweigend seinen mit Salat und Lachs belegten Mohnbagel, während Brian sich gleich zwei mit Rosinen und Blaubeeren gefüllte Exemplare bestellt hatte. Der Rest der Gruppe blieb bei klassischem Apfelkuchen. Einzige weitere Besonderheit bildete noch Grahams dreifacher Espresso – extra stark.

»Normalerweise haben Sie vollkommen Recht, Ishbel«, nahm Alan das Gespräch wieder auf. »Nahezu 70% der mit subtilen Mordarten wie zum Beispiel Gift verübten Taten werden von Frauen ausgeführt. Unsere Profiler lieben diese Statistiken und halten sie uns auch immer wieder unter die Nase. In unserem Fall spielt allerdings die Methode eine größere Rolle als die Mordwaffe. Um erwachsene Männer mitten auf der Straße zu kidnappen, sie irgendwohin zu schleppen und später in unwegsamen Räumen zu entsorgen, muss schon eine gewisse Körperkraft vorhanden sein. Sicherlich könnten wir auch eine russische Kampfschwimmerin in Erwägung ziehen, aber das ist eher unwahrscheinlich.«

»Und was ist mit einer ganzen Bande von Tätern oder Täterinnen?«, wollte Percy nun auch wissen.

»Auch eher unwahrscheinlich«, entgegnete diesmal Brian, während er sich die letzten Krümel aus seinem Bart wischte. »Bei unserem ersten Opfer, dem vermeintlich Erschlagenen, haben die Ermittler doch noch Blutspuren in einem Treppenhaus gefunden. Bei all dem Staub und Dreck war den Landpomeranzen das wohl vorher entgangen. Dabei haben sie dann rekonstruiert, dass die Leiche beim Hochschleppen wohl runtergefallen sein muss. Nach der Lage der Blutspritzer und der anderen Spuren ist's sehr wahrscheinlich, dass das Opfer jemandem von der Schulter gerutscht und die Treppe runtergeknallt war. Mehreren Leuten wäre das wohl kaum passiert. Frau Wirtin, bitte noch eins von den amerikanischen Teilchen hier!«

Eine weitere Viertelstunde verstrich, in denen jeder der Gruppe seinen eigenen Gedanken nachhing. »Alan«, begann Graham wieder das Gespräch. »Die Witwe, Angela Thornton mein ich, hat was von einer Bekannten in Perth erwähnt. Dessen Mann hat sich wohl mit Paul Thornton früher mal über Whisky ausgetauscht. Ist das wichtig für die Ermittlungen?«

Etwas irritiert sah Ishbel zu Graham. »Hattest du nicht eben auf dem Friedhof gesagt, du hättest bereits ...« Ein starker Hustenanfall von Graham und ein gezielter Tritt vor Ishbels Schuh beendeten ihre Frage vorzeitig.

»Dieser Kuchen ist ja vielleicht krümelig! Nein, Ishbel, was ich eben auf dem Friedhof meinte, war, dass der Superintendent vielleicht so eine Information brauchen könnte.« Ein paar kleine Schweißtropfen bildeten sich an Grahams Hals.

Alan bekam von dieser Auseinandersetzung allerdings nicht allzu viel mit, da er mit seinen Gedanken bei der neben ihm sitzenden Susan, einem ausgiebigen Spaziergang in den Highlands und unbeschwerten Gesprächen ohne Erfolgsdruck war. »Was war? Entschuldigung, ich hab nicht genau zugehört. Haben Sie mal wieder Detektiv gespielt, Graham? Wieso haben Sie Informationen von einer Zeugin, die wir nicht haben?«

»Nein, nein, Alan, keine Sorge, ich passe schon auf.« Mit einem schiefen Lächeln versuchte Graham die Situation zu retten. »Wir, also Mrs Thornton und ich, haben uns lediglich ein wenig über alte Whiskybekannte ausgetauscht und da fiel ihr eben noch ein Name ein. Stella Conolly aus Perth.« Graham hoffte inständig, dass er den Namen richtig in Erinnerung behalten hatte und keiner von den beiden auf die Idee kommen würde, deswegen bei der Witwe anzurufen. Seit Angelas verzweifeltem Aufruf vorhin auf dem Friedhof ging ihm jedoch der Gedanke nicht mehr aus dem Kopf, dass wirklich alles versucht werden musste, um den Täter zu finden. Und wenn es nur ein unbedeutender Name in Perth ist. Zudem beschlich ihn eine gewisse Angst, Informationen zu besitzen, die eigentlich der Polizei vorbehalten sind. »Stonehaven Road.« Glücklicherweise hatte ihn die Adresse an das berühmte Schloss Dunnottar Castle erinnert, das dort in der Nähe lag, sonst hätte er wohl mit einem ernsthaften Problem rechnen müssen.

»Ich hab's notiert«, bemerkte Brian und stopfte sich sein Notizbuch wieder in die Innentasche seiner Jacke. »Wenn wir ungefähr im Jahr 2011 alle Menschen in Schottland befragt haben, die sich mal über Whisky unterhalten haben, dann kennen wir garantiert den Täter. Und wissen, welcher Whisky am besten schmeckt!«, setzte er noch grinsend nach. »Ich geb´ die Daten nachher an unser Team weiter. Die können sich dann darum kümmern.«

Eine halbe Stunde später entfernten sich zwei Fahrzeuge aus dem Örtchen Bainshole und fuhren auf der A96 Richtung Keith. Am Steuer eines der Wagen saß ein erleichterter Graham Morrice.

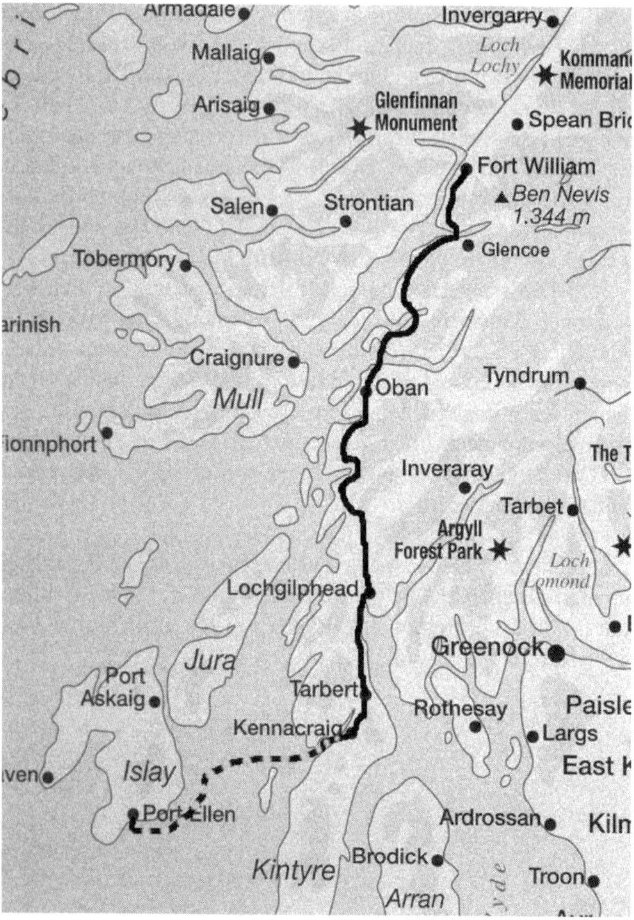
Armadale
Invergarry
Mallaig
Loch
Lochy
Arisaig
Glenfinnan
Monument
Spean Bri
Fort William
Ben Nevis
1.344 m
Salen
Strontian
Glencoe
Tobermory
Craignure
Mull
Oban
Tyndrum
Inveraray
Tarbet
Argyll
Forest Park
Loch
Lomond
Lochgilphead
Greenock
Jura
Port
Askaig
Tarbert
Rothesay
Paisle
Kennacraig
Largs
Islay
East K
Port Ellen
Ardrossan
Kiln
Brodick
Troon
Kintyre
Arran

Hefe

-24-

Er las über sich in den Zeitungen. Kaufte sich den Scotsmen, den Scottish Daily Express, den Northern Scot, The Press and Journal, den Scottish Daily Mirror und noch einige andere, die in großen Lettern über seine Taten berichteten. Saß in seinem Auto und ging konzentriert die einzelnen Berichte durch. Die Berichterstattung gefiel ihm allerdings überhaupt nicht, da er darin als Monster verteufelt wurde. Wenn die wüssten, warum ich das alles mache, dachte er, dann würden sie mich verstehen und erkennen, dass es notwendig ist. Von wegen "Whisky-Monster" –"Whisky-Ritter" oder "Whisky-Engel" wäre viel passender gewesen.

Er begann zu sinnieren. Andere mochten sein Tun als Besessenheit oder gar Verrücktheit abtun, aber das war halt typisch für Leute, die keine Ahnung davon hatten, was eine tiefe familiäre Bindung ist. Und die auch das tiefe Verlangen nach

Gerechtigkeit nicht kannten. Er aber war davon überzeugt, dass der Geist seiner Mutter und seines Vaters ihn beobachteten und sogar anspornten, das zu tun, was einfach getan werden musste, um seinem Vater Gerechtigkeit widerfahren zu lassen. Das war der letzte Gedanke, bevor er in den Schlaf fiel, und der erste, wenn er wieder erwachte. Sie mussten dafür büßen. Auch sein Vater hatte im Schlaf schon des Öfteren zu ihm gesprochen und ihm bestätigt, wie gut er seine Sache gemacht hatte.

Er hatte früher viele Bücher gelesen, manchmal Horrorromane, aber am liebsten Krimis. Er hatte dabei auch Bücher gelesen über Mörder, die Frauen die Brüste und Männern die Schwänze abgeschnitten hatten. Oder gar ihnen die Haut abgezogen hatten, um sich daraus ein Hemd zu schneidern. Er schüttelte unwillig den Kopf. Aber das waren alles Perverse, so war er nicht. Er war von einem viel reineren Motiv geleitet. Er sammelte keine Souvenirs, er war dabei eine ganz besondere Aufgabe zu erfüllen.

Er war jetzt kaum noch zu Hause. Vor etwa einer Woche hatte er sein viertes Opfer, Paul Thornton, seiner gerechten Strafe zugeführt und in der Ben Rhinnes Distillery entsorgt. Kurz danach hatte er begonnen, sich Fraser Williams, seinem nächsten Opfer, vollends zu widmen. Das Beschatten von Personen und das Ermitteln von persönlichen Details waren ihm mittlerweile fast in Fleisch und Blut übergegangen. Warum, so fragte er sich bereits des Öfteren, hatte er diese Fähigkeit eigentlich nicht während seiner Militärzeit an sich wahrgenommen. Als verdeckter Ermittler oder so etwas hätte er doch eine tolle Karriere machen können. Sobald er die Zielperson entdeckt hatte, stand ihm plötzlich eine wahre Flut von Informanten zur Verfügung. Die Frau am Kiosk, der Busfahrer, der Pförtner am Werkstor, der Wirt. Keiner dieser Menschen schreckte davor zurück, Informationen über einen Mitmenschen auszuplaudern. Wenn er sympathisch und höflich wirkte – und das hatte er im Umgang mit den behinderten

Personen, die er in seinem letzten Job laufend traf, gelernt – argwöhnte niemand und gab auf ein paar unscheinbare Fragen genau die Informationen preis, die er brauchte. Die groben Informationen, den Tagesablauf, die Stammkneipe, die Hobbys, all dies hatte er während der letzten Monate über seine Opfer in Erfahrung gebracht. Mittlerweile konnte er die Zeiten zwischen seinen Ausflügen für das Feintuning nutzen. Da die allsommerliche Urlaubszeit nun auch vorbei war, konnte er sich obendrein sicher sein, dass die lästigen Unterbrechungen in seinem Vorhaben nun ausbleiben würden und ein zügiges Abarbeiten seiner Aufgabe garantiert war.

Williams lebte – sinnigerweise – in Fort William und heute Abend würde es so weit sein; er würde auch ihn überwältigen und ihm den letzten Schluck seines Lieblingswhiskies verabreichen. Aber so hatte er ihn bestimmt noch nicht zu sich genommen, dachte er und konnte seine innere Freude nicht verbergen. Ein stilles Grinsen machte sich auf seinem müden und abgekämpften Gesicht breit. Dann blieb nur noch einer übrig und wenn er den dann auch noch bestraft hatte, wäre es endlich geschafft, das Schicksal seines Vaters endlich gerächt.

Er betrachtete die neben ihm aufgereihten Gegenstände, die er für sein neues Handwerk benötigte. Die Handfesseln, die Fußfesseln, den Lederknebel, die Einweghandschuhe, die Plastikflasche mit dem Chloroform. Es war alles da, was er brauchte, um sein nächstes Opfer der gerechten Strafe zuzuführen.

Bevor er sein erstes Opfer überwältigt hatte, war er in einem Sexshop gewesen, in dem er alles bekommen hatte, was jetzt neben ihm auf dem Sitz lag. Es war heutzutage so einfach geworden, sich diese Sachen zu besorgen. Keiner hatte ihn auch nur irgendwie komisch angesehen, als er die Gegenstände an der Kasse bezahlt hatte. Aber wenn er sich überlegte, was es dort alles in den Regalen gab, war das, was er gekauft hatte, sicherlich noch harmlos. Er hatte dort Gerätschaften gesehen, von deren Zweck er keine Ahnung hatte und eigentlich auch gar nicht wissen wollte, zu welchen abenteuerlichen Seiten des Sexlebens mancher Leute sie beitragen sollten.

Alle Männer hatten eines gemeinsam, sie gingen alle regelmäßig entweder in einen Pub oder zu einem Vereinstreffen. Und alle gingen zu Fuß dorthin. Wie gewöhnlich doch die meisten Menschen sind. Wie berechenbar und wie vorhersehbar. Nachdem er ihre Gewohnheiten herausgefunden hatte und auch wusste, wo sie hingingen, brauchte er sie nur auf dem Nachhauseweg abzupassen und zu überwältigen. Alle hatten vorher etwas getrunken, einige sogar mehr als genug, und es war fast ein Kinderspiel, sie zu betäuben und in den Lieferwagen zu schleppen. Alle waren sie unaufmerksam, in ihrer kleinen heilen Welt gefangen, in der ihnen nichts zustoßen würde. Doch dann kam er.

Und dann die Gesichter, wenn sie merkten, dass ihr letztes Stündlein gekommen war, und dass sie durch das sterben würden, was sie liebten. Einfach köstlich. Er empfand eine solche Genugtuung, wenn er an seine Taten dachte. Ob es den Philippern ähnlich ging, als sie Jesus an ein Stück Holz nagelten? Wie haben sich die großen Inquisitoren gefühlt, als sie die Ketzer, die Feinde des Glaubens, folterten? Was fühlten die Terroristen, als ihre beiden Maschinen ins World Trade Center knallten? Wenn man glaubt, Gerechtigkeit walten zu lassen, das Richtige zu tun, kommt man dann tatsächlich seinem Gott ein Stück näher? Er meinte, so eine Ahnung davon zu spüren.

Und so auch wieder an diesem Abend. Gegen Mitternacht verabschiedete sich Fraser Williams von seinen Freunden. Sie hatten zusammen im Hinterzimmer des lokalen Pubs musiziert und ein paar neue Stücke eingeübt. Er tat dort das, was seine Frau zu Hause perfekt beherrschte. Er spielte die erste Geige. Er lächelte gequält. Nach fast 30 Jahren Ehe war schon längst der Alltag in ihre Beziehung eingedrungen und die schönen Zeiten waren vorbei. Mittlerweile stritten sie sich sehr häufig, oft nur unterbrochen von Zeiten, wo sie schmollten und gar nichts mehr miteinander redeten. Längst waren die wirklichen

Themen ausdiskutiert, es ging nur noch darum, wer den anderen tiefer treffen konnte. Schon oft hatte er sich überlegt, seine Frau einfach zu verlassen und irgendwo ein neues, besseres Leben anzufangen. Aber er hatte es bis jetzt einfach nicht geschafft, diesen Schritt zu wagen. Na ja, dachte er auf seinem Nachhauseweg, in zwei Wochen hatten seine Jungs und er ihren Auftritt beim örtlichen Dorffestival, das würden wenigstens wieder mal ein paar Stunden voller Spaß werden.

Dass er allerdings so bald schon von all seinen Sorgen erlöst und für immer von seiner Frau getrennt werden würde, konnte er nicht ahnen. Und so hatte er sich das wohl auch bestimmt nicht vorgestellt. Hätte er gewusst, was auf ihn zukam und eine Wahl gehabt, so hätte er sich sicherlich liebend gerne für weitere Streitereien mit seiner Frau entschieden. Aber diese Wahl hatte er nicht mehr!

Als wenige Meter vor ihm ein ihm unbekannter Mann aus einem Lieferwagen stieg und dann auf ihn zukam, dachte er erst, der wollte ihn nur was fragen. Aber als der Mann vor ihm stand, sprühte er ihm die Chloroformlösung in Mund und Nasenlöcher. Sein überraschtes Keuchen bewirkte das, was ein gezielter Schlag in beide Kniekehlen nicht besser bewirkt hätte: er ging abrupt zu Boden. Er stotterte, schnappte nach Luft und verlor das Bewusstsein.

Als Fraser Williams wieder zu sich kam, ging es auch ihm wie den anderen Opfern vorher. Auch er wusste zunächst nicht, wo er war und wie er hierher gekommen war. Auch er war an Händen und Füßen gefesselt und hatte einen Knebel im Mund. Auch er konnte sich nur noch vage daran erinnern, dass er überfallen worden war. Dass jemand ihm irgendetwas ins Gesicht gesprüht hatte, das einen starken ätherähnlichen Geruch verströmte. Ihm war schwarz vor Augen geworden und dann spürte er nichts mehr. Er war betäubt worden! Er hatte von dem Zeug wahnsinnige Kopfschmerzen. Auch er erkannte nach einer gewissen Zeit das Gestänge mit der Whiskyflasche und den Infusionsschlauch, der von der Flasche zu seinem

Handgelenk führte. Und auch er erkannte, dass es sich bei der Flasche um seinen Lieblingsstoff handelte. Auch er drehte vor Angst fast durch.

Tja, und auch er hatte eine kurze Begegnung mit dem schweigsamen Mann, der zu ihm in den Laderaum trat und ohne viele Worte die Infusion in Gang setzte, als er sich vergewissert hatte, dass sein Opfer wach war. Auch er erlebte ein höllisches Brennen in seinem Arm, als der Alkohol in ihn eindrang. Und auch er erlebte die schlimmsten Minuten seines Lebens, voller Todespanik und Schmerzen, bis die Atemlähmung eintrat und auch er jämmerlich erstickte.

Der Mörder hatte dieses Mal neben dem Mann gestanden und seinem Todeskampf zugesehen, bis das Leben den Körper seines Opfers verlassen hatte. Erst als der Glanz die blutunterlaufenen Augen seines Opfers verließ und der Geruch von Erbrochenem und Fäkalien den Wagen erfüllte, kehrte sein Geist in seinen geschäftigen Alltag zurück. Obwohl der Todeskampf insgesamt einige Minuten dauerte und es für ihn schon fast zur Routine wurde, war es doch immer wieder eine Genugtuung zu sehen, wie ein Sünder sein gerechtes Schicksal traf. Er würde sich auch beim nächsten und letzten Opfer die Zeit nehmen und zusehen. Vielleicht könnte er ja auch die Durchflussgeschwindigkeit des Whiskies noch weiter reduzieren, überlegte er sich. Er fand Gefallen an dieser Idee und freute sich schon darauf, sie in die Tat umzusetzen. Wie man doch mit kleinen Veränderungen einer monotonen Tätigkeit wieder etwas Würze verleihen konnte.

Mit diesen Gedanken kletterte er ins Fahrerhaus, schaltete die Lüftung auf die höchste Stufe und machte sich auf den Weg zur Insel Islay. Dort würden die Leute der Kildalton Distillery in Robin bald eine Überraschung erleben.

Er verließ Fort William in Richtung Süden und fuhr auf der A82 am Loch Linnhe entlang bis Ballachulish und dort auf die A828. Da er ja hier in der Nähe wohnte und sich in der Gegend bestens auskannte, verzichtete er auf den Abstecher durchs Glen Coe, eines der schönsten Wander- und Klettergebiete des Hochlands, dessen gälischer Name übersetzt "Tal der Hunde" bedeutet. Speziell die Berggruppe der "Three Sisters", die Pyramidenspitze des Buchaille Etive Mhor, dem 1.022 Meter "großen Hirten von Etive" sowie die White Corries im Osten hatte er auf zahlreichen Klettertouren erkundet. Auch das Rannoch Moor kannte er fast so gut wie seine Westentasche. Obwohl, er hatte eigentlich nie eine Weste besessen, fiel ihm ein. Blöder Spruch! Egal, er nahm also den direkten Weg nach Oban.

Vor Portnacroish kam er an dem im Loch Linnhe gelegenen Castle Stalker vorbei, dem Traumbild aller Schottlandfahrer.[5] Er erinnerte sich daran, dass die Touristen früher waghalsig an der engen Straße gegenüber von dem Schloss zu einem Fotostopp anhielten, ohne Rücksicht auf den Verkehr und darauf, dass sie sich und ihr Auto dabei extrem gefährdeten. Immer wieder war es deshalb zu Beinahunfällen gekommen. Inzwischen war ein sehr schöner Parkplatz mit Restaurant erbaut worden, so dass man ohne Gefahr anhalten konnte. Auch das Essen in dem Restaurant würde er jedem empfehlen, er war seit der Eröffnung schon ein paar Mal dort gewesen.

Bei Connel fuhr er über die Brücke und kam auf der A85 bald darauf an dem großen Friedhof von Oban vorbei, auf dem seine Mutter ihre letzte Ruhestätte gefunden hatte. Schuldbewusst fiel ihm ein, dass er schon lange nicht mehr an ihrem Grab war. Er hatte sie die letzten Wochen sehr vernachlässigt, er hatte einfach zu viel zu tun. Wenn das alles rum war, würde er gleich wieder zu ihr gehen, versprach er ihr noch.[6]

---

5 Castle Stalker ist eine mittelalterliche Burg auf einer kleinen Insel inmitten eines romantischen Sees und umgeben von Bergen. Begonnen wurde die einstige Heimstatt der Stewarts of Appin um 1540. Schottenkönig James V nutzte sie als Jagdschloss.

6 Oban ist einer der wichtigsten Touristenorte an der Westküste Schottlands und Ausgangspunkt für die Fähren zu den Hebriden-Inseln. Es gilt daher als Gateway to the Isles, als das Tor zu den Inseln. Hoch über der Stadt ragt eine architektonische Kuriosität auf, der McCaig´s Tower, ein dem Kolosseum in Rom nachgebautes Rondell.

Er fuhr aber ohne anzuhalten durch Oban durch und auf der A816 über Kilninver nach Kilmartin[7] und von dort weiter nach Lochgilphead.

Von hier aus ging es auf der A83 weiter zur Landenge nach Tarbert, bei der sich die Wellen des Loch Tarbert von Westen her kommend immer weiter in die Insel hineinkämpfen. Dort nahm er die kleine Landstraße bis zum Hafen von Kennacraig, der etwas außerhalb auf einer kleinen, natürlichen Insel lag. Er fuhr an dem Hinweisschild der Caledonian MacBrayne Gesellschaft mit dem Löwen im rotschwarzen Symbol vorbei und dachte noch, dass die Bezeichnung "Kennacraig Ferry Terminal for Islay and Jura" schon etwas protzig war, für das kleine Fährterminal, das sich ihm da zeigte. Er kaufte die Tickets für die Fähre nach Islay und auch gleich das Rückfahrticket und holte sich dann einen Kaffee am Automaten. Der schmeckte zwar eher scheußlich, war aber heiß und das Koffein brauchte er jetzt, denn er hatte heute Nacht noch einiges zu tun.

Um 17:40 Uhr fuhr er mit nur noch zwei anderen Autos auf die CalMac Fähre und pünktlich um 18:00 Uhr legte die Fähre in Richtung Port Ellen ab.

Kurz bevor sie in den kleinen Hafen von Port Ellen einbogen, konnte er noch drei Brennereien an der Südküste von Islay erkennen, von denen eine die Kildalton Distillery war. Danach sah er schon den Hafendamm und die ersten Häuser. Fünfzehn Minuten später erreichten sie pünktlich um 20:20 Uhr, nach einer problemlosen Überfahrt, den Hafen von Port Ellen.

Es wurde 1897 als Arbeitsbeschaffungsmaßnahme von dem Bankier John Stuart McCaig errichtet. Von dort, auf dem Battery Hill, hatte man einen herrlichen Panoramablick auf Oban und den Firth of Lorn, mit den Inseln Kerrera, Mull und Lismore. Das gälische Wort Oban steht für "kleine Bucht".

7 Auf dem Friedhof von Kilmartin befindet sich eine beachtliche Reihe alter Grabplatten, die zum größten Teil aus dem Mittelalter stammen (1200-1400). Das älteste Kreuz stammt sogar aus der Zeit der Pikten (ca. 900 n. Chr.).

Er kaufte sich im Tesco in Port Ellen weitere Sandwiches und ein paar Dosen Cola, dann stellte er sein Auto in der Nähe der Brennerei ab und erkundete zu Fuß die Umgebung der Kildalton Distillery. Nachdem er alles möglichst unauffällig inspiziert und sich das Gebäude mit der Mash Tun für sein Vorhaben genauer angesehen hatte, ging er zu seinem Auto zurück und fuhr nach Westen auf die Oa Halbinsel, mit ihren Steilküsten und den schönen Stränden.

Deutlich sichtbar bei Ankunft mit der Fähre befindet sich dort ein wunderschöner Strand, der Kilnaughton Beach. Er ist einer der beliebtesten Strände Islays und kann im Sommer an manchen Tagen recht belebt sein, d.h. mit mehr als 10 Personen sogar nahezu übervölkert sein. Im Süden ist er ein breiter Sandstrand, im Norden ist der Sand mit zahlreichen Felsen durchsetzt, ansonsten bietet er sehr viel Platz. Der Parkplatz von Kilnaughton befindet sich neben dem Friedhof und der Ruine einer Kapelle.

Da er keine Lust hatte, noch weiter zu fahren, bis zu dem anderen schönen Strand, bekannt unter dem Namen "The Singing Sands", in dessen Nähe sich eine Farm und auch der Leuchtturm von Carraig Fhada befindet, parkte er sein Auto am Friedhof.

Er ging hinunter zum Strand und genoss das Panorama. Halblinks konnte er Port Ellen sehen und rechts den Leuchtturm von Carraig Fhada, der 1832 zum Gedenken an Lady Ellinor Campbell errichtet wurde, nach der auch Port Ellen benannt worden war. Heute hatte ein lokaler Künstler sein Studio und seine Werkstatt im Leuchtturm. Verschwommen am Horizont glaubte er noch die Küstenlinie von Nordirland zu erkennen.

Als es dunkel wurde, ging er zum Auto zurück und holte die Sandwiches und seine Getränkedosen. Wieder zurück am Meer, setzte er sich auf einen rosafarbigen Felsen. Dort verbrachte er einen Großteil der Nacht, indem er am Strand erst seine Sandwiches verspeiste und dann einfach dasaß und aufs

Meer hinausschaute, auf dem der Mond und die Sterne schimmerten. Auf der anderen Seite der Kilnaughton Bucht konnte er die Lichter der Häuser von Port Ellen erkennen. Er grübelte vor sich hin, denn er konnte sowieso nicht schlafen!

Gegen 01:30 Uhr machte er sich wieder auf den Weg zurück zur Brennerei. Und nachdem sein Bolzenschneider ihm dort wieder gute Dienste geleistet hatte, betrat er mit dem toten Fraser Williams über der Schulter das Gebäude mit der Mash Tun.

In der Mash Tun wird der Zucker aus der gemahlenen Gerste, die man jetzt Grist nennt, extrahiert. Ziel dabei ist, soviel wie möglich Zucker aus der gemälzten Gerste herauszuholen. Dies geschieht, indem heißes Wasser mit dem Grist vermischt wird. Dabei wird die Umsetzung von Stärke in Zucker durch die Enzyme Amylose und Amylopectin vollständig durchgeführt. Die Steuerung der Enzymaktivität und der Extraktionsfähigkeit erfolgt hauptsächlich durch die Temperatur und die Konzentration des Mash. Diese beiden Stärkeprodukte werden bei einer Temperatur, die zwischen 63 und 65 Grad Celsius konstant gehalten wird, löslich. Sie werden durch die Alpha- und Beta-Amylase der Gerste in fermentierbaren Zucker umgewandelt. Der lösliche Zucker wird im heißen Wasser ausgewaschen und durch die Siebe im Zwischenboden der Mash Tun abgefiltert. Dieses süße, bräunliche Wasser nennt man Würze oder im schottischen auch Wort. Wenn der gesamte Zucker extrahiert ist, wird der verbleibende Mash aus der Mash Tun herausgepumpt. Diese Rückstände heißen Draff und werden meist als Viehfutter eingesetzt. In vielen Gegenden Schottlands spricht man dann auch oft vom "Happy Cow Feed".

Insgesamt wird dreimal heißes Wasser zugegeben, jedes dabei heißer als das vorhergehende. Die ersten beiden werden als Wort genutzt, während das letzte Wasser, das so genannte Sparge, nicht mehr genügend Zucker enthält, um später in Alkohol umgewandelt zu werden. Deswegen lässt man es abkühlen und nutzt es für den folgenden Maischeprozess mit neuem Grist als erstes Wasser.

Das erste Wasser hat meist eine Temperatur von etwa 64 Grad Celsius, das zweite Wasser ca. 78 Grad Celsius und das dritte Wasser etwa 90 Grad Celsius. Der gesamte Prozess des so genannten Mashing dauert ungefähr neun Stunden. Die Qualität des Wassers spielt eine entscheidende Rolle in diesem Herstellungsschritt und letztendlich auch für die Qualität des Alkohols der anschließend produziert wird.

Die meisten Brennereien haben nur eine Mash Tun, wobei die Größe von 2 bis 15 Tonnen Fassungsvermögen variiert. In der Kildalton Brennerei ist die Mash Tun ein runder Kessel aus Edelstahl, mit einem Durchmesser von 6,70 Meter und einem Fassungsvermögen von 9,5 Tonnen. In der Mash Tun befinden sich mechanische Rührer, die sich im Kreis bewegen und dabei rotieren, damit der Grist permanent mit dem Wasser vermischt wird.

Als der Mörder den Deckel der Mash Tun öffnete, schlugen ihm die heißen Dämpfe und der leicht süßliche Geruch des laufenden Mashing Prozesses entgegen. Er konnte sehen, wie sich der Rührer langsam um seine Achse in der Mitte des Kessels drehte und sich seine Rakel dabei gegen den Uhrzeigersinn drehte und durch den Grist kämpfte. Er wartete kurz, bis die Rakel unter der Öffnung vorbeigezogen war und ließ die Leiche dann in die Pampe hineinplumpsen. Schnell schloss er den Deckel wieder und schlich sich davon. Auch dieses Mal konnte er unbemerkt verschwinden und machte sich bald darauf mit seinem Auto auf den Weg zurück zum Hafen. In etwas mehr als einer Stunde würde er dann um 04:15 Uhr, mit der ersten Fähre des Tages, wieder zum Festland zurückfahren und sein nächstes Opfer aufsuchen. Noch einer und dann hatte er es endlich geschafft.

Als die Rakel auf ihrer nächsten Umdrehung wieder an die Stelle kam, an der die Leiche dümpelte, erfassten sie den Körper des Toten und drückten ihn brutal nach unten. Dabei drangen die scharfkantigen Stahlstäbe tief in seinen Körper ein und zerschnitten ihn in regelmäßigen Abständen bis auf die Knochen. Das Blut und die anderen Körperflüssigkeiten verteilten sich langsam in dem Brei und hinterließen eine dunkle Spur. Erst nach etlichen Umdrehungen wurde der Druck der Rakel gebremst und sie verbogen sich leicht, bis sie sich mit dem Rest der Leiche am Boden der Mash Tun festklemmten. Der Motor schaltete automatisch ab und im Kontrollpult zwei Gebäude weiter leuchtete eine Lampe auf und ein Warnsignal ertönte.

Stuart Gray, der Mann, der in dieser Nacht die Aufsicht über die Anlage hatte, bestätigte kurz das Alarmsignal und machte sich auf den Weg zur Mash Tun, um zu sehen, was dieses Mal los war. Er betrat das Mash House und schaltete das Deckenlicht an. Irgendwie hatte ihn das Gefühl beschlichen, dass er nicht alleine war. Deshalb schaute er sich erst suchend im ganzen Raum um. Als er sicher war, dass sich außer ihm niemand im Raum befand, lief er schnurstracks zur Mash Tun. Er konnte allerdings nichts Ungewöhnliches sehen, außer, dass der Rührer stillstand und sich der Motor wegen einer Störung ausgeschaltet hatte. Er versuchte, ihn neu zu starten, aber die Rakel bewegten sich nur einen Zentimeter und dann schaltete sich der Motor wieder ab. Irgendetwas hatte sich festgeklemmt. Ihm schwante Übles! Mit einer Handlampe und einem Riesenkloß im Hals ausgerüstet, öffnete er die Luke und begutachtete das Innere der Mash Tun. Bis auf eine eigenartige Verfärbung konnte er jedoch nichts erkennen. Er hatte natürlich auch schon von dem Whiskymörder gehört und hatte auch das letzte Rundschreiben der Sonderkommission an alle Brennereien erhalten und gelesen. Darin wurden alle Brennereimitarbeiter aufgefordert, bei ungewöhnlichen Vorkommnissen im Ablauf der Whiskyherstellung nichts auf eigene Faust zu unternehmen, sondern sofort die lokale Polizei einzuschalten. Sollte er die jetzt mitten in der Nacht anrufen? Nein, entschied er, er würde erst einmal Stu Jones, den Distillery Manager anrufen. Der sollte alles Weitere entscheiden. Dafür hatte der schließlich Chef gelernt.

Geistesgegenwärtig ging er aber noch hinaus zum Eingangstor und prüfte, ob sich noch jemand auf dem Gelände befand. Dem war aber nicht so. Er meinte nur in der Ferne das leise Geräusch eines sich entfernenden Lieferwagens zu hören, das aber gleich darauf verklang. Vermutlich hatte er sich das nur eingebildet.

Schiefer

-25-

Nachdem er um 06:30 Uhr, von Islay kommend, wieder auf dem Festland eintraf, machte er sich auf den Weg zu seinem letzten Opfer. Peter Ambrose hieß sein nächstes und letztes Ziel und irgendwie war er froh, dass es nun bald vorbei war. Es nahm doch mehr Zeit und Aufwand in Anspruch, als er sich anfangs gedacht hatte. Auch wenn der Tod der Kerle ihn für seine Mühen entschädigte, war er es doch langsam leid. Er wollte wieder seinen Vater besuchen und ihm vom Erfolg seiner Mission berichten. Außerdem musste er sich auch langsam wieder um Haus und Garten kümmern, nicht dass diese dauerhaften Schaden nähmen.

Er spürte auch, dass es langsam Zeit wurde, seinen Auftrag zu Ende zu bringen. Erstens waren ihm die Bullen schon dicht auf den Fersen und zweitens, und das war viel bedenklicher, ging ihm langsam das Geld aus. Die ständige Herumreiserei, jeder Tag kostete Geld, und seine Ersparnisse waren nahezu aufgebraucht. Er konnte die Sache nicht mehr länger hinausschieben, er musste handeln. Das letzte Opfer war fällig!

Er bereitete sich auf ein Heimspiel vor, denn Peter Ambrose lebte in Easdale, auf der Halbinsel Seil, südlich von Oban. Und diesmal hatte er auch eine wirklich schöne Fahrt vor sich, denn der Lieblingswhisky seines letzten Opfers stammte aus der Ardgowan Distillery auf der Insel Skye! Dort war er schon ewig nicht mehr gewesen, obwohl ihm diese Insel schon immer sehr gut gefallen hatte.

Eigentlich irgendwie schade, dachte er bedauernd, dass dann alles vorbei sein sollte, denn er hatte sich schon an die Touren durch Schottland gewöhnt und sich stets gefreut, Regionen seines Heimatlandes kennen zu lernen, in denen er vorher noch nie oder schon lange nicht mehr gewesen war. Aber er konnte ja auch so überall hinfahren, ohne unbedingt eine Leiche dabei haben zu müssen, oder?

Er fuhr den gleichen Weg wieder zurück, den er am Montag von Oban aus nach Süden angetreten war. Hinter Lochgilphead fuhr er wieder auf die A816 und konnte nach etwa vier Meilen im Morgenlicht den Hügel erkennen, auf dem die eisenzeitliche Festung Dunadd Fort lag. [8] Von dort oben hatte man eine sehr schöne Aussicht, erinnerte er sich und dachte wieder einmal wehmütig an die Zeit zurück, als seine Frau

---

[8] Dunadd Fort war im 6. Jahrhundert Hauptstadt des Königreichs Dalriada, das die ursprünglich aus Irland stammenden keltischen Skoten, die "Scots", hier im Land der Pikten gründeten. 574 soll St. Columba hier König Aidan gekrönt haben. Und es war der Name dieser Siedler, der ca. 300 Jahre später dem Land seinen Namen gab – "Scot"-land. Erst im Jahre 844 wurde Scone die neue Hauptstadt. Der Schicksalsstein, der Stone of Scone, stammt aus Dunadd. Heute sind jedoch nicht viel mehr als fast unsichtbare Mauerreste geblieben. Lediglich der Fußabdruck und ein kleines Becken, ursprünglich eventuell für Weihwasser gedacht, für die Krönungszeremonie sind noch zu erkennen.[8]

noch bei ihm war und sie gemeinsam dort oben gestanden hatten.

Auf dem Weg nach Kilmartin kam er noch an anderen vorgeschichtlichen Relikten aus der Stein- und Bronzezeit vorbei.[9] All diese Regionen hatten er und seine Frau damals zu Fuß erkundet.

In der Nähe von Kilmartin hatten sie damals auch das Carnasserie Castle aus dem späten 16. Jahrhundert besucht.[10] 20 Meilen südlich von Oban waren sie ebenfalls in den Arduaine Garden gewesen.[11] In Kilmartin holte er sich im lokalen Supermarkt ein paar Sandwiches und etwas zu trinken, bevor er wieder weiter fuhr.

An der Kreuzung mit der B844 bog er dann nach Westen ab, zur Insel Seil. Dort führt eine kleine Straßenbrücke von Clachan auf dem Festland nach Clachan-Seil. Die malerische, gewölbte Brücke aus dem 18. Jahrhundert rühmt sich, die einzige Brücke über den Atlantik zu sein. Jedenfalls sieht sie recht gut aus, dachte er, als er sich der Brücke näherte. Die Fahrt über die Brücke war dann allerdings schon etwas aufregend, da er beim Hochfahren auf der einen Seite nichts sehen

---

9 Die Nether Largie Cairns, fast 5.000 Jahre alte Grabkammern, befinden sich hier. In North Cairn und Ri Cruin Cairn kann man Dutzende von Bronzeäxten erkennen. Der Temple Wood Stone Circle, der vor etwa 4000 Jahren errichtet wurde, besteht aus aufrecht stehenden Steinen und steht auf einer Stelle, an der vor ihm schon ein Kreis aus Holz errichtet war. Etwas weiter südlich, bei Ballymeanoch, befindet sich ein weiterer Komplex aus Standing Stones, Cairns sowie Cup and Ring Marked Rocks. Bei Achnabreck gibt es die größte Ansammlung dieser Felsgravuren in ganz Großbritannien.

10 Carnasserie Castle wurde von John Carswell, Bishop of the Isles, 1566-72 erbaut, später war es im Besitz der Campbells of Achnabreck und wurde 1685 zerstört.

11 Arduaine Garden ist eine sehenswerte 20 Acre große Parkanlage, auf einer Landzunge, die von Loch Melfort und der Asknish Bay gebildet wird. Ihre Rhododendren Sammlung aus aller Welt gehört zu den besten in Schottland. Japanische Zedern, Azaleen, Magnolien und Lärchen, Farne aus Chile sowie weitere teils exotische Pflanzen sind zu sehen. Außerdem mehrere Teiche und Bachläufe.

konnte außer dem Himmel. Auf der Spitze der Brücke kippte sein Auto quasi nach vorne, so dass er einen kurzen Moment lang befürchtete, dass das Auto in der Mitte aufsetzen würde, aber der Lieferwagen hatte glücklicherweise genügend Bodenfreiheit. Danach ging es auf der anderen Seite wieder hinunter, bis er unten dann nach links um die Kurve bog. Er bog dort gleich auf den kleinen Parkplatz neben der Brücke ein, der gegenüber von dem schönen Gebäude des "Tigh-an-Truish Inn" lag und aß seine Sandwiches, mit Blick auf die Brücke.

Rechts von ihm stand ein kleiner Tante Emma Laden namens "Tigh A′ Chlachain", der Werbung machte für Postkarten und einen Hinweis trug auf Atlantic Photography. Der eigentlich schwarze Gebäudeanbau war mit hellblauer und grüner Farbe angemalt worden, die wohl Wasser und Graslandschaften symbolisieren sollten, aber in erster Linie einen etwas kitschigen Eindruck machten.

Irgendwie hatte ihm die Brückenüberquerung auch Spaß gemacht und er überlegte sich beim Essen, ob er nicht gleich noch mal drüber fahren sollte. Aber dann erinnerte er sich an den Spruch seines Vaters "*Erst die Arbeit, dann das Vergnügen!*".

Also machte er sich nach dem Essen auf den Weg nach Easdale und fuhr dabei durch eine sehr schöne Landschaft, die ihn etwas an den Quiraing auf Skye erinnerte. Kurz hinter Balvicar ließ er den Abzweig der B8003 linkerhand liegen und kam bald darauf an einen schönen Aussichtspunkt, von dem aus er einen tollen Blick hinunter zur Küste hatte. Er konnte die kleine Insel Easdale [12] mit ihren Häusern und auch ein paar der

12 Der kleine Ort Easdale, oder wie die Einheimischen es nennen, Ellenabeich, war seit dem 17. Jahrhundert Ort für Schieferbergwerke. Anfang des 19. Jahrhunderts war hier Schottlands größte Produktionsstätte von Schieferplatten für Dachziegel. Bis in 80 Meter Tiefe wurde hier der Schiefer abgebaut und über 400 Arbeiter waren damit beschäftigt. Auch heute noch sind überall rund um den Ort Schiefersteine zu sehen, die aus dem Abfall der Bergwerke stammen, aber dennoch sehr schön anzusehen sind.

Häuser vom gleichnamigen Ort auf der Hauptinsel Seil erkennen.

Die Familie Ambrose wohnte außerhalb von Easdale im Atlantic House, das wusste er schon aus den Unterlagen seines Vaters. Als er auf der einzigen Straße, die in den eigentlichen Ort führte, an dem Haus vorbeikam, erkannte er, dass er das Haus sehr gut von dem Berg der hinter dem Haus aufragte, beobachten konnte. Er würde in den Abendstunden wieder hierher zurückkehren. Vielleicht konnte er ja den Kerl heute Abend noch überwältigen und seinen Job zu Ende führen.

Peter Ambrose arbeitete in Easdale in der lokalen Bierbrauerei als einer von nur zwei Mitarbeitern, die für die Bierherstellung zuständig waren. Die Brauerei war in Form mehrerer, miteinander verbundener, spitzgiebeliger Häuser erbaut worden. Alle Häuser hatten dunkelblaue Türen und Fensterrahmen und auch die Holzverschalung entlang der Giebel waren in der gleichen Farbe gestrichen. Die drei rechten Gebäude waren für Besucher vorbereitet und von rechts nach links reihten sich der Eingang zur Brauerei, ein Restaurant und die Bar aneinander. An jedem dieser drei Gebäude prangte unterhalb des Giebels das Emblem der Brauerei, mit einem Hinweis auf den jeweiligen Zweck des Gebäudes. Vor dem Eingang der Brauerei und links daneben, vor dem Eingang zum Restaurant, stapelten sich einige Bierfässer. Auf dem Sturz über Fenster und Tür der Bar konnte er lesen, dass es sich bei der Brauerei um "Brewers of Real Ales, Lager, Porter & Stout" handelte. Obwohl es ihn danach gelüstete, sich in dem brauereieigenen Restaurant oder der Bar eins der lokalen Biere zu genehmigen, verzichtete er dennoch darauf, denn er wollte nicht, dass sich hinterher eventuell jemand an ihn erinnerte.

Da es gerade etwas regnete, parkte er in der Nähe der Brauerei und nutzte die Chance, unerkannt unter seinem großen Regenschirm, die Umgebung zu erkunden. In dem Gebäude mit der Bar zeigte ein "Closed"-Schild im Fenster an, dass er dort momentan eh kein Bier bekommen hätte.

Er ging in die schmale Seitenstraße links von den Brauereigebäuden und kam an einem schön dekorierten Fenster vorbei. Auch seine Frau hatte immer ein Händchen für diese kleinen Nippes Dinge gehabt, die ein Haus einfach wohnlicher und gemütlicher wirken lassen.

Es gab in dem kleinen Ort allerdings nicht viel mehr zu sehen und bei dem regnerischen Wetter machte das Herumspazieren auch nicht besonders viel Spaß. Er wusste, wie Peter Ambrose aussah, denn im Schreibtisch seines Vaters hatte er auch ein paar Bilder gefunden, die damals aufgenommen worden waren. Es gab dabei ein Bild, das seinen Vater mit den sechs anderen Männern zeigte, von denen jetzt nur noch einer übrig war. Er hatte dieses Bild immer bei sich und sich die Gesichter mittlerweile fest in sein Gehirn gebrannt. Er wusste, wo sein letztes Opfer wohnte, denn er hatte sich schon damals nicht nur alle Adressen herausgesucht, sondern auch die genaue Lage im Internet auf den entsprechenden Ortsplänen genau eingeprägt.

Da der Regen mittlerweile wieder aufgehört hatte, die Wolken langsam verflogen und sogar die Sonne ein Stück herauskam, dachte er einmal mehr, wie wahr doch der schottische Spruch ist "*Wenn Ihnen das Wetter nicht gefällt, warten Sie ein paar Minuten*". Wie oft hatte er es schon erlebt, dass Regen einem völlig blauen Himmel gewichen war und dass er ein Unwetter mit starkem Regen links und blauem sonnigen Himmel rechts gleichzeitig sehen konnte. Aber oft hatte sich das Wetter auch genauso schnell wieder verschlechtert.

Er ging an den Strand von Easdale und fand dort eine erstaunlich große Ansammlung von unterschiedlich großen schwarzen Steinen, die wie auf einer Abraumhalde aufgetürmt waren. *Ob es hier ein Schieferbergwerk gab oder ob die vom Meer hier angespült wurden*, fragte er sich. Aber die Formen faszinierten ihn. Viele hatten auch kleine, winzige, goldene Sprenkel, die jetzt in der Sonne trockneten und zu glitzern begannen. *Sieht fast aus, als hätten sie Einschlüsse aus Gold*, dachte er sich. *Ob ich ein paar mitnehmen soll, als Dekoration für meinen Garten?*

Wieder zurück an seinem Auto, ließ er einen letzten Blick hinüber zum Gebäude der Highland Arts Exhibition wandern, die ihn aber nicht weiter interessierte. Deshalb fuhr er direkt zu dem Haus, in dem sein letztes Opfer wohnte, parkte dort um die Ecke und wartete, dass Peter Ambrose nach Hause kam.

Kurz nach 17:15 Uhr ging ein etwa 50jähriger Mann an seinem Auto vorbei, dessen Gesicht er unter hunderttausenden wieder erkannt hätte. Sein Opfer war also nicht in Urlaub, sondern kam gerade von der Arbeit nach Hause.

Bevor er sich jedoch dem Grund seines Hierseins widmen konnte, musste er die leidigen Notwendigkeiten seiner momentanen Tätigkeit abarbeiten. Er fuhr zurück nach Oban, wo er gegen Abend vor dem Parkplatz seiner alten Firma eintraf. Außer dem alten Parkwächter Bert war keiner mehr da, das wusste er. Da noch sieben weitere Fahrzeuge des gleichen Typs auf dem Gelände hinter dem Maschendrahtzaun standen, fiel er natürlich nicht weiter auf. Täglich kamen und verließen die Transporter mehrmals das Gelände. Als er vor dem automatischen Rolltor zum Stehen kam, sah er Bert schon auf sich zukommen.

»Na, Junge, mal wieder deine Lieferung hinter dich gebracht?«, fragte dieser durch das Tor.

Bert war nach seiner damaligen Entlassung sehr empört gewesen und hatte ihm versprochen, ihm zu helfen, wann immer es ihm möglich wäre. Als er dann vor einigen Monaten seinen Rachefeldzug begann, fiel ihm Berts Versprechen wieder ein. Er erzählte dem alten Mann, dass er ein paar Sachen seines Vaters verkaufen könne und dafür einen Lieferwagen benötigen würde. Bereitwillig durchforstete Bert die Dienstpläne und überließ ihm dann eines der nicht benötigten Fahrzeuge.

Nachdem Bert das Tor geöffnet und er den Wagen hinter die Reparaturhalle gefahren hatte, ging er wieder zu seinem vermeintlichen Freund. »Danke, Bert. Konnte mal wieder was loswerden. Hat auch ein ganz nettes Sümmchen gegeben. Hier, für dich.« Er streckte dem alten Mann eine 10-Pfund-Note entgegen.

»Hast´se wohl nicht mehr alle, was Junge?«, empörte Bert sich sofort. »Ich komm´ schon klar. Du brauchst doch den Zaster. Also, lass stecken. Ich helfe dir doch gerne.«

»Danke, Paps.« Es war ihm wirklich peinlich, seinen alten Kollegen so auszunutzen. Aber es ging nun mal nicht anders. »Ich mach ihn nur schnell noch sauber.« Mit diesen Worten drehte er sich auch schon um und ging zurück zum Wagen.

Körpergerüche, insbesondere von Ausscheidungen, können sich penetrant in einem Wageninneren festbeißen. Da in diesen speziellen Fahrzeugen jedoch häufiger Menschen transportiert werden, die diese Gerüche mitbringen, stellte dieses Problem für ihn kein Hindernis da. Geruchsentferner, Raumerfrischer und spezielle Reiniger standen zuhauf in der Werkstatthalle. Nach weiteren zwei Stunden befand sich der Fond des Fahrzeugs in einem taufrischen Zustand. Genau so, wie sein damaliger Chef es immer von ihm erwartet hatte.

Mit einem letzten Händeschütteln verließ er Bert und das Firmengelände, um sich zu Fuß auf den Weg nach Hause zu machen.

Es war nicht leicht gewesen, eine geeignete Stelle zu finden, von der aus er unbemerkt sein Opfer beobachten konnte. Aber er hatte nicht aufgegeben, war über Felsen geklettert und durch feuchte Büsche geschlüpft, bis er die perfekte Stelle gefunden hatte. Tagsüber hätte er das Haus von dort aus allerdings nicht beobachten können, dafür war die Stelle doch zu exponiert, aber während der Nacht bot sie mehr als ausreichend Schutz vor neugierigen Blicken anderer. Von dort aus konnte er Peter Ambrose mit seiner Frau und auch mit den beiden schon fast erwachsenen Kindern beobachten, wie sie nach dem Abendessen im Wintergarten zusammen saßen, gemeinsam irgendein Brettspiel spielten und dann später, als die Kinder wohl auf ihre Zimmer gegangen waren, jeder in einem Buch lasen.

Das war so etwas von ungerecht. Ein übermächtiger Zorn hatte ihn gepackt während er diese familiäre Idylle beobachtet hatte. Hier saßen diese Leute rum, als hätten sie noch nie einer Fliege auch nur ein Haar gekrümmt, während sein Vater, das Opfer ihrer Schandtat, weiterhin im Koma lag. Diese Idylle würde er ihnen endgültig zerstören, er würde ihnen alles nehmen, damit klar wurde, was Peter Ambrose ihm gestohlen hatte, als er sich an der Vernichtung seines Vaters beteiligte.

Im Schutz der Dunkelheit kauerte er sich hin und nahm eine Thermoskanne mit Kaffee aus seinem Rucksack. Seit er begonnen hatte, die Verbrecher zu jagen und zu bestrafen, war er voller Energie und deshalb brauchte er den Kaffee auch nicht, um sich wach zu halten. Nein, er trank einfach gerne Kaffee, das war alles. Und trotz des vielen Kaffees und der Anspannung der Jagd schlief er nachts so tief und fest, wie schon lange nicht mehr. Das war ein weiterer Beweis dafür, wenn er denn überhaupt einen benötigt hätte, dass das, was er machte, genau das richtige war. Das es wirklich seine Pflicht war, die Mörder seines Vaters zu liquidieren. Was jetzt noch vor ihm lag und was er bisher getan hatte, war kein Vergnügen, sondern absolut notwendig. Na ja, ein bisschen Vergnügen hatte er inzwischen doch schon gespürt. Aber er war kein kranker Killer, der sich an den Qualen seiner Opfer weidete – na ja, ein bisschen vielleicht schon. Aber nein, er war lediglich ein Mann, der tat, was getan werden musste. Nachdem er aus dem abgeschraubten Becher der Thermoskanne eine Tasse heißen Kaffee geschlürft hatte, hob er wieder das Fernglas an die Augen und beobachtete sein Opfer, das weiterhin seelenruhig im Wintergarten saß und ein Buch las. Erstaunlich, wie leicht es war, in das Leben anderer Menschen einzudringen.

Es würde ihm nichts ausmachen aufzuhören, wenn er alle diese Verbrecher erledigt hatte. Weil seine Arbeit dann getan war. Er war kein Killer, dem das Morden Spaß machte und der nicht mehr aufhören konnte. Er war nicht anormal, sondern nur ein Mann mit einer wichtigen Aufgabe. Sobald die erfüllt war, wäre er wieder der normalste Mensch auf der Welt. Und in einem weiteren lichten Augenblick dachte er daran, dass dann auch seine Frau vielleicht wieder zu ihm zurückkehren würde. Dass sie sogar stolz auf ihn sein würde, wenn er ihr erzählte, was er alles geleistet hatte. Das Leben würde wieder normal und schön sein.

Islay

-26-

Als Stuart Jones in seiner Brennerei eingetroffen war, nachdem Stuart Gray ihn telefonisch über das Problem mit der Mash Tun informiert hatte, schaute er sich gleich vor Ort um. Da beide Männer den gleichen Vornamen hatten, hatte es sich schon vor einiger Zeit eingebürgert, dass Stuart Jones von jedem Stuart genannt wurde, während Stuart Gray auf den Namen "Stu" hörte.

»Stu, lass uns noch mal probieren, den Motor einzuschalten, vielleicht hat er sich ja inzwischen wieder erholt oder so etwas in der Art.«

Aber auch ein nochmaliges Einschalten hatte keinen Erfolg. Irgendetwas musste die Rakel verklemmt haben. Oder die Rakel sich in irgendjemandem, dachte Stuart voll schrecklicher Vorahnung. Er hatte schon ein ungutes Gefühl gehabt, als ihn Stu mitten in der Nacht angerufen hatte. Deshalb war er auch sofort gekommen.

»Was machen wir jetzt, Stuart?«, fragte ihn dieser. »Sollen wir gleich die Polizei anrufen oder erst einmal selbst nachsehen, was sich verklemmt hat?«

»Wir schauen erst einmal selbst nach. Ich möchte mich nicht blamieren, weil vielleicht nur ein Stein in die Mash Tun gelangt ist« Als Stu ihn anblickte, als hätte er den Mann im Mond gesehen, fuhr er fort: »Ja, ich weiß Stu, das wäre mehr als ungewöhnlich, wenn hier außer Wasser und dem Grist noch etwas Größeres drin sein sollte. Egal, schalte mal den Motor vom Strom ab und dann kuppeln wir die Welle aus. Danach können wir die Rakel manuell nach hinten bewegen. Vielleicht kommt sie dadurch ja wieder frei.«

Gesagt, getan. Als sie ohne Risiko die Rakel mit der Hand bewegen konnten, schoben sie diese mit gemeinsamer Kraft gegen die normale Laufrichtung zurück. Erst bewegte sich gar nichts, so fest saß sie fest, aber dann ging es plötzlich ganz schnell. Die Stahlstäbe drehten sich nach oben und als die Rakel 40 Zentimeter nach hinten geschoben worden war, kam plötzlich ein großer Gegenstand an die Oberfläche hoch. Erst konnten beide Männer nicht erkennen, um was es sich dabei handelte, da der Gegenstand völlig mit dem Grist bedeckt war. Aber dann konnten sie es nicht mehr länger ignorieren, es handelte sich eindeutig um den Körper eines Menschen.

Stu reagierte genauso wie Percy, als der "seine" Leiche entdeckt hatte. Und auch Stuart schloss sich kurzerhand dieser neuen Lieblingsbeschäftigung von Brennereimitarbeitern an.

Als es beiden etwas besser ging, eilte Stuart zum Telefon und rief die lokale Polizeistation an. Es war jetzt 05:00 Uhr morgens und er erreichte nur den Mann von der Nachtschicht. Nachdem der erfahren hatte, was geschehen war, versprach er, umgehend einen Streifenwagen zur Absicherung des Fundortes zu schicken und auch den Leiter der Sonderkommission zu verständigen.

Während der Streifenwagen auf dem Brennereigelände eintraf, trommelte Alan sein Team zusammen. Da er selbst gerade nicht in Inverness war, sondern in Charlestown übernachtet hatte, rief er Brian an: »Sieh zu, dass du mit dem ganzen Team schnellstens hier bist, wir brauchen alles für die Spurensicherung, Fingerabdrücke und so weiter, das ganze Programm. Wir müssen nach Islay. Unser Mörder hat gerade wieder zugeschlagen, in der Kildalton Distillery. Ich erwarte euch in fünfzig Minuten hier in der Mash Tun! Ich sage Susan gleich Bescheid.«

»Wir werden in vierzig da sein«, sagte Brian und legte auf.

Ein Team vom Fernsehen war bereits eingetroffen und wurde von den Beamten vor Ort am Betreten des Tatortes gehindert, als Alan, Brian, Susan, Charly, Gilly und Andy mit Brians Rover und dem Kastenwagen eintrafen.

»Wir brechen sämtliche Geschwindigkeitsrekorde, um möglichst schnell hier anzukommen, und die Geier vom Fernsehen sind vor uns da«, konnte Brian sich nicht zurückhalten.

»Du musst halt die richtigen Leute bestechen, dann geben sie dir nächstes Mal vielleicht früher Bescheid als der BBC«, antwortete Alan.

Sie gingen alle sechs hinüber zum Gebäude mit der Mash Tun. Schon als sie aufs Brennereigelände gefahren waren, erkannten sie den Tatort an den blauweißen Absperrbändern vorm Eingang.

Beim Betreten des Gebäudes rief ihnen ein Reporter zu: »Ist es wahr, dass man die Leiche in der Mash Tun gefunden hat? Wie schlimm hat es ihn erwischt?«

Alan lächelte, er hatte in seiner beruflichen Laufbahn schon Journalisten kennen gelernt, denen er zugetraut hätte, dass sie einem kleinen Kind das Eis klauen würden, wenn sie daraus eine Story hätten machen können. Auch dieser wollte wohl unbedingt eine möglichst schaurige Story haben.

Alan ignorierte aber die Frage und ging an dem Polizisten vorbei, der an der Tür Wache hielt. Im Vorbeigehen sagte der Polizist: »Er war es wieder. Es passt alles ins Schema.«

»Fünf Morde in etwas mehr als 5 Monaten, das ist kein Schema, das ist Wahnsinn«, erwiderte Alan.

Charly kam dieses Mal ohne seinen üblichen Tobsuchtsanfall aus, da sowohl Stuart als auch Stu sich nach dem Anruf der Polizei artig vom Fundort der Leiche entfernt hatten, um dadurch möglichst wenig Spuren zu verwischen. Na ja, eigentlich hatten sie überhaupt keine Lust gehabt, sich weiterhin in der Nähe der Leiche aufzuhalten.

Während Charles und sein Team, unterstützt von Susan, die Spuren rund um den Fundort sicherten, machten sich Alan und Brian daran, die beiden Männer der Brennerei zu befragen. Aber diese konnten nichts Wesentliches zum Tathergang beisteuern, da sie nur durch die Störung der Mash Tun überhaupt aufmerksam geworden waren. Stu erwähnte noch, dass er möglicherweise ein Auto habe wegfahren hören. Außer, dass dadurch die Ablegezeit der Leiche vermutlich feststand, war das aber auch nicht verwunderlich. Niemand hätte angenommen, dass der Mörder die Leiche zu Fuß hierher gebracht hatte. Inzwischen war allen klar, dass er vielmehr mit irgendeiner Art von größerem Fahrzeug unterwegs sein musste, um die Opfer durch ganz Schottland zu kutschieren. Auch ohne das wegfahrende Auto, hätte die Rakel sich wohl nicht lange in der Mash Tun bewegt, so dass alleine dadurch schon davon auszugehen war, dass das Opfer erst kurz vor der Störung in die Mash Tun geworfen worden war.

Als Charly das Zeichen gab, dass er mit der ersten Spurensicherung fertig war, versammelte sich die Sonderkommission an der Luke zur Mash Tun, die immer noch offen stand. Während sie hineinblickten und die Rakel sowie die Stahlstangen sahen, wurde allen klar, dass sie dieses Mal einen recht unappetitlichen Anblick zu erwarten hatten, wenn die Leiche geborgen wurde. Aber es half alles nichts, es musste sein.

Zum Glück, dachte Alan, muss ich das Bergen nicht selbst besorgen. Diese Sauerei war nun wirklich nicht nach seinem Geschmack. Das sollten ruhig die "Latex-Handschuh-Helden" und "Resteverwerter" erledigen. Da diese Aufgabenteilung allen klar war, machten sich Charly und die beiden Forensiker daran, den Körper aus der Mash Tun zu bergen.

Als der Mann endlich durch die Doppelluke aus der Tun herausgeholt worden war und neben ihr auf dem Boden lag, war für alle offensichtlich, dass die Rakel ganze Arbeit geleistet hatte. Der Mann, das war zumindest noch erkennbar, dass es sich um einen Mann handelte, sah aus, als wäre er vom Zug überfahren worden oder hätte einen anderen schweren Verkehrsunfall erlitten. Es würde nicht leicht sein, ihn zu identifizieren.

Gilly hatte einen Eimer Wasser geholt, um den Körper von den immer noch anhaftenden Gerstenteilen zu reinigen. Aber, als er noch einen zweiten und sogar dritten Eimer Wasser über die Leiche gegossen hatte, wurde der Anblick nur noch schlimmer. Eine erste oberflächliche Untersuchung ergab, dass auch dieser Mann eine Einstichstelle am linken Handgelenk hatte. Zum Glück war diese Stelle seines Körpers nicht zerfetzt worden. Aber auch ohne diesen Hinweis war allen Anwesenden klar, wer hinter dieser Tat steckte. Charly ersparte sich, und vor allem allen anderen, die Leichenschau vor Ort. Der Mann war eindeutig tot, sogar mehr als das. Und mittlerweile erwartete keiner mehr irgendeine Überraschung, was spätere Untersuchungsergebnisse anbelangte. Er ließ den Toten deshalb gleich in den bereitgelegten Leichensack packen und ins nächste Krankenhaus transportieren.

Brian wandte sich an Alan und sagte: »Unser Graham hatte Recht. Die Mash Tun fehlte noch auf der Liste der einzelnen Stationen des Herstellungsprozesses. Unser nächstes Opfer wird dann wohl in einer Spirit Still gefunden, wenn ich das richtig in Erinnerung habe.«

»Warum schleppt der den Toten hierher nach Islay?«, fragte Alan. »Mir scheint fast, der sucht die am weitesten entlegenen Brennereien auf. Orkney und Islay, was soll das? Warum nur bringt der die ausgerechnet in diese Brennereien. Ich glaube langsam auch, dass es da eine persönliche Beziehung zwischen Opfer und Brennerei geben muss, aber welche? Und welche Verbindung hat der Mörder zu allen Opfern und allen Brennereien?«

»Vielleicht hättest du dich doch noch mal mit Craigbank treffen sollen. Vielleicht hättest du etwas netter zu ihm sein sollen, dann hätte er dir möglicherweise auch weitergeholfen«, antwortete Brian

»Hätte, hätte … Ich hätte reich geboren werden sollen. Was sagst du nun?«

»Na ja, man kann halt in der Auswahl seiner Eltern nicht vorsichtig genug sein«, grinste Brian ihn an.

»Die sieben biblischen Todsünden: Hochmut, Geiz, Neid, Zorn, Wollust, Völlerei und Trägheit. Das sind doch immer noch die wahren Beweggründe für einen Mörder. Weil entweder er oder eines seiner Opfer diese Laster hat. Dafür braucht man keinen Profiler, das steht doch schon seit Jahrtausenden fest.«

»Im übertragenen Sinne bedeutet das heute aber auch, sich im versifftesten Trainingsanzug fühlen, als sei man der Allergrößte; der Frau kein Haushaltsgeld und den Kindern kein Taschengeld geben; der Frau des Nachbarn neidisch auf den strammen Hintern schielen; rumbrüllen, wenn das Essen nicht pünktlich auf dem Tisch steht; den Pornokanal auf Dauerausstrahlung eingestellt haben; sich ein Bier nach dem anderen reinschütten, bis die Druckbetankung abgeschlossen ist und den Arsch nicht von der Couch hochkriegen. Für einen Mann also quasi das Paradies auf Erden«, hielt Brian dagegen.

»Na, jetzt mach´ mal halblang«, Alan musste lachen. »Ich hasse es einfach, wenn man sich bei der Tätersuche nur auf diese ganze Psychokacke verlässt und alles andere drumherum vernachlässigt. Die Psyche des Täters interessiert mich nicht, nur noch seine Speichelprobe. Der einsame Ermittlerwolf hat noch lange nicht ausgespielt und einem Haufen Reagenzglas schwingender Wissenschaftler Platz gemacht.«

»Das sehe ich ja im Prinzip auch so, aber nur durch die Unterstützung der Profiler können wir Wölfe unsere Arbeit besser und oft auch schneller erledigen.«

»Ja, Bär, du hast ja Recht, mir stinkt halt einfach, dass wir immer noch keine heiße Spur haben. Los, lass uns was für die Nacht suchen, wir werden wohl mindestens bis morgen hier bleiben müssen. Vielleicht finden wir ja schnell heraus, um wen es sich bei unserem Opfer diesmal handelt.«

Durchbruch

-27-

Freitag. Alles war grau. So grau, als hätte jemand die Welt in die Zeit des Schwarz-Weiß-Fernsehens zurückversetzt. Bloß damals war man es gewohnt. Jetzt fühlte man sich eher so wie ein Tourist, der nach seinem Urlaub die entwickelten Bilder beim Fotografen abholt und entsetzt feststellen muss, dass er vor seinem Urlaub die falschen Filme gekauft hatte.

Alles war grau in grau. Der Himmel etwas hellgrauer als die Berge. Die Straße dafür dunkler als der Regen.

Eine Windbö rüttelte an den Fenstern. Leise klopften Regentropfen an die Scheiben, als würden sie um Einlass bitten. Der unaufhörlich das Haus belagernde Regen hielt jetzt schon seit Tagen an. Der Regen trommelte inzwischen wütend an das Fenster, um dann still weinend an der Scheibe hinabzulaufen.

Graham stand vor seinem geliebten Wohnzimmerfenster mit einer Tasse Kaffee in der Hand und ließ dieses Grau in sich hineinfließen. Nicht dass er es so gewollt hätte, aber da seine Stimmung sich farblich perfekt an den Ausblick angepasst hatte, fühlte er wie sich alle Grautöne miteinander mischten. Die Tatenlosigkeit, zu der er sich seit Tagen verdammt sah, raubte ihm jegliches Selbstwertgefühl. Er war nur noch ein Statist, Teil einer riesigen Kulisse, die ihn mal hierhin, mal dahin schob; gerade so, wie es für den jeweiligen Akt benötigt wurde.

Seine steile Karriere als Privatermittler endete ebenso abrupt wie sie begonnen hatte. Bis auf ein paar Geistesblitze, hatte er nichts zur Aufklärung der Fälle beitragen können. Dass er ohne jegliche Handhabe die Witwe von Paul Thornton besucht und ausgehorcht hatte, wollte er besser niemandem erzählen. Dass er bei seiner "Vernehmung" obendrein nicht mal etwas herausgefunden hatte, beschämte ihn noch mehr. Schlimmer noch: Der Perverse mordete einfach weiter, ohne dass er auch nur das Geringste dagegen tun konnte. Der ganze Polizeiapparat musste nahezu hilflos zusehen, wie unschuldige Menschen dahingemetzelt wurden. Und er, Graham, konnte am allerwenigsten eingreifen. Wenn überhaupt, dann hatte er mit seinen versponnenen Whiskytheorien die Profis auf höchstens interessante, wohl aber eher verschrobene, Fährten geführt. Oder noch schlimmer: Er hatte durch seine wüsten Spekulationen den Tod eines weiteren unschuldigen Menschen auf dem Gewissen. Dann doch lieber im Grau des Hintergrunds verschwinden.

Die erschütternde Meldung des nächsten Toten am letzten Dienstag hatte ihn völlig aus der Bahn geworfen. Seit der Beerdigung Paul Thorntons war kaum eine Woche vergangen und die Meldung des neuen Toten war nicht einmal 48 Stunden alt. Seine Trauer und sein Schmerz konnten sich kaum Luft verschaffen, da wartete schon ein neuer Kandidat. Wie mussten sich Alan Derringer fühlen und die anderen Sonderermittler? Ohne hart erlernte, professionelle Distanz zu den Opfern, war so ein Job wohl wirklich nicht zu schaffen.

Seit er Alan die Adresse von Angelas Freundin letzte Woche auf der Beerdigung gegeben hatte, rumorte es ganz leise in ihm. Eine stetige Sorge, doch einen entscheidenden Hinweis im Gespräch mit Angela Thornton übersehen zu haben, hatte ihn die letzten sechs Tage in eine Art nervöse Apathie fallen lassen. Einerseits dieses lähmende Gefühl der Unzulänglichkeit, andererseits dieses aufputschende Gefühl, das Ei des Kolumbus in sich zu tragen. In dieser, mit einem Adrenalincocktail gewürzten, Kaninchenstarre war er nicht mal mehr in der Lage gewesen, die dringlichsten Telefonate zu erledigen. Geschweige denn, die überaus wichtigen Werbeveranstaltungen oder Messen zu besuchen. Er hatte alles irgendwie an Ishbel delegiert und sich seiner Frustration ergeben.

Der Regen prasselte nun unaufhörlich und so heftig gegen die große Fensterscheibe, dass vermutlich selbst einige Schotten langsam über den Bau einer Arche nachdachten. Dass er die alten Scheiben nach dem Tod seiner Eltern gegen eine Thermopen-Verglasung hatte austauschen lassen, trug merkwürdigerweise kaum zur Geräuschminderung bei. Dieses stetige Klopfen des Regens hatte ihn in der Vergangenheit immer beruhigt. Eine rhythmische Melodie im Hintergrund, die seinen sonst so regen Geist wie ein hypnotisches Pendel beruhigt hatte. Heute jedoch schien es sich eher um einen südamerikanischen Tanz-Rhythmus zu handeln, denn seine Hirnwindungen schwangen bereits das Tanzbein und seine Gedanken kippten sich gerade ein paar Cuba Libre hinter die Binde.

Himmelnocheins! Das kann doch nicht alles gewesen sein! Noch niemals hatte er die Flinte so früh ins Korn geworfen. Wütend auf sich selbst ging er die paar Schritte zum Esstisch zurück, um sich einen weiteren stärkenden Kaffee einzugießen. Wie mit einem Magneten beeinflusst, drehten sich plötzlich seine Augen und fixierten die Kopie des Bildes von Paul Thornton, welches ihm seine Witwe überlassen hatte. Nein, mein lieber Mister Thornton, von ihrem zufriedenen Urlaubslächeln lasse ich mich nicht blenden! An meiner Stelle wären sie bestimmt genauso hartnäckig bei der Aufklärung meines Mordes! Zumindest hoffte Graham das.

Also gut, was kann ich tun? fragte er sich mittlerweile zum hundertsten Mal. Die anderen Distilleries besichtigen? Ein Gefühl für die verschiedenen Fundorte bekommen? Nein, das bringt nichts, machte er sich klar. Die besagten Anlagen hatte er erstens schon ein Dutzend Mal gesehen und zum zweiten glaubte er nicht daran, dass der Mörder sie wegen ihrer pittoresken Lage oder der geschmackvollen Ausstattung ausgewählt hatte. Irgendeine Verbindung zwischen den Opfern und den Destillerien zwang den Täter geradezu diese Fundorte zu wählen. Da war er sich ganz sicher. Aber was hatten die Opfer alle miteinander zu tun?

Seine Gedanken bewegten sich seit zwei Tagen nur noch im Kreis. Eine endlose Schleife immer der gleichen Gedanken. Ohne die geringste Hoffnung aus ihr ausbrechen zu können. Fast sechs Stunden hatte er gestern und vorgestern mit seinem Kollegen Stuart Jones, Manager der Kildalton Distillery auf Islay, telefoniert. Schließlich hatte der sich auch von Grahams Neugierde anstecken lassen und gemeinsam hatten sie bis in die späten Abendstunden gerätselt und geforscht. Ohne Ergebnisse!

Nur die klare Abfolge der Fundorte war offensichtlich. Aber, warum ausgerechnet diese Brennereien? Weil die jeweilige Mash Tun die schönste war? Oder weil die jeweilige Wash Still am einfachsten zu erreichen war? All diese Fragen hatten die Ermittler ja auch schon diskutiert, und ihn dabei zu Rate zu ziehen, war sicherlich eine große Ehre, aber geholfen hatte es auch nichts. Als nächstes muss es sich bei dem Tatort um die Spirit Still handeln. Soviel stand fest, da waren sich alle felsenfest sicher. Und dann, wie geht es dann weiter? Welcher Teil des Herstellprozesses kommt dann dran. Die wichtigsten hatten sie damit. War der Täter dann eventuell fertig oder geht er in Details. Graham fielen die Malt Mill, der Wash Charger, die Yeast Tun ein. Und es gab noch viele weitere. *Mein Gott*, dachte Graham, *jetzt ist der nächste Tote bereits schon fest einprogrammiert.* Das Grau der niederschmetternden Gedanken färbte alles um ihn herum.

Sollte er sich nicht lieber doch um die Zukunft und das Wohl seines Arbeitsplatzes Gedanken machen, anstatt hier Detektiv zu spielen? Schließlich hatte er sich um das Wohl seiner zahlreichen Mitarbeiter zu kümmern und schlussendlich auch um seine Zukunft.

Wie aufs Stichwort klingelte es an der Haustür. Dieses schöne, alte, echte Klingeln einer verchromten Doppelschelle mit seinem schnellschwingenden Hämmerchen dazwischen. Herrlich altmodisch und so dezent, dass einem garantiert jegliches Besteck aus den Händen fällt, wenn es gerade beim Essen läutet. Diesmal bestand Grahams Besteck aus einem halbvollen Kaffeebecher, dessen Inhalt sich, dank jahrzehntelang antrainierter Reflexe, nur zu einem kleinen Teil über die Tischdecke, das Frühstücksgeschirr und Teile seines Morgenmantels verteilte.

Wer in aller Welt kam um 9:00 Uhr morgens auf die Idee, bei ihm vorbeizuschauen? Wer außer seinen Angestellten wusste denn überhaupt, dass er zu Hause war? War das etwa ein Vertreter? Zügig eilte er zur Haustür und öffnete sie schwungvoll, bevor er sich seines Äußeren bewusst wurde. Als er Ishbel in die Augen sah und ihren leicht angewiderten, aber auch leicht belustigten, Blick auf seine Erscheinung bemerkte, war es allerdings für einen Rückzug zu spät.

»Sehr adrett, Graham, wirklich. Auch in der Freizeit stets ganz Gentleman.« Mit einer demonstrativen Geste hielt sie ihm eine Plastiktüte voller Briefe mit zwei Fingern so entgegen, als hätte er irgendetwas Ansteckendes an sich. »Ich dachte, die Post sollte trotz der momentanen Schließung erledigt werden. Ich habe die wichtigen Briefe der letzten Tage bereits für dich aussortiert.«

Völlig überrumpelt nahm Graham den Stapel Post genauso vorsichtig entgegen, wie Ishbel ihn darbot, und stammelte verlegen ein paar Worte der Entschuldigung. »Ach, Ishbel, ich dachte, da ich ja sozusagen frei habe, da könnte man mal ausnahmsweise ganz leger ... also so in seiner Freizeit mal ohne Anzug …«

Verlegen versuchte er, durch eine unauffällige Handbewegung, den schwarzrosa gestreiften Frotteebademantel vorne zusammenzuhalten, damit nicht allzu viel von seiner etwas ausgeleierten gelbblauen Venicebeach-Sportunterhose zu sehen wäre. Sein "I Don't Have A Drinking Problem"-T-Shirt schien sie zum Glück noch nicht bemerkt zu haben.

Es sind diese fürchterlichen Whiskymessen und Promotionevents, wie sie jetzt weltweit ganz aktuell hießen, die Schuld an derartigen Geschmacksverfehlungen waren. Eine wirklich gelungene Veranstaltung in einem Tophotel im griechischen Thessaloniki musste natürlich mit einem Ausflug zum Strand enden. Und um nicht als der letzte Volldepp dazustehen, musste natürlich auch das hippe Outfit her. Und wer sich schon einmal in ausgelassener Mittelmeerstimmung mit ein paar Whiskies im Bauch in den zahlreichen Touristenshops hat eindecken lassen, hat dies auch garantiert spätestens zu Hause bereut.

Da ihm die Sachen fürs Fortwerfen aber zu teuer waren, wollte er sie wenigstens in seiner Freizeit oder beim Hausputz oder so tragen.

Unbemerkt natürlich! – Dumm gelaufen.

»Störe ich dich gerade beim Aerobic oder so etwas?«, ließ Ishbel einfach nicht locker, wobei ihr Blick an seinen Füßen das nächste Objekt der Peinlichkeit entdeckt hatte.

Da er einfach zu geizig war, um sich ein paar ordentliche Hausschuhe zu kaufen, nutzte er die praktische Eigenschaft besserer Hotels, kostenlos dünne Frotteeschlappen auf den Zimmern bereit zu legen. Da diese aber, wie gesagt, recht dünn sind, lösen sie sich unweigerlich insbesondere im Zehenbereich schnell auf. Und genau dieses Bild bot sich Ishbel in jenem fragwürdigen Moment. Ein Schlappen „Taipeh World Hotel“ gepaart mit „Hotel Alpenrose Tirol“, beides linke, aus denen ein paar blasse Zehen in die Welt schauten, garniert mit ein paar Kaffeespritzern.

Wenn man nur tief genug im Boden versinkt, kommt man dann eigentlich mit den Schlappen zuerst wieder in Australien raus?

»Warte Ishbel. Nein, komm herein und mache es dir im Wohnzimmer gemütlich. Ich ziehe mir schnell was anderes über.« Er hoffte inständig, dass sich die Welt immer noch in Grautönen präsentierte, damit Ishbel nicht auch noch seinen knallroten Kopf sehen könnte. Hastig drehte er sich um und lief die Treppe zum ersten Stock hinauf. Im Laufen konnte er hören, wie Ishbel seiner Aufforderung Folge leistete, die Haustüre schloss und ins Wohnzimmer ging.

»Darf ich dir einen Kaffee anbieten? In der Kanne ist ganz frisch gekochter. Oder einen Toast vielleicht?« In seiner schwarzen Jeans und einem hellblauen Hemd konnte sich Graham wieder etwas ungezwungener bewegen.

Ishbel hatte in der Zwischenzeit an Grahams Esstisch Platz genommen und genoss die verregnete Aussicht. Ihren wollenen Regenponcho in schottischem Karo hatte sie ordentlich über einen der Esstischstühle gelegt.

»Danke Graham, ich bin doch eingefleischter Teetrinker.« Sie schmunzelte ihn an, während sie seine saloppe, aber adrette Freizeitkleidung von oben bis unten taxierte. »Aber, wenn du so freundlich wärst, mir einen zu kochen, würde ich nicht nein sagen.«

»Mit dem größten Vergnügen«, entgegnete er zufrieden und ging in die Küche. Glücklich darüber, diese peinliche Szene von eben nicht weiter ausdiskutieren zu müssen, setzte er in seinem alten Kessel Wasser auf und häufte einen Löffel Earl Grey in ein kleines Teesieb. Nachdem er ein paar Shortbreads auf einen kleinen Teller drapiert und das mittlerweile kochende Wasser in eine Tasse gegossen hatte, stellte er alles zusammen auf ein Tablett mit dem Werbeaufdruck seiner Brennerei und trug alles ins Wohnzimmer.

»Was beschäftigt dich wirklich, Graham?«, nahm Ishbel den Gesprächsfaden wieder auf, nachdem er das Wohnzimmer betreten hatte. »Ich habe dich noch nie so zurückgezogen und so nachdenklich gesehen, wie in den letzten Tagen.«

»Ach Ishbel, deine Fürsorge ist wirklich einzigartig. Na gut. Also, ich habe irgendwie das Gefühl, in einer Art von Sirup zu stecken. Nichts geht voran und trotzdem meine ich immer, ich müsste irgendetwas tun.« Resigniert griff er zu der Fotografie von Paul Thornton. »Ich hatte immer das Gefühl, irgendwie dabei zu sein und einen Beitrag zu leisten. Seit dem letzten schrecklichen Vorfall jedoch habe ich das Gefühl, dass man machtlos ist gegen soviel Bosheit. Ich konnte mir einfach nicht vorstellen, dass es so was außerhalb von Krimis und Romanen gibt. Ich hatte das sichere Gefühl, hier mithelfen zu können, nicht einfach nur untätig zuzusehen, während an meinem Arbeitsplatz Menschen getötet werden. Ich habe dieses nagende Bedürfnis, die Brennerei, den Whisky, den wir nur mit guten Eigenschaften belegen, uns alle, ja auch mich, von diesem Makel, diesem Schmutz wieder reinigen zu wollen. Das passt einfach nicht zusammen. Ich habe ja auch versucht zu helfen, aber jedes Mal, wenn ich dachte, jetzt kommt ein wenig Bewegung in die Sache, glaube ich auch, dass ich nur Bockmist baue. Von den Ermittlungen habe ich nun auch schon mehrere Tage nichts mehr gehört. Diese Unwissenheit macht mich wahnsinnig.«

»Und warum rufst du diesen Alan Derringer nicht einfach an? Ihr habt euch doch meines Erachtens ganz gut verstanden, oder?«, entgegnete Ishbel in ihrer unvergleichlich pragmatischen Art.

»Ganz einfach, weil ich ein wenig Bammel habe, dass er mich zusammenstaucht. Dass er mich für einen unfähigen Schmalspurdetektiven hält, der nur die Ermittlungen behindert.«

»Jetzt halt aber mal die Luft an, Graham! In Selbstmitleid zu zerfließen ist ja nun nicht deine hervorstechendste Eigenschaft. Also, was kann denn schief gehen? Ich meine, außer dass unsere werten Bosse uns mit Kündigung drohen, die Brennerei einen Haufen Geld verliert und die Produktion seit fast zwei Wochen ruht?« Ihr Sarkasmus war wie ein Glas kaltes Wasser mitten ins Gesicht. »Ach ja, apropos Produktion. Die Gesundheitsmenschen haben das Still House seit gestern wieder freigegeben. Die Anlagen sind gereinigt und haben die Hygieneprüfungen bestanden. Seit heute Morgen sind alle wieder auf ihrem Posten und versuchen alles wieder in Gang zu bringen.« Ein feines Lächeln umspielte ihre Lippen bei diesen Worten.

Grahams Geist musste sich wie bei einem alten Einzylinder-Traktor erst an die plötzliche Zufuhr von Treibstoff gewöhnen und brauchte ein paar Umdrehungen, um vollends in Gang zu kommen. Blinzelnd blickte er zu Ishbel auf. »Was? Der Laden läuft wieder? Aber warum hat mir denn keiner was gesagt? Warum habt ihr mich denn nicht ...?«

»Graham, mein Lieber, ich sage es dir doch gerade. Und bis jetzt hättest du uns ja doch nur zwischen den Füßen rumgestanden. Und da dein Telefon mal wieder seinen Winterschlaf hält, habe ich mich sogar persönlich herbemüht.«

Etwas irritiert blickte Graham auf den vorsintflutlichen schwarzen Telefonapparat mit Wählscheibe, der so, passend zum Rest der Einrichtung, auf der Anrichte neben dem Esstisch seit nunmehr dreißig Jahren sein Dasein fristete. Stimmt, der Hörer lag mal wieder nicht exakt auf der Gabel. Eine Eigenschaft, der er in den letzten Jahren kaum noch Beachtung schenkte, da er zur Kommunikation ausschließlich sein Handy benutzte. Und das hatte er schon vor Tagen abgeschaltet, als ihm die unzähligen Anrufe von Reportern und Neugierigen seine Mailbox zu sprengen drohten.

»Deshalb war's also so ruhig. Na dann ...« Mit einem kleinen Stups rückte er den Hörer in die richtige Position. »Das ist mir wohl gestern nach dem Telefonat mit Stuart Jones passiert.

Fein! Dann mache ich mich mal schnell fertig und fahr mit dir runter, o.k.?« Mit einem Ruck wollte er sich von seinem Stuhl erheben.

»Nichts da, nichts da«, bremste Ishbel ihn sofort aus und ließ ihn in seiner Bewegung verharren. »Von unkontrolliertem Aktivismus kann sich momentan keiner was kaufen und das weißt du.«

Graham ließ sich auf seinen Stuhl zurückfallen, als hätte jemand die Sicherungsleine seiner Seilschaft gekappt.

»In der Brennerei ist alles so weit in Ordnung. Ich habe alle notwendigen Korrespondenzen erledigt und obendrein deine Termine abgesagt oder verschoben. In den nächsten Tagen steht also nichts Gravierendes an. – Bitte, Graham, tu´ mir den Gefallen und kümmere dich wenigstens die nächsten paar Tage um dich selbst. So bist du uns allen keine große Hilfe. Tut mir Leid, dies so offen sagen zu müssen.«

Graham war während ihrer Worte immer weiter in sich zusammengefallen. Mit starrem Blick auf seine Knie antwortete er: »Danke für die Worte, Ishbel, die Fürsorge und vor allem die Ehrlichkeit. Ich erkenne mich gerade selbst nicht wieder. Ich fühle mich wie getrieben, wie besessen; habe aber gleichzeitig das Gefühl, mich nicht bewegen zu können. – Du kennst mich anscheinend ziemlich gut, was?« Mit einem Lächeln auf den Lippen hob er seinen Kopf und blickte Ishbel direkt in ihre Augen.

Sie senkte im Gegenzug ihren Blick, um in diesem Moment nicht allzu viel von ihrer inneren Welt preisgeben zu müssen. »Na ja, wenn man sich ein paar Jahre um jemanden kümmern muss, der ansonsten eine braune Socke nicht von einer schwarzen unterscheiden kann, ist das doch wohl kein Wunder, oder?«

Zum zweiten Mal heute lief Graham puterrot an und besah sich sein Erscheinungsbild unterhalb des Hosensaums. Das lag nur an der 25-Watt-Birne in seinem Schlafzimmer! Er war ja schließlich nicht farbenblind. »Hm, sieht so aus, als wäre ich ein wenig unkonzentriert. Was soll ich deiner Meinung nach tun?«

»Na, das, was du die ganze Zeit schon tun wolltest! Ruf deinen Polizisten an, frage ihn, was du wissen willst, und mach´ die Dinge, die du meinst tun zu müssen. Ganz einfach. Was ist denn das Schlimmste, was dir passieren könnte? Dass du eine Abfuhr bekommst? Dass man sagt, du sollst die Finger raushalten? Dass du nichts weiter herausbekommst? – Und? Stirbt man davon? Also, so what?«

Ihre Stimme erhob sich mit den letzten Fragen immer mehr, so dass Graham die Befürchtung hatte, sie wäre ernstlich sauer auf ihn. Lediglich ihr flehentlicher Blick sagte ihm, dass hinter den harschen Worten tief empfundene Besorgnis steckte. Merkwürdigerweise erfüllte ihn dieses Wissen mit dem warmen Gefühl der Geborgenheit. »Du hast absolut Recht, Ishbel. Das bringe ich jetzt zu Ende. Danke für die Ermutigung. Der einzige, der mir allerdings immer noch massive Kopfschmerzen bereitet, ist und bleibt Sean McCartney und seine Spießgesellen. Die sind mir schon viel zu lange nicht mehr auf die Pelle gerückt.«

»Weit gefehlt«, entgegnete Ishbel prompt, als hätte sie nur auf diese Frage gewartet. »Nachdem irgendwie durchgesickert war, dass unsere hohen Herren sich nicht an dem angebotenen Schutzprogramm für alle Brennereien beteiligt hatten, sich sogar geweigert hatten, sind sie nun intensiv um Schadensbegrenzung bemüht. Einige Zeitungen haben sogar von Fahrlässigkeit und Mitschuld berichtet. Da scheint ihnen ihr weißer Kragen wohl ein wenig eng geworden zu sein. Sean ruft fast täglich an, um zu hören, wie die Stimmung vor Ort ist. Jetzt am Wochenende haben sie für deine Managerkollegen von den anderen SWS-Brennereien sogar ein Präventions- und Informationstraining organisiert. Außer McCartney haben auch Edward, Mark und James alle angerufen und wollten dich unbedingt dabei haben. Ich hab ihnen gesagt, dass dies bei dir ja wohl ein bisschen zu spät kommt. Außerdem hättest du hier in Charlestown genug damit zu tun, die Wogen zu glätten. Das hat zumindest Sean McCartney sehr beruhigt. Der gute Junge hatte anscheinend echte Panik, sich noch einmal hier bei Ben Rhinnes blicken zu lassen. Der miese Feigling! Wenigstens die Geschichte mit der Gesundheitsbehörde haben sie ganz gut hinbekommen. Da scheinen die Kontakte wohl geholfen zu haben. Jedenfalls, was ich sagen möchte ist, du bist zurzeit aus der Schusslinie. Also keine Sorge.«

Mein Gott! Dachte Graham in diesem Moment. Wie unterschiedlich doch die Wahrnehmung der Zeit sein kann. Was Ishbel ihm gerade im Stakkato erzählt hatte, hörte sich nach vielen Tagen und Arbeitszeiten bis in den späten Abend an. Ihm kam es so vor, als wäre die Leiche – "seine" Leiche – erst vor zwei oder drei Tagen gefunden worden. Dabei war es schon wieder ein neuer Toter, ein neues Schicksal und wieder neue Fragen. Die restliche Zeit schien ihn wohl irgendwie nicht für bemerkenswert gehalten zu haben und war einfach an ihm vorbei geglitten. »Mein Gott. War ich auf einem anderen Planeten? Ich bin etwas irritiert über mein Verhalten. Nur gut, dass es außer dir wohl keiner mitbekommen hat. Sonst würde man mich am Ende noch wegen posttraumatischen Irrsinns einliefern.«

Mit einem mitfühlenden Lächeln stand Ishbel auf, warf einen kurzen Blick auf ihren unberührten und mittlerweile erkalteten Tee und ging zur Haustür. »Ich erwarte dich spätestens übermorgen um acht Uhr. In alter Frische!« Ohne ihn noch einmal anzusehen, öffnete sie die Tür, stieg die zwei Stufen hinab und ließ sie wieder leise ins Schloss fallen.

Erst als Graham das Knirschen der Fahrradreifen auf dem Kies seiner Einfahrt hörte, wurde ihm seine Unhöflichkeit bewusst. Er verharrte aber weiterhin auf seinem Stuhl, wohlwissend, dass es für die übliche Entschuldigung nun zu spät war. Mit einem zielsicheren Griff langte er zum Hörer seines alten Telefons und hob den Apparat zu sich an den Esstisch. Zwischen den zahlreichen Zetteln und der Fotografie Paul Thorntons fand er ebenso zielsicher die Visitenkarte Alan Derringers. Auf der Rückseite hatte er in seiner recht akkuraten Handschrift die Mobilfunknummer notiert. Langsam, jede Ziffer einzeln kontrollierend, steckte er seinen Zeigefinger in das Loch der entsprechenden Nummer und ließ die Scheibe geräuschvoll surrend am Ende der Drehung zurücklaufen.

Nach zweimaligem Tuten knackte es und eine Stimme meldete sich. »Ja, hallo?«

»Alan? Hallo, hier ist Graham Morrice aus Charlestown.«

»Ach, Graham. Hallo. Was ist los?«

»Oh, nichts, nichts. Ich wollte mich einfach mal melden und meine übertriebene Neugier befriedigen. Wir haben hier seit Ihrem schrecklichen Anruf vom Dienstag nichts mehr gehört. Und da dachte ich, ich rufe einfach mal an ...«

»Da kann ich Ihnen leider im Moment nichts Neues sagen, Graham. Wir stecken immer noch mittendrin.« Es war offensichtlich, dass Alan Derringer diese Gespräche nicht mochte, in denen er unvorbereitet Informationen preisgeben sollte. Graham konnte sich gut vorstellen, dass Alan in diesem Moment seinen Anfall von Schwäche bedauerte, in dem er Graham seine geheime Handynummer gab. »Hören Sie, Graham, ich würde Sie gerne bei einem Bier auf dem Laufenden halten, aber im Moment ist es eher schlecht. Ich war jetzt die ganze Zeit auf Islay und bin erst seit gestern Abend wieder zurück. Hier jagt eine Besprechung die nächste und die Presse hat bereits meinetwegen die Wiedereinführung der Todesstrafe verlangt – wegen Unfähigkeit. Wenn ich hier je wieder lebend rauskomme, werde ich sicherlich in den nächsten Tagen noch mal nach Charlestown kommen ...«

»Ist schon o.k., Alan«, unterbrach ihn Graham, um noch schnell das Gespräch wieder an sich reißen zu können. »Ich wollte Ihnen nur mitteilen, dass ich gerne behilflich bin, wenn es um die Destillerien geht. Ich kenne Kildalton wie meine Westentasche. Ich habe da ein Jahr hospitiert. Unsere Brennerei hat übrigens wieder auf. Und nebenbei, was hat denn die Adresse ergeben, die ich Ihnen von der Thornton-Witwe gegeben habe?« Langsam kam eine gewisse Hektik in seine

Stimme und er hatte die Befürchtung, dass er seine fordernde Haltung nicht mehr lange aufrecht halten konnte.

»Danke Graham, weiß ich zu schätzen. Im Moment jedoch brauche ich Bodyguards und keine Berater. Und wegen der Eröffnung freu ich mich für Sie, wirklich. Dann können wir ja mal einen Schluck darauf trinken – und der Hinweis«, es schien als müsste Alan Derringer erst seine Gedanken sortieren. »Ja, die Frau aus Perth, nicht wahr? Die lebt schon seit Jahren im Ausland. Das war leider nur eine weitere Sackgasse. Tut mir Leid.«

»Ach, das ist doch kein Problem«, versuchte Alan seine aufsteigende Frustration zu überspielen. »So ein bisschen hofft man ja immer, dass man den entscheidenden Tipp gegeben hat, haha. Also, ich würde mich sehr freuen, wenn sie es wirklich mal wieder hierhin schaffen würden. Danke für die Infos.«

»Kein Problem, Graham. Bis bald.« Ein weiteres Knacken signalisierte das Ende der Verbindung.

Irgendetwas drohte Graham zu ersticken und er musste sich unwillkürlich Ishbels kalten Tee hinunterspülen. Was fehlte denn nur in diesem Puzzle? Kein Mensch hatte gesagt, dass die Frau aus Perth etwas mit Paul Thornton zu tun hatte. Ihr Mann – oder vielleicht Ex-Mann – hatte doch den Kontakt. Und wenn er bis nach Kinshasa fliegen müsste, jetzt wollte er es wissen. Nur weil die Frau im Ausland lebt, ist das noch lange kein Grund, diese einzige Spur im Sande verlaufen zu lassen. Und da es obendrein der einzige Strohhalm war, an den Graham sich in seiner Not klammern konnte, blieb ihm auch gar keine Alternative.

Nachdem er alle Anzüge in seinem Kleiderschrank sowie die zwei an der Garderobe befindlichen endlich durchwühlt hatte, fiel ihm plötzlich ein, dass er den Adresszettel von Angela Thornton doch aus der Tasche genommen und in die Messingschale im Flur gelegt hatte. Eigentlich eine praktische Einrichtung, so ein Abwurftrichter für all die Sachen, die sich im Laufe des Tages in den diversen Taschen eines Anzugs oder Mantels angesammelt hatten. Nachteil war, dass diese Sachen auch spätestens nach dem Abwurf bei Graham in völlige Vergessenheit gerieten. Zwischen dem stets vermissten Schlüssel für das Eingangstor zur Brennerei, diversen Visitenkarten von Besuchern und Geschäftspartnern, Zahlungsbelegen aus Restaurants und einer Dagobert Duck Figur, die er ums Verrecken nicht mehr einordnen konnte, fand er tatsächlich den handgeschriebenen Zettel mit der besagten Adresse.

Zurück im Wohnzimmer angelte er sein Handy, schaltete es ein und wartete mit unruhigem Hin- und Hergelaufe, bis es sich ins Netz eingeloggt hatte. Nachdem ihm das Display die in dieser Gegend maximal möglichen drei von fünf Balken der Empfangsstärke signalisiert hatte, tippte er die handgeschriebene Nummer von Stella Conolly ein und wartete auf das Tuten.

Von einem Auslandsaufenthalt hatte ihm Angela Thornton nichts gesagt. Vielleicht hatte die Polizei ja eine falsche Adresse überprüft? Ansonsten würde er ihr halt bis nach Djerba oder Lesbos oder wo auch immer sie sich gerade aufhielt hinterher telefonieren.

Nach dreimaligem Klingeln nahm jemand ab. Aha! Das war doch schon mal ein fantastischer Anfang.

»Hallo?«

»Ja .. äh .. hallo? Hier spricht Graham Morrice. Ich würde gerne mit Mrs Stella Conolly sprechen, bitte.«

»Die gibt's hier nicht mehr. Sind Sie von der Polizei?«, hörte er eine etwas krächzende Stimme antworten. Seiner Meinung nach die einer älteren Dame. Nichtsdestotrotz, jetzt war Kreativität gefragt, wenn nötig halt auch mal eine Lüge. »Ja, äh, wieso fragen Sie?«

»Na, weil mich doch schon jemand nach Mrs. Conolly gefragt hat. Dem Constable hab´ ich doch schon alles gesagt.«

»Nun, Mrs ... äh, Entschuldigung, wie ist ihr Name?«

»Mackinnon. Lysbeth Mackinnon. Das hab ich Ihren Leuten doch auch schon gesagt.«

»Nun, Mrs Mackinnon, es tut mir Leid, Sie noch einmal belästigen zu müssen, da wir an einem wichtigen Fall arbeiten, müssen wir leider Mrs Conolly dringend sprechen. Was hatten Sie meinem Kollegen gesagt, wo er Mrs Conolly erreichen kann?«

Graham schämte sich in Grund und Boden, eine ältere Dame so anzulügen, aber dies war ein Notfall. Die obligatorische Kerze in einer Kirche war mal wieder fällig.

»Gar nichts hab´ ich Ihrem Kollegen gesagt. Ich habe ihm nur erzählt, dass Stella Conolly mir vor einigen Jahren die Wohnung verkauft hat und weggezogen ist. Das hatte dem Constable gereicht.«

»Ja, genau, Mrs Mackinnon. Und jetzt müssten wir halt doch wissen, wo Mrs Conolly hingezogen ist und wie wir sie erreichen können. Hätten Sie eventuell die Adresse für uns?«

»Ja, warten Sie mal, Inspector, ich habe eine Telefonnummer hier, falls Ihre ehemaligen Kunden sich noch melden sollten. Sie ist nämlich Immobilienmaklerin müssen Sie wissen. So habe ich sie nämlich auch kennen gelernt. Als mein Rupert noch lebte, da hatten wir etwas Ruhiges gesucht, fürs Alter, wissen Sie und ... ja, das sind jetzt auch schon einige Jahre her. Da habe ich dann Stella getroffen und ...«

»Das ist ja alles wirklich interessant, Mrs Mackinnon, dürfte ich Sie trotzdem um die Nummer bitten?« Langsam verlor er doch ein wenig die Geduld. Wenn dies auch zu den Aufgaben eines Polizisten gehörte, so war die Aufgabe vielleicht doch nicht so interessant, wie er anfangs gedacht hatte.

»Aber ja, natürlich. Da bin ich wohl ein wenig ins Schwärmen geraten«, kicherte Mrs Mackinnon in den Apparat. »Also, hier ist die Nummer.« Sie teilte Graham eine Ziffernreihenfolge mit, die er anhand der Vorwahl als Auslandsnummer identifizierte.

»Vielen Dank, Mrs Mackinnon, Sie waren uns eine große Hilfe. Ich wünsche Ihnen noch einen angenehmen Tag«, versuchte Graham nun, das Gespräch so schnell wie möglich zu beenden.

»Gerne geschehen«, antwortete sie. »Ich hoffe, dass Sie sie erreichen. Sie war immer so ein nettes Mädchen, wissen Sie?«

»Ja, vielen Dank, auf Wiederhören«, beendete Graham das Gespräch. Die Schauspielerei lag ihm einfach nicht. Nun gut, das hatte er hinter sich. Was ihn etwas verwunderte war, dass die Polizei diesen Hinweis nicht weiter verfolgt hatte. Obwohl, eine Freundin der Frau eines Opfers, die mal einen Mann hatte, der jemanden kannte ... klang irgendwie nicht, wie die heißeste Spur. Eine leise Resignation breitete sich in Graham aus. Bevor diese seine Muskulatur erreichen konnte, griff er schnell zum Handy und wählte die gerade notierte Nummer. 0034 92 ... das klang ziemlich weit weg. Nachdem er die vollständige Nummer endlich eingetippt hatte, knackte es zunächst nur in der Leitung, bis das charakteristische Auslandstuten erklang.

»¡Buenas tardes! Praxis Doctor Hamilton. ¿Como puedo ayudarles?«

Oh Mist, das klang sehr fremdländisch. »Ja, äh, können Sie mich verstehen? Ich spreche leider Ihre Sprache nicht.«

»¡Naturalmente! Das ist kein Problem!«, antwortete ihm eine rauchige Frauenstimme.

»Oh, fantastisch, gut. Nun, ich bin auf der Suche nach Mrs Conolly, Stella Conolly.«

»Darf ich Sie fragen, in welcher Angelegenheit, Señor?«

»Ja natürlich.« Jetzt war schon wieder Showtime angesagt. »Ich bin ein ehemaliger Kunde von Mrs Conolly und brauche leider noch ein paar Auskünfte. Ich habe hier diese Nummer bekommen ...«

»Ah, in Ordnung. Ich verstehe. Señora Conolly ist momentan in England. Sie kommt erst am Wochenende wieder.«

»Oh, in England?« Das wäre ja ein Mordsglück. Dummes Wortspiel. »Das ist ja ausgezeichnet. Das ist ja bei mir um die Ecke. Wissen Sie, wie ich Mrs Conolly hier erreichen kann? Es wäre ziemlich dringend.«

»Ja, gut, verstehe. Ich gebe Ihnen die Handynummer von Mrs Conolly.«

Und wieder bekam Graham eine Nummer, die er sich, in Ermangelung besserer Schreibutensilien, ebenfalls auf die Rückseite von Paul Thorntons Foto notierte. »Ja, hab ich notiert. Vielen Dank. Einen schönen Tag noch.«

Er drückte die rote Taste auf seinem Handy und wählte die neue Nummer. Es klingelte. Gott sei Dank, keine Mailbox. Die hasste er nämlich wie die Pest, weil er sich immer unwohl fühlte mit einer Maschine zu sprechen.

»Ja bitte?«, meldete sich eine Frauenstimme.

»Spreche ich mit Mrs Conolly?«

»Ja, am Apparat. Und wer sind Sie bitte?«

»Oh, Mrs Conolly. Das ist ja wunderbar, dass ich Sie erreiche. Mein Name ist Graham Morrice aus Charlestown. Ich habe Ihren Namen von Mrs Angela Thornton aus Aberdeen. Sie haben ja bestimmt von dem tragischen Tod ihres Mannes Paul gehört, nicht wahr?«

»Angela? Mein Gott, mit ihr hatte ich bestimmt schon drei Jahre keinen Kontakt mehr. Und ihr Mann ist tot? Nein, das tut mir Leid. Davon wusste ich gar nichts. Ich lebe seit meiner Scheidung nicht mehr hier. Ich habe ein Schreiben von meinem Rechtsanwalt erhalten, dass mein Exmann zu Tode gekommen ist und ich hier den Nachlass regeln muss. Das ist ein echter Zufall, dass Sie mich hier erreichen.«

»Oh, Mrs Conolly, das ist mir jetzt sehr unangenehm. Das konnte ich nicht wissen.«

»Das geht schon in Ordnung. Was möchten Sie denn genau von mir?«

»Mrs Conolly, Angela hatte erwähnt, dass ihr verstorbener Mann Kontakt hatte zu ... nun, Ihrem verstorbenen Mann. Und da dachte ich, Sie könnten mir vielleicht einen Kontakt zu ihm herstellen. Nun ja, dafür ist es jetzt ja wohl leider zu spät.« Resigniert wollte Graham das Gespräch schon beenden, als ihn seine Neugier packte und seine Gedanken in eine, seiner Meinung nach völlig abstruse, Richtung wiesen. »Verzeihen Sie mir, Mrs Conolly, aber woran ist denn Ihr Mann gestorben?« Graham glaubte, gerade in diesem Moment, die Welt würde aufhören, sich zu drehen, Menschen würden ihre Tätigkeit unterbrechen und ihn ansehen. Alle Vögel setzten sich auf die nächstbeste Dachrinne und der Wind würde abflauen.

»Schon gut, Mister Morrice, richtig?« Stella atmete einmal tief durch. »Da müssen wir wohl alle mal durch. Da mir der Anwalt nichts Genaues geschrieben hat, kann ich Ihnen über den Tod meines Ex leider nicht viel sagen. Muss wohl eine Art Unfall gewesen sein, oder so. Das erfahre ich wohl alles erst morgen, da habe ich einen Termin mit ihm. Ich bin heute Morgen erst hier angekommen. Aber kann ich denn nun noch was für Sie oder für Angela tun?«

Der Weltenmotor sprang wieder an. Die Menschen tranken wieder ihren Kaffee oder putzten weiter die Fenster. Die Tauben flogen wieder auf und der kühle Wind setzte wieder ein. Ein Unfall, klar. Was hatte er auch erwartet? Keines der Opfer hieß ja auch Conolly. Aber, was soll's? Vielleicht wusste Stella Conolly ja etwas über die Freizeitaktivitäten der Männer. »Nun, Mrs Conolly, danke für ihr Angebot. Da Sie offensichtlich die Todesumstände von Paul Thornton nicht kennen, muss Ihnen meine Frage jetzt natürlich etwas seltsam vorkommen. Hat Paul Thornton mal mit Ihrem Exmann etwas mit Whisky zu tun gehabt? Mrs Thornton erwähnte eine mögliche Verbindung zu Ihrem Mann oder, Entschuldigung, Exmann.«

»Ich weiß zwar wirklich nicht, was die Trinkgewohnheiten meines Ex und seiner Kumpels für eine Rolle spielen, aber bis auf so einen Brennereibesuch, wo die beiden sich überhaupt erst kennen gelernt haben, fällt mir da nichts ein. Was soll denn diese Frage?«

»Mrs Conolly«, Grahams Puls war mittlerweile wieder bei knapp 200 angelangt. »Wäre es zu aufdringlich, wenn ich mich über dieses Thema mit Ihnen persönlich unterhalten könnte? Sie könnten eventuell den Tod von Paul Thornton und noch einiger anderer etwas aufhellen.«

»Ich verstehe zwar im Moment nur noch Bahnhof, aber wenn's unbedingt sein muss und ich Angela damit helfen kann, von mir aus. Aber bitte heute noch, da ich morgen die ganzen Termine habe und am Wochenende bereits wieder nach Hause zurückkehre, ja?«

»Sehr gerne, Mrs Conolly, danke! Wo kann ich Sie denn erreichen?« Fast hätte er schon aufgelegt.

»Ich bin im Moment in Perth. Hier hat mein Ex nach unserer Trennung weiter gewohnt. Na, wohl eher gehaust, so wie's hier aussieht. Ich bin in seiner Wohnung, noch den ganzen Tag. Hutchinson Street 20. Erwarten Sie bloß keine Villa, Mister Morrice.«

»Nein, keinesfalls, ich meine, stört mich nicht. Also, ich mache mich sofort auf die Socken«, dann legte er auf.

Ein letzter Blick auf die Uhr, der Griff zu seinem graukarierten Freizeitjackett und den Autoschlüsseln, und Graham verließ, angefüllt mit neuem Tatendrang und extremem Bluthochdruck, sein Haus.

Perth

-28-

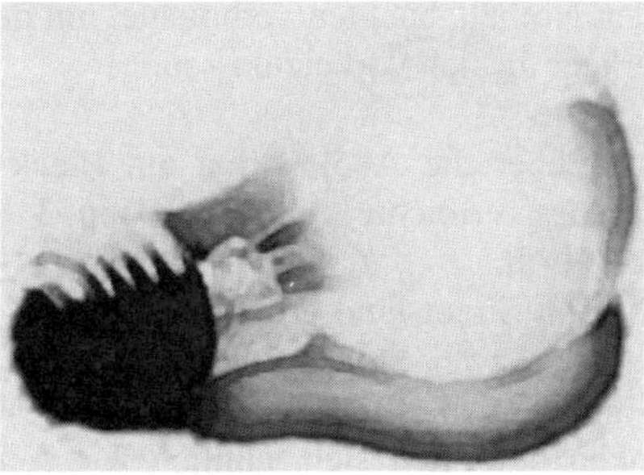

Die Strecke von Charlestown nach Perth kann man auf die leichte Tour bewältigen und die A9 über Kingussie und Pitlochry nehmen oder aber auf die harte Tour quer durch die Grampian Mountains über Tomintoul, Braemar und Glenshee. Etwas für echte Highlandfreaks mit Spaß an Land Rovern, Haarnadelkurven und einer atemberaubenden Sicht auf die unberührten Munros und Täler.

Graham war ein Weichei und nahm die A9.

Der Spaß an den Highlands endete für Graham bei allem, was die natürliche Geschwindigkeit überschritt. Oder wozu technische Hilfsmittel notwendig waren. Was für ihn bedeutete: wandern ja, Downhill nein. Angeln ja, Rallye nein. Da die Straßen in den Highlands allgemein in einem guten Zustand waren, sich in vielen Abschnitten jedoch auf so genannte Single Track Roads beschränkten, versuchte er diese Strecken zu vermeiden oder sie zumindest versierteren Fahrern zu überlassen. Allein der Gedanke an einen ihm entgegenkommenden LKW auf den einspurigen Straßen versetzte ihn in Panik. Da die Fahrer dieser Boliden getreu dem Motto handelten: wer zuerst bremst, verliert, brauchte er für die dann doch unvermeidbaren Fahrten immer eine Ewigkeit, wovon er einen Großteil in den Nothaltebuchten verbrachte, um den gesamten sonstigen Verkehr an sich vorbeizulassen.

Von Norden über die A85, vorbei am Black Watch Regimental Museum, erreichte er nach knapp 3 Stunden die Innenstadt von Perth.

Die Hutchinson Street fand er diesmal ohne weitere Komplikationen. Ganze zwei Stopps auf seiner Fahrt hatten ihm ausgereicht, um seinen alten Straßenatlas zu konsultieren. Seine Gedanken bewegten sich, ähnlich wie sein Auto, auf einer nahezu geraden Straße. Sein Ziel, endlich aus seinem nebligen Dunst an Ideen und Gefühlen herauszufinden und – egal wo – wieder klare Sicht zu bekommen, ließ keine abschweifenden Gedanken zu. Daher schwand auch der Entschluss, wieder mit einem wildfremden Menschen zu reden, nicht, als er nach kurzer Parkplatzsuche aus seinem Wagen stieg und seinen Regenmantel vom Rücksitz nahm.

Die angegebene Hausnummer befand sich knapp 50 Meter die Straße zurück in einer Zeile aus dreistöckigen Mietshäusern aus den späten 60er Jahren. Übergroße, teils bis auf den Boden reichende, Fenster zierten die verwaschene Betonfassade der beiden oberen Stockwerke. Anscheinend hatte der damalige Architekt versucht, ein wenig mehr Sonnenlicht an die Haut der Arbeiter zu lassen, für die diese Siedlung damals offensichtlich gebaut worden war. Dass das nur knapp zweihundert Meter entfernte Kraftwerk einen Großteil des Sonnenlichts abfing, spielte wohl kaum eine Rolle. Der Architekt musste ja nicht hier wohnen. Zudem waren zu große Fenster nach Grahams Meinung eh nur eine Einladung für neugierige Nachbarn und Spanner aller Art. Wie Stella Conolly schon am

Telefon gesagt hatte, garantiert keine Villa. Die notdürftig weggewischten Graffitis auf den Haustüren gaben einen Einblick in das mittlerweile hier vorherrschende Milieu. Obwohl Graham nie richtig politisch dachte und er immer noch ein ganz klein wenig Vertrauen in die jeweilige Regierung hatte, fand er trotzdem, dass es eine Schande war, wie die ehemals so stolze Arbeiterklasse Großbritanniens systematisch demoralisiert und in die Armut getrieben wurde. Menschen, die am Wachsen des Landes beteiligt waren. Kohle, Textilien ... spielten keine Rolle mehr. Maschinenbau, Autos ... kamen mittlerweile aus Deutschland, Japan, Korea. Wer hatte denn die Dampfmaschine erfunden? Die Eisenbahn? Wer war denn der Begründer der Industrialisierung? Wenn jetzt noch die letzte schottische Bastion, die Whiskybrennereien, eine nach der anderen an Investoren aus Frankreich und Japan verscherbelt werden, dann war es vorbei mit der Heimatverbundenheit, auch für ihn.

Mit diesen Gedanken schlich sich Graham mit gebührendem Abstand an den drei an der Hauswand lehnenden Jugendlichen vorbei. Diese hatten wohl nach kurzem Check seines Wagens entschieden, dass er in die Gegend passte und würdigten ihn keines Blickes mehr.

Als er vor der Haustür stand und die Schellen nach dem Namen Conolly absuchen wollte, wurde er enttäuscht. Alle Namensschilder waren mit einem neongrünen Spray überschmiert. Da die Haustür aber offen stand, ging er kurzerhand hinein und wollte gerade an der ersten Tür klopfen, als ihm ein junger Mann mit zwei prallen Einkaufstüten von oben entgegen kam.

»Hallo, könnten Sie mir vielleicht helfen? Ich suche Mrs Conolly?«

Der junge Mann, mit seiner Jeans und dem lässigen hellgrauen Sweatshirt mit *Body Gym* Aufdruck, schien nicht so ganz in diese Gegend zu passen. Als er stehen blieb und Graham ansah, spiegelten seine Augen eine tiefe Traurigkeit. »Sind Sie der Typ, der heute Morgen angerufen hat?«

»Äh, ja, ich denke das bin ich. Morrice ist mein Name.«

»Meine Mutter ist oben, ein Stock höher, die Tür ist auf. Ich bring nur die Sachen zum Auto.« Ohne ein weiteres Wort drängte er sich an Graham vorbei zum Ausgang.

Etwas irritiert über die schroffe Art seines Gesprächspartners ging Graham die Treppe bis in den ersten Stock hoch und klopfte an die halb offen stehende Tür, an der an einigen Stellen der waldgrüne Lack bereits abblätterte.

»Hallo? Mrs Conolly?« Aus der Wohnung kamen ihm Geräusche von raschelndem Papier und ein unangenehmer, abgestandener Geruch entgegen.

»Ja? Was?«, rief eine weibliche Stimme aus der Wohnung und kurz darauf blickte eine rotblonde und braungebrannte Frau aus einem der Zimmer.

»Ich bin Graham Morrice, Mrs Conolly. Wir hatten heute Vormittag telefoniert.«

»Ach ja. Kommen Sie herein. Ich bin gerade beim Packen.« Und damit verschwand ihr Gesicht wieder zurück in das Zimmer.

Graham ging durch einen heruntergekommenen Flur, in dem, außer einem hässlichen Garderobenschrank mit abgeplatzten Ecken, kein Möbelstück stand. Zwei Paar Schuhe zierten den durchgetretenen Teppichboden aus dunkelbrauner Kunstfaser. Im Wohnzimmer angekommen – offensichtlich war es das Wohnzimmer, da ein überdimensionaler Fernseher und eine fleckige Couchgarnitur den größten Teil des Raumes einnahmen – konnte er beobachten, wie Stella Conolly verächtlich einen Stapel abgegriffene Bücher in einen alten Pappkarton warf.

»Ich hatte die Hoffnung, dass Rich sich von diesem ganzen Mist getrennt hätte. Jetzt muss ich auch noch seinen Dreck aufräumen. Ich kann's echt nicht fassen. Und anscheinend hat die Polizei nichts Besseres zu tun gehabt, als die eh schon dreckige Bude komplett auf den Kopf zu stellen. Als hätte sie hier Drogen oder so gesucht. Na ja, würde mich auch nicht wundern. Entschuldigen Sie.« Mit einer lässig wirkenden

Bewegung wischte sie sich die Schweißtropfen mit dem Handrücken von ihrer Stirn. »Ich bin total schmutzig von all dem Dreck hier. Daher gebe ich Ihnen besser nicht die Hand. Möchten Sie eine Tasse Tee?«

»Oh, gerne, dass wäre wirklich sehr freundlich«, antwortete Graham. Er getraute sich nicht ihr zu sagen, dass er eigentlich lieber Kaffee trank, aber Tee war auch in Ordnung. Er konnte kaum seine Blicke von der recht attraktiven Figur Stella Conollys lassen, was ihm ein wenig die Schamesröte ins Gesicht trieb. Ihre Rundungen zeichneten sich unter der engen Jeans und der schlichten weißen Bluse deutlich ab und, zusammen mit ihrer braungebrannten Haut, erinnerte ihn dieser Anblick an einen Kalender, der ein Jahr lang über Percy Hendersons Schreibtisch hing. Spärlich bekleidete Pin-Ups, die irgendwelche schweren Werkzeuge stemmten und auf imaginären Baustellen arbeiteten. Immer leicht verschwitzt und immer leicht nach vorne gebeugt. Oh Gott, schnell, Themenwechsel.

Er folgte ihr in die Küche, die wider Erwarten weder dreckig war noch nach faulendem Essen roch.

»Bitte nehmen Sie doch Platz«, bat Stella ihn und deutete auf zwei, mit rotem Kunstleder bespannte, Chromstühle an einem kleinen Küchentisch. »Und dann erzählen Sie doch mal, was eigentlich los ist.«

Nachdem Stella Conolly einen recht schmackhaften Tee zubereitet hatte, sie beide am Küchentisch Platz genommen hatten und ihr Sohn, Josh war sein Name, sich in einen der hinteren Räume verkrümelt hatte, erzählte Graham ihr die ganze Geschichte. Vom Fund der Leiche in seiner Brennerei bis zum Besuch von Angela Thornton. Von der Massenhysterie über einen wahnsinnigen Whisky-Mörder bis hin zu der Verzweiflung der Polizei über ihre offensichtliche Stagnation.

Nach knapp einer halben Stunde blickte ihn Stella mit offenem Mund an. »Mein Gott, davon habe ich absolut gar nichts mitbekommen. Das ist ja schrecklich. Hört sich fast so an, wie die Geschichten im Fernsehen, wissen Sie? Ich lebe nun fast schon drei Jahre nicht mehr in Schottland und, zugegebenermaßen, lese ich auch nur selten die großen Tageszeitungen.«

Ihre bei seinem Eintreffen verkniffenen Gesichtszüge hatten sich mittlerweile bei seinen Erzählungen entspannt und sie blickte ihn mit ihren offenen rehbraunen Augen an. »Nun gut, was kann ich Ihnen erzählen? Meinen Exmann Richard habe ich seit mindestens drei Jahren nicht mehr gesehen. Wir sind jetzt gut fünf Jahre geschieden. Da war einfach nichts mehr übrig. Wir waren 17 Jahre verheiratet. Sind Sie verheiratet, Mr Morrice?«

»Äh, nein, Mrs Conolly, leider nicht.« Mit dieser Frage hatte Graham jetzt nicht gerechnet, und es machte ihn auch verlegen, über derart private Dinge zu sprechen. »Irgendwie gab's nie die Richtige.« Mit einem schiefen Lächeln sah er sie an.

»Manchmal ist das auch besser so, glauben Sie mir«, erwiderte sie. »Nicht, dass sein Tod mir nichts bedeuten würde, ich habe ihm nie etwas Schlechtes gewünscht. Nur ist es inzwischen so, als wären die ganzen 17 Jahre ausradiert. Als hätte es sie nie gegeben. Nicht mal mehr ein Gefühl. Wenn mein Sohn Josh nicht wäre, würde ich meine Ehe manchmal selbst vergessen. Na gut, vor knapp vier Jahren oder so, also ein Jahr nach unserer Scheidung, hatte Rich die Wahnsinnsidee, wir sollten es doch noch mal versuchen. Einfach die Freundschaft aufleben lassen, die wir nach unserer Trennung eigentlich beide behalten wollten.«

Mit einem Kopfschütteln blickte sie auf ihre Hände. »Hätte mir damals gleich klar sein sollen, dass Rich für so was zu grob gestrickt ist ... war. Na ja, aber die Hoffnung stirbt ja bekanntlich zuletzt und da ich mich damals obendrein ziemlich einsam gefühlt habe und ich glaubte, dass es unserem Sohn gut tun würde, bin ich halt auf sein Angebot eingestiegen.«

»Welches Angebot?«, wagte Graham nach längerem Zögern zu fragen.

»Na, die Fahrt nach Oban. Vier Tage Halligalli wegen irgendeiner Jubiläumsfeier. Schickes Hotel mit allem Schnick und Schnack. Für ein verliebtes Paar wär's bestimmt klasse gewesen, so direkt am Meer mit Wellenrauschen und beleuchteter Promenade und so. Bloß Richard hatte wohl irgendwie den Sinn der Fahrt vergessen. Lungerte dauernd in den Pubs und auf irgendwelchen Festivitäten rum und ich durfte ab und zu mal hinterher dackeln. Wie großzügig!« Langsam redete Stella sich in Rage und ihre Hände verkrampften sich zu Fäusten.

»Das tut mir alles sehr Leid, Mrs Conolly. Nur, was hat das mit Paul Thornton zu tun?« Mittlerweile konnte Graham seine Anspannung und Neugier nicht mehr zurückhalten.

»Entschuldigen Sie, Mister Morrice. Die Erinnerungen machen mich immer noch wütend. Ich will Sie hier nicht als Beichtvater missbrauchen.« Mit einem leicht spitzbübischen Lächeln blickte sie ihn über den Tassenrand an, während sie einen großen Schluck Tee trank. »Angela, also Pauls Frau, erlitt wohl ein ähnliches Schicksal wie ich. Wir wohnten im gleichen Hotel und an einem der Abende haben wir uns im Restaurant getroffen und waren beide wegen einer Veranstaltung, die von den Männern unbedingt besucht werden musste, zurückgelassen worden. Wir haben uns an einen Tisch gesetzt und sind uns ein wenig näher gekommen. Sie ist Eheberaterin und ich hatte ihr, genau wie jetzt bei Ihnen, mein Herz ausgeschüttet.« Wieder schüttelte sie ihren Kopf, als könnte sie ihre eigenen Erinnerungen nicht glauben. »Wie dem auch sei, bei diesen Veranstaltungen ging es um die Brennerei in Oban. Die haben da ihren Geburtstag oder so was gefeiert. Da drehte sich alles um Whisky. Und das fand mein werter Exgatte anscheinend doch viel attraktiver als mich. Kurz und gut, das war mein letzter Versuch, die Beziehung zu kitten. Wir sind nach den vier Tagen getrennter Wege gegangen, ich habe einen netten Kerl kennen gelernt und bin mit ihm und meinem Sohn dann weggezogen. Ende der Geschichte.« Die Arme vor der Brust verschränkend, ließ sie sich in den Stuhl zurückfallen und blickte ihn erwartungsvoll an.

Grahams Gedanken wirbelten wie die Farben in einem Kaleidoskop durcheinander. Ein Besuch in einer Destillerie. Dass Paul Thornton schon ein paar Brennereien besichtigt hatte, war bekannt. Das hatten aber wohl so ungefähr alle männlichen Einwohner Schottlands zwischen 18 und 88 schon getan. Könnte hier nicht doch ein Teil des Puzzles versteckt sein? Seine Haut begann zu kribbeln und er konnte kaum noch ruhig auf seinem Stuhl sitzen bleiben.

»Sagen Sie, Mrs Conolly, kennen Sie zufälligerweise noch ein paar der anderen Gäste des Hotels oder der Veranstaltungen?« Die Namen aller Opfer hatte er natürlich ausgerechnet jetzt nicht parat. »Murray zum Beispiel? Malcolm Murray. Oder Mullin? Adrian, glaub´ ich.« Jetzt hatte er die Namen der Opfer mindestens hundertmal in den letzten Tagen in der Zeitung gelesen und konnte sie sich immer noch nicht richtig merken. Für den echten Polizeijob bist du doch wirklich nicht geeignet, stellte er resignierend fest.

»Sagen mir alle gar nichts, die Namen. Tut mir Leid«, entgegnete Stella nach einer kurzen Bedenkzeit.

»Haben Sie von Ihrem Exgatten denn noch andere Ereignisse zum Thema Whisky mitbekommen oder von Angela Thornton über ihren Mann?«

»Nein, Mister Morrice, gar nichts. Dieses Thema hat mich nie interessiert. Ich mag keinen Alkohol. Sorry, dass ich gerade Ihnen das sagen muss, aber ich finde es unnötig, sich mit irgendwelchen Drogen zuzuknallen. Haben Sie sich mal hier in der Gegend umgesehen? Jeder zweite hat hier nichts Besseres zu tun, als sich abends die Birne wegzusaufen. Ein weiterer Grund, warum ich hier auch so schnell wie möglich weg wollte.«

Graham hätte normalerweise jetzt seine große Stunde gehabt, indem er ihr alle Vorzüge des Whiskies versucht hätte, nahe zu bringen. Ihr erklärt, dass Malt Whisky nichts mit Saufen zu tun hat, sondern nur mit Genuss und Stil und Lebensart und Sinnlichkeit und ... und ... Im letzten Moment verkniff er es sich aber doch. Diese Frau war von einigen

Dingen im Leben maßlos enttäuscht worden, und es war garantiert der falsche Zeitpunkt, sie jetzt auf die schönen Dinge im Leben aufmerksam zu machen.

»Nach dem missratenen Ausflug habe ich nur noch ein paar Mal mit Richard telefoniert. Wir haben das Thema Oban nie wieder angeschnitten. Seit dieser Zeit weiß ich auch nicht mehr, was er so in seiner Freizeit getrieben hat. Ich weiß nur, dass er nie viel für die harten Sachen übrig hatte. Dazu fehlte ihm auch das nötige Kleingeld. Damals, während unserer Ehe, gab's nur ab und zu mal ein Pint in der Kneipe, das war's. Außerdem wollten Sie ja wohl etwas mehr von Angelas Mann erfahren als von meinem. Und da kann ich Ihnen wirklich gar nicht weiterhelfen.« Mit einem Klatschen auf ihre strammen Oberschenkel schien für sie dieses Thema nun beendet zu sein und sie machte Anstalten, sich zu erheben.

»Wenn Sie etwas mehr von den nachehelichen Aktivitäten meines Ex erfahren wollen, können Sie höchstens meinen Sohn noch mal fragen. Der hat seinen Vater einmal im Jahr im Urlaub getroffen. Die sind dann regelmäßig nach Frankreich oder Deutschland gefahren. Sich Burgen und Schlösser angucken und so.«

Sie stand auf, und Graham folgte ihr den schmalen Flur entlang, bis zu den beiden letzten Türen, hinter denen sich wohl Schlafzimmer und Kinderzimmer befinden mussten.

»Josh? Hey Josh? Komm doch mal ´ne Minute. Der Herr hätte noch ´ne Frage zu deinem Dad.« - »Gehen Sie ruhig rein, Mister Morrice«, sagte sie zu Graham und schob für ihn die Tür zu einem der Räume auf.

In dem kleinen Raum sah es aus wie in einem typischen verlassenen Kinder- oder Jugendzimmer. Ein Einzelbett mit einem Haufen Sticker beklebt, ein schmaler Kleiderschrank mit einer schiefen Tür, ein offenes und nahezu leeres Regal und ein kleiner Schreibtisch, ebenfalls leer. Josh saß auf der nackten Matratze und spielte an einem tragbaren CD-Player rum. Als er Graham im Türrahmen sah, zog er das Headset vom Kopf und drückte die Stopptaste.

»Was gibt's?«, fragte er kurz angebunden.

»Tut mir Leid, Josh, wenn ich dich störe. Ich möchte dir nur kurz eine Frage zu deinem Dad stellen, o.k.? Ich kann mir vorstellen, wie schwer das jetzt alles für dich ist. Meine Eltern sind auch vor nicht allzu langer Zeit verstorben. Da bricht eine ganze Welt zusammen.«

»Waren Sie auch ein Scheidungskind?«, entgegnete Josh und sah ihn herausfordernd an.

»Nein«, entgegnete Graham, »das war ich glücklicherweise nicht.«

»Dann können Sie sich einen Scheiß vorstellen, wie's mir geht, klar?«

»Hey, Junge«, hörte man nun Stella aus dem Flur rufen. »Der Mann hat dir nichts getan und wollte nur höflich sein. Also mäßige gefälligst dein Mundwerk!«

Mit verkniffenem Mund blickte Josh auf seine ausgefransten Turnschuhe und ließ die Kabel des Headsets durch die Finger gleiten. »Seit Jahren sehe ich meinen Vater nur einmal im Jahr. Als ob das nicht schon wenig genug für den Rest meines Lebens wäre. Und jetzt ...?« Offensichtlich rang er mit den aufkommenden Tränen. Graham hörte ihn mehrmals hart schlucken.

»Ich will dich wirklich nicht stören, Josh, deshalb nur ganz kurz. Hatte dein Vater in den letzten Jahren was mit schottischem Whisky zu tun oder hat er mal etwas davon erzählt?«

Mit leicht geröteten Augen blickte Josh erst ihn an und ließ seinen Blick dann zu einem Punkt hinter Graham schweifen. Als dieser sich umdrehte, blickte er auf die Wand hinter der Zimmertür, und dort hing ein Poster mit der Abbildung von Brennblasen.

Grahams Herz machte einen kurzen Sprung, so als hätte ihn ein grünlich schimmerndes Gespenst angesprungen und „Buh!“ gesagt. »Woher hast du das?«, war die einzige Frage, die ihm im Moment einfiel.

»Das hat mir mein Dad geschenkt vor zwei oder drei Jahren, glaub´ ich. Da wollte er unbedingt mal mit mir hinfahren.«

Graham ging näher an das Poster ran und erkannte die typischen Brennblasen der Clydesdale Distillery in Lanark. Etwas farbverfälscht und geschönt, aber trotzdem noch zu erkennen. Der Werbeschriftzug der Brennerei schien abgeschnitten worden zu sein.

»Vor ein paar Jahren hat er so einen Knall mit Whisky gekriegt«, erzählte Josh weiter. »Hat ihm wohl einen Heidenspaß gemacht. Also nicht das Saufen und so, nur das ganze Getue drumrum und die Geschichten. Das da auf dem Bild war wohl seine Lieblingssorte. Hat er zumindest immer erzählt.«

Langsam, wie ein nahender Tsunami, brachen die Wogen der Erkenntnis über Graham zusammen. Clydesdale Distillery. Der dritte Tatort. Graham fühlte sich – oder glaubte es zumindest – wie jemand, der beim Ziehen der Lottozahlen schon fünfmal die richte Nummer vernommen hatte und gespannt auf die Ansage der letzten Ziffer wartete. Seine eiskalten Hände wurden von einem noch kälteren Schweißfilm überzogen.

»Josh, wann ist dein Vater denn verstorben? Weiß du das?«

»Muss wohl schon über einen Monat her sein, glaub ich. Der dämliche Anwalt hat es nicht gecheckt, unsere Adresse rauszukriegen, der Idiot. Die Beerdigung fand ohne uns statt. Die konnten nicht mal warten, bis seine Familie eintrifft, die Säcke.«

»Kann ich gut verstehen, deine Wut. Würde mir genauso gehen«, versuchte Graham Josh zu beruhigen. »Wo seid ihr denn überhaupt hingezogen, du und deine Mutter?«

»Zu ihrem neuen Lover!« Das letzte Wort zog Josh derart durch die Zähne, dass es fast nur scheibchenweise bei Graham ankam. »Nach Gran Canaria. Der ist dort Arzt für diese Scheiß-Insel-Touries. Da kann einen ja auch keine Sau finden. Und schön weit weg von meinem Dad.«

Grahams Kreislauf versuchte gerade hektisch, ein paar Sicherheitsventile einzubauen, sonst würde er wohl in den nächsten Sekunden platzen. Hatte Alan Derringer nicht erzählt, dass eines der Opfer geschieden wäre und dessen Exfrau wohl seit Jahren in Spanien leben würde? Die für ihn alles entscheidende Frage musste nun gestellt werden.

»Josh?«, begann Graham ganz ruhig. »Ihr heißt doch Conolly, richtig? Heißt dein Dad denn eigentlich auch so?«

»Nee«, antwortete Josh mit resignierter Stimme. »Conolly ist doch nur der Mädchenname meiner Mutter. Damit bloß nichts mehr an unsere Familie erinnert. Mein Vater heißt ... hieß Ross, Richard Ross.«

Oban

-29-

Die Fahrt von Perth nach Oban überforderte Graham nicht deshalb, weil es eine Single Track Road war. Im Gegenteil, die A85 in westlicher Richtung war eine gut ausgebaute Landstraße, die den zunehmenden Touristenströmen Richtung Westküste gerecht werden musste. Grahams Belastungsgrenze war erreicht durch die immense Flut von Gedanken und Eindrücken, die sich nur ungern von der notwendigen Konzentration auf den Straßenverkehr ablenken lassen wollten. In Höhe von Crieff musste er auf einen kleinen Rastplatz fahren und erst mal zwei Tassen Espresso trinken, nachdem er, in Gedanken versunken, fast den Kühlergrill eines entgegenkommenden Volvo-Sattelzugs geziert hätte.

Nachdem er die Exfrau von Richard Ross und seinen Sohn über die tatsächliche Todesursache und die Verbindung zu

Paul Thornton aufgeklärt hatte, hatten sie gemeinsam fast eine halbe Stunde versucht, Alan Derringer und Brian Strachan zu erreichen. Beide Handynummern waren aber abwechselnd entweder besetzt oder nicht erreichbar. Irgendwann hatte er Stella Conolly beide Nummern notiert, sie gebeten, es weiterhin zu probieren, um die Ermittler von der wichtigen Information in Kenntnis zu setzen, und war mit fliegenden Fahnen aus der Wohnung gestürmt. Er konnte keine weitere Minute untätig herumsitzen. Zurück im Auto hatte er aus seinem kleinen, in Leder gebundenen Adressbuch die Nummer von Patrick Lough, dem derzeitigen Manager der Ardgowan Distillery in Oban, hervorgekramt und diesen kurzerhand angerufen.

»Pat, hier ist Graham aus Charlestown. Ich muss dich leider stören.«

»Graham, altes Haus, schön von dir zu hören. Sag bloß nicht, bei dir ist schon wieder etwas passiert?«

»Nein, Pat oder zumindest nicht ganz. Du weißt ja, ich hab mich da ein wenig in die Sache reingehängt und ich bin da auf was gestoßen. Und das hat vielleicht auch mit eurem Laden zu tun.«

»Mit uns?«, entgegnete Patrick Lough entsetzt. »Heißt das etwa, wir sind die nächsten?«

»Ich glaube es nicht – oder zumindest meine ich ... Ach, Pat, bevor ich mich jetzt bei dir oder, noch schlimmer, der Polizei völlig lächerlich mache, muss ich bei euch ein paar Sachen überprüfen. Hast du heute Zeit?«

»Eigentlich hab ich nie Zeit, aber jetzt bin ich neugierig. Willst du heute noch rüberkommen?«

»Bin schon auf dem Weg. Wenn ich bis dahin keinen Herzinfarkt bekommen habe, könnte ich in zwei bis drei Stunden bei dir sein.«

»O.K., gut«, überlegte Patrick. »Dann werde ich mal Termine schieben oder absagen gehen. Willst du in die Firma kommen oder sollen wir uns bei mir zu Hause treffen?«

»Besser, wir treffen uns in der Brennerei. Wir müssten eventuell ein paar Akten wälzen. Kannst du alle Unterlagen zu eurer Hundertjahrfeier mal raussuchen, geht das?«

»Ich glaube wirklich, dass dir ein Arzt besser helfen könnte, Graham!«, entgegnete Patrick leicht belustigt. »Aber mal ehrlich: Wenn die Sache so ernst ist, wie du klingst, suche ich dir von mir aus auch noch die Gründungsurkunde raus.«

»Ich habe die Befürchtung, dass es wirklich sehr wichtig ist. Ich danke dir schon mal und wir sehen uns gleich.«

»Fahr´ vorsichtig mit deiner Rostlaube«, empfahl ihm Patrick noch und legte auf.

Nachdem das Koffein sein Herz und sein Hirn wieder belebt hatte, setzte Graham die Fahrt fort. Hätte er vor Crianlarich die besagten zwei Tassen Espresso nicht auch wieder loswerden müssen, hätte er höchstwahrscheinlich die warnenden Hinweise der Tankanzeige übersehen und wäre mit pittoresker Aussicht auf den Ben More am Loch Dochart gestrandet. Um diese Jahres- und Uhrzeit nicht unbedingt der heimelige Ort für jemanden in dünnen Lackschuhen. Also entleerte er erst einmal sich und füllte dann den Tank seines Autos. Derart gerüstet und erleichtert, konnte Graham jedoch die weitere Fahrt störungsfrei bewältigen.

Seine Gedanken kreisten und kreisten immer um die gleichen Fragen: Warum werden ein paar Whisky liebende Freunde einfach umgebracht? Er hatte es doch die ganze Zeit schon geahnt, dass der Whisky nichts Schlimmes in dieser Geschichte war. Es musste etwas mit Liebe zu diesem edlen Getränk zu tun haben. Was also hatten sie getan? Was war damals in Oban passiert? Wie hieß der Film doch gleich? "Ich weiß, was du letzten Sommer getan hast", genau. *Ich weiß, was ihr damals in Oban getan habt!* Eine Gruppe Whiskytrinker hat gemeinschaftlich betrunken eine Katze überfahren und wird von der Oma jetzt grausam dahingemetzelt. Graham, reiß dich zusammen, du fängst an zu phantasieren, ermahnte er sich selbst.

Graham wusste in diesem Moment gar nicht, wie nahe er der tatsächlichen Wahrheit bereits war.

Als er endlich am Abend die Dunollie Road den Hügel hinunterfuhr und sah, wie die Lichter der Schiffe sich in der Oban Bay im Wasser spiegelten, beruhigte sich sein aufgewühlter Zustand merklich. Die schmale Einbahnstraße zwischen den teilweise sehr schönen alten Häusern der Innenstadt wirkte zusätzlich beschützend auf ihn. Die Brennerei war eine der wenigen Anlagen in Schottland, die in einem Stadtzentrum lagen. Leicht konnte man die Gebäude in der winzigen Seitenstraße übersehen, wenn man nicht danach suchte. Hier würde der Mörder doch bestimmt nicht zuschlagen. Selbst außerhalb der Touristensaison liefen Hunderte von Menschen täglich und auch abends an den Gebäuden vorbei. Graham hatte Glück und fand tatsächlich in der kleinen Sackgasse vor dem Haupteingang der Brennerei einen Parkplatz und musste sich erst einmal strecken. Er hatte gar nicht gemerkt, wie verkrampft er die ganze Fahrt über hinter dem Steuer gesessen hatte. Nachdem sein Rücken ein paar Mal deutlich geknackt hatte, nahm er sein Jackett vom Rücksitz, zog es über und lief zum Eingang des Verwaltungstrakts.

»Ein ganz passables Stöffchen hast du da hinbekommen. Nicht schlecht, Pat.« Graham lehnte sich in dem bequemen Besucherstuhl in Patrick Loughs Büro zurück und ließ das Nosingglas unter seiner Nase kreisen. »Ich hätte nie geglaubt, dass du noch so einen alten Stoff mit so einem gigantischen Aroma im Lager finden könntest. Das ist nicht nur eine Sherrybombe, sondern eine Salz- und Sherrybombe. Und das ohne irgendwelche vordergründige bittere Noten. Irre!« Sichtlich beeindruckt nippte Graham noch einmal an seinem Glas und stellte es auf dem Eichenholzschreibtisch vor ihm ab.

»Danke für die Blumen, Graeme.« Patrick war offensichtlich beeindruckt von Grahams lobenden Worten. Er war zwar schon knapp zwei Jahre Manager der Ardgowan Brennerei, also länger im Amt als Graham, hatte aber als Quereinsteiger nicht die Jahrzehnte der Erfahrung in einer Destillerie. »Ursprünglich sollte es mal wieder eine Sonderabfüllung für die "Friends of Ardgowan" werden.« Die "Friends" waren ein internationaler, lockerer Zusammenschluss von Whiskyfreunden der Brennerei, denen man per Internet beitreten konnte. Vorteil war ein etwas ermäßigter Eintritt, ein regelmäßiger Newsletter und natürlich die obligatorischen Sonderabfüllungen von ausgesuchten Fässern. »Nachdem aber die erste Sampleflasche hier stand, hatte es mich schier umgehauen. Ich würde diesen Nektar lieber als "Manager's Choice" vermarkten. Sind eh nur knapp 160 Flaschen. Aber schön, dass ich es geschafft habe, dich ein wenig von deinen Jack-the-Ripper-Geschichten zu lösen.«

Nachdem Graham die Brennerei betreten und Patrick auch auf Anhieb gefunden hatte, wurde er ins Allerheiligste geführt. Der Raum, angrenzend an das Managerbüro, in dem die unzähligen Rückstellproben und Sampleflaschen gehortet wurden. Hier verstaubten Fläschchen der letzten Jahrzehnte, für die ein echter Sammler bereit gewesen wäre, seine Mutter zu verkaufen. Oder zumindest sein letztes Hemd. Patrick hatte sich fast eine halbe Stunde Grahams Theorien angehört, ihn nur an wenigen Stellen durch Zwischenfragen unterbrochen und ihm ganz nebenbei mittlerweile drei edle Tröpfchen zum Probieren gegeben. Da Graham den ganzen Tag über, außer zwei Scones an der Tankstelle, nichts gegessen hatte, merkte er diese Menge Whisky natürlich schon. »Ab jetzt bremse ich mich aber für heute Abend, Pat. Ich hab wohl irgendwie das Essen vergessen. Das rächt sich gerade ein bisschen«, schmunzelte Graham Patrick an.

»Das hab ich mir schon so gedacht. Du magst doch auch chinesisch, nicht? Und das Restaurant direkt gegenüber war meines Erachtens auch nach deinem Geschmack, wenn ich mich recht erinnere.« In diesem Moment klingelte es und

Patrick sprang aus seinem Sessel auf. »Wie gerufen!«, bemerkte er noch und verschwand im Flur.

Nach knapp zwei Minuten erschien Pat wieder auf der Bildfläche, voll bepackt mit mehreren kleinen Aluminiumschalen, aus denen es köstlich nach Wantan, Curryreis, und Spiesschen in Erdnusssauce duftete. Ohne ein weiteres Wort verteilte er die diversen Schalen auf seinem Schreibtisch und ging zu der kleinen Pantry im Nachbarbüro, um Besteck zu holen. »Grace wird mich morgen wieder lynchen, wenn sie die Kleberänder auf der Tischplatte wegpolieren muss«, sagte er, nachdem er sich wieder hingesetzt hatte und damit begann, in den Schalen herumzupicken.

»Wenn du etwas femininere Züge hättest, würde ich sagen, du bist ein Engel«, entgegnete Graham mit deutlich gefüllten Backen.

»Was willst du denn? Passt doch«, maulte Patrick und betrachtete prüfend seine, in einem schiefergrauen Anzug verpackten, 88 Kilo Lebendgewicht. Zugegebenermaßen bei 1,72 Meter Körpergröße optimal verteilte Muskelmasse, aber eben doch für eine Frau die Rundungen an der falschen Stelle. Patrick Lough hatte fast sechs Jahre in der Armee verbracht und das sah man ihm auch heute noch an.

Nachdem sie eine Zeitlang schweigend die Vorzüge der ostasiatischen Küche genossen hatten, kehrte Grahams Unruhe wieder zurück, und er schielte unverhohlen auf den Stapel Unterlagen und Akten, die Patrick aus dem Archiv hatte holen lassen.

»Ich würde gerne mit dir alles nach Besuchernamen und Anmeldungen eurer damaligen Veranstaltungen durchforsten«, begann er das Thema. »Alles, was ihr so an Tastings und sonstigen Festivitäten zu bieten hattet.«

»Tja«, entgegnete Patrick. »Da muss ich mich auch selbst erst mal einlesen. Du weißt ja, dass ich erst ein paar Jahre bei dem Verein bin. Zum damaligen Zeitpunkt habe ich noch die

Schulbank während meiner Fortbildung gedrückt. Wenn alle Stricke reißen, müssen wir halt Jimmy vom Golfplatz holen. Na, schauen wir mal.«

Jimmy Briggs war der letzte Manager der Ardgowan Brennerei gewesen, der vor Patrick Lough die Geschicke fast zwanzig Jahre lang geleitet hatte.

Beide griffen sich die ersten Mappen und begannen, die Unterlagen zu prüfen. Der trotz aller Bekenntnisse doch noch eingeschenkte Single Malt konnte dabei nur unterstützend wirken.

Nachdem der Zeiger der Wanduhr bereits Mitternacht hinter sich gelassen hatte und diverse Stapel von Mappen, Zetteln und Fotoalben den Parkettboden in Patricks Büro bedeckten, sprang Graham mit einem schrillen Aufschrei von seinem Stuhl. Patrick erschrak derart, dass er sein Glas Mineralwasser vom Tisch wischte und die, den Boden bedeckenden, Papiere einnässte.

»Bis du wahnsinnig, mich so zu erschrecken?«, raunzte er Graham an.

»Ganz im Gegenteil, mein Lieber«, antwortete Graham, während er triumphierend mit einem Zettel wedelte. »Ganz im Gegenteil! Hier hab ich's schwarz auf weiß. Ich bin eben doch nicht verrückt! Da, schau!«

Patrick nahm das dargebotene Blatt entgegen und las es aufmerksam durch. »Special Tasting. Die Teilnehmerliste. Noch vom alten Boyd durchgeführt.« Namen für Namen der aufgeführten Teilnehmer las er laut vor bis ...

»Ja, da werd ich doch ... Fraser Williams. Das war doch das letzte Opfer neulich auf Islay! Und hier: Richard Ross! Mir wird schlecht!« Mit einem einzigen Zug goss er sich das Glas Manager's Choice in den Mund. Alle waren sie dabei und noch etliche mehr:

Malcom Murray,
Adrian Mullin,
Richard Ross,
Paul Thornton,

Fraser Williams,

und außerdem Jeremy Laughlin, Jerome Auteuille, Antje Wunderlich, David Rugies, Nadine Deveraux, Frank Nichols, Peter Ambrose, Philipp Bernhard, Brad Watts, Jutta Reimund, Karen und Donald Ferguson und Timothy Shaw.

Achtzehn Personen, die sich im Mai 2001 zusammen fanden, um eine Reihe ausgesuchter Single Malts unter fachlicher Anleitung, begleitet von einem 4-Gang-Menü, genießen zu dürfen. Achtzehn Personen, die einen unbeschwerten, unvergesslichen Abend verlebt hatten. Fünf davon innerhalb eines halben Jahres abgeschlachtet.

Graham ertappte sich bei der Frage, ob die anderen Teilnehmer des Tastings wohl auch schon tot wären. Vielleicht sind einfach ihre Leichen nur noch nicht gefunden worden oder ihr Tod wurde als Unfall deklariert. Oder aber, sie sind die nächsten. Graham wurde es plötzlich eiskalt.

»Was machen wir jetzt?«, fragte Patrick den sichtlich erschütterten Graham.

»Am besten, sofort die Jungs von der Kavallerie informieren«, antwortete Graham, wobei ihm einfiel, dass er seit seiner Abreise aus Perth am späten Mittag nicht weiter versucht hatte, Alan Derringer zu erreichen. Der hatte ihn aber auch nicht angerufen. Seltsam, dachte er. Er nahm sein Jackett von der Stuhllehne und suchte in der Innentasche nach seinem Handy. »Na klasse, das Ding ist aus. Was ist denn jetzt los?«, fragte er, den schwarzen Bildschirm betrachtend. Er versuchte das Handy wieder einzuschalten, musste aber nach mehreren vergeblichen Versuchen feststellen, dass wohl der Akku leer war. »So ein Mist. Darf ich mal bei dir telefonieren?«

»Sicher, mach´ nur«, antwortete Patrick und schob ihm sein Festnetztelefon zu.

In diesem Moment verfluchte Graham mal wieder seine Technikfeindlichkeit. Seinen Adressenkalender mit all seinen Telefonnummern hatte er prompt im Auto liegen gelassen. Mit der Anschaffung eines PDA konnte und wollte er sich aber noch nicht anfreunden. Also ging er sichtlich unwillig zu seinem Wagen, holte seine Utensilien und lief zurück in Patricks Büro. Die paar Meter vom Haus zum Auto und zurück ließen ihn merklich frieren. Die Temperaturen sanken jetzt in der Nacht bis auf 5 Grad. Etwas schlotternd ließ er sich in seinen vorgewärmten Sessel fallen und blätterte in seinen Kontaktdaten bis zu Alans Handynummer.

»Ich glaube, ein guter starker Tee ist genau das Richtige für diese Tageszeit«, sinnierte Patrick und verschwand im Nebenraum.

Nachdem es nur zweimal geklingelt und Graham nach dem üblich Hallo seinen Namen genannte hatte, musste er sich anhören, wie ein völlig überdrehter Alan Derringer auf ihn losging. »Na, das wurde auch Zeit! Mensch, Graham, wo sind Sie denn, um Himmels Willen? Ich hätte schon fast ´ne Fahndung rausgegeben.«

Von dieser Verbalattacke etwas sprachlos geworden, musste Graham zunächst nach Atem ringen. »Äh, ja, Alan, also, ich bin in Oban, in der Ardgowan Brennerei. Mein Handyakku war leider leer. Das hab´ ich aber nicht mitgekriegt. Tut mir wirklich Leid.«

»Geschenkt! Stella Conolly hat uns am Nachmittag angerufen und erzählt, was heute gelaufen ist.«

»Oh, ja«, antwortete Graham leicht panisch, weil er Angst bekam, die Informationen nicht selbst sofort weitergegeben zu haben. »Ich hab´ ja versucht, euch zu erreichen, aber da war immer besetzt. Ich bin dann halt selbst nach Oban gefahren, um mit meinem Freund und Kollegen Patrick Lough zu sprechen ...«

»Auch geschenkt«, unterbrach ihn Alan. »Alles vergeben und vergessen. Ohne Sie hätten wir die Spur überhaupt nicht so schnell gefunden, Mann! Erst wenn wir die Ex von Richard Ross endlich selbst hätten ausfindig gemacht, wären wir da weiter gekommen. Das hätte noch Tage dauern können. Oder noch länger!« Alan bekam einen leicht euphorischen Unterton. Endlich ging es in diesem Fall weiter. »Glückwunsch, Sherlock! Jetzt müssen wir noch die Verbindung zu den anderen Opfern herstellen und dann können wir uns ein Gesamtbild machen.«

»Danke, Alan, ich hatte wirklich Angst, Sie würden mir den Kopf abreißen. Was die Verbindung zu den anderen angeht ...« Graham musste erst tief durchatmen.

»Das kriegen wir jetzt auch noch raus. Keine Sorge, Graham. Wir haben heute Abend die halbe Mannschaft mobilisiert. Die werden sich mit den damaligen Feierlichkeiten in Oban befassen und alles Wichtige ausgraben.« Einen kurzen Moment vernahm Graham nur noch Stille in der Leitung.

»Graham?«

»Ja, Alan?«

»Graham, was machen Sie in Oban?« Die Stille wurde greifbar.

»Das wollte ich Ihnen gerade erklären, Alan. Der Manager der Ardgowan Brennerei ist ja, wie gesagt, ein Freund von mir. Und da dachte ich, fahr´ mal hin und schau, was damals zum Hundertjährigen so gelaufen ist. Ich konnte ja nicht einfach nach Stella Conolly wieder nach Hause fahren und nichts tun. Tja, und da haben wir uns gemeinsam die Sachen angesehen. Und, was Ihre Frage angeht bezüglich der Verbindung zu den anderen Opfern. Die haben wir gefunden. Gerade eben.«

»Sie haben was? Graham, bitte in Kürze. Wir sind auf dem Weg zu Ihnen.«

Und so erzählte Graham Alan die Informationen, die sie in den alten Unterlagen gefunden hatten. Das Tasting und die 18 Namen. Er las sie Alan alle einzeln vor, der sein Handy mittlerweile auf Lautsprecher geschaltet hatte, damit Brian, der offensichtlich neben ihm saß, alles notieren konnte.

»So eine verdammte Scheiße!«, fluchte Alan über die Freisprecheinrichtung. »Das war ja zu erwarten gewesen, dass es nicht bei den fünfen bleiben konnte. Achtzehn Leute. Und wir kennen nur die Toten. So ein Mist! Graham, bitte bleiben Sie jetzt erstmal wo Sie sind. Wir sind in knapp zwei Stunden bei Ihnen. Alles klar?«

»Ja, sicher, Alan. Kein Problem.«

»Ach, Graham, noch was. Zu niemandem ein Wort! Das gilt auch für Ihren Freund!«

»Das war mir doch klar, Alan. Wie immer.«

»Und noch was!«

»Ja?«

»Danke! Gute Arbeit!« Es knackste in der Leitung und das Gespräch war beendet.

Graham schilderte Patrick kurz den Inhalt des Telefonats und widmete sich nun seinem schon lauwarmen Tee. »Wer, sagst du, hat das Tasting damals gehalten?«

Misstrauisch blickte Patrick ihn an. »Sagte der Bulle nicht, du sollst die Füße stillhalten?«

»Tu´ ich doch. Schau hin, die bewegen sich überhaupt nicht. Es ist doch wohl nicht verboten, ein bisschen zu denken, oder?«

»Wohl kaum«, antwortete ihm Patrick. »Das war der alte Iain Boyd. Muss wohl eine echte Koryphäe gewesen sein, so wie ich gehört habe. Konnte einen Whisky nur am Geruch identifizieren. War ganz dicke mit Jimmy Briggs. Habe ihn aber nicht mehr persönlich kennen gelernt. War vor meiner Zeit.«

»Wieso? Ist er schon tot?«, fragte Graham.

»Keine Ahnung. Könnte aber sein. Es gab da einen Unfall und wenn ihn mal einer hier erwähnt, dann immer nur in der Vergangenheitsform. Da musst du wohl Jimmy selbst fragen.«

»Wenn's denn sein muss, dann mach´ ich das halt. Hast du die Privatnummer von Jimmy?«

»Jetzt hast du Sie aber wirklich nicht mehr alle, Graeme. Guck mal auf die Uhr. Jimmy wird dich kaltmachen, wenn du ihn jetzt weckst!«, warnte Patrick ihn.

»Ach was, ich kenne Jimmy. Das ist eine echte Nachteule. Wenn der jemals vor zwei ins Bett gegangen ist, dann war er krank.«

»Mach, was du für richtig hältst. Hier ist die Nummer.« Patrick reichte ihm ein aufgeschlagenes Adressbuch.« Während du dir die Rübe runterhauen lässt, werde ich mal Sally Bescheid geben, warum ich noch nicht heimkomme.« Mit den Worten ging er ins Nachbarbüro, um mit seiner Frau zu telefonieren.

Graham wählte unterdessen Jimmy Briggs Nummer und wartete auf das Klingeln.

»Hallo?«, rief eine deutlich erzürnte Stimme in den Hörer. Um die Uhrzeit noch wach sein, aber so spät noch telefonisch belästigt zu werden, waren wohl doch zwei verschiedene Dinge.

»Hallo Jimmy. Hier ist Graham Morrice. Erinnerst du dich?« Er versuchte es mit der fröhlichsten Stimme, die er aufbringen konnte.

»Graeme? Was willst du denn mitten in der Nacht? Ich hab´ von eurem Pech gehört mit dem Killer. Tut mir echt Leid. Was kann ich denn um diese Zeit für dich tun?« Jimmy Briggs Tonfall wurde deutlich versöhnlicher.

»Ist mir echt unangenehm, dich so spät noch zu stören, Jimmy. Ich brauche nur wirklich dringend ein paar Auskünfte von dir« Und so erzählte Graham die Geschichte so kurz und knapp, wie es nur eben möglich war. Er wollte wirklich Alans Befehl nicht missachten, irgendwelche Details auszuplaudern. Die Zusammenhänge zwischen dem Tasting und den fünf Morden deutete er nur sehr vage an.

»Iain Boyd, der gute Kerl«, begann Jimmy. »Den hat's vor ein paar Jahren ganz schön erwischt. Hatte einen schlimmen Autounfall gleich hinter dem Ort. Musste x-Mal am Kopf operiert werden, der Arme. Lag die ganze Zeit im Koma. Ist dann wohl nie mehr aufgewacht. Ich weiß gar nicht, ob er überhaupt noch lebt.« Er legte eine kurze Gedankenpause ein. »Er hat einen Sohn, Robert, den könntest du mal fragen. Wohnt im selben Haus wie Iain. Mann, den Iain hab´ ich völlig aus dem Gedächtnis verloren. Ich werde alt. Aber an das

Tasting kann ich mich, meine ich, noch verschwommen erinnern. Da habe ich noch ´ne besondere Flasche spendiert.«

»Kannst du dich noch an die Gäste erinnern oder wie das Tasting gelaufen ist?«, wollte Graham noch wissen.

»Nee, Graeme, beim besten Willen nicht. Ich war nur am Anfang kurz dabei und bin dann wieder gegangen. Aber, was hat das Tasting oder Iain mit den schrecklichen Morden zu tun?«, erwachte langsam Jimmys Neugier.

»Werd´ ich dir alles erzählen, wenn ich selber Bescheid weiß. Versprochen. Und danke erstmal für deine Zeit. Ich werde mich revanchieren. Mach´s gut!«

»Na, dir auch alles Gute, Junge! Und halte mich wirklich auf dem Laufenden. Du hast mich mit deinen Andeutungen ganz kirre gemacht«

Graham legte auf und war etwas resigniert. War ja wohl kaum zu erwarten, dass die Offenbarungen nun Schlag auf Schlag kommen würden. Vielleicht konnte Iain Boyds Sohn ja etwas Licht ins Dunkel bringen. Vielleicht hatte er von seinem Vater ja gehört, ob auf dem Tasting damals etwas Besonderes vorgefallen war. Dafür war es aber mittlerweile definitiv zu spät. Also lehnte er sich zunächst in seinem Sessel zurück, schnüffelte an dem immer noch halbvollen Glas Single Malt und harrte der Ankunft von Alan und Brian.

Verdacht

-30-

»Ich würde gerne noch mal einen Blick auf das Formular werfen.«

»Jetzt?«, fragte Graham.

»Nein, an Ostern reicht auch. Natürlich jetzt!«, antwortete Alan genervt. Seit er vor einer Stunde, gegen fünf Uhr am Morgen, in Oban eingetroffen war, lief die Maschinerie seiner Spezialeinheit bereits auf vollen Touren. Brian Strachan, Susan Edkins und er waren die ersten, die in ihrem Rover vor dem Brennereigebäude vorgefahren waren. Sie waren direkt ins Büro von Patrick Lough gegangen, wo sie einen schnarchenden Graham vorfanden. Patrick selbst befand sich in dem kleinen Bad der Büroetage und versuchte krampfhaft, sich ein wenig frisch zu machen. Mit noch etwas feuchten Händen begrüßte er Susan und die beiden Polizisten und bot ihnen zunächst einen Kaffee und etwas Gebäck aus dem Vorrat von Grace Coltrane, Patricks Sekretärin, an. Knapp zwanzig Minuten später traf der zweite Wagen mit Nicky McGovern und drei weiteren Polizisten aus Inverness ein, die die Ermittlungsarbeiten direkt vor Ort unterstützen sollten. Patrick stellte dem Team nach einer kurzen Diskussion dann auch den Besprechungsraum sowie den Tastingraum zur Verfügung, den die vier dann auch in Windeseile in eine zeitweilige Einsatzzentrale umfunktionierten. Die mitgebrachten Laptops wurden mit dem glücklicherweise vorhandenen DSL-Netz verbunden und direkt mit der Hauptzentrale in Inverness gekoppelt. Die Drucker wurden installiert. Die Falttafel und Flipcharts wurden aufgestellt. Es konnte losgehen.

Alan sah von der Akte auf, die er von Graham entgegengenommen hatte, als Dan Cowan, einer der drei Polizisten, die mit Nicky zusammen eingetroffen waren, Patricks Büro betrat. »Wir haben bereits ein paar Resultate aus den Dateien«, sagte dieser und hielt ihm ein Blatt hin.

Namen! Endlich hatte er etwas, womit eine Suche gestartet werden konnte. Alan nahm das Blatt und las die Daten, die dort mit der typischen Computerschrift in kleinen Zeilen geschrieben standen. Anschließend verglich er sie mit dem Anmeldeformular des damaligen Tastings in seiner Akte. »Na, das ist ja mal ein Anfang«, bemerkte er, lief Richtung Tür und bedeutete Susan, Brian und Dan mit einem Handzeichen, ihm zu folgen. Er betrat zusammen mit den anderen den Besprechungsraum. Die Nachricht von einer entscheidenden Wendung hatte sich ja schon wie ein Lauffeuer in allen Abteilungen in Inverness verbreitet, ohne dass die einzelnen Teammitglieder Details wussten. Auch auf der Fahrt nach Oban hatten sie keine weiteren Informationen erhalten. Deshalb warteten alle nun gespannt darauf, dass Alan endlich zu ihnen kommen würde. Die Stimmung im neuen Einsatzzentrum der Sonderkommission in Oban war geradezu euphorisch. Leises Gemurmel war zu hören, Vermutungen und Spekulationen wurden ausgetauscht, und alle fragten sich, was Superintendent Derringer ihnen wohl gleich sagen würde. Auch Pollock, Gillies und MacPhee waren inzwischen mit ihrem High-Tech-Kastenwagen eingetroffen und hatten sich der Gruppe angeschlossen.

Susan und Brian setzten sich zu den anderen, während Alan zu der großen mobilen Tafel mit den Informationen über die einzelnen Mordfälle und der mittlerweile bekannt gewordenen Gruppe der Tasting-Gäste ging und sich dann an sein Team wandte, das ihn bereits ungeduldig ansah.

»Zunächst möchte ich euch allen für die harte Arbeit danken, die jeder von euch in den letzten Wochen geleistet hat. Dazu noch solche Nächte wie die letzte. Niemand hier ist schuld daran, dass wir bislang so wenig Fortschritte gemacht hatten. Wir haben es mit einem intelligenten Mörder zu tun, der äußerst planvoll vorgeht und sich auch von unserem Profiler nicht in die Karten schauen lässt. Aber Kommissar Zufall hat uns weitergeholfen.« Er ging zurück zur Tür des Besprechungsraumes und schloss sie leise.

»Braucht ja hier nicht jeder mitzuhören.« Da sich außer dem Team nur die beiden Brennereimanager im Gebäude befanden, war klar, wer gemeint war. »Kommissar Zufall heißt in unserem Fall Graham Morrice und sitzt nebenan«, ergänzte er schmunzelnd. »Dass wir ein verdammtes Glück hatten, dass der Kerl so neugierig war, brauchen wir ihm aber trotzdem nicht aufs Butterbrot zu schmieren. Gut, jetzt ist es endlich soweit. Unsere Opfer bekommen endlich eine Geschichte und die Zielscheibe des Täters hat endlich Namen!«

»Gibt es schon Spekulationen zum Täter?«, wollte Nicky McGovern wissen.

»Nein, Nicky, leider noch nicht«, antwortete Alan. »Das kommt noch. Vielleicht war's ja der Koch an dem Abend, weil die Gäste sich über sein Menü beschwert haben? Oder einer der anderen Gäste hat zu wenig eingeschenkt bekommen? Jetzt aber mal Scherz beiseite. Jeder der Namen auf unserer Liste könnte der Mörder sein oder aber das nächste Opfer. Wir müssen jetzt dringend den Namen Gesichter geben und Dan hat bereits damit angefangen.« Alan sah auf die Papiere in seiner Hand. »Also, Dan, dann leg´ mal los.«

Dan Cowan, Detective Inspector aus Inverness, war dort Spezialist für das Aufspüren von Namen. Sein ursprüngliches Arbeitsfeld, die Vermisstenabteilung, war ein Sprungbrett gewesen. Jetzt, mit 37 Jahren, war er in diversen Sonderabteilungen tätig. Seine Fähigkeit, aus Datenbanken, dem Internet und einem Haufen guter Kontakte, immer wieder die berühmte Stecknadel zu finden, war mittlerweile über sein Dezernat hinaus bekannt. Er drehte sich am Tisch zu den anderen Anwesenden um und zog die Ärmel seines sandfarbenen Wollpullovers ein Stück hoch.

»O.K.. Also, viel ist es noch nicht, aber ein Anfang. Bis auf die bekannten fünf Opfer habe ich alle anderen Namen in Kombination mit den Vornamen auf die Herkunft überprüfen lassen. Das Ergebnis ist wohl für alle offensichtlich: ein bunt gemischter Haufen. Alles dabei: Deutsche, Franzosen, Briten. Oder zumindest Namen aus diesen Ländern oder deren *Kolonien.*« Dan grinste und mit seinem strahlend weißen Zähnen und dem gebräunten, leicht wettergegerbten Gesicht, erinnerte er immer an den Typ des reichen, aber naturverbundenen Sohns eines Landadeligen in Rosamunde-Pilcher-Filmen. »Die Suchmaschinen zeigen uns, dass in den jeweiligen Hauptländern mehrere Personen diese Namen tragen. Das macht's etwas komplizierter. Nur ein nahezu sicheres Ergebnis habe ich bereits. Das Ehepaar Karen und Donald Ferguson gibt es in Großbritannien nur einmal. Eher unwahrscheinlich, dass es die beiden in Irland oder den USA noch mal gibt. Die beiden wohnen in Brampton bei Carlisle, knapp im Feindesland.« Dan musste noch breiter grinsen. »Also, eigentlich schon prädestiniert für ein meuchelndes Mörderpärchen, oder?« Die ewige Rivalität zwischen Schotten und Engländern machte sich auch heute noch in diesen nicht ganz ernst gemeinten Neckereien bemerkbar.

»George, das ist dein Job.« Alan schrieb die ersten Zeilen seiner aktuellen ToDo-Liste. »Häng´ dich ans Telefon und sag´ den Kollegen da unten Bescheid, sie sollen mal einen diskreten Hausbesuch machen. Aber ohne großen Bahnhof. Die könnten es ja tatsächlich sein. Sag ihnen, sie sollen aufpassen.«

George Gates, jüngstes Mitglied in Alans Truppe und Police Constable aus Inverness, war sozusagen das Mädchen für alles. Telefonieren, Notizen machen, Kaffee kochen. Trotz seiner jungen Jahre und dem strubbeligen blonden Haar war er aber mit einer Reife ausgestattet, die selbst manche alten Hasen nicht mitbringen konnten. Zudem besaß er eine rasche Auffassungsgabe für das Wesentliche einer Situation und konnte dadurch deutlich effektiver handeln als viele andere. »Wird sofort erledigt, Chef«, antwortete er und ging in den Nachbarraum, um dort ungestört zu telefonieren.

»Na gut, die erste Hürde haben wir«, bemerke Brian, nachdem George den Raum verlassen hatte. »Jetzt artet es wohl wieder in Laufarbeit aus, was?«

»Sie meinen, alle Hotels und B&Bs abklappern und schauen, ob die noch Gästelisten aus dem Jahr der Feier haben?«, folgerte Nicky McGovern richtig.

»Das ist doch genau die richtige Aufgabe für unseren Sportsmann Brian, nicht wahr?«, hänselte Alan. »Nein, im Ernst. Adam, Dan, Charles, da hängt ihr euch bitte rein. Oban ist nicht so groß, als dass es nicht bis heute Nachmittag die ersten Ergebnisse geben sollte. Nicky, Sie bleiben hier als Koordinator und Infozentrale. Fangt bitte in dem B&B auf der Corran Esplande an, wo Stella Conolly mit ihrem Ex und die Thorntons gewohnt haben. Cruachan Lodge. Ihr habt die Adresse in euren Unterlagen? Fein.«

Alan legte eine kleine Kunstpause ein. »Und jetzt wird's richtig interessant! Angela Thornton habe ich ja gestern Abend noch mal gesprochen. Sie konnte die Angaben von Richard Ross' Frau bestätigen. Es ist zudem Fakt, dass sich zumindest Thornton und Ross auch noch zwei weitere Male privat getroffen haben. Sie hat ihren Kalender konsultiert und festgestellt, dass ihr Mann in den Jahren 2002 und 2003 jeweils um den 13.Mai fort war. Und, was fällt euch auf?«

»Das selbe Datum wie das Tasting«, rief Susan erstaunt.

»Richtig! Da läuten doch alle Glocken, oder?«, fragte Alan. »Dumm ist nur, dass Angela Thornton nicht weiß, mit wem er noch zusammen war und wo genau er damals gewesen ist. Sie vermutete nur, es wäre in der Nähe von Oban. Auf jeden Fall hatte sie auch noch ihre Hoteladresse bestätigt. An weitere Gesichter oder Namen hatte sie, wie bereits bekannt, überhaupt keine Erinnerung mehr. Jetzt, wo die Liste deutlich länger geworden ist, müssen wir aber noch mal nachhaken. So, ihr drei könnt loslegen.«

Charles Pollock, Dan Cowan und Adam Baker, neununddreißigjähriger Sergeant und langjähriger Mitarbeiter Alans, standen auf und zogen sich ihre gefütterten Jacken über. Jeder machte sich noch eine Kopie der Namensliste und der vorhandenen Fotos, überprüfte sein Handy und die sonstige Ausrüstung wie Block, Stift und Dienstausweis und verließ das Gebäude.

»Ich denke, die Kollegen vom örtlichen Revier sind nun auch im Bilde«, erklärte Brian. »Ich habe denen im Groben die Situation erklärt und weiß, da können wir mit Unterstützung rechnen, wenn wir sie brauchen. Wenn die drei nicht zügig vorankommen, jagen wir noch ein paar Uniformen auf die Straße. Wir müssten aber noch den Manager hier fragen, ob es vielleicht damals speziell gebuchte Unterkünfte gab, um die Suche etwas einzuschränken. Und wir sollten jetzt den Typ, der das Tasting gehalten hat, besuchen. Das ist doch was für uns.«

»Richtig, Bärchen, echte Männerjobs. Nicky, Sie setzen sich noch mal mit den beiden Witwen Thornton und Conolly/Ross in Verbindung und konfrontieren sie mit den neuen Namen. Und von den anderen Witwen brauchen wir jetzt unbedingt auch deren Unterkünfte hier und alles, was denen sonst noch zu Oban und eventuell weiterer Treffen ihrer Männer einfällt. Die jeweiligen Kollegen vor Ort sind wohl mittlerweile informiert und warten auf unsere Anweisungen. Schick die Jungs jetzt mit den Fragen zu den Damen und informiere mich, sobald was eintrudelt. Und wenn die Frau von Opfer Nummer zwo immer noch in der Klinik liegt, dann sollen sie sich eben mit den Ärzten und Psychiatern streiten. Wir brauchen jetzt ihre Aussage! Susan, du und Charlys Tanten, haltet euch bereit, bis wir eine weitere Spur haben.«

Alan sortierte seine Papiere und sah Brian an. »So, dann fragen wir unsere Sherlocks doch mal, wer damals der Moderator war.« Damit verließ Alan den Konferenzraum wieder und Brian folgte ihm. Im Büro von Patrick Lough herrschte zwischenzeitlich wieder friedvolle Stille. Graham saß, seinen Kopf auf der Schreibtischplatte liegend, schlafend in seinem Sessel. Von Patrick fehlte jede Spur.

»Hallo, Siebenschläfer!«, brüllte Alan in den Raum und Graham schreckte mit einem Ruck hoch.

»Ja, verdammt. Was ist denn? Ich denke doch bloß nach. Da braucht man doch nicht so zu schreien«, beschwerte sich Graham mit etwas träge wirkender Zunge.

»Entschuldigen Sie, Graham«, beschwichtigte Brian ihn sofort. »Wir brauchen jetzt ein paar Informationen von Ihrem Kollegen. Wo ist der denn hin?«

»Oh, Patrick? Der ist mal schnell nach Hause, seiner Frau Bescheid geben und sich umziehen. Er wollte wieder da sein, bevor die Angestellten hier eintrudeln. Ein paar davon hat er wohl schon informiert.« Graham rieb sich verschlafen die Augen und bemerkte angewidert den pelzigen Belag auf seiner Zunge.

Langsam hielt das Tageslicht Einzug in die Räume der Brennerei. Da im Osten von Oban die Highlands lagen, konnte man nur einen hellen Schimmer am Himmel wahrnehmen. Dafür waren die Sonnenuntergänge in der Bucht ein wahrer Traum.

»Außerdem wollte er mir ein paar frische Sachen mitbringen«, sagte Graham noch, wobei er an seiner völlig zerknitterten Garderobe heruntersah.

»Das ist schlecht. Wir müssten dringend von Ihrem Freund wissen, wer das Tasting damals gehalten hat. Eventuell hat der sich auch noch in den Jahren danach mit den Opfern getroffen. Ein nicht zu unterschätzender Zeuge«, erklärte Alan.

»Oder der Täter«, bemerkte Brian ergänzend.

»Äh ...«, begann Graham in seiner unnachahmlichen Art, wenn ihm etwas unangenehm war. »Da kann ich wohl auch weiterhelfen, wissen Sie? Auf die Idee sind wir heute Nacht nämlich durch Zufall auch gestoßen und da ...«

»Verdammt, Graham«, riss Alan der Geduldsfaden. »Sie mögen ja ein geradezu göttlicher Detektiv sein, zugegeben, aber Polizeiarbeit heißt Teamarbeit, und ein Team ist nur dann ein Team, wenn alle die gleichen Informationen haben, ist das klar? Sonst haben wir hier nämlich einen Superschlauen und sonst nur eine Horde Idioten!« Alans Augen kniffen sich vor Wut zusammen.

Brian ergriff Alan am Oberarm und versuchte ihn zu beruhigen, während Graham puterrot noch tiefer in seinen Sessel sank. »Lass doch gut sein. Wir sind alle müde, haben kaum geschlafen, keinen Kaffee getrunken und ... und sonst fällt mir jetzt nichts mehr ein. Also, Alan, komm runter, setz dich in den Chefsessel da drüben und lass unsere Miss Marple mal erzählen.« Sanft schob er Alan zur anderen Seite des Schreibtischs und drückte ihn in Patricks Sessel.

Alan atmete zweimal tief durch, rieb sich die Schläfen und blickte Graham an. »O.K., sorry, ich buchte Sie nicht wegen Behinderung der Staatsgewalt ein und Sie erzählen mir im Gegenzug dafür alles, was wir noch *nicht* wissen, gut?«

Langsam kam Graham wieder aus seiner geduckten Haltung hervor und blickte schuldbewusst zwischen Alan und Brian hin und her. »Das war doch anfangs auch nur so eine Idee und ich hätte es Ihnen sofort erzählt. Sie sind aber mit Ihrer Truppe sofort in die Nachbarräume verschwunden und da wollte ich nur auf die passende Gelegenheit warten ... und außerdem bin ich todmüde. Ich glaube, in der Thermoskanne ist frischer Kaffee.«

Brian kam Graham zuvor und schenkte drei der bereitstehenden Tassen voll. Ein intensiver Geruch nach frischem heißem Kaffee erfüllte unverzüglich den Raum.

Selbst Grahams verwöhnte Kaffeenase ließ sich davon beeindrucken. »Nun, dass der Organisator des Tastings eine ganz wichtige Person im Spiel ist, war mir natürlich klar. Daher hab´ ich halt nur versucht rauszukriegen, wer es denn gewesen ist. Deshalb habe ich meinen alten Freund Jimmy Briggs angerufen. Der war der Manager der Ardgowan Distillery vor Patrick Lough und das auch noch zum Zeitpunkt der Hundertjahrfeier. Und Jimmy hat uns dann erzählt, dass ein alter Bekannter von ihm und der Brennerei, Iain Boyd, damals das Tasting gehalten hat. Aber, dass eins klar ist: Ich habe Jimmy Briggs nichts von Zusammenhängen mit den Leichen erzählt. Ehrenwort!« Graham hob zur Bestätigung beide Hände.

»Und dann?«, hakte Alan nach. »Haben Sie dann diesen Boyd auch noch angerufen?« Dabei beugte er sich so weit wie möglich über den Schreibtisch und sah Graham direkt in die Augen.

»Nein, ich wollte, aber ...«

»Ist Ihnen eigentlich mal eins klar geworden? Nämlich, dass alle Personen, die Sie so frank und frei anrufen und befragen im Extremfall auch der Täter sein könnten?« Während des Satzes verdoppelte Alan seine Lautstärke. »Haben Sie auch nur für einen Moment mal überlegt, dass Sie damit einen möglichen Täter warnen und ihn in die Flucht schlagen könnten? Oder, und vielleicht geht das in Ihr Indiana-Jones-Gehirn, dass Sie den Täter in Panik versetzen und Sie dann die nächste Leiche sind?«

Völlig fassungslos starrte Graham Alan an. »Nein, da bin ich noch nicht drauf gekommen. Das waren doch bisher alles nur gute Bekannte, die ich gefragt habe. Wer denkt denn, dass hier ein Mörder dabei ist?« Graham schüttelte seinen Kopf.

»Es ist immer der freundliche Nachbar, der hilfsbereite Junge von nebenan oder der lustige Kollege im Büro, der zu Hause im Keller den kleinen Mädchen die Haut abzieht und sich ein Hemd daraus näht.«

Graham verzog angewidert das Gesicht, während Brian ein Schmunzeln unterdrücken musste. *Alan spielt seine Rolle gut*, dachte er. *Jetzt kommt also der drastische Teil.*

»Die schlimmen Jungs haben keinen Buckel und ein irres Grinsen in dem schiefen Gesicht. Denen läuft auch nicht der Sabber aus dem Mund und eine Glatze ist auch selten. Es sind Leute wie Sie, Graham, die nach Feierabend noch durch den Park gehen, die nächste Frau vergewaltigen und anschließend umbringen, um dann seelenruhig mit den Kumpels im nächsten Pub noch ein paar Bier zu saufen. Und später, im Heiabettchen, schauen sie sich dann die abgeschnittenen Ohren der Frau auf dem Nachttisch an. So funktioniert das wahre Leben! Wenn man einen Serientäter sofort erkennen würde, müssten wir ihn schließlich nicht erst suchen.«

Grahams Körperhaltung bewies eindeutig, dass Alans Taktik Erfolg gehabt hatte. Sichtlich schaudernd von den Horrorgeschichten, war er kreidebleich geworden und rieb sich nervös die Finger. Alan dagegen schien sich seines Erfolgs sicher und lehnte sich entspannt in Patrick Loughs Sessel zurück. Brian schüttelte nur den Kopf und goss sich eine zweite Tasse Kaffee ein. Im Hintergrund hörte man die Eingangstür klappern und mehrere Stimmen.

»Na, hoffentlich hat der Lough seine Leute informiert«, meinte Brian. »Nicht, dass wir gleich ein paar hysterische Mädels hier haben, die denken, wir wären Einbrecher.«

Brians Befürchtungen schienen aber verfrüht. Als erstes betrat Patrick Lough wieder die Büros, gefolgt von zwei Frauen in dicken Wintermänteln. »Guten Morgen zusammen«, begrüßte Patrick die Anwesenden. Offensichtlich geduscht und, zumindest optisch, nicht durch den fehlenden Schlaf beeinträchtigt, ging er zu Graham und gab ihm diskret eine Einkaufstasche. Anschließend wies er mit einer Handbewegung auf die im Türrahmen stehenden Damen. »Dies ist Mrs Coltrane, unsere Sekretärin, und Miss Swane, unsere Bürogehilfin.« Beide Damen nickten kurz und entfernten sich dann in ihre Büros. »So, ich habe alles organisiert, keine Termine für heute und auch kein Besuch. Was kann ich noch für Sie tun?«

»Lieber Mister Lough«, begann Alan. »Wir waren gerade dabei, über Ihr selbstmörderisches Verhalten heute Nacht zu sprechen. Ist Ihnen auch nicht klar, dass Sie mit jedem Gespräch einen Täter warnen könnten?«

»Hey, Moment mal. Ich habe Graham gesagt ...«

»Lass gut sein, Pat«, unterbrach ihn Graham, während er das frische zartrosafarbene Oberhemd aus der Tüte zog. »Patrick hat versucht, mich von meiner Neugier abzubringen«, sagte er wieder Alan zugewandt. »Ich wollte nicht hören und er hat gar nichts damit zu tun.«

»Na gut, also, Graham, Sie wollten uns gerade erzählen, wie Sie mit diesem Boyd geredet haben«, nahm Alan den Faden wieder auf. »Und Sie, Mister Lough, schließen doch bitte die Tür, danke.«

Nicht wissend, ob dieses Hemd ein schlechter Scherz sein sollte oder Patrick tatsächlich babyfarbene Wäsche für den neuesten Stil trendiger Manager hielt, fuhr er fort. »Ja, äh nein, eben nicht, Alan. Ich konnte nicht mit Iain Boyd sprechen, denn der ist vielleicht auch schon tot, oder so.«

»Bitte? Was?«, mischte sich jetzt Brian ein. »Noch ein Opfer? Haben wir den übersehen?«

»Nein, nein«, antwortete Graham schnell. »Jimmy Briggs meinte, dass Boyd vor Jahren einen Unfall hatte, und er nicht wüsste, ob er noch am Leben wäre. Er hätte seit damals keinen Kontakt mehr.«

»Na, wenigstens etwas«, beruhigte sich Brian wieder. »Das würde vielleicht erklären, warum die weiteren Treffen vor zwei Jahren wieder aufhörten. Wie geht es jetzt weiter?«

»Jimmy erzählte weiter, dass Iain Boyd einen Sohn hätte, der vielleicht was wüsste. Sonst gab es nichts. Wirklich!«

Alan stand von seinem Sessel auf und ging zum Fenster. Er konnte sehen, wie Oban langsam erwachte. Die ersten Geschäftsleute schoben die Metallgitter vor ihren Schaufenstern nach oben und schalteten die Beleuchtungen an. Einige Angestellte huschten in Winterbekleidung und mit Aktentaschen bewaffnet schnellen Schrittes am Brennereikomplex vorbei. Vom nahe gelegenen Hafen konnte man die typischen Geräusche von Motoren, Signalhupen und Möwengeschrei hören. In Inverness war ihm die Nähe zur Nordsee nie so bewusst gewesen. Komisch eigentlich.

»Also gut. Ich denke, wir reden jetzt selbst noch einmal mit Mister Briggs. Vielleicht fällt ihm zu den Feierlichkeiten ja noch etwas ein. Vielleicht weiß er ja auch etwas über die ominösen weiteren Treffen der Opfer. Ich brauche unbedingt die Adresse von diesem Boyd, beziehungsweise seinem Sohn, und wir befragen die restlichen Angestellten hier im Haus, ob die noch etwas von damals wissen.« Der Geruch des gegenüberliegenden China-Restaurants stieg Alan in die Nase. »Und ich brauche ein anständiges Frühstück.«

Nach einer weiteren halben Stunde waren die nächstliegenden Aufgaben koordiniert. Constable George Gates wurde die Befragung der Angestellten der Ardgowan Destillerie aufgetragen. Manager Patrick Lough unterstützte ihn dabei. Nicky eruierte währenddessen Boyds Adresse, und Alan, Brian und Graham verabredeten sich zu einem Full Scottish Breakfast mit Jimmy Briggs im Bayview Hotel. Das direkt an der Hafenmole gelegene, altehrwürdige Gebäude bot durch die riesige Fensterfront einen hervorragenden Ausblick auf die aus- und einlaufenden Fähren Richtung Isle of Mull und den äußeren Hebriden. Der sanfte Morgennebel über der spiegelglatten See verzog sich allmählich und es schien ein kalter, aber sonniger Herbstmorgen zu werden.

Gegen 9 Uhr erschien dann auch Jimmy Briggs im Hotel. Mit einer ausgebeulten Jeans und einem dicken dunkelblauen Rollkragenpullover bekleidet, machte er eher den Eindruck eines alten Seebären als eines pensionierten Managers. Mit seinem vollen grauen Haar und dem wettergegerbten, angebräunten Teint erzeugte er bei allen Anwesenden den puren Neid auf das Rentnerdasein. Nach dem Austausch der üblichen Höflichkeitsfloskeln bestellte er, wie die anderen, Spiegeleier, Bohnen in Tomatensauce, Speckstreifen und Pilze. Dazu einen kleinen Berg dunklen Toast. Alle, bis auf Jimmy, entschieden sich für Kaffee und Orangensaft. Jimmy bevorzugte schwarzen Tee mit Zitrone.

Die nächste Stunde verlief in beneidenswerter Ruhe und Harmonie ab. Jeder hing seinen Gedanken nach und gönnte seinem Körper den Genuss und die Entspannung, die so dringend nötig war. Lediglich Alan bedauerte, dass man hier nicht rauchen durfte. Zwischen den einzelnen Bissen erzählte Jimmy Briggs im Wesentlichen das Gleiche, was er in der letzten Nacht bereits Graham berichtet hatte. Er führte dabei einige Szenen deutlicher aus und beantwortete die Fragen, die Alan und Brian noch zu den einzelnen Themen hatten. Im Ergebnis kam allerdings kaum mehr heraus als sie schon vorher wussten. Die Feierlichkeiten und deren einzelne Events, wie man heute ja sagte, gingen bei Jimmy unter in einer unzähligen Reihe von Veranstaltungen seiner ehemaligen Brennerei. Sich hier an eine spezielle zu erinnern war ihm kaum möglich. Dass Iain Boyd sich eventuell noch weitere Male mit einigen Tasting-Gästen getroffen haben soll, konnte er nicht bestätigen. Boyd hätte unzählige Tastings und Vorträge gehalten. Das wäre aber sein Privatvergnügen gewesen.

Kurz bevor sie mit dem Frühstück fertig waren, meldete sich Nicky McGovern auf Alans Handy, um ihm die Adresse von Robert Boyd durchzugeben. Auf Rückfrage bei Jimmy Briggs meinte dieser, die Adresse könnte stimmen.

Alan und Brian fuhren 30 Minuten später mit ihrem Rover durch die, oberhalb von Oban, an einem Hang gelegene Ardconnel Terrace. Kleine gepflegte Einfamilienhäuser, umgeben von, selbst im Spätherbst, gepflegten Gärten, boten eine atemberaubende Fernsicht zur Isle of Mull. Die meisten der Häuser wiesen sich mit ihren *Vacancy*-Schildern als kleine Bed&Breakfast-Unterkünfte aus. Wenn man den Blick Richtung Hang lenkte, konnte man gleich oberhalb den monumentalen McCaig´s Tower sehen.

»Hier, gleich da vorne, das muss es sein«, rief Brian vom Beifahrersitz. Ein in hellblau und weiß gehaltenes eineinhalbstöckiges Haus tauchte hinter der nächsten Biegung auf.

Alan zog den Wagen sofort nach links auf den Parkstreifen und schaltete den Motor aus. Wie üblich hielten sie bei Hausbesuchen immer einen gewissen Abstand zum Objekt, um nicht direkt aufzufallen. Zudem konnte Alan diese Zeit nutzen, um ein paar Züge an einer Zigarette zu machen. Sie stiegen aus und betraten, nach einem kurzen Fußweg, das Grundstück durch die kleine schmiedeeiserne Pforte. Nach mehrmaligem, vergeblichen Klingeln und Klopfen umrundeten sie das Haus. Durch die Fenster konnten sie dabei aber nicht blicken, da alle Vorhänge zugezogen waren. »Vielleicht ist er ja arbeiten«, meinte Brian. »Lass uns mal die Nachbarn fragen.«

Sie verließen Boyds Grundstück und klingelten am Haus weiter links. Schon nach wenigen Sekunden öffnete eine Frau mittleren Alters die Tür. Sie war offensichtlich mit dem Hausputz beschäftig gewesen. Eine rot und blau gestreifte Schürze und gelbe Gummihandschuhe waren eindeutige Zeichen.

»Guten Morgen, Madam, und entschuldigen Sie die Störung«, eröffnete Alan das Gespräch. Beide Polizisten zeigten ihre Dienstausweise. »Wir würden Ihnen gerne ein paar Fragen zu Ihrem Nachbarn, Mister Boyd stellen.«

»Guten Morgen«, antwortete die Frau, welche laut Namensschild Mrs MacMillan war. »Das ist jetzt zwar ein wenig ungelegen, aber wir können uns einen Moment in den Wintergarten setzen. Kommen Sie«, forderte sie die beiden auf und ging voran.

Alan und Brian folgten ihr in einen, mit Nippes und Porzellanfiguren überfrachteten, Wohnraum, der stark nach Möbelpolitur und Fichtenduft roch. Alle größeren Flächen waren mit kleineren Häkeldeckchen belegt, auf denen sich Hummel-Figuren und Swarowski-Schwäne die Hand gaben. »Weiberscheiß«, hörte man Brian noch murmeln, bevor sie Mrs MacMillan in den angrenzenden Wintergarten folgten. Eine etwas neutralere Rattangarnitur lud zum Sitzen ein.

»Nehmen Sie doch bitte Platz. Darf ich Ihnen einen Tee anbieten?«, fragte sie, während sie die Handschuhe abstreifte.

»Danke, gerne«, antwortete Alan und setzte sich hin.

Nach ein paar Minuten saßen alle drei um den, mit einem Teeservice beladenen Glastisch und Alan begann die Befragung. »Mrs MacMillan, was können Sie mir denn über Ihren Nachbarn, Mister Boyd erzählen?«

»Nun, der gute Iain ist ja nun schon ein paar Jahre im Krankenhaus und sein armer Sohn Robert hatte es danach ja wirklich nicht leicht. Er pflegt seinen Vater ja so aufopferungsvoll. Und dann wird er auch noch vom Schicksal gebeutelt.«

»Entschuldigen Sie, aber Sie reden in Rätseln«, bemerkte Brian. »Zunächst einmal sagen Sie, dass Iain Boyd noch lebt und in einem Krankenhaus liegt, richtig?«

»Natürlich, meine Herren, lebt Iain noch. Aber in einem derart bedauernswerten Zustand, dass man ja fast wünschen würde ...« Ein leichter Glanz tauchte in ihren Augen auf. »Das darf man ja gar nicht sagen.«

»In welchem Krankenhaus liegt er denn?«, wollte Brian wissen, während er weitere Notizen in seinen kleinen Block schrieb.

»Er liegt im Royal Cornhill Hospital in Aberdeen. Dort sorgt man sich sehr liebevoll um ihn. Die haben dort eine Spezialabteilung für Komapatienten. Ich selbst war schon dreimal bei ihm.«

»Wo können wir denn Robert Boyd, seinen Sohn, im Augenblick finden? Kennen Sie seinen Arbeitsplatz?«

»Ja, aber das ist es ja gerade. Erst stirbt seine Mutter vor sieben Jahren, dann der schreckliche Unfall seines Vaters vor fast drei Jahren. Dann kündigt man ihm seine Arbeitsstelle als Krankenwagenfahrer. Weihnachten 2004, das müssen Sie sich mal vorstellen! Und dann läuft ihm im März auch noch seine Frau Carol fort. So ein armer Kerl. Ich hab ja versucht, ihm immer wieder zu helfen, aber er hat sich völlig verschlossen und redet mit niemandem mehr. Redet nur noch über Schuld und Sühne und so einen kirchlichen Kram. Was ist ihm denn zugestoßen?«

»Wieso zugestoßen?«, fragte Alan.

»Na, weswegen sind Sie denn sonst hier? Ich habe vermutet, es wäre ihm vielleicht was Schlimmes passiert.«

»Oh nein, Mrs MacMillan«, beschwichtigte Alan die sichtlich erregte Frau. »Keine Sorge, wir wollten uns nur mit Robert Boyd über seinen Vater unterhalten und hätten gerne gewusst, wo wir ihn finden können.«

»Ach so«, antwortete sie erleichtert. »Na, da kann ich Ihnen aber leider nicht weiterhelfen. In den letzten Monaten ist Robert fast dauernd unterwegs gewesen. Ich weiß auch nicht wohin.«

»Das ist interessant. Könnte er wieder einen Job haben oder hat er vielleicht seine Frau besucht?«, fragte Brian und trank einen Schluck Tee.

»Das kann ich Ihnen leider nicht sagen. Er ist, wie gesagt, ein wenig merkwürdig geworden«, bemerkte Mrs MacMillan mit leicht verkniffenem Mund. Anscheinend ging das Thema in eine für sie unangenehme Richtung.

»Hätten Sie eventuell die Adresse von seiner Frau und von seinem alten Arbeitgeber? Dann würden wir selbst mal fragen.«

»Ja, von Carol habe ich die Adresse für Notfälle bekommen. Sie lebt wieder bei ihren Eltern in Haddington. Seine Arbeit hatte er bei *Sanatrans*. Das ist die Firma, die diese Krankenwagen haben. Sie wissen schon, die für Rollstuhlfahrer oder so. Die ist in der Nähe vom District General Hospital. Unten auf der Soroba Road.« Während sie noch sprach, stand sie auf und holte einen Zettel aus einem der Schubladen des kleinen Sekretärs. Sie schrieb etwas auf einen weiteren Zettel und reichte ihn Alan. »Das ist die Adresse von Carol.«

Alan und Brian erhoben sich gleichzeitig. »Dann erst mal vielen Dank, Mrs MacMillan, für Ihre Hilfe und entschuldigen Sie nochmals die Störung.«

Mrs MacMillan begleitete die beiden zur Haustüre. »Keine Ursache, auf Wiedersehen«, sagte sie noch und schloss die Tür hinter ihnen.

20 Minuten später, gegenüber dem Eingang der Firma *Sanatrans*, saßen Alan und Brian in ihrem Rover und beobachteten das rege Treiben auf dem Werksgelände. »Haben wir nicht eigentlich was Wichtigeres zu tun, als irgendeinem durchgeknallten Sprössling eines Whiskytrinkers hinterher zu schleichen?«, fragte Brian.

»Ich weiß nicht, ich weiß nicht«, murmelte Alan. »Irgendwas an der Erzählung der guten Dame eben hat mich stutzig gemacht. Ich weiß nur noch nicht genau, was. Lass uns einfach noch diesen Laden mal ansehen und dann geht's zurück ins Büro. Oder Brennerei, wie du willst.« Alan öffnete seine Tür, schnippte seine Zigarettenkippe fort und zog sich am Holm schwungvoll aus dem Wagen. Brian folgte etwas langsamer.

Sie gingen direkt ins Bürogebäude und drangen mit Hilfe ihrer Dienstausweise bis zum Personalbüro vor. Hier konnte man den beiden lediglich sagen, dass Robert Boyd im Dezember 2004 wegen Unzuverlässigkeit entlassen wurde. Offensichtlich kam er, so erzählte ihnen die Personalleiterin im Vertrauen, nicht mit dem Tod seines Vaters klar und blieb immer häufiger unentschuldigt vom Dienst fern. Auch etliche Ermahnungen hätten nichts daran geändert. Obwohl er ein äußerst gut ausgebildeter Sanitäter gewesen wäre, hätte sich ihr Chef schlussendlich entschieden, ihn zu entlassen.

»Wissen Sie eventuell, wo wir Robert Boyd antreffen können?«, wollte Alan noch wissen. »Hat er einen neuen Job bekommen?«

»Da könnten Sie höchstens mal unseren Nachtwächter Bert Mossman fragen«, antwortete die Personalleiterin. »Das war immer sein bester Freund. Die beiden waren ein Herz und eine Seele. Ich gebe Ihnen seine Adresse.« Sie schrieb ein paar Zeilen und reichte ihnen einen Notizzettel.

Alan und Brian bedankten sich und fuhren genauso schlau wie vorher zurück zur Brennerei.

Am frühen Nachmittag saßen die Mitglieder des SoKo-Teams wieder beieinander im Konferenzraum der Brennerei. Graham Morrice hatte sich gemeinsam mit Patrick Lough für ein paar Stunden verabschiedet, sie wollten zu Pat nach Hause fahren.

Die Ermittler hatten ihre jeweiligen Ergebnisse abgeliefert und Nicky McGovern hatte gemeinsam mit George Gates einen Zwischenbericht zusammengefasst. Nachdem Alan diesen Bericht überflogen hatte, stand er auf, um der gesamten Mannschaft zu berichten.

»So, alle mal herhören.« Das allgemeine Gemurmel verstummte. »Was haben wir bis jetzt erfahren? Also, Dan, Adam und Charly haben fast alle Tasting-Teilnehmer identifizieren können. Gute Arbeit! Die meisten der Ausländer waren glücklicherweise in nur drei B&Bs untergebracht, die von der Destillerie vermittelt wurden. Anscheinend hat unser Manager das noch aus den alten Unterlagen rausgekitzelt. Interpol ist mittlerweile eingeschaltet und überprüft die Namen und Adressen in den einzelnen Ländern. Von den Ausländern fehlt uns noch ein Franzose, Jerome Auteuille.«

Alan blätterte in seinem Bericht. »Das Pärchen ist identifiziert. George hat mit den Kollegen aus Brampton gesprochen. Ein nettes altes Rentnerpaar ohne Kettensägen im Keller. Haben so gut wie keine Erinnerung mehr an die Feier. Scheinen aber harmlos. Trotz alledem werden sie für die nächsten Tage unter Beobachtung gestellt. Die Befragung der Angestellten hat auch nichts Neues ergeben. Ebenso wenig wie das Gespräch mit dem ehemaligen Manager. Dann haben wir noch drei Männer übrig. Einen Timothy Shaw konnten Dan und Adam ausfindig machen. Der ist vor einem Jahr bei einem Bootsunfall ums Leben gekommen. Verbleiben noch ein Peter Ambrose und ein Jeremy Laughlin. Entweder als weitere Opfer oder als Täter. Wir ermitteln weiter in beide Richtungen.«

Den Blick kurz zu Nicky McGovern gewandt fuhr Alan fort. »Die nochmalige Befragung der Witwen Thornton und Ross haben keine Neuigkeiten hervorgebracht. Die Unterkünfte haben sich bestätigt. Die weiteren Namen sind ihnen völlig unbekannt. Bei den anderen Damen, die unsere Jungs vor Ort befragen konnten, hat's tatsächlich irgendwo „Klick" gemacht. Christine Mullin, Witwe Nummer zwo, die im Krankenhaus liegt, konnte endlich befragt werden. Sie hat die damalige Reise nach Oban bestätigt, konnte uns das Hotel nennen, wo sie gewohnt haben. Dan und Adam haben das überprüft, aber keine weiteren Namen gefunden. Ebenfalls bestätigt hat sie uns die beiden weiteren Treffen. Damit wissen wir schon von mindestens drei der Opfer, dass es in den beiden Folgejahren zu einem Wiedersehen kam. Allerdings konnte sie uns auch nicht die Namen der weiteren Leute dieser konspirativen Sitzungen geben. Gewohnt haben die Männer wohl in einem Cottage hier in der Nähe. Mehr war hier nicht zu bekommen.« Alan schrieb die wichtigsten Stichworte zu den Opfern auf die Tafel und kreiste die wiederkehrenden Termine ein. Dann verband er die identifizierten Teilnehmer und die Termine mit deutlichen Pfeilen.

»So, fehlt uns noch Kate Murray. Opfer Nummer eins. Laut Aussage von heute Morgen waren sie vor vier Jahren tatsächlich hier in Oban, allerdings mit einem Wohnmobil. An eine Brennerei kann sie sich überhaupt nicht erinnern, geschweige denn an ein Tasting. Da ihr werter Gatte wohl häufiger mit dem Camper mal alleine unterwegs war, kann sie sich auch nicht an weitere Fahrten ihres Verblichenen hierhin erinnern.« Alan verdrehte die Augen. »Ein Wunder, dass sie überhaupt bemerkt hat, dass sie verheiratet ist. Irgendwelche Fragen oder Vorschläge?«

»Was ist mit diesem Boyd, den ihr heute Morgen gesucht habt?«, fragte Charlie Pollock.

»Vater Boyd liegt seit seinem Unfall vor zwei Jahren im Koma, der Sohn ist scheinbar arbeitslos und nicht auffindbar. Adam ist noch zu einem ehemaligen Kollegen des jungen Boyd gefahren, um ihm auf den Zahn zu fühlen. Wenn da nichts dabei rauskommt, haben wir noch seine Frau. Adam müsste bald wieder da sein«, erklärte Alan. »Ich denke, der kann uns ein paar entscheidende Informationen zu den Tastings seines Vaters geben. Vielleicht auch, in welchem Cottage sich die Gruppe später noch getroffen hat.

Allerdings ist mir der Kerl auch schon selbst sehr suspekt. Ein abgedrehter, arbeitsloser Sanitäter mit einem im Koma liegenden Vater, der für die Brennerei gearbeitet hat. Wenn bei den ausländischen Kandidaten nichts Greifbares auftaucht, ist er der Kandidat Nummer drei für die nähere Überprüfung. Wie machen wir weiter?«

Dan Cowan ergriff das Wort. »Wir haben die Jungs vom hiesigen Revier gebeten, die weiter entfernten Unterkünfte abzuklappern. Adam, Charly und ich haben uns bisher ja nur auf den Ortskern selber konzentrieren können. Da könnte noch was kommen.«

»Also, mir ist jetzt der Boyd am unheimlichsten«, schaltete Susan sich ein. »Wir wissen, dass der Mörder medizinisch bewandert sein muss.«

»Genau«, ergänzte Andy MacPhee. »Mit seinem Fachwissen könnte er ins Profil passen. Und wenn er obendrein arbeitslos ist, hätte er auch die Zeit dafür, ohne kontrolliert zu werden.«

»Gut«, fasste Alan abschließend zusammen. »Konzentrieren wir uns also auf die drei Unbekannten Ambrose, Laughlin und Boyd junior. George und Nicky, ihr bleibt bei den ersten beiden dran und versucht weiter, die Adressen zu bekommen. Brian, setz´ dich mit dem Krankenhaus in Aberdeen in Verbindung und kriege was über Iain Boyd und seinen Unfall raus. Also los!«

Nach Alans Aufforderung standen alle Teammitglieder auf und kamen ihren zugeteilten Aufgaben nach. Alan gönnte sich ein paar Minuten "Frischluft", da er seine Mentholzigarette nicht in der "rauchfreien" Brennerei genießen durfte. Ein allgemeines Rauchverbot in allen öffentlichen Gebäuden wurde ja heiß diskutiert. Er sollte sich wohl besser schon mal ein paar weitere Regenjacken kaufen. Oder aber, das wäre doch dann eigentlich die Gelegenheit, endlich mit dem Rauchen aufzuhören. Und zwar endgültig. Nicht so halbherzig, wie er das schon hunderte Male gemacht hatte.

Gegen 17:00 Uhr saßen Alan und einige Teammitglieder im Konferenzzimmer der Brennerei und waren damit beschäftigt, die Speisekarte des Indian Take-away durchzulesen und Brians Ergebnissen aus dem Aberdeener Krankenhaus zu lauschen.

»Also, ich nehme Hühnercurry und Chapatti«, begann Susan mit der Bestellung, während George eifrig notierte.

»Hm, dann nehme ich zunächst Fish-Pakora und dann Dhahi Gosht. Curry-Joghurt-Mandel-Sauce. Mir läuft das Wasser schon im Mund zusammen«, schwärmte Dan Cowan.

Nur Brian machte ein verdrießliches Gesicht, weil er selbst nach dreimaligem Durchblättern keine Steaks fand. »Nur dieser exotische Hund-Katze-Maus-Kram. Nichts, was auch nur annähernd nahrhaft ist für einen schwerarbeitenden Mann wie mich. Eine Stunde hab ich gebraucht, um einen Arzt im Krankenhaus an die Strippe zu kriegen, der mir was über den Boyd erzählen konnte. Und, was war? Nichts! Ein Autounfall mit Schädelbruch vor zweieinhalb Jahren.« Entnervt warf er die Speisekarte auf den Konferenztisch. »Das wirklich Irre ist – einen Tusch bitte – der Unfallzeitpunkt: in der Nacht vom 13. auf den 14. Mai!« Lobheischend sah Brian in die Runde. »Na, gehen da die Lichter an?«

»Das Tasting!«, rief Charly Pollock. »Am 13. Mai fanden doch immer diese Tastings statt. Wo wurde er denn gefunden?«

»Auf der Straße nach Kilbride, keine fünf Meilen südlich von hier. Da gibt es ein paar nette Cottages, hat mir die nette Sekretärin hier erzählt.«

»Super, Brian. Ein weiteres Teilchen im Puzzle. Wir sind ganz nah dran, da bin ich mir sicher«, sagte Alan. »Lasst uns eine kleine Stärkung einnehmen und dann geht's weiter.

In diesem Moment traf Adam Baker mit einem älteren Mann ein, den er als Bert Mossman, den Parkplatzwächter von *Sanatrans* vorstellte. Alan sah von der kleinen Speisekarte auf und blickte etwas irritiert in Adams triumphierendes Gesicht. »Was ist? Hast du, wie Brian, etwa auch im Lotto gewonnen, Adam? Und, was kann ich für Sie tun, Mister Mossman?«

»Lotto ist ein Dreck dagegen, Chef!«, antwortete Adam. »Wenn Sie das hören, kriegen Sie mehr als nur ein Kribbeln unterm Fuß.«

»George, für mich die 193, scharf, und Sie, Mister Mossman, nehmen bitte hier drüben Platz.« Alan wies auf einen freien Stuhl am Ende des Konferenztisches und legte die Speisekarte fort.

Bert Mossman, nach seinem Aussehen deutlich über sechzig Jahre alt, spindeldürr und ein wenig vornüber gebeugt, folgte der Aufforderung, während Alan und Adam sich ihm gegenüber niederließen. Er behielt die ganze Zeit seine schwarze Kappe in den Händen und zerdrückte sie.

»Einen Kaffee oder Tee?« fragte Adam und bemerkte, dass die anderen Anwesenden im Raum plötzlich deutlich schweigsamer wurden.

»Tee, bitte«, antwortete Bert mit einer leicht rauchigen und belegten Stimme.

»Gut Adam, dann fasse doch bitte mal zusammen, was du bisher hast und warum du Mister Mossman mit hierher gebracht hast.«, bat Alan, während Nicky den Tee brachte.

»Gerne Alan. Wenn etwas nicht korrekt ist, Mister Mossman, so unterbrechen Sie mich bitte. Also, Mister Mossman ist Nachtwächter, beziehungsweise Parkplatzwächter, der Firma

Sanatrans. Und das schon seit über 20 Jahren. Robert Boyd ist sein langjähriger Freund und, seit dem Tod von Iain Boyd, sah sich Mister Mossman als eine Art Ersatzvater. Robert hatte, Ihrer Meinung nach, den Tod des Vaters nicht verkraftet und deshalb auch letztes Jahr seine Stelle verloren.« Adam blätterte in seinem Notizblock die Seite um. »Im Frühling hat Robert dann angefangen, sich die Wagen der Firma auszuleihen und Sie, Mister Mossman, haben ihm dabei geholfen. Sie haben die Fuhrparklisten nach freien Wagen überprüft und diese dann in den Nachtstunden unauffällig Robert Boyd gegeben. Sie sind der "Herr der Schlüssel", wie Sie sagen. Robert begründete seinen Bedarf an Wagen mit dem Argument, dass er die Möbel seines Vaters verkaufen wolle. Dieses Ausleihen nahm in den letzten zwei Monaten deutlich zu, zwar immer nur für zwei, drei Tage, aber immer häufiger. Und nun ist er bereits seit über einer Woche weg ohne sich zu melden. Mister Mossman ist einerseits sehr erbost, weil dieses Verhalten wohl seinen Job kosten kann; andererseits macht er sich auch fürchterliche Sorgen, dass Robert Boyd was zugestoßen sein könnte. Zur Polizei wollte er aber bisher nicht gehen, da man ihn natürlich sofort eine Mitschuld geben würde. Ich habe den Eindruck, dass Sie froh waren, als ich heute bei Ihnen aufgetaucht bin, nicht wahr, Mister Mossman? Da konnten Sie sich alles von der Seele reden, was?« beendete Adam Baker seine Zusammenfassung.

»Da haben Sie wohl Recht, Inspector«, antwortete er. »Langsam wurde mir ganz schön mulmig bei der Sache. Ich helfe ja gern einem Freund, klar! Aber jetzt geht die Sache schon zu weit. Meinen Sie, ihm ist was passiert?«

»Das können wir im Moment leider noch nicht sagen«, meinte Alan und sah Adam Baker mit hochgezogenen Augenbrauen an. »Sagen Sie, Mister Mossman, was sind das denn für Fahrzeuge, die sich Robert Boyd immer so ausgeliehen hat?«

»Na ja, halt unsere Vans. Die für die Krankentransporte eben. Große Ladefläche, mit einer Bahre oder einer Rollstuhlhalterung ausgerüstet. Klimatisiert, Automatik. Von verschiedenen Herstellern, Chrysler, Renault, VW, Ford. Alles Kastenwagen eben.« Bert trank einen großen Schluck von seinem Tee.

Alan konnte tatsächlich mehr als ein Kribbeln unter seinen Füßen spüren. Ganz allmählich spürte er eine Hitzewelle die Beine herauf ziehen. »Wie sehen die Wagen von außen aus, Mister Mossman? Heute im Hof habe ich leider keinen davon gesehen.«

»Die sind ja auch alle unterwegs oder in der Werkstatthalle. Also, außen sind alle Wagen in ganz hellem Grau mit einem ganz dünnen, grünen Streifen. Auf den Türen ist das Firmenlogo und das war's.«

Neutraler Wagen, unauffällig, zu Hunderten im Einsatz. Alans Hitzewelle erreichte seinen Bauch und brachte diesen zum Rotieren. »Hat sich Robert Boyd bevorzugt die mit Bahre oder die mit Rollihalterung ausgeliehen?«

»Tja, jetzt, wo Sie fragen, fällt mir auf, dass er immer nur die mit Bahre genommen hat. Er meinte, wenn man die Bahre rausnehmen würde, hätte er einen glatten Boden um Möbel zu stellen. Die Halterungen für Roll- und Krankenstühle sind dagegen fest montiert.«

»Wie konnten Sie denn der Firma gegenüber das Fehlen der Fahrzeuge darlegen?«, wollte Alan noch wissen.

»Brauchte ich gar nicht. Ich hab sie in der Fuhrparkliste auf Reparatur gesetzt, dann hat keiner mehr gefragt.«

»Gut, Mister Mossman, wie ich sehe, haben Sie meinem Kollegen das Kennzeichen des Wagens schon gegeben. Wir werden garantiert alles tun, um Robert Boyd zu finden. Das verspreche ich Ihnen.« Mit diesen Worten stand Alan auf. »Adam, würdest du bitte Mister Mossman noch nach Hause fahren? Und eine letzte Frage: Sind die Wagen zufälligerweise mit GPS ausgestattet?«

»Ja, im Regelfall schon, Herr Inspektor, nur hat Robert von mir den jeweiligen Code zum Deaktivieren bekommen. Wir wollten doch nicht, dass er entdeckt wird.«

»Ja, sicher. Ich hätte es mir denken können. Auf Wiedersehen, Mister Mossman. Wir melden uns bei Ihnen.«

Nachdem Adam Baker und Bert Mossman den Raum verlassen und die Türe hinter sich geschlossen hatten, drehte sich Alan zur restlichen Mannschaft um. Die Hitzewelle hatte seinen Kopf erreicht. »Wir haben ihn!«

Jäger

-31-

Am Montag, dem 31. Oktober, gegen 11:00 Uhr, hielt in Oban in der Ardconnel Terrace ein fjordgrüner Volvo 850 Kombi an und ein Mann stieg aus. Er trug Jeans, Turnschuhe, eine Windjacke sowie eine Baseballmütze und er hatte ein Päckchen in der Hand, als wollte er etwas ausliefern. Er ging die paar Meter zum Haus der Boyds und klingelte an der Tür. Zeitgleich fuhr ein dunkelblauer Kastenwagen mit getönten Fenstern um die Ecke und näherte sich ebenfalls dem Haus. Der Fahrer war ähnlich gekleidet wie der Mann, der gerade zum zweiten Mal an der Tür klingelte. Aber niemand öffnete ihm und Geräusche aus dem Haus waren ebenfalls nicht zu hören.

Polizeibeamte, gleich welcher Nation, haben irgendetwas an sich, woran man sie sofort als solche erkennt, auch wenn sie keine Uniform tragen. Auch dieser unauffällig gekleidete Herr strömte dieses spezielle Charisma aus.

Der Mann an der Tür sprach nun leise in ein versteckt angebrachtes Mikrofon in seiner Jacke, worauf der Kastenwagen anhielt und seine Schiebetür aufglitt. Fünf Männer in Schutzweste und Helm, mit Spezialgewehren in den Händen, sprangen heraus und verteilten sich nahezu lautlos auf dem Grundstück; jeweils ein Fenster des Hauses im Visier ihrer Zielfernrohre. Ein sechster Polizist mit einer Ramme in der Hand trat zu dem Mann an der Tür. Auf ein Handzeichen hin rammte er die Haustür ein und trat zur Seite. Wie nach dem Startschuss eines 100 Meter Laufs kam plötzlich Bewegung in die gesamte Truppe und die Spannung entlud sich im Lärm des Geschehens. Drei Männer der Spezialeinheit drangen von vorne ins Haus, während die restlichen drei von hinten durch die ebenfalls aufgesprengte Tür das Haus betraten. Raum für Raum wurde in hundertfach einstudierten Bewegungsabläufen überprüft und gesichert, aber schnell stellten sie fest, dass das Haus gänzlich verlassen war.

Alan und Brian, die nun ebenfalls dem Fond des Volvo entstiegen waren, hörten über ihre Ohrstecker die Kommunikation der Beamten mit. „Gebäude gesichert. Keine Personen anwesend.“

»Also gut Brian, dann lass uns mal loslegen.« Gemeinsam betraten sie das Haus und gingen aufmerksam von Raum zu Raum, während sich die Männer der Spezialeinheit zu ihrem Transporter zurückzogen.

Als sie ins Arbeitszimmer kamen und sechs Whiskyflaschen, sauber aufgereiht auf dem Kaminsims stehen sahen, wussten sie zwar, dass sie auf der richtigen Fährte waren, aber nicht, ob sie den Täter noch rechtzeitig stoppen konnten, bevor er sein nächstes Opfer erwischte. Fünf der Flaschen kamen aus Brennereien, die bereits Schauplatz eines Mordes waren. Lediglich eine, Stronarchie Distillery auf der Isle of Skye, sagte den beiden nichts. Zudem hatten sie immer noch nicht die Adressen der beiden verbleibenden Männer. Von den ausländischen Tasting-Teilnehmern ganz zu schweigen. Der Anzahl der Flaschen nach dürfte aber nur noch ein Opfer übrig bleiben.

Sorgfältig durchsuchten sie, ihre Hände in Latexhandschuhen, die Möbelstücke.

»Sieh mal an, hier ist was«, dozierte Brian nach ein paar Minuten stolz, als er in einer der Schreibtischschubladen fündig wurde. Er wedelte mit einer Namensliste vor Alans Gesicht, die ihnen mehr als nur bekannt vorkam. Es handelte sich um die Anmeldungsliste des Tastings während der Hundertjahrfeier. Mit einem feinen Unterschied: Sechs Namen waren unterstrichen und mit einer Adresse und einem Whiskynamen ergänzt worden. Dabei handelte es sich nahezu vollständig um die bisherigen Opfer. Bis auf einen: Peter Ambrose.

»Das nenne ich Glück. Nicht nur Namen, sondern auch Adressen und gleich der passende Whisky hinterher.«

»Stronarchie Distillery«, sagte Brian. »Die kenne ich, die liegt auf Skye. Dort waren Janet und ich schon mal gewesen.«

»Hier: Unser letztes Opfer wohnt in Easdale, also fast gleich um die Ecke. Da können wir selber hin, das schaffen wir in Nullkommanix.«

So machten sich also der Volvo und der Kastenwagen auf den Weg zur Insel Seil, während zwei Mann der Spezialeinheit beim Haus zurückblieben, um Alarm zu geben, falls der Täter doch noch aufkreuzen sollte.

»Kein Wunder, dass wir Ambrose in keinem Hotel gefunden haben. Der wohnt direkt um die Ecke«, bemerkte Brian.

»Wenn Robert Boyd genauso vorgeht wie bei den letzten Malen, befürchte ich, wir kommen zu spät. Wir haben bereits Montagmittag. Die Opfer waren immer schon eine Zeitlang tot, bevor man sie in den Brennereien am Dienstag gefunden hat. Mann, Mann ...«

Nachdem beide Autos unbeschadet die Brücke über den Atlantik überquert hatten, erreichten sie bald darauf Easdale und fuhren, vom Navigationssystem im Volvo geleitet, zum Haus der Familie Ambrose. Dort trafen sie aber nur Mrs Ambrose an, die einen leicht beunruhigten Eindruck machte, und das schon bevor sie erkannte, dass der freundliche Herr an der Tür Kriminalbeamter war. Zum Glück für sie war von den Männern im Kastenwagen nichts zu sehen; das hätte sie sicherlich mehr als nur leicht beunruhigt.

Dem freundlichen Mann an der Tür, der sich als Chief Inspector Strachan vorstellte, erklärte sie, dass die Brauerei, in der ihr Mann arbeitete, vor wenigen Minuten angerufen hatte und wissen wollte, ob dieser krank geworden sei. Er sei nämlich von seiner Mittagspause nicht mehr an seinen Arbeitsplatz zurückgekehrt. Aber sie könne sich das nicht erklären. Peter war, wie jeden Tag, kurz nach 12:00 Uhr nach Hause gekommen, wo sie schon mit dem Essen auf ihn gewartet hatte, und kurz vor 13:00 Uhr wieder zurück zur Arbeit gegangen. Dort war er aber nicht angekommen. Und so etwas hatte er noch nie gemacht!

Mit einem Blick auf die Uhr erkannte Brian, dass es kurz nach halb drei war und er ahnte schon, dass sich ihre Befürchtungen bewahrheiten würden. Nach ein paar beruhigenden Worten an Mrs Ambrose, und einem kurzen Informationsaustausch mit Alan, ließen sie den Beamten in Zivil, der an die Tür der Boyds geklopft hatte, bei ihr zurück und fuhren zunächst zur Brauerei.

Dort erfuhren sie, dass Peter Ambrose noch immer nicht aufgetaucht war und auch, dass niemand etwas Ungewöhnliches bemerkt hatte.

»Scheiße!«, fluchte Alan vor sich hin. »Wir kommen wieder zu spät. Der Kerl hat ihn schon erwischt! Wir können nur noch den Weg zur Brennerei auf Skye überprüfen und, falls wir ihn da nicht finden, in der Brennerei warten, bis er kommt. Das wird dann aber dem armen Ambrose wohl nicht mehr helfen!«

Was hatte in dem Täterprofil noch gestanden? *Zielgerichtet, nicht aus der Ruhe zu bringen, sauber und detailliert planend.*

Alan war sich sicher, Robert Boyd wusste bereits, dass er entdeckt worden war. Er war der Tätertyp, dem es egal war, ob er nach vollbrachter Tat gefasst würde. Wenn sein Auftrag erledigt wäre, würde er sich wahrscheinlich nicht mehr um sein eigenes Leben scheren. Alan hoffte inständig, dass Boyd nicht bis an die Zähne bewaffnet sei.

Die Fahndung nach dem Kastenwagen lief schon seit gestern auf Hochtouren. Aber, wie Alan es schon befürchtet hatte, konnten sie weder auf dem Weg zur Insel Skye noch dort oder an der Brennerei etwas Verdächtigen finden. Auch eine kurze, unauffällige Überprüfung des Brennereigeländes ergab nichts. Sie konnten also nur noch die Brennerei überwachen und hoffen, dass sie den Mörder auf frischer Tat erwischten.

Der Besprechungsraum der Ardgowan Distillery war kaum groß genug, um allen für die um 17 Uhr einberufene Einsatzbesprechung Platz zu bieten. Deshalb standen einige der Polizisten draußen auf dem Flur. Alan ließ sich mit Brian und den Mitgliedern seines Teams an dem langen Konferenztisch nieder, während um sie herum etwa dreißig Polizeibeamte standen. Unter ihnen waren auch einige Scharfschützen eines Sondereinsatzkommandos, das normalerweise nur bei terroristischen Anschlägen eingesetzt wurde. Alan hatte darauf bestanden, dass ihm einige dieser Männer zur Verfügung gestellt wurden und der Polizeipräsident hatte letztendlich zugestimmt. Die durchtrainierten Männer unterschieden sich von den anderen im Raum durch ihre nachtschwarzen Overalls. Zweck der Versammlung war die Überwachung der, unter dem Decknamen "Talisker" geführten, Brennerei in allen Einzelheiten vorzubesprechen. Dazu hatte Alan großformatige Fotos aufgehängt, die erst vor kurzem von einem Polizeihubschrauber aus aufgenommen worden waren, sowie einige Katasteramtspläne, die die genauen Maße der Brennereigebäude zeigten.

Wer kennt nicht diese typischen, gruseligen Filmszenen, wo das schöne Mädchen oder auch der Filmheld alleine und natürlich mitten in der Nacht über einen Friedhof oder durch einsame, meist regennasse Straßen läuft, um irgendetwas herauszubekommen. Als Zuschauer, meist entspannt zurückgelehnt im gemütlichen Wohnzimmersessel oder unter einer kuscheligen Decke auf dem Sofa liegend, denkt man dann "*So etwas Idiotisches, da würden mich keine zehn Pferde hinbekommen, das würde im wahren Leben kein Mensch machen*". Aber es war in etwa genau das, was Alan, Brian und das Sonderkommando der Polizei vorhatten. Alan hatte sich entschlossen, die Überwachung der Stronarchie Distillery bereits in den frühen Abendstunden beginnen zu lassen.

Es war immer noch Montag, der 31. Oktober, und hier auf Skye war der Herbst schon weiter fortgeschritten als auf dem Festland. Es war zwar ein phantastischer Tag gewesen, die Sonne schien und der Himmel war strahlend blau, lediglich über den Cuillins hingen ein paar zarte Wölkchen, aber es war inzwischen schon unangenehm kühl geworden und es wehte ein kalter Wind.

Um genau 19:45 Uhr, eine viertel Stunde nach dem offiziellen Schließen der Brennerei, begann die fast holywoodreife Überwachungsaktion, indem sich die restlichen Beamten der Sondereinheit einzeln, in Verstecken über das Gelände verteilt, auf die Lauer legten. Dunkelgekleidete Gestalten huschten dabei mit automatischen Waffen, die sie fest an ihre kugelsicheren Westen drückten, über das Brennereigelände. Sie bewegten sich dabei so lautlos wie eine Gruppe Löwen, die sich sehr koordiniert an ihr ahnungsloses Opfer heranpirschten. Finger überprüften den Sitz der Kopfhörer, mit denen sie untereinander in Verbindung standen. Keiner wollte später das entscheidende Kommando verpassen, dass die Aktion anlaufen ließ. Wenn es denn soweit kam. Aber wenn der Einsatzbefehl kam, würden sie zeigen, was sie drauf hatten.

Das Personal der Brennerei, der Manager und vier Angestellte, wurden bereits am späten Nachmittag gegen Spezialbeamte der Sondereinheit ausgetauscht. Sie sollten nach außen hin den regulären Betrieb der Brennerei simulieren. Die Arbeiter wurden nur mit spärlichsten Informationen nach Hause geschickt und jeweils von einem Beamten begleitet, damit keiner auf die Idee kommen könnte, sich durch einen kleinen Anruf bei der Presse ein Extrageld zu verdienen. Zu oft passierte es, dass gut geplante Razzien oder Sonderaktionen durch dubiose Informationsquellen zunichte gemacht und dadurch potentielle Täter gewarnt wurden.

Die Fahrzeuge der Einsatzkräfte, alles unauffällige Privatwagen, konnten unauffällig in zwei, an die Brennerei angrenzenden, leeren Scheunen untergebracht werden. Ein zufälliger Beobachter hätte eine friedlich schlummernde, altmodische Brennerei gesehen. Eine antiquierte, aber pittoreske Ergänzung einer atemberaubenden Silhouette der Insel Skye.

Alan und Brian bewachten gemeinsam den Eingang zum Still House. Und die Szenerie wirkte ein wenig gespenstisch. Der Himmel war noch immer klar, die Sterne leuchteten um die Wette und eine schmale Mondsichel stand am Himmel. In wenigen Tagen war Neumond, so dass heute Nacht alles in ein schemenhaftes, kaltes Licht getaucht war.

Gelegentlich kam ein Auto vorbeigefahren, das aber unverdächtig erschien, weil es, ohne zu zögern oder gar anzuhalten, am Eingang der Brennerei vorbeigelenkt wurde. Allerdings wussten die Fahrer der wenigen Fahrzeuge, die vorbeikamen, nichts davon, dass ihre Kennzeichen von strategisch positionierten Kameras aufgenommen wurden und sogleich auf den Besitzer hin überprüft wurden. Sollte der Mörder nicht auftauchen, würden alle Fahrzeughalter später einzeln aufgesucht und befragt werden.

Wenn man auf der Lauer liegt, achtet man noch viel genauer als sonst, fast schon schreckhaft, auf jedes Geräusch und jede Bewegung. Von beidem gab es genug auf dem Gelände der Brennerei. Scharrende, kratzende und raschelnde Geräusche von Tieren waren überall zu hören. Einige Katzen hatten sich offensichtlich zu einem Stelldichein oder gar einem Schäferstündchen eingefunden und sorgten dafür, dass die Beamten immer wieder glaubten, dass der Täter auftauchen würde. Aber es war jedes Mal Fehlalarm. So verging eine unruhige Zeit bis nach Mitternacht. Alan hatte beschlossen, die Operation spätestens im Morgengrauen abzubrechen. Alle Opfer waren in den Morgenstunden gefunden worden und der Täter hatte dann schon das Weite gesucht. Er schien also Nachtarbeit zu mögen.

Alle Polizisten der Spezialeinheit waren instruiert, die Funkverbindung nur dann zu benutzen, wenn es wirklich dringend war. Deshalb dachte Alan zunächst, dass jemand den Täter entdeckt hatte, als es in seinem Kopfhörer knisterte und dann eine leise Stimme zu hören war. Er wusste, dass auch alle anderen im gleichen Moment die Meldung erhielten.

»Superintendent, ich muss Sie kontaktieren, wir haben hier eine wichtige Information für Sie erhalten. Dieser Graham Morrice, der mit Ihnen zusammenarbeitet, ist hier und muss Sie dringend sprechen.«

Alan verzog das Gesicht, als er den Namen Graham hörte. Was wollte der schon wieder? Aber irgendwie musste er den Dienst habenden Beamten in der Zentrale überzeugt haben, dass es wirklich wichtig ist, sonst hätte der deshalb niemals die allgemeine Funkstille unterbrochen.

Und schon hatte er Grahams Stimme im Ohr.

»Alan? Hallo Alan? Können Sie mich hören?«

»Ja, Graham, laut und deutlich. Was ist los?«

»Tut mir Leid, dass ich Sie störe, aber mir ist da noch etwas ganz Wichtiges eingefallen. Haben Sie Posten an beiden Brennereien aufgestellt?«

»Wieso "beiden" Brennereien?«, fragte Alan überrascht. Es gibt nur noch eine Brennerei, die auf unserer Liste steht.«

»Nein, entschuldigen Sie, Alan. Das meinte ich nicht. Es ist nämlich so, dass die Stronarchie Distillery aus zwei Teilen besteht, der neuen und der alten Distillery. Und in beiden wird seit jeher abwechselnd produziert. Das ist so ähnlich wie bei *Brora* und *Clynelish*, nur dass hier beide Produktionsteile unter dem gleichen Namen geführt werden. Selbst Insider können die unterschiedlichen Abfüllungen nicht genau dem Produktionsgebäude zuordnen. Und die sind nicht nur durch die Zufahrtsstraße, sondern auch durch mehrere Gebäude, voneinander getrennt. Es könnte also sein, dass der Mörder auf der anderen Seite unterwegs ist. Ich dachte, das könnte eventuell für Sie wichtig sein«, fügte er am Ende noch etwas entschuldigend hinzu. »Viel Glück!«

Dann wurde der Funkkontakt wieder unterbrochen.

Erwachen

-32-

Und wieder Dienstag!

Langsam schlug er die Augen auf. Er blinzelte ein paar Mal, bis sich seine Augen an das Licht gewöhnt hatten. Als sich sein Blick scharf gestellt hatte, schaute er sich im Zimmer um. Wo war er? Warum war er hier? Er war nicht in seinem Bett zu Hause! Das war nicht sein Zuhause! Ganz, ganz langsam setzte die Erinnerung ein.

Das Cottage.

Das Tasting.

Die Heimfahrt.

Der Unfall.

Iain Boyd war aus dem Koma erwacht. Zunächst von allen noch unbemerkt, schlug er im Krankenhaus von Aberdeen, nach über 2 Jahren Dauerschlaf, zum ersten Mal wieder die

Augen auf. Und dann, ganz plötzlich, so als wäre ein Sack mit all seinen Erinnerungen darin geplatzt, überfluteten ihn die Informationen aus seinem bisherigen Leben und er wusste genau, wie alles angefangen hatte.

Die sieben Männer trafen sich zum ersten Mal in dieser Runde. Es war Montag, der 13. Mai 2002, und der Frühling war tatsächlich schon in Schottland eingekehrt. Die Temperaturen hatten schon seit Tagen die 20 Grad Grenze hinter sich gelassen, und das Wetter zeigte mit Nachdruck, wie schön der Frühling in Schottland sein konnte, wenn er nur wollte. Als die sechs auswärtigen Gäste gegen Abend pünktlich in Oban eintrafen und sich nach und nach in dem Cottage, das etwas außerhalb der Stadt lag, eingefunden hatten, schien die Sonne von einem tiefblauen Himmel, an dem kein Wölkchen zu sehen war. Sie stand zwar schon recht tief, wärmte aber immer noch ordentlich.

Iain Boyd, der Whiskyenthusiast, empfing jeden an der Eingangstür zum Cottage und führte ihn dann ins große Wohnzimmer, in dem die festlich gedeckte Tafel stand. Er hatte es sich nicht nehmen lassen, für die Gruppe der Männer selbst zu kochen, denn dies war, neben dem Whisky, seine zweite wahre Leidenschaft. Als alle Gäste anwesend waren, servierte er sogleich die vorbereiteten Köstlichkeiten der schottischen Küche. Als Vorspeise gab es erst geräucherten Lachs von der Westküste, dann Haggis mit Neeps & Tatties, als Hauptspeise gebratene Lende vom schottischen Lamm mit Tarragon Püree, wilden Pilzen und Silberzwiebeln und zum Nachtisch eine Whisky-Sherry-Creme mit Schokostückchen. Zu jedem Gang wurde ein anderer Whisky gereicht, den Iain Boyd persönlich, passend zum Essen, ausgesucht hatte.

Als das Essen beendet, der Tisch abgeräumt und Kaffee mit Pralinen serviert worden war, deckten die Anwesenden den Tisch erneut ein, für den eigentlichen Anlass ihres Zusammentreffens. Jeder bekam 7 Nosinggläser vor sich gestellt und jeder stellte eine von ihm besonders ausgewählte Flasche seiner Lieblingsbrennerei in die Mitte des großen Tisches. Das Raritäten-Tasting konnte beginnen.

Als sie sich vor genau einem Jahr zum ersten Mal getroffen hatten, waren sie alle begeistert gewesen von der Aromen- und Geschmacksvielfalt ihres Lieblingsgetränkes. Natürlich hatten auch die zahlreichen Anekdoten und Erklärungen von Iain Boyd, sein schier unglaubliches Wissen rund um das Thema Whisky, dazu beigetragen, dass sie einen unvergesslichen Abend erlebten. Sie wollten das unbedingt wiederholen und hatten sich deshalb für heute verabredet.

Damals, vor einem Jahr.

Der ganze Ort stand Kopf! Schon seit Wochen wurde nahezu Tag und Nacht daran gearbeitet die kleine Stadt Oban für die 100-Jahr-Feier herauszuputzen. Überall wurden Blumenkästen aufgestellt, deren üppiger Inhalt entsprechende Farbakzente in der Stadt setzten. Viele Häuser bekamen einen neuen Anstrich, einige wurden extra zur Feier neu verklinkert. Überall hörte man es hämmern und klopfen. Es war ein emsiges Kommen und Gehen und die ganze Stadt hallte wieder vom Lärm der Umbaumaßnahmen. Auch die Roundabouts wurden neu eingepflanzt, und die Stadt war so schön geschmückt, wie eine Braut, die auf ihren Bräutigam wartet. Wenn die Einwohner dazu in der Lage gewesen wären, hätten sie bestimmt auch noch das Meer gewienert und den Möwen Schleifchen um den Hals gebunden, damit wirklich alles glanzvoll gestrahlt hätte.

Die kleine Straße, die zum Eingang der Brennerei führte, war mit Blumenkübeln gesäumt, in denen blaues und weißes Heidekraut zu kleinen Schottlandfahnen arrangiert war. Bunte Girlanden waren quer über die Straße gespannt und alles machte einen festlichen Eindruck.

Am Tag der Jubilarfeier, am Sonntag, dem 13. Mai 2001, wurde den zahlreichen Besuchern ein umfangreiches Festprogramm geboten, mit Hüpfburg für die kleinsten, Karussell für die etwas größeren und Kinderdisco für die vermeintlich schon fast erwachsenen Kinder. Aber auch die Erwachsenen kamen auf ihre Kosten, mit Schießbuden, Wurfständen, Bootstouren zu den vorgelagerten Inseln und natürlich zahlreichen Getränkeständen, mit vor allem Bier, aber auch Whisky. Auch eine Whisky-Tauschbörse und der Verkauf von älteren Abfüllungen waren im Programm und besonders bei den ausländischen Touristen sehr beliebt. Am Nachmittag gab es auf dem Sportplatz die obligatorischen Highland Games, die natürlich auch sehr viele Zuschauer anzogen. Es wurde viel gegessen und getrunken, gefeiert und gelacht und alle hatten ihren Spaß.

Mehr im Verborgenen, aber als fester Programmpunkt, fanden stündliche Führungen in der Brennerei statt, und am Abend stand das Tasting und Nosing mit Iain Boyd auf dem Programm. Achtzehn Personen hatten sich für dieses Tasting bereits angemeldet und damit war der Termin ausgebucht. Einige der angemeldeten Personen waren speziell wegen des Tastings nach Oban angereist, andere befanden sich mehr oder weniger zufällig in Oban und Umgebung auf Urlaubsreise und hatten rechtzeitig von dem Termin erfahren und sich anmelden können. Etliche kamen zu spät und bekamen keine Teilnahmekarte mehr. Unter den Teilnehmern waren auch drei Deutsche, die eigentlich nur auf der Durchreise waren, aber dann doch in Oban hängen blieben. Etliche der Teilnehmer waren mit ihren Frauen angereist oder gemeinsam im Urlaub hier. Tagsüber waren sie zusammen in der Stadt unterwegs, aber abends kamen die Teilnehmer dann ohne Partner zum Tasting. Am Tasting selbst nahmen aber auch vier Frauen aus Schottland teil.

Iain Boyd war weit über die Grenzen von Oban hinaus bekannt für sein umfangreiches Wissen über den schottischen Whisky. Er kannte fast alle Distillery Manager persönlich, sowohl die aktuellen als auch diejenigen, die in den letzten dreißig Jahren in den Brennereien aktiv waren. Er wusste nahezu alles zu diesem Thema und beeindruckte seine Freunde auch immer wieder, wenn er bei gemeinsamen Ausflügen und Wanderungen meist so nebenbei bemerkte "In diesem Haus wurde vor 48 Jahren der Distillery Manager von ... geboren" oder "Hier stand bis vor 12 Jahren noch die Distillery ... und heute erinnern nur noch diese Steine daran". Das geschah nie in einer etwa überheblichen Art und Weise, weil er das wusste und oft sonst keiner mehr, sondern immer mit dem Wunsch, andere an seinem Wissen teilhaben zu lassen.

Das wirklich Besondere bei ihm war aber, dass er soviel über Whisky wusste, ohne selbst jemals Whiskytrinker gewesen zu sein. Nicht, dass er nicht wusste, wie Whisky schmeckt, nein, er probierte immer wieder mal an dem einen oder anderen Glas, speziell, wenn es sich wirklich um etwas Besonderes handelte. Aber, er hatte sich nahezu ausschließlich auf das Nosing spezialisiert. Die unglaubliche Aromenvielfalt des Single Malt Whisky hatte ihn so in den Bann gezogen, dass er aufs Trinken weitestgehend verzichtete und den Whisky lieber erroch. Darin war er über die Jahre hinweg so gut geworden, dass er alleine durch Riechen nicht nur die unterschiedlichen Brennereien herausfinden konnte, sondern fast immer auch noch sagen konnte, um welchen Jahrgang oder Alter des Whiskies es sich dabei handelte. Er hatte damit schon oft in so genannten Blind-Tastings auch ausgesprochenes Fachpublikum verblüfft.

Heute Abend wollte er aber nicht sein Fachwissen unter Beweis stellen, sondern die Tasting-Teilnehmer in die Vielfalt des schottischen Single Malt einführen. Dazu hatte er acht verschiedene Whiskies ausgewählt, teils in Fassstärke, die nicht nur die Aromenvielfalt, sondern auch die regionalen Unterschiede verdeutlichen sollten. Es handelte sich bei den Whiskies aber nicht um die Standardabfüllungen der einzelnen Brennereien, sondern generell um ausgesuchte, meist ältere Editionen, die es teilweise gar nicht mehr zu kaufen gab.

Jimmy Briggs, der vierundfünfzigjährige Distillery Manager der lokalen Ardgowan Distillery, in der das Tasting stattfand, führte nicht nur mit ein paar einleitenden Worten in das Tasting ein, sondern hatte auch einen dreißigjährigen Single Cask Whisky zur Feier des Tages spendiert und auch noch einen Newmake, also einen jungen "Whisky", der noch gar nicht Whisky genannt werden durfte, weil er noch nicht mindestens drei Jahre im Fass gelagert war. Dieser hatte sogar noch nie ein Fass von innen kennen gelernt, sondern war am Morgen direkt aus dem Spirit Receiver für das Tasting abgefüllt worden. Eine wirkliche Besonderheit, nach der speziell die meisten Whiskysammler gierten, meist allerdings vergeblich.

Das Tasting nahm seinen Verlauf und Iain konnte mit zahlreichen Anekdoten und Sprüchen die Teilnehmer immer wieder zum Lachen bringen. Aber in erster Linie brachte er allen, auch den Profis unter den Teilnehmern, noch viel zum Thema Aromenvielfalt und richtiges Erriechen eines Whiskys bei.

Am Ende des Tasting, so kurz vor Mitternacht, blieben sechs Teilnehmer, alles Schotten, zurück, um noch ein paar weitere Fachfragen mit ihm zu erörtern. Einer hatte einen Flachmann dabei und daraus einen Schluck in ein frisches Nosing Glas gefüllt. Kommentarlos hielt er es Iain Boyd hin und der nahm die Herausforderung an und roch ausgiebig an dem Whisky.

»Hm, sehr komplex. Der braucht noch ein paar Minuten, bis er sich richtig entfaltet hat. Aber ich habe schon einen Verdacht«, sagte er zu dem Mann. Er beantwortete noch eine Frage eines anderen Mannes und roch dabei immer wieder mal an dem Glas.

»Ja, jetzt hat sich das Bouquet schön entwickelt. Eine tolle Sherrybombe. Riecht phantastisch nach Rumrosinen, dunkler Schokolade und Mandeln. Ein richtiges Schätzchen! Den hatte ich noch nie vor der Nase, aber er erinnert mich sehr an eine Einzelfassabfüllung, die ich vor zwei Jahren im Craigellachie Hotel kennen gelernt habe. Es würde mich nicht wundern, wenn es sich hierbei um ein weiteres Fass aus diesem Jahrgang handelte.« Er ließ auch die anderen Männer an dem Glas riechen.

»Also mein Tipp ist Ben Rhinnes Distillery, Einzelfassabfüllung in Fassstärke, destilliert im Jahre 1968.«

Völlig verblüfft schaute ihn der Mann an, der ihm das Glas gereicht hatte. »Stimmt genau«, sagte er dann begeistert. »Es ist tatsächlich Fass Nummer 688 aus dem Jahre 1968, das letztes Jahr für einen Freund von mir abgefüllt wurde.«

»Unglaublich«, sagte der neben ihm stehende Mann. »Wenn ich es nicht selbst erlebt hätte, würde ich es nicht glauben!«

Auch die anderen waren von diesem Beweis seiner Fähigkeiten stark beeindruckt und sahen Iain bewundernd an.

Leicht übermütig fragte Iain in die Runde: »Noch jemand, der einen Whisky dabei hat?«

Aber keiner sonst hatte einen Whisky zum Tasting mitgebracht, was viele jetzt bedauerten.

Sie fachsimpelten noch eine Weile weiter und so etwas wie eine Freundschaft begann sich zwischen den Männern zu entwickeln. Sie waren sich alle gleich sympathisch gewesen und das gemeinsame Thema und Interesse verband sie alle. Einer hatte dann die Idee, ob man sich nicht in dieser Runde wieder treffen könnte, um die gemeinsamen Erfahrungen weiter zu vertiefen. Diese Idee wurde von allen sofort begeistert aufgenommen und auch Iain, der erst noch etwas gezögert hatte, dachte sich dann *warum eigentlich nicht*?

Jeder der Männer hatte eine Lieblingsbrennerei und auch ein oder zwei edle Tropfen dieser Brennerei zu Hause lagern. Alle waren bereit, beim nächsten Treffen eine besondere Flasche "ihrer" Brennerei mitzubringen.

»Also gut«, sagte Iain abschließend. »Ein Freund von mir hat hier in der Nähe ein Cottage, welches für solche Veranstaltungen bestens geeignet ist. Es liegt etwas außerhalb des Ortes und beherbergt häufig Jagd- oder Wandergesellschaften. Dort können wir uns treffen. Ich kann das gerne mit ihm arrangieren. Über die entsprechende Verpflegung brauchen Sie sich ebenfalls keine Gedanken zu machen; ich denke, da werde ich Ihnen ein wenig von meinem anderen Hobby zeigen können.«

Mit einer erwartungsvollen Zuversicht nahm Iain sich eine der noch übrigen Tischvorlagen, auf denen die Whiskies des heutigen Abends vermerkt waren und auf denen die Tasting Gläser gestanden hatten. Die meisten Teilnehmer hatten sich während des Tastings Notizen zu den einzelnen Whiskies darauf geschrieben und ihre Tischvorlage am Ende dann auch mitgenommen. Er schrieb die Namen der sechs Männer, deren Adressen und den jeweiligen Lieblingswhisky darauf, um die Vorlage mitzunehmen. Danach verteilte er seine Visitenkarten an alle sechs Männer, auf deren Rückseite er die Adresse des Cottage vermerkte. Er wollte die sechs Männer noch rechtzeitig vorher anrufen, um das Treffen zu bestätigen.

Sie verabredeten sich dort für das Folgejahr zum 13. Mai und vereinbarten, sich danach alljährlich in dieser Runde zum Jahrestag ihres ersten Treffens anlässlich der 100-Jahr-Feier wieder zu treffen.

Es war auch heute ein wunderschöner Abend gewesen und während Iain zum Schlafen nach Hause fuhr, zogen sich die anderen sechs Männer auf die Zimmer, die für sie im Cottage hergerichtet worden waren, zurück. Je zwei von ihnen teilten sich dort ein Doppelbett. Und schon bald zeugte ein beharrliches Schnarchen aus allen drei Räumen, dass die sechs Männer der Lieblingsbeschäftigung nachgingen, die sie nachts mit den meisten Männern teilten: Bäume fällen, ohne technisches Gerät.

Am nächsten Morgen bereiteten sich die sechs Männer gemeinsam ein typisch schottisches Frühstück, mit Alpen Müsli, gefolgt von Speck und Eier, gebratenen Champignons und Tomatenhälften, Würstchen, Black Pudding und Bohnen. Dazu gab es jede Menge Kaffee und getoastete Brotecken. Nach diesem morgendlichen leckeren Cholesterinschock, verabschiedeten sich die Männer voneinander und machten sich getrennt auf den Heimweg.

Iain war nicht zum Frühstück erschienen, sondern hatte sich schon am Abend vorher von allen verabschiedet. Er wollte sich im Folgejahr wieder telefonisch melden, um allen den Termin und Ort nochmals zu bestätigen.

Wieder war ein Jahr fast wie im Flug vergangen!

Iain hatte vor zwei Wochen alle Männer angerufen und bestätigt, dass das alljährliche Treffen, wie geplant, am 13. Mai in dem inzwischen schon bekannten Cottage stattfinden würde.

Und so trafen sich alle sieben an diesem Dienstag wieder im Cottage und auch dieses Mal hatte jeder eine spezielle Flasche seiner Lieblingsbrennerei dabei. Auch dieses Mal gab es wieder ein von Iain hervorragend zubereitetes Abendessen. Als Vorspeise gab es Kippers, dann eine andere Variante von Haggis, bei dem der Kartoffelbrei sich in dem zum Bällchen geformten Haggis befand. Als Hauptspeise Lammrücken mit Spargel in Caperbutter und gebratene Parmentier Kartoffeln. Und zum Nachtisch eine Schokomousse mit Waldfrüchten.

Beim anschließenden Raritäten-Tasting hatten alle wieder viel Spaß zusammen und auch die Whiskies waren ausgezeichnet. Die Männer verstanden sich prächtig und waren inzwischen gute Freunde geworden, auch wenn sie den Rest des Jahres keinerlei Kontakte miteinander hatten. Oder vielleicht gerade deswegen.

Iain hatte an dem einen oder anderen Whisky auch genippt, während die anderen dem Whisky ordentlich zugesprochen hatten. Am Füllstand der Flaschen konnte man am Ende des Tasting erkennen, dass er wohl allen geschmeckt hatte. Zwei Flaschen waren sogar nahezu leer geworden, was als sicheres Zeichen gewertet werden konnte, dass der jeweilige Whisky besonders lecker war. Iain hatte sich wie immer aufs Riechen beschränkt und insgesamt vielleicht ein Gläschen Whisky getrunken.

Auch wie im Jahr zuvor, verabschiedete sich Iain von den Männern nach dem Tasting, um wieder nach Hause zu fahren, während die Männer, von denen keiner mehr fahrtüchtig war, die Nacht noch im Cottage verbrachten. Ian wollte sich dann wieder melden, um im Folgejahr den Termin zu bestätigen.

Aber dieses Mal kam alles anders. Völlig anders!

Auf dem Heimweg nahm Iain den üblichen Weg vom Cottage zurück nach Oban. Er war zwar völlig nüchtern, aber trotzdem in sehr guter Stimmung. Der Abend hatte wirklich Spaß gemacht und er grinste, als er an den einen oder anderen Spruch der Männer dachte. Die waren wirklich gut drauf gewesen und sicherlich hatte auch der reichlich genossene Whisky geholfen, die Zunge des einen oder anderen noch mehr zu lockern als sonst. Aber keiner war etwa ausfällig geworden oder sonst unangenehm aufgefallen. Es war ein richtig schöner Abend.

Trotzdem war er etwas müde und freute sich schon auf sein Bett und auch darüber, dass er dies nicht mit einem anderen Schnarcher teilen musste. Auch wenn er selbst leidenschaftlich schnarchte, hatte er dennoch einen leichten Schlaf und hätte mit einem anderen Schnarcher im gleichen Raum sicherlich keine Minute Schlaf finden können.

Er fuhr zügig durch das dichte Waldgebiet, das sich östlich von Oban erstreckte und bemerkte, dass es etwas dunstig war. Er dachte gerade daran, die Geschwindigkeit etwas zu reduzieren, damit er nicht mit einem der zahlreichen Rehe, die es hier gab, zusammenstoßen würde. Doch noch während er dies dachte, stand plötzlich, wie aus dem Boden emporgeschossen, ein kapitaler Hirsch nur wenige Meter vor ihm auf der Straße und schaute ihn an. Er hatte das Tier überhaupt nicht kommen sehen. Von einer Sekunde auf die andere war es einfach da gewesen.

Innerhalb von Millisekunden wusste er, dass er nicht mehr würde rechtzeitig bremsen können, um einen Zusammenstoß zu vermeiden. Und genau so schnell begann er, ohne überhaupt darüber nachzudenken, zu reagieren. Er riss das Steuer nach rechts, um dem Tier auszuweichen, aber ganz offensichtlich hatte er überreagiert, denn sein Wagen brach nach rechts aus und das letzte, was er wahrnahm, war der dicke Baum, der direkt auf ihn zukam.

Mehr als eine Stunde später kam ein anderer Autofahrer an der Unfallstelle vorbei, hielt an und sah den bewusstlosen Mann, der offensichtlich durch die Windschutzscheibe des Autos nach draußen geschleudert worden war. Trotz des vielen Blutes und der Kopfverletzungen lebte der Mann noch und der Autofahrer rief über sein Handy schnell die Polizei und den Rettungswagen.

Als diese knapp zehn Minuten später am Unfallort eintrafen, erkannte der Notarzt sofort, dass er hier selbst nicht viel ausrichten konnte und dringende ärztliche Hilfe von Spezialisten notwendig war. Er rief deshalb den Rettungshubschrauber und kümmerte sich dann weiter um die Erstversorgung.

Die beiden Polizisten hatten inzwischen den Unfallort gesichert und für ihr Protokoll dokumentiert. Das Auto war auf gerader Strecke plötzlich nach rechts in den Wald ausgebrochen, ohne das eine Bremsspur hinterlassen wurde oder sonst ein Grund dafür erkennbar war. Sie vermuteten, dass der Fahrer entweder alkoholisiert oder vom berüchtigten Sekundenschlaf übermannt worden war. Aber das würde die spätere Untersuchung noch zeigen.

Als der Rettungshubschrauber auf einer nahen Lichtung landete, hatte er den Verletzten soweit stabilisiert. Dennoch diskutierte der Arzt des Rettungshubschraubers mit ihm darüber, ob es sich überhaupt lohne, den Mann wegzufliegen, denn aufgrund der schweren Kopfverletzungen und der Tatsache, dass das Unfallopfer deswegen nicht ansprechbar war, sondern sich im Koma befand, räumte der Rettungsarzt ihm keine Chancen ein. Der Notarzt bestand jedoch darauf und deshalb wurde Iain schnell eingeladen und mit dem Hubschrauber ins Krankenhaus nach Aberdeen geflogen. Dort warteten bereits die Spezialisten darauf, alles Notwendige zu tun, um sein Leben zu retten.

Nach einer ersten Notoperation und anschließenden mehrstündigen Operationen in den Folgetagen, konnte sein Leben zwar gerettet werden, aber er wachte nicht mehr aus dem Koma auf. Nach etlichen Wochen auf der Intensivstation, konnte er auf eine normale Station verlegt werden und die lange Zeit des Wartens begann für ihn und vor allem seine Angehörigen. Speziell sein Sohn Robert, der ihn fast täglich besuchte, verbrachte sehr viel Zeit bei seinem Vater.

Und nachdem einige Monate ins Land gezogen waren, war er sogar der einzige, der regelmäßig Iain Boyd besuchte und dabei oft den ganzen Tag an seinem Bett saß.

Glasbruch

-33-

Ohne ein weiteres Wort zu sagen, verließ Carol, die beiden alten Koffer in der Hand, das Haus. Er blieb im Arbeitszimmer seines Vaters sitzen, apathisch den kalten Kamin anstarrend, und unfähig auch nur ein Wort zu sagen. Wie durch dicken Nebel hörte er, wie sie einen Koffer auf dem Treppenabsatz abstellte, die Tür ins Schloss zog und sich mit ihren klappernden Absätzen auf dem Betonweg zum Auto entfernte. Ganz leise war die Heckklappe ihres alten Subaru Kombis zu hören. Jetzt die Fahrertür, der startende Motor und dann das leise Verklingen des sich entfernenden Wagens. Doch ein letzter Ton wollte einfach nicht verklingen. Bob konnte einfach keine Stille empfinden. Irgendetwas, ein kleiner, klarer Ton, weit draußen in der Unendlichkeit verdrängte die so sehnsüchtig erwartete Stille.

Er ließ seine Augen ruckhaft im Zimmer seines Vaters umherwandern, kaum wahrnehmend, was sie dort an optischen Informationen an sein Gehirn sandten. Der Schreibtisch, ein altes Möbelstück. Das Jagdbild in Öl, ein Erbstück des Großvaters. Der Kamin, vor einigen Jahren schon auf Gas umgerüstet. Die Bücher, gepresste Gedanken unbekannter Menschen. Die Whiskyflaschen ...

Wäre in diesem Moment ein Engel durchs Zimmer geschwebt, hätte er ein leises Knacken vernommen. Dieses Knacken, welches ein springendes kaltes Glas macht, wenn man heißes Wasser hinein gießt. Und hätte eben jener Engel in diesem Augenblick in Robert Boyds Augen geschaut, so hätte er den Sprung in diesem Blick gesehen. Ein feiner, kaum wahrnehmbarer Riss, nur sichtbar, wenn das Licht aus einem bestimmten Winkel einfällt, einen Riss, der sich tief bis in die Abgründe der Seele zieht. Wie wir alle wissen, sind Engel leider unsichtbar und erscheinen selten in einem Polizeirevier, um eine Anzeige zu erstatten. Daher blieb die Veränderung, die Robert Boyd an jenem Dienstagmorgen im März durchmachte, völlig unbemerkt vom Rest der Welt.

Zum ersten Mal in seinem Leben hatte er die Kontrolle verloren, sowohl über sich als auch über sein Leben und seine Seele. Plötzlich stand er da, ohne Ehepartner, ohne Familie, ohne Beruf, ohne Zukunftsaussichten. Selbst alte Freunde und Kollegen gingen schon seit einiger Zeit auf Distanz. Mit der Zeit war die Zahl ihrer Freunde immer weniger geworden, und seit Monaten hatte dann überhaupt niemand von ihnen mehr angerufen. Ein Stressfaktor jagte den nächsten, so war es nur eine Frage der Zeit gewesen, bis der Riss in seinem Kopf erfolgte.

Die Whiskyflaschen, sauber aufgereiht auf dem Kaminsims. Symbole für all das Elend, das Bob seit nunmehr fast zwei Jahren erleiden musste. Sieben Flaschen, jeder hatte seine Lieblingsmarke mitgebracht. Jedes Mal, wenn sie sich getroffen hatten. Nie hatte sein Vater vorher getrunken, war auch im

Pub immer standhaft geblieben. Das hatte er seiner Mutter, Gott habe sie selig, am Altar vor fast vierzig Jahren geschworen. Ihr Vater war am Suff verendet, das wollte sie nie mehr durchmachen müssen. Iain, sein Vater, blieb stark, auch nach ihrem plötzlichen Tod Ende der Neunziger. Keinen Tropfen hatte er angerührt.

Dann diese verdammte Feier. Als alteingesessenen Bürger und herausragenden Malt Whisky Experten hatte man ihn natürlich eingeladen. 100-Jahr-Feier der Ardgowan Distillery in Oban. Welch ein pompöses Ereignis. Oban war immer schon ein Touristenmagnet und Ausflugsziel gewesen. Die Brennerei verlieh dem malerischen Hafenstädtchen einen weiteren Glanz. Ein wenig versteckt, in einer Seitenstraße, konnte sie leicht übersehen werden, wenn man nicht danach suchte. Doch dieses Mal, am 15. Mai 2001, war sie Mittelpunkt der ganzen Stadt. Es gab Pressetermine, zahlreiche folkloristische Darbietungen, natürlich eine limitierte Sonderabfüllung, die sofort in die Sammlervitrinen zahlungskräftiger Ausländer verschwand, und dann dieses Tasting. Dieses gottverdammte Tasting! Warum musste man ausgerechnet seinen Vater dazu einladen. Sie wussten doch alle, dass er nichts trank. Seine einzige Leidenschaft war nur das Nosing der zahlreichen Single Malts. Und die Männer, die er an jenem Abend getroffen hatte. Mit denen er sich dann immer wieder getroffen hatte. Sie hatten ihn verleitet! Sie und diese Flaschen auf dem Kaminsims, auf die er mit tränenden Augen starrte. Sie hatten seinen Vater ins Koma getrieben! Sie hatten das Leben der ganzen Familie ruiniert! Sein Job, weg! Sein Geld, weg! Seine Frau, weg! Sein Vater, ganz weit weg!!

Langsam und mit der Konzentration eines Wissenschaftlers, während eines wichtigen Experiments, las er die Namen auf den Whiskyflaschen von links nach rechts. *Clydesdale Distillery,* Glasgow. *Dalruan Distillery,* Campbeltown. *Kildalton Distillery,* Isle of Islay. *Ben Rhinnes Distillery,* Charlestown. *Stromness Distillery,* Orkney Island. *Stronarchie Distillery,* Skye *und Ardgowan Distillery,* Oban. Immer wieder las er ihre

Namen, betete sie runter wie mit einer Gebetsmühle, bis sie sich in sein gesprungenes Gehirn gebrannt hatten. Sie waren Schuld! Und die Männer dieser so genannten Whiskyrunde, die sein Vater an jenem schicksalhaften Tasting vor nunmehr fast vier Jahren in der Brennerei kennen gelernt hatte und die seinen Vater und ihn mit diabolischer Absicht vernichtet hatten. Jedes Jahr hatten sie sich seit dieser Feier getroffen und seinen Vater mehr und mehr unter ihren Einfluss gebracht. Sie sollten spüren wie es ist, wenn das, was sie doch am meisten verehrt hatten, sie vernichtete.

Irgendwo musste sein Vater doch die Namen und Adressen seiner Peiniger aufbewahrt haben. Hier irgendwo in seinem Schreibtisch, den er seit dem Unfall seines Vaters im Mai 2003 nicht mehr angerührt hatte, mussten die Informationen sein.

Sein Vater war immer ein sehr ordentlicher Mensch gewesen und hatte Unterlagen, die irgendwann einmal wieder von Interesse sein konnten, nahezu akribisch aufgehoben. Davon zeugten alleine schon der ordentlich aufgeräumte Schreibtisch und die vielen Ordner, die er hinter der einen Tür des Schreibtisches entdeckte und die alle fein säuberlich beschriftet waren. Allerdings war hier kein Ordner dabei, der auch nur entfernt mit dem Thema Whisky zu tun hatte.

Auch in den Schubladen auf der rechten Seite des Schreibtisches fand er die gesuchte Information nicht. Hier war in kleinen Kästchen all der harmlose Kleinkram, den man in jedem Büro finden konnte, ordentlich aufbewahrt – Bleistifte, Buntstifte, Kulis, Büroklammern, alles schön säuberlich getrennt. Als er sich auf dem Schreibtischstuhl bückte, um die unterste Schublade in Augenschein zu nehmen, stützte er sich mit seiner linken Hand auf der Schreibtischunterlage ab, die dadurch verrutschte.

Noch darüber nachdenkend, wo sein Vater diese Information abgelegt haben könnte, fiel sein Blick auf die Schreibtischunterlage, unter der ein Stück Papier herausschaute. Er hob die Unterlage an und in der Tat, fand er eine Teilnehmerliste von dem Tasting damals, auf dem die Namen und Adressen von sechs Männern hervorgehoben waren, zusammen mit ihrem jeweiligen Lieblingswhisky.

Bob spürte, wie ihn eine eiskalte Gelassenheit durchströmte. Die Zeit schien sich zu dehnen und er wusste plötzlich, was er zu tun hatte. Ein Feuer begann in seinem tiefsten Inneren zu brennen. Ein Feuer, das bald hell lodern und diese Verbrecher vernichten würde. Und so begann Bobs perfider Plan an einem Dienstag langsam Gestalt anzunehmen….

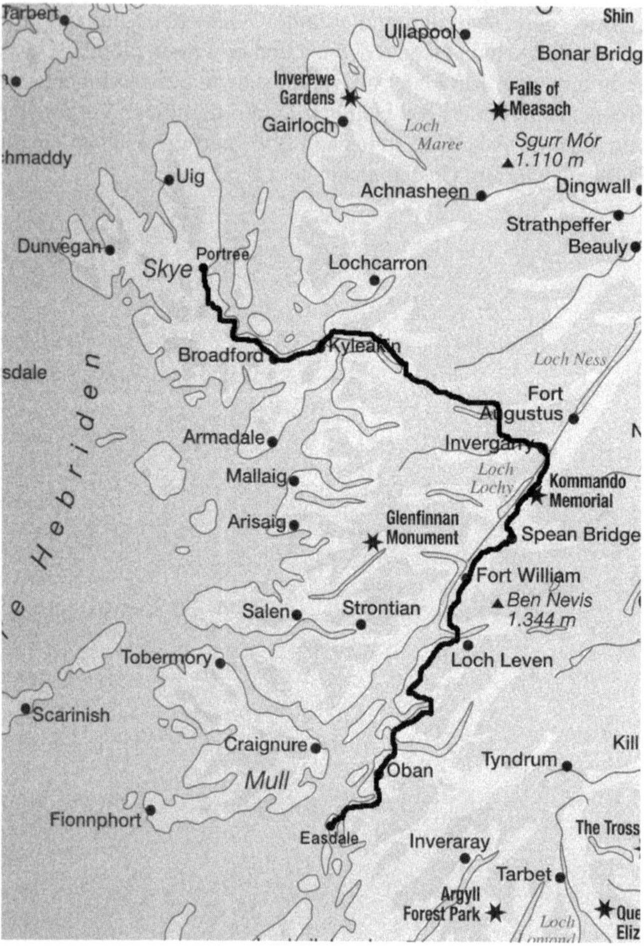
Tarbert
Shin
Ullapool
Inverewe Gardens
Falls of Measach
Gairloch
Loch Maree
Sgurr Mór
1.110 m
Uig
Achnasheen
Dingwall
Strathpeffer
Beauly
Dunvegan
Portree
Skye
Lochcarron
Broadford
Kyleakin
Loch Ness
Fort Augustus
Hebriden
Armadale
Invergarry
Loch Lochy
Mallaig
Kommando Memorial
Arisaig
Glenfinnan Monument
Spean Bridge
Fort William
Ben Nevis
1.344 m
Salen
Strontian
Tobermory
Loch Leven
Scarinish
Craignure
Tyndrum
Oban
Mull
Fionnphort
Easdale
Inveraray
Tarbet
Argyll Forest Park

Marterpfahl

-34-

»Das kann doch nicht wahr sein, das träume ich doch. Brian kneif′ mich, damit ich aufwache. Sind wir etwa auf der falschen Seite der Brennerei? Das gibt′s doch nicht. Welcher Idiot ist schuld daran?«

»Na, so falsch sind wir auch nicht, nach unseren Unterlagen sind wir sogar richtig, aber vielleicht ist der Täter auf der falschen Straßenseite. Was machen wir jetzt?«

Alan und Brian setzten sich auf den gefliesten Boden, neben die aus kanadischer Kiefer gefertigten Wash Backs. Die traditionsreichen Gärbottiche strahlten immer noch die Wärme der letzten Produktionscharge aus und es roch intensiv nach Hefe und Fermentation. Durch die angelaufenen Fenster in ihren leicht rostigen Eisenrahmen hatte man einen guten Blick auf die direkt gegenüber der kleinen, kopfsteingepflasterten Straße liegenden Gebäude. Das aus Natursteinen gefertigte

Still House, mit den durch die hohen Fenster sichtbaren zwei Brennblasen; links davon das kleine Bürogebäude und rechts eine weitere Produktionsanlage, die aber im Moment völlig im Dunkeln lag. Beide Straßenzüge verbunden durch mehrere, in fast vier Metern Höhe laufende, Stahlrohre, die aus Sicherheitsgründen mit gelben Querstreifen versehen waren. Mehrere altmodische Laternen erhellten den vorderen Teil der Straße in einem gedämpften, gelblichen Licht.

»Wenn wir jetzt die Aktion hier abbrechen, kommt vielleicht genau dann unser Täter hier an und wird gewarnt. Dann sehen wir den so schnell nicht wieder.«

»Das gleiche gilt, wenn wir auch nur die Hälfte unserer Leute auf die andere Seite schicken. Lass uns noch mal auf den Plan schauen«, bat Alan.

Brian faltete den Grundrissplan auf dem Boden auf und schaltete seine Taschenlampe ein. Die zahlreichen Leuchtdioden machten den abgebildeten Gebäudekomplex deutlich sichtbar. Rote Filzstiftpunkte markierten die Positionen der heute eingesetzten Beamten.

»Hier sind wir jetzt und da ist das Still House.« Brian tippte mit dem Finger auf ein markiertes Haus. »Die Gebäude dahinter sind nicht weiter beschrieben, verdammt. Wer soll denn darauf kommen, dass die hier zwei Anlagen haben? Warum hat uns der Manager hier denn nichts davon gesagt, der Idiot!«

»Weil wir ihn nicht gefragt haben, deshalb!«, antwortete Alan. »Wir haben die Pläne, die Fotos, haben zig Brennereien gesehen. Wer kommt denn auf so einen Mist? Für die übliche Führung war ja keine Zeit mehr. O.K., jetzt können wir's nicht mehr ändern. Hier, das muss die zweite Anlage sein.« Alan wies auf mehrere Grundrisse, die hinter dem Still House eingezeichnet waren. Dazwischen schienen sich laut Plan die Kühler der Brennblasen zu befinden.

»Diese Häuser sind durchaus von diesen Feldern, na ja, eher Sümpfen, aus erreichbar. Unwahrscheinlich, aber nicht unmöglich«, überlegte Alan.

»Jetzt klingst du wie Sherlock Holmes!« bemerkte Brian.

»Wieso denn das jetzt?«

»Wenn man das Unmögliche ausklammert, so muss das, was übrig bleibt, so unwahrscheinlich es auch ist, die Wahrheit sein«, zitierte Brian mit theatralischer Stimme.

»Nicht ganz wörtlich, aber durchaus richtig, mein Lieber. Also müssen wir mal wieder alleine die Kohlen aus dem Feuer holen, Watson? Wenn wir uns durch das erste Still House hier an den Kühlern vorbei schleichen, landen wir, sofern die Türe auf ist, ohne Umwege in dem anderen Trakt.«

Brian sah ein paar Sekunden nachdenklich auf den Plan und dann auf seine Armbanduhr. »Dann man los!«

Alan betätigte die Sprechtaste seiner Funkausrüstung, mit der sich alle verständigen konnten.«

»Achtung, hier "Talisker eins". Durchsage an alle. Ihr habt alle gehört, was dieser Morrice gesagt hat. Brian und ich gehen hinüber auf die andere Seite und schauen dort nach, ob wir irgendetwas von unserem Täter entdecken.« Alan sah nochmals auf den Plan. »Wer ist auf Position sechs und sieben?«

Zwei Stimmen meldeten sich über Funk.

»Simon auf sieben.«

»Mahoney auf sechs.«

»Gut«, antwortete Alan. »Mahoney, Sie kommen zu uns runter und begleiten uns. Simon, Sie überwachen weiter das Still House wie gehabt. Cowan, Sie sehen zu, dass Sie beide Straßen durch die Brennerei im Blick halten. Alle anderen bleiben hier auf dem Posten. Ende.«

Keine halbe Minute später huschte eine ganz in schwarz gekleidete Gestalt in das Haus, in dem Brian und Alan am Fenster warteten. »Mahoney zur Stelle, Sir!«

»Gut, also, wir gehen jetzt ins Gebäude gegenüber, hinten wieder raus, über den kleinen Hof und wieder in das Haus hier rein. Alan beschrieb den Weg auf dem Plan mit dem Zeigefinger. »Wenn wir dort sind, sehen wir weiter. Auf geht´s!«

Brian schaltete seine Taschenlampe aus. Die drei schlichen sich geduckt über die schmale Straße und stiegen die vier

Stufen bis zur Eingangstüre des Still House hinauf. Brian zog den Schlüsselbund, den er vom Manager der Brennerei bekommen hatte, aus seiner Tasche und las im spärlichen Licht die Namensschildchen. »Na, wenigstens gibt's nur drei zur Auswahl«, flüsterte er, traf den richtigen aber auf Anhieb.

Leise betraten sie den einen der beiden möglichen Tatorte. Eine Hitzewelle schlug ihnen entgegen und kondensierte sofort in der kalten Nachtluft. Außer einem verhaltenen Zischen der Dampfanlagen war alles ruhig. Brian schloss die Tür hinter ihnen wieder, aber ohne sie abzusperren. Sie durchquerten den Raum, vorbei an den beiden im Nachtlicht schimmernden, kupfernen Brennblasen, bis zur rückwärtigen Tür, die nur durch einen innen liegenden, rostigen Schieber verschlossen werden konnte.

Hinter der Tür führte eine kurze Eisentreppe in einen Zwischenhof, der zu zwei Dritteln von, auf gusseisernen Stelzen stehenden, Bottichen, ausgefüllt wurde. In diese großen Wasserbehälter mündeten die oberen Enden der Brennblasen über den so genannten Schwanenhals in einer kupfernen Spirale. Hier kondensierte der verdampfte Alkohol zu dem köstlichen Rohprodukt, das sich später dann einmal Whisky nennen durfte. Aus den Behältern hörte man leise das Gluckern des strömenden Wassers.

Für derartige Ablenkungen hatten die drei Beamten aber im Moment keinen Sinn. Sie verließen den Hof über eine weitere gusseiserne Treppe auf der gegenüberliegenden Seite. Hier führte eine weitere Türe ins Innere des zweiten Still House. Auch diese Tür war unverschlossen, da man wohl annahm, dass kein Betriebsfremder hier in den Hof gelangen könne.

Dieses Gebäude unterschied sich kaum von der ersten Anlage. Alles schien lediglich spiegelverkehrt konstruiert worden zu sein. Durch die verglaste Gebäudefront hatte man einen weit reichenden Blick über die angrenzenden Grasflächen und den dahinter liegenden Wald. Und auf eine Gestalt in der dunklen Wiese, keine zehn Meter entfernt, die einen enormen Buckel zu haben schien. Erst beim näher Kommen erkannten sie, dass es eine Person war, die sich eine andere Person über die Schultern gelegt hatte. Der Whisky Mörder! Sie verhielten sich ruhig und machten keine Bewegung, doch irgendetwas schien der Mörder bemerkt zu haben. Ein Lichtreflex vielleicht oder eine schemenhafte Bewegung. Der Mörder zuckte jedenfalls heftig zusammen, warf die Leiche des Mannes von seiner Schulter und rannte in die entgegen gesetzte Richtung davon.

Die Zeit der Ruhe war vorbei! Alan drückte auf seine Funksprechtaste. »Zugriff! Sofort Zugriff! Er läuft über die rückwärtige Wiese Richtung Wald. Wir folgen ihm.«

Zwischenzeitlich hatte Brian die Vordertür aufgeschlossen und alle drei rannten wie der Teufel los.

»Halt! Stehen bleiben! Polizei!«, riefen Alan und Brian wie aus einem Mund. Trotz der zahlreichen schnellen Mahlzeiten, die sie oft im Stehen einnahmen und die sicherlich nicht gerade die Anforderungen gesundheitsbewusster Ernährung erfüllten, trotz der vielen Zeit, die sie überwiegend an ihren Schreibtischen verbrachten, um die meterlangen Formulare auszufüllen, die ihre Arbeit nun mal mit sich brachte und die der Fluch moderner Polizeiarbeit waren – trotz alledem waren Alan und Brian so schnell wie Mahoney, so schnell wie die guten Bullen im Kino, so schnell wie der Fuchs, der ein Kaninchen hetzt. Sie rannten hinter dem Täter her, was das Zeug hielt.

Aber eben doch nicht schnell genug, denn der Täter rannte genau so schnell wie sie. In nur geringer Entfernung sahen sie das kleine Waldstück, aus dem der Täter gekommen war und in dem sie ihn bei der momentanen Dunkelheit höchstwahrscheinlich aus den Augen verlieren würden. Das durfte unter keinen Umständen geschehen!

Alan und Brian sahen sich beim Rennen an und verstanden sich auch ohne Worte. Beide blieben gleichzeitig stehen und Alan rief nur »Mahoney, stoppen Sie ihn!«

Mahoney glitt nahezu übergangslos aus vollem Lauf in eine kniende Position. Das Wasser auf der Wiese bildete eine kleine Bugwelle als er schlitternd zum Stillstand kam. Während dieses tausendfach geübten Bewegungsablaufs hatte er sein Scharfschützengewehr bereits vom Rücken nach vorne in eine Zielhaltung bewegt. Er drückte den Schaft der optimal ausbalancierten Heckler & Koch PSG-1 an die Schulter, peilte den weglaufenden Täter durch das lichtstarke Zielfernrohr an, atmete einmal tief durch und die Welt blieb für einen Sekundenbruchteil stehen.

Mahoneys Zeigefinger überwand den knapp eineinhalb Kilo schweren Widerstand des Abzugs, die Patrone, Kaliber 7,62 x 51, verließ den Lauf und überbrückte die zirka 50 Meter zwischen der Waffe und dem Flüchtigen in Millisekunden und traf. Der Mörder brach wie vom Blitz getroffen zusammen. Dann erst drang der ohrenbetäubende Knall an die Ohren der Beamten. Alan und Brian rannten wieder los über die kurze Distanz bis zu dem jämmerlich winselnden Robert Boyd, beide mit ihren mittlerweile gezogenen Dienstwaffen im Anschlag. Aber es bestand offensichtlich keine Gefahr. Der Täter schien unbewaffnet und hielt sich weiterhin, vor Schmerzen schreiend, seine rechte Schulter. Dort hatte die Kugel aus Mahoneys Waffe saubere Arbeit geleistet, das rechte Schulterblatt glatt durchschlagen und beim Austreten das Schlüsselbein zertrümmert.

»Guter Schuss«, sagte Alan anerkennend zu Mahoney, der kurz hinter ihnen eintraf.

»Na ja, eigentlich habe ich auf sein linkes Bein gezielt«, sagte Mahoney und grinste. Alan wusste natürlich genau, dass er schwindelte.

Alan verständigte über Funk den Rest des Teams, was passiert war. Das war aber nicht mehr nötig, da bereits alle auf die Wiese gelaufen kamen, nachdem der Schuss gefallen war.

»Und bringt auch Susan mit Ihrem Arztkoffer mit, wir haben hier Arbeit für sie«, sagte er noch. Dann warteten sie, bis die anderen bei ihnen waren.

Ein Teil des Teams untersuchte die achtlos fortgeworfene Leiche von Peter Ambrose. Susan und Ewen Gillies konnten, nach einer kurzen oberflächlichen Untersuchung, nur den Tod feststellen. Sie kamen zu spät.

Vom Gefühl des Hasses fast übermannt, lief Susan anschließend zu Alan und Brian, die immer noch neben dem Mörder warteten. Am liebsten hätte sie ihn hier im Matsch einfach verbluten lassen, doch schließlich riss sie sich zusammen und entsann sich ihrer Berufsehre als Notärztin. Professionell und routiniert schnitt sie seine Jacke auf und brachte die Blutung zum Stillstand. Vorsichtig entfernte sie die ausgetretenen Knochensplitter, während ihr die anwesenden Beamten mit ihren Taschenlampen Licht spendeten. »Besser wird's nicht. Ihr könnt ihn zum Krankenwagen bringen.«

Eine Stunde später lag die Stronarchie Distillery wieder so friedlich und still an den Ausläufern der Cuillins als wäre nie etwas geschehen.

Letzter Akt?

-35-

Nachdem das Whisky Monster nun endlich gefasst worden war, schlug die Berichterstattung in den Zeitungen von einem Tag auf den anderen völlig um. Wurde der Sonderkommission bisher Unfähigkeit und übertriebene Bürokratie unterstellt, so war die Presse jetzt voll des Lobes über die schnellen Erfolge und unkonventionellen Methoden der Spezialisten.

Als Sean McCartney erfahren hatte, welche maßgebliche Rolle Graham Morrice bei der Aufklärung des Falles gespielt hatte, sprach er nur noch von seinem besten Distillery Manager, dem cleversten Mitarbeiter, den er in seinem gesamten SWS-Konzern hatte. Natürlich hatte er ein entsprechendes Interview an die Presse weitergespielt, in dem auch seine eigene Rolle positiv herausgestellt wurde. Der entsprechende Artikel ging dann auch auf seine persönliche Unterstützung der Sonderkommission ein und auch darauf, dass er Graham alle Freiheiten gegeben hatte, um als persönlicher Berater in Sachen Whisky fungieren zu können. Seiner, Sean McCartneys, Weitsicht war es also mit zu verdanken, dass dieser schreckliche Fall schlussendlich aufgeklärt werden konnte.

Als Graham den Artikel beim Frühstück las, wäre ihm beinahe sein geliebter Kaffee wieder hochgekommen. *So ein Schleimer*, dachte er nur. Und ihm fielen weitere unschmeichelhafte Worte ein, von denen er bislang noch nicht einmal wusste, dass er sie kannte.

Auf der anderen Seite hatte Sean damit für ihn eine Basis geschaffen, auf der er eventuell noch etwas mehr für sich und "seine" Ben Rhinnes Distillery herausholen konnte. Mit diesem Ziel vor Augen, schmeckte ihm sein Frühstück dann doch wieder besser.

Und irgendwie gefiel ihm ja auch der Teil des Artikels, in dem er quasi als Held und "Bester Mitarbeiter der SWS" bezeichnet wurde. Vielleicht konnte er ja tatsächlich bei einem anderen Fall, bei dem es wieder um Whisky ging, als Berater aushelfen. So schlecht, wie er gedacht hatte, waren seine detektivischen Leistungen ja doch nicht gewesen. Auch Alan und Brian hatten sich am Ende sehr bei ihm bedankt und gewisse Andeutungen über eine Beratertätigkeit gemacht.

Nachdem Robert Boyd im Krankenhaus unter Polizeiaufsicht verarztet worden war, wurde er den zuständigen Behörden übergeben, die jetzt Anklage wegen mehrfachen, vorsätzlichen Mordes gegen ihn erheben und ihn der Gerichtsbarkeit überstellen würden.

In ersten Verhören hatte er die Taten ohne Zögern zugegeben und auch stolz seine Beweggründe erläutert. Er zeigte keinerlei Reue, sondern behauptete mehrfach, dass er alles jederzeit wieder tun würde. Seine hasserfüllten Parolen gegen die Whiskyindustrie wurden zwar als reißerische Leitartikel in der gesamten Yellow Press abgedruckt, kein schottischer Leser aber nahm diese Tiraden ernst. Genauso gut hätte er gegen den Kilt oder den Dudelsack ins Feld ziehen können.

Sollte er keinen cleveren Anwalt finden, der auf Unzurechnungsfähigkeit plädieren würde, würde er wohl für den Rest seines Lebens hinter Gittern verschwinden.

Alan, Brian und einige Mitglieder der Sonderkommission würden vor Gericht sicherlich noch als Zeugen gehört werden, aber ansonsten war der Fall für sie abgeschlossen.

Das sah auch Susan so, die sich mit Alan zwei Tage nach der Verhaftung Boyds zum Abendessen im Speyview Hotel in Charlestown verabredet hatte. Beim Nachtisch angekommen, schaute sie ihn verschmitzt an und sagte: »Jetzt macht es wohl keinen großen Sinn mehr, dass ich weiterhin im Team bleibe, oder?«

Alan, der sofort verstand, was sie meinte – zumindest hoffte er, dass sie genau das meinen würde, an was er gerade dachte – antwortete in einem bewusst ruhigen und sachlichen Ton: »Nein, da hast du Recht. Der Fall ist gelöst, die Sonderkommission wird in den nächsten Tagen aufgelöst werden, sobald der ganze Papierkram erledigt ist. Dann gibt es kein Team mehr.«

Er schaute sie unschuldig an. Dann mussten beide gleichzeitig lachen.

Und so kam es, dass er Susan auch an diesem Abend brav nach Hause brachte, sich dann aber nicht mit einem Kuss auf die Wange verabschiedete, sondern mit ihr in ihre Wohnung ging.

Als Graham am Donnerstagmorgen in der Brennerei eintraf, ging er nicht wie üblich in sein Büro, um sich Kaffee zu kochen, sondern erst einmal zu Ishbel ins Besucherzentrum.

»Guten Morgen, Ishbel. Es klingt ja irgendwie verrückt, aber kommen dir die letzten Wochen nicht auch wie ein Kinofilm oder ein schlechter Traum vor?«

»Guten Morgen«, antwortete sie und lächelte ihn an. »Nein, leider nicht. Denn die Folgen deines "Traums" holen uns erst jetzt richtig ein. Die Besucherzahlen haben sich in den letzten

Tagen verdoppelt. Trotz Winterzeit! Deine liebgemeinte Hommage an unser Opfer Paul Thornton führt dazu, dass unser Still House sich zu einer kleinen Pilgerstätte entwickelt, und deine Presse- und Fernsehtermine reichen bis nach Weihnachten.«

»Ach Ishbel«, strahlte Graham sie an. »Es hätte uns so viel schlechter treffen können. Wir sind innerhalb der SWS mittlerweile die "Unberührbaren". Man liest uns die Wünsche von den Lippen ab und Sean McCartneys Spießgesellen behandeln uns wie ein Fabergé-Ei. Dass dafür Menschen sterben mussten, bedrückt mich maßlos und ich würde lieber meinen Job und den ganzen Erfolg der SWS für diese Menschen eintauschen, aber ich kann es nicht ändern. Also nehmen wir, was uns die Geschichte gibt und machen das Beste daraus.«

»Eine schöne flammende Rede, Graham. Aber ich bin deiner Meinung. Kommt dieser Boyd eigentlich mit dem Leben davon?«, wollte Ishbel noch wissen.

»Ja, es hat ihn nicht so schlimm erwischt, es ist nur ein Durchschuss an der Schulter. Alan sagte, seinem Geheule nach hätte man aber vermuten können, er stünde gerade bei den Apachen am Marterpfahl.«

Nach einer kurzen Pause fügte Graham noch hinzu: »Also, irgendwie hat mir diese Detektivarbeit aber auch ein klein wenig Spaß gemacht! Trotz der schrecklichen Todesfälle«.

»Ja, stimmt, das hat man gemerkt. Und du hast es auch wirklich gut gemacht! Sir Arthur Conan Doyle wäre stolz auf dich gewesen!«, antwortete Ishbel.

»Alan war sogar in unserem letzten Gespräch nicht abgeneigt, mich als Berater hinzuzuziehen, wenn es mal wieder einen Fall mit Bezug zu Whisky geben sollte!«, setzte Graham nicht ohne Stolz noch einen drauf.

»Oh je, dann aber hoffentlich nicht wieder mit Toten und unter so schrecklichen Bedingungen! Na ja, zumindest etwas Positives gab es ja noch: dass Alan und Susan am Ende doch noch zueinander gefunden haben.« In einem kleinen Ort wie Charlestown hatte sich diese Nachricht natürlich schnell herumgesprochen, und Ishbel war immer eine der ersten, die von solchen Informationen erfuhr.

Graham spürte einen leicht neidischen Unterton bei den letzten Worten von Ishbel. »Weißt du, was ich mir überlegt habe. Eigentlich hatten wir ja noch Glück, dass sich dieser Bob Boyd an den Männern der Tasting-Runde gerächt hat und nicht an den Distillery Managern der betroffenen Brennereien selbst. Dann würde ich wahrscheinlich heute nicht hier sitzen!«

»Oh Gott, Graeme!«, entfuhr es Ishbel. »Das wäre ja wirklich schrecklich! Darüber möchte ich gar nicht länger nachdenken«

Graham hatte natürlich registriert, dass Ishbel sowohl in ihrem Ton ihm gegenüber viel zugänglicher als früher geworden war und auch, dass sie ihn "Graeme" genannt hatte.

Na, das lässt ja hoffen, dachte er bei sich und musste schmunzeln.

Danksagung

Wir möchten uns zunächst bei dem echten Alan und dem echten Graeme bedanken sowie bei George und Graham, alles bekannte Menschen in der schottischen Whiskyindustrie, die unsere zahlreichen Fragen über Fundorte und mögliche Tatabläufe nicht nur beantwortet haben, sondern mit uns auch vor Ort die entsprechenden Orte in Augenschein nahmen. Wir hatten dabei durchaus den Eindruck, dass sich bei dem einen oder anderen eine gewisse Begeisterung für das Thema entwickelt hat. Mehrere anschließende Mails mit weiteren Vorschlägen, konnten wir leider nicht alle berücksichtigen.

Slaintè

Folgende englischsprachige Sachbücher sind von den Autoren erschienen, ebenfalls alle im Cluaran Verlag:

The Single Malt Whisky Collector's Guides

Die Reihe der "Single Malt Whisky Collector´s Guides" aus dem Cluaran Verlag stellt ein Standardwerk für jeden ambitionierten Whisky-Genießer und Sammler dar. In diesen Bildbänden wird anschaulich ein Großteil der, von den jeweiligen Destillerien produzierten, Single Malts vorgestellt. So bekommt der interessierte Leser jede Abfüllung mit einem jeweils eine Seite füllenden Bild und zahlreichen Zusatzinformationen präsentiert. Lokal erschienene Sonderabfüllungen sowie Varianten bei Flaschen und Labels werden ebenso berücksichtigt wie ein Einblick in die weite Welt der Accessoires und Memorabilia.

Weitere Bücher des Autorenteams:

Hardcover, 236 Pages.
ISBN 3-9809344-0-3

Hardcover, 693 Pages.
ISBN 3-9809344-2-X

Hardcover, 500 Pages.
ISBN 3-9809344-1-1

Hardcover, 265 Pages

ISBN 3-9809344-3-8

Hardcover, 212 Pages.

ISBN 3-9809344-7-0